DAN BROWN

D'abord professeur avant d'être un auteur mondialement reconnu, Dan Brown a toujours été passionné par l'étude des codes secrets. Il vit actuellement en Nouvelle-Angleterre.

W0249000

ANGES ET DÉMONS

DU MÊME AUTEUR
CHEZ POCKET

DA VINCI CODE
ANGES ET DÉMONS

DAN BROWN

ANGES ET DÉMONS

Roman

Traduit de l'anglais (États-Unis)
par Daniel Roche

JC LATTÈS

Titre original :

ANGELS & DEMONS
publié par Pocket Books,
a division of Simon & Schuster Inc., New York.
Illustrations de Jaime Putorti.
Ambigram Artwork © 1999 John Langdon.

Le papier de cet ouvrage est composé de fibres naturelles, renouvelables, recyclables et fabriquées à partir de bois provenant de forêts plantées et cultivées durablement pour la fabrication du papier.

Le Code de la propriété intellectuelle n'autorisant, aux termes de l'article L. 122-5 (2° et 3° a), d'une part, que les « copies ou reproductions strictement réservées à l'usage privé du copiste et non destinées à une utilisation collective » et, d'autre part, que les analyses et les courtes citations dans un but d'exemple et d'illustration, « toute représentation ou reproduction intégrale ou partielle faite sans le consentement de l'auteur ou de ses ayants droit ou ayants cause est illicite » (art. L. 122-4).
Cette représentation ou reproduction, par quelque procédé que ce soit, constituerait donc une contrefaçon sanctionnée par les articles L. 335-2 et suivants du Code de la propriété intellectuelle.

© 2000, by Dan Brown.
© 2005, éditions Jean-Claude Lattès pour la traduction française.

ISBN : 978-2-266-19812-7

Pour Blythe…

Les faits

Le plus grand pôle de recherche scientifique au monde, le CERN (Centre européen pour la recherche nucléaire), a récemment réussi à produire les premiers atomes d'antimatière. L'antimatière est identique à la matière, si ce n'est qu'elle se compose de particules aux charges électriques inversées.

L'antimatière est la plus puissante source énergétique connue. Contrairement à la production d'énergie nucléaire par fission, dont l'efficience se borne à 1,5 %, elle transforme intégralement sa masse en énergie. En outre, elle ne dégage ni pollution ni radiations.

Il y a cependant un problème :

L'antimatière est extrêmement instable. Elle s'annihile en énergie pure au contact de tout ce qui est… même l'air. Un seul gramme d'antimatière recèle autant d'énergie qu'une bombe nucléaire de 20 kilotonnes, la puissance de celle qui frappa Hiroshima.

Jusqu'à ces dernières années, on n'avait réussi à produire que quelques infimes quantités d'antimatière (quelques atomes à la fois). Mais le « décélérateur d'antiprotons » récemment mis au point par le CERN ouvre de formidables perspectives : sa capacité de production d'antimatière est considérablement renforcée.

Se pose désormais une angoissante question : cette substance hautement volatile sauvera-t-elle le monde, ou sera-t-elle utilisée pour créer l'arme la plus destructrice de l'histoire ?

Note de l'auteur

Tous les tombeaux, sites souterrains, édifices architecturaux et œuvres d'art romains auxquels se réfère cet ouvrage existent bel et bien. On peut encore les admirer aujourd'hui.

Quant à la Confrérie des *Illuminati*, elle a aussi existé.

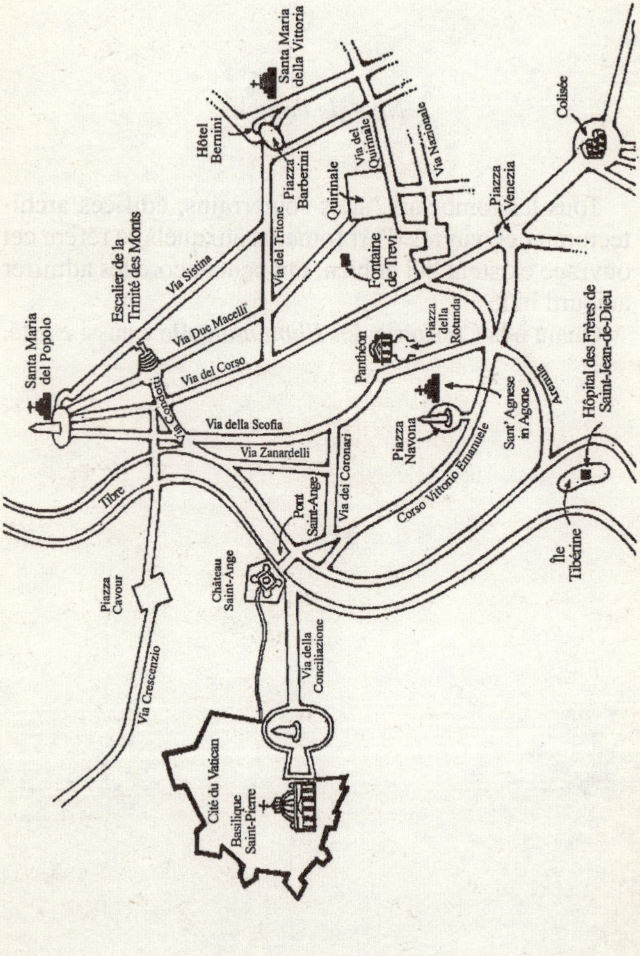

ROME AUJOURD'HUI

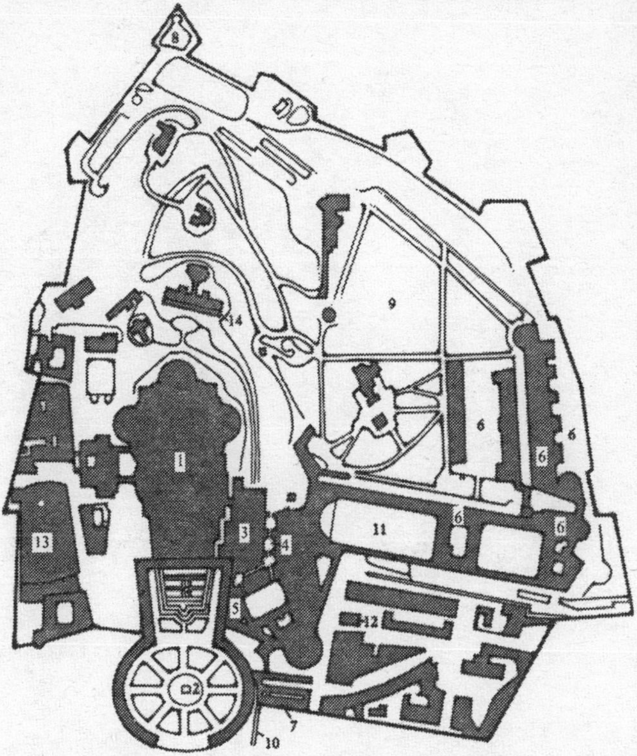

1 Basilique Saint-Pierre	6 Musées du Vatican	11 Cour du Belvédère
2 Place Saint-Pierre	7 PC de la Garde suisse	12 Postes vaticanes
3 Chapelle Sixtine	8 Héliport	13 Salle Paul VI (audiences pontificales)
4 Cour Borgia	9 Jardins	
5 Bureau du pape	10 *Passetto*	14 Governatorio

CITÉ DU VATICAN

Prologue

En reniflant une odeur de chair brûlée, le physicien Leonardo Vetra comprit que c'était la sienne. Il leva des yeux terrorisés vers la silhouette penchée sur lui.

— Que voulez-vous ?

— *La chiave*, répondit la voix rauque, le mot de passe.

— Mais… je n'ai pas…

L'intrus appuya de nouveau, enfonçant plus profondément l'objet blanc et brûlant dans la poitrine de Vetra. On entendit un grésillement de viande sur le gril.

Vetra poussa un hurlement de douleur.

— Il n'y a pas de mot de passe !

Il se sentait basculer dans le néant.

Son bourreau lui jeta un regard furibond.

— Exactement ce que je craignais. *Ne avevo paura !*

Vetra lutta pour ne pas perdre connaissance, mais le voile qui le séparait du monde s'épaississait. Son seul réconfort : savoir que son agresseur n'obtiendrait jamais ce qu'il était venu chercher. Quelques instants plus tard, l'homme sortit un couteau. La lame s'approcha du visage de Vetra. Avec une délicatesse toute chirurgicale.

— Pour l'amour de Dieu ! hurla le mourant d'une voix étranglée.

Mais il était trop tard.

1.

Au sommet des marches de la grande pyramide de Gizeh, une jeune femme riait et l'appelait :

— Robert, dépêche-toi ! Décidément, j'aurais dû épouser un homme plus jeune !

Son sourire était magique.

Il s'efforçait de la suivre mais ses jambes étaient deux blocs de pierre.

— Attends-moi ! supplia-t-il. S'il te plaît !

Alors qu'il recommençait à grimper, sa vision se brouilla. Son cœur cognait comme un gong à ses oreilles. Je dois la rattraper ! Mais quand il leva de nouveau les yeux, la femme avait disparu. À sa place se tenait un vieillard aux dents gâtées. L'homme regardait vers le bas, un étrange rictus retroussant ses lèvres. Puis il poussa un cri d'angoisse qui résonna dans le désert.

Robert Langdon se réveilla en sursaut de son cauchemar. Le téléphone sonnait à côté de son lit. Émergeant péniblement, il décrocha l'appareil.

— Allô ?

— Je cherche à joindre Robert Langdon, fit une voix d'homme.

Langdon s'assit dans son lit et essaya de reprendre ses esprits.

— C'est… c'est lui-même.

Il cligna des yeux en tournant la tête vers son réveil numérique. Celui-ci affichait 5 h 18 du matin.

— Il faut que je vous rencontre sur-le-champ.

— Mais qui êtes-vous ?

— Je me nomme Maximilian Kohler. Je suis physicien. Spécialisé en physique des particules, pour être précis.

— Quoi ?

Langdon se demandait s'il était vraiment réveillé.

— Vous êtes sûr que je suis le Langdon que vous cherchez ?

— Vous êtes professeur d'iconologie religieuse à Harvard. Vous êtes l'auteur de trois ouvrages sur les systèmes symboliques et…

— Savez-vous l'heure qu'il est ?

— Excusez-moi. J'ai quelque chose à vous montrer. Il m'est impossible d'en parler au téléphone.

Langdon poussa un marmonnement entendu. Ce n'était pas la première fois. L'un des risques qui guettent l'auteur de livres sur la symbolique religieuse, c'est justement ce genre d'appels d'illuminés. Ils viennent de recevoir un message de Dieu et ils demandent confirmation au spécialiste. Le mois précédent, une danseuse de cabaret de Tulsa dans l'Oklahoma lui avait promis la nuit d'amour de sa vie s'il prenait l'avion pour authentifier le signe de croix qui venait d'apparaître sur sa housse de couette. Langdon avait baptisé ce nouveau cas « le suaire de Tulsa ».

— Comment avez-vous eu mon numéro ? demanda Langdon en essayant de garder son calme malgré l'heure matinale.

— Sur le Web, sur le site de votre bouquin.

Langdon fronça les sourcils. Il était parfaitement sûr

que le site de son livre ne donnait pas son numéro de téléphone privé. Ce type mentait, de toute évidence.

— Il faut que je vous voie, insista l'autre. Je vous paierai bien.

Langdon sortit de ses gonds.

— Je suis désolé, mais vraiment je n'ai rien à…

— Si vous partez tout de suite, vous pouvez être ici vers…

— Je n'irai nulle part ! Il est 5 heures du matin !

Langdon raccrocha et se laissa choir sur son lit. Il ferma les yeux et essaya de se rendormir. Peine perdue. Il était trop contrarié. À regret, il enfila son peignoir et descendit au rez-de-chaussée.

Robert Langdon traversa pieds nus le grand salon vide de sa demeure victorienne du Massachusetts et se prépara le remède habituel des nuits d'insomnie, un bol de chocolat instantané en poudre. La lune d'avril filtrait à travers les portes-fenêtres et animait les motifs des tapis orientaux. Il balaya la pièce du regard. Ses collègues le taquinaient souvent sur son intérieur — celui-ci évoquait davantage, selon eux, un musée d'anthropologie qu'une habitation privée. Ses étagères étaient bondées d'objets d'art religieux du monde entier — un ekuaba du Ghana, une croix en or espagnole, une idole cycladique de la mer Égée et même un rare boccus tissé de Bornéo, symbole de jeunesse éternelle porté par les jeunes guerriers indonésiens.

Assis sur son coffre Maharishi en cuivre, Langdon savourait son chocolat en surveillant d'un œil distrait son reflet dans la baie vitrée. L'image déformée et pâle évoquait un fantôme. Un fantôme vieillissant, songea le professeur, cruellement rappelé à la réalité de sa condition : un esprit jeune dans une enveloppe mortelle.

Âgé d'environ quarante ans, Langdon, qui n'était pas beau au sens classique du terme, était le type même de l'universitaire à la mâle distinction qui, selon ses collègues du sexe féminin, plaît tant aux femmes. Avec ses tempes argentées qui rehaussaient une belle chevelure encore brune, son impressionnante voix de basse et le large sourire insouciant d'un grand sportif, Langdon avait gardé le corps du nageur de compétition qu'il avait été à l'université. Et il veillait à maintenir en forme son mètre quatre-vingts longiligne et musclé en s'imposant chaque matin cinquante longueurs dans la piscine du campus.

Ses amis l'avaient toujours considéré comme une énigme. Tour à tour moderne et nostalgique, il semblait changer de peau à volonté. Le week-end, on pouvait le voir se prélasser sur une pelouse, discutant conception assistée par ordinateur ou histoire religieuse avec des étudiants ; parfois, on l'apercevait en veste de tweed sur un gilet à motifs cachemire dans les pages d'un magazine d'art ou à la soirée d'ouverture d'un musée où on lui avait demandé de prononcer une conférence.

Ce grand amoureux des symboles était sans aucun doute un professeur qui ne faisait pas de cadeaux et exigeait une stricte discipline de ses élèves, mais Langdon était aussi le premier à pratiquer « l'art oublié du bon rire franc et massif », selon sa bizarre expression, dont il vantait les mérites. Il adorait les récréations et les imposait avec un fanatisme contagieux qui lui avait valu une popularité sans mélange auprès de ses étudiants. Son surnom sur le campus, le « Dauphin », en disait long sur son caractère bon enfant mais aussi sur sa capacité légendaire de multiplier les feintes pour tromper l'équipe adverse, lors des matchs de water-polo.

Soudain, le silence du grand salon fut de nouveau troublé, cette fois par une sorte de cliquetis que le quadragénaire à demi assoupi ne reconnut pas tout de suite. Trop fatigué pour s'emporter, Langdon esquissa un sourire las : le cinglé de tout à l'heure ne s'avouait pas vaincu. Ah, ces fous de Dieu ! Deux mille ans qu'ils attendent le Messie et ils y croient plus que jamais !

Les sourcils froncés, il rapporta son bol vide à la cuisine et gagna à pas lents son bureau lambrissé de chêne. Le fax qui venait d'arriver luisait faiblement sur le plateau. En poussant un soupir, il s'empara de la feuille et l'approcha de ses yeux.

Aussitôt, il fut pris de nausées.

C'était la photo d'un cadavre. On l'avait entièrement dénudé et on lui avait tordu le cou jusqu'à ce que sa tête regarde derrière lui. Sur la poitrine de la victime une terrible brûlure renforçait l'atrocité de ce meurtre. L'homme avait été marqué au fer rouge, on avait gravé un mot, un seul mot dans sa chair. Un terme que Langdon connaissait bien. Très bien. Ses yeux restaient rivés, incrédules, sur les étranges caractères gothiques :

— *Illuminati*, balbutia Langdon, le cœur battant à tout rompre. Ce n'est quand même pas…

D'un mouvement lent, appréhendant ce qu'il allait découvrir, il fit pivoter le fax à 180 degrés. Lut le mot à l'envers. Il en eut le souffle coupé — à peu près comme s'il venait de se prendre un coup de poing en pleine poitrine.

— *Illuminati*, répéta-t-il dans un murmure.

Abasourdi, Langdon s'affala sur une chaise. Il resta pétrifié, sous le coup de la commotion qu'il venait de recevoir. Peu à peu, ses yeux furent attirés par le clignotement du voyant rouge sur son fax. Celui qui lui avait envoyé ce fax morbide était au bout du fil… et attendait de lui parler. Langdon resta longtemps sans bouger, à fixer ce petit clignotant redoutable.

Puis, en tremblant, il décrocha le combiné.

2.

— M'accorderez-vous votre attention, à présent ? fit la voix de l'homme quand Langdon prit enfin la ligne.

— En effet, monsieur, vous avez toute mon attention. Peut-être pourriez-vous m'expliquer…

— J'ai essayé de le faire tout à l'heure… (La voix était rigide et mécanique.) Je suis physicien et je dirige un laboratoire de recherche. Il y a eu un meurtre chez nous. Vous avez vu le corps.

— Comment m'avez-vous trouvé ?

Langdon peinait à rassembler ses esprits tant le fax l'avait impressionné.

— Je vous l'ai déjà dit, sur Internet, le site de votre livre, *L'Art des Illuminati*.

Le livre de Langdon, dont l'audience publique avait été des plus confidentielles, avait pourtant suscité un certain mouvement d'intérêt sur la Toile. Mais ses coordonnées n'y figuraient pas…

— Cette page ne comporte pas le moindre numéro de téléphone, autant que je me souvienne.

— J'ai des collègues qui savent très bien extraire des informations cachées à partir d'un site comme celui-là.

Langdon était sceptique.

— Pour des physiciens, vous semblez en savoir long sur le Web…

— Pas très étonnant, rétorqua l'homme, c'est nous qui l'avons inventé !

Quelque chose dans la voix de son interlocuteur suggéra à Langdon qu'il ne plaisantait pas.

— Je dois absolument vous rencontrer, insista le mystérieux inconnu. La question dont je dois vous entretenir ne peut être traitée par téléphone. Mon labo ne se trouve qu'à une heure d'avion de Boston.

Langdon, debout dans la pénombre de son bureau, analysait le fax qu'il tenait à la main. Cette image stupéfiante représentait peut-être la découverte épigraphique du siècle et elle confirmait dix années de recherches personnelles.

— C'est urgent, insista la voix.

Les yeux de Langdon restaient rivés sur l'étrange marque. *Illuminati*. Il ne cessait de relire ce mot. Son travail avait toujours été fondé sur des documents venus du lointain passé, mais l'image qu'il avait sous les yeux était d'actualité. Au présent. Langdon se faisait l'effet d'un paléontologue se trouvant nez à nez avec un dinosaure vivant.

— J'ai pris la liberté d'envoyer un avion vous chercher, fit la voix. Il sera à Boston dans vingt minutes.

Une heure d'avion… Langdon sentit sa bouche s'assécher.

— Pardonnez mon audace, mais j'ai vraiment besoin de vous ici, fit la voix.

Langdon regarda encore le fax — une légende venue de la nuit des temps qui se matérialisait comme par enchantement. En noir et blanc. Dont les conséquences pouvaient être effrayantes… Il jeta un regard absent par la baie vitrée. Les premières lueurs de l'aube s'insinuaient entre les branches des bouleaux de son jardin, mais le paysage respirait un je ne sais quoi de différent, ce matin. Envahi par une étrange combinaison d'appréhension et d'euphorie, Langdon sut qu'il n'avait pas le choix.

— Vous avez gagné, répondit-il enfin. Dites-moi où je dois prendre cet avion.

3.

À des milliers de kilomètres de là deux hommes se retrouvaient. Dans une pièce sombre, moyenâgeuse, tout en pierre.

— *Benvenuto*, fit le chef. (Assis dans un recoin obscur, il était invisible.) Vous avez réussi ?

— *Si, perfettamente*, rétorqua la silhouette sombre, d'une voix aussi dure que les murs.

— Et il n'y aura aucun doute sur le responsable ?

— Aucun.

— Superbe. Avez-vous ce que j'ai demandé ?

Les yeux du tueur, noirs comme du jais, brillèrent d'une lueur mauvaise. Il fit apparaître un lourd appareil électronique qu'il posa sur la table. Son interlocuteur parut satisfait.

— Je suis content de vous.

— Servir la fraternité est un honneur, répondit le tueur.

— La phase deux va commencer. Allez vous reposer. Ce soir, nous allons changer le monde.

4.

La Saab 900 S de Robert Langdon sortit du tunnel Callahan sur le côté est du port de Boston, à proximité de l'entrée de l'aéroport Logan. Scrutant un instant les panneaux, Langdon suivit l'indication Aviation Road et tourna à gauche après le vieux bâtiment des Eastern Airlines. Trois cents mètres plus loin, il aperçut un hangar qui se détachait dans le jour naissant. Un grand 4 était peint sur la façade. Il s'arrêta sur le parking et descendit de la voiture.

Un homme au visage rondouillard, vêtu d'une tenue d'aviateur bleue apparut, au coin du bâtiment.

— Robert Langdon ? s'enquit l'homme d'une voix amicale, avec un accent que Langdon ne put identifier.

— C'est moi, répliqua Langdon en bipant le verrouillage automatique.

— Un minutage parfait ! constata l'autre. Je viens juste d'atterrir. Suivez-moi s'il vous plaît.

Ils firent le tour du hangar. Langdon était tendu. Il n'avait pas l'habitude des coups de fil en forme d'énigmes et des rendez-vous secrets avec des inconnus. Ne sachant pas ce qui l'attendait, il avait revêtu sa tenue de prof de tous les jours : pantalon de coton, col roulé et veste en tweed Harris. Tout en marchant, il repensait au fax dans la poche de sa veste, dont il ne comprenait toujours pas le sens.

Le pilote dut sentir l'anxiété de son passager car il lui demanda :

— Vous n'avez pas peur en avion, monsieur ?

— Pas le moins du monde, assura Langdon.

Les cadavres marqués au fer rouge me filent la frousse, songea-t-il, l'avion en revanche ça va.

Langdon suivit son guide jusqu'à l'autre extrémité du hangar. Le pilote se dirigea vers la piste.

En découvrant l'engin garé sur le tarmac, Langdon se figea sur place.

— C'est dans ce bidule qu'on est censés voler ?

L'autre arbora un large sourire.

— Il vous plaît ?

Langdon contempla la chose un long moment.

— S'il me plaît ? Mais, bon Dieu, qu'est-ce que c'est que ça ?

L'appareil était énorme. Il évoquait vaguement une navette spatiale dont on aurait complètement aplati le cockpit. Sous cet angle, il faisait irrésistiblement penser à une gigantesque cale. Au premier abord, Langdon se dit qu'il devait rêver. Cette étrange machine ressemblait autant à un avion qu'un fer à repasser. Les ailes étaient pratiquement inexistantes, on discernait juste à l'arrière du fuselage deux ailerons trapus, que surmontaient deux volets. Le reste de l'avion se composait d'une coque, longue d'environ soixante-dix mètres. Sans le moindre hublot. Juste une énorme coque.

— Deux cent cinquante tonnes réservoirs pleins, commenta le pilote, avec l'expression ravie d'un père vantant les mérites de son rejeton. Ça marche à l'hydrogène liquide. La coque allie matrice en titane et composants en fibres de carbone. Elle supporte un rapport poussée-poids de 1 à 20, contre 1 à 7 pour la plupart des appareils. Le directeur doit être drôlement pressé de vous rencontrer ! C'est pas le genre à faire voler son chouchou pour un oui ou pour un non.

— Vous voulez dire que ce machin vole ? bredouilla Langdon, éberlué.

Le pilote sourit.

— Oh, pour ça, oui.

Il traversa le tarmac suivi par Langdon.

— Au début, ça surprend, je sais, mais vous feriez mieux de vous y habituer. D'ici à cinq ans vous ne verrez plus qu'eux, les jets hypersoniques. Notre labo est l'un des premiers à en avoir reçu un.

Ce doit être un sacré labo, pensa Langdon.

— Il s'agit du prototype du X-33 de Boeing, continua le pilote, mais il y en a des dizaines d'autres, l'Aérospatiale, les Russes, les Anglais ont tous développé un prototype. C'est l'avion de demain, juste le temps de développer un modèle commercialisable et on pourra dire adieu aux jets conventionnels.

Langdon jeta un coup d'œil méfiant sur l'engin.

— Je crois que je préférerais les jets conventionnels !

Le pilote fit apparaître la passerelle.

— Par ici, monsieur Langdon, s'il vous plaît. Attention à la marche.

Quelques minutes plus tard, Langdon était installé, seul, dans la cabine. Le pilote lui boucla son harnais de sécurité et s'éclipsa vers l'avant de l'avion.

La cabine elle-même ressemblait étonnamment à celle d'un jumbo-jet, à l'exception de l'absence totale de hublots, ce qui mit Langdon mal à l'aise. Toute sa vie, il avait été sujet à une forme de claustrophobie légère, séquelle d'une expérience enfantine jamais totalement digérée.

Cette aversion pour les espaces confinés ne handicapait pas vraiment Langdon, mais elle l'avait toujours gêné. Elle influait sur nombre de ses décisions, de manière insidieuse. C'est ainsi qu'il évitait les sports d'intérieur comme le squash ou le racquet-ball et il n'avait pas hésité à débourser une petite fortune pour sa demeure victorienne spacieuse et haute de plafonds, alors même que l'université lui avait proposé un logement de fonction. Langdon avait souvent soupçonné que son attrait pour les œuvres d'art, qui remontait à l'enfance, découlait de son amour pour les grands espaces ouverts des musées.

Le vrombissement des moteurs qui faisait vibrer toute la coque le ramena à la réalité. Langdon déglutit laborieusement et attendit. Il sentit l'appareil s'ébranler sur la piste. Un haut-parleur, quelque part au-dessus de lui, se mit à déverser de la musique country *mezza voce*. Le téléphone suspendu à la cloison devant lui bipa deux fois. Langdon décrocha le combiné.

— Allô ?

— À l'aise, monsieur Langdon ?

— Pas du tout.

— Détendez-vous, voyons. Nous y serons dans une heure.

— Mais où exactement ? demanda Langdon, réalisant qu'il n'avait pas la moindre idée de l'endroit où ils se rendaient.

— À Genève, répondit le pilote en accélérant. Le labo se trouve à Genève.

— Genève, dans l'État de New York ? répéta Langdon, un peu rasséréné. J'ai de la famille dans le coin. J'ignorais qu'il y avait un laboratoire de physique à Genève…

Le pilote s'esclaffa.

— Pas ce Genève, monsieur Langdon. Genève en Suisse !

Langdon mit un moment à assimiler l'information.

— En Suisse ? (Langdon sentit son pouls s'accélérer.) Mais vous venez de me dire que votre labo n'était qu'à une heure d'ici !

— En effet, monsieur Langdon. Cet engin vole à Mach 15.

5.

Dans une grande rue européenne, le tueur zigzaguait à travers la foule. Grand gabarit, athlétique, expression fermée et démarche puissante. Visiblement très agile. Les muscles encore endoloris, après l'excitation de la rencontre.

Tout s'est bien passé, se dit-il. Bien que son employeur ne lui ait jamais montré son visage, le tueur se sentait honoré de l'avoir connu. Après tout, il ne s'était écoulé que quinze jours depuis qu'on l'avait contacté pour la première fois. Le tueur se rappelait encore chaque mot de l'appel…

— Mon nom est Janus, avait annoncé son interlocuteur. Nous avons un ennemi commun. Je me suis laissé dire que vos compétences étaient à louer.

— Ça dépend qui vous représentez…

L'autre lui avait dit…

— Vous vous imaginez que je vais croire ça ?

— Vous avez entendu parler de nous, à ce que je vois.

— Évidemment, la Confrérie est légendaire.

— Et pourtant vous doutez de moi ?

— Tout le monde sait que les frères se sont volatilisés une fois pour toutes.

— Que vous le croyiez signifie que notre stratagème a bien fonctionné. L'ennemi le plus dangereux est celui que personne ne craint.

Le tueur était sceptique.

— La Confrérie existe toujours ?

— Elle est plus invisible et plus solidement enracinée que jamais. Nous sommes infiltrés partout… y compris dans le sanctuaire de notre ennemi juré.

— Impossible, ils sont invulnérables.

— La Confrérie a le bras long.

— Personne n'a le bras aussi long.

— Vous ne tarderez pas à être convaincu. La Confrérie vient de faire la démonstration irréfutable de sa puissance. Une trahison. Unique. Pas de meilleure preuve.

— Qu'entendez-vous par là ?

En entendant la réponse, le tueur écarquilla les yeux.

— Impossible, c'est impossible.

Le lendemain, les quotidiens du monde entier annonçaient la nouvelle. Le tueur n'avait plus de raisons de douter.

Et maintenant, deux semaines plus tard, sa foi était devenue inébranlable.

La Confrérie existe toujours, se dit-il. Ce soir, ils vont révéler leur puissance à la face du monde.

Pendant qu'il se frayait un chemin dans les rues, son regard noir étincelait d'une lueur de prémonition. L'une des confréries les plus clandestines et les plus redoutées qui ait jamais existé l'avait appelé pour lui confier un travail. Un choix très sage, songea-t-il. Il était connu pour sa totale discrétion… et pour son infaillibilité.

Jusque-là, il avait effectué un sans-faute. Il avait liquidé la cible et livré l'objet demandé par Janus. Maintenant, c'était à ce dernier qu'il revenait d'utiliser son pouvoir pour placer l'objet en question. Opération fort délicate, au demeurant.

Le tueur se demandait comment Janus allait résoudre un problème aussi complexe. Son employeur avait de toute évidence des contacts à l'intérieur. L'ascendant de la Confrérie semblait illimité.

Janus, réfléchit le tueur, un nom de code sans aucun doute. Était-ce une référence au dieu à double visage de la Rome antique, ou au satellite de Saturne ? Peu importait au fond. Janus détenait un pouvoir immense, il venait d'en faire l'éclatante démonstration.

Tout en marchant, le tueur imaginait le sourire de reconnaissance de ses ancêtres. Aujourd'hui, c'était leur combat qu'il menait, il luttait contre le même ennemi qu'ils avaient dû affronter pendant de longs siècles, puisque tout avait débuté au XIe siècle, quand les armées des croisés avaient saccagé pour la première fois, martyrisant, violant, massacrant ses compatriotes, déclarés « impurs », détruisant ses temples, foulant ses dieux aux pieds…

Pour se défendre, ses ancêtres avaient formé une petite mais redoutable armée. Ses campagnes dans le pays, à la recherche d'ennemis à massacrer, lui avaient rapidement acquis une réputation d'impitoyable efficacité. D'une brutalité inouïe, ses guerriers étaient aussi connus pour célébrer leurs tueries en consommant des drogues qui les plongeaient dans un état second. Ils appelaient la principale de ces drogues « hachisch ».

Et c'est sous le nom d'*hachichin*, adeptes du hachisch, qu'on avait fini par les désigner. Au fil du temps, ce terme était devenu synonyme de mort violente, dans presque toutes les langues du globe. Il existe d'ailleurs toujours en français moderne, mais tout comme l'art du meurtre, il a évolué.

Il se prononce aujourd'hui Assassin.

6.

Soixante-quatre minutes avaient passé quand Robert Langdon, incrédule et légèrement nauséeux, descendit la passerelle et traversa le tarmac sous un soleil de plomb. Un vent frisquet soulevait les pans de sa veste de tweed. Le paysage était magnifique. Clignant des yeux, il balaya du regard les vallées verdoyantes et les pics couverts de neige qui l'entouraient.

Je suis en train de rêver, se dit-il. Je vais me réveiller d'une minute à l'autre.

— Bienvenue en Suisse, lui lança le pilote, obligé de hurler pour couvrir le bruit des réacteurs du X-33 qui décéléraient peu à peu.

Langdon jeta un coup d'œil à sa montre. Il était 7 h 07.

— Vous venez de traverser six fuseaux horaires, poursuivit le pilote. Il est un peu plus de une heure de l'après-midi.

Langdon régla sa montre.

— Comment vous sentez-vous ?

Langdon se frotta le ventre.

— Comme si j'avais l'estomac bourré de polystyrène expansé.

Le pilote acquiesça :

— Le mal de l'air. Nous avons volé à vingt mille mètres d'altitude. On est trente pour cent plus léger là-haut. Heureusement pour vous, on n'a fait qu'un saut de puce. Si j'avais dû vous emmener à Tokyo, j'aurais dû monter à cent soixante kilomètres… Rien de tel pour vous mettre les boyaux à l'envers.

Langdon approuva machinalement. Il pouvait s'estimer heureux, tout bien considéré, ce voyage avait été remarquablement ordinaire. Mis à part l'accélération foudroyante du décollage, le vol avait été tout à fait banal, quelques turbulences, les inévitables variations de la pression aux changements d'altitude, mais rien ne pouvait laisser penser qu'ils avaient traversé les airs à 17 000 km/h.

Une poignée de techniciens accoururent sur la piste pour dorloter le X-33. Le pilote escorta Langdon jusqu'à la 607 noire garée sur un parking de l'aérogare, derrière la tour de contrôle. Quelques instants plus tard, ils filaient sur une route pavée qui suivait le fond de la vallée. Au loin, on distinguait vaguement un pâté d'immeubles. De part et d'autre de la route défilaient des champs verdoyants.

Langdon jetait des coups d'œil sidérés sur le compteur qui affichait 170 km/h. Qui est-ce qui m'a fichu un pareil obsédé de la vitesse ? marmonna-t-il en son for intérieur.

— On n'est qu'à cinq kilomètres du labo, fit le pilote. On y sera dans deux minutes.

Langdon cherchait en vain sa ceinture de sécurité.

Pourquoi pas trois, si on y arrive vivants ? objecta-t-il intérieurement.

Le pilote accéléra de plus belle.

— Vous aimez Reba ? demanda le pilote en enfonçant un CD dans le lecteur.

Une voix féminine commença à chanter « *It's just the fear of being alone…* »

Ce n'est pas une question de peur, songea machinalement Langdon. Ses collègues femmes lui faisaient souvent remarquer que sa collection d'objets d'art digne d'un musée n'était rien d'autre qu'une tentative transparente de remplir une maison vide, laquelle, insistaient-elles, aurait tout à gagner à la présence d'une femme. Langdon repoussait toujours ce type d'avances d'un grand éclat de rire, leur rappelant qu'il avait déjà trois amours dans sa vie, la symbologie, le water-polo et le célibat. Ce dernier lui laissait tout le loisir de sillonner le monde au gré de ses envies, de se mettre au lit aussi tard qu'il le désirait et de passer des soirées tranquilles chez lui avec un bon livre et un cognac.

— Vous allez voir, c'est une vraie petite ville, claironna le pilote, le tirant de sa rêverie. Il n'y a pas que des labos ; on a des supermarchés, un hôpital et même un cinéma.

Langdon acquiesça d'un air absent tout en découvrant l'imposant ensemble de bâtiments qui se dressaient devant eux.

— En fait, poursuivit le pilote, nous possédons la plus grande machine du monde.

— Vraiment ? fit Langdon, qui scruta les alentours d'un regard curieux.

— Vous ne risquez pas de la voir, monsieur, elle est enterrée à vingt-cinq mètres sous terre.

Langdon n'eut pas le temps de poser d'autres questions : sans prévenir, le pilote donna un vigoureux coup de freins. La voiture stoppa devant une barrière de sécurité bordée d'une guérite. Langdon déchiffra le panneau : SÉCURITÉ STOP. Réalisant qu'il se trouvait dans un pays étranger, il eut un accès de frayeur.

— Mon Dieu, mais je n'ai pas pris mon passeport !

— Vous n'en avez pas besoin, nous avons un accord avec le gouvernement suisse.

Médusé, Langdon regarda son chauffeur présenter un insigne d'identité au vigile de l'entrée qui l'introduisit dans un lecteur électronique dont le témoin vert se mit à clignoter.

— Le nom de votre passager ? demanda le garde.

— Robert Langdon, répondit le pilote.

— Invité par… ?

— Le directeur.

Le garde haussa les sourcils avant de se retourner vers un tableau de service imprimé et de vérifier les données sur son ordinateur. Puis il se tourna vers la 607.

— Bon séjour, monsieur Langdon.

La voiture redémarra et parcourut encore deux cents mètres sur une allée circulaire qui la mena devant l'entrée principale du complexe. Une structure de verre et d'acier ultramoderne se dressait, menaçante, devant eux. Langdon fut étonné par la transparence de l'édifice. Il avait toujours été un passionné d'architecture.

— La cathédrale de verre, commenta son compagnon.

— Une église ?

— Mon Dieu, non. S'il manque une chose ici, c'est bien une église… La seule religion des autochtones, c'est la physique. Vous pouvez dire tout le mal que vous voudrez du Seigneur, mais ne vous avisez jamais de blasphémer les *quarks* ou les *mesons* !

Langdon était de plus en plus ébahi.

Des *quarks* et des *mesons* ? Pas de frontières ? Un avion qui vole à 17 000 km/h ? Mais à qui donc avait-il affaire ?

Une dalle de granit qui ornait l'entrée de ce sanctuaire lui fournit la réponse : CERN.

Conseil européen pour la recherche nucléaire.

— La recherche nucléaire ? s'enquit Langdon, se retournant vers son chauffeur.

Celui-ci ne répondit pas. Il était penché en avant, et introduisait un autre disque dans le lecteur.

— Vous descendez ici. Le directeur va venir vous retrouver dans le hall.

Langdon aperçut un homme sur un fauteuil roulant qui sortait de l'immeuble. Il paraissait être âgé d'une soixantaine d'années. Émacié et totalement chauve, la bouche contractée dessinant un pli sévère, il portait une blouse blanche de laboratoire et ses pieds, solidement calés sur les repose-pieds du fauteuil, étaient chaussés de mocassins noirs brillants. Même de loin, ses yeux, telles deux pierres grises, semblaient éteints.

— Est-ce lui ? demanda Langdon.

Le pilote jeta un coup d'œil furtif dans la direction que lui indiquait le menton de Langdon et se retourna aussitôt, un sourire inquiétant aux lèvres.

— Eh bien, parlez du loup…

Plongé dans un abîme de perplexité, Langdon sortit de la 607 noire.

L'infirme propulsa son fauteuil roulant vers lui et lui tendit une main moite.

— Monsieur Langdon ? Nous nous sommes parlé au téléphone. Je me présente : Maximilian Kohler.

7.

Maximilian Kohler, le directeur général du CERN, portait à son insu un sobriquet, *der König*, le Roi. Ce surnom dénotait plus la peur que la révérence à l'égard de celui qui régnait sur son empire, juché sur son fauteuil roulant comme sur un trône. Rares étaient les employés qui le connaissaient personnellement, mais tous se répétaient l'horrible histoire de l'accident qui lui avait coûté l'usage de ses jambes… et il s'en trouvait bien peu pour lui reprocher son amertume ou railler son dévouement absolu à la science pure.

Langdon ne mit que quelques instants à comprendre que le directeur était de ceux qui tiennent à garder leurs distances. Il lui fallut d'ailleurs allonger sensiblement le pas pour suivre le fauteuil électrique de Kohler qui pénétrait silencieusement dans le bâtiment. Il n'avait d'ailleurs jamais vu de fauteuil comparable à celui-ci. Son attirail de gadgets électroniques comprenait un écran d'ordinateur, un téléphone multiligne, un pager et même une petite caméra vidéo amovible. Un véritable QG mobile, digne d'un autocrate.

Langdon franchit derrière son hôte une porte électronique qui débouchait sur le grand hall du CERN.

La cathédrale de verre, se dit Langdon en levant des yeux amusés vers la verrière bleuâtre qui coiffait l'édifice. Les rayons du soleil la faisaient chatoyer et projetaient des motifs géométriques sur les parois vitrées. Une vision majestueuse, sans aucun doute. Des ombres anguleuses, semblables à des veines, se réfléchissaient sur les murs et les sols recouverts de marbre. L'air qu'on respirait semblait parfaitement pur et stérile. Quelques scientifiques se déplaçaient d'un pas vif, faisant résonner le sol dallé du bruit de leurs talons.

— Par ici, monsieur Langdon, s'il vous plaît.

La voix de Kohler semblait presque numérisée, ses intonations étaient rigides et précises, à l'image de sa physionomie sévère. Il toussa et s'essuya la bouche sur un mouchoir blanc tout en fixant Langdon de ses yeux gris.

— Dépêchons, monsieur Langdon, il y a urgence, ajouta-t-il tandis que le fauteuil roulant glissait sur le sol de marbre.

Langdon longea une série de couloirs qui rayonnaient à partir de l'atrium central. Tous bourdonnaient d'activité. Les scientifiques qui voyaient Kohler semblaient surpris et dévisageaient Langdon en se demandant visiblement qui pouvait être l'invité du grand patron.

— Je dois vous faire un aveu qui m'embarrasse, commença Langdon pour engager la conversation, j'ignore tout du CERN.

— Cela ne m'étonne pas, rétorqua Kohler d'une voix aussi froide et métallique que les poutrelles d'acier qui les entouraient. La plupart des Américains ne considèrent pas l'Europe comme le numéro un mondial de la recherche scientifique. À leurs yeux nous ne sommes guère qu'une sympathique destination touristique. Étrange perception, si l'on veut bien se souvenir que Galilée, Newton et Einstein étaient des Européens !

Langdon ne savait quoi répondre. Il tira le fax de sa poche.

— Cet homme sur la photo, pouvez-vous… ?

Kohler le coupa d'un geste.

— Pas ici, s'il vous plaît. Vous allez le voir tout de suite.

Il tendit la main.

— Peut-être vaut-il mieux que je récupère ceci.

Langdon lui remit le fax et le suivit sans rien ajouter. Kohler tourna à gauche et entra dans un large couloir orné de prix et de plaques commémoratives. L'une d'elles, beaucoup plus grande que les autres, surplombait l'entrée. Langdon ralentit pour lire l'inscription au moment où ils passaient.

Prix de l'Ars Electronica
Pour l'innovation culturelle à l'ère numérique
Décerné à Tim Berners Lee et au CERN
Pour l'invention de l'Internet

Au temps pour moi, se dit Langdon. Ce type ne plaisantait pas. Langdon avait toujours considéré Internet comme une invention américaine. Mais, encore une fois, son savoir du surf sur la Toile se limitait au site de son livre et à d'occasionnelles explorations en ligne du Louvre ou du Prado, le tout sur son antique MacIntosh.

— Internet a commencé ici, reprit Kohler, interrompu par une quinte de toux. Au début, il s'agissait d'un réseau interne qui permettait aux chercheurs des différents départements de partager les résultats de leurs découvertes. Bien sûr, le monde entier est convaincu que le Web résulte de la technologie américaine.

— Mais pourquoi ne pas remettre les pendules à l'heure ?

Kohler haussa dédaigneusement les épaules.

— Un malentendu insignifiant concernant une technologie de seconde zone. Le CERN a d'autres chats à fouetter. Internet n'est après tout qu'un système de connexion global entre ordinateurs. Nos scientifiques font des miracles presque tous les jours.

Langdon lui jeta un regard interrogatif.

— Des miracles ?

Le mot lui semblait passablement saugrenu dans la bouche d'un savant visiblement peu porté au mysticisme.

— Vous sembliez sceptique, reprit Kohler. Et je crois savoir que vous êtes un spécialiste des symboles religieux. Vous ne croyez pas aux miracles ?

— C'est une question que je n'ai pas encore tranchée, répondit Langdon.

Surtout concernant ceux qui se produisent dans des labos scientifiques.

— Peut-être « miracle » n'est-il pas le mot juste. J'essayais simplement de parler votre langue.

— Ma langue ?

Langdon se sentit subitement mal à l'aise.

— Je ne veux pas vous décevoir, cher monsieur, mais je suis un spécialiste en symbologie, pas un prêtre.

Kohler ralentit brusquement et se tourna vers Langdon. Son regard s'était quelque peu adouci.

— Bien sûr, pardonnez mon simplisme. On n'a pas besoin d'être cancéreux pour analyser les symptômes de ce mal.

Langdon fut un tantinet surpris par cette façon inédite de formuler le problème. Kohler actionna le levier de mise en route de son fauteuil et acquiesça, satisfait :

— Je sens que nous allons très bien nous entendre, vous et moi, monsieur Langdon.

Son invité était nettement plus circonspect à ce sujet.

Alors qu'ils continuaient d'avancer, Langdon commença à entendre un grondement au-dessus de leurs têtes. La rumeur, qui se réverbérait sur les murs, se fit de plus en plus bruyante ; elle semblait provenir de l'extrémité du couloir.

— Qu'est-ce que c'est que ça ? demanda Langdon, obligé de hurler pour se faire entendre.

— Une tour d'impesanteur, répliqua Kohler, de sa voix naturellement grave et sonore.

Langdon dut se contenter de cette explication. Il ne la sollicita d'ailleurs pas, il était épuisé et l'attitude de son hôte ne l'y encourageait guère. Langdon se rappela pourquoi il se trouvait là. Les *Illuminati*. Il supposa que, quelque part dans ce gigantesque complexe, devait reposer un cadavre... marqué au fer rouge d'un symbole pour lequel il venait de parcourir plus de dix mille kilomètres.

Au bout du couloir, le vrombissement devint presque assourdissant, Langdon sentait le sol vibrer sous ses pieds. En tournant le coin, il découvrit une galerie circulaire percée de quatre épaisses dalles de verre incurvées, semblables à des hublots de sous-marin. Langdon s'arrêta et jeta un coup d'œil à travers l'une de ces fenêtres. Le professeur Robert Langdon avait assisté à d'étranges spectacles au cours de sa vie, mais celui-là était bien le plus insolite. Dans une énorme pièce circulaire flottaient des hommes en état d'apesanteur. Ils étaient trois. L'un d'eux fit une cabriole tout en lui adressant un petit signe de la main.

Mon Dieu, songea Langdon éberlué, je suis chez les dingues !

Le sol de cette salle était constitué d'une grille d'acier à travers laquelle on distinguait une hélice tournoyant.

— La tour d'impesanteur, fit Kohler, s'arrêtant à son tour pour l'attendre. Chute libre en chambre, excellent pour soulager le stress. C'est une soufflerie aérodynamique verticale.

Langdon regardait toujours, frappé de stupeur. L'un des trois « ludions », une femme obèse, s'approcha de la fenêtre. Elle était ballottée par les courants d'air mais souriait de toutes ses dents et releva ses deux pouces en regardant Langdon qui lui répondit par un sourire timide. Il lui rendit son geste en se demandant si elle savait que ce geste avait symbolisé, dans des cultures fort anciennes, la virilité masculine.

La grosse dame, remarqua Langdon, était la seule à être équipée d'un parachute miniature. La petite coupole de tissu ondulait au-dessus d'elle comme un jouet.

— À quoi sert ce petit parachute ? interrogea-t-il.

— Il augmente le coefficient de résistance à l'air, donc la mobilité ascensionnelle. Ce mètre carré de tissu suffit à ralentir la chute d'un adulte moyen de presque vingt pour cent.

Langdon acquiesça machinalement.

Il était loin de se douter que le soir même, à des centaines de kilomètres de là, cette information allait lui sauver la vie.

8.

Quand Kohler et Langdon sortirent sous un soleil radieux à l'arrière du grand bâtiment du CERN, Langdon eut presque l'impression d'avoir été transporté sur le campus de Harvard.

Une magnifique pelouse lustrée, sillonnée d'allées irrégulières et bordée de bosquets d'érables, moutonnait entre les dortoirs en briques brunes rectangulaires. Des individus, ressemblant traits pour traits à des étudiants ou à des professeurs, entraient et sortaient des bâtiments, des piles de livres dans les bras. Comme pour accentuer cette atmosphère universitaire, deux hippies aux cheveux longs jouaient au frisbee au son de la *Quatrième Symphonie* de Mahler qui s'échappait d'une fenêtre ouverte.

— Ce sont les dortoirs résidentiels, expliqua Kohler tout en accélérant son fauteuil roulant sur l'allée qui menait vers les bâtiments. Nous avons plus de trois mille physiciens ici. Le CERN emploie à lui seul plus de la moitié des spécialistes mondiaux de la physique des particules, japonais, allemands, français, italiens… d'où qu'ils viennent. Nous conjuguons les talents de plus de cinq cents universités et soixante nationalités.

— Comment communiquent-ils ?

— En anglais, bien sûr, la langue universelle de la science.

Langdon avait toujours entendu dire que les mathématiques étaient le langage scientifique universel, mais il était trop fatigué pour argumenter. Il descendit en silence l'allée du parc dans le sillage de Kohler.

À mi-chemin, ils croisèrent un jeune jogger vêtu d'un T-shirt VIVE LA TGU !

Langdon le suivit du regard, sidéré.

— La TGU ?

— La Théorie Générale Unifiée, coassa Kohler. La théorie globale.

— Je vois, fit Langdon, qui ne voyait rien du tout.

— Vous connaissez un peu la physique des particules ?

Langdon haussa les épaules.

— J'ai quelques notions de physique générale, la chute des corps, ce genre de choses…

Il s'imaginait avec délices en train de plonger dans sa piscine préférée.

— La physique des particules s'intéresse essentiellement aux atomes, n'est-ce pas ?

Kohler secoua la tête.

— Non, les atomes sont des planètes, comparés aux particules dont nous nous occupons, c'est-à-dire du noyau des atomes, dont la taille leur est dix mille fois inférieure.

Le vieil homme toussa encore une fois, d'une toux caverneuse assez inquiétante.

— … Les hommes et les femmes du CERN sont ici pour trouver des réponses aux questions que l'homme se pose depuis le début de l'histoire. Elles n'ont pas changé. D'où venons-nous, de quoi sommes-nous faits ?

— Et c'est dans un labo de physique que l'on trouve ces réponses ?

— Vous semblez surpris.

— En effet, je considérais jusqu'ici ces questions comme spirituelles.

— Monsieur Langdon, toutes les questions relevaient autrefois du spirituel. Depuis le commencement des temps, la religion et la spiritualité ont été sommées de remplir les lacunes de la science. Le lever et le coucher du soleil étaient jadis attribués à Hélios et à son char de feu. Les tremblements de terre et les raz de marée exprimaient la colère de Poséidon. La science a démontré que ces dieux étaient de fausses idoles. Elle a fourni des réponses à presque toutes les questions que l'homme peut se poser. Les questions qui restent sans réponse sont les plus complexes : d'où venons-nous ? Que faisons-nous ici ? Quel est le sens de la vie et de l'univers ?

Langdon était abasourdi.

— Et le CERN prétend résoudre ces problèmes ?

— Non, le CERN est en train de les résoudre.

Langdon garda le silence ; les deux hommes longeaient un bâtiment résidentiel lorsqu'un frisbee atterrit juste devant eux. Kohler l'ignora et continua d'avancer. Quelqu'un cria, à l'autre extrémité de la pelouse :

— S'il vous plaît !

Langdon tourna la tête. Un alerte septuagénaire aux cheveux blancs et en sweat-shirt Université de Paris lui adressa un petit signe de la main. Langdon ramassa le frisbee et le renvoya avec habileté. Le vieillard le rattrapa d'un doigt et le fit virevolter plusieurs fois avant de le réexpédier à son partenaire par-dessus son épaule, tout en criant « merci ! » à Langdon.

— Félicitations, fit Kohler quand Langdon le rejoignit. Votre partenaire de frisbee se nomme Georges Charpak, prix Nobel de physique et inventeur de la chambre proportionnelle multifils.

Langdon acquiesça — son jour de chance, en somme.

Trois minutes plus tard, Langdon et Kohler arrivaient enfin à destination : un bâtiment résidentiel situé au milieu d'un bosquet de trembles. Nettement plus cossu que les autres, se dit Langdon en l'examinant. La plaque, au-dessus de la porte d'entrée, indiquait Bâtiment C. L'imagination n'est pas leur fort. Pourtant, malgré la sécheresse de cette désignation, le bâtiment C cadrait parfaitement avec les options architecturales de Langdon : classique et solide, avec sa façade de briques rouges, sa balustrade ouvragée et ses haies symétriques soigneusement taillées. Les deux hommes passèrent sous un porche soutenu par deux colonnes en marbre. Sur l'une d'elles, quelqu'un avait griffonné :

CETTE COLONNE EST IONIQUE

Des physiciens tagueurs ? Cette pensée fit sourire Langdon.

— Je ne suis pas fâché de voir que même d'aussi brillants physiciens peuvent commettre des erreurs.

Kohler se retourna.

— Que voulez-vous dire ?

— Que celui qui a écrit ce message s'est trompé. Il ne s'agit pas d'une colonne ionique. Les colonnes ioniques sont d'une largeur égale de bas en haut. Celle-ci est fuselée. Elle est dorique, c'est la variante continentale. C'est une confusion fréquente.

Kohler accueillit cette remarque par un rictus suffisant.

— Son auteur plaisantait, monsieur Langdon. Il pensait aux ions, ces particules chargées d'électricité que l'on trouve dans la plupart des objets qui nous entourent.

Langdon jeta un coup d'œil sur la colonne et grommela vaguement.

Il se sentait toujours stupide en sortant de l'ascenseur au dernier étage du bâtiment C. Il suivit Kohler le long d'un couloir curieusement décoré en style colonial, avec son divan en merisier, son énorme vase chinois posé sur le sol et ses boiseries sculptées, ce qui ne laissa pas de le surprendre.

— Nous avons fait un effort pour que nos scientifiques

en poste dans la maison se sentent comme chez eux, expliqua Kohler.

De toute évidence, se dit Langdon.

— C'est donc ici que vivait l'homme représenté sur le fax ? C'était l'un de vos grands chercheurs ?

— En effet, répondit Kohler. En constatant son absence à une réunion, ce matin, nous l'avons appelé sur son pager. Pas de réponse. Je suis donc monté et c'est ici que je l'ai découvert mort, dans son salon.

Langdon frémit en réalisant tout d'un coup qu'il allait voir un cadavre. Son estomac n'avait jamais été très solide. Il s'en était rendu compte dès l'époque où, encore étudiant, son professeur de dessin lui avait expliqué que Leonardo da Vinci avait acquis son incomparable science du corps humain en déterrant les cadavres et en disséquant leur musculature.

Ils parvinrent à l'extrémité du couloir.

Il n'y avait qu'une porte.

— Le Penthouse, comme on dit aujourd'hui, commenta Kohler en essuyant une goutte de sueur qui perlait à son front.

La plaque de cuivre sur la porte en chêne annonçait :

LEONARDO VETRA

— Leonardo Vetra, reprit Kohler, aurait eu cinquante-huit ans la semaine prochaine. Il était l'un de nos plus brillants chercheurs. Sa mort représente une perte immense pour la science.

Pendant un instant, Langdon crut déceler le tressaillement d'une émotion sur le visage impénétrable de Kohler. Mais elle se dissipa aussi vite qu'elle était venue. Kohler plongea sa main dans sa poche et en retira un trousseau de clés.

Une pensée dérangeante traversa l'esprit de Langdon. Le bâtiment semblait désert.

— Où sont passés tous les résidants ? demanda-t-il.

L'absence totale d'allées et venues aux abords immédiats de la scène d'un crime lui semblait soudain suspecte.

— Ils travaillent dans leurs laboratoires, répliqua Kohler en saisissant la clé.

— Mais la police ? insista Langdon. Ils sont déjà partis ?

Kohler s'interrompit, la clé à moitié enfoncée dans la serrure.

— La police ?

— Dans votre fax, il était bien question d'un homicide, non ? Vous avez certainement dû appeler la police.

— Bien sûr que non !

— Comment ?

Kohler plissa ses lourdes paupières.

— La situation est complexe, monsieur Langdon.

Langdon sentit l'appréhension monter en lui.

— Mais enfin, vous avez prévenu les personnes concernées, je suppose ?

— À vrai dire, il n'y en avait qu'une, la fille adoptive de Leonardo. Elle travaille aussi au CERN en tant que physicienne. Dans le même laboratoire que son père. Ils travaillent ensemble. Mlle Vetra était absente cette semaine, elle faisait de la recherche de terrain. Je lui ai annoncé la mort de son père et elle va nous rejoindre sous peu.

— Mais un homme a été assass…

— L'enquête policière, rétorqua Kohler d'une voix ferme, aura lieu. Mais les enquêteurs voudront certainement fouiller le laboratoire de Vetra, or c'est un espace que lui et sa fille considéraient comme un sanctuaire. La police attendra donc le retour de Mlle Vetra. Je pense que je lui dois bien cet ultime tête-à-tête avec son pauvre père.

Kohler tourna la clé.

La porte à peine ouverte, une bise glaciale s'échappa de l'appartement de Vetra en sifflant. Langdon recula, stupéfait. Il se trouvait au seuil d'un univers insolite : une épaisse brume blanchâtre emplissait la pièce et la métamorphosait complètement.

— Mais que diable... ? s'exclama Langdon.

— Un système de refroidissement au fréon, répondit Kohler. J'ai refroidi l'appartement pour préserver le corps.

Langdon boutonna sa veste de tweed pour se protéger du froid.

Je suis au Pays des Merveilles, se dit-il, mais j'ai oublié la formule magique pour rentrer chez moi.

9.

Hideux. Le cadavre était hideux à faire peur. Le défunt Leonardo Vetra était allongé sur le dos, entièrement dénudé, sa peau avait pris un ton bleu-gris. Les vertèbres cervicales, brisées, avaient transpercé la chair à l'endroit de la fracture, apparemment provoquée par une rotation de la tête à 180 degrés. On ne voyait pas son visage, pressé contre le sol. Il gisait dans une flaque d'urine gelée, sa propre urine ; les poils pubiens qui entouraient ses organes génitaux ratatinés étaient hérissés par le gel.

Luttant contre une nausée de plus en plus violente, Langdon observa le torse de la victime. Il avait beau avoir détaillé cette blessure très attentivement sur la télécopie, la brûlure était beaucoup plus impressionnante dans la réalité. Le bourrelet de chair grillée était parfaitement dessiné et le symbole se détachait avec une absolue netteté. Langdon se demanda si le frisson qui le parcourait était dû à l'air glacial ou à sa stupéfaction devant le spectacle qu'il venait de découvrir.

Son cœur cognait à grands coups tandis qu'il faisait le tour du cadavre pour lire le même mot, répété identiquement à l'endroit et à l'envers comme pour proclamer le génie de la symétrie. Ce symbole paraissait encore moins vraisemblable maintenant qu'il l'avait sous les yeux.

— Monsieur Langdon ?

Langdon n'entendait pas. Il se trouvait dans un autre monde, un monde où l'histoire, les mythes et les faits se télescopaient, bouleversant ses repères habituels. Les rouages de son cerveau tournaient à plein régime.

— Monsieur Langdon ?

Kohler, les yeux fixés sur son invité, attendait le verdict.

Langdon ne tourna pas la tête. Il était entièrement concentré sur l'énigme qui le défiait.

— Que savez-vous exactement ?

— Seulement ce que j'ai eu le temps de lire sur votre site web. Le mot *Illuminati* signifie « les illuminés ». C'est le nom d'une très ancienne confrérie, si je ne m'abuse…

Langdon acquiesça.

— Aviez-vous déjà entendu ce nom auparavant ?

— Pas jusqu'à ce que je le voie imprimé sur M. Vetra.

— Vous avez donc saisi ce mot sur un moteur de recherche Internet ? Et vous avez obtenu, j'imagine, quelques centaines de réponses…

— Des milliers. En tout cas, la vôtre contenait des références à Harvard, Oxford, un éditeur à l'excellente réputation, ainsi qu'une impressionnante bibliographie. En tant que scientifique, j'ai appris que ce qui faisait la valeur d'une information c'était la fiabilité de sa source. Vos références semblaient authentiques.

Langdon ne pouvait détacher ses yeux du cadavre. Kohler, muet, paraissait attendre des éclaircissements. Langdon jeta un regard perplexe autour de la pièce.

— Peut-être devrions-nous poursuivre cette discussion dans un endroit plus chaud ?

— Cette pièce me convient parfaitement, répliqua Kohler sur qui la température glaciale de l'endroit n'avait aucune prise. Je vous écoute…

Langdon fronça les sourcils. L'histoire des *Illuminati* n'est pas simple, songea-t-il. Loin de là. Je serai mort de froid avant d'avoir fini…

Un nouveau coup d'œil à l'horrible blessure le pétrifia à nouveau d'angoisse. Si les mentions de l'emblème des *Illuminati* étaient légendaires dans la symbologie moderne, aucun savant ne l'avait encore vu de ses yeux. Les anciens documents le qualifiaient d'« ambigramme », signifiant par là qu'il était lisible dans les deux sens. Et si l'on rencontrait de nombreux ambigrammes en symbologie — svastikas, yin et yang, étoile de David, croix simple, etc., il semblait totalement impossible qu'un mot pût se lire à l'endroit comme à l'envers. Des symbologistes modernes avaient tenté pendant des années de calligraphier ce mot de façon parfaitement symétrique mais ils avaient lamentablement échoué. La plupart d'entre eux en avaient donc conclu que l'existence de ce symbole n'était qu'un mythe.

— Qui sont donc les *Illuminati* ? demanda Kohler.

Qui ? songea Langdon. Mais oui au fait…

Il commença vaille que vaille son exposé.

— Depuis toujours, un profond fossé sépare la science

de la religion. Des scientifiques, tel Copernic, qui ne mâchaient pas leurs mots, en ont fait la dure expérience…

— Dites qu'ils ont été assassinés ! Supprimés par l'Église pour avoir divulgué des vérités scientifiques. La religion a toujours persécuté la science.

— Certes. Quoi qu'il en soit, au début du XVIe siècle, à Rome, un petit groupe d'hommes s'est rebellé contre l'Église. Quelques-uns des plus grands esprits italiens, des physiciens, des mathématiciens, des astronomes, ont formé un cercle d'initiés qui se rencontraient régulièrement pour échanger leurs réflexions sur les thèses de l'Église qu'ils jugeaient erronées. Ils craignaient que le monopole de l'Église sur la « Vérité » ne fasse obstacle aux progrès du savoir à travers le monde. Ils formèrent le premier groupe de réflexion scientifique sous le nom d'*« Illuminés »*.

— Les « *Illuminati* ».

— Oui, fit Langdon. Les esprits les plus cultivés d'Europe… voués à la quête de la vérité scientifique.

Kohler garda le silence.

— Bien sûr, les *Illuminati* furent impitoyablement traqués par l'Église catholique. Pour assurer leur sécurité, nos savants s'entouraient d'un secret absolu. Le réseau ne s'en étendit pas moins, par l'effet du bouche à oreille, dans toute l'Europe savante. Les *Illuminati* se rencontraient régulièrement à Rome dans un lieu ultrasecret qu'ils appelaient l'Église de l'illumination.

Kohler toussota et changea de position sur son fauteuil roulant.

— Beaucoup d'*Illuminati*, poursuivit Langdon, entendaient combattre la tyrannie de l'Église par des actions violentes, mais leur membre le plus éminent les persuada d'y renoncer. C'était un homme de paix, comme la plupart des très grands savants.

Langdon était certain que Kohler allait deviner de qui

il parlait. Même les profanes connaissent le nom de l'astronome au sort tragique qui avait été arrêté et exécuté par l'Église pour avoir proclamé que le soleil était le centre du monde, et non la terre. Même si l'on n'avait pu réfuter ses raisonnements, l'astronome avait été sévèrement châtié pour avoir laissé entendre que Dieu avait placé l'homme ailleurs qu'au centre de Son univers.

— Son nom était Galileo Galilei, reprit Langdon.

— Galilée…

— Oui. Galilée appartenait aux *Illuminati*. Ce qui ne l'empêchait pas d'être un fervent catholique. Il a tenté d'assouplir la position de l'Église sur la science en clamant que celle-ci, loin de réfuter l'existence de Dieu, la corroborait au contraire. Il a écrit que, quand il regardait à travers un télescope les planètes accomplissant leur révolution, il entendait la voix de Dieu dans la musique des sphères. Il ne considérait pas Science et Religion comme deux ennemis mais plutôt comme des alliés, deux langages différents pour dire une même histoire, une histoire de symétrie et d'équilibre, de paradis et d'enfer, de nuit et de jour, de froid et de chaud, de Dieu et de Diable. La science et la religion traduisaient toutes deux un principe de symétrie divin, le perpétuel antagonisme de la lumière et de l'obscurité.

Langdon s'arrêta quelques instants et piétina sur place pour se réchauffer les pieds, sous l'œil indifférent de Kohler qui attendait la suite.

— Malheureusement, ajouta Langdon, l'unification de la science et de la religion n'était pas ce que voulait l'Église.

— Bien sûr que non, l'interrompit Kohler. Une telle union aurait réduit à néant la prétention de l'Église d'être le seul intermédiaire entre Dieu et l'homme. L'Église a donc accusé Galilée d'hérésie, l'a jugé coupable et l'a condamné à la prison à vie. Je connais assez bien l'histoire des sciences, monsieur Langdon. Mais tout cela se passait il y a plusieurs siècles. Quel rapport avec Leonardo Vetra ?

La question clé. Langdon poursuivit :

— La condamnation de Galilée sema la panique parmi les *Illuminati* qui commirent alors des erreurs. L'Église ne tarda pas à découvrir l'identité de quatre de ses membres, lesquels furent capturés et interrogés. Mais ces quatre savants n'avouèrent jamais. Même sous la torture.

— La torture ?

Langdon acquiesça.

— Ils furent marqués au fer rouge. Sur la poitrine. Du symbole de la croix.

Kohler écarquilla les yeux et jeta un regard troublé vers le cadavre de Vetra.

— Puis ces savants furent mis à mort avec une grande brutalité et leurs corps jetés dans les rues de Rome à titre d'avertissement pour tous ceux qui auraient été tentés de rejoindre la secte. Cette intransigeance implacable de l'Église entraîna le départ à l'étranger des *Illuminati* encore en liberté.

Langdon ménagea un silence pour observer les réactions de son interlocuteur qu'il regarda dans les yeux.

— C'est alors que commença pour ces parias la phase de repli dans la nuit de la clandestinité. Ils se mêlèrent à d'autres groupes en butte aux persécutions de l'Église catholique, mystiques, alchimistes, occultistes, musulmans, juifs. Avec le temps, les *Illuminati* admirent de nouveaux membres dans la confrérie. Celle-ci se mua alors en une secte assez différente, plus sombre, profondément antichrétienne. Plus puissante aussi. Elle inventa des rituels mystérieux, s'enferma dans un secret absolu, attendant son heure. Le jour venu, elle sortirait de l'ombre et prendrait sa revanche sur le catholicisme. Sa puissance devint telle que le Vatican se mit à considérer les *Illuminati* comme la force la plus dangereuse sur terre. D'où le surnom dont il la baptisa : *Shaitan*.

— *Shaitan* ?

— C'est de l'arabe. Ça veut dire « adversaire », l'adversaire de Dieu. L'Église a choisi un nom islamique parce que c'était une langue considérée comme « sale ».

Langdon hésita.

— *Shaitan* est la racine de… Satan.

Les traits de son interlocuteur se figèrent de stupeur.

Le ton de Langdon se fit plus grave.

— Monsieur Kohler, je ne sais ni comment ni pourquoi cette marque est apparue sur la poitrine de cet homme, mais nous avons affaire au culte satanique le plus ancien et le plus puissant du monde.

10.

La ruelle était étroite et déserte. L'Assassin accéléra l'allure, ses yeux noirs brillant du plaisir qu'il se promettait. En approchant du but, il se remémora la dernière phrase de Janus : la phase deux est imminente, reposetoi en attendant.

L'homme eut un sourire suffisant. Il était resté éveillé toute la nuit, mais dormir était le cadet de ses soucis. Le sommeil, c'était bon pour les faibles. Lui était un guerrier, comme ses ancêtres avant lui. Et, une fois la guerre déclarée, ceux de sa lignée ne dormaient plus. Or la guerre avait commencé, pas de doute là-dessus, et c'est à lui qu'avait été réservé l'honneur de porter le premier coup. Il avait maintenant deux heures à passer pour célébrer sa victoire avant de reprendre le travail.

Dormir ? Il existe de bien meilleures façons de se détendre…

Son appétit pour les plaisirs charnels lui venait de

ses ancêtres. Ces derniers avaient eu un faible pour le hachisch, mais lui était porté vers d'autres voluptés. Il était fier de son corps, formidable machine à tuer qu'il refusait, tradition ou pas, de polluer avec des stupéfiants quels qu'ils soient. Il était pourtant accro à quelque chose... une activité beaucoup plus satisfaisante que de se droguer — et bien plus saine.

De plus en plus impatient, l'Assassin pressa encore le pas. Stoppant devant une porte anonyme, il pressa le bouton de la sonnette. Un bref regard sous des paupières bistre à travers le judas et la porte s'ouvrit.

— Bienvenue, fit l'élégante hôtesse.

Elle le fit passer dans un petit salon d'un goût parfait. Lumières tamisées, fragrance d'une bougie parfumée au santal et au musc... La femme lui tendit un album photo.

— Sonnez quand vous aurez fait votre choix.

Elle s'éclipsa.

L'Assassin sourit.

En s'installant sur le canapé moelleux et en disposant l'album sur ses genoux, il sentit l'excitation le submerger. Ses coreligionnaires ne célébraient pas Noël, mais il lui semblait comprendre ce que pouvait ressentir un petit chrétien à la vue des cadeaux qu'il se préparait à déballer. Il examina les photos. Une vie de fantasmes sexuels défila devant lui.

Marisa. Une déesse italienne. Ardente. Une Sophia Loren jeune.

Sachiko. La geisha japonaise. Fine, sûrement adroite.

Kanara. Une Noire étonnante, athlétique. Une beauté exotique.

Il parcourut l'album d'un bout à l'autre deux fois de suite et fit son choix. Il pressa le bouton de la sonnette d'argent posée sur la table basse. Une minute plus tard, la femme qui l'avait accueilli réapparut. Il lui indiqua son choix. Elle sourit.

— Suivez-moi.

Après s'être entendue avec l'homme sur le tarif, l'hôtesse décrocha un combiné dans lequel elle murmura de brèves instructions. Elle le fit attendre quelques minutes et le précéda dans un large escalier en marbre qui débouchait sur un imposant couloir tout en boiseries.

— C'est la porte en chêne, au fond à droite. Vous avez des goûts de luxe…

Normal, se dit-il, je suis un connaisseur.

L'Assassin remonta d'un pas vif le couloir, telle une panthère qui s'apprête à se régaler d'une proie depuis longtemps attendue. Sur le seuil de la porte, il se sourit à lui-même. Celle-ci était entrebâillée… l'invitant à entrer.

Il poussa la porte qui s'ouvrit en silence.

Quand il découvrit l'objet de son choix, il comprit qu'il avait eu la main heureuse. Exactement ce qu'il avait demandé… nue, étendue sur le dos, les poignets attachés aux montants du lit par d'épais cordons en velours. Il traversa la pièce et passa son index sombre sur l'abdomen d'ivoire. J'ai tué la nuit dernière, pensa-t-il. Tu es ma récompense !

11.

Kohler, mal à l'aise, se passa une main sur la bouche et changea de position.

— Satanique ? Le symbole d'un culte satanique ?

Langdon arpentait la pièce pour se réchauffer.

— Les *Illuminati* étaient sataniques. Mais pas dans le sens moderne du terme.

Le symbologue expliqua brièvement que, si l'on se représentait en général les satanistes comme de fanatiques adorateurs du diable, ils avaient été en d'autres temps des êtres cultivés qui s'étaient d'abord opposés à l'Église catholique.

Shaitan. Les rumeurs de sacrifices animaux au cours de rites de magie noire sous l'égide de l'inévitable pentagramme n'étaient que des mensonges propagés par l'Église catholique pour salir ses adversaires. Par la suite, les opposants à l'Église, qui voulaient rivaliser avec les *Illuminati*, s'étaient mis à croire ces mensonges et à se conduire comme ces personnages inventés par le Vatican. C'est ainsi qu'était né le satanisme moderne.

— Tout ça, c'est de l'histoire ancienne ! gronda brusquement Kohler. Ce que je veux savoir, c'est ce que ce symbole vient faire là !

Langdon inspira profondément.

— Le symbole lui-même a été créé au XVIe siècle par un artiste anonyme membre de la confrérie en hommage à l'amour de la symétrie que professait Galilée. Un logo sacré en quelque sorte. La secte a tenu son dessin secret, se promettant de le révéler quand elle aurait rassemblé assez de pouvoir pour réapparaître et accomplir son objectif suprême.

Kohler parut décontenancé.

— Alors ce symbole signifie que la confrérie est en train de resurgir ?

Langdon fronça les sourcils.

— Ce serait impossible. Il y a un chapitre de l'histoire des *Illuminati* que je ne vous ai pas encore expliqué.

— Je vous écoute, fit Kohler, de plus en plus intrigué.

Langdon frotta ses paumes l'une contre l'autre, triant mentalement les centaines de documents qu'il avait lus ou écrits sur les *Illuminati*.

— Les *Illuminati* étaient des survivants, reprit-il. Quand ils ont fui Rome, ils ont sillonné l'Europe à la recherche d'un refuge sûr pour se regrouper. Ils furent alors adoptés par une autre société secrète, une confrérie de riches tailleurs de pierre bavarois appelés les francs-maçons.

Kohler sursauta.

— Les maçons ?

Langdon acquiesça. La franc-maçonnerie compte plus de cinq millions de membres à travers le monde dont la moitié réside aux États-Unis et plus d'un million en Europe.

— Mais les maçons n'ont rien à voir avec les satanistes…, déclara Kohler, soudain sceptique.

— C'est exact. Mais ils ont été victimes de leur bienveillance. Après avoir recueilli les savants pourchassés au XVIIIe siècle, les francs-maçons sont devenus à leur insu un repaire d'*Illuminati*. Ces derniers ont infiltré l'organisation, en ont gravi les échelons, ont pris le pouvoir au sein des différentes loges. Ils se sont discrètement servis de la franc-maçonnerie pour relancer leur propre réseau, sorte de société secrète à l'intérieur d'une société secrète. Après quoi les *Illuminati* ont utilisé le réseau planétaire des maçons pour étendre leur influence.

Langdon inspira une bouffée d'air froid avant de continuer :

— Le but ultime des *Illuminati* ? L'anéantissement du catholicisme. Pour les adeptes de la secte, les dogmes et les superstitions de l'Église représentaient les pires ennemis du genre humain. Les progrès de la science, estimaient-ils, seraient irrémédiablement compromis si la religion continuait à promouvoir ses pieuses légendes comme des vérités absolues. Dès lors, l'humanité serait vouée à un futur obscurantiste émaillé d'absurdes guerres de religion.

— À peu près ce à quoi l'on assiste aujourd'hui…

Langdon s'interrompit. Kohler avait raison. Les guerres de religion étaient redevenues d'actualité. Mon Dieu vaut mieux que ton Dieu. On pouvait toujours percevoir une étroite corrélation entre le fanatisme des croyants et le décompte des cadavres que ces guerres engendraient.

— Continuez, enjoignit Kohler.

Langdon rassembla ses pensées et poursuivit.

— La puissance des *Illuminati* en Europe n'a cessé de croître et ils ont poussé leur avantage dans la jeune démocratie américaine, dont les dirigeants de l'époque — George Washington, Benjamin Franklin — étaient des maçons. Des maçons, mais des hommes honnêtes et des chrétiens, tout à fait inconscients de l'emprise des *Illuminati* sur la franc-maçonnerie. Les *Illuminati* ont profité de cette infiltration à grande échelle et ils ont trouvé peu à peu, dans la banque, l'université et l'industrie de l'époque, les soutiens qui devaient leur permettre de financer leur grand dessein.

Langdon s'arrêta de nouveau.

— Rien de moins que la fondation d'un État mondial unifié, une sorte de Nouvel Ordre mondial séculier.

Kohler ne réagit pas.

— Ce Nouvel Ordre mondial, répéta Langdon, était fondé sur la raison scientifique. Ils l'ont appelée leur doctrine luciférienne. L'Église proclamait que Lucifer était une référence au diable, mais la confrérie ne voulait entendre que le sens premier du terme : en latin *Lucifer* signifie « le porteur de lumière, l'illuminateur ».

Kohler soupira et sa voix se fit soudain solennelle.

— Monsieur Langdon, asseyez-vous, s'il vous plaît.

Langdon hésita avant de s'installer sur une chaise recouverte de givre.

Kohler approcha son fauteuil roulant.

— Je ne suis pas sûr de comprendre tout ce que vous venez de me dire, mais en revanche il y a une chose que je comprends : Leonardo Vetra était l'un des fleurons du CERN. C'était également un ami. J'ai besoin que vous m'aidiez à localiser les *Illuminati*.

Langdon ne savait pas comment répondre.

— Localiser les *Illuminati* ? (Il plaisante ? se dit-il.) Je crains, cher monsieur, que cela ne soit tout à fait impossible.

Le front ridé de Kohler se creusa.

— Que voulez-vous dire ? Vous n'avez pas l'intention…

— Monsieur Kohler. (Langdon se pencha vers son hôte, se demandant comment il allait lui faire comprendre ce qu'il était sur le point de dire.) Je n'ai pas fini mon histoire. En dépit des apparences, il est extrêmement improbable que cette marque soit l'œuvre d'un *Illuminatus*. On n'a plus de preuves de leur existence depuis un demi-siècle et la plupart des spécialistes sont d'accord pour dire que la secte n'existe plus depuis de nombreuses années.

Un silence de mort accueillit ces mots. À travers la buée de son haleine, les yeux de Kohler fixés sur Langdon brillaient d'une colère mêlée de stupéfaction.

— Comment osez-vous me dire que ce groupe n'existe pas alors que son nom a été imprimé au fer rouge sur cet homme ?

Langdon s'était posé cette question toute la matinée. L'apparition de l'ambigramme des *Illuminati* l'avait stupéfié. Ses collègues symbologues du monde entier allaient être sidérés. Pourtant, l'esprit critique de l'universitaire savait que cela ne prouvait absolument rien sur la secte.

— La présence de ce symbole ne prouve rien quant à son créateur.

— Que dois-je comprendre par là ?

— Tout simplement que, quand un groupe d'influence comme les *Illuminati* disparaît, son symbole peut parfaitement être adopté par un autre groupe. On observe souvent ce type de récupération dans l'histoire des symboles. Les nazis ont emprunté la svastika aux hindous, les chrétiens ont pris la croix aux Égyptiens, les…

— Ce matin, l'interrompit Kohler, quand j'ai saisi le mot « *Illuminati* » sur le moteur de recherche, il m'a renvoyé des milliers de références. Il y a donc, semble-t-il, des milliers de gens pour lesquels cette secte est encore active.

— Des obsédés de la conspiration, répliqua Langdon.

Cette prolifération des théories de la conspiration dans la culture populaire moderne l'exaspérait depuis toujours. Les médias raffolaient des gros titres apocalyptiques et des spécialistes autoproclamés d'histoire religieuse exploitaient le filon des peurs millénaires en racontant par exemple que les *Illuminati* prospéraient et qu'ils travaillaient à mettre sur pied leur Nouvel Ordre mondial. Récemment, le *New York Times* avait évoqué les relations d'innombrables personnages célèbres avec la franc-maçonnerie : sir Arthur Conan Doyle, le duc de Kent, Peter Sellers, Irving Berlin, le prince d'Édimbourg, Louis Armstrong, ainsi qu'une brochette de magnats de l'industrie et de la finance.

Kohler pointa un doigt crispé de colère sur le cadavre de Vetra.

— En l'occurrence, je serais tenté de penser que les obsédés du complot sont peut-être dans le vrai !

— Je comprends votre point de vue, reprit Langdon du ton le plus conciliant possible. Pourtant l'explication, de loin la plus plausible, serait qu'une autre organisation se soit emparée de ce symbole et qu'elle l'utilise à ses propres fins.

— Quelles fins ? Que veulent-ils prouver avec ce meurtre ?

Bonne question, songea Langdon. Il avait aussi quelque peine à concevoir qu'un homme ait pu décider de reprendre le flambeau des *Illuminati*, quatre siècles après leur extinction.

— Tout ce que je puis vous dire c'est que, même si les *Illuminati* étaient encore actifs aujourd'hui, et je suis persuadé du contraire, ils n'auraient jamais trempé dans le meurtre de Leonardo Vetra.

— Ah non ?

— Non. Les *Illuminati* croyaient sans doute dans l'abolition du christianisme mais ils étendaient leur puissance par des moyens politiques et financiers, pas par des actes terroristes. En outre, ils respectaient un code de moralité très strict s'agissant de ceux qu'ils considéraient comme leurs ennemis. Ils nourrissaient une grande admiration pour les hommes de science. On ne peut en aucun cas imaginer qu'ils auraient tué un savant comme Leonardo Vetra.

Le regard de Kohler se fit glacial.

— Peut-être ai-je oublié de préciser que Leonardo Vetra était tout sauf un savant ordinaire.

Langdon expira patiemment.

— Monsieur Kohler, je suis sûr que Vetra était un homme très au-dessus de la moyenne, mais il n'en reste pas moins…

Sans prévenir, le directeur du CERN fit faire demi-tour à son fauteuil et quitta la pièce en laissant derrière lui un sillage de vapeurs tournoyantes. Il disparut dans le couloir.

— Pour l'amour de Dieu ! gémit Langdon en le suivant à contrecœur.

Kohler l'attendait dans une petite alcôve au bout du couloir.

— Voici le bureau de Leonardo, fit-il en désignant une cloison mobile. Peut-être qu'après y avoir jeté un coup d'œil, vous aurez un point de vue différent sur la question.

Avec un étrange grognement, Kohler se souleva, appuya sur un bouton et la cloison coulissa sur elle-même.

Lorsque Langdon découvrit le bureau, il sentit un frisson le traverser. Sainte Mère de Dieu ! se dit-il.

12.

Loin de là, dans un autre pays, un jeune homme en uniforme scrutait une imposante console de moniteurs vidéo. Il détaillait les images qui se succédaient devant lui, instantanés *live* des centaines de sites de l'immense complexe placés sous la surveillance de caméras vidéo sans fil. Les images se succédaient interminablement.

Un couloir aux belles proportions…

Un bureau privé…

Une cuisine immense…

En regardant défiler ces images, le garde luttait contre la tentation de décrocher. Il approchait de la fin de son service et pourtant sa vigilance était restée identique. Cette place était un honneur et un jour il recevrait la récompense suprême…

Tandis qu'il se laissait aller à ses pensées, une image déclencha un signal d'alarme intérieur. Brusquement, avec un geste d'une promptitude qui l'impressionna lui-même, sa main se catapulta vers un bouton du pupitre de commande. L'image se figea soudain sur l'écran. Les nerfs à fleur de peau, il se pencha vers l'écran pour l'examiner de près. Le sous-titre indiquait que l'image était retransmise depuis la caméra numéro 86 ; une caméra qui, en principe, surveillait un couloir.

Mais l'image qu'il avait sous les yeux n'était certainement pas celle d'un couloir.

13.

Langdon jeta un regard effaré sur le bureau.

— Où suis-je ?

Malgré la bouffée d'air tiède bienvenue sur son visage, il hésita un instant avant de franchir le seuil de la pièce.

Kohler le suivit en silence.

Langdon balaya la pièce du regard sans avoir la moindre idée de ce qu'il devait penser du spectacle qui s'offrait à lui : le plus étonnant mélange d'objets qu'il ait jamais vu. Sur le mur le plus éloigné, dominant le décor, un énorme crucifix espagnol en bois — XIVe siècle, jugea Langdon. Au-dessus, accroché au plafond, un mobile métallique de la galaxie avec ses planètes. À gauche, une peinture à l'huile représentant la Vierge Marie et, derrière, un tableau périodique des éléments. Sur le mur de droite, deux autres crucifix en bronze étaient suspendus de part et d'autre d'une affiche d'Albert Einstein légendée de sa célèbre remarque : « Dieu ne joue pas aux dés avec l'univers. »

Langdon fit quelques pas, de plus en plus étonné par ce qu'il découvrait. Sur le bureau de Vetra, une Bible reliée de cuir était posée derrière la reproduction en plastique d'un atome et une réplique miniature du *Moïse* de Michel-Ange.

Quel éclectisme ! songea Langdon. Malgré la réconfortante chaleur de l'endroit, quelque chose, dans ce décor, le fit frissonner à plusieurs reprises. Comme s'il assistait au choc de deux titans de l'histoire, à l'empoignade obscure de deux terribles forces. Il examina quelques livres sur une étagère : *Dieu dans l'atome*, *Le Tao de la physique*, *Dieu : la preuve*.

L'un des deux serre-livres en bois s'ornait d'une citation gravée :

« Derrière chacune des portes qu'elle ouvre, c'est Dieu que la véritable science trouve. »

Pie XII

— Leonardo était un prêtre catholique, commenta Kohler.

Langdon fit volte-face.

— Un prêtre ? Mais vous m'aviez dit qu'il était physicien ?

— Il était les deux. Les hommes qui tentent d'allier science et religion ne sont pas si rares dans l'histoire. Leonardo était de ceux-là. Il considérait la physique comme la « loi naturelle de Dieu ». Il expliquait que la signature de Dieu était visible dans l'ordre naturel qui nous entoure. À travers la science, il espérait prouver l'existence de Dieu aux masses sceptiques. Il se considérait lui-même comme un théo-physicien.

Un théo-physicien ? Une contradiction dans les termes pour Langdon, du moins jusque-là.

— Récemment, on a fait quelques découvertes perturbantes en physique des particules, des découvertes aux implications spirituelles importantes. Leonardo y avait pris une très grande part.

Langdon, toujours en proie à son étrange sentiment sur l'endroit, scruta le visage de Kohler.

— La religion et la physique ?

L'Américain avait passé sa carrière à étudier l'histoire religieuse et, s'il y avait un thème récurrent, c'était bien celui de l'incompatibilité de ces deux modes de pensée : telles l'eau et l'huile, ceux-ci ne se mélangeaient jamais, c'étaient deux adversaires irréductibles.

— Vetra poursuivait des recherches extrêmement pointues à la frontière de la physique des particules et de la religion. Il avait commencé à les intégrer l'une à l'autre, de façon très inattendue, il entendait démontrer leur complémentarité. Il appelait son champ de recherche la Nouvelle Physique.

Kohler prit un livre sur l'étagère et le tendit à Langdon qui en examina la couverture. *Dieu, les miracles et la nouvelle physique*, par Leonardo Vetra.

— Un domaine encore étroit, fit Kohler, mais qui apporte des réponses neuves à de vieilles questions — des questions sur l'origine de l'univers et des forces auxquelles nous sommes tous soumis. Leonardo pensait que sa recherche pourrait permettre de convertir des millions de gens à une existence empreinte d'une plus grande spiritualité. L'an dernier, il a formellement établi l'existence d'une énergie, une force physique qui relie tous les hommes entre eux. Les molécules de votre corps seraient connectées aux miennes et une force unique nous animerait tous.

Langdon était déconcerté. Vetra aurait trouvé un moyen de démontrer que toutes les particules sont reliées entre elles ?

— Il présentait des preuves incontestables. Un article récent de *Scientific American* faisait l'éloge de l'ouvrage de Vetra en soulignant qu'il constituait un plus sûr chemin vers Dieu que la religion elle-même.

Kohler marquait un point. Langdon repensa soudain à l'opposition véhémente des *Illuminati* à toute religion. Il s'autorisa à spéculer quelques instants sur l'impossible. Si les *Illuminati* étaient vraiment toujours actifs, auraient-ils supprimé Leonardo Vetra pour l'empêcher de transmettre son message religieux aux masses ? Langdon chassa cette pensée de son esprit. Absurde ! Les *Illuminati* appartiennent à l'histoire ancienne ! Tous les historiens le savent !

— Vetra comptait beaucoup d'ennemis dans le monde de la science, poursuivit Kohler. Les « puristes » étaient nombreux à le mépriser. Même ici, au CERN. Pour eux, mettre la physique analytique au service de la religion et de ses dogmes revenait à trahir la science.

— Mais à l'heure actuelle les scientifiques ne sont-ils pas un peu mieux disposés envers la religion ?

Kohler émit une sorte de grognement dédaigneux.

— Et pourquoi devrions-nous l'être, dites-moi ? Certes, l'Église n'envoie plus de scientifiques au bûcher, mais si vous croyez qu'elle a renoncé à contrôler la science, demandez-vous pourquoi la moitié des écoles de votre pays ne sont pas autorisées à enseigner la théorie darwinienne de l'évolution. Pourquoi la Christian Coalition américaine est le groupe d'influence le plus puissant à lutter contre le progrès scientifique dans le monde. La lutte entre science et religion fait toujours rage, monsieur Langdon. Elle est peut-être passée des champs de bataille aux conseils d'administration, mais elle fait toujours rage !

Langdon ne pouvait qu'approuver Kohler. La semaine précédente, la Harvard School of Divinity avait organisé une manifestation devant l'immeuble qui abritait le département de biologie pour protester contre l'intégration de l'ingénierie génétique dans la formation diplômante. Le président du département, le célèbre ornithologue Richard Aaronian, avait défendu son enseignement en suspendant une immense banderole à la fenêtre de son bureau. Sur celle-ci, il avait dessiné un « poisson » chrétien modifié avec quatre petites pattes, en hommage, avait-il clamé, aux poissons africains qui avaient été les premiers à s'installer sur la terre ferme. Sous le poisson, au lieu du mot Jésus, il avait inscrit : DARWIN !

Un bip strident retentit ; Langdon regarda Kohler tendre la main vers son pupitre de commande électronique. Il dégagea le biper de son support et lut le message qui venait de lui parvenir.

— Bien. C'est la fille de Leonardo. Mlle Vetra est

en train d'atterrir sur l'héliport en ce moment même. Nous allons la retrouver là-bas. Je crois qu'il vaut mieux qu'elle ne voie pas son père dans cet état.

Langdon approuva, personne en effet ne méritait un tel choc.

— Je vais demander à Mlle Vetra des explications sur le projet auquel elle collaborait avec son père. Peut-être cela me permettra-t-il d'y voir plus clair sur les raisons éventuelles de sa mort.

— Vous pensez que son œuvre pourrait expliquer les raisons de sa mort ?

— C'est tout à fait possible. Leonardo m'a confié qu'il travaillait sur des hypothèses révolutionnaires. C'est tout ce qu'il a dit. Il était devenu très secret sur son projet. Il travaillait dans son laboratoire personnel et exigeait de ne jamais être dérangé, ce que je lui avais accordé par égard pour son immense talent. Son projet avait consommé d'énormes quantités de courant électrique ces derniers temps, mais je m'abstenais de lui poser des questions.

Kohler tourna son fauteuil vers la porte.

— Il reste encore une chose qu'il faut que vous sachiez avant que nous quittions cet appartement.

Langdon n'était pas sûr de vouloir apprendre d'autres détails.

— Le meurtrier de Vetra lui a dérobé quelque chose.

— Un objet ?

— Suivez-moi.

Kohler propulsa son fauteuil vers le fond de l'appartement et passa dans la pièce embrumée où reposait le physicien. Langdon le suivit en se demandant ce qui l'attendait. Kohler manœuvra pour se rapprocher tout près du cadavre et il stoppa. Il fit signe à Langdon d'approcher. À contrecœur, l'Américain s'approcha, l'estomac déjà soulevé par l'odeur d'urine gelée qu'exhalait le corps.

— Regardez son visage, fit Kohler.

Regarder son visage ? Langdon fronça les sourcils. *Mais je croyais qu'on lui avait volé quelque chose...*

Langdon s'agenouilla en hésitant. Il essaya de regarder le visage de Vetra mais, la tête du savant ayant été retournée à 180 degrés, celui-ci se retrouvait plaqué contre la moquette.

Luttant contre son handicap, Kohler tendit la main vers la tête de son vieil ami et la retourna délicatement. Le visage apparut lentement avec de sinistres craquements. Son expression était atrocement déformée par la souffrance. Kohler le maintint dans cette position quelques instants.

— Doux Jésus ! cria Langdon, en reculant, horrifié.

Le visage de Vetra était couvert de sang. Un seul œil atone le regardait. L'autre orbite était vide et sanguinolente.

— Ils lui ont volé son œil ?

14.

En sortant du bâtiment C, Langdon aspira une bonne goulée d'air frais, soulagé d'être enfin sorti de l'appartement de Vetra. Les rayons du soleil l'aidèrent à oublier un instant l'atroce image d'énucléation gravée dans son esprit.

— Par ici, s'il vous plaît, fit Kohler en s'engageant sur une allée en pente.

Le fauteuil électrique accéléra apparemment sans effort.

— Mlle Vetra va arriver d'un instant à l'autre.

Langdon allongea le pas pour le suivre.

— Alors, vous doutez encore du rôle des *Illuminati* dans ce meurtre ?

Langdon n'avait plus la moindre idée de ce qu'il devait penser. Le rapport de Vetra à la religion était incontestablement troublant et pourtant Langdon ne pouvait se résoudre à abandonner la rigueur académique qu'il avait toujours professée. En outre, il y avait le problème de cet œil arraché…

— Je maintiens quand même, reprit Langdon, sur un ton plus cassant qu'il ne l'aurait souhaité, que les *Illuminati* ne sont pas responsables de ce meurtre. L'œil manquant en est la preuve.

— Comment ?

— Ce type de mutilation irrationnelle ne leur ressemble pas du tout. Pour un spécialiste des cultes, cette manière de défigurer trahit une secte marginale et inexpérimentée — des adeptes qui commettent des actes terroristes, alors que les *Illuminati* ont toujours été très rationnels.

— Rationnels ? Selon vous, arracher l'œil d'un homme avec cette précision chirurgicale ne procède pas d'une démarche rationnelle ?

— Ce geste n'évoque aucun message clair. Il ne sert aucun but supérieur.

Le fauteuil roulant de Kohler stoppa net au sommet de la côte. Il se tourna.

— Monsieur Langdon, croyez-moi, cet œil manquant sert bien un but supérieur, un but on ne peut plus clair…

Pendant que les deux hommes poursuivaient leur ascension de la côte herbeuse, le battement des pales d'un hélicoptère se fit entendre vers la droite. L'appareil surgit soudain à peu de distance, s'élevant au-dessus de la vallée qui s'ouvrait à leurs pieds. Il effectua un virage serré et ralentit, restant suspendu en l'air au-dessus d'un héliport signalé par un simple cercle peint sur l'herbe.

Langdon avait l'impression de tourner en rond, comme les pales de l'hélicoptère, en se demandant si une bonne nuit de sommeil lui permettrait d'y voir plus clair. Il commençait à en douter. Au moment où les patins touchaient le sol, un des pilotes sauta à terre et commença à décharger des bagages. Il y en avait beaucoup : havresacs de marins, sacs étanches en vinyle, bouteilles de plongée, ainsi que diverses caisses. Apparemment, un équipement de plongée dernier cri.

Langdon était désorienté.

— Ce matériel appartient-il à Mlle Vetra ? cria-t-il à Kohler en tâchant de couvrir le vrombissement de l'engin.

Kohler acquiesça.

— Mais vous m'aviez dit qu'elle était physicienne ! hurla encore Langdon.

— Oui, elle faisait des recherches en mer des Baléares. C'est sa spécialité : elle étudie les interactions entre écosystèmes. Son travail est étroitement lié aux recherches de son père en physique des particules. Elle a récemment réfuté l'une des hypothèses fondamentales d'Einstein en utilisant des caméras synchronisées par pile atomique pour observer un banc de thons.

Langdon scruta le visage de son interlocuteur à la recherche d'une lueur d'humour. Einstein et un banc de thons ? Il commençait à se demander si le X-33 ne l'aurait pas débarqué par erreur sur une autre planète…

Un instant plus tard, la porte arrière de la cabine s'ouvrit et Vittoria Vetra apparut. Robert Langdon comprit alors que la journée n'avait pas épuisé son lot de surprises. La Vittoria Vetra qui descendit de l'hélico en short kaki et T-shirt blanc sans manches ne ressemblait en rien à la physicienne sèche et binoclarde qu'il s'était imaginée. Elle était grande, svelte et gracieuse avec une peau ambrée et une longue chevelure noire que le tourbillon des rotors faisait danser autour d'elle. Ses traits étaient typiquement italiens, plus jolis que beaux, mais empreints d'une énergie directe, d'une sensualité brute qui émut aussitôt Langdon, malgré les vingt mètres qui le séparaient de la jeune femme. Les courants d'air qui plaquaient ses vêtements sur son corps faisaient ressortir la finesse de son buste et ses petits seins.

— Mlle Vetra est une femme qui possède une force personnelle extraordinaire, fit Kohler qui avait apparemment perçu la fascination de Langdon. Elle peut passer des mois à travailler sur des écosystèmes dans des conditions très périlleuses. Strictement végétarienne, elle est aussi un remarquable professeur de hatha yoga.

De hatha yoga ? Décidément cette fille de prêtre catholique et physicienne de haut niveau accumulait les compétences inattendues…

Langdon regardait Vittoria marcher à sa rencontre. Ses grands yeux couleur miel étaient marqués par le chagrin. Elle avait pleuré, de toute évidence. Ce qui ne l'empêchait pas d'avancer d'un pas décidé et plein de vitalité. Musclées et toniques, ses jambes bronzées révélaient la luminosité pleine de santé des Méditerranéennes qui passent de longues heures au soleil.

— Vittoria, mes plus sincères condoléances, fit Kohler, alors qu'elle arrivait à leur hauteur. C'est une terrible perte pour la science et pour nous tous, ici au CERN.

Vittoria hocha la tête avec gratitude.

— Savez-vous de quoi il est mort ?

Sa voix était douce, onctueuse avec une pointe d'accent guttural.

— Nous cherchons à comprendre ce qui s'est passé.

Elle se tourna vers Langdon à qui elle tendit une main longue et fine.

— Mon nom est Vittoria Vetra. Vous êtes d'Interpol, je suppose ?

Langdon prit sa main dans la sienne, subjugué l'espace d'un instant par la profondeur de son regard embué. Il ne sut quoi répondre.

— Robert Langdon…

— M. Langdon ne travaille pas pour la police, corrigea Kohler. C'est un universitaire américain qui doit nous aider à découvrir les responsables.

Vittoria semblait déconcertée.

— Et la police ?

Kohler soupira sans rien répondre.

— Où se trouve son corps ? insista la jeune femme.

— Entre les mains des médecins.

Ce mensonge cousu de fil blanc surprit Langdon.

— Il faut que je le voie ! reprit Vittoria.

Kohler se fit plus pressant.

— Vittoria, votre père a été assassiné avec une grande brutalité. Je crois qu'il vaudrait mieux que vous gardiez un autre souvenir de lui.

Vittoria allait répondre mais elle fut interrompue.

Des voix retentirent au loin.

— Hé, Vittoria ! *Welcome home !*

Elle se retourna. Un groupe de scientifiques qui longeaient l'héliport la saluèrent avec de grands gestes.

— Tu as trouvé une nouvelle théorie d'Einstein à réfuter ? cria l'un d'eux.

— Ton père doit être fier de toi ! ajouta un autre.

Vittoria répondit par un geste retenu, puis se tourna vers Kohler.

— Personne n'est encore au courant ? questionna-t-elle, déconcertée.

— J'ai opté pour la discrétion. C'est d'une importance primordiale.

— Vous n'avez pas annoncé le meurtre de mon père à l'équipe ?

À la stupéfaction se mêlait maintenant une pointe de colère.

Le ton de Kohler se durcit instantanément.

— Peut-être avez-vous oublié, mademoiselle Vetra, que, dès que j'aurai annoncé le meurtre de votre père, la police enverra une équipe d'inspecteurs au CERN. Ce qui entraînera, entre autres, la perquisition de son laboratoire. Je me suis toujours efforcé de respecter la confidentialité dont votre père entourait ses travaux. Sur son projet actuel, il ne m'avait révélé que deux choses. D'abord qu'il pouvait rapporter au CERN des millions d'euros dans la prochaine décennie par les licences qu'engendreraient les contrats. Et aussi qu'il était prématuré de rendre publics ses résultats parce qu'il s'agissait encore d'une technologie périlleuse. Compte tenu de ces deux faits, je préférerais que des étrangers ne commencent pas à fureter dans tous les coins, à mettre leur nez dans ses recherches, ou à manipuler les appareils de Vetra à leurs risques et périls, quitte à en imputer ensuite la responsabilité au CERN... Est-ce que vous me comprenez ?

Vittoria le regardait, les yeux écarquillés, sans rien dire. Langdon sentait qu'elle respectait les arguments de Kohler et que, malgré ses réticences, elle comprenait leur logique.

— Avant de prévenir les autorités, fit Kohler, je dois savoir sur quoi vous travailliez tous deux. Je souhaiterais que vous nous accompagniez à votre laboratoire.

— Cela ne vous apprendra rien, répliqua Vittoria. Personne ne connaissait nos recherches en cours. Il est impossible que nos expériences aient un quelconque rapport avec le meurtre de mon père.

Kohler poussa un soupir rauque et las.

— Je crains que les premiers indices ne contredisent vos certitudes.

— Des indices ? Quels indices ?

Langdon se demandait aussi à quoi Kohler faisait allusion.

Ce dernier se tamponna de nouveau la bouche.

— Sur ce point, je vous demande de vous fier à moi.

Le coup d'œil méfiant de Vittoria prouvait à l'évidence que c'était trop lui demander.

15.

Langdon suivait en silence Vittoria et Kohler tandis qu'ils revenaient tous les trois dans le grand atrium par lequel l'étrange visite de Langdon avait commencé. Vittoria marchait d'un pas élastique et fluide, à la manière d'un plongeur olympique. Une puissance, se dit Langdon, que lui a sans doute donnée le yoga, véritable école de flexibilité et de contrôle du mouvement. Il l'entendait respirer avec une lenteur voulue, comme si elle essayait de refréner son chagrin.

Langdon voulait la réconforter, lui montrer sa sympathie. Lui aussi avait fait l'expérience de cette solitude subite, vertigineuse, après la perte d'un proche. Il se rappelait surtout l'enterrement, pluvieux et gris. C'était le surlendemain de son douzième anniversaire. La maison était pleine de collègues du bureau en complet gris, des hommes qui lui serraient et lui secouaient la main trop fort. Ils avaient tous à la bouche les mêmes mots : cardiaque… stress… Sa mère, les yeux embués de larmes, déclarait en plaisantant que, pour connaître la santé de la Bourse, elle n'avait qu'à prendre la main de son mari : son pouls constituait le meilleur bulletin d'information.

Un jour, alors que son père était encore en vie, Langdon avait entendu sa mère le supplier de « s'arrêter et de respirer le parfum des roses ». Cette année-là, il avait acheté à son père une toute petite rose en verre soufflé pour Noël. C'était le plus joli objet que Langdon eût jamais vu… Il avait adoré la façon dont les rayons du soleil se réfractaient sur elle, projetant un arc-en-ciel sur le mur.

— Elle est ravissante ! s'était exclamé son père en ouvrant la boîte, avant d'embrasser son fils sur le front.

Puis il l'avait soigneusement posée sur une étagère poussiéreuse et inaccessible du salon, dans le recoin le plus obscur. Quelques jours plus tard, Langdon était grimpé sur un tabouret, il avait repris la rose et l'avait rapportée au magasin. Son père ne s'était jamais aperçu de l'absence de son cadeau de Noël.

L'arrivée de l'ascenseur tira Langdon de sa rêverie. Vittoria et Kohler venaient d'entrer ; Langdon hésita.

— Un problème ? demanda Kohler, sur un ton plus impatient qu'inquiet.

— Pas du tout, repartit Langdon en se forçant à entrer dans la cabine.

Il ne prenait l'ascenseur qu'en cas d'absolue nécessité. Claustrophobe, il préférait l'espace plus ouvert d'une cage d'escalier.

— Le labo du professeur Vetra est en sous-sol, précisa Kohler.

Génial, se dit Langdon.

Il sentit au passage du seuil une bouffée d'air froid monter des profondeurs. Les portes se refermèrent et la cabine entama sa descente.

— Six étages, fit Kohler d'un ton rigoureusement neutre.

Langdon imaginait l'obscurité dans le puits au-dessous d'eux. Il essaya de bloquer ces pensées en se concentrant sur les voyants des arrêts. Mais, bizarrement, il n'y avait que deux paliers signalés par RDC et Collisionneur LHC.

— Collisionneur LHC ? s'enquit Langdon en essayant d'adopter un ton dégagé.

— L'accélérateur de particules.

Accélérateur de particules ? Langdon connaissait vaguement l'expression. Il l'avait entendue pour la première fois dans un dîner avec des collègues, à Cambridge. Un de ses amis physiciens, Bob Brownell, en arrivant au dîner, ce soir-là, était furieux.

— Les salauds l'ont annulé ! s'était-il écrié.

— Annulé quoi ? avaient demandé les convives.

— Le SSC !

— Le quoi ?

— Le supercollisionneur !

Quelqu'un haussa les épaules.

— Je ne savais pas que Harvard avait prévu d'en construire un !

— Pas Harvard ! s'exclama l'autre. Les États-Unis ! Le plus puissant accélérateur de particules du monde. Un des plus importants projets scientifiques du siècle ! Deux milliards de dollars et le Sénat recale le projet ! Encore un coup de ces fichus bigots du Sud !

Quand Brownell s'était enfin calmé, il avait expliqué qu'un accélérateur de particules était un large tube circulaire dans lequel on projetait à très haute vitesse des particules subatomiques. Des aimants s'allumaient et s'éteignaient très rapidement pour accélérer le mouvement de ces mêmes particules jusqu'à ce qu'elles atteignent des vitesses époustouflantes. À leur maxima ces particules pouvaient atteindre 290 000 km/seconde.

— Mais c'est presque la vitesse de la lumière ! s'était étonné un des universitaires présents.

— Absolument ! s'était exclamé Brownell.

Il avait poursuivi en expliquant que, en accélérant la vitesse des particules envoyées dans des directions opposées et en les faisant entrer en collision, les scientifiques pouvaient les décomposer en éléments plus petits et espéraient ainsi entrevoir les composants ultimes de la matière.

— Les accélérateurs de particules, avait précisé

Brownell, sont essentiels pour l'avenir de la science. Les collisions de particules sont la clé de la compréhension des éléments initiaux de l'univers.

Le « poète en résidence » de Harvard, un homme tranquille du nom de Charles Pratt, ne s'était pas laissé intimider par ces perspectives.

— Tout cela m'apparaît comme une approche assez préhistorique de la science... Un peu comme de fracasser des horloges l'une contre l'autre pour comprendre leur fonctionnement.

Brownell avait laissé tomber sa fourchette et avait quitté la pièce en coup de vent.

Ainsi le CERN possède un accélérateur de particules ? songeait Langdon pendant que l'ascenseur poursuivait sa descente. Un tunnel circulaire dans lequel on fracasse des particules les unes contre les autres ? Pourquoi a-t-on si profondément enterré ce tunnel... ?

Quand l'ascenseur stoppa, Langdon fut soulagé de sentir la terre ferme sous ses pieds. Mais quand les portes s'ouvrirent, son soulagement s'évapora aussitôt. Robert Langdon se voyait de nouveau confronté à un univers complètement étranger.

Le couloir s'étendait très loin à droite comme à gauche. C'était un boyau de ciment gris et lisse, assez large pour qu'un semi-remorque puisse aller et venir. L'emplacement où ils se tenaient était brillamment éclairé mais, à quelque distance de là, il était plongé dans la plus complète obscurité. Le bruissement sourd d'un souffle d'air humide rappela désagréablement à Langdon qu'il se trouvait à une très grande distance de la surface du sol. Il sentait presque le poids de la terre et des rocs au-dessus de sa tête. Pendant un instant, il eut neuf ans... il se souvint... cette même obscurité qui l'avait épouvanté, pétrifié, cinq heures durant. Ce noir vertigineux qui le hantait toujours. Crispant les poings, il chassa cette pensée.

Vittoria sortit en silence de l'ascenseur et s'enfonça sans hésitation dans l'obscurité sans les attendre.

Au-dessus d'elle, les néons s'allumaient à mesure qu'elle avançait. On croirait, songea Langdon, troublé, que le tunnel est un être vivant… qu'il anticipe chacun des mouvements de Vittoria. Langdon et Kohler suivirent à une allure plus modérée. Les néons s'éteignaient automatiquement derrière eux.

— L'accélérateur de particules se trouve au bout du tunnel ? demanda Langdon d'un ton placide.

— C'est ce truc, là, répondit Kohler en lui indiquant un tube de chrome poli qui longeait la paroi intérieure du tunnel.

Surpris, Langdon examina le tube en question qui ne ressemblait en rien à ce qu'il avait imaginé.

— C'est ça l'accélérateur ?

Parfaitement rectiligne, le tuyau devait mesurer environ un mètre de diamètre et, comme le tunnel, il se perdait dans l'obscurité, à quelques dizaines de mètres. Ça ressemble plutôt à une conduite d'égout *high-tech*, se dit Langdon.

— Je croyais que les accélérateurs de particules étaient circulaires…

— Cet accélérateur est un cercle, fit Kohler. Il paraît droit mais c'est une illusion d'optique. La circonférence de ce tunnel est si grande que sa courbure est imperceptible — comme celle de la Terre.

Langdon en eut le souffle coupé.

— Un cercle… mais il doit être énorme !

— Le LHC est la plus grande machine du monde.

Langdon réagit avec un temps de retard. Il se rappela un propos du chauffeur du CERN qui avait parlé d'une énorme machine enterrée sous terre. Mais…

— Il mesure plus de huit kilomètres de diamètre… et vingt-sept kilomètres de long.

— Vingt-sept kilomètres ? Langdon était stupéfait. Plus de seize miles ?

Kohler acquiesça.

— Un cercle parfait de vingt-sept kilomètres, c'est bien ça. À cheval sur les territoires suisse et français, d'ailleurs. À pleine vitesse, les particules font le tour du tube plus de dix mille fois par seconde avant d'entrer en collision.

— C'est extraordinaire de penser que le CERN a dû extraire des millions de tonnes de terre juste pour faire se télescoper de minuscules particules...

Kohler haussa les épaules.

— Pour découvrir la vérité, il faut parfois déplacer des montagnes.

16.

À quelques centaines de kilomètres du CERN, une voix grésilla dans le talkie-walkie.

— Ça y est, je suis dans le couloir.

Le technicien chargé de contrôler les écrans vidéo appuya sur le bouton de l'émetteur.

— Il faut retrouver la caméra 86. Elle doit être tout au bout.

Long silence radio. Le technicien commençait à transpirer légèrement. Finalement, la radio bipa.

— Pas la moindre caméra, fit la voix. Le support, je le vois bien, mais quelqu'un a dû l'enlever.

Le technicien poussa un long soupir soulagé.

— Merci, attendez une seconde, O.K. ?

Il reporta son attention sur la console d'écrans vidéo devant lui. D'énormes secteurs du complexe étaient ouverts au public et on avait déjà constaté la disparition de caméras sans fil, sans doute volées par des farceurs en visite qui voulaient rapporter un souvenir chez eux. Mais, dès qu'une caméra sortait du complexe et se trouvait au-delà du rayon d'émission, son signal était perdu et l'écran de contrôle devenait noir. Déconcerté, le technicien regarda de nouveau le moniteur. L'image d'une clarté cristalline était toujours retransmise par la 86.

Si la caméra a été dérobée, pourquoi continue-t-on à recevoir un signal ? se disait-il. Il n'y avait qu'une explication, bien sûr. La caméra se trouvait toujours dans le complexe, elle avait simplement été déplacée. Mais par qui ? Et pourquoi ?

Il scruta l'écran un long moment, puis reprit enfin son talkie-walkie.

— Est-ce qu'il y a un placard dans cet escalier ? Un cagibi, un coin mal éclairé ?

La voix qui lui répondit parut surprise.

— Non, pourquoi ?

Le technicien fronça les sourcils.

— Peu importe. Merci de votre aide.

Il éteignit son talkie-walkie et plissa les lèvres, perplexe.

Vu la petite taille de la caméra vidéo et le fait qu'elle était sans fil, le technicien savait que la caméra 86 pouvait émettre d'à peu près n'importe quel coin de ce complexe strictement surveillé comprenant trente-deux bâtiments répartis sur une longueur de presque un kilomètre. Seul indice : la caméra semblait avoir été placée dans un endroit obscur. Ce qui n'apportait à vrai dire qu'une aide très limitée. Le complexe en recelait des centaines — placards de toute sorte, conduits d'aération et de chauffage, cabanons de jardiniers, penderies dans les chambres, sans compter le labyrinthe de tunnels souterrains. Il faudrait des semaines pour localiser la caméra 86.

C'est le cadet de mes soucis, pensa-t-il.

Outre le dilemme que posait le déplacement de la caméra, le technicien avait un autre sujet de préoccupation, bien plus perturbant encore. En examinant l'image retransmise par la 86, il distinguait en effet un objet immobile. Un appareil visiblement moderne mais qui ne ressemblait à rien de ce qu'il avait jamais vu. Il scruta le petit dispositif électronique clignotant à sa base.

Le vigile avait subi un entraînement rigoureux qui le préparait à des situations de tension, pourtant son cœur cognait de plus en plus fort. Il s'ordonna de ne pas paniquer. Il devait y avoir une explication rassurante. Cet objet semblait d'ailleurs trop petit pour présenter un réel danger. Pourtant, sa présence à l'intérieur du complexe était troublante, sans aucun doute.

Surtout aujourd'hui, pensa-t-il.

La sécurité était toujours une priorité absolue pour son employeur, mais aujourd'hui, plus qu'aucun autre jour depuis douze ans, la sécurité était de la plus extrême importance. Le technicien examina encore l'objet un long moment et, brusquement, il eut un sombre pressentiment.

Transpirant à grosses gouttes, il appela son supérieur.

17.

Peu d'enfants pourraient dire qu'ils se rappellent le jour où ils ont connu leur père, Vittoria, elle, le pouvait. Elle était âgée de huit ans et vivait là où elle avait toujours vécu, à l'Orfanotrofio di Siena, un orphelinat catholique des faubourgs de Sienne. Ses parents l'avaient abandonnée à la naissance.

Il pleuvait ce jour-là. Les sœurs l'avaient appelée deux fois pour le dîner, mais, comme toujours, elle avait fait semblant de ne pas entendre. Allongée dans le petit jardin, elle fixait les gouttes de pluie, sentait chacune d'elles s'écraser sur son corps, se demandant où la prochaine atterrirait. Les sœurs l'appelèrent de nouveau, la menacèrent de pneumonie, une pneumonie qui ferait ravaler à cette sale petite entêtée sa curiosité des choses de la nature.

Je ne vous entends pas, pensait Vittoria.

Elle était trempée jusqu'aux os quand le jeune prêtre vint la chercher. Elle ne le connaissait pas. Il était nouveau ici. Vittoria s'attendait à ce qu'il la traîne bon gré mal gré à l'intérieur. Mais non. À son grand étonnement, il s'allongea au contraire à côté d'elle, étalant sa soutane autour de lui.

— On m'a dit que tu posais beaucoup de questions, fit le jeune prêtre.

Vittoria se renfrogna.

— C'est mal de poser des questions ?

Il éclata de rire.

— Encore une question !

— Que fais-tu ici ?

— La même chose que toi, je me demande pourquoi il y a des gouttes de pluie qui nous tombent sur la tête.

— Je ne me demande pas pourquoi elles tombent, je le sais déjà.

Le prêtre lui jeta un regard étonné.

— Ah bon ?

— La sœur Francisca prétend que ce sont les larmes des anges qui tombent pour effacer nos péchés.

— Ah bon ? répliqua-t-il, l'air sidéré. Alors c'est ça l'explication…

— Pas du tout ! rétorqua la petite fille. Les gouttes de pluie tombent parce que tout tombe ! Tout. Pas seulement la pluie !

Le prêtre se gratta la tête, l'air encore plus perplexe.

— Tu sais, jeune demoiselle, tu as raison. C'est vrai que tout tombe. C'est sans doute la gravité…

— La quoi ?

Il lui adressa une moue étonnée.

— Tu n'as pas entendu parler de la gravité ?

— Non.

Le prêtre haussa les épaules tristement.

— C'est dommage, la gravité répond à beaucoup de questions…

Vittoria se redressa et s'assit.

— C'est quoi, la gravité ? demanda-t-elle. Explique-moi !

Il lui fit un clin d'œil.

— Et si je te le disais après le dîner ?

Ce jeune prêtre s'appelait Leonardo Vetra. Étudiant surdoué en physique, primé avant même d'avoir fini ses études, il avait pourtant répondu à un autre appel et choisi d'entrer au séminaire. Leonardo et Vittoria étaient devenus d'improbables meilleurs amis dans ce monde solitaire de sœurs austères et de règles strictes. La fillette faisait rire Leonardo et il l'avait prise sous son aile. Il lui avait appris que, pour les belles choses comme les arcs-en-ciel et les rivières, les hommes avaient inventé beaucoup d'explications. Il lui parlait de la lumière, des planètes, des étoiles et de toute la nature à travers les yeux de Dieu et de la science. L'intelligence et la curiosité innée de Vittoria en faisaient une étudiante captivante. Leonardo l'avait protégée comme sa fille.

Vittoria était heureuse, elle aussi. Elle n'avait jamais connu la joie d'avoir un père. Alors que tous les autres adultes de l'orphelinat répondaient à ses questions d'une tape sur la main, Leonardo passait des heures à lui montrer ses livres. Il lui demandait même de lui expliquer ses idées. Ses idées à elle ! Vittoria priait pour que Leonardo ne la quitte plus jamais. Et puis, un jour, la catastrophe qu'elle redoutait secrètement s'était produite. Le père Leonardo lui avait confié qu'il allait quitter l'orphelinat.

— Je pars pour la Suisse, lui avait-il annoncé. J'ai une bourse pour étudier la physique à l'université de Genève.

— La physique ! s'exclama Vittoria, mais je croyais que tu aimais Dieu !

— Mais je l'aime, et beaucoup. C'est pour cela que je veux étudier. Pour mieux connaître ses lois. Les lois de la physique c'est la toile que Dieu a tissée pour peindre son chef-d'œuvre.

Vittoria était bouleversée. Mais le père Leonardo avait une autre nouvelle à lui apprendre : il annonça à la petite fille qu'il avait demandé à ses supérieurs de pouvoir l'adopter et qu'ils avaient accepté.

— Est-ce que tu aimerais que je t'adopte ? demanda Leonardo.

— Qu'est-ce que ça veut dire, adopter ? s'enquit Vittoria.

Le père Leonardo lui expliqua.

— Oh oui, oui !

Vittoria se jeta dans ses bras et l'étreignit cinq bonnes minutes en sanglotant de joie. Leonardo lui précisa qu'il devait partir quelque temps et qu'il allait aménager leur nouvelle maison en Suisse tout en promettant de revenir la chercher dans six mois. Vittoria n'avait jamais attendu aussi longtemps, mais Leonardo tint sa promesse. Cinq jours avant son neuvième anniversaire, la fillette déménageait à Genève avec son grand ami. Le jour, elle suivait les cours de l'École internationale de Genève, et le soir Leonardo prenait le relais. Trois ans plus tard, Leonardo Vetra était engagé au CERN. Vittoria et son père adoptif s'étaient installés dans cet endroit merveilleux dont la fillette n'aurait jamais osé rêver.

Vittoria continuait d'avancer dans le tunnel, comme anesthésiée. Elle aperçut son reflet déformé sur une paroi et ressentit l'absence de son père. En temps ordinaire, elle éprouvait un calme profond et un sentiment d'harmonie avec le monde extérieur, mais brusquement plus rien n'avait de sens. Les trois dernières heures se perdaient dans une sorte de brouillard confus.

Il était 10 heures du matin quand le téléphone avait sonné sur la côte des Baléares où elle séjournait. « Votre père a été assassiné, rentrez immédiatement. » Malgré la chaleur accablante qui transformait le pont du bateau en rôtissoire, Vittoria avait été glacée jusqu'aux os. Le ton neutre de Kohler l'avait d'ailleurs presque autant blessée que la nouvelle elle-même.

Maintenant, elle était de retour chez elle. Chez elle, au CERN ? Son univers depuis qu'elle avait douze ans lui semblait soudain étranger. L'homme qui incarnait la magie du lieu était parti pour toujours. Son père.

Respirer profondément, songea-t-elle. Mais elle ne parvenait pas à apaiser son esprit. Les questions défilaient de plus en plus vite. Qui avait tué son père ? Et pourquoi ? Qui était ce « spécialiste » américain ? Pourquoi Kohler tenait-il tant à voir le laboratoire ?

Kohler avait prétendu détenir la preuve que le meurtre était lié aux recherches récentes de Vetra. Quelle preuve ? Personne ne savait sur quoi nous travaillions ! Et même si quelqu'un l'avait découvert, quelle raison pouvait-il avoir de supprimer Leonardo ?

En remontant le tunnel du collisionneur en direction du laboratoire, Vittoria réalisa qu'elle était sur le point de révéler leur plus grande découverte, alors qu'il ne serait même pas présent. Elle s'était imaginé ce moment de manière très différente. Elle avait imaginé son père invitant les plus grands scientifiques du CERN dans son laboratoire, leur montrant sa découverte, scrutant leurs regards écarquillés de stupéfaction. Puis, avec un sourire rayonnant, il leur aurait expliqué que c'était une idée de Vittoria qui l'avait aidé à transformer ce projet en réalité… que sa fille avait joué un rôle décisif dans l'intuition ultime. Vittoria sentit sa gorge se serrer. Mon père et moi aurions dû partager ce moment. Et voilà qu'elle se retrouvait toute seule. Pas de collègues, pas de visages joyeux. Juste cet Américain, cet étranger et Maximilian Kohler.

Maximilian Kohler, le « roi ».

Enfant, déjà, Vittoria ne pouvait pas supporter ce personnage. Si elle avait fini par respecter son immense intelligence, ses manières glaciales lui avaient toujours paru inhumaines. À l'exact opposé de la chaleur contagieuse de son père. Dans la science, Kohler privilégiait la logique immaculée, tandis que Leonardo poursuivait une quête spirituelle. Et pourtant, bizarrement, les deux hommes avaient toujours éprouvé un respect réciproque. Le génie, lui avait expliqué quelqu'un un jour, accepte le génie sans conditions.

Le génie, pensa-t-elle. Mon père… Papa. Mort.

L'entrée du laboratoire de Leonardo Vetra était un long couloir uniformément revêtu de carreaux blancs, sorte de sas stérile. Langdon eut l'impression de pénétrer dans quelque asile psychiatrique souterrain. Accrochées aux murs, des dizaines de photos encadrées en noir et blanc complètement opaques pour Langdon, qui avait pourtant consacré sa vie à étudier des images. Négatifs chaotiques de zébrures et spirales sans queue ni tête. De l'art moderne ? se demanda machinalement Langdon. Jackson Pollock sous amphétamines ?

— Représentations numériques de collisions de particules…, expliqua Vittoria qui avait remarqué la perplexité de l'Américain. La particule Z, reprit-elle en indiquant une trace presque invisible dans la nébuleuse. Mon père l'a découverte il y a cinq ans. De l'énergie pure, sans aucune masse. Il se pourrait que ce soit le plus petit constituant de la matière. La matière n'est après tout rien d'autre que de l'énergie prise au piège…

La matière, de l'énergie ? Langdon inclina la tête. Une théorie qui n'aurait pas déplu à un maître Zen. Il examina la légère traînée sur la photographie et imagina la réaction de ses copains du département de physique de Harvard quand il leur apprendrait qu'il avait passé le week-end à contempler des particules Z dans un collisionneur THC…

— Vittoria, fit Kohler, alors qu'ils approchaient de l'imposante porte d'acier du labo, je dois vous dire que je cherchais votre père, ce matin et que je suis déjà venu ici.

Vittoria rougit un peu.

— Ah bon ?

— Oui, imaginez ma surprise quand j'ai découvert qu'il avait remplacé les serrures de sécurité numériques standard par un autre système…

Kohler pointa un dispositif électronique compliqué monté au dos de la porte.

— Je suis désolée, répliqua Vittoria. Vous savez comme il était obsédé par le secret. Personne ne devait pénétrer dans son labo, à part nous deux.

— Je comprends, fit Kohler. Ouvrez la porte.

Vittoria resta immobile un long moment. Puis elle inspira profondément et avança de quelques pas vers le mécanisme électronique. Langdon la regarda faire, bouche bée.

La jeune femme se souleva légèrement sur la plante des pieds et plaça soigneusement son œil dans l'axe d'un objectif semblable à une minilunette télescopique. Puis elle enfonça un bouton. Un clic, et un minuscule rai de lumière scanna son œil en rapides allers-retours.

— C'est un scanner rétinien. Une sécurité infaillible. Deux empreintes rétiniennes y sont enregistrées. La mienne et celle de mon père.

Robert Langdon, horrifié, revit l'atroce image de Leonardo Vetra en détail. Son visage sanguinolent, son œil unique qui regardait droit devant lui, et l'orbite vide. Il essaya de repousser l'effrayante évidence, mais soudain, il aperçut des gouttelettes écarlates sur le sol. Du sang séché.

Vittoria, grâce au ciel, n'avait rien remarqué.

La porte d'acier coulissa et la jeune femme entra.

Kohler jeta un regard perçant à Langdon. Son message était clair : je vous avais prévenu ; c'est pour une raison très concrète qu'on lui a arraché l'œil.

18.

Les mains de la femme étaient ligotées, elle avait les poignets pourpres et enflés à cause des cordelières trop serrées. Épuisé, l'Assassin au teint acajou, étendu à côté d'elle, admirait sa proie nue. Il se demanda si elle dormait vraiment ou si elle feignait de dormir. Pathétique tentative pour échapper à ses obligations professionnelles…

Il s'en fichait. Il avait eu ce qu'il voulait. La récompense l'avait comblé. Rassasié, il s'assit sur le lit.

Dans *son* pays, les femmes étaient des biens parmi d'autres. Des êtres faibles. Des instruments de plaisir. Des possessions que l'on échangeait comme du bétail. Et elles ne se faisaient pas d'illusion sur leur rôle. Mais *ici*, en Europe, les femmes, ainsi que leur prétendue force et indépendance, l'amusaient et l'excitaient à la fois. Il avait toujours adoré les contraindre à une soumission totale.

À présent, malgré la satisfaction qu'il éprouvait dans le bas-ventre, l'Assassin sentit un autre appétit croître en lui. Il avait tué, la nuit dernière, tué et mutilé. Or, le meurtre lui donnait des sensations analogues à celles de l'héroïne : la jouissance qu'il éprouvait était chaque fois plus brève, avant le retour du désir toujours plus fort. L'euphorie s'était dissipée. Le besoin était revenu.

Il examina la dormeuse. En lui caressant le cou de la paume de la main, il se sentit excité à l'idée qu'il avait le pouvoir de mettre fin à sa vie. D'un simple geste. Il ne lui faudrait qu'un instant. Et quelle importance ? Ce n'était qu'une inférieure, une esclave faite pour servir et satisfaire le client. Il referma ses doigts puissants sur sa gorge, sentit battre le pouls léger. Mais, luttant contre son envie, il retira la main. Il y avait du pain sur la planche. Le service d'une cause plus haute que son propre désir.

En se levant, il se délecta à la pensée du travail qui l'attendait. Un honneur. Il ne parvenait toujours pas à mesurer précisément l'influence de cet homme, ce Janus qui dirigeait une très ancienne confrérie. Extraordinaire coup de chance, il avait été choisi. Comment avaient-ils eu connaissance de son aversion… et de ses talents ? Mystère, il ne le saurait d'ailleurs jamais. Ils sont partout…

Et voilà qu'ils lui confiaient l'honneur suprême : il devenait leur main et leur voix. Leur assassin mais aussi leur messager. Il y avait un mot pour cela dans sa langue : *Malk al Haq*, l'Ange de la Vérité.

19.

Le labo de Vetra était d'un futurisme échevelé.

Blanc immaculé, bourré d'ordinateurs et d'équipements électroniques spécialisés, il ressemblait à une sorte de QG. Langdon se demanda quels secrets pouvait bien renfermer cette pièce, pour justifier l'énucléation d'un être humain…

Kohler paraissait mal à l'aise en entrant. Ses yeux mobiles cherchaient apparemment des indices d'intrusion. Mais le labo était désert. Vittoria aussi se déplaçait avec circonspection. Comme si, sans son père, le laboratoire était devenu étranger.

Le regard de Langdon se posa aussitôt au centre de la pièce où s'élevaient une série de petits supports. Comme un Stonehenge miniature, une dizaine de colonnes d'acier poli formait un cercle au milieu de la pièce. Les piliers qui devaient mesurer un mètre de haut, rappelant un peu les piédestaux sur lesquels on présentait les pierres précieuses dans les expositions de joaillerie. Mais ici, de toute évidence, il n'était pas question de joaillerie. Chacun de ces piliers supportait un conteneur épais et transparent de la taille approximative d'une balle de tennis. Vide, apparemment.

Kohler jeta un coup d'œil surpris sur ces conteneurs, qu'il décida visiblement d'ignorer pour le moment. Il se tourna vers Vittoria.

— A-t-on dérobé quelque chose ?

— Dérobé ? Comment ? Le scanner rétinien ne laisse pénétrer que mon père et moi.

— Regardez quand même autour de vous.

Vittoria soupira et inspecta la pièce quelques instants. Elle haussa les épaules.

— Tout est comme d'habitude, quand mon père s'en va. Une sorte de chaos ordonné…

Langdon sentit que Kohler réfléchissait à ce qu'il allait dire, comme s'il se demandait ce qu'il pouvait confier à Vittoria, jusqu'où il pouvait la pousser. Il se déplaça sur sa chaise roulante jusqu'au centre du laboratoire, le patron du CERN passa de nouveau en revue les mystérieux conteneurs apparemment vides.

— Le secret, lâcha finalement Kohler, est un luxe que nous ne pouvons plus nous permettre.

Vittoria, soudain assaillie par un torrent de souvenirs et d'émotions, acquiesça machinalement.

Donne-lui une minute, songea Langdon.

Comme si elle se préparait aux révélations qu'elle allait faire, Vittoria ferma les yeux et inspira. Lentement, profondément. À plusieurs reprises.

Langdon l'observa, soudain inquiet. Est-ce qu'elle va bien ? Il jeta un coup d'œil à Kohler, toujours impassible, et apparemment accoutumé à ce rituel. Vittoria laissa passer une dizaine de secondes avant de rouvrir les yeux.

La métamorphose était impressionnante, Langdon n'en crut pas ses yeux. Ce n'était plus la même Vittoria. Ses lèvres pleines étaient détendues, ses épaules relâchées et son regard était doux et approbatif. Elle semblait avoir ordonné à tous les muscles de son corps de se relâcher et d'accepter la situation. Elle avait su trouver, derrière la colère et l'angoisse, une source plus profonde, qui prodiguait l'apaisement.

— Par où commencer…, fit-elle d'un ton posé.

— Par le commencement, intervint Kohler. Parlez-nous des expériences de votre père.

— Le rêve de sa vie était de corriger la science par la religion, déclara Vittoria. Il voulait arriver à démontrer que ces deux domaines sont entièrement compatibles, qu'il s'agit de deux approches différentes mais tendues vers une même vérité…

Elle s'interrompit comme si elle ne parvenait pas à croire à ce qu'elle allait dire.

— … Et récemment… il a trouvé un moyen d'y parvenir.

Kohler ne dit rien.

— Il a mis au point une expérience qui devait résoudre l'un des plus douloureux conflits qui aient opposé science et religion.

Langdon se demandait de quoi elle voulait parler car, en fait, ils étaient innombrables.

— Je veux parler du créationnisme, reprit Vittoria. La polémique autour de la naissance de l'univers.

Oh ! songea Langdon. *LA* question.

— Vous connaissez la réponse de la Bible, bien sûr : c'est Dieu qui a créé l'Univers. Il a dit « Que la lumière soit » et tout ce que nous voyons est apparu, surgi d'un immense vide. Malheureusement, une des lois fondamentales de la physique énonce que la matière ne peut être engendrée à partir de rien.

Langdon se rappela une vieille lecture sur cette impasse épistémologique. L'idée que Dieu avait soi-disant créé « quelque chose à partir de rien » était totalement contraire aux lois communément admises de la physique moderne et, par conséquent, affirmaient les scientifiques, la *Genèse* était une absurdité.

— Monsieur Langdon, poursuivit Vittoria, je suppose que vous avez entendu parler de la théorie du big-bang ?

Langdon haussa les épaules.

— Plus ou moins.

Il savait que le big-bang était le modèle scientifiquement accepté de la création de l'Univers. Il ne comprenait pas vraiment cette théorie, se rappelant seulement qu'elle postulait l'explosion initiale d'un noyau d'énergie extrêmement concentré, sorte de cataclysme dont l'expansion avait formé l'Univers. Ou quelque chose comme ça.

Vittoria continua :

— Quand l'Église catholique proposa la première théorie du big-bang, en 1927, le…

— Pardon ? l'interrompit Langdon dans un sursaut de stupéfaction. Vous dites que le big-bang était une idée catholique ?

Vittoria sembla surprise par cette question.

— Bien sûr. Présentée par un moine catholique, Georges Lemaître, en 1927.

— Mais je croyais… N'est-ce pas l'astronome de Harvard Edwin Hubble qui a formulé cette théorie ?

Kohler était écarlate.

— Toujours cette arrogance de la science américaine ! Hubble a publié ses travaux en 1929, deux ans après Lemaître.

Langdon se renfrogna. Et le télescope de Hubble alors ? On n'a jamais entendu parler du télescope de Lemaître !

— M. Kohler a raison, dit Vittoria, la théorie est l'œuvre de Lemaître. Hubble n'a fait que la confirmer en apportant la preuve que le big-bang était scientifiquement probable.

— Ah ! fit Langdon en se demandant si les fanas de Hubble du département d'Astronomie de Harvard avaient jamais mentionné Lemaître dans leurs cours.

— Quand Lemaître a énoncé pour la première fois la théorie du big-bang, poursuivit Vittoria, les scientifiques l'ont jugée parfaitement aberrante. La matière, selon la science, ne peut être créée à partir de rien. Donc, quand Hubble a démontré scientifiquement que le big-bang reflétait fidèlement les faits, l'Église a crié victoire, brandissant cette nouvelle comme la preuve de l'exactitude scientifique de la Bible. La vérité divine, en quelque sorte.

Langdon acquiesça, totalement concentré.

— Bien sûr, les savants n'appréciaient guère que la religion se serve de leurs découvertes pour faire sa promotion, si bien qu'ils ont aussitôt mathématisé le big-bang pour lui ôter toute connotation religieuse et lui apposer leur estampille exclusive. Malheureusement pour la science, tous leurs raisonnements sont entachés d'une sérieuse faille que l'Église ne se prive pas de souligner.

Kohler marmonna sèchement :

— La singularité.

Il avait articulé le mot comme si la « singularité » était une croix qu'il portait depuis toujours.

— Oui, la singularité, approuva Vittoria. Le moment exact de la création, le degré zéro du temps.

Elle regarda Langdon.

— Aujourd'hui encore, la science reste incapable de saisir le moment initial de la création. Nos équations parviennent à saisir assez adéquatement les premiers moments de l'Univers, mais, à mesure que l'on régresse dans le temps et que nous approchons de l'instant zéro, nos modèles mathématiques se désintègrent et plus rien ne fait sens.

— Exact, approuva nerveusement Kohler, et pour l'Église cette faille constitue une preuve de l'intervention divine. Venez-en au fait.

Vittoria se raidit.

— Au fait ? Mon père a toujours fermement cru que l'intervention divine était à l'origine du big-bang. Et même si la science était incapable de comprendre l'aspect divin de la création, il était persuadé qu'un jour elle finirait bien par y parvenir. Elle montra tristement un bristol punaisé au-dessus du bureau de son père sur lequel était imprimé en caractères gras :

SCIENCE ET RELIGION NE S'OPPOSENT PAS
LA SCIENCE EST ENCORE TROP JEUNE
POUR COMPRENDRE

— Mon père désirait élever la science à un niveau encore inconnu d'elle, où elle aurait englobé le concept de Dieu.

Elle passa une main dans sa longue chevelure, l'air soudain mélancolique.

— Il avait entrepris une recherche qu'aucun scientifique n'avait encore imaginée. Une expérience pour laquelle on n'avait jamais maîtrisé la technologie nécessaire.

Elle s'arrêta, comme si elle hésitait sur les termes à utiliser.

— Il avait mis au point un protocole expérimental pour prouver la possibilité de la *Genèse.*

Prouver la *Genèse* ? se demanda Langdon. Que la lumière soit ? De la matière à partir de rien ?

— Mon père avait réussi à créer un monde… à partir du néant.

Kohler sursauta violemment.

— Quoi ?

— Plus précisément il avait recréé le big-bang en laboratoire.

Kohler se dressa sur ses avant-bras comme s'il allait se lever.

Langdon semblait complètement perdu.

Créer un univers ? Recréer le big-bang ?

— À une échelle extrêmement réduite bien entendu, reprit Vittoria qui s'animait en parlant. Le processus était remarquablement simple. Il a accéléré deux faisceaux de particules ultrafins dans des directions opposées, dans le tube accélérateur. Les deux faisceaux sont entrés en collision à des vitesses énormes faisant fusionner leurs énergies en un point extrêmement concentré. Il est parvenu à obtenir une densité d'énergie extraordinaire.

Elle énuméra une série de chiffres et de termes techniques et Kohler écarquilla un peu plus les yeux.

Langdon essayait de suivre. Ainsi, Leonardo Vetra était parvenu à recréer ce point d'énergie extrêmement concentré d'où est censé avoir surgi l'Univers…

— Le résultat, poursuivit Vittoria, fut absolument inouï. Quand nous le publierons, il fera vaciller toute la physique moderne sur ses bases.

Elle parlait lentement, maintenant, comme si elle savourait l'énormité de la nouvelle.

— À ce stade d'énergie hautement concentrée, surgissant de nulle part, des particules de matière sont apparues dans le tube.

Kohler la regardait intensément, les yeux écarquillés.

— De la matière, répéta Vittoria. Surgie du néant. Un extraordinaire feu d'artifice de particules subatomiques. L'éclosion d'un univers miniature. Mon père a prouvé non seulement que l'on peut créer de la matière à partir de rien, mais que le big-bang et la *Genèse* peuvent s'expliquer en supposant simplement la présence d'une énorme source d'énergie.

— Vous voulez dire Dieu ? demanda Kohler.

— Dieu, Bouddha, la Force ultime, Jehovah, le point d'unicité, quel que soit le nom qu'on lui donne, le résultat est le même. La science et la religion sont en fait d'accord sur un postulat : l'énergie pure est la matrice de la création.

Quand Kohler reprit la parole, sa voix était sombre.

— Vittoria, j'en ai la tête qui tourne. Vous êtes en train de me dire que votre père a créé de la matière… à partir de rien ?

— Oui.

Vittoria désigna les conteneurs.

— Et en voici la preuve. Dans ces conteneurs se trouvent quelques échantillons de la matière qu'il a créée.

Kohler toussa et dirigea son fauteuil vers les conteneurs comme un animal méfiant qui tourne autour de quelque chose qu'il craint.

— Quelque chose a dû m'échapper, de toute évidence, commença-t-il. Comment imaginez-vous qu'un scientifique va admettre que ces conteneurs contiennent des particules de matière que votre père a réellement créées ? Ce pourrait être des particules venues de n'importe où…

— Justement pas, rétorqua Vittoria sur un ton confiant. Ces particules sont uniques. Il s'agit d'un type de matière qui n'existe nulle part ailleurs, du moins sur notre planète. Il faut donc bien qu'elles aient été créées !

L'expression de Kohler s'assombrit.

— Vittoria, que voulez-vous dire avec votre « type de matière » ? Il n'existe qu'un seul type de matière et…

Kohler s'arrêta net. Vittoria triomphait.

— Vous avez vous-même donné des conférences sur ce thème, monsieur le directeur. L'Univers est constitué de deux types de matière, c'est un fait scientifiquement établi.

Vittoria se tourna vers Langdon.

— Monsieur Langdon, que dit la Bible à propos de la création ?

Langdon, interloqué, se demandait où voulait en venir la jeune femme.

— Mmm… Dieu a créé la Lumière et les Ténèbres, le Ciel et la Terre…

— Exactement, reprit Vittoria. Il a tout créé par couple d'opposés. La symétrie, l'équilibre parfait.

Elle se tourna vers Kohler.

— Et la science est arrivée à la même conclusion que la religion : que le big-bang a tout créé dans l'univers par couples d'opposés.

— Y compris la matière, murmura Kohler, comme pour lui-même.

Vittoria acquiesça.

— Oui. Et quand mon père a mené son expérience, deux types de matière sont apparus.

Langdon se demanda de quoi elle parlait. Leonardo Vetra a créé l'opposé de la matière ?

Kohler lui jeta un regard furieux.

— La substance dont vous parlez existe ailleurs dans l'Univers. Certainement pas sur terre. Et peut-être même pas dans notre galaxie.

— Absolument exact, repartit Vittoria. Ce qui prouve

que les particules que l'on trouve dans ces conteneurs ont bien été créées.

Les traits de Kohler se durcirent encore.

— Vittoria, vous n'êtes pas en train de prétendre que ces conteneurs contiennent des échantillons de ce « type » de matière ?

— Mais si, mon cher.

Elle promena un regard fier sur les conteneurs.

— Vous avez devant vous les premiers échantillons d'antimatière au monde !

20.

Phase deux, songea l'Assassin en avançant à grands pas dans le tunnel plongé dans l'obscurité. La torche dans sa main était un peu inutile, il le savait. Mais c'était pour l'effet. L'effet était primordial. La peur, il l'avait appris, était son alliée. La peur est l'arme la plus efficace, parce que la plus foudroyante.

Il n'y avait pas de miroir dans le tunnel et il ne pouvait admirer son déguisement mais il pressentait, aux ondulations de l'ombre de sa gandoura, qu'il était parfait. Se mêler aux autres faisait partie du plan. Un plan très étrange, à vrai dire. Dans ses rêves les plus fous, il n'aurait jamais imaginé jouer un tel rôle.

Deux semaines plus tôt, il aurait considéré comme impossible la tâche qui l'attendait au bout de ce tunnel. Une mission suicide. Comme d'entrer nu dans la tanière d'un lion. Mais Janus avait changé la définition de l'impossible.

Les secrets que Janus avait partagés avec l'Assassin ces deux dernières semaines avaient été nombreux… Ce tunnel lui-même était l'un d'eux. Ancien, mais encore parfaitement praticable.

En s'approchant de l'ennemi, l'Assassin se demanda si ce qui l'attendait là-bas serait aussi facile que Janus le lui avait promis. Quelqu'un, à l'intérieur, devait faire le nécessaire pour que tout se passe bien. À l'intérieur ? Incroyable. Plus il réfléchissait à la question, plus il réalisait qu'il s'agissait d'un jeu d'enfant.

Wahad… Tanthan… Thalatha… Arbaa, scandait-il en arabe, alors qu'il arrivait au bout du boyau. Un… deux… trois… quatre…

21.

— Je suppose que vous avez entendu parler de l'antimatière, monsieur Langdon ?

Vittoria scrutait son interlocuteur. Son visage bronzé tranchait sur le fond blanc et brillant des murs du labo.

Langdon la regarda, soudain désemparé.

— Oui, plus ou moins.

Les lèvres de la jeune femme esquissèrent un fin sourire.

— Adepte de *Star Trek* ?

Langdon rougit.

— Mes étudiants m'en parlent en tout cas…

Il fronça les sourcils.

— L'*Enterprise* ne carbure-t-il pas à l'antimatière ?

Elle hocha la tête.

— La science-fiction de bonne qualité n'est jamais très éloignée de la science tout court.

— Alors l'antimatière existe ?

— C'est une donnée naturelle. Tout ce qui existe a son contraire ; les protons ont les électrons, les *up-quarks* ont les *down-quarks*. Il y a une symétrie cosmique au niveau subatomique. L'antimatière est à la matière ce que le *Yin* est au *Yang*. Le contrepoids nécessaire dans l'équation physique.

Langdon songea à la croyance galiléenne dans la dualité.

— Depuis 1918, poursuivit Vittoria, les scientifiques savent que le big-bang a créé deux types de matière. Tout d'abord, celle que nous voyons sur la Terre, celle dont sont faits les rochers, les arbres, les gens. L'autre est son opposé. Un opposé identique à la matière en tout point, excepté que les charges de ses particules sont inversées.

Kohler, soudain fragile, s'exprima comme quelqu'un qui lutte contre un vertige croissant :

— Mais il y a d'énormes barrières technologiques au stockage de l'antimatière. Et la neutralisation ?

— Mon père a produit un vide à polarité inversée pour extraire les positrons d'antimatière de l'accélérateur avant qu'ils se décomposent.

Kohler se renfrogna.

— Mais un tel vide extrairait aussi la matière, il serait impossible de séparer ces particules.

— Il s'est servi d'un champ magnétique. La matière s'est placée à droite et l'antimatière à gauche. Ce sont des opposés polaires.

À cet instant le mur de scepticisme de Kohler commença de se lézarder. Il posa des yeux écarquillés d'étonnement sur Vittoria et puis, sans prévenir, fut secoué par une quinte de toux.

— In… croya… ble, fit-il en s'essuyant la bouche, et pourtant…

Sa logique résistait encore.

— Même si l'on arrivait à produire ce vide, ces conteneurs sont faits de matière. L'antimatière réagirait instantanément avec…

— L'échantillon ne touche pas le conteneur, reprit Vittoria, qui s'attendait apparemment à cette question. L'antimatière est suspendue. Les conteneurs sont appelés « pièges à antimatière » parce qu'ils piègent littéralement l'antimatière au centre du conteneur, à bonne distance de la paroi et du fond de celui-ci.

— Suspendu ?... Mais comment ?

— Entre deux champs magnétiques intersectés. Tenez, regardez...

Vittoria traversa la pièce et revint avec un grand appareil électronique qui ressemblait, se dit Langdon, à un pistolet à rayons X de dessin animé : un large fût en forme de canon, coiffé d'une sorte de lunette de visée. Toutes sortes d'instruments électroniques étaient suspendus en dessous. Vittoria aligna la lunette sur l'un des conteneurs, appliqua son œil à l'œilleton et ajusta diverses bagues. Puis elle s'écarta, invitant Kohler à prendre sa place.

Kohler était stupéfait.

— Vous voulez dire que vous en avez collecté une quantité suffisante pour qu'on puisse les voir... ?

— Cinq mille nanogrammes, acquiesça Vittoria. Une dose de plasma liquide qui contient des millions de positrons.

— Des millions ? Mais jusqu'à maintenant on n'a réussi qu'à détecter quelques particules...

— C'est du xénon, répondit Vittoria d'un ton neutre. Mon père a accéléré le faisceau de particules à travers une émission de xénon, faisant éclater les électrons. Il tenait absolument à garder secrète la procédure exacte, mais elle nécessitait d'injecter simultanément des électrons à l'état brut dans l'accélérateur.

Langdon se sentait perdu, plus très sûr de parler encore la même langue que Vittoria.

Kohler resta muet quelques instants, les sourcils toujours froncés, le front zébré de rides profondes. Soudain il inspira d'un coup bref et se redressa comme s'il venait d'être percuté par une balle.

— Techniquement, cela signifierait une quantité…

Vittoria approuva d'un signe de tête.

— Oui, assez impressionnante…

Kohler tourna les yeux vers le conteneur posé devant lui. L'air hésitant, se contorsionnant un peu, il approcha son œil. Il demeura ainsi un long moment, à regarder sans rien dire. Quand il se renversa finalement en arrière dans son fauteuil, son front était couvert de sueur. Les rides qui creusaient son visage avaient disparu. Sa voix n'était plus qu'un murmure.

— Mon Dieu… Vous y êtes vraiment arrivés…

Vittoria acquiesça.

— Mon père y est arrivé.

— Je… je ne sais pas quoi dire.

Vittoria se tourna vers Langdon.

— Vous voulez jeter un coup d'œil ?

Langdon, très intimidé, s'approcha à son tour de l'appareil. À une distance de soixante centimètres, le conteneur semblait vide. Ce qu'il contenait, s'il contenait quelque chose, était d'une taille infinitésimale. L'Américain plaqua son œil contre la lunette de visée. L'image ne se précisa qu'au bout de quelques secondes.

Puis il vit.

La chose ne se trouvait pas au bas du conteneur comme il l'aurait cru, mais elle flottait au centre, suspendue dans l'étroit espace. On aurait dit un globule scintillant de mercure liquide. Flottant dans l'air, vibrant d'une légère oscillation. Des vaguelettes métalliques agitaient la surface de cette grosse goutte. Cette vision rappela à Langdon une vidéo qu'il avait vue autrefois et qui montrait une goutte d'eau en apesanteur. Tout en sachant qu'elle était microscopique, il apercevait les moindres ondulations, les moindres creusements de cette boule de plasma qui pivotait lentement sur elle-même.

— Elle… flotte, dit-il.

— Il vaut mieux qu'elle flotte, répliqua Vittoria. L'antimatière est extrêmement instable. D'un point de vue énergétique, l'antimatière est le miroir de la matière, si bien que tous deux se suppriment réciproquement quand ils entrent en contact. Tenir l'antimatière à distance de la matière est bien sûr une gageure, parce que tout, sur Terre, est fait de matière. Les échantillons doivent donc être complètement préservés de toute forme de contact avec celle-ci, même l'air.

Langdon flottait sur un drôle de nuage. Une discussion sur un vide parfait renfermant un objet immatériel…

— Mais ces pièges à antimatière, intervint Kohler en promenant un index boudiné sur la paroi d'un de ces conteneurs, c'est votre père qui les a conçus ?

— Non, ils sont mon œuvre.

Il lui jeta un coup d'œil surpris.

— Mon père a produit les premières particules d'antimatière, reprit la jeune femme avec modestie, mais il a buté sur le problème du stockage. Et c'est alors que je lui ai fait cette suggestion : des écrins hermétiques nanocomposites équipés d'électroaimants à chaque extrémité.

— Le génial Leonardo dépassé par sa fille ?

— Pas vraiment. J'avais emprunté l'idée à la nature. Plus exactement aux physalies, une espèce de méduse qui paralyse les proies qu'elle enserre dans ses tentacules en émettant des décharges nématocystiques. Le principe est le même, ici. Les deux électroaimants produisent des champs électromagnétiques opposés qui prennent l'antimatière en étau au centre du conteneur. Dans le vide.

Langdon regarda le conteneur. L'antimatière flottait dans le vide sans aucun contact avec quoi que ce soit. Kohler avait raison : l'intuition de Vetra était tout simplement géniale.

— Mais la source d'énergie pour les aimants, où se trouve-t-elle ? demanda Kohler.

Vittoria tendit la main vers un conteneur.

— Dans le piédestal, sous le « piège à antimatière ». Les conteneurs sont reliés à des socles qui les alimentent en continu afin que les aimants ne s'interrompent jamais.

— Et si le double champ cesse de fonctionner ?

— C'est évident. L'antimatière qui n'est plus maintenue en l'air tombe, entre en collision avec le fond du conteneur et l'on assiste à une annihilation.

Langdon dressa l'oreille.

— Une annihilation ?

Le mot lui faisait froid dans le dos. Vittoria répondit d'un ton anodin :

— Oui. Si la matière et l'antimatière entrent en contact, toutes deux sont détruites instantanément. Les physiciens appellent ce processus « annihilation ».

Langdon hocha la tête et émit un simple « Oh… ».

— C'est la réaction en chaîne la plus élémentaire : une particule de matière et une particule d'antimatière se combinent pour produire deux nouvelles particules appelées photons. Un photon n'est rien d'autre qu'une minuscule étincelle.

Langdon avait entendu parler des photons, des particules de lumière, la forme d'énergie la plus pure. Il décida de ne pas faire allusion aux torpilles à photons du capitaine Kirk et à l'usage qu'il lui arrivait d'en faire contre les Klingons.

— Alors si la particule d'antimatière tombe, nous verrons une petite étincelle ?

Vittoria haussa les épaules.

— Tout dépend de ce qu'on entend par petite étincelle. Tenez, une démonstration vaut mieux qu'un long discours.

Elle tendit la main vers un conteneur et se mit à le dévisser de son piédestal.

Soudain, Kohler laissa échapper un cri de terreur et se jeta sur elle, écartant ses mains d'un grand geste.

— Vittoria, vous êtes folle ?

22.

Étrangement, Kohler resta debout un long moment, vacillant sur ses deux jambes atrophiées. Son visage était blême de frayeur.

— Vittoria ! Vous n'y songiez pas sérieusement ?

Langdon fixait la scène, sidéré par la soudaine panique de l'impassible Kohler.

— Cinq cents nanogrammes ! reprit Kohler. Si vous désactivez le champ magnétique…

— Monsieur Kohler… (Le ton de Vittoria se voulait rassurant.) Il n'y a pas le moindre risque. Tous ces pièges sont équipés de sécurités : une batterie se déclenche automatiquement quand ils sont séparés de leur piédestal. Mon échantillon d'antimatière reste donc en suspension même si je soulève son habitacle.

Kohler ne semblait pas totalement convaincu. Mais il se rassit, non sans hésitation, sur son fauteuil.

— Ces batteries peuvent fonctionner vingt-quatre heures en cas de besoin ; un réservoir de secours, en quelque sorte.

Elle se tourna vers Langdon, comme si elle avait perçu son malaise.

— L'antimatière, monsieur Langdon, possède quelques étonnantes caractéristiques qui la rendent extrêmement dangereuse. Un échantillon de dix milligrammes — le volume d'un grain de sable — est censé contenir autant d'énergie que deux cents tonnes de carburant conventionnel pour fusée.

Langdon eut le vertige.

— C'est la source d'énergie de l'avenir. Mille fois plus puissante que l'énergie nucléaire. Cent pour cent efficace, pas de déchets, pas de radiation, pas de pollution, quelques grammes suffisent à satisfaire les besoins énergétiques d'une grande ville pendant une semaine.

Quelques grammes ? Langdon recula instinctivement.

— N'ayez crainte, monsieur Langdon, ces échantillons ne contiennent que quelques millionièmes de grammes. Pas bien méchant.

Elle tendit de nouveau la main vers le conteneur et le dévissa de son piédestal.

Kohler tressaillit mais se garda d'intervenir. Quand le conteneur se sépara de son socle, un bip se fit entendre et, sur un écran à cristaux liquides, clignotèrent six caractères rouges, des chiffres, un compte à rebours :

24 : 00 : 00

23 : 59 : 59

23 : 59 : 58

Langdon, qui ne parvenait pas à détacher ses yeux des caractères rouges, décida que ce cadran rappelait assez fâcheusement un détonateur électronique à retardement.

— La batterie, expliqua Vittoria, dispose donc d'une autonomie de vingt-quatre heures. Elle se recharge dès que l'on replace le conteneur sur son socle. Conçue comme une mesure de sécurité, elle présente aussi le grand avantage d'être aisément transportable.

— Transportable ? demanda Kohler, frappé de stupeur. Il vous est arrivé d'emporter ces conteneurs hors du labo ?

— Bien sûr que non, rétorqua Vittoria. Mais sa mobilité simplifie beaucoup le travail d'observation.

Vittoria conduisit Langdon et Kohler à l'extrémité du labo. La jeune femme tira un rideau qui découvrit une fenêtre qui donnait sur une grande pièce dont les murs, le sol et le plafond étaient entièrement recouverts de plaques d'acier. Cela rappela à Langdon le réservoir d'un pétrolier qui l'avait un jour emmené en Papouasie-Nouvelle-Guinée où il devait étudier les graffitis corporels des Hanta.

— C'est un réservoir d'annihilation, expliqua Vittoria.

Kohler la regarda, déconcerté.

— Vous voulez dire que vous avez pu observer des annihilations ?

— Mon père était fasciné par la physique du big-bang : d'énormes quantités d'énergie dégagées par de minuscules particules de matière…

Vittoria ouvrit un tiroir d'acier sous la fenêtre. Elle plaça le conteneur dans le tiroir et le referma. Un instant plus tard, le conteneur réapparut de l'autre côté de la fenêtre, il roula doucement le long d'une sorte de toboggan en pente douce jusqu'au centre de la pièce où il s'immobilisa.

Vittoria eut un sourire tendu.

— Vous êtes sur le point d'assister à votre première annihilation par collision matière-antimatière. Quelques millionièmes de grammes. Un échantillon d'une dimension dérisoire.

Langdon fixa le piège à antimatière qui gisait au centre de sa cage d'acier. Kohler se tourna aussi vers la fenêtre, hésitant.

— Normalement, reprit Vittoria, nous devrions attendre vingt autres heures, le temps pour la batterie de se décharger complètement. Mais cette chambre contient des aimants placés sous le plancher qui sont assez puissants pour annuler la force de ceux du piège et interrompre la suspension. Et quand matière et antimatière rentrent en contact…

— L'annihilation ! murmura Kohler.

— Une dernière chose, fit Vittoria. L'antimatière

génère de l'énergie pure. L'intégralité de sa masse se transforme en photons. Ne regardez pas directement l'échantillon, protégez vos yeux.

Langdon, méfiant de nature, trouvait que Vittoria dramatisait. Ne regardez pas directement l'échantillon ? Le conteneur se trouvait à plus de trente mètres derrière un épais mur de Plexiglas teinté. Sans compter que cette poussière, dans le conteneur, était invisible, microscopique...

Protéger mes yeux ? songea Langdon. Quelle quantité d'énergie peut bien engendrer ce grain de poussière ?

Vittoria enfonça le bouton.

Instantanément, Langdon fut aveuglé. Un point de lumière vive scintilla dans le conteneur avant d'exploser dans un flash de lumière qui irradia dans toutes les directions, venant frapper la vitre à la vitesse de l'éclair. La détonation assourdissante se répercuta sur la voûte tandis que la lumière, qui avait semblé tout absorber, régressait un instant plus tard jusqu'au point d'où elle était partie, se résorbait en une minuscule tache brillante pour disparaître purement et simplement. Langdon cligna de douleur, recouvrant lentement la vue. Il plissait les paupières pour voir à travers la fumée qui avait envahi le bunker expérimental. Le conteneur, sur le sol, avait complètement disparu. Vaporisé. Plus une trace. Il contemplait le miracle, pantelant.

— Mon... mon Dieu !

Vittoria acquiesça tristement.

— C'est précisément ce que disait mon père.

23.

Kohler fixait la chambre d'annihilation, encore sous le coup de la stupéfaction provoquée par le spectacle auquel il venait d'assister. Langdon, à côté, semblait encore plus abasourdi.

— Je veux voir mon père, exigea Vittoria. Je vous ai montré le labo. À présent, je veux voir mon père.

Kohler se tourna lentement, comme s'il ne l'avait pas entendue.

— Pourquoi avez-vous attendu si longtemps, Vittoria ? Vous et votre père auriez dû me parler sur-le-champ de cette découverte.

Vittoria lui adressa un regard perçant. Combien de raisons dois-je fournir ?

— Mon cher directeur, nous parlerons de cela plus tard. Pour l'instant, je désire voir mon père.

— Entrevoyez-vous les conséquences de cette découverte ?

— Bien sûr, des royalties substantielles pour le CERN, très substantielles. Maintenant, je voudrais…

— Est-ce la raison de votre secret ? demanda Kohler. Vous craigniez que le Conseil et moi ne décidions de concéder une licence d'exploitation du procédé ?

— Il faut absolument que cette technologie soit exploitée, rétorqua aussitôt Vittoria, cédant à sa passion naturelle. L'antimatière est une technologie importante. Mais elle est également dangereuse. Mon père et moi voulions avoir le temps de peaufiner les procédures et de les rendre plus sûres.

— En d'autres termes vous n'avez pas fait confiance au Conseil des directeurs pour faire passer la prudence scientifique avant la cupidité financière ?

Vittoria fut surprise par le ton indifférent adopté par Kohler.

— D'autres problèmes se posaient également, répliqua-t-elle. Mon père espérait avoir le temps de présenter ses découvertes sur l'antimatière sous un jour approprié.

— Ce qui signifie ?

— À votre avis, monsieur Kohler ?

— La matière née de l'énergie ? Quelque chose surgissant de rien ? C'est pratiquement la preuve que la *Genèse* est une possibilité scientifique…

— Alors il refusait que les conséquences religieuses de sa découverte soient évincées par la fièvre de la commercialisation…

— On peut le formuler de cette façon en effet.

— Et vous ?

Paradoxalement, les soucis de Vittoria étaient à l'opposé de ceux de son père. La commercialisation, pour toute nouvelle source d'énergie, était une étape indispensable. Si la technologie de l'antimatière recelait un potentiel formidable en tant que source d'énergie productive et non polluante, elle recelait aussi le risque, si on la divulguait prématurément, d'un dénigrement en règle de la part des politiciens, avec un fiasco à la clé, du même genre que ceux qui avaient tué dans l'œuf les énergies nucléaires et solaires. Le nucléaire avait proliféré avant que la technologie soit devenue parfaitement sûre et il y avait eu des accidents. Le solaire avait proliféré avant d'être vraiment efficace et beaucoup de gens y avaient laissé des plumes. Les deux technologies avaient été critiquées et leur lancement avait fait long feu.

— J'avoue que la réconciliation, noble s'il en est, de la science et de la religion me laisse indifférente.

— Et l'environnement ?

— Une énergie illimitée, plus d'exploitation du sous-sol, plus de pollution. La technologie de l'antimatière pourrait sauver la planète.

— Ou la détruire, siffla Kohler. Cela dépend de la façon dont on l'utilise et des buts que l'on se donne…

Vittoria sentit que le corps du directeur tassé sur son fauteuil était parcouru d'un frisson.

— Qui d'autre était au courant de cette découverte ?

— Personne, répondit Vittoria, je vous l'ai dit…

— Alors quels étaient les mobiles de ceux qui ont supprimé votre père ?

La mâchoire de Vittoria se contracta.

— Je n'en ai pas la moindre idée. Il avait des ennemis, ici, au CERN, vous le savez, mais tout rapport avec l'antimatière est exclu. Nous nous étions juré l'un à l'autre de garder le secret encore quelques mois, jusqu'à ce que nous soyons prêts.

— Et vous êtes certaine que votre père a observé son vœu de silence ?

Cette ultime remarque fit sortir la jeune femme de ses gonds.

— Mon père n'était pas homme à se parjurer, monsieur Kohler, et il l'a montré.

— Et vous n'en avez parlé à personne ?

— Bien sûr que non !

Kohler poussa un long soupir. Il marqua une pause comme s'il choisissait avec soin les mots à employer.

— Mais supposez que quelqu'un ait fini par découvrir la vérité. Et que ce quelqu'un ait réussi à pénétrer dans votre laboratoire. Qu'auraient-ils pu dénicher ici ? Votre père conservait-il des notes sur son travail ? Des descriptifs de ses recherches ?

— Monsieur Kohler, je crois avoir fait preuve d'une grande patience. Maintenant, j'ai besoin que vous répondiez à mes questions. Vous ne cessez de parler d'effraction, mais vous avez vu le scanner rétinien : mon père avait pris toutes les précautions nécessaires concernant la sécurité et la confidentialité.

— Répondez à ma question ! rétorqua Kohler, cassant.

Vittoria sursauta.

— Êtes-vous certaine que rien ne manque ?

— Je n'en sais absolument rien, fit la jeune femme, balayant du regard la salle où ils se trouvaient.

Tous les échantillons d'antimatière étaient là. La zone de travail de son père semblait en ordre.

— Personne n'est entré ici, constata-t-elle. Rien n'a été dérangé à ce niveau.

Kohler lui jeta un regard effaré.

— À ce niveau ?

Vittoria avait parlé sans réfléchir.

— Oui dans le laboratoire supérieur…

— Vous utilisez le laboratoire du sous-sol ?

— Uniquement comme entrepôt.

Kohler, repris d'une quinte de toux, manœuvra son fauteuil roulant pour s'approcher de la jeune femme.

— Vous entreposez des choses dans la chambre HazMat ? Puis-je savoir quoi, au juste ?

Des matières dangereuses, évidemment, quoi d'autre ? Vittoria était en train de perdre complètement patience.

— De l'antimatière.

Kohler, éberlué, se souleva sur les bras de son fauteuil.

— Vous êtes en train de m'annoncer qu'il existe d'autres échantillons ? Mais pourquoi ne me l'avez-vous pas dit avant ?

— Mais parce que vous ne me laissez pas le temps de souffler avec toutes vos questions !

— Il faut vérifier que ces échantillons sont toujours là, déclara Kohler.

— *Cet* échantillon, corrigea Vittoria. Il n'y en a qu'un. Et il n'y pas à s'inquiéter, personne ne pourrait…

— Qu'un seul ? hésita Kohler. Mais pourquoi n'est-il pas ici avec les autres ?

— Mon père préférait le conserver sous le soubassement rocheux, à titre de précaution. Il est plus gros que les autres.

Vittoria surprit le regard inquiet qu'échangèrent Langdon et Kohler. Ce dernier reprit d'une voix grave :

— Vous avez créé un échantillon de plus de cinq cents nanogrammes ?

— C'était nécessaire, plaida Vittoria. Nous devions prouver que cette source d'énergie était rentable et ne présentait pas de risque.

Le problème récurrent des nouvelles sources d'énergie, elle le savait, était toujours celui du seuil de rentabilité. Et de l'investissement de départ : combien fallait-il dépenser pour exploiter l'énergie en question ? Pas question de construire un pipeline pour un baril. Mais s'il y avait quelques millions de barils à la clé, les investisseurs étaient nombreux à répondre présents. Il en allait de même pour l'antimatière. Faire fonctionner un accélérateur de particules de vingt-quatre kilomètres et ses électroaimants pour créer un minuscule échantillon d'antimatière n'était pas rentable. Pour prouver la rentabilité de celle-ci, il avait bien fallu créer un échantillon plus important.

Certes, Leonardo Vetra avait hésité avant de se décider à franchir le pas. Mais Vittoria avait insisté sans relâche. Pour que l'antimatière soit prise au sérieux, elle et son père devaient faire une double démonstration. *Primo*, il fallait prouver que l'énergie produite rivalisait avec les sources traditionnelles. Et *secundo* que l'on pouvait stocker cette énergie sans risques. Elle avait fini par arracher le morceau, et Vetra avait cédé à contrecœur. Mais il avait édicté de strictes consignes de sécurité : le secret et l'accès au labo devaient être préservés à tout prix. L'antimatière, avait insisté Vetra, serait stockée dans la chambre Haz-Mat, une cavité creusée dans le granit à vingt-cinq mètres de profondeur supplémentaires sous la terre. Pas question de mentionner à qui que ce soit l'existence de cet échantillon. Et seuls Vetra et Vittoria auraient le droit de pénétrer dans le labo.

— Vittoria, reprit Kohler avec insistance, quelle est la taille de l'échantillon que vous et votre père avez créé ?

Vittoria ne put s'empêcher de jubiler intérieurement. Elle savait que ce qu'elle allait révéler allait frapper de stupeur le grand Maximilian Kohler lui-même…

Elle se représenta l'antimatière, en bas. Une vision étonnante. Suspendue dans son conteneur, parfaitement visible à l'œil nu, ondoyait une minuscule sphère d'antimatière. Il ne s'agissait pourtant pas d'un point minuscule mais d'une gouttelette de la taille d'une chevrotine.

Vittoria inspira profondément.

— 250 milligrammes.

Kohler blêmit.

— Quoi ? (Une quinte de toux convulsive lui déchira la gorge.) Un quart de gramme ? Vous savez que cela représente un dégagement d'énergie de presque cinq kilotonnes ?

Kilotonnes. Un vocable que Vittoria détestait. Son père et elle s'étaient toujours bien gardés de l'employer. Une kilotonne équivalait à mille tonnes de TNT. Un vocabulaire bon pour les militaires qui parlaient en « charge utile ». La puissance destructrice. Elle et son père parlaient en volts et joules électroniques, ils ne s'intéressaient qu'à l'aspect constructif de cette énergie.

— Mais une telle quantité d'antimatière suffirait à tout anéantir dans un rayon de deux cents mètres ! s'exclama Kohler.

— Oui, si l'on désactivait le champ magnétique, rétorqua Vittoria, ce que jamais personne ne se risquerait à faire !

— Sauf un fou, et il y en a… Il suffirait par ailleurs que votre système d'alimentation tombe en panne…

Kohler se dirigeait déjà vers l'ascenseur.

— C'est la raison pour laquelle mon père l'avait entreposé dans la chambre Haz-Mat, avec un système d'alimentation et un accès totalement sécurisés.

Kohler se tourna, une lueur d'espoir dans les yeux.

— Vous aviez une deuxième sécurité sur l'accès à la Haz-Mat ?

— Oui, un second scan rétinien.

— On descend. Tout de suite ! déclara simplement Kohler.

Le monte-charge chuta comme une pierre. Vingt-cinq mètres plus bas sous terre.

Vittoria était sûre d'avoir senti de la peur chez les deux hommes alors que l'ascenseur s'enfonçait. Le visage ordinairement impassible de Kohler était tendu. Je sais, songea Vittoria, l'échantillon est énorme, mais les précautions prises sont…

Ils avaient atteint le fond. Les portes du monte-charge s'écartèrent et Vittoria précéda les deux hommes dans le couloir à peine éclairé. Tout au fond, une énorme porte d'acier. HAZ-MAT. L'identificateur rétinien, placé à côté de la porte, était identique à celui d'en haut. Elle ralentit et aligna soigneusement son œil dans l'axe de la lentille.

Elle recula. Bizarre. La lentille en principe intacte était éclaboussée, maculée de quelque chose qui ressemblait à… du sang ? Interdite, elle se retourna vers les deux hommes. Langdon et Kohler étaient plus pâles l'un que l'autre, les yeux fixés sur le sol à ses pieds.

Vittoria baissa les yeux, sans comprendre.

Sur le sol, il y avait quelque chose de très étrange et de très familier à la fois.

Il lui fallut un instant pour saisir.

Puis, avec une vague de nausée, elle comprit. Gisant par terre comme un déchet, la pupille fixée sur elle... c'était un globe oculaire. Dont elle aurait reconnu la couleur noisette entre mille.

24.

Le technicien de sécurité retint sa respiration pendant que son chef, penché au-dessus de son épaule, passait en revue la console devant eux. Une minute s'écoula.

Le technicien avait prévu ce lourd silence, il s'y attendait. Le chef respectait toujours strictement les consignes. Ce n'était pas en réfléchissant après avoir parlé qu'il était devenu le chef de l'une des forces de sécurité les plus pointues de la planète.

Mais que pensait-il ?

L'objet qu'ils voyaient sur l'écran était un mystérieux conteneur, un conteneur aux parois transparentes. Pas difficile à reconnaître. Mais quasi impossible d'en déduire quoi que ce soit de plus.

À l'intérieur du conteneur, comme en vertu d'un effet spécial, on pouvait apercevoir une gouttelette de liquide métallique qui semblait flotter... Elle apparaissait et disparaissait dans le clignotement rouge et cybernétique d'un affichage à cristaux liquides dont les chiffres décroissaient régulièrement, ce qui donnait la chair de poule au technicien.

— Pouvez-vous diminuer le contraste ? demanda le chef à l'homme qui sursauta.

Il exécuta la consigne et l'image devint légèrement plus lumineuse. Le chef se pencha en avant en clignant des yeux, essayant de distinguer une forme qui venait juste d'apparaître à la base du conteneur.

Le technicien suivit le regard de son supérieur. À côté de l'écran à cristaux liquides on pouvait lire un acronyme. Quatre lettres en capitales qui luisaient par intermittence avec le clignotement rougeâtre.

— Ne bougez pas, intima le chef. Pas un mot. Je vais régler ça moi-même.

25.

Haz-Mat. Cinquante mètres sous terre.

Vittoria Vetra partit en avant et faillit buter contre le scan rétinien. Elle sentit l'Américain se précipiter vers elle pour la soutenir et l'empêcher de s'affaler sur elle-même. Sur le sol, à ses pieds, l'œil de son père continuait de la fixer. Elle expira lentement, toute sa cage thoracique était contractée. Ils lui ont arraché l'œil ! Tout l'univers basculait. Kohler, derrière elle, parlait ; Langdon l'aidait à se redresser. Comme dans un rêve, elle se voyait positionnant son œil devant le scan rétinien. Le mécanisme émit un bip sonore.

La porte coulissa vers la gauche.

Il avait fallu affronter l'horreur de cet œil qui la poursuivait, mais une autre horreur l'attendait à l'intérieur, Vittoria le pressentait. Quand elle sonda la pièce du regard, malgré le brouillard qui feutrait ses sensations, elle comprit que le cauchemar ne faisait que commencer. Devant elle, le piédestal d'alimentation solitaire était vide.

Plus de conteneur. Ils avaient arraché l'œil de son père pour pouvoir le voler. Les conséquences de ce double crime se bousculaient dans son esprit. Leur tactique s'était retournée contre eux. L'échantillon qui était censé prouver que l'antimatière était une source d'énergie viable et sûre avait été dérobé. Alors que personne, sauf mon père et moi, n'était au courant de son existence ! Pourtant la vérité était là sous ses yeux, irrécusable. Quelqu'un avait su. Qui ? Vittoria était incapable de le deviner. Même Kohler, qui était généralement au courant de tout ce qui se passait au CERN, n'en avait visiblement pas eu vent.

Son père était mort ; tué à cause de son génie.

La peine qui la tourmentait fit place à une nouvelle douleur, bien pire, écrasante. La culpabilité. Une culpabilité incontrôlable, qui la harcelait. C'était elle et personne d'autre qui avait poussé son père à produire cet échantillon. Alors qu'il était très réticent. Et il avait payé de sa vie cette décision.

Un quart de gramme…

Comme toute technologie — le feu, la poudre, le moteur à explosion —, l'antimatière, entre les mains d'individus nuisibles, recelait un redoutable pouvoir meurtrier. Vraiment redoutable. C'était l'arme létale par excellence. Dévastatrice et sans recours. Un train à grande vitesse lancé sur sa cible était moins terrifiant.

Et quand le compte à rebours était déclenché…

Un éclair aveuglant. Un vrombissement de tonnerre. Une incinération à la vitesse de la lumière. Un formidable éclair et puis rien… Un cratère vide. Un énorme cratère vide.

L'image du génie bienfaisant de son père, utilisé comme une arme de destruction, était comme un poison dans son sang. Il avait créé l'arme terroriste ultime. Indétectable par les portiques de sécurité les plus perfectionnés — puisque ne recelant aucun élément métallique —, ni par les chiens — puisqu'elle n'avait pas de signature olfactive. Pas de détonateur à désactiver si les autorités localisaient le conteneur. Le compte à rebours avait commencé…

Ce fut le premier geste qui lui vint à l'esprit, faute de mieux. Langdon sortit son mouchoir de sa poche et le déposa sur le globe oculaire de Leonardo Vetra. Vittoria se tenait dans l'encadrement de la porte de la salle Haz-Mat, la mine défaite, à la fois par le chagrin et par une folle angoisse. Langdon avança d'un pas vers elle, mais Kohler l'interrompit.

— Monsieur Langdon ? demanda-t-il, le visage impassible.

Il fit signe à Langdon d'approcher et, tandis que l'Américain se tournait vers lui, délaissant Vittoria qui ne l'entendait pas, il murmura d'une voix impérieuse :

— C'est vous le spécialiste ! Je veux savoir ce que ces ordures d'*Illuminati* ont l'intention de faire de cette antimatière.

Langdon essaya de se concentrer. Malgré la panique montante qu'il sentait autour de lui, sa première réaction fut logique : l'hypothèse de Kohler était indéfendable.

— Les *Illuminati* n'existent plus, monsieur Kohler, je suis formel. Ce crime peut être l'œuvre de n'importe qui, y compris celle d'un employé du CERN qui, ayant découvert ce que tramait Leonardo Vetra, a décidé que ce projet était trop dangereux pour le laisser faire.

Kohler était stupéfait.

— Vous pensez qu'il s'agit d'un crime moral, monsieur Langdon ? Cela est absurde ! Les meurtriers de Leonardo ne voulaient qu'une chose : l'échantillon d'antimatière. Et il ne fait aucun doute qu'ils comptent l'utiliser !

— Vous songez à des terroristes ?

— Évidemment.

— Mais les *Illuminati* n'étaient pas des terroristes.

— Allez dire ça à Leonardo Vetra.

L'argument ne manquait pas de pertinence, Langdon était obligé de l'admettre. Après tout, Vetra avait été marqué au fer rouge du nom des *Illuminati*. Resurgi d'où ? Si l'on avait voulu égarer les soupçons, pourquoi aller déterrer un si improbable symbole ? Il devait y avoir une autre explication.

Encore une fois, Langdon se contraignit à envisager l'invraisemblable. Si les *Illuminati* étaient toujours actifs et s'ils étaient à l'origine du vol de l'antimatière, quelles étaient leurs intentions ? Quelle était leur cible ? Le cerveau de Langdon lui envoya instantanément la réponse. Mais il l'écarta aussi vite. Les *Illuminati* avaient certes un ennemi évident, mais une attaque terroriste de grande envergure contre cet ennemi était inconcevable. Cela ne leur ressemblait pas du tout. Les *Illuminati* avaient bien tué des gens, mais toujours des individus, ils sélectionnaient soigneusement leurs cibles. Le massacre d'innocents ne faisait pas partie de leur stratégie, ce n'étaient pas des bouchers. Soudain une pensée perturbante lui traversa l'esprit : le geste auquel il pensait ne manquerait certes pas d'une majestueuse éloquence : l'antimatière, la suprême découverte scientifique utilisée pour anéantir…

Mais il repoussa la supposition. Grotesque.

— Il existe une autre explication logique que celle d'un groupe terroriste.

Kohler lui jeta un regard intrigué, dans l'expectative.

Langdon s'efforça de démêler ses pensées. Les *Illuminati* avaient toujours disposé d'un immense pouvoir à travers leurs réseaux financiers. Ils contrôlaient des banques, ils possédaient leurs propres réserves d'or. Selon la rumeur, ils possédaient aussi la pierre précieuse la plus coûteuse au monde, le diamant *Illuminati*, un énorme diamant sans défauts.

— L'argent, répliqua Langdon, le vol de l'antimatière pourrait être motivé par un mobile purement financier.

Kohler était incrédule.

— Une affaire juteuse ? Encore faudrait-il trouver un acheteur pour une gouttelette d'antimatière…

— Ce n'est pas de l'échantillon que je parle mais bien de la technologie. C'est un gigantesque filon. Peut-être a-t-on dérobé l'échantillon pour l'analyser et le reproduire.

— De l'espionnage industriel ? Mais la batterie de ce conteneur ne dispose que d'une durée de vie de vingt-quatre heures… Les chercheurs qui se pencheraient sur le conteneur partiront en fumée avec lui avant d'avoir appris quoi que ce soit !

— Sauf s'ils parviennent à le recharger avant qu'il n'explose. S'ils construisent un socle d'alimentation comme celui qui se trouve devant nous.

— En vingt-quatre heures ? Vous n'y songez pas ! Même s'ils ont volé les plans, il leur faudra des mois pour fabriquer et faire fonctionner un engin comme celui-ci !

— Kohler a raison, lança Vittoria d'une voix faible.

Les deux hommes se retournèrent. Vittoria s'avançait vers eux, d'une démarche aussi vacillante que ses inflexions de voix.

— Il a raison. Personne ne peut construire un système d'alimentation en si peu de temps. L'interface à elle seule leur prendrait des semaines. Les filtres de flux, les servo-coils, les alliages nécessaires à la transmission de l'énergie, tout cela ajusté au degré d'énergie spécifique de l'endroit…

Langdon fronça les sourcils. Il avait pigé : un piège à antimatière n'était pas un objet que l'on pouvait se contenter de brancher sur une prise murale. Une fois sorti du CERN, le conteneur devenait un aller simple vers le néant, sous vingt-quatre heures.

Il ne restait donc plus qu'une conclusion. Une très douloureuse conclusion.

— Il faut appeler Interpol, déclara Vittoria. (Sa propre voix lui paraissait étrangement distante.) Il faut prévenir les autorités concernées. Tout de suite !

Kohler secoua la tête.

— Absolument pas.

La jeune femme resta interloquée.

— Non ? Que voulez-vous dire ? reprit-elle.

— Que vous et votre père m'avez placé dans une position très délicate, ici.

— Mais, monsieur Kohler, nous avons besoin d'aide ! Il faut retrouver ce conteneur et le rapporter ici avant qu'il ne fasse des dégâts. C'est notre devoir !

— Notre devoir, mademoiselle Vetra, c'est d'abord de réfléchir, répliqua sèchement Kohler. Cette situation pourrait avoir de très graves répercussions pour le CERN.

— Vous me parlez de la réputation du CERN ? Mais vous imaginez la catastrophe si ce conteneur explose dans un environnement urbain ? Tout serait effacé de la carte dans un rayon de un kilomètre. Tout un quartier anéanti !

— Sans doute auriez-vous dû envisager les conséquences de vos actes avant de mettre tous les deux au point cet échantillon.

Vittoria eut l'impression d'être poignardée.

— Mais nous avions pris toutes les précautions...

— Apparemment, elles n'étaient pas suffisantes !

— Mais personne n'était au courant pour l'antimatière...

Elle comprit aussitôt l'absurdité de cet argument. De toute évidence, quelqu'un avait su. Les recherches de son père avaient été percées à jour.

Vittoria n'en avait parlé à personne. Ce qui ne laissait le choix qu'entre deux explications : soit son père avait mis quelqu'un dans la confidence sans lui en parler — ce qui était absurde parce que c'était précisément Vetra qui lui avait fait jurer le secret. Deuxième hypothèse : elle et son père avaient été surveillés. Le téléphone portable ? Elle se souvint des quelques conversations avec son père pendant le voyage. En avaient-ils trop dit ? Possible. Ou encore leur messagerie électronique. Pourtant ils avaient été d'une absolue discrétion, non ? Le système de sécurité du CERN était peut-être en cause ? Avait-on pu les placer sous surveillance sans qu'ils s'en rendent compte ? Plus rien de tout cela n'a d'importance maintenant, se dit-elle. Mon père est mort.

Cette pensée la décida à agir. Elle sortit son téléphone mobile de la poche de son short.

Kohler manœuvra son fauteuil roulant vers la jeune femme, pris d'une violente quinte de toux. Ses yeux lancèrent des éclairs furieux.

— Qui… appelez-vous ?

— Le standard, ils peuvent nous connecter à Interpol.

— Réfléchissez ! éructa Kohler en pilant devant elle. Êtes-vous naïve à ce point ? À présent, ce conteneur peut se trouver n'importe où sur la planète ! Pas un service de renseignements n'est capable de mobiliser assez de moyens pour le retrouver à temps.

— Alors vous suggérez de ne rien faire, c'est ça ?

Vittoria éprouvait des scrupules à défier un homme à la santé si fragile mais le directeur paraissait tellement braqué qu'elle n'en tenait plus compte.

— Je suggère d'agir intelligemment, fit Kohler. De ne pas risquer de ruiner la réputation du CERN en avertissant des autorités qui seront de toute façon impuissantes devant cette situation. Pas encore, en tout cas, pas avant d'avoir bien réfléchi.

Vittoria reconnaissait une certaine logique à l'argument de Kohler, mais logique et responsabilité morale ne coïncidaient pas toujours, elle le savait aussi. Son père avait voué son existence à la responsabilité morale, une pratique scientifique rigoureuse, la fiabilité, la foi dans la bonté intrinsèque de l'être humain. Vittoria croyait aussi dans ces notions, mais sous l'angle du karma des bouddhistes. S'écartant de Kohler, elle ouvrit d'un geste preste son téléphone portable.

— Vous ne pouvez pas téléphoner, lança Kohler.

— Essayez donc de m'en empêcher !

Kohler ne bougea pas.

Un instant plus tard, Vittoria comprit pourquoi. À une telle profondeur son portable ne captait pas.

Elle se dirigea vers l'ascenseur en fulminant.

26.

L'Assassin se trouvait maintenant à l'entrée du tunnel de pierre. Sa torche brûlait toujours d'un vif éclat et sa fumée se mêlait aux odeurs de mousse et de renfermé. Tout était silencieux autour de lui. La porte d'acier qui lui barrait le passage semblait aussi vieille que le tunnel lui-même. Elle paraissait très solide malgré la rouille qui la recouvrait partiellement. Confiant, il attendit dans l'obscurité.

L'heure était proche.

Janus avait promis que quelqu'un ouvrirait la porte, de l'intérieur. L'Assassin était stupéfait que Janus ait réussi à acheter un employé du Vatican. Il aurait attendu la nuit entière devant cette porte pour accomplir sa tâche, mais il sentait que cela ne serait pas nécessaire. Il travaillait pour des hommes déterminés.

Quelques minutes plus tard, exactement à l'heure dite, il entendit le tintement sonore de clés métalliques qu'on enfonçait dans la serrure, de l'autre côté de la porte. L'un après l'autre, trois énormes verrous s'ouvrirent. Ils grincèrent comme s'ils n'avaient pas servi depuis des siècles. Ouverts.

Un silence.

L'Assassin attendit patiemment, cinq minutes, exactement comme on le lui avait dit. Puis, tendu à craquer, il poussa la porte qui s'ouvrit toute grande.

27.

— Vittoria, je ne le permettrai pas !

Kohler avait le souffle de plus en plus court à mesure que le monte-charge grimpait.

Vittoria le repoussa. Elle avait tant besoin d'un sanctuaire, un lieu familier dans cet endroit qui n'avait plus rien de familier, ni d'accueillant. Pourtant, elle allait devoir y renoncer. Il lui fallait ravaler sa douleur et agir. Trouver un téléphone.

Robert Langdon, à son côté, était toujours aussi silencieux. Vittoria avait renoncé à comprendre qui il était exactement. Un spécialiste ? Kohler n'avait pas été plus précis. *M. Langdon peut nous aider à retrouver l'assassin de votre père.* Langdon ne lui avait été d'aucune aide, en fait. Sa chaleur et sa gentillesse semblaient sincères, mais, de toute évidence, il cachait quelque chose.

Kohler revint de nouveau à la charge.

— En tant que directeur du CERN, j'ai une responsabilité directe dans l'avenir de la science. Si vous faites de cet incident un scandale international et que le CERN en pâtisse…

— L'avenir de la science ?

Vittoria se tourna vers lui.

— Vous projetez vraiment de vous soustraire à vos responsabilités en refusant d'admettre que l'antimatière provenait du CERN ? Vous avez l'intention d'ignorer les vies des gens que nous mettons en danger ?

— Pas nous, objecta Kohler. Vous et votre père.

Vittoria détourna le regard.

— Et, à propos de vies humaines, pourquoi ne pas parler de la vie, puisque c'est ce dont il s'agit ? Vous savez que la technologie de l'antimatière recèle d'énormes implications pour la vie sur cette planète. Si le CERN est démantelé, détruit par le scandale, tout le monde sera perdant. L'avenir de l'homme est entre les mains de savants comme vous et votre père, de tous ces gens qui travaillent pour aider les générations futures à résoudre les problèmes qu'elles rencontreront.

Vittoria connaissait les idées de Kohler à propos de la science comme nouvelle divinité, et elle n'y avait jamais adhéré. Après tout, c'était la science elle-même qui avait créé une bonne part des problèmes qu'elle s'efforçait à présent de régler... Le « progrès » n'était que la dernière malice inventée par cette bonne vieille Mère Nature.

— Les avancées de la science comportent forcément des risques, plaida Kohler. Depuis toujours. Les programmes spatiaux, la recherche génétique, la médecine ont accumulé les erreurs. Mais la Science doit survivre à ses faux pas. À tout prix. Le salut de l'humanité en dépend.

Vittoria était sidérée de l'aptitude que montrait Kohler à résoudre les problèmes moraux avec son habituel détachement scientifique. Comme si son intelligence glaciale avait définitivement pris le dessus sur sa conscience morale.

— Vous croyez le CERN tellement essentiel pour le destin de l'humanité, que cela vous dispense de toute responsabilité morale...

— Vittoria, je n'ai pas de leçons de morale à recevoir de vous. Vous avez franchi la ligne jaune, le jour où vous avez entrepris de créer cet échantillon, vous avez mis en danger le Centre et ceux qui y travaillent. Je n'essaie pas seulement de protéger les emplois des trois mille scientifiques qui travaillent ici, mais aussi la réputation de votre père. Pensez à lui. Il ne faut pas que l'on garde de lui le souvenir du créateur de l'arme la plus destructrice de l'histoire.

L'argument avait atteint sa cible, Vittoria était défaite : *c'est moi qui l'ai convaincu de créer ce spécimen. Tout est de ma faute !*

Quand la porte s'ouvrit, Kohler parlait toujours. Vittoria sortit de l'ascenseur, prit son portable et composa le numéro.

Toujours pas de tonalité. Zut ! Elle se dirigea vers la porte.

— Vittoria, arrêtez-vous ! jeta Kohler, d'une voix asthmatique tout en essayant de la rattraper. Attendez-moi. Il faut que nous parlions.

— On a assez parlé !

— Pensez à votre père, insista Kohler. À ce qu'il aurait fait…

Elle ne ralentissait pas.

— Vittoria, il y a des choses que je vous ai cachées.

La jeune femme accusa le coup.

— Je ne sais pas pourquoi, j'essayais surtout de vous protéger. Dites-moi simplement ce que vous voulez. Il faut absolument que nous collaborions dans cette affaire.

Vittoria stoppa net mais sans se retourner. Ils étaient à mi-chemin du labo.

— Je veux retrouver l'échantillon d'antimatière, et je veux découvrir qui a tué mon père.

Elle attendit. Kohler soupira.

— Vittoria, nous savons déjà qui a tué votre père. Je suis désolé…

Cette fois, Vittoria fit demi-tour.

— Quoi ?

— Je ne savais pas comment vous l'apprendre, c'est une difficile…

— Vous connaissez l'identité des assassins de mon père ?

— Nous disposons d'indices assez précis, en effet. L'assassin a laissé une sorte de carte de visite. C'est la raison pour laquelle j'ai appelé M. Langdon. Il connaît bien le groupe qui a signé ce crime.

— Le groupe ? Un groupe terroriste ?

— Vittoria, ils ont volé un quart de gramme d'antimatière…

Vittoria regarda Robert Langdon, de l'autre côté de la pièce. Le puzzle commençait à prendre forme. Voilà pourquoi tout est resté top secret. Elle était étonnée de ne pas y avoir songé plus tôt. Kohler avait bien appelé les autorités. Ou du moins une autorité. Un super-agent. Évidemment. Robert Langdon était américain, propre sur lui, sérieux comme un pape — ou un agent secret —, avec une intelligence très affûtée. Qui d'autre ? Vittoria aurait dû deviner dès le début. Elle se sentit rassérénée en le regardant de nouveau.

— Monsieur Langdon, je veux savoir qui a tué mon père. Et je veux savoir si l'Agence peut retrouver l'antimatière.

— L'Agence… ? fit Langdon, interloqué.

— Vous n'êtes pas de la CIA ?

— Non… pas du tout.

— M. Langdon est professeur d'histoire de l'art à Harvard, intervint Kohler.

Cette présentation fit l'effet d'une douche froide à la jeune femme.

— Professeur d'histoire de l'art ?

— Spécialiste de symbologie religieuse, soupira Kohler. Vittoria, nous avons des raisons de croire que votre père a été victime d'adeptes d'une secte satanique.

Secte satanique. Vittoria entendit l'expression mais sans parvenir à la comprendre.

— Le groupe qui a revendiqué le meurtre s'appelle les *Illuminati.*

Vittoria regarda Kohler puis Langdon et se demanda s'il s'agissait d'une sorte de canular particulièrement cruel.

— Les *Illuminati* ? Vous voulez dire comme les *Illuminati* de Bavière ?

Stupéfait, Kohler demanda :

— Vous avez entendu parler d'eux ?

Vittoria sentit des larmes de frustration prêtes à couler. Les *Illuminati* de Bavière : le Nouvel Ordre mondial…

— Le jeu de Steve Jackson ? La moitié des mordus d'ici y jouent, sur Internet.

Sa voix se mit à trembler.

— Mais je ne vois pas…

Kohler jeta un regard confus à Langdon. Celui-ci hocha la tête.

— Un jeu très populaire. Une ancienne confrérie prend le contrôle de la planète. Semi-historique. Je ne savais pas qu'on le trouvait aussi en Europe.

Vittoria était abasourdie.

— Mais de quoi parlez-vous ? Les *Illuminati* ? C'est un jeu vidéo !

— Vittoria, rétorqua Kohler, il s'agit du groupe qui a revendiqué l'assassinat de votre père !

Vittoria rassembla toute l'énergie qui lui restait pour s'empêcher de fondre en larmes. Elle se força à tenir bon et à raisonner logiquement. Mais plus elle se concentrait, moins elle comprenait de quoi il s'agissait. Son père avait été tué. Le CERN s'était fait voler un de ses plus précieux trésors. Quelque part dans le monde, un compte à rebours était enclenché, une bombe allait exploser et elle était responsable de cette situation. Et

Kohler avait fait appel à un professeur d'histoire de l'art pour l'aider à retrouver une confrérie de satanistes plus ou moins mythique.

Vittoria se sentit soudain très seule. Elle se tourna pour partir, mais Kohler lui barra le passage. Il fouilla dans sa poche et en tira quelque chose, un papier froissé, un fax, qu'il lui tendit.

Vittoria chancela en découvrant la photo.

— Ils l'ont brûlé au fer rouge, sur la poitrine, fit Kohler.

28.

Sylvie Baudeloque était au bord de la panique. La secrétaire de Maximilian Kohler piétinait dans le bureau vide de son patron en se répétant à elle-même : Mais où peut-il bien être ? Et que faire ?

La journée avait été passablement bizarre. Si chaque journée de travail avec Maximilian Kohler pouvait tourner au bizarre, aujourd'hui, le patron s'était surpassé.

— Trouvez-moi Leonardo Vetra ! avait-il ordonné à Sylvie dès l'arrivée de celle-ci.

La jeune femme s'était aussitôt employée, par pager, téléphone et messagerie électronique, à contacter le grand savant italien.

Sans le moindre résultat.

Tant et si bien que Kohler, très contrarié, était parti — apparemment pour dénicher lui-même Vetra. Quand il était revenu, quelques heures plus tard, Kohler n'avait pas une mine plus avenante que le matin… Il était souvent d'une humeur exécrable, mais ce jour-là, il avait l'air particulièrement en rogne. Il s'était enfermé dans son bureau et Sylvie l'avait entendu faire fonctionner modem, fax et téléphone, discuter. Puis Kohler avait de nouveau filé sur son fauteuil. Depuis, elle ne l'avait pas revu.

Elle avait décidé d'ignorer les grimaces excédées de son patron qui n'était pas à un mélodrame près. Mais quand elle avait constaté que Kohler n'était pas rentré en temps et heure pour ses injections quotidiennes, elle avait commencé à s'inquiéter. L'état de santé du directeur du CERN exigeait des soins constants et, quand il oubliait ses rendez-vous avec l'infirmière, le résultat n'était pas joli à voir : quintes de toux, détresse respiratoire et appels d'urgence à l'infirmerie. Parfois, Sylvie se demandait si Maximilian Kohler n'était pas suicidaire…

Elle hésita à le biper pour lui rappeler son rendez-vous, mais elle avait appris à ménager l'orgueil d'un patron qui ne supportait pas la moindre manifestation de pitié à son égard. La semaine précédente, il avait été tellement agacé par un confrère de passage qui lui avait montré une compassion tout à fait inopportune qu'il s'était dressé sur ses jambes et lui avait jeté une écritoire à la figure. Le roi Kohler pouvait se montrer étonnamment agile quand il était excédé.

Pour l'instant, les inquiétudes de Sylvie au sujet de la santé du directeur étaient éclipsées par un problème bien plus pressant. Une standardiste du CERN, apparemment nerveuse, avait appelé cinq minutes plus tôt :

— Un appel urgent pour le directeur !

— Il n'est pas disponible, avait répondu Sylvie.

C'est alors que la standardiste lui avait donné le nom du personnage qui appelait.

Sylvie avait réprimé un début de fou rire.

— Tu plaisantes, non ?

Mais elle avait rapidement changé de ton, abasourdie par la réponse de sa collègue :

— Et tu as la confirmation électronique… ? Ah,

OK… Tu peux lui demander l'objet de… Non, je comprends. Demande-lui de patienter, je vais essayer de localiser Kohler tout de suite. Oui, je comprends, je me dépêche.

Mais Sylvie n'avait pas réussi à localiser le directeur. Elle avait appelé son portable à trois reprises et s'était entendu répondre chaque fois que son correspondant ne pouvait être joint.

Pas joignable. Mais où est-il donc passé ? se demandait-elle à présent. Sylvie avait alors bipé Kohler. Deux fois. Pas de réponse. Cela ne lui ressemblait pas du tout. Elle avait même envoyé un e-mail sur son ordinateur portable. Sans résultat. Comme s'il avait purement et simplement disparu.

Et maintenant, je fais quoi ?

Hormis le faire chercher par des vigiles dans tout le complexe, Sylvie savait qu'il ne restait qu'un seul autre moyen d'attirer l'attention du directeur. Un moyen que Kohler n'apprécierait sûrement pas, mais la personne qui patientait au téléphone n'était pas de celles que l'on pouvait se permettre de faire attendre. Et le monsieur en question ne semblait pas d'humeur à accepter que Kohler restât introuvable.

Étonnée de sa propre audace, Sylvie prit sa décision. Elle entra dans le bureau de Kohler et fonça vers le placard métallique situé sur le mur du fond. Elle ouvrit la porte, parcourut la console et trouva le bouton qu'elle cherchait.

Puis elle inspira profondément et s'empara du micro.

29.

Vittoria ne se rappelait pas comment ils étaient parvenus jusqu'à l'ascenseur principal, mais ils s'y trouvaient. L'ascenseur grimpait, Kohler respirait de plus en plus difficilement derrière elle. Le regard inquiet de Langdon la traversait sans l'atteindre. Il lui avait repris le fax des mains et l'avait fourré dans la poche de sa veste sans qu'elle le voie, mais l'image demeurait gravée à l'acide dans sa mémoire.

L'ascenseur montait toujours mais le monde qui avait été celui de Vittoria sombrait dans un puits sans fond. Papa ! Elle essayait désespérément de l'atteindre. Pendant un instant de grâce, dans l'oasis de sa mémoire, Vittoria le retrouva. Elle avait neuf ans, il l'avait emmenée en Suisse pour les vacances, elle dévalait une colline parsemée d'edelweiss.

— Papa ! Papa !

Leonardo Vetra, rayonnant, riait de bon cœur, à côté d'elle.

— Quoi, mon ange ?

— Papa ! s'esclaffait-elle en venant se serrer contre lui. Pose-moi une question !

— Une question ?

— Oui, demande-moi ce qui ne fonctionne pas.

— Mais, ma chérie, pourquoi te poserais-je une telle question ?

— Pose-la-moi, tu verras bien.

Il haussa les épaules.

— Qu'est-ce qui ne fonctionne pas ?

Elle éclata aussitôt de rire.

— Qu'est-ce qui ne fonctionne pas ? Il n'y a rien qui

ne fonctionne pas. Les rochers, les arbres, les atomes, même les marmottes, tout fonctionne !

Il rit de plus belle.

— Mon petit Einstein…

Elle fronça les sourcils.

— Il a l'air d'un hippie, j'ai vu sa photo.

— Mais il a une expression intelligente. Je t'ai parlé de ses découvertes, non ?

Les yeux de la petite fille s'écarquillèrent de crainte.

— Papa, non ! Tu avais promis !

— $E = MC^2$! (Il la taquina d'un ton joyeux :) $E = MC^2$!

— Pas de maths, je te l'ai déjà dit, je déteste ça !

— Et j'en suis très heureux parce que, de toute façon, les filles n'ont pas le droit de faire des maths.

Vittoria se figea sur place.

— Comment ça, pas le droit ?

— Bien sûr que non. Tout le monde sait ça. Les filles, ça joue avec des poupées. Ce sont les garçons qui font des maths. Pas de maths pour les filles, je ne devrais même pas t'en parler.

— Quoi ? Mais c'est pas juste !

— C'est comme ça. Pas de maths pour les petites filles.

Vittoria prit un air horrifié.

— Mais les poupées, c'est ennuyeux !

— Je suis désolé, ma chérie, je pourrais te parler des maths, mais si je me fais pincer…

Il jeta des regards nerveux autour de lui.

Vittoria semblait de plus en plus intriguée.

— Bon d'accord, alors tu n'as qu'à parler tout doucement.

Une vibration de l'ascenseur la ramena au présent. Vittoria ouvrit les yeux. Il n'était plus là. La réalité referma sur elle ses griffes glacées. Elle regarda Langdon. Sa compassion paraissait sincère, il projetait une aura chaleureuse, comme celle d'un ange gardien, qui neutralisait efficacement la dureté métallique de Kohler.

Une pensée revenait, entêtante, inquiétante. Où se trouve l'antimatière ?

La réponse, terrifiante, était toute proche.

30.

— M. Maximilian Kohler est prié de rappeler son bureau immédiatement. M. Maximilian Kohler…

Quand les portes de l'ascenseur s'ouvrirent, Langdon fut ébloui par le soleil. Avant que la voix ait fini de résonner dans les haut-parleurs, tous les appareils électroniques, téléphone, e-mail, pager, de Kohler se mirent à sonner, biper et bourdonner simultanément. Kohler cligna les yeux, ne sachant où donner de la tête.

— M. Maximilian Kohler est prié de rappeler son bureau…

Le fait d'entendre son nom surprit visiblement le directeur du CERN. Il jeta alentour des coups d'œil d'abord irrités, puis presque aussitôt inquiets. Le regard de Langdon croisa le sien et celui de Vittoria. Tous trois restèrent immobiles un instant, comme si toute la tension qui les avait opposés avait été effacée et remplacée par un pressentiment qui les unissait.

Kohler saisit son téléphone portable et composa un numéro en luttant contre une énième quinte de toux. Vittoria et Langdon attendirent.

— Ici Maximilian Kohler, fit-il d'une voix sifflante. Oui ? J'étais au sous-sol, injoignable.

Il écarquilla les yeux.

— Qui ? Oui, passez-le-moi. Maximilian Kohler à l'appareil… À qui ai-je l'honneur de parler ?

Vittoria et Langdon observaient en silence le vieux savant.

— Il serait imprudent, répondit-il enfin, de parler de cela au téléphone. Je viens tout de suite.

Il fut repris d'une quinte de toux.

— Retrouvez-moi à l'aéroport Leonardo da Vinci dans quarante minutes.

Kohler semblait complètement essoufflé. Incapable d'arrêter de tousser, il parvint d'extrême justesse à articuler quelques mots :

— Localisez le conteneur immédiatement… J'arrive.

Puis il raccrocha.

Vittoria se précipita vers le vieil homme mais il ne pouvait plus articuler un seul mot. Elle appela aussitôt l'infirmerie du CERN. Langdon assistait à ce spectacle, tel un navire provisoirement épargné par l'œil du cyclone, il était à la fois remué et détaché. Il entendait résonner en lui les paroles de Kohler : « Retrouvez-moi à l'aéroport Leonardo da Vinci. »

La brume opaque qui enveloppait Langdon depuis le matin se dissipa instantanément et il sentit un déclic s'opérer au fond de lui. Comme s'il venait de franchir un seuil mystérieux. L'ambigramme. L'assassinat du prêtre, homme de science. L'antimatière. Et maintenant, la cible. L'aéroport Leonardo da Vinci, cela ne pouvait signifier qu'une seule chose. Dans un moment de lucidité, Langdon sut que le déclic venait de se produire. Fiat Lux.

Cinq kilotonnes. Que la lumière soit.

Deux infirmiers en blouse blanche surgirent et coururent vers Kohler. Ils s'agenouillèrent à côté de lui, lui appliquèrent un masque à oxygène sur le visage. Quelques scientifiques qui passaient dans le hall s'arrêtèrent.

Kohler prit deux longues inspirations, écarta le masque et, malgré sa suffocation, articula « Rome », en regardant Langdon et Vittoria.

— Rome ? demanda Vittoria. L'antimatière se trouve à Rome ? Qui vous a appelé ?

Le visage de Kohler était crispé par la souffrance, ses yeux gris mouillés de larmes.

— Les Suisses…

Il s'étrangla et les infirmiers lui reposèrent le masque à oxygène sur le visage. Au moment où ils allaient l'emmener, Kohler prit le bras de Langdon. Langdon acquiesça. Il avait compris.

— Allez-y, siffla Kohler sous son masque. Allez-y et appelez-moi.

Et les infirmiers l'entraînèrent.

Vittoria resta figée sur place, le regardant partir. Puis elle se tourna vers Langdon.

— Rome ? Mais il m'avait semblé qu'il était question de la Suisse ?

Langdon posa une main sur son épaule, et murmura d'une voix à peine audible :

— Les gardes suisses, les gardiens de toujours du Vatican.

31.

L'engin spatial X-33 vira dans un vrombissement de réacteurs et se dirigea vers le sud. Destination Rome. Langdon se taisait. Il avait vécu le dernier quart d'heure dans une sorte de rêve éveillé. Il avait tout dit à Vittoria des *Illuminati* et de leur serment de vengeance contre le Vatican. Tout à coup, il commençait à prendre conscience de la situation.

Qu'est-ce que je fais là, nom d'un chien ! pesta-t-il intérieurement. J'aurais dû rentrer chez moi quand j'en avais l'occasion. Mais, tout au fond de lui, il savait que cette occasion ne s'était pas présentée.

La sagesse lui soufflait de rentrer dare-dare à Boston. Mais sa curiosité professionnelle l'en avait dissuadé. Tout ce qu'il avait toujours cru sur la disparition des *Illuminati* s'était soudain révélé une brillante imposture. Une part de lui réclamait des preuves, une confirmation. Se posait aussi une question de conscience : vu l'état de Kohler et la détresse de Vittoria, Langdon savait que, si ses compétences historiques pouvaient être utiles, il avait l'obligation morale de les aider.

Et puis, une autre raison avait joué. Langdon aurait sans doute refusé de l'admettre, mais l'effroi qu'il avait éprouvé en apprenant où se trouvait le conteneur d'antimatière n'était pas seulement lié aux risques que la bombe faisait courir aux êtres humains.

Il y avait aussi les œuvres d'art. La plus grande collection de chefs-d'œuvre du monde était désormais en sursis. Dans ses mille quatre cent sept salles, les musées du Vatican abritaient plus de soixante mille chefs-d'œuvre inestimables. Michel-Ange, Vinci, Le Bernin, Botticelli... Tous ces trésors pouvaient-ils être évacués en cas de besoin ? Langdon savait bien que cela était impossible. Pour une raison simple : nombre d'entre eux étaient des sculptures qui pesaient plusieurs tonnes. Et puis les plus précieux de ces trésors étaient architecturaux : la chapelle Sixtine, la basilique Saint-Pierre, le célèbre escalier hélicoïdal de Bramante menant aux Musei Vaticani, autant de testaments inestimables du génie créateur de l'homme. Langdon se demanda combien de temps il leur restait.

— Merci de m'accompagner, fit Vittoria d'une voix calme.

Langdon émergea de son rêve éveillé et regarda autour de lui. Vittoria était assise de l'autre côté de la travée. Même sous la vive lueur des néons de la cabine il émanait d'elle une aura de sérénité, un rayonnement presque magnétique d'intégrité. Sa respiration semblait plus profonde à présent, comme si son sens inné de l'autopréservation et son immense amour filial avaient allumé au fond de son cœur un flamboyant désir de justice.

Vittoria n'avait pas eu le temps de changer son short et son petit haut sans manches, et la climatisation de l'avion lui donnait la chair de poule. Instinctivement, Langdon ôta sa veste et la lui tendit.

Galanterie américaine ?

Elle accepta, le remerciant silencieusement d'un regard.

Langdon se sentit brusquement en danger : le X-33 traversait une zone de turbulences. La cabine sans hublots lui parut soudain exiguë et il essaya de s'imaginer ailleurs que dans ce cercueil volant. Drôle de réflexe, se dit-il. Après tout, quand il était tombé au fond de..., il se trouvait en pleine nature. Dans le noir, certes. De l'histoire ancienne, tout cela.

Vittoria le regardait.

— Vous croyez en Dieu, monsieur Langdon ?

La question le fit sursauter. L'extrême sérieux de Vittoria était encore plus désarmant que sa requête. Si je crois en Dieu ? Il aurait sans doute préféré un sujet de conversation plus léger pour passer le temps.

Une énigme spirituelle, songea Langdon. C'est ainsi que m'appellent mes amis. Il avait beau avoir étudié l'histoire religieuse pendant des années, Langdon n'était pas un homme de foi. Il respectait le pouvoir de celle-ci, la bienveillance des Églises, la force que leur foi conférait à tant de croyants... mais, pour un esprit universitaire comme le sien, le manque d'esprit critique qu'impliquait toute démarche religieuse s'était toujours révélé être un infranchissable obstacle.

— J'aimerais croire, s'entendit-il répondre.

Vittoria répliqua sans la moindre nuance de reproche ou de défi :

— Mais alors, pourquoi ne croyez-vous pas ?

Il partit d'un petit rire de gorge.

— Eh bien, ce n'est pas si simple que cela. Pour avoir la foi, il faut faire un saut. Un saut dans la foi. Admettre la possibilité de miracles, l'Immaculée Conception, l'intervention de Dieu dans notre vie, tout cela suppose cet étrange saut. Et puis il y a les codes de conduite. La Bible, le Coran, les textes sacrés bouddhistes. Tous édictent des prescriptions, et des sanctions, similaires. On m'assure que, si je ne me soumets pas à ce code de conduite, j'irai en enfer. Je ne parviens pas à imaginer un Dieu qui gouverne de cette façon.

— J'espère que vous ne laissez pas vos étudiants répondre à côté de la question de façon aussi flagrante ! lui lança la jeune femme.

Ce commentaire le prit par surprise.

— Quoi ?

— Monsieur Langdon, je ne vous ai pas demandé si vous croyiez en ce que l'homme a dit de Dieu, je vous ai demandé si vous croyiez en Dieu. Il y a une différence. Les Saintes Écritures se composent de contes et de légendes qui reflètent la volonté de l'homme de comprendre son propre besoin de sens. Je ne vous demande pas un jugement sur la littérature religieuse. Je vous demande si vous croyez en Dieu. Quand vous plongez le regard dans les profondeurs d'un ciel étoilé, éprouvez-vous la présence du divin ? Sentez-vous dans vos tripes que vous contemplez l'œuvre de Dieu ?

Langdon s'absorba un long moment en lui-même.

— Je suis indiscrète, reprit Vittoria.

— Non, j'essaie juste...

— Il doit certainement vous arriver de débattre des questions de foi avec vos élèves...

— Continuellement.

— Et vous vous faites l'avocat du diable, j'imagine. Vous relancez sans cesse la discussion…

Langdon sourit.

— Vous devez enseigner, je suppose.

— Non, mais j'ai appris avec un maître. Mon père pouvait démontrer que le ruban de Möbius comporte bien deux faces…

Langdon éclata de rire et songea aux représentations du ruban de Möbius. Un anneau de papier auquel on appliquait une torsion d'un demi-tour pour qu'il n'ait plus qu'une face. Langdon avait découvert le premier spécimen de cette figure dans les œuvres de M.C. Escher.

— Puis-je vous poser une question, mademoiselle Vetra ?

— Appelez-moi Vittoria, « Mademoiselle Vetra » me donne l'impression que je suis une vieille dame.

Il soupira intérieurement, se rappelant soudain que ses vingt ans étaient loin derrière lui.

— Alors appelez-moi Robert.

— Vous aviez une question ?

— Oui. Vous, Vittoria, en tant que scientifique et fille de prêtre catholique, quelle est votre position à l'égard de la religion ?

Vittoria ramena machinalement une boucle de cheveux derrière une oreille avant de répondre.

— La religion ressemble au langage ou aux coutumes vestimentaires, on se définit par rapport à l'éducation que l'on a reçue. Mais, en fin de compte, nous proclamons tous la même chose : que la vie a un sens. Que nous sommes reconnaissants envers la puissance qui nous a créés.

Langdon fronça les sourcils.

— Vous êtes en train de me dire que le fait d'être chrétien ou musulman dépend simplement de l'endroit où l'on est né ?

— N'est-ce pas évident ? Il suffit de considérer la diffusion des grandes religions à travers le monde…

— Alors la foi est un simple produit du hasard ?

— Certainement pas. Le phénomène religieux est universel. En revanche, les méthodes dont nous disposons pour les comprendre sont arbitraires. Certains d'entre nous prient Jésus, d'autres se rendent à La Mecque, d'autres encore étudient les particules subatomiques. Mais, au bout du compte, nous cherchons tous la vérité, c'est-à-dire un *X*, un quelque chose qui nous transcende.

Langdon aurait aimé que ses étudiants s'expriment aussi clairement que Vittoria. Lui-même, en fait, n'était souvent pas aussi clair !

— Et Dieu, croyez-vous en Dieu ?

Vittoria resta silencieuse un long moment.

— La science me souffle que l'existence de Dieu est incontournable. Mon esprit m'explique que je ne comprendrai jamais Dieu. Et mon cœur me suggère que ce n'est pas ma vocation de le comprendre.

Quelle concision ! songea Langdon.

— Alors vous croyez que Dieu est un fait mais que nous ne le comprendrons jamais ?

— Que nous ne *la* comprendrons jamais. Les Indiens d'Amérique avaient vu juste à ce sujet…

Langdon eut un petit rire.

— La déesse Terre…

— Gaïa. La planète est un organisme. Chacun de nous est une cellule de cet organisme avec un rôle spécifique. Et pourtant nous sommes entremêlés. Au service de nos semblables et au service du tout.

En la regardant, Langdon sentit un trouble s'insinuer en lui, un trouble qu'il n'avait pas éprouvé depuis longtemps. Il était ensorcelé par les yeux clairs de la jeune femme. Par la pureté dans sa voix. Il était hypnotisé.

— Monsieur Langdon, puis-je vous poser une autre question ?

— Robert, dit-il.

Monsieur Langdon me donne l'impression d'être vieux… se dit-il, et en plus ce n'est pas une impression !

— Ma question est peut-être indiscrète, mais comment avez-vous connu les *Illuminati* ?

Il fouilla dans ses souvenirs.

— Pour des raisons d'argent en fait.

Vittoria eut l'air déçu.

— D'argent ? Vous voulez dire qu'ils ont fait appel à vos compétences ?

Langdon éclata de rire, comprenant le malentendu.

— Non, pas du tout, je parle de l'argent au sens le plus concret : du billet de banque.

Il plongea la main dans la poche de son pantalon et en tira quelques coupures. Il choisit une coupure d'un dollar.

— La secte a commencé à me fasciner le jour où j'ai découvert que le billet américain est couvert de symboles créés par les *Illuminati*.

Vittoria plissa les yeux, se demandant visiblement si elle devait ou non le prendre au sérieux.

Langdon lui tendit le billet.

— Regardez au dos. Vous voyez le grand sceau sur la gauche ?

Vittoria retourna le billet d'un dollar.

— Vous voulez dire la pyramide ?

— La pyramide. Vous pouvez me dire le rapport avec l'histoire des États-Unis ?

Vittoria haussa les épaules.

— Exactement, reprit Langdon, il n'y en a absolument aucun.

Vittoria fronça les sourcils.

— Mais alors, pourquoi est-ce le symbole central de votre Grand Sceau ?

— C'est une histoire assez étrange. La pyramide est un symbole occulte représentant une convergence ascendante, vers la source suprême de l'illumination. Vous voyez ce qu'il y a au-dessus ?

Vittoria scruta de nouveau le billet.

— Un œil dans un triangle.

— On l'appelle le *trinacria*. Avez-vous déjà vu cet œil dans un triangle ailleurs ?

Vittoria chercha en silence.

— Il me semble que oui, mais je ne sais plus…

— Il figure sur les emblèmes des loges maçonniques du monde entier.

— Il s'agirait d'un symbole maçonnique ?

— Justement pas. Il vient des *Illuminati*. Ils l'appelaient leur « Delta resplendissant ». C'est un appel au progrès, à l'illumination. L'œil représente la capacité des *Illuminati* de tout infiltrer et de tout surveiller. Le triangle brillant représente les lumières ainsi que la lettre grecque delta, qui est le symbole mathématique du…

— … changement, de la transition.

Langdon sourit.

— J'oubliais que je parlais à une scientifique.

— Alors vous me dites que le Grand Sceau américain est un appel à l'illumination, à une mutation par la révélation ?

— On pourrait aussi l'appeler un Nouvel Ordre mondial.

Vittoria sembla impressionnée par cette démonstration. Elle examina de nouveau le billet. Les mots, sous la pyramide : *Novus… Ordo…*

— *Novus Ordo Seclorum*, fit Langdon. Cela signifie « nouvel ordre séculier ».

— Séculier, c'est-à-dire non religieux, n'est-ce pas ?

— En effet, c'est bien le sens de ce mot. La formule ne définit pas seulement l'objectif des *Illuminati*, mais elle contredit aussi de manière flagrante la formule qui est placée dessous : *In God We Trust*, « Nous croyons en Dieu ».

Vittoria semblait troublée.

— Mais comment tous ces symboles ont-ils pu

se retrouver sur l'une des plus puissantes devises du monde ?

— La plupart des spécialistes pensent que nous le devons au vice-président Henry Wallace. C'était un des hauts responsables de la franc-maçonnerie et il était sans doute lié aux *Illuminati*. Était-il membre de la secte ou était-il innocemment tombé sous leur influence ? Nul ne le sait. Toujours est-il que c'est Wallace qui a persuadé le Président de faire imprimer cette étrange composition.

— Mais comment ? Comment le président des États-Unis a-t-il pu accepter...

— Le Président en question était Franklin D. Roosevelt. Wallace lui a simplement dit « *Novus Ordo Seclorum* signifie *New Deal* » (« nouveau pacte social »).

— Et Roosevelt n'a demandé à personne d'autre de vérifier ce symbole avant de le faire imprimer ? demanda Vittoria, sceptique.

— Pas nécessaire. Wallace et lui s'entendaient comme les doigts de la main.

— Comment ça ?

— Vérifiez dans une bonne bio de Roosevelt. Il était notoirement franc-maçon.

32.

Langdon retint sa respiration tandis que le X-33 descendait en spirale vers l'aéroport international Leonardo da Vinci. Vittoria était assise en face de lui, les yeux fermés comme si elle tentait de reprendre le contrôle de la situation. L'avion atterrit et roula vers un hangar.

— Désolé d'avoir lambiné en route, déclara le pilote en émergeant du cockpit. J'ai dû retenir le fauve à cause des lois contre les nuisances sonores au-dessus des zones à forte densité de population.

Langdon jeta un coup d'œil à sa montre. Le vol avait duré en tout et pour tout trente-sept minutes.

Le pilote fit basculer la porte extérieure.

— Est-ce que je peux savoir ce qui se passe ?

Le silence de Vittoria et Langdon était assez éloquent.

— Très bien, reprit-il en s'étirant. Je vais rester dans le cockpit avec la clim et ma musique.

En sortant du hangar ils furent éblouis par la lumière rasante de la fin d'après-midi. Langdon portait sa veste de tweed sur l'épaule. Vittoria tourna son visage vers le ciel et inspira profondément comme si les rayons du soleil devaient lui instiller une mystérieuse énergie.

Ah ces Méditerranéennes ! s'amusa intérieurement Langdon, déjà en nage.

— Vous n'avez plus vraiment l'âge des dessins animés, vous ne croyez pas ? s'enquit Vittoria sans ouvrir les yeux.

— Je vous demande pardon ?

— Votre montre. Je la regardais dans l'avion.

Langdon s'empourpra légèrement. Il avait l'habitude qu'on le chambre sur sa montre Mickey. Un véritable objet de collection, maintenant. Un cadeau de ses parents. Depuis qu'il était tout gosse c'était la seule montre qu'il ait jamais portée. Cela ne l'empêchait pas de s'interroger de temps à autre sur le bon goût de ce personnage qui se contorsionnait, les bras pointés vers les heures et les minutes. Étanche et phosphorescente, elle était parfaite pour enchaîner des longueurs de bassin ou pour traverser, tard le soir, un campus plongé dans l'obscurité. Quand les étudiants de Langdon le questionnaient sur cet étrange objet-fétiche, il leur expliquait que Mickey lui rappelait chaque jour qu'il fallait garder un cœur jeune.

— Il est 18 heures, dit-il.

Vittoria acquiesça, les yeux toujours fermés.

— Je crois que notre chauffeur est là.

Langdon perçut le vrombissement lointain, leva les yeux et sentit son estomac se nouer. Venant du nord, volant à basse altitude, un hélicoptère approchait. Langdon avait gardé un mauvais souvenir de son dernier voyage en hélicoptère. Il s'était rendu dans la vallée de la Palpa, au Pérou, pour examiner des fresques Nazca. Une guimbarde tout juste bonne pour la casse… Après une matinée passée dans différents engins volants, l'universitaire avait espéré que le Vatican enverrait une voiture.

Espoir déçu.

L'hélico ralentit, s'immobilisa en l'air quelques instants et plongea vers la piste d'atterrissage juste devant eux. Les portes arboraient les armes de la papauté : deux clés se croisant sur un écusson, surmontées de la tiare pontificale. Il connaissait bien ce symbole. C'était celui du gouvernement du Saint-Siège, littéralement le trône sacré de saint Pierre.

— Et maintenant le saint-hélico…, ronchonna Langdon en regardant l'appareil se poser.

Il avait oublié que les dignitaires du Vatican avaient modernisé leurs moyens de transport et que le pape ne se déplaçait plus qu'en hélicoptère, que ce soit pour se rendre à l'aéroport ou à sa résidence d'été de Castelgandolfo. Langdon aurait de loin préféré une limousine.

Le pilote sauta du cockpit et traversa le tarmac à leur rencontre.

À présent, c'était Vittoria qui paraissait mal à l'aise.

— C'est ça notre pilote ?

Langdon partageait sa perplexité.

— Voler ou ne pas voler, telle est la question…

Car le pilote avait tout d'un personnage de Shakespeare, avec sa tunique bouffante et moirée à rayures verticales bleues, rouges et or, sans oublier la culotte, les bas et les mocassins noirs limite ballerine. Plus le béret en feutre noir.

— C'est l'uniforme traditionnel des gardes suisses, expliqua Langdon. Dessiné par Michel-Ange en personne.

Comme le pilote arrivait à portée de voix, Langdon baissa le ton :

— Il faut bien reconnaître que ce n'est pas son chef-d'œuvre…

Malgré l'attirail pittoresque du pilote, Langdon comprit tout de suite qu'il avait affaire à un pro rigoureux. Il s'avança vers eux avec toute la raideur et la dignité d'un marine américain. Langdon avait souvent entendu parler des conditions très strictes qui présidaient à l'embauche de ce corps d'élite : les candidats, de sexe masculin, devaient provenir d'un des quatre cantons suisses de confession catholique, avoir entre dix-neuf et trente ans, mesurer au moins un mètre soixante-quatorze, avoir effectué leur service militaire et être célibataires.

— Vous êtes envoyés par le CERN ? demanda le garde d'une voix métallique.

— Oui, monsieur, répondit Langdon.

— Vous avez fait très très vite, reprit l'homme en jetant un regard médusé au X-33.

Il se tourna vers Vittoria.

— Avez-vous apporté une autre tenue, madame ?

— Je vous demande pardon ?

L'homme désigna ses jambes.

— Les shorts ne sont pas autorisés dans la Cité du Vatican.

Langdon fronça les sourcils et jeta un regard contrarié sur Vittoria. Il avait oublié — au Vatican, ni les hommes ni les femmes ne doivent montrer leurs jambes au-dessus du genou. Par respect pour la chaste Cité de Dieu.

— Mais je n'ai rien emporté d'autre, nous sommes partis dans l'urgence !

Le garde acquiesça, visiblement contrarié. Il se tourna vers Langdon.

— Transportez-vous des armes ?

Des armes ? pensa Langdon. Je n'ai même pas pris un slip de rechange !

Il secoua la tête.

Le garde s'accroupit devant Langdon et entreprit de le palper, en commençant par les chaussettes. Pas très confiant, le Suisse… Les mains qui remontaient vigoureusement le long des cuisses passèrent un peu trop près de l'entrejambe de Langdon à son goût. Finalement, après avoir palpé torse et épaules, le garde suisse apparemment satisfait se tourna vers Vittoria. Il se mit à scruter attentivement ses jambes et sa poitrine…

Vittoria lui jeta un regard courroucé.

— Ce n'est même pas la peine d'y songer !

À ce coup d'œil de défi, le garde répondit par un regard sévère, visiblement destiné à intimider la jeune femme. Qui ne céda pas.

— Qu'est-ce que c'est que ça ? fit le garde en désignant une petite bosse sur l'une des poches du short de Vittoria.

Celle-ci en sortit un téléphone cellulaire ultra-mince. Le garde le prit, cliqua sur le bouton vert, attendit la tonalité et, apparemment rassuré, le rendit à la jeune femme qui le replongea dans sa poche.

— Tournez-vous, s'il vous plaît, ordonna le garde.

Vittoria obtempéra, et fit un tour complet sur elle-même, bras levés.

Le Suisse l'examina attentivement. Langdon avait déjà décidé que le short et le chemisier ajustés de Vittoria ne présentaient pas la moindre bosse suspecte. Le garde arriva à la même conclusion.

— Merci. Par ici, s'il vous plaît.

Vittoria embarqua la première dans l'hélicoptère de Sa Sainteté, comme une professionnelle entraînée, ralentissant à peine sous les pales qui tournoyaient. Langdon hésita une seconde.

— Alors décidément, pas de limousine ? lança-t-il, avec un rire jaune, au garde qui ne daigna pas répondre.

Vu la conduite imprévisible des Romains au volant, Langdon savait que l'hélicoptère était sans doute le moyen de transport le plus sûr. Il prit une profonde inspiration et embarqua, non sans s'être prudemment incliné au passage des pales.

Au moment où le garde allumait les moteurs, Vittoria lui cria :

— Vous avez localisé le conteneur ?

Le garde lança un coup d'œil surpris par-dessus son épaule.

— Le quoi ?

— Le conteneur. Vous avez appelé le CERN au sujet d'un conteneur…

L'autre haussa les épaules.

— Je ne vois pas de quoi vous parlez. On a été très occupé aujourd'hui. Mon chef m'a demandé de venir vous chercher, c'est tout ce que je sais.

Vittoria sembla troublée par cette réponse.

— Bouclez vos ceintures, s'il vous plaît, fit le pilote en faisant rugir l'engin.

Langdon s'attacha soigneusement. La cabine, à peine plus large qu'une boîte de sardines, semblait rétrécir encore. Puis, avec un vrombissement inquiétant, l'hélico s'arracha du sol et vira serré vers le nord et la capitale italienne.

Rome, songea Langdon, siège d'un pouvoir jadis

immense, celui de César, Rome où saint Pierre avait été crucifié… Le cœur de la civilisation moderne, un cœur qui battait désormais au rythme d'une effroyable bombe à retardement.

33.

Rome vue d'avion est un labyrinthe, un lacis de ruelles enchevêtrées sinuant autour d'immeubles, de fontaines et de ruines sans âge.

L'hélicoptère fendit à basse altitude l'épais smog produit par les embouteillages romains et prit vers le nord-ouest. Langdon jeta un coup d'œil en bas, aux motos, aux cars de touristes et aux innombrables Fiat miniatures qui empruntaient les ronds-points et filaient dans toutes les directions. *Koyaanisqatsi*, songea-t-il, en se rappelant le terme hopi qui signifie « vie déséquilibrée ». Vittoria, sur le siège voisin, affichait un visage silencieux et résolu.

L'hélicoptère vira brutalement.

Le cœur au bord des lèvres, Langdon s'efforça de poser son regard sur l'horizon, où il aperçut les murailles du Colisée. Depuis toujours l'Américain estimait que ce monument était l'un des plus énormes paradoxes de l'histoire : cet amphithéâtre, considéré comme le symbole d'une civilisation à son apogée, avait été construit pour accueillir des fêtes sanguinaires et barbares : on y applaudissait alors des lions dévorant des prisonniers, des armées d'esclaves se battant à mort… Autre paradoxe : penser que le Colisée avait servi de prototype architectural au stade de football de Harvard. Étonnant ? Très pertinent, au contraire, songea Langdon, puisque, après tout, les anciennes traditions de sauvagerie y sont ressuscitées chaque automne et que des hordes de fans avides de sang hurlent à la mort contre leurs ennemis de… Yale.

Alors que l'hélicoptère poursuivait sa route, Langdon aperçut le Forum, le cœur de la Rome préchrétienne. Ses temples branlants avaient évité, on se demandait comment, de se faire avaler par la métropole qui le cernait.

À l'ouest, le large bassin du Tibre déroulait ses énormes méandres dans la ville. Il devait être très profond, même à vue d'oiseau, Langdon le devinait. Il apercevait les traînées brunâtres, des courants chargés de limon et d'écume à cause des violentes averses des jours précédents.

— Droit devant ! fit le pilote en prenant un peu d'altitude.

Langdon et Vittoria, les yeux fixés sur le hublot, suivirent du regard la direction indiquée. C'est alors qu'ils l'aperçurent. Surplombant la capitale embrumée, la colossale coupole de la basilique Saint-Pierre se dressait au loin, telle la cime d'une montagne.

— Voici la plus magnifique réussite de Michel-Ange ! s'exclama Langdon, enthousiaste.

L'Américain n'avait jamais vu la basilique du ciel. La façade en marbre scintillait de mille feux, comme un incendie dans la lumière déclinante de l'après-midi.

Ornée de cent quarante statues de saints, de martyrs et d'anges, cet édifice pouvait accueillir soixante mille fidèles, se rappelait l'Américain. Plus de cent fois la population de la Cité du Vatican qui était le plus petit État du monde.

Et pourtant même une citadelle de cette ampleur ne parvenait pas à écraser complètement la place qu'elle dominait, l'immense esplanade de granit — un espace réservé aux piétons dans cette capitale envahie d'automobiles, un Central Park de l'âge classique en quelque sorte. En face de la basilique, bordant la grande piazza ovale, deux cent quatre-vingt-quatre colonnes se répartissaient sur quatre arcs de cercle concentriques dont le diamètre allait en diminuant… ce trompe-l'œil architectural renforçait la sensation d'immensité du site.

En contemplant ce magnifique sanctuaire, Langdon se demandait ce qu'en aurait pensé saint Pierre, s'il avait pu le voir. Le saint, crucifié la tête en bas à cet endroit même, avait connu une mort atroce. Il reposait à présent dans la plus sacrée des tombes, au plus profond des cryptes souterraines et à l'aplomb de la coupole centrale de la basilique.

— La Cité du Vatican, annonça le pilote, d'un ton qui n'avait rien de particulièrement engageant.

Langdon jeta un coup d'œil aux imposants édifices de pierre qui se dressaient devant lui, impénétrables fortifications entourant le complexe… une défense étrangement profane pour un monde spirituel de secrets, de puissance et de mystère, se dit-il.

— Regardez ! s'exclama soudain Vittoria, en serrant le bras de Langdon.

Elle désignait fébrilement la place Saint-Pierre, juste au-dessous d'eux. Langdon plaqua son visage contre la vitre et regarda.

— Là-bas ! insista-t-elle.

Sur une des extrémités de la place, aménagée pour l'occasion en parking, étaient stationnés une dizaine de semi-remorques, surmontés d'énormes antennes satellite pointées vers le ciel. Sur les grandes paraboles blanches, on lisait des noms familiers :

CNN, BBC, TF1, RAI, etc.

Langdon éprouva soudain un certain embarras, se demandant si la nouvelle de la disparition de l'antimatière avait déjà filtré.

Brusquement, Vittoria semblait plus tendue.

— Pourquoi les médias sont-ils ici ? Que se passe-t-il ?

Le pilote se tourna à moitié et lui jeta un drôle de regard par-dessus l'épaule.

— Comment ça ? Vous n'êtes pas au courant ?

— Non ! rétorqua-t-elle sèchement.

— Le conclave ! reprit-il. Il commence dans une heure. Le monde entier attend.

Le conclave.

Le mot résonna longtemps aux oreilles de Langdon avant de tomber, telle une brique, au fond de son estomac. Le conclave ! Comment avait-il pu oublier ? Il avait entendu la nouvelle aux infos tout récemment…

Quinze jours plus tôt, après un pontificat extrêmement populaire de douze ans, le pape était mort. Les journaux du monde entier avaient repris la nouvelle : il avait succombé à une attaque cérébrale survenue dans son sommeil. Une disparition soudaine et inattendue qui avait suscité son lot de rumeurs et de soupçons. Mais en ce jour, conformément à la tradition sacrée, quinze jours après le décès du Saint-Père, le Vatican convoquait le Sacré Collège, pour une cérémonie au cours de laquelle les cent soixante-cinq cardinaux du monde se réunissaient pour élire son successeur.

Tous les cardinaux du monde sont là aujourd'hui, songea Langdon, tandis que l'hélicoptère survolait la basilique. L'élite de la chrétienté au grand complet se trouvait rassemblée là, sous l'hélicoptère.

L'Église catholique siégeait sur une bombe à retardement…

34.

Le cardinal Mortati leva les yeux vers le plafond de la chapelle Sixtine et tenta de réfléchir sereinement. Les murs couverts de fresques résonnaient des voix des cardinaux venus du monde entier. Les prélats jouaient des coudes dans la chapelle éclairée à la chandelle, bavardaient avec animation, mais à voix basse, et se consultaient les uns les autres dans toutes les langues, mais surtout en anglais, italien ou espagnol.

La lumière qui baignait la Sixtine était d'ordinaire sublime : de longs rayons de soleil, comme lancés du ciel, en illuminaient les profondeurs obscures. Mais aujourd'hui, comme le voulait la tradition, au nom du sacro-saint secret, toutes les baies étaient obstruées par de lourds rideaux de velours noir. Une façon d'empêcher que quiconque puisse envoyer du dehors des signaux ou qu'un cardinal communique d'une manière ou d'une autre avec le monde extérieur. Il régnait donc dans la Sixtine une profonde obscurité seulement démentie, çà et là, par quelques chandeliers qui conféraient aux hommes réunis en ce lieu une apparence surnaturelle, de fantômes… ou de saints.

Quel privilège pour moi, songea Mortati, d'avoir été désigné pour superviser ce saint événement. Les cardinaux âgés de plus de quatre-vingts ans étaient exclus d'office du conclave, et la chance avait voulu qu'à soixante-dix-neuf ans Mortati soit le doyen des cardinaux. C'était à ce titre qu'il avait été choisi pour diriger les débats et surveiller le vote.

Conformément à la tradition, les cardinaux s'étaient retrouvés sur place deux heures avant le conclave pour discuter et réfléchir une dernière fois au candidat idéal.

À 19 heures, le camerlingue du défunt pape arriverait, prononcerait une prière et se retirerait. C'est alors que les gardes suisses apposeraient les scellés sur les portes, enfermant tous les cardinaux à l'intérieur de la Chapelle. C'est alors que commencerait le rituel politico-religieux le plus ancien et le plus secret du monde. Les cardinaux n'auraient plus le droit de sortir jusqu'à ce qu'ils aient choisi parmi eux celui qui allait être le prochain pape.

Le nom lui-même traduisait une volonté intransigeante de secret : Con-clave, en latin, signifie en effet fermé à clé. Aucun contact avec le monde extérieur, ni par téléphone ni par écrit, pas le plus léger chuchotement ne devait filtrer de la Sixtine. Le conclave se déroulerait dans un isolement inviolable pour échapper à toute influence profane : Dieu devait rester l'unique objet des pensées et des regards des hommes en rouge, *Solum Deum prae oculis*...

À l'extérieur, les médias aux aguets spéculaient sur le nom de celui des *papabile* à qui échoirait la responsabilité de gouverner les catholiques du monde entier — environ un milliard d'êtres humains. Les conclaves se déroulaient dans une atmosphère dramatique, chargée de passions et d'arrière-pensées politiques. Au cours des siècles, empoisonnements, règlements de comptes à coups de poing, meurtres même, avaient couramment profané ce sanctuaire. De l'histoire ancienne, se dit Mortati. Le conclave d'aujourd'hui sera uni, joyeux et surtout... bref.

Du moins, tel était son vœu le plus cher.

Mais voilà qu'avait surgi un aléa tout à fait imprévu : Pour une mystérieuse raison quatre cardinaux manquaient à l'appel. Toutes les issues du Vatican étaient gardées et les absents n'avaient pas pu aller bien loin, mais à moins d'une heure de l'ouverture du conclave, cet incident ne laissait pas de l'inquiéter. Car les quatre cardinaux manquants n'étaient pas n'importe qui ; c'étaient les plus importants.

En tant qu'organisateur du conclave, Mortati avait déjà averti la Garde suisse de l'absence des quatre prélats. Il comptait bien en avoir des nouvelles rapidement. Leur absence avait été remarquée et l'on échangeait, ici et là, des murmures anxieux. De tous les cardinaux, ceux-là auraient dû se montrer particulièrement ponctuels ! Le cardinal Mortati commençait à craindre que la soirée ne soit plus longue que prévu. Il ne savait pas jusqu'à quel point.

35.

L'héliport du Vatican se trouve, pour des raisons de sécurité et de nuisances sonores, à l'extrême nord-ouest de la cité pontificale, aussi loin que possible de la basilique Saint-Pierre.

— Nous voici arrivés ! annonça le pilote au moment de l'atterrissage.

Il sauta à terre et ouvrit la porte pour Langdon et Vittoria. Langdon descendit de l'appareil et se tourna pour aider la jeune femme, qui avait déjà bondi à terre sans le moindre effort. Chaque muscle de son corps était désormais tendu vers un unique objectif : trouver l'antimatière avant que le pire ne se produise.

Après avoir tendu un pare-soleil sur le cockpit, le pilote les conduisit vers une sorte de grosse voiturette de golf qui attendait près de l'héliport. La voiturette les emmena silencieusement le long de la frontière ouest du Vatican, un rempart d'une quinzaine de mètres d'épaisseur qui aurait arrêté une attaque de blindés. Le long du mur, postés à intervalles de cinquante mètres, les gardes suisses surveillaient attentivement les lieux. La voiturette vira brusquement à droite, empruntant la Via del Osservatorio. On apercevait des panneaux partout : PALAZZO del GOVERNATORATO, COLLEGIO ETIOPICO, BASILICA DI SAN PIETRO, CAPPELLA SISTINA.

Leur chauffeur accéléra sur la route d'une propreté impeccable et longea un immeuble sur le fronton duquel Langdon lut RADIO VATICANA. À son grand étonnement, il se rendit compte qu'il s'agissait là du siège de la radio qui diffusait les programmes les plus écoutés au monde, l'écho fidèle de la parole divine pour des millions d'auditeurs de la planète.

— Attention ! lança le pilote en s'engageant à vive allure sur un rond-point.

En découvrant la vue qui s'offrait à lui, Langdon eut peine à en croire ses yeux : les Jardins du Vatican. Le cœur de la cité pontificale. Juste derrière la basilique, un éden interdit aux simples mortels. À droite, le Palais du Tribunal, la splendide résidence papale avec laquelle seul Versailles pouvait rivaliser. Le sévère édifice du Gouvernement qui abritait la curie romaine se trouvait maintenant derrière eux, tandis qu'un peu plus loin sur la gauche, ils apercevaient l'édifice massif des Musées du Vatican. Langdon savait qu'il n'aurait pas une seconde à consacrer à sa visite…

— Où sont-ils tous passés ? demanda Vittoria en scrutant pelouses et allées désertes.

Le pilote jeta un coup d'œil à sa montre-chrono au look militaire, quelque peu anachronique sous sa manche bouffante.

— Les cardinaux sont réunis dans la chapelle Sixtine, le conclave commence dans un peu moins d'une heure.

Langdon acquiesça, se rappelant vaguement que les cardinaux consacraient ces deux dernières heures avant le conclave en réflexions et en discussions avec leurs pairs du monde entier. Ce moment, employé à renouer des liens souvent très anciens, devait garantir une atmosphère des plus sereines au scrutin.

— Et les autres résidants, les employés, que deviennent-ils ?

— Ils sont bannis du Vatican jusqu'à la fin du conclave pour raisons de sécurité et de confidentialité.

— Et quand le conclave se termine-t-il ?

Le garde haussa les épaules.

— Dieu seul le sait.

La pertinence de ces paroles résonna de façon curieuse.

Après avoir garé la voiturette sur la grande pelouse qui s'étendait à l'arrière de la basilique, le garde suisse, suivi de ses deux hôtes, gagna une place dallée de marbre à l'arrière de la basilique. Ils longèrent le mur, traversèrent une petite cour triangulaire, puis la Via Belvedere. Puis ils suivirent une série d'immeubles étroitement serrés les uns contre les autres. Langdon comprenait assez l'italien pour déchiffrer les écriteaux : typographie vaticane, laboratoire de restauration des tapisseries, bureau des postes vaticanes, église Sainte-Anne… Ils traversèrent une autre petite place et arrivèrent enfin à destination.

La caserne de la Garde suisse est située dans l'immeuble adjacent au Corpo di Vigilanza, au nord-est de la basilique. Deux gardes étaient postés de part et d'autre de l'entrée, immobiles comme des statues.

Dans son for intérieur, Langdon se dit qu'ils n'avaient rien de folklorique. Malgré leur uniforme bleu et or, ils portaient tous deux la traditionnelle hallebarde de deux mètres quarante, à la pointe affûtée comme un rasoir. Une arme qui, dit-on, avait servi plus d'une fois, durant les croisades du XVe siècle, à décapiter des hordes de musulmans.

À l'approche de Langdon et Vittoria, les deux gardes

avancèrent d'un pas, hallebardes croisées, pour bloquer l'entrée. L'un d'eux se tourna vers le pilote embarrassé :

— Le short…, commença-t-il en indiquant Vittoria.

Le pilote eut un geste de refus agacé.

— Le commandant veut les voir sur-le-champ !

Fronçant les sourcils, les gardes s'écartèrent à contrecœur.

Dans l'immeuble, l'air était frais. Rien à voir avec le style anonyme d'une administration policière ordinaire. Partout des meubles, des dorures, des tableaux de maîtres que n'importe quel musée du monde aurait été heureux d'accrocher dans sa galerie principale.

Le pilote indiqua un escalier qui descendait.

— Par ici, s'il vous plaît.

Langdon et Vittoria suivirent la balustrade de marbre blanc ornée de statues d'hommes nus au sexe masqué par une feuille de vigne d'un ton plus clair.

La Grande Castration, songea Langdon.

L'une des pires mutilations infligées à l'art de la Renaissance : en 1857, le pape Pie IX avait décrété que la représentation d'organes sexuels masculins pouvait inciter à la luxure. Armé d'un burin et d'un maillet, il avait donc entrepris de faire disparaître tous les sexes masculins visibles dans l'enceinte du Vatican. Des dizaines de statues avaient été soumises à son implacable vindicte. Et, pour masquer les dégâts, on avait apposé sur les émasculés des feuilles de vigne en plâtre. Langdon s'était parfois demandé s'il y avait une grande armoire dans laquelle on conservait tous les pénis arrachés…

— C'est ici ! annonça le garde.

Arrivés au bas des marches, ils avancèrent jusqu'à une lourde porte d'acier. Le garde composa un code sur un petit clavier mural et la porte s'ouvrit. Le spectacle que Langdon et Vittoria découvrirent alors défiait l'imagination.

36.

Ils se trouvaient dans le Commandement de la Garde suisse pontificale.

Langdon, immobile sur le pas de la porte, contemplait un incroyable télescopage de siècles. La salle était une magnifique bibliothèque Renaissance, ornée de rayonnages en marqueterie, de tapis orientaux et d'admirables tapisseries. Pourtant, au beau milieu de ce décor somptueux, se trouvaient rassemblés les derniers équipements de communication high-tech : consoles vidéo, télécopieuses dernier cri, cartes électroniques de la Cité du Vatican et moniteurs branchés sur CNN. Les employés, tous vêtus de l'uniforme bigarré mais coiffés de casques audio futuristes, étaient occupés à pianoter frénétiquement sur leur clavier d'ordinateur ou à dialoguer avec d'invisibles interlocuteurs.

— Attendez ici, enjoignit le garde.

Il se dirigea vers un athlète d'une impressionnante stature, revêtu d'un uniforme bleu foncé qui parlait sur son téléphone mobile. Il se tenait si droit qu'il penchait presque vers l'arrière. Le garde lui murmura quelque chose et le géant jeta un regard vers Langdon et Vittoria. Il acquiesça puis leur tourna le dos et reprit sa conversation téléphonique.

Le garde revint vers eux.

— Le commandant Olivetti va vous recevoir dans un instant.

— Merci.

L'Américain examina le commandant Olivetti et songea qu'il s'agissait en fait du commandant en chef des forces armées d'un pays à part entière. Vittoria et Langdon attendirent, observant le spectacle qui se déroulait sous leurs yeux. Des gardes en grande tenue hurlaient des ordres en italien :

— *Continuate a cercare!* ordonnait l'un.

— *Avete controllato nei musei ?* demandait un autre.

Nul besoin de parler couramment l'italien pour comprendre que tous ces hommes cherchaient fébrilement quelque chose. C'était une bonne nouvelle ; la mauvaise, c'était qu'ils n'avaient de toute évidence pas encore trouvé l'antimatière.

— Ça va ? demanda Langdon à Vittoria.

Elle haussa les épaules et esquissa un sourire las.

Olivetti raccrocha enfin et s'avança vers eux. Il paraissait encore plus imposant de près. Très grand lui-même, Langdon n'avait guère l'habitude d'être toisé par plus haut que lui. Mais le commandant Olivetti était de ceux qui prennent d'emblée l'avantage sur leurs semblables. Un visage hâlé, des mâchoires volontaires, des cheveux bruns en brosse, la physionomie de cet homme en disait long sur son caractère et le lot de tempêtes qu'il avait dû affronter. Son regard respirait une détermination inébranlable, fruit de nombreuses années d'entraînement et d'expériences accumulées. Il avançait avec une exactitude toute militaire. Avec son oreillette il évoquait plus un membre du *Secret Service* américain qu'un garde suisse.

Olivetti s'adressa à ses hôtes en anglais. Pour un si grand homme, il était doué d'une voix étrangement peu sonore, quasi inaudible, avec une pointe d'efficacité, de raideur militaire.

— Bonjour, je suis le commandant Olivetti, commandant de la Garde suisse, commença-t-il avec un fort accent. C'est moi qui ai appelé votre directeur.

Vittoria leva les yeux vers lui.

— Merci d'avoir accepté de nous recevoir, monsieur Olivetti.

Sans répondre, le commandant leur fit signe de le suivre et leur ouvrit une porte ménagée dans un mur latéral.

— Après vous, dit-il en s'effaçant pour les laisser passer.

Langdon et Vittoria entrèrent dans une salle de contrôle plongée dans la pénombre au fond de laquelle un mur de moniteurs vidéo diffusait des images en noir et blanc des divers bâtiments de la Cité pontificale. Un jeune garde les observait attentivement.

— Laissez-nous ! ordonna Olivetti.

Le garde salua et sortit aussitôt.

Olivetti pointa son doigt sur l'un des écrans et se tourna vers ses hôtes.

— Cette image est retransmise par une caméra cachée quelque part dans la Cité du Vatican. Je dois vous demander des explications.

Langdon et Vittoria regardèrent l'écran et poussèrent un même soupir. Ce qu'ils voyaient ne laissait pas place au doute. C'était bien le conteneur volé au CERN. À l'intérieur, éclairée par le clignotement du voyant lumineux, ils apercevaient la sinistre gouttelette métallique suspendue dans le vide. Étrangement, le lieu où se trouvait ce conteneur était presque entièrement plongé dans le noir, comme s'il s'agissait d'un placard ou d'une pièce obscure. Tout en haut de l'écran des surtitres indiquaient : caméra 86, retransmission en direct.

Vittoria lut les chiffres sur l'horloge numérique du conteneur.

— Il nous reste moins de six heures, annonça Vittoria à Langdon, tendue.

Langdon regarda sa montre.

— Alors nous avons jusqu'à…

Il s'arrêta, la gorge serrée d'angoisse.

— Minuit, reprit Vittoria, atterrée.

Minuit, songea Langdon. Un sens théâtral aigu. Apparemment, celui qui avait volé le conteneur la veille avait minuté son acte. Un sombre pressentiment s'empara de lui quand il comprit qu'il se trouvait sur le site même de l'explosion.

Le murmure d'Olivetti se mua en sifflement.

— Cet objet appartient-il au CERN ?

Vittoria aquiesça.

— Oui, monsieur. Il nous a été dérobé. Il contient une substance extrêmement combustible que nous appelons antimatière.

— J'ai une certaine habitude des pyromanes, mademoiselle Vetra, mais c'est la première fois que j'entends ce mot.

— Il s'agit d'une nouvelle technologie. Nous devons localiser immédiatement ce conteneur ou il faudra évacuer le Vatican.

Olivetti ferma lentement les yeux et les rouvrit, comme si cette mimique agacée pouvait effacer les dernières paroles de la jeune femme.

— Évacuer le Vatican. Mais êtes-vous seulement au courant de ce qui se passe ici ce soir ?

— Parfaitement, monsieur. Et je vous certifie que les vies des cardinaux sont menacées. Nous avons environ six heures devant nous. Avez-vous progressé dans la recherche du conteneur ?

Olivetti secoua la tête.

— Nous n'avons même pas commencé à chercher.

Vittoria tressaillit.

— Quoi ? Mais nous venons d'entendre vos gardes crier qu'ils cherchaient le...

— Qu'ils cherchent, c'est clair, rétorqua Olivetti. Mais pas votre conteneur. Mes hommes cherchent autre chose, quelque chose qui ne vous regarde pas.

Vittoria insista d'une voix étranglée :

— Vous n'avez même pas commencé les recherches ?

Olivetti leva les yeux au ciel avant de poursuivre, le regard aussi détaché que celui d'un insecte :

— Mademoiselle Vetra, laissez-moi vous expliquer quelque chose. Le directeur du CERN a refusé de nous communiquer la moindre information par téléphone sur cet objet. Il m'a simplement précisé que je devais le retrouver sur-le-champ. Nous sommes extrêmement occupés et je n'ai pas d'hommes en surnombre à affecter à une mission de ce genre, avant qu'on ne m'en ait clairement expliqué les raisons.

— Il n'y a qu'une seule raison, monsieur, reprit Vittoria en soupirant, mais de poids : dans six heures, cet engin anéantira le Vatican tout entier.

Olivetti ne cilla pas.

— Mademoiselle Vetra, il y a quelque chose que vous devez savoir.

Son ton se fit condescendant :

— Malgré son archaïsme de façade, la Cité du Vatican est bien gardée : toutes les entrées, publiques comme privées, sont équipées des outils de détection les plus sophistiqués qui existent. Si quelqu'un essayait de pénétrer ici avec quelque engin incendiaire que ce soit, il serait aussitôt détecté. Nous disposons de scanners à isotopes radioactifs et de filtres mis au point par le DEA[1] pour détecter les plus discrètes traces olfactives de produits chimiques ou de toxines. Enfin, nous possédons les détecteurs de métaux et les scanners à rayons X les plus performants.

— Très impressionnant, répliqua Vittoria, d'un ton qui se voulait aussi froid que celui d'Olivetti. Mais voilà, commandant, l'antimatière n'est pas radioactive, sa signature chimique est celle de l'hydrogène pur et le

1. Équivalent américain de la Brigade des stupéfiants. *(N.d.T.)*

conteneur est en plastique. Aucun de vos appareils n'a donc pu détecter quoi que ce soit.

— Et la source d'énergie que l'on voit sur le conteneur ? fit Olivetti en pointant l'écran à cristaux liquides du compteur. Les traces de nickel-cadmium les plus infimes seraient…

— Les batteries sont également en plastique.

Olivetti était à bout de patience.

— En plastique ?

— Électrolyte de gel polymère et teflon, pour être plus précis.

Olivetti se pencha vers Vittoria comme pour accentuer leur différence de taille.

— *Signorina*, le Vatican est l'objet d'une dizaine de menaces d'attentats à la bombe chaque semaine. Je forme personnellement chaque garde suisse à la technologie des explosifs modernes. Je sais parfaitement qu'il n'existe aucune substance sur Terre assez puissante pour produire les effets que vous décrivez, à moins qu'il ne s'agisse d'une tête nucléaire de la taille d'une balle de base-ball !

Vittoria lui décocha un regard perçant et rétorqua :

— La nature est encore loin de vous avoir révélé tous ses mystères, commandant.

Olivetti se pencha un peu plus.

— Puis-je vous demander qui vous êtes exactement ? Quelle est votre position au CERN ?

— J'appartiens au conseil scientifique et j'ai été mandatée pour résoudre cette crise.

— Excusez ma brutalité, mais s'il s'agit bien d'une crise, pourquoi est-ce avec vous et pas avec votre directeur que je suis en train de parler ? Et permettez-moi d'ajouter que le fait d'exhiber vos jambes n'ajoute rien à votre crédibilité, en tout cas au Vatican.

Langdon soupira bruyamment. Comment, dans des circonstances pareilles, ce responsable de haut rang pouvait-il user de pareils arguments… Puis il réalisa que, dans un endroit pareil, si des pénis en marbre étaient susceptibles d'attiser des désirs coupables chez les évêques, Vittoria en short représentait une véritable menace pour la sécurité nationale.

Langdon s'interposa résolument pour éviter que la prise de bec ne tourne au vinaigre.

— Commandant, je m'appelle Robert Langdon, je suis américain et je suis professeur d'histoire des religions. Je ne travaille pas pour le CERN. En revanche, j'ai assisté à une démonstration de la puissance de l'antimatière et je puis vous certifier que Mlle Vetra n'affabule pas : cette substance est d'une extrême dangerosité. Nous avons des raisons de croire que ce conteneur a été caché au cœur du Vatican par une secte anticatholique qui cherche à empêcher la tenue de votre conclave.

Olivetti tourna un regard peu amène vers Langdon.

— D'un côté, une jeune femme en short m'annonce qu'une mystérieuse gouttelette de je ne sais quoi va anéantir le Vatican et, de l'autre, un professeur américain m'explique que nous sommes la cible d'une secte ! Mais enfin qu'attendez-vous de moi, tous les deux ?

— Cherchez le conteneur ! Tout de suite ! Et retrouvez-le ! explosa Vittoria.

— Impossible. Ce truc peut se trouver n'importe où ; la Cité du Vatican est plus grande que vous ne semblez le croire…

— Vos caméras ne sont donc pas équipées de systèmes GPS ?

— Si, mais en général on ne les vole pas. Localiser cette caméra nous prendra plusieurs jours.

— Plusieurs jours ? Pas question, il ne nous reste que six heures, trancha catégoriquement Vittoria.

— Six heures avant quoi, mademoiselle Vetra ?

Il pointa l'image à l'écran et reprit d'une voix soudain plus véhémente :

— Jusqu'à ce que ce compteur affiche quatre zéros et que le Vatican se volatilise ? Croyez-moi, je n'ai aucune complaisance envers ceux qui seraient tentés d'introduire clandestinement des bombes au sein du Vatican. Et je n'apprécie guère que de mystérieux engins fassent brusquement irruption dans une enceinte si protégée. Je prends tout cela très au sérieux et c'est mon travail. Mais ce que vous venez de me raconter est complètement invraisemblable.

— Avez-vous entendu parler des *Illuminati* ? l'interrompit Langdon.

La carapace du commandant se fendit subitement. Ses pupilles rétrécirent comme celles d'un requin sur le point d'attaquer.

— Attention, ne me poussez pas à bout, je vous aurai prévenu !

— Alors vous les connaissez ?

Les yeux d'Olivetti ressemblaient à deux pistolets prêts à tirer.

— J'ai prêté serment de défendre l'Église catholique, monsieur Langdon. Bien sûr que j'ai entendu parler d'eux. Ils ont disparu depuis des lustres. Les *Illuminati* sont morts et enterrés.

Langdon plongea la main dans sa poche et en retira la photo du cadavre marqué au fer rouge de Leonardo Vetra qu'il tendit au commandant Olivetti.

— Je suis un spécialiste d'histoire des religions, et donc des *Illuminati*, reprit l'Américain pendant qu'Olivetti examinait la photo. Il m'a fallu un certain temps pour admettre l'idée que cette secte était toujours en activité. Mais j'ai changé d'avis. À cause de cette photo et aussi à cause de leur haine inextinguible du Vatican.

— Un canular d'étudiant bidouillé sur ordinateur ! siffla Olivetti en rendant le fax à Langdon.

— Un canular ? Mais regardez cette symétrie ! Vous

êtes bien placés, vous surtout, pour reconnaître l'authenticité de…

— L'authenticité, c'est précisément ce qui vous manque cruellement, monsieur Langdon. Mlle Vetra ne vous en a peut-être pas informé, mais le CERN est depuis très longtemps un repaire d'opposants acharnés à l'Église catholique. Votre conseil scientifique nous met régulièrement en demeure d'abjurer le créationnisme, de faire acte de repentance officielle envers Galilée et Copernic, de faire taire nos critiques contre les recherches immorales ou dangereuses. Quel scénario vous semble-t-il le plus probable ? Qu'une secte satanique éteinte depuis quatre siècles refasse surface avec une arme de destruction massive ? Ou qu'un hurluberlu du CERN essaie de perturber un conclave en introduisant une fausse bombe dans le Vatican ?

— Cette photo, reprit Vittoria, d'un ton brûlant comme de la lave, est celle de mon père. Assassiné. Croyez-vous que je plaisanterais avec ça ?

— Je ne sais pas, mademoiselle Vetra. Mais je suis sûr d'une chose : jusqu'à ce que j'obtienne des réponses sensées, il n'est pas question pour moi de déclencher je ne sais quelle alarme. Je suis tenu à un devoir de vigilance et de discrétion, afin que les événements spirituels qui se déroulent dans cette enceinte puissent avoir lieu dans la sérénité et la clarté voulues. Et particulièrement aujourd'hui !

— Mais il faut au moins reporter le conclave ! intervint Langdon.

— Reporter ?

Pour le coup, le commandant des gardes suisses en resta bouche bée.

— Quelle arrogance ! Un conclave n'est pas je ne sais quel match de base-ball que l'on pourrait annuler pour cause de pluie. Il s'agit d'un événement sacré dont le déroulement obéit à des règles strictes. Vous vous fichez pas mal qu'un milliard de catholiques dans le monde attendent un guide suprême et que les télés du monde entier soient rassemblées dehors ! Le protocole d'un conclave n'est susceptible d'aucune modification. Depuis 1179, tous les conclaves se sont tenus, en dépit des tremblements de terre, des famines, des épidémies, et même de la peste. Croyez-moi, on ne va pas annuler un conclave à cause d'un scientifique assassiné et d'une gouttelette de Dieu sait quoi…

— Je veux parler à votre supérieur ! exigea Vittoria.

Olivetti la fusilla du regard.

— C'est moi.

— Non, c'est un ecclésiastique que je veux voir.

Les veines du cou d'Olivetti commençaient à saillir.

— Il n'y a personne. À l'exception de la Garde suisse, les seuls responsables présents au Vatican à cette heure sont les cardinaux. Et ils sont réunis dans la chapelle Sixtine.

— Et le camerlingue ? demanda Langdon d'un ton neutre.

— Qui ?

— Le camerlingue du défunt pape, répéta Langdon avec assurance en priant pour que sa mémoire ne le trahisse pas.

Il se souvenait d'avoir lu quelque part un article au sujet des étranges arrangements suivant le décès d'un pontife. Si Langdon ne se trompait pas, durant l'intérim entre deux papes, le pouvoir passait aux mains du secrétaire particulier du dernier chef de l'Église et c'est lui qui veillait à l'organisation du conclave jusqu'à ce que les cardinaux aient choisi le nouveau Saint-Père.

— C'est bien le camerlingue le responsable suprême en ce moment…

— Le camerlingue ? gémit Olivetti. Mais il n'a qu'un statut de prêtre ici. C'était l'assistant personnel du dernier pape.

— Mais il assure la transition et c'est à lui que vous rendez compte.

Olivetti croisa les bras.

— Monsieur Langdon, il est vrai que la règle vaticane prévoit que le camerlingue assume la fonction d'administrateur suprême durant le conclave, mais c'est uniquement parce qu'il est inéligible à la charge suprême et qu'à ce titre il peut veiller à la régularité du scrutin. C'est comme si votre président mourait et que l'un de ses assistants s'installe provisoirement aux manettes dans le bureau ovale. Le camerlingue est jeune et sa compétence en matière de sécurité, comme d'ailleurs dans les divers domaines qu'il supervise, est extrêmement limitée. C'est donc en tout état de cause moi le seul et unique responsable ici.

— Nous voulons le rencontrer ! reprit Vittoria.

— Impossible. Le conclave commence dans trois quarts d'heure. Le camerlingue est occupé dans le bureau pontifical aux préparatifs de la cérémonie. Pas question de le déranger avec des questions de sécurité.

Vittoria ouvrait la bouche pour répliquer, mais quelqu'un frappa à la porte. Olivetti alla ouvrir.

Un garde en tenue était posté sur le seuil, le doigt pointé sur sa montre.

— Il est l'heure, commandant.

Olivetti jeta un coup d'œil à sa propre montre et acquiesça. Il se tourna vers Langdon et Vittoria comme un juge qui hésitait sur la sentence à prononcer.

— Suivez-moi ! ordonna-t-il.

Il les introduisit dans un petit box aménagé au fond de la pièce. Un espace neutre : un bureau en pagaille, des classeurs remplis de dossiers, des chaises pliantes, une fontaine d'eau fraîche.

— Mon bureau. Je serai de retour dans dix minutes. Je vous suggère d'utiliser ce moment pour décider de quelle façon vous souhaitez que nous procédions.

— Mais vous ne pouvez pas partir comme ça ! s'exclama Vittoria. Ce conteneur va…

— Je n'ai pas le temps, siffla Olivetti. Peut-être devrais-je vous faire enfermer jusqu'à la fin du conclave, quand j'aurai à nouveau le temps ?

— *Signore*, intervint le garde en désignant sa montre, *bisogna spazzare la cappella.*

Olivetti hocha la tête et fit quelques pas, mais Vittoria n'en avait pas fini.

— *Spazzare la cappella ?* intervint-elle. Vous allez balayer la chapelle ?

— Il s'agit d'un nettoyage électronique, mademoiselle Vetra, soupira Olivetti. La discrétion, encore la discrétion… (Puis, pointant un doigt réprobateur sur les jambes nues de la jeune femme :) De toute évidence, il s'agit là d'une notion que vous avez quelque peine à saisir…

Là-dessus, il claqua la porte, avant de tirer une clé de sa poche et de verrouiller la serrure d'un geste rapide.

— *Idiota!* cria Vittoria. Vous n'avez pas le droit de nous enfermer ici !

À travers la vitre du box, Langdon vit Olivetti murmurer quelques mots au garde. La sentinelle hocha la tête. Alors qu'Olivetti quittait la pièce, il pivota sur lui-même et se mit en position, de l'autre côté de la vitre, bras croisés et arme de poing bien visible sur la hanche.

Parfait, pensa Langdon, absolument parfait.

37.

Vittoria jeta un regard venimeux au garde suisse qui les surveillait. La sentinelle lui rendit son regard, mais son costume chamarré contredisait son expression menaçante.

— Quel fiasco, fit Vittoria. Retenus en otages par une espèce de clown en pyjama !

Langdon demeurait silencieux et Vittoria espérait bien qu'il allait mettre à contribution sa cervelle de prof de Harvard pour les tirer de ce pétrin. Mais, d'après l'expression de son visage, elle comprit qu'il était sous le choc et provisoirement inopérant. Dommage qu'il soit incapable de prendre plus de recul, se dit-elle.

Le premier réflexe de Vittoria fut de sortir son portable pour appeler Kohler, mais elle comprit aussitôt la stupidité d'une telle démarche. D'abord le garde allait sans doute se ruer dans la pièce pour lui arracher son téléphone. Ensuite, si le malaise de Kohler était aussi grave que les précédents, il devait être dans l'incapacité de répondre à son appel. De toute façon, Olivetti l'aurait sûrement envoyé promener, vu ses préventions à l'égard du CERN.

Souviens-toi ! lui souffla une voix intérieure, souviens-toi de la solution au problème !

Se souvenir de la solution : c'était une technique des maîtres bouddhistes. Plutôt que de demander à son esprit de chercher la solution à un problème apparemment insoluble, Vittoria demandait simplement à son esprit de s'en souvenir. Ce qui supposait qu'il connaissait déjà la réponse. Donc qu'il y avait une solution : une telle attitude permettait d'éliminer d'entrée de jeu la paralysie du découragement. Vittoria utilisait souvent cette technique pour résoudre des problèmes scientifiques auxquels ses collègues ne trouvaient pas de solution.

Mais, pour le moment, la méthode de la réminiscence ne donnait aucun résultat. Elle passa donc en revue ses options… Où était l'urgence ? Il fallait avertir quelqu'un. Il fallait qu'un responsable l'écoute. Qui ? Le camerlingue ? Comment ? Elle était enfermée dans une petite boîte en verre dont l'unique issue était gardée.

Un outil ! songea-t-elle. Il y a toujours des outils. Regarde autour de toi.

D'instinct, elle laissa retomber ses épaules, relaxa ses yeux et inspira profondément à trois reprises. Elle sentit son pouls ralentir et ses muscles se relâcher. La panique et la confusion mentale se dissipaient. Bon, se dit-elle, libère ton esprit. Cherche l'aspect positif de la situation. Quels sont tes atouts ?

L'esprit analytique de Vittoria Vetra, une fois apaisé, était d'une puissance impressionnante. Il ne lui fallut que quelques secondes pour se rendre compte que leur atout maître, c'était précisément d'être enfermés dans cette pièce.

— Je vais téléphoner, fit-elle brusquement.

Langdon hocha la tête.

— J'allais suggérer que vous appeliez Kohler, mais…

— Non, pas Kohler, quelqu'un d'autre.

— Qui ?

— Le camerlingue.

Langdon sembla complètement perdu.

— Vous appelez le camerlingue ? Mais comment ?

— Olivetti nous a précisé qu'il se trouvait dans le bureau du pape…

— Et vous connaissez le numéro privé du pape ?

— Évidemment pas ! Mais je n'appelle pas sur mon téléphone…

Elle lui indiqua d'un clin d'œil le téléphone high-tech qui trônait sur le bureau d'Olivetti.

— Le chef de la sécurité a sûrement un accès direct au pape…

— Vous oubliez l'athlète de haut niveau qui est planté à deux mètres de nous.

— Mais la porte est verrouillée…

— Je suis au courant, Vittoria.

— Verrouillée aussi pour le garde, Robert. On est

dans le bureau privé d'Olivetti. Cela m'étonnerait beaucoup que quelqu'un ait la clé, à part lui.

Langdon jeta un coup d'œil inquiet au cerbère.

— La vitre est mince et je suis convaincu qu'il dégaine très vite.

— Vous croyez qu'il va me tirer dessus parce que je me sers du téléphone ?

— Et qui sait, Vittoria? Le Vatican n'est pas un endroit comme les autres. Et vu la situation…

— Écoutez, c'est ça ou passer la soirée dans la prison du Vatican. Au moins, on sera aux premières loges quand l'antimatière explosera !

Langdon blêmit.

— Mais le garde va appeler Olivetti à la seconde où vous décrocherez ce téléphone ! Et puis il y a au moins une vingtaine de boutons là-dessus et pas un seul nom. Vous comptez les essayer tous en espérant tomber sur le bon ?

— Pas du tout, répliqua Vittoria en tendant la main vers le combiné et en enfonçant le bouton du haut. Le numéro un ! Je vous fiche mon billet que c'est le bureau du pape. Qui serait digne d'occuper la première place sur le téléphone d'un commandant de gardes suisses ?

Langdon n'eut pas le temps de répondre. Le garde se mit à frapper la vitre avec la crosse de son arme. Il intimait à Vittoria de reposer le combiné. Elle lui décocha un clin d'œil qu'il n'eut pas l'air d'apprécier. Il était rouge de fureur.

Langdon s'approcha de Vittoria.

— J'espère que vous avez fait le bon choix parce que ce type n'a pas l'air de vous trouver drôle !

— Zut ! fit-elle, l'oreille collée à l'écouteur. Un message enregistré.

— Quoi ? le pape a un répondeur ?

— Ce n'était pas le bureau du pape, expliqua Vittoria

en reposant le téléphone, c'était le menu de la semaine de la cafétéria de la curie.

Langdon adressa un timide sourire à leur cerbère qui tout en alertant Olivetti sur son talkie-walkie ne les quittait pas du regard.

38.

Le standard téléphonique du Vatican se trouve dans l'*Ufficio di Communicazione*, derrière la poste vaticane. Il occupe une pièce assez petite, équipée d'un standard Corelco de huit lignes. Le Vatican reçoit environ deux mille appels par jour, qui sont pour la plupart automatiquement routés vers le standard téléphonique automatisé.

Ce soir-là, le seul standardiste de service sirotait tranquillement une tasse de thé. Il n'était pas peu fier d'être l'un des seuls employés admis dans l'enceinte du Vatican un soir de conclave. Bien sûr cet honneur était quelque peu terni par la présence des gardes suisses montant la garde devant la porte. Je ne peux même pas aller aux toilettes seul, soupira le standardiste. Ah, les humiliations qu'on nous impose au nom du conclave ! Heureusement les appels, ce soir-là, avaient été plutôt clairsemés. Ou fallait-il dire malheureusement ? L'intérêt de la planète pour les affaires du Vatican avait sensiblement décliné ces dernières années. Les journalistes, et même les cinglés, n'appelaient plus aussi souvent qu'autrefois. Le bureau de presse avait espéré une effervescence médiatique bien plus grande pour l'événement du jour : les camions garés sur la place Saint-Pierre étaient pour la plupart italiens ou européens. Et quant aux réseaux internationaux, ils n'avaient envoyé que des reporters de second ordre.

Le standardiste souleva sa tasse en se demandant si les cardinaux allaient faire durer le suspense. Tout devrait être bouclé vers minuit, se dit-il. La plupart des initiés connaissaient le nom du futur pape bien avant sa désignation par le conclave, ce qui réduisait l'élection à un rituel de trois ou quatre heures. Bien sûr, une dissension de dernière minute, toujours possible, pouvait prolonger le scrutin jusqu'à l'aube, voire au-delà. Mais pas ce soir, se dit le petit employé. Selon la rumeur, ce conclave-là serait une simple formalité.

Le bourdonnement d'une ligne interrompit provisoirement les réflexions du standardiste. Il regarda le voyant rouge clignoter et se gratta la tête. Bizarre, songea-t-il, le zéro… Qui à l'intérieur peut bien avoir besoin de moi ? D'ailleurs qui reste-t-il dans les bureaux ?

— *Citta del Vaticano*, j'écoute ? articula-t-il en décrochant.

La voix au bout du fil parlait un italien fortement teinté d'accent suisse, un peu à la manière des gardes suisses. Mais il ne s'agissait pas d'un garde suisse, en l'occurrence. En réalisant qu'il avait affaire à une femme, le standardiste faillit recracher sa gorgée de thé. Il regarda encore une fois le tableau du standard. Une extension interne… l'appel venait bien de l'intérieur. Il doit y avoir une erreur, se dit-il. Une femme dans nos murs ? Ce soir ?

La femme en question parlait fort et semblait furieuse. L'opérateur faisait ce travail depuis assez longtemps pour savoir quand il avait affaire à un dingue. Celle-là n'avait pas l'air cinglée. Elle était pressée, mais rationnelle. Calme, efficace. Il écouta sa demande avec une certaine stupéfaction.

— Au camerlingue ? répéta-t-il en essayant d'imaginer d'où pouvait bien provenir cet appel. Mais je ne peux pas vous le passer… Oui, je sais qu'il se trouve dans le bureau du pape, mais… Qui êtes-vous au juste ?… Et vous voulez l'avertir de…

Il écoutait, de plus en plus troublé.

— … Tout le monde est en danger ? Mais pourquoi ? Et d'où appelez-vous ? Je crois que je ferais mieux de vous passer les gardes suisses…

L'opérateur stoppa net.

— Vous dites que vous vous trouvez où ? Où ça ?

Il enregistra la réponse, abasourdi, et prit sa décision.

— Patientez un instant s'il vous plaît, fit-il sans laisser à Vittoria le temps d'ajouter quoi que ce soit.

Puis il appela la ligne directe du commandant Olivetti. Pas croyable, cette femme dans le bureau…

On décrocha immédiatement. C'était bien elle !

— Pour l'amour de Dieu, passez-moi le camerlingue ! criait-elle.

La porte du QG de sécurité des gardes suisses trembla sur ses gonds en livrant passage à un taureau furieux, Olivetti, qui fonçait droit devant lui. Un simple coup d'œil à travers la cloison vitrée de son box lui confirma ce que son adjoint venait de lui annoncer. Vittoria Vetra était en train de téléphoner sur son téléphone.

Che coglioni che ha questa ! se dit-il. Elle a des c…, celle-là !

Livide, Olivetti fonça sur le box et tourna la clé dans la serrure.

— Mais vous vous croyez où ! s'écria-t-il en enfonçant à moitié la porte.

Vittoria l'ignora superbement.

— Oui, reprit-elle, et je dois vous prévenir…

Olivetti lui arracha le combiné des mains et le colla contre son oreille.

— Qui est à l'appareil, nom de Dieu !

En entendant la réponse, Olivetti chancela, comme sonné.

— Oui, camerlingue… C'est vrai, mon père, mais des problèmes de sécurité nous obligent… Bien sûr que non… Je les retiens ici pour… Certainement, mais… Oui, mon père, fit-il enfin, je vous les amène tout de suite.

39.

Les bâtiments qui composent le palais apostolique se trouvent à proximité de la chapelle Sixtine, dans le secteur nord-est de la cité pontificale. Avec une vue panoramique sur la place Saint-Pierre, le palais abrite aussi bien les appartements du Saint-Père que son bureau.

Vittoria et Langdon suivirent en silence le commandant Olivetti le long d'un interminable couloir. Vittoria ne pouvait détacher ses yeux des muscles de la nuque du commandant qui se contractaient de fureur à intervalles réguliers. Après avoir grimpé trois volées de marches, ils pénétrèrent dans un grand salon baigné d'une lumière tamisée.

Les murs étaient couverts d'œuvres d'art. Langdon n'en croyait pas ses yeux. Dans cette seule pièce, il y en avait pour plusieurs millions d'euros… Ils tournèrent à gauche après une extraordinaire fontaine d'albâtre, traversèrent une pièce et stoppèrent devant une des portes les plus monumentales que Langdon eût jamais vues.

— *Lo studio privato*, annonça le commandant en gratifiant Vittoria d'un coup d'œil particulièrement hostile.

La jeune femme ne se démonta pas pour autant et assena trois forts coups du plat de la main sur la porte.

Le bureau du pape, songea Langdon qui ne parvenait

pas à admettre qu'il se trouvait devant l'un des lieux les plus sacrés qui soient, pour les catholiques.

— Entrez ! s'écria quelqu'un à l'intérieur.

Quand la porte s'ouvrit, Langdon fut aveuglé par les rayons du soleil qui illuminaient le bureau, lequel ressemblait d'ailleurs plus à une salle de bal qu'à un bureau avec ses sols de marbre rouge, ses murs ornés de fresques et son lustre immense. Les fenêtres offraient une vue exceptionnelle sur la place Saint-Pierre baignée de soleil.

Mon Dieu ! pensa Langdon. Ça, c'est une chambre avec vue…

À l'extrémité de cette grande salle, assis à un bureau de bois sculpté, un homme écrivait fébrilement.

— *Avanti !* Entrez ! lança-t-il de nouveau en posant son stylo et en leur faisant signe d'approcher.

Olivetti avança le premier, d'un pas tout militaire.

— Mon père, fit-il d'un air contrit, je n'ai pas pu…

Le camerlingue l'interrompit d'un geste. Il se leva et étudia ses deux visiteurs. Ce prêtre ne ressemblait pas à l'image convenue des prélats frêles âgés et béats, que Langdon imaginait peupler le Vatican. Il ne portait ni rosaire, ni pendentifs, ni tenue d'apparat, mais une simple soutane noire qui faisait ressortir sa robuste charpente. Il semblait âgé d'un peu moins de quarante ans — un gamin, eu égard aux habitudes locales. Son visage, surmonté d'une couronne de courts cheveux bruns, était resté étonnamment jeune, et ses yeux verts luisaient d'une intense flamme mystique. En s'approchant, cependant, Langdon découvrit dans ces mêmes yeux une immense fatigue, celle d'un homme qui venait de passer les deux semaines les plus exténuantes de sa vie.

— Je suis Carlo Ventresca, déclara-t-il dans un anglais impeccable, le camerlingue du défunt pape.

Il prononça ces mots d'une voix douce et modeste, qu'égayait une pointe d'accent italien.

— Vittoria Vetra, répondit la jeune femme en lui tendant la main. Merci d'avoir accepté de nous recevoir.

Olivetti eut un tic nerveux en voyant le prêtre serrer vigoureusement la main de Vittoria.

— Voici Robert Langdon, spécialiste de l'histoire des religions, de Harvard.

— *Padre*..., commença Langdon avec son meilleur accent italien en inclinant respectueusement la tête.

— Pas de courbettes, fit le camerlingue, je ne suis pas encore béatifié. Je ne suis qu'un prêtre, un camerlingue qui sert ceux qui ont besoin de lui.

Langdon se redressa.

— Je vous en prie, continua le camerlingue, prenez place.

Il disposa quelques fauteuils autour de son bureau. Langdon et Vittoria s'installèrent, tandis qu'Olivetti restait ostensiblement debout.

Le camerlingue s'assit à son tour, joignit les mains, soupira et examina ses visiteurs.

— Mon père, articula laborieusement Olivetti, pour la tenue de cette femme, c'est ma faute, je n'ai pas...

— Sa tenue m'importe peu, répliqua le camerlingue d'un ton plus las qu'agacé. Ce qui en revanche m'importe beaucoup, c'est que le standard du Vatican m'appelle une demi-heure avant le début du conclave pour m'apprendre qu'une femme téléphone de votre bureau, et que madame m'annonce qu'une menace majeure pèse sur la sécurité du Saint-Siège... Une menace dont personne n'a daigné m'informer...

Olivetti se raidit sous la remontrance comme un soldat inspecté par un officier pointilleux.

Langdon était hypnotisé par le regard magnétique du camerlingue. Malgré sa jeunesse, malgré la lassitude, l'ecclésiastique évoquait un héros légendaire, il incarnait un étonnant mélange de charisme et d'autorité.

— Mon père, reprit Olivetti, sur un ton à la fois contrit et rigide, vous devriez me laisser le souci de la sécurité. Vous avez d'autres responsabilités...

— Je suis très conscient de mes autres responsabilités. Elles ne me font pas oublier qu'en tant que *reggente provisorio*, j'ai aussi la responsabilité de la sécurité et du bien-être de tous dans ce conclave. Que se passe-t-il exactement ?

— J'ai la situation bien en main.

— Ce n'est pas mon impression.

— Mon père, intervint Langdon en sortant de sa poche le fax froissé qu'il tendit au camerlingue, voulez-vous jeter un coup d'œil là-dessus, s'il vous plaît ?

Le commandant Olivetti avança d'un pas, dans une ultime tentative pour reprendre l'avantage.

— Mon père, ne vous laissez donc pas importuner par..., dit-il.

Le camerlingue prit le fax, ignorant Olivetti quelques instants. Il examina la photo du cadavre de Leonardo Vetra et, horrifié, s'exclama :

— Qui est-ce ?

— Mon père, répondit Vittoria d'une voix chancelante. C'était un prêtre et un homme de science. On l'a assassiné hier soir.

Le visage du camerlingue s'adoucit instantanément, il posa un regard plein de compassion sur la jeune femme.

— Ma pauvre enfant, je suis désolé pour vous.

Il se signa et regarda de nouveau le fax, des larmes d'horreur dans les yeux.

— Mais qui a pu... ? Et cette brûlure sur sa...

Le camerlingue s'arrêta pour examiner l'image de plus près.

— *Illuminati*, reprit Langdon, c'est le mot qu'ils ont… Vous en avez entendu parler, bien sûr…

Une étrange expression passa sur le visage du camerlingue.

— Je connais leur histoire certes, mais je ne vois pas…

— Les *Illuminati* ont assassiné Leonardo Vetra afin de pouvoir lui voler une nouvelle technologie qu'il…

— Mon père, intervint encore Olivetti, tout cela est absurde. Les *Illuminati* ? Il s'agit évidemment d'une sorte de canular un peu plus élaboré que les autres.

Le camerlingue sembla peser les paroles d'Olivetti. Puis il se tourna et observa Langdon d'un regard si attentif que son interlocuteur se figea instinctivement.

— Monsieur Langdon, j'ai passé ma vie au sein de l'Église catholique, je suis donc instruit de la légende des *Illuminati*, des brûlures infamantes qui leur furent soi-disant infligées. Pourtant, je vous avertis : je suis un homme du présent. La chrétienté a assez d'ennemis sans aller ranimer de vieux fantômes.

— Le symbole est authentique, reprit Langdon, en songeant qu'il usait d'un ton peut-être un peu trop défensif. (Il présenta le fax à l'envers au prêtre, qui demeura interdit en découvrant la parfaite symétrie.) Même les ordinateurs les plus récents, ajouta l'Américain, ont été incapables de dessiner un ambigramme symétrique de ce mot.

Le camerlingue joignit les mains et resta silencieux un long moment.

— Mais les *Illuminati* sont morts, dit-il finalement. Il y a longtemps… C'est un fait historique.

Langdon hocha la tête.

— Hier encore, je vous aurais approuvé entièrement.

— Hier ?

— Avant la série d'événements qui nous a conduits

ici. Je suis convaincu que les *Illuminati* ont resurgi pour accomplir un très vieux serment.

— Pardonnez-moi, mes souvenirs historiques sont un peu rouillés. De quel serment voulez-vous parler ?

Langdon inspira profondément.

— Celui de détruire le Vatican.

— Détruire le Vatican ? Mais cela est impossible !

Le camerlingue paraissait plus interloqué qu'effrayé.

Vittoria secoua la tête.

— Je crains que nous n'ayons d'autres mauvaises nouvelles à vous apprendre.

40.

— Est-ce vrai ? demanda le camerlingue, visiblement stupéfait en se tournant vers Olivetti.

— Mon père, reprit Olivetti d'un ton qui se voulait rassurant, je ne peux nier la présence du conteneur : on l'a découvert sur nos moniteurs de contrôle. Mais, en ce qui concerne sa puissance, je me refuse à croire ce qu'affirme Mlle Vetra…

— Attendez une minute ! coupa le camerlingue. Vous avez vu cette chose ?

— Oui, mon père, sur le moniteur 86.

— Mais alors comment se fait-il que vous ne le retrouviez pas ? reprit le camerlingue avec une irritation croissante.

— C'est très difficile, mon père, répondit Olivetti en corrigeant machinalement sa position.

Vittoria sentait que le camerlingue commençait à prendre l'affaire très au sérieux.

— Êtes-vous certain qu'il se trouve dans la Cité du

Vatican ? On aurait pu faire sortir la caméra et retransmettre une image depuis un autre lieu, non ?

— Impossible, fit Olivetti. Pour que personne ne puisse capter nos communications internes, l'enceinte du Vatican est équipée d'un écran de protection électronique. Ce signal ne peut donc venir que de l'intérieur, sinon on ne pourrait pas le capter.

— Et je suppose, poursuivit Carlo Ventresca, que vous avez entrepris de retrouver cette caméra par tous les moyens et avec tous les hommes disponibles ?

Olivetti secoua la tête.

— Non, mon père. La localiser mobiliserait des dizaines d'hommes pendant des jours entiers. Nous avons beaucoup d'autres problèmes de sécurité à gérer, et, avec tout le respect dû à Mlle Vetra, la gouttelette explosive dont elle nous a parlé est minuscule. Je suis convaincu qu'elle ne peut en aucun cas entraîner les dégâts qu'elle prétend.

La patience de Vittoria était à bout.

— Cette gouttelette, mon cher monsieur, pourrait raser le Vatican de la surface du globe. J'ai l'impression que vous n'avez pas écouté très attentivement ce que je vous ai dit !

— Mademoiselle, j'ai une grande expérience des différents types d'explosifs, siffla Olivetti.

— Votre expérience est obsolète, répliqua la jeune femme aussi sèchement. Malgré ma tenue, dont j'ai bien compris qu'elle vous obnubilait, je suis une physicienne de haut niveau employée dans le laboratoire de physique nucléaire le plus pointu au monde. C'est moi, figurez-vous, qui ai conçu le conteneur grâce auquel la gouttelette d'antimatière ne nous a pas encore tous annihilés. Et je vous avertis : soit vous trouvez ce conteneur dans moins de six heures, soit vos gardes n'auront plus rien à protéger à l'avenir, sauf un gros trou dans le sol.

Olivetti se tourna vers le camerlingue, ses yeux d'insecte luisant de rage.

— Mon père, je ne puis accepter de me faire traiter ainsi par ces… hurluberlus. Ils vous font perdre un temps précieux. Les *Illuminati* et leur gouttelette qui va tous nous détruire… Non mais franchement !

— *Basta*, articula le camerlingue d'une voix calme qui pourtant sembla résonner dans la pièce. (Il garda le silence quelques instants, puis continua en soupirant :) Dangereux ou pas, *Illuminati* ou non, quel que soit cet objet, ce qui est sûr c'est qu'il n'a rien à faire au Vatican, surtout le jour du conclave. Je veux qu'on le retrouve et qu'on le neutralise. Commencez les recherches immédiatement !

Olivetti ne voulait pas en démordre.

— Mais, mon père, même en réquisitionnant tous les gardes pour fouiller le complexe, cela prendrait des jours de retrouver cette caméra… D'ailleurs après avoir parlé à Mlle Vetra, j'ai consulté notre ouvrage de balistique pour voir s'il était question d'une substance dénommée antimatière et on n'en parle nulle part.

Crétin prétentieux, se dit Vittoria. Un guide de balistique ? Tu aurais mieux fait d'ouvrir une encyclopédie… à la lettre A !

— Mon père, poursuivit Olivetti, si vous suggérez que nous organisions une fouille de l'ensemble du site, je ne puis vous approuver.

— Commandant, répliqua le camerlingue, fumant de colère, dois-je vous rappeler que, à travers moi, c'est à la direction de l'Église que vous vous adressez ? Je constate que vous ne prenez pas ma proposition au sérieux, mais vous avez tort car c'est moi qui pilote le navire, selon nos lois. Si je ne me trompe, nos cardinaux sont à présent en sécurité à l'intérieur de la chapelle Sixtine, et vos soucis de sécurité sont très limités, en tout cas jusqu'à la fin du conclave. Je ne comprends pas pourquoi vous hésitez autant à chercher l'antimatière. Si je ne vous connaissais pas comme je vous connais, je pourrais croire que vous cherchez délibérément à mettre le conclave en danger !

Olivetti lui jeta un regard outré.

— Comment osez-vous ! J'ai servi votre pape pendant douze ans ! Et celui qui l'a précédé pendant quatorze ans ! Depuis 1438, la Garde suisse a...

Olivetti fut interrompu par un couinement sonore de son talkie-walkie.

— *Commandante ?*

Olivetti colla l'émetteur-récepteur contre son oreille et pressa le transmetteur.

— Je suis occupé ! Qu'est-ce que vous voulez ?

— Excusez-moi, fit le garde, je vous appelle du PC-com. Nous avons une alerte à la bombe.

Olivetti parut on ne peut plus indifférent à cette nouvelle.

— Eh bien, débrouillez-vous ! Tâchez de remonter la piste et faites un rapport.

— C'est ce qu'on a fait, commandant, mais l'appel... (Le garde s'interrompit.) Je ne vous aurais pas dérangé, s'il n'avait mentionné la chose que vous m'avez demandé de chercher. L'antimatière.

— Vous dites ? bredouilla Olivetti, la mâchoire tremblante.

— L'antimatière, monsieur. Pendant qu'on essayait de le localiser, j'ai vérifié ses allégations. Les informations que j'ai recueillies sont... Franchement, c'est plutôt inquiétant.

— Mais vous m'aviez dit qu'il n'en était pas question dans le guide de balistique !

— J'ai trouvé mes infos sur Internet.

Alleluia ! pensa Vittoria.

— Il s'agit visiblement d'une substance très explosive, poursuivit le garde. Difficile d'y croire mais le rapport que j'ai lu prétend qu'à poids égal l'antimatière fait cent fois plus de dégâts qu'une tête nucléaire.

Olivetti se tassa sur lui-même, comme une montagne sur le point de s'écrouler. L'intense satisfaction de Vittoria fut un peu atténuée par l'expression horrifiée du camerlingue.

— Vous avez localisé l'appel ?

— Impossible, il provient d'un mobile à cryptage inviolable. La transmission satellite est illisible donc impossible de trianguler. La signature numérique semble indiquer qu'il se trouverait à Rome, mais nous n'avons vraiment aucun moyen de le localiser.

— A-t-il émis des exigences ? reprit Olivetti d'une voix plus calme.

— Non, monsieur. Il nous a simplement informés qu'il y avait de l'antimatière cachée à l'intérieur du complexe. Il a paru surpris que je ne sois pas au courant. Il m'a demandé si je l'avais vue. Comme vous m'aviez demandé de faire des recherches sur l'antimatière, j'ai décidé de vous prévenir.

— Vous avez fait ce qu'il fallait, répondit Olivetti. J'arrive dans une minute. Prévenez-moi aussitôt s'il rappelle.

Il y eut un instant de silence sur le talkie-walkie.

— Il est toujours en ligne, monsieur.

Olivetti sursauta comme si on venait de l'électrocuter.

— Il est toujours en ligne ?

— Oui, monsieur. On essaie de le localiser depuis une dizaine de minutes sans aucun résultat. Il doit savoir qu'il est indétectable, parce qu'il refuse de raccrocher avant d'avoir parlé au camerlingue.

— Passez-le-moi tout de suite ! ordonna le camerlingue.

Olivetti soupira.

— Mon père, ce n'est pas une bonne idée. Un garde

suisse formé à ce genre de situations est beaucoup plus apte à la gérer…

— Tout de suite ! répéta le camerlingue.

Un instant plus tard, le téléphone de Carlo Ventresca se mit à sonner. Le camerlingue enfonça la touche sur le clavier de son téléphone.

— Au nom de Dieu, qui êtes-vous ?

41.

La voix qu'amplifiait le haut-parleur du téléphone était métallique, froide, pleine d'arrogance. Dans la pièce, personne ne pipait mot.

Langdon essaya de situer l'accent. Moyen-oriental, peut-être ?

— Je suis le messager d'une très ancienne confrérie, commença la voix aux intonations étranges. Une confrérie que vous avez opprimée pendant des siècles. Je suis le messager des *Illuminati*.

Langdon, ses derniers doutes dissipés, sentit ses muscles se raidir. Pendant un instant, il éprouva le mélange familier de violente frayeur et d'excitation qu'il avait déjà ressenties en découvrant l'ambigramme, le matin même.

— Que voulez-vous ? demanda le camerlingue.

— Je représente des hommes de science. Des hommes qui comme vous sont à la recherche de réponses aux questions ultimes. La destinée de l'homme, la raison de sa présence sur Terre, la façon dont il a été créé…

— Qui que vous soyez, coupa le camerlingue, je…

— *Silenzio*. Vous feriez mieux d'écouter. Pendant deux mille ans votre Église a confisqué la quête de la vérité. Vous avez écrasé toute opposition en recourant au mensonge et à l'affabulation camouflée en prophétie. Vous avez manipulé la vérité pour servir vos intérêts, n'hésitant pas à supprimer ceux dont les découvertes ne servaient pas votre politique. Et vous vous étonnez qu'une certaine élite intellectuelle vous en veuille ?

— L'élite intellectuelle que je fréquente n'a pas recours au chantage pour faire progresser sa cause.

— Quel chantage ? Il ne s'agit pas de chantage. Nous n'avons pas d'exigences. L'annihilation du Vatican n'est pas négociable. Cela fait quatre cents ans que nous attendons ce jour. À minuit, le Saint-Siège sera détruit, sans que vous puissiez rien faire pour l'empêcher.

Olivetti se rua vers le téléphone.

— L'accès à cette cité est bien trop surveillé ! Vous n'avez pas pu cacher d'engins explosifs ici !

— Vous parlez avec l'ignorante certitude d'un garde suisse. Peut-être même un officier ? Mais vous imaginez bien que, depuis des siècles, les *Illuminati* ont eu tout le temps nécessaire pour infiltrer les institutions les plus fermées de la planète. Vous croyez vraiment le Vatican impénétrable ?

Seigneur, songea Langdon, ils ont une taupe au Vatican ! L'infiltration était une vieille stratégie de pouvoir des *Illuminati*, ce n'était pas un secret. Ils avaient infiltré la franc-maçonnerie, les grandes banques internationales, les syndicats et les gouvernements. Churchill avait même confié un jour à des journalistes que, s'il y avait eu autant de hauts fonctionnaires nazis à la solde des Anglais qu'il y avait d'*Illuminati* sur les bancs du parlement britannique, la guerre n'aurait pas duré un mois.

— Un bluff cousu de fil blanc, votre influence est loin de peser aussi lourd que vous le prétendez, rétorqua Olivetti.

— Et pourquoi ça ? À cause de la vigilance de vos gardes suisses ? Parce qu'ils surveillent si soigneusement les moindres recoins de votre petit univers idyllique ?

Mais les gardes suisses eux-mêmes ? Ce sont des hommes, après tout, non ? Vous croyez vraiment qu'ils veulent miser leur vie sur cette fable d'un type qui marche sur l'eau ? Demandez-vous comment j'aurais réussi à faire entrer le conteneur dans le Vatican sans leur aide ! Ou comment j'aurais pu faire disparaître quatre de vos plus précieux trésors.

— Des trésors ? Que voulez-vous dire ?

— Un, deux, trois, quatre. Ils n'ont pas l'air de beaucoup vous manquer pour l'instant.

— Mais enfin de quoi…

Olivetti s'était arrêté net, les yeux écarquillés, comme s'il venait de prendre un coup de poing dans le ventre.

— Vous saisissez, on dirait… Dois-je vous lire leurs noms ?

— De quoi parle-t-il ? demanda le camerlingue, éberlué.

Le mystérieux interlocuteur s'esclaffa.

— Je vois que votre officier de sécurité n'a pas daigné vous informer ! Cela ne m'étonne pas, il est si vaniteux… Et puis j'imagine le déshonneur qu'il éprouverait en vous annonçant la nouvelle : la disparition, cet après-midi, de quatre cardinaux qu'il avait fait serment de protéger…

Olivetti sortit de ses gonds.

— Comment avez-vous obtenu cette information ?

— Camerlingue, demandez donc à votre *commandante*, si *tous* les cardinaux se trouvent dans la chapelle Sixtine.

Le camerlingue se tourna vers Olivetti, l'interrogeant silencieusement de ses yeux verts.

— Mon père, lui chuchota-t-il à l'oreille, c'est vrai, quatre cardinaux ne se sont pas encore présentés à la Sixtine, mais il n'y a aucune raison de s'alarmer. Tous ont été pointés à la résidence ce matin, nous sommes certains qu'ils sont tous en sûreté dans le Vatican. Vous avez d'ailleurs vous-même pris le thé avec eux il y a quelques heures. Ils sont simplement en retard pour les discussions préliminaires. Nous les cherchons mais je suis sûr qu'ils ont oublié l'heure et qu'ils doivent être en train de discuter quelque part.

— De discuter quelque part ? Alors qu'ils auraient dû se présenter il y a déjà une heure à la Chapelle ?

Langdon jeta un regard de surprise à Vittoria.

Des cardinaux qui manquent à l'appel ? Alors c'étaient donc des cardinaux qu'ils cherchaient tout à l'heure !

— J'ai la liste sous les yeux, reprit le messager. Il y a le cardinal Lamassé, de Paris, le cardinal Guidera, de Barcelone, le cardinal Ebner, de Francfort…

Olivetti semblait rapetisser à mesure que l'inconnu égrenait ces noms.

Le messager fit une pause comme s'il prenait un plaisir tout particulier à articuler le dernier nom.

— … Et le cardinal Baggia, d'Italie.

Le camerlingue, défait, se tassa dans son fauteuil.

— Je ne peux pas le croire, murmura-t-il. Les cardinaux les plus éminents… Baggia, le successeur pressenti du souverain pontife. Comment est-ce possible ?

Langdon en savait assez sur les élections papales modernes pour comprendre l'expression de désespoir qui assombrissait le visage du camerlingue. Si, d'un point de vue technique, tout cardinal âgé de moins de quatre-vingts ans pouvait accéder au trône pontifical, seuls quelques-uns disposaient du prestige nécessaire pour rassembler la majorité des deux tiers dans un Sacré Collège très divisé. Et les quatre cardinaux qui avaient le plus de chances d'être élus avaient tous disparu.

Le visage du camerlingue ruisselait de sueur.

— Que comptez-vous faire de ces hommes ?

— D'après vous ? Je suis un descendant des Assassins !

Langdon frissonna. Il connaissait bien ce nom. L'Église s'était fait quelques ennemis redoutables au cours des siècles, dont les Templiers ou encore les Assassins, des guerriers qu'elle avait trahis ou même pourchassés après les avoir manipulés.

— Libérez les cardinaux ! demanda le camerlingue. La destruction de la Cité de Dieu n'est-elle pas une menace suffisante ?

— Oubliez vos quatre cardinaux, vous ne les reverrez pas. Mais croyez-moi, des millions de gens se souviendront de leur mort. N'est-ce pas le rêve de tout martyr ? Je ferai des stars médiatiques de vos cardinaux. Vous allez voir, ils crèveront l'écran. Et, à minuit, les *Illuminati* capteront l'attention générale. Pourquoi changer le monde, si le monde ne regarde pas ? Les exécutions publiques nous inspirent une horreur… contagieuse, n'est-ce pas ? Vous l'avez démontré il y a longtemps avec l'Inquisition, le châtiment des Templiers, les croisades.

Il s'interrompit.

— … Et bien sûr la *purga*.

Le camerlingue resta silencieux.

— Vous ne vous souvenez pas de la *purga* ? insista son interlocuteur. Bien sûr que non, vous êtes un enfant. Les prêtres sont d'ailleurs de médiocres historiens. Éprouveraient-ils de la honte à l'évocation de certains épisodes de leur histoire ?

Langdon commenta machinalement, à mi-voix :

— La *purga*… 1668. L'Église marque au fer quatre *Illuminati* du symbole de la croix. Pour « purger » leurs péchés.

— Qui parle ? demanda le messager, d'un ton qui trahissait surtout de la curiosité. Qui d'autre est là ?

Langdon n'en menait pas large.

— Mon nom n'a pas d'importance, dit-il en essayant d'empêcher sa voix de trembler.

Parler à un *Illuminatus* vivant était quelque peu perturbant… Un peu comme de parler à George Washington.

— Je suis un universitaire qui a étudié l'histoire de votre confrérie.

— Magnifique ! répondit la voix. Je suis ravi qu'il y ait quelques hommes qui se souviennent des crimes perpétrés contre nous.

— La plupart de mes collègues pensent que vous appartenez au passé.

— Une erreur que la confrérie a travaillé dur pour propager. Que savez-vous d'autre à propos de la *purga* ?

Langdon hésita. Ce que je sais d'autre ? Que toute cette situation est abracadabrante, voilà ce que je sais ! se disait-il.

— Après le marquage au fer rouge, les scientifiques furent exécutés et leurs cadavres jetés dans des lieux publics de Rome pour dissuader d'autres scientifiques de suivre leur exemple.

— Exact. Et nous avons l'intention de faire la même chose ce soir. *Quid pro Quo*. Œil pour œil. Vous n'aurez qu'à considérer cet acte comme une compensation symbolique du massacre de nos frères. Vos quatre cardinaux vont mourir, au rythme d'un par heure, à partir de 20 heures. À minuit, le monde entier assistera à l'apothéose.

Langdon s'approcha du téléphone.

— Vous avez vraiment l'intention de marquer et de tuer ces quatre hommes ?

— L'histoire se répète, non ? Bien sûr, nous serons plus élégants, plus audacieux aussi que ne le fut l'Église catholique. Nos frères ont été tués en cachette et leurs cadavres jetés aux chiens sans que personne assiste à cet édifiant spectacle. Une attitude peu courageuse.

— Comment ? Vous allez les assassiner en public ?

— Un bon point... Encore que tout dépend de ce que vous entendez par « public ». Je sais que les églises ne sont plus très fréquentées.

Langdon n'en croyait pas ses oreilles.

— Vous avez l'intention de les tuer dans des églises ?

— Un geste magnanime. Grâce à nous, le Seigneur pourra, si ça lui chante, faciliter leur ascension vers le paradis. Ce ne serait que justice pour des cardinaux. Sans compter que la presse appréciera le spectacle, j'imagine.

— Vous bluffez, siffla Olivetti, redevenu froid et neutre. Vous ne pouvez pas tuer un homme dans une église tout en espérant échapper à la police.

— Rappelez-vous que vos gardes suisses n'ont rien vu quand nous avons déposé un puissant explosif au cœur de votre sanctuaire le plus sacré, rien vu quand nous avons enlevé quatre de vos cardinaux. Et vous croyez que je bluffe ? Quand les exécutions auront lieu, quand on découvrira les corps, les médias se déchaîneront. À minuit, le monde connaîtra la cause des *Illuminati*.

— Et si nous postons des gardes dans chaque église ? fit Olivetti.

Le messager s'esclaffa.

— Je crains que la nature prolifique de votre religion ne compromette sérieusement ce projet. Vous n'avez pas fait les comptes dernièrement, semble-t-il… Eh bien, apprenez donc qu'il y a plus de quatre cents églises catholiques à Rome. Cathédrales, chapelles, tabernacles, abbayes, monastères, couvents, écoles paroissiales…

Le visage d'Olivetti restait impassible.

— Le spectacle débute dans une heure et demie, annonça la voix sur le ton de la conclusion. Un par heure. Une progression mathématique mortelle. Maintenant, je dois vous laisser.

— Attendez ! demanda Langdon. Parlez-moi des fers avec lesquels vous comptez marquer ces hommes.

— Je pressens que vous les connaissez déjà, non ? répondit le tueur, amusé. À moins que vous ne soyez encore sceptique ? Vous les découvrirez bien assez tôt. Elles proclameront la véracité des anciennes légendes.

Langdon eut le vertige. Il savait exactement ce que

voulait dire cet homme. Langdon se représenta l'image sur la poitrine de Vetra. Le folklore *Illuminati* parlait de cinq marques en tout. Il en reste quatre, songea Langdon, et quatre cardinaux ont été enlevés…

— Dieu m'a confié une mission, celle de faire élire un nouveau pape ce soir, et je n'y faillirai pas, martela le camerlingue.

— Camerlingue, reprit la voix, le monde n'a nul besoin d'un nouveau pape. À minuit son royaume se réduira à un tas de gravats. L'Église catholique est morte, à quelques heures près. Votre règne ici-bas s'achève.

Un lourd silence succéda à cette sinistre prophétie.

Le camerlingue paraissait sincèrement affligé.

— Vous vous fourvoyez. Une Église, ce ne sont pas simplement des pierres et du ciment. On ne fait pas table rase de deux mille ans de foi en détruisant les lieux de culte d'une religion. L'Église catholique se perpétuera avec ou sans la Cité du Vatican.

— Un noble mensonge, mais un mensonge tout de même. La vérité, nous la connaissons tous deux. Expliquez-moi pourquoi la Cité du Vatican est une citadelle retranchée derrière de hautes murailles ?

— Les hommes de Dieu vivent dans un monde dangereux, répliqua le camerlingue.

— Allons, mon père, vous n'êtes plus un gamin ! Le Vatican est une forteresse parce que l'Église catholique conserve la moitié de sa fortune à l'abri de ces murs : peintures de maîtres, sculptures, joyaux inestimables, incunables… sans parler des lingots d'or et des titres de propriété qui garnissent les coffres de vos banques. On estime en général à une cinquantaine de milliards d'euros la valeur brute de la Cité du Vatican avec son contenu. Un joli magot sur lequel vous êtes assis. Demain, il n'y aura plus que des cendres. Une fortune promptement liquidée ! Vous serez en faillite. Même un prêtre ne peut travailler sans être payé.

La pertinence de ce jugement se refléta dans les regards effarés d'Olivetti et de Ventresca. Langdon se demandait ce qui était le plus étonnant : que l'Église catholique ait pu se constituer pareil trésor ou que les *Illuminati* soient si bien renseignés à son sujet.

Le camerlingue poussa un profond soupir.

— C'est la foi et non l'argent qui est la colonne vertébrale de l'Église.

— Mensonges, mensonges ! L'an dernier vous avez dépensé cent quatre-vingt-trois millions de dollars pour soutenir tant bien que mal vos diocèses à travers le monde. Les églises n'ont jamais été aussi désertées — la fréquentation a chuté de moitié en dix ans. Le montant des donations a diminué de moitié en sept ans. Les postulants au séminaire sont de moins en moins nombreux. Que vous l'admettiez ou non, votre Église est agonisante. Considérez cette soirée comme l'occasion de partir en beauté. Je vous promets un joli feu d'artifice.

Olivetti s'avança. Il semblait moins combatif à présent comme s'il avait pris la mesure de la tâche qui l'attendait. Il avait la tête d'un homme qui cherche une issue. N'importe laquelle.

— Et si une partie de notre trésor venait alimenter votre cause ?

— Cette proposition n'est digne ni de vous ni de nous !

— Nous sommes riches, vous le savez.

— Sur ce plan, les *Illuminati* n'ont rien à vous envier.

Langdon se rappela les rumeurs qui couraient sur la fortune des *Illuminati*, l'ancienne richesse de la franc-maçonnerie bavaroise, les Rothschild, les Bilderberger, le légendaire diamant des *Illuminati*.

— Les cardinaux, intervint le camerlingue sur un ton implorant. Épargnez-les, ils sont vieux.

— Pauvres petits agneaux, croyez-vous qu'ils crieront

quand on les tuera ? Pauvres agneaux sacrifiés sur l'autel de la science…

Le camerlingue resta silencieux un long moment.

— Ce sont des hommes de foi, dit-il finalement. Ils ne craignent pas la mort.

Le messager ricana.

— Leonardo Vetra était un homme de foi, mais j'ai tout de même lu de la peur dans ses yeux, hier soir. Une peur que j'ai… extirpée.

Vittoria qui était restée silencieuse jusque-là poussa un cri de rage.

— Monstre ! C'était mon père !

Nouveau ricanement dans le haut-parleur.

— Votre père ? Qui parle ? Vetra avait une fille ? Alors il faut que vous sachiez que votre père a gémi comme un enfant quand la fin est venue. Pathétique, vraiment. Un être pitoyable.

Vittoria chancela comme si les mots l'avaient assommée. Langdon tendit le bras pour la soutenir, mais elle retrouva son aplomb et fixa le téléphone d'un regard noir.

— Je jure sur ma vie, qu'avant la fin de la nuit je vous retrouverai. Et alors…

Le messager des *Illuminati* eut un rire implacable.

— Une femme pleine de cran. Palpitant. Et si, d'ici la fin de cette nuit, c'était moi qui vous trouvais ? Alors…

Les mots restèrent en suspens, comme une épée de Damoclès.

L'instant d'après, l'inconnu avait raccroché.

42.

Le cardinal Mortati transpirait à grosses gouttes dans sa soutane noire. Non seulement la chapelle Sixtine commençait à ressembler à un sauna, mais le conclave devait commencer dans vingt minutes et on était toujours sans nouvelles des quatre cardinaux manquants. Dans la Sixtine, les premiers murmures que cette absence avait suscités s'étaient transformés en une anxiété flagrante.

Mortati aurait donné cher pour savoir où étaient passés ses cardinaux « buissonniers ». Avec le camerlingue, peut-être ? Il savait que ce dernier avait offert le thé en début d'après-midi, mais cela faisait plusieurs heures à présent. Étaient-ils souffrants ? Quelque chose qu'ils avaient mangé ? Mortati en doutait. Même agonisant, les cardinaux n'auraient pas manqué un conclave. L'occasion d'être élu au trône pontifical ne se présentait qu'une fois dans une vie, si elle se présentait. Or, selon la loi vaticane, un cardinal devait se trouver à l'intérieur de la chapelle Sixtine avant le début du scrutin, faute de quoi il devenait inéligible.

Rien n'était officiel, bien sûr, mais rares étaient ceux qui doutaient encore du nom du prochain pape. Ces quinze derniers jours les fax et les téléphones avaient tinté en permanence. Les candidats potentiels avaient été passés au crible. Comme l'exigeait la coutume, quatre noms de cardinaux avaient été retenus — ceux des candidats remplissant les conditions requises pour devenir pape : parler plusieurs langues étrangères, être irréprochable, avoir moins de quatre-vingts ans.

Comme d'habitude, l'un des cardinaux avait surclassé les autres dans les préférences du collège : le Milanais Aldo Baggia. Les états de service exceptionnels de ce parfait polyglotte, combinés à ses impressionnants talents de communicateur doué d'un fort charisme, en avaient fait le favori numéro un.

Mais où peut-il bien être ? se demandait Mortati.

Le doyen du Sacré Collège était particulièrement inquiet de l'absence de ses compagnons parce qu'il avait été désigné pour superviser le conclave. Une semaine auparavant, le collège des cardinaux l'avait unanimement désigné comme Grand Électeur du conclave. Si le camerlingue était le responsable en titre de l'Église, il n'était qu'un prêtre et il lui manquait la familiarité nécessaire avec une procédure électorale complexe : il fallait donc désigner un cardinal pour superviser le bon déroulement de la cérémonie dans la chapelle Sixtine.

Les cardinaux disaient souvent en plaisantant qu'être désigné à ce poste était l'honneur le plus cruel de toute la chrétienté. En effet, celui à qui revenait cet honneur devenait *ipso facto* inéligible, et il lui fallait en outre se plonger dans l'énorme pavé *Universi Dominici Gregis* pour réviser les subtilités du code électoral en vigueur afin de garantir à ses pairs un scrutin rigoureusement conforme aux usages et aux lois.

Mais Mortati n'avait aucune rancœur. Il savait qu'il était le candidat tout désigné pour cette tâche. Non seulement il était le doyen du Collège, mais il avait été de surcroît le confident du défunt pape, un atout incontestable aux yeux de ses pairs. Et si Mortati avait l'âge légalement requis pour être lui-même élu, à soixante-dix-neuf ans, il avait dépassé la « limite » au-delà de laquelle le Collège peut douter que le futur pontife jouira de la santé nécessaire pour faire face à ses très lourdes obligations. Un pape travaille en général quatorze heures par jour, sept jours sur sept et, à ce régime, il meurt d'épuisement, en général, au bout de six ans et quatre mois. Accepter la papauté était donc « le chemin le plus court vers le ciel » selon le bon mot rituel que les anciens répétaient aux nouveaux venus.

Mortati aurait pu devenir pape dans sa jeunesse s'il avait fait preuve d'une plus stricte orthodoxie. Conservateur, conservateur, conservateur, telles étaient les trois qualités essentielles que l'on attendait en effet des candidats à la fonction suprême.

Mortati avait toujours trouvé plaisamment paradoxal que le défunt pape — Dieu ait son âme — se soit révélé étonnamment libéral une fois installé aux commandes du navire. Sans doute avait-il senti le monde moderne échapper peu à peu à l'emprise de l'Église, toujours est-il qu'il avait multiplié les ouvertures, assouplissant ses positions sur la science, allant même jusqu'à subventionner certaines recherches triées sur le volet. Malheureusement, cette évolution avait été un suicide politique. Les catholiques conservateurs avaient accusé le pape de « sénilité », tandis que les scientifiques le soupçonnaient ouvertement de vouloir asseoir l'influence de l'Église dans des milieux où elle n'avait pas sa place.

— Dites, où sont-ils ?

Mortati pivota sur lui-même.

Un cardinal lui tapotait nerveusement l'épaule.

— Vous savez où ils se trouvent, n'est-ce pas ?

Mortati essaya de dissimuler son inquiétude.

— Certainement encore avec le camerlingue…

— À cette heure ? Cela serait tout à fait contraire à la tradition !

Le cardinal fronça les sourcils.

— Peut-être le camerlingue a-t-il oublié de regarder sa montre ?

Mortati en doutait sincèrement, mais il resta silencieux. Il était bien conscient que la plupart des cardinaux ne tenaient pas Ventresca en haute estime, jugeant en général l'homme trop jeune pour occuper une fonction si importante. Le vieux prélat soupçonnait qu'une bonne part de l'antipathie qu'il suscitait se bornait à de la simple jalousie. Il admirait cet homme encore jeune dont il avait d'ailleurs vigoureusement, mais secrètement, approuvé la nomination comme camerlingue par le pape. Mortati ne voyait en Ventresca qu'un homme de conviction : contrairement à de nombreux cardinaux, le camerlingue faisait passer l'Église et la foi avant la politique politicienne. C'était vraiment un homme de Dieu.

Du début à la fin de son mandat, le camerlingue avait fait montre d'une dévotion admirable qui était devenue légendaire. Beaucoup l'attribuaient à un événement miraculeux survenu dans son enfance... un événement qui aurait fait une profonde impression sur tout homme. Avoir été témoin d'un miracle et en avoir saisi le sens ; Mortati aurait souhaité qu'il lui arrive semblable expérience, de celles qui engendrent ce type de foi indestructible.

Malheureusement pour l'Église, songea le vieux cardinal, le camerlingue ne deviendrait jamais pape. Pour se hisser sur le trône de saint Pierre il fallait une certaine dose d'ambition politique — ce dont le jeune camerlingue était complètement dépourvu. Il avait refusé les différentes offres de promotion que le défunt pape lui avait faites, préférant continuer à servir l'Église comme simple prêtre.

— Qu'allons-nous faire ? insista l'importun en tapotant de nouveau l'épaule de Mortati.

Mortati le regarda sans comprendre.

— Pardon ?

— Ils sont en retard ! Qu'allons-nous faire ?

— Que pouvons-nous faire ! repartit Mortati. Attendre et garder espoir.

Tout à fait désappointé par la réponse du Grand Électeur, le cardinal trop curieux s'éloigna dans la pénombre.

Mortati resta immobile un moment, se frottant les tempes et tâchant de clarifier ses idées. C'est vrai :

qu'allons-nous faire ? Son regard se porta, par-delà l'autel, vers la célèbre fresque du *Jugement dernier* de Michel-Ange. La peinture ne fit d'ailleurs qu'attiser son anxiété. Cette gigantesque représentation du Christ séparant les vertueux des pécheurs et envoyant ceux-ci en enfer avait tout pour horrifier le spectateur. Ces chairs écorchées, ces corps en flammes, et jusqu'à ce rival de Michel-Ange représenté en enfer avec des oreilles d'âne... Maupassant n'avait-il pas écrit « *Le Jugement dernier* de Michel-Ange a l'air d'une toile de foire, peinte pour une baraque de lutteurs par un charbonnier ignorant » ?

Maupassant avait vu juste, Mortati était bien obligé de l'admettre.

43.

Langdon, immobile devant la fenêtre aux vitres pare-balles du bureau pontifical, ne pouvait détacher ses yeux des camions garés sur la place. Toutes les chaînes de télévision attendaient. Au-delà de l'horreur, l'étrange conversation téléphonique avec le messager des *Illuminati* lui avait laissé un arrière-goût indéfinissable, un malaise qu'il ne s'expliquait pas.

Les *Illuminati*, vieux serpent de mer resurgi brusquement des profondeurs de l'histoire, avaient décidé de faire rendre gorge à leur ancien ennemi. Pas d'exigences, pas de négociation, mais une simple vengeance. D'une simplicité démoniaque, à couper le souffle. Des vengeurs capables d'attendre quatre cents ans ! Après des siècles de persécution, la Science semblait avoir enfin payé en retour la Religion, son plus vieil ennemi.

Le camerlingue, affaissé dans son fauteuil, fixait

le téléphone d'un œil vague. Olivetti fut le premier à rompre le silence.

— Carlo, dit-il, appelant le camerlingue par son prénom, avec le ton d'un vieil ami. J'ai voué vingt-six ans de ma vie à la protection de ce bureau. Ce soir, les apparences sont contre moi, je suis déshonoré…

Le camerlingue secoua la tête.

— Vous et moi servons Dieu avec des compétences différentes, mais son service est toujours honorable.

— Cette situation… je ne comprends pas… Comment…

Le commandant semblait complètement dépassé.

— Vous comprenez que nous n'avons pas le choix. J'ai la responsabilité de la sécurité du collège des cardinaux.

— La sécurité des cardinaux est, ou plutôt était de mon ressort, mon père.

— Alors, que vos hommes le fassent évacuer immédiatement.

— Mon père ?

— Nous prendrons les autres décisions qui s'imposent plus tard, mais avant tout il faut mettre le collège en sécurité. La vie humaine est sacrée, elle passe avant tout. Ces hommes sont les piliers de l'Église.

— Vous suggérez que nous annulions le conclave tout de suite ?

— Ai-je le choix ?

— Et votre mission de faire élire un nouveau pape ?

Le jeune camerlingue soupira et se tourna vers la fenêtre, laissant errer son regard sur les toits de la capitale.

— Sa Sainteté m'a un jour dit que le pape était un homme déchiré entre deux mondes : le monde « réel » et le monde d'en haut. Il m'a mis en garde : une Église qui ignore la réalité terrestre est condamnée à disparaître ; elle ne verra pas le royaume de Dieu sur terre.

Sa voix n'était plus celle d'un jeune homme. Elle était celle d'un sage.

— Ce soir, le monde « réel » nous livre un assaut terrible. Il serait dément de l'ignorer. L'orgueil et la tradition doivent s'incliner devant la raison.

Olivetti acquiesça, visiblement impressionné.

— Je vous avais sous-estimé, mon père.

Le camerlingue ne réagit pas à cette remarque ; son regard flottait toujours sur les toits de Rome.

— Je vais vous parler franchement, mon père, reprit Olivetti. Le monde réel est mon monde. Je scrute chaque matin ses bas-fonds pour que d'autres puissent librement travailler à sa régénération. Je suis plus équipé que vous pour faire face à cette crise. Écoutez-moi et méfiez-vous d'une décision qui pourrait bien se révéler désastreuse.

Le camerlingue fit volte-face.

— L'évacuation du collège des cardinaux de la chapelle Sixtine, insista Olivetti, est la pire des décisions possibles.

— Et que suggérez-vous ? repartit le camerlingue, désorienté.

— Ne dites rien aux cardinaux. Apposez les sceaux. Cela nous donnera le temps nécessaire pour étudier d'autres options.

Le camerlingue eut l'air troublé.

— Vous ne me conseillez tout de même pas d'enfermer tout le Sacré Collège dans une salle qui va être réduite en poussière par une bombe ?

— Si, mon père, rien ne presse. Il sera toujours temps de la faire évacuer plus tard.

Le camerlingue secoua la tête.

— Si je reporte le conclave avant qu'il ait commencé, passe encore, mais après la fermeture des portes, il n'y aura plus rien à faire. Cela est totalement impossible…

— Le monde réel, mon père. Ce soir, il nous dicte sa loi. Écoutez-moi.

Olivetti s'exprimait maintenant avec l'aisance d'un homme de terrain.

— Évacuer cent soixante-cinq cardinaux sans les avoir préparés et sans protection serait irresponsable. La confusion et la panique qu'un tel événement causerait à ces vieillards pourraient avoir de graves conséquences pour certains. Et, franchement, l'attaque cérébrale du pape me suffit pour ce mois-ci.

Le pape décède dans son sommeil d'une attaque cérébrale. Langdon se rappelait parfaitement la une qui lui avait appris la nouvelle, un soir qu'il dînait avec ses étudiants de Harvard.

— En outre, reprit Olivetti, la chapelle Sixtine est une forteresse. Le public l'ignore mais nous avons renforcé le bâtiment et il peut désormais résister à la plupart des agressions possibles, à l'exception des missiles. Cet après-midi, nous avons fouillé chaque centimètre carré de la Chapelle, à la recherche de micros espions et autres systèmes de surveillance. La Chapelle est « nettoyée », à l'abri des « grandes oreilles » et je suis sûr que ce n'est pas dans la Sixtine qu'est dissimulée l'antimatière. Il n'est pas de place plus sûre pour les cardinaux. Si besoin est, il sera toujours temps de les évacuer en urgence plus tard.

Langdon ne put qu'admirer la détermination d'Olivetti. Son intelligence froide et sa rigueur logique lui rappelaient Kohler.

— Commandant, fit Vittoria d'une voix tendue. Il y a d'autres problèmes à résoudre. On n'a jamais créé une telle masse d'antimatière. Je ne peux donc proposer qu'une estimation approximative du rayon d'action de la bombe. Il n'est pas du tout exclu que l'impact détruise, outre le Vatican, certains des quartiers de Rome voisins. Si le conteneur se trouve dans un immeuble central ou en sous-sol, l'effet en dehors de ces murs sera négligeable, mais s'il se trouve en bordure du périmètre, ou ici, par exemple…

Vittoria jeta un coup d'œil inquiet sur la foule massée sur la place.

— Je suis très conscient de mes responsabilités à l'égard du monde extérieur, répliqua Olivetti, et cela ne change rien à la gravité de la situation. La protection de ce sanctuaire a été mon seul souci pendant vingt-cinq ans… J'ai bien l'intention de faire tout ce qui est en mon pouvoir pour empêcher l'explosion.

Carlo Ventresca releva la tête.

— Vous pensez parvenir à la retrouver ?

— Laissez-moi en discuter avec mes techniciens. Il n'est pas impossible qu'en coupant l'électricité au Vatican nous puissions éliminer les interférences radio et créer un environnement assez « transparent » pour détecter le champ magnétique de ce conteneur.

Vittoria eut l'air surprise et admirative.

— Vous voulez plonger le Vatican dans le noir ?

— Pourquoi pas ? Je ne sais pas encore si cela sera possible. Mais c'est une option que je souhaite explorer.

— Les cardinaux se poseront inévitablement des questions…, fit-elle remarquer.

Olivetti secoua la tête.

— Les conclaves se tiennent à la lueur des bougies. Ils n'en sauront rien. Après la fermeture des portes de la Sixtine, je pourrai mettre la totalité de mes gardes au travail à l'exception de ceux qui gardent le mur d'enceinte. Et organiser une fouille complète. En cinq heures, une centaine d'hommes peuvent abattre un très gros travail.

— Quatre heures, corrigea Vittoria. Je dois rapporter le conteneur au CERN. Le seul moyen d'empêcher l'explosion c'est de recharger les batteries.

— On ne peut pas le recharger ici ?

Vittoria secoua la tête.

— L'interface est trop complexe. Je l'aurais apportée si j'avais pu.

— Soit, quatre heures, conclut Olivetti en fronçant les sourcils. Cela fait encore pas mal de temps. Évitons surtout de paniquer. Mon père, il vous reste dix minutes. Allez à la Chapelle. Enfermez-y les cardinaux. Donnez à mes hommes le temps nécessaire pour obtenir des résultats. Le moment venu, nous prendrons les décisions qui s'imposent.

Langdon se demanda combien de temps il restait avant que, « le moment venu », Olivetti décide, en cas d'échec, d'évacuer.

Le camerlingue semblait désemparé.

— Mais le Collège demandera ce que sont devenus leurs quatre confrères, et surtout, ils voudront savoir où ils se trouvent.

— Alors il vous faudra improviser, mon père. Racontez-leur que vous leur avez servi des gâteaux, à votre thé, qui les ont indisposés…

Le camerlingue parut indigné.

— Vous me demandez de mentir au collège des cardinaux sur l'autel de la chapelle Sixtine ?

— Pour leur propre sécurité. Une peccadille, un pieux mensonge… Votre travail consiste à préserver la sérénité.

Olivetti salua.

— Maintenant, si vous voulez bien m'excuser, je n'ai plus une minute à perdre.

— Commandant, implora le camerlingue, nous ne pouvons pas ignorer purement et simplement les cardinaux qui ont disparu.

Olivetti s'arrêta sur le pas de la porte.

— Nous ne pouvons plus rien pour eux. Nous devons les abandonner à leur sort. Pour le bien de tous. C'est un adieu douloureux mais nécessaire.

— Un adieu ? Que voulez-vous dire ?

La voix d'Olivetti se durcit.

— S'il existait une solution, mon père… un moyen de localiser ces quatre cardinaux, je donnerais ma vie pour les sauver. Mais vu les circonstances…

Il pointa l'index sur la baie par où l'on apercevait le couchant qui faisait chatoyer une mer ondulante de toits de tuiles.

— Fouiller une ville de cinq millions d'habitants est au-dessus de mes moyens. Je ne gaspillerai pas un temps précieux pour apaiser ma conscience en m'adonnant à un exercice aussi vain. Je suis désolé.

— Et si nous mettions la main sur ce tueur ! s'exclama soudain Vittoria. Ne pourriez-vous le faire parler ?

Olivetti fronça les sourcils.

— Un soldat n'est jamais un saint, mademoiselle Vetra. Croyez-moi, mes sentiments personnels à l'égard de cet homme ne sont pas très éloignés des vôtres.

— Ce n'est pas seulement une question personnelle, dit-elle. Le tueur sait où se trouve l'antimatière, où sont les cardinaux… Si nous pouvions le retrouver, d'une manière ou d'une autre…

— Ce serait jouer leur jeu, rétorqua le commandant. Croyez-moi, priver de toute protection la Cité du Vatican pour fouiller des centaines d'églises, c'est précisément ce que les *Illuminati* attendent de nous. Gaspiller notre temps et nos forces alors que nous devrions les employer… Ou pis, laisser la Banque du Vatican sans aucune protection… Sans parler des cardinaux qui restent.

L'argument avait porté.

— Et la police romaine ? demanda le camerlingue. Nous pourrions alerter le ministre de l'Intérieur pour nous aider à résoudre la crise. Joindre leurs forces aux nôtres pour retrouver l'auteur de l'enlèvement.

— Ce serait une erreur, répliqua Olivetti. Les carabinieri ne nous portent pas précisément dans leur cœur.

Ils nous donneraient quelques hommes peu motivés pour pouvoir ensuite pérorer dans les médias. Exactement ce qui ravirait nos ennemis. Reculons au maximum le moment où nous aurons les médias sur le dos.

Je ferai de vos cardinaux des stars médiatiques, se rappela Langdon, c'étaient les mots du tueur. *On retrouvera le premier cadavre de cardinal à 20 heures. Et puis un toutes les heures. La presse va adorer.*

Le camerlingue s'exclama avec une pointe de colère dans la voix :

— Commandant, nous ne pouvons en conscience abandonner les cardinaux à leur sort !

Olivetti regarda le camerlingue dans les yeux.

— La prière de saint François, vous vous en souvenez ?

Le prêtre s'exécuta d'une voix brisée :

— « Seigneur, donne-moi l'humilité d'accepter ce que je ne peux changer... »

— Croyez-moi, nous ne pouvons plus rien pour eux, conclut Olivetti, avant de disparaître.

44.

Le siège de la BBC à Londres se trouve un peu à l'ouest de Piccadilly Circus. Une jeune journaliste décrocha le téléphone.

— BBC, j'écoute, fit-elle en écrasant sa Dunhill.

La voix, au bout du fil, était éraillée, avec un accent moyen-oriental.

— J'ai un scoop qui pourrait intéresser votre chaîne.

La jeune femme prit un stylo et ouvrit son calepin.

— Le conclave qui se tient à Rome...

Elle fronça les sourcils. Le reportage diffusé la veille

par les envoyés spéciaux de la chaîne n'avait guère soulevé l'enthousiasme des téléspectateurs. L'identité du prochain pape n'était pas au centre de leurs préoccupations.

— Mais encore ? fit-elle d'un ton blasé.

— Vous avez un reporter qui couvre l'élection à Rome ?

— Il me semble, oui.

— Il faut que je lui parle.

— Désolée mais je ne peux pas vous donner son numéro si vous ne m'en dites pas plus…

— Le Vatican a reçu une menace d'attentat, c'est tout ce que je peux vous dire.

La jeune femme notait soigneusement.

— Votre nom, s'il vous plaît ?

— Mon nom importe peu.

La journaliste resta interdite.

— Et vous avez la preuve de ce que vous avancez ?

— Oui.

— Je serais heureuse de prendre l'information, mais il n'est pas dans nos habitudes de donner les coordonnées de nos reporters. À moins que…

— Je vois. Je vais appeler une autre chaîne, merci. Au re…

— Un instant, je vous prie ! Ne quittez pas.

Elle posa le combiné sur la table et se massa la nuque. L'art de détecter les petits farceurs n'était en rien une science exacte, mais ce monsieur venait de passer avec succès les deux tests d'authentification d'une source téléphonique. Il avait refusé de donner son nom et il ne voulait pas s'attarder au téléphone. Les farceurs et les mythomanes ne lâchaient pas le morceau comme ça.

Heureusement pour elle, les reporters vivaient dans la trouille de rater le scoop de l'année, si bien qu'ils la grondaient rarement pour leur avoir passé un malade en pleine bouffée délirante. Faire perdre cinq minutes à un reporter n'était pas un crime. Laisser passer un gros titre, si.

Avec un gros bâillement, elle tapa sur son ordinateur deux mots clés : « Vatican City ». Quand elle vit le nom du reporter qui couvrait l'élection du pape, elle ricana intérieurement. C'était un petit nouveau, un transfuge de la presse à scandales que la BBC venait d'engager pour couvrir les événements de second plan. La direction le faisait commencer au dernier barreau de l'échelle.

Il devait sacrément s'embêter, obligé qu'il était de faire le pied de grue toute la soirée pour enregistrer une séquence de dix secondes ! Il ne serait sûrement pas fâché qu'on le distraie de son inaction forcée.

La journaliste de service de la BBC recopia donc le numéro de téléphone de l'extension satellite de la BBC au Vatican. Puis, allumant une autre cigarette, elle le donna à son interlocuteur anonyme.

45.

— Ça ne marchera pas, décréta Vittoria qui faisait les cent pas dans le bureau du pape.

Elle se tourna vers le camerlingue.

— Même si une équipe de gardes suisses parvenait à filtrer les interférences électroniques, il faudrait qu'ils soient pratiquement à l'aplomb du conteneur avant de pouvoir détecter le moindre signal. Et encore faudrait-il que le conteneur soit accessible. Qu'il n'y ait aucun autre obstacle… S'il est enterré dans une boîte métallique quelque part sous une pelouse ? Ou caché dans un conduit de ventilation métallique ? Ils n'auront pas la moindre chance de le localiser. Et si les gardes suisses ont effectivement été infiltrés ? Comment être certain que la recherche ne sera pas faussée ?

Le camerlingue semblait exténué.

— Que proposez-vous, mademoiselle Vetra ?

Vittoria ressentit une légère frustration. Mais enfin, c'est évident !

— Je propose, mon père, que vous preniez d'autres précautions immédiatement. Nous pouvons espérer, contre toute vraisemblance, que la recherche du commandant sera couronnée de succès. Mais regardez par la fenêtre. Vous voyez ces gens ? Ces bâtiments autour de la place ? Ces camions, ces antennes satellites, les touristes ? Il est tout à fait possible qu'ils se trouvent à l'intérieur du rayon d'action de la bombe. Il faut agir tout de suite !

Le camerlingue acquiesça machinalement.

Vittoria n'avait pas partie gagnée : Olivetti avait réussi à convaincre le camerlingue qu'il disposait de suffisamment de temps. Mais Vittoria savait que, si la nouvelle de la catastrophe filtrait, toute la zone allait être envahie de curieux. Une question de quelques minutes. Elle avait observé un phénomène identique, un jour, à Berne, devant le palais fédéral. Durant une prise d'otages avec menace d'attentat à la bombe, des milliers de personnes s'étaient rassemblées autour du bâtiment dans l'attente du dénouement. Malgré les avertissements répétés de la police, la population n'avait cessé d'affluer. Rien ne captive autant les gens que le spectacle d'une tragédie.

— Mon père, insista Vittoria, l'homme qui a tué Leonardo Vetra se trouve dans cette ville, ici, quelque part. Je voudrais de toute mon âme lui faire la chasse et le capturer. Mais je suis bloquée ici, dans votre bureau… parce que j'ai une responsabilité à votre égard. À votre égard et à l'égard de tous ceux qui nous entourent. Des vies sont en danger, mon père. Vous m'écoutez ?

Le camerlingue ne répondit rien.

Vittoria entendait les battements sourds de son cœur. Pourquoi la Garde suisse n'a-t-elle pas été capable de repérer l'appel de ce fichu salopard ? C'est l'assassin des *Illuminati* la clé du problème ! Il sait où est cachée l'antimatière et il sait où sont détenus les cardinaux ! Si on le retrouve, tout est réglé...

Vittoria sentait qu'elle commençait à perdre son calme. Elle retrouvait de vieux souvenirs de l'époque de l'orphelinat avec ses terribles moments de dépression et d'angoisse dont elle ne savait comment sortir. Tu as des outils, se raisonna-t-elle, tu as toujours des outils. Mais cela ne servait à rien. Le flux incontrôlable de ses pensées la submergeait. Elle était une chercheuse, elle savait forger des solutions. Mais à ce problème-ci, elle ne voyait pas de solution. De quelles informations as-tu besoin ? Que veux-tu ? se répétait-elle. Elle se força à inspirer profondément, mais, pour la première fois de sa vie, elle échoua. Elle suffoquait.

Langdon avait une grosse migraine et il avait le sentiment de dériver aux confins de la raison et du non-sens. Il regarda Vittoria et le camerlingue, mais sa vision était brouillée : des images hideuses surgissaient sans cesse : explosions, nuées de reporters, caméras agressives, corps humains marqués au fer rouge...

Shaitan... Lucifer... Porteur de lumière... Satan...

Il essaya de chasser ces images diaboliques de son cerveau. Un terrorisme calculé, se rappelait-il en essayant de recouvrer une réalité qui le fuyait. Un chaos planifié. Il repensa au séminaire de Radcliffe auquel il avait assisté à l'époque où il poursuivait des recherches sur le symbolisme prétorien. Ce jour-là, sa vision du terrorisme avait radicalement changé.

— Le terrorisme vise un but bien spécifique, mais lequel ? avait demandé le responsable du séminaire.

— Tuer des civils innocents ! avait lancé un étudiant.

— Inexact. La mort n'est qu'un résultat secondaire du terrorisme.

— Une démonstration de force ?

— Non, puisqu'il n'y a pas de dissuasion graduée.

— Engendrer la terreur ?

— En bref, oui. Le but du terrorisme est tout simplement de provoquer peur et terreur. La peur mine toute confiance dans la classe politique. Elle affaiblit l'ennemi de l'intérieur, elle démoralise le public. Rappelez-vous : le terrorisme n'est pas l'expression d'une fureur incontrôlable, c'est une arme politique. Privez un gouvernement de sa façade d'infaillibilité et le peuple perdra confiance en lui.

Perdra confiance, perdra la foi…

Est-ce la foi qui est au centre de toute cette affaire ? Langdon se demandait comment les chrétiens du monde entier réagiraient aux images des cadavres de cardinaux mutilés, abandonnés tels des chiens crevés. Si la foi d'un prêtre canonisé ne le protégeait pas du mal, comment y résisterions-nous, nous autres humains ordinaires ? Les tempes de Langdon battaient à tout rompre, son cerveau ressemblait à un champ de bataille.

La foi ne te protège pas. La médecine, les airbags, si. Dieu ne protège pas. L'intelligence protège. La raison scientifique. Il faut placer sa foi dans quelque chose qui donne des résultats tangibles. Combien de siècles se sont-ils écoulés depuis que Jésus a marché sur les eaux ? Les miracles modernes sont le fait de la science… ordinateurs, vaccins, stations spatiales… même le miracle divin de la création. On peut créer de la matière à partir de rien, dans un labo. On n'a plus besoin de Dieu. Dieu, c'est la science !

La voix du tueur résonnait dans le cerveau de Langdon. *« À minuit… une progression mortelle mathé-*

matique... des agneaux sacrifiés sur l'autel de la science... »

Puis, brusquement, comme une foule dispersée par un coup de tonnerre, toutes ces pensées s'évanouirent. Robert Langdon se leva d'un bond, renversant son fauteuil qui s'écrasa sur le sol de marbre. Vittoria et le camerlingue sursautèrent.

— Je l'ai loupé... alors que je l'avais sous les yeux...

— Loupé quoi ? demanda Vittoria.

Langdon se tourna vers le prêtre.

— Mon père, cela fait trois ans que j'essaie d'obtenir de votre administration qu'elle me laisse consulter les archives du Vatican. J'ai été éconduit sept fois.

— Monsieur Langdon, je suis désolé, mais le moment me semble mal choisi pour émettre des réclamations de cet ordre.

— Il faut que je consulte les Archives immédiatement ! Pour les quatre cardinaux. J'espère pouvoir deviner les lieux où ils vont être mis à mort !

Vittoria le fixa, se demandant si elle ne rêvait pas.

Le camerlingue avait le regard de quelqu'un qui craint d'être victime d'une blague cruelle.

— Mais comment cette information pourrait-elle se trouver dans nos Archives ?

— Je ne puis vous promettre que je la dénicherai à temps, mais si vous me laissez carte blanche...

— Monsieur Langdon, je suis attendu à la chapelle Sixtine dans quatre minutes et le bâtiment des Archives est situé à l'autre extrémité de la Cité du Vatican.

— Vous êtes sérieux, n'est-ce pas ? fit Vittoria en se tournant vers le camerlingue. S'il y a la moindre chance... de découvrir où vont avoir lieu ces meurtres, nous pourrions les placer sous surveillance et...

— Mais les Archives, insista le camerlingue. Comment pourraient-elles renfermer un quelconque indice ?

— M'expliquer prendrait trop de temps. Mais si je ne

me trompe pas, les informations que j'y trouverai nous aideront à capturer le tueur, répondit Langdon.

Visiblement, le camerlingue aurait voulu croire l'Américain mais n'y parvenait pas.

— Les Archives contiennent les manuscrits les plus sacrés du Vatican, des trésors que moi-même n'ai pas le droit de consulter.

— J'en suis tout à fait conscient.

— Il faut une autorisation écrite signée du conservateur et du Conseil des bibliothécaires du Vatican.

— Ou bien, corrigea Langdon, un agrément du pape. C'est du moins ce que précisaient toutes les lettres de refus que votre conservateur m'a envoyées.

Le camerlingue acquiesça.

— Si je ne me trompe, et sans vouloir vous forcer la main, les agréments sont émis par ce bureau ? Autant que je sache, ce soir, c'est vous qui êtes aux commandes de cette nation. Compte tenu des circonstances…

Le camerlingue tira une montre de la poche de sa soutane et y jeta un rapide coup d'œil.

— Monsieur Langdon, je suis prêt à donner ma vie, pour sauver cette Église.

Langdon fut ému par la flamme de sincérité qui luisait au fond de ses yeux.

— Ce document, reprit le camerlingue, vous croyez vraiment qu'il se trouve ici ? Et qu'il peut nous aider à localiser les quatre cardinaux ?

— J'en suis convaincu.

— Savez-vous où se trouvent les Archives secrètes ?

Langdon sentit son cœur battre un peu plus vite.

— Juste derrière la Porte Santa Ana.

— Chaque chercheur doit être accompagné par un bibliothécaire. Ce soir, les bibliothécaires sont partis. Ce que vous me demandez est un accès sans contrôle… Même nos cardinaux doivent se faire accompagner.

— Je traiterai vos trésors avec le plus grand soin et le

plus grand respect. Les bibliothécaires ne s'apercevront même pas de mon passage.

Les cloches de Saint-Pierre se mirent à sonner à la volée. Le camerlingue regarda une dernière fois sa montre.

— Je dois y aller.

Il s'arrêta un bref instant et planta ses yeux dans ceux de Langdon.

— Je vais faire envoyer un garde suisse aux Archives, vous le trouverez là-bas. Je vous donne ma confiance, monsieur Langdon. Allez.

Langdon resta sans voix.

Le prêtre semblait avoir recouvré un sang-froid surnaturel. Il tendit la main vers Langdon et lui pressa l'épaule avec une force étonnante.

— Je veux que vous trouviez ce que vous cherchez, monsieur Langdon. Et que vous le trouviez vite !

46.

Les Archives secrètes du Vatican se trouvent au fond du jardin des Borgia, au sommet de la colline sur laquelle ouvre la Porte Santa Ana. Elles renferment plus de vingt mille volumes et, notamment, selon la rumeur, les carnets manquants de Leonardo da Vinci, ainsi que certains livres censurés de la Bible.

Langdon remonta d'un pas rapide la Via della Fondamenta, ayant peine à croire qu'il allait enfin entrer dans ce sanctuaire inviolable. Vittoria adaptait sans effort son pas au sien. Sa chevelure aux arômes d'amande ondulait dans le vent, faisant frémir les narines de Langdon. Ce dernier étouffa la griserie légère qui l'envahissait. Ce n'était vraiment pas le moment.

Vittoria se tourna vers lui.

— Allez-vous enfin m'expliquer ce que nous cherchons ?

— Un petit ouvrage écrit par un certain Galilée.

Elle sembla surprise.

— Rien que ça… Et que contient-il d'intéressant ?

— Il est censé renfermer le signe, *il segno*.

— Le signe ?

— Signe, indice, signal, il y a plusieurs traductions.

— Et un signe vers quoi ?

Langdon accéléra l'allure.

— Un lieu secret, répondit-il. Pour se protéger des espions du Vatican, les *Illuminati* ont choisi un lieu de rendez-vous ultrasecret, ici même, à Rome. Ils l'ont appelé l'« Église de l'Illumination ».

— Plutôt audacieux de baptiser Église un repaire satanique !

Langdon secoua la tête.

— Les *Illuminati* de Galilée n'avaient rien de satanique. C'étaient des scientifiques qui vénéraient la connaissance. Ce lieu de rendez-vous fut simplement choisi pour qu'ils puissent se retrouver et discuter de sujets interdits par le Vatican en toute sécurité. Mais voilà : si nous savons que ce repaire secret a existé, personne ne l'a encore localisé.

— On dirait que les *Illuminati* savent garder un secret !

— Absolument. En fait, ils n'ont jamais révélé le lieu de leurs réunions à personne en dehors de la confrérie. Ce secret les a protégés, mais il représentait un frein au recrutement de nouveaux membres.

— Pour croître, ils devaient se faire connaître, renchérit Vittoria dont le corps et l'esprit avançaient au même pas.

— Exactement. La confrérie de Galilée commença à faire parler d'elle vers 1630 et des scientifiques du monde entier entreprirent un pèlerinage secret à Rome dans l'espoir d'y être admis… et, qui sait, d'écouter un exposé du maître, ou d'avoir la chance de regarder dans sa lunette astronomique. Malheureusement, à cause de cette obsession du secret, les savants en visite dans la capitale ne savaient pas où se rendre pour rencontrer leurs pairs, ni même à qui ils pouvaient s'adresser en toute confiance. Les *Illuminati* voulaient élargir leur audience, mais sans prendre le moindre risque.

Vittoria fronça les sourcils.

— Voilà une *situazione senza soluzione*.

— Ou une impasse si vous préférez.

— Alors qu'ont-ils décidé ?

— C'étaient des scientifiques. Ils ont examiné le problème sur toutes les coutures et ils ont trouvé une solution. Brillante, d'ailleurs. Les *Illuminati* ont créé une sorte de carte ingénieuse qui devait guider les scientifiques vers leur sanctuaire.

L'air soudain sceptique, Vittoria ralentit le pas.

— Une carte ? Ce n'est pas le moyen le plus sûr. Et si elle était tombée en de mauvaises mains…

— Impossible, fit Langdon. Et pour une bonne raison : il n'en existait aucun exemplaire. Ce n'était pas une carte sur papier. Elle était trop grande pour cela. C'était une sorte de jeu de piste dans la ville.

Vittoria ralentit encore.

— Vous voulez dire qu'ils peignaient des flèches sur les trottoirs ?

— En quelque sorte, mais leurs « flèches » étaient d'une grande subtilité… La carte en question se composait d'une série de « jalons » symboliques soigneusement dissimulés dans des lieux publics. Chacun de ces jalons menait au suivant et ainsi de suite jusqu'au repaire des *Illuminati*.

— On dirait une chasse au trésor…, commenta Vittoria en lui lançant un regard intrigué.

Langdon sourit.

— Après tout c'était bien une chasse au trésor, non ? Les *Illuminati* ont d'ailleurs nommé leur chaîne de jalons « la Voie de l'Illumination » et quiconque voulait rejoindre la confrérie devait la suivre jusqu'au bout. Une sorte de test.

— Mais qu'est-ce qui empêchait la police du Vatican de remonter la même chaîne pour retrouver les *Illuminati* ? objecta Vittoria.

— Pas si simple. La Voie de l'Illumination était dissimulée. Seuls des êtres au profil bien particulier étaient capables d'interpréter les signes placés sur leur chemin et d'en déduire l'emplacement de l'Église de la secte. Les *Illuminati* avaient conçu ce jeu de piste comme un rite initiatique, qui ne visait pas seulement à garantir leur sécurité mais se voulait aussi un instrument de sélection éliminant les médiocres pour réserver l'accès de leur repaire aux plus intelligents.

— Je ne marche pas ! Au XVIIe siècle, le niveau scientifique de certains hommes d'Église n'avait rien à envier à celui des plus grands savants. Si les symboles dont vous parlez étaient disposés dans des lieux publics, il existait forcément quelques ecclésiastiques capables de les interpréter.

— Bien sûr, acquiesça Langdon. Ils l'auraient pu s'ils avaient eu connaissance des signes en question. Mais ils n'en furent jamais informés. Et ils ne les remarquèrent jamais parce que les *Illuminati* les avaient conçus de telle façon que les ecclésiastiques ne puissent jamais soupçonner leur vrai rôle. Ils ont utilisé à cette fin la méthode de la « dissimulation », dans le sens que les symbologues donnent à ce terme.

— C'est la meilleure des défenses naturelles, ajouta Vittoria. Essayez donc de repérer un poisson trompette qui se laisse flotter parmi les herbes au fond de la mer…

— C'est exactement ça, approuva Langdon. Les *Illuminati* utilisaient le même stratagème. Ils ont créé des repères susceptibles de se fondre dans le décor de la Rome de la Renaissance. Pas question d'utiliser des ambigrammes, ni des symboles scientifiques, qui auraient été beaucoup trop voyants. Tant et si bien qu'ils ont fait appel à un artiste de la secte, ce même prodige anonyme qui avait créé leur logo ambigrammatique, et lui ont commandé quatre sculptures.

— Des sculptures « *illuminati* » ?

— Oui, avec un cahier des charges très précis : elles devaient ressembler à de banales sculptures romaines, afin que le Vatican ne les suspecte à aucun prix.

— De l'art religieux, alors ?

Langdon opina, avant de reprendre, de plus en plus animé :

— Seconde consigne, ces quatre sculptures devaient aborder des thèmes bien précis : chacune d'elles devait constituer un hommage à l'un des quatre éléments de la science.

— Quatre éléments ? s'étonna Vittoria. Il en existe plus d'une centaine…

— Pas au début du XVIIe siècle, lui rappela Langdon. Les alchimistes croyaient que l'univers était constitué de quatre substances seulement : la terre, l'air, le feu et l'eau.

La croix primitive, Langdon le savait bien, était le symbole le plus répandu de cette « quaternité » : les quatre extrémités représentaient les quatre éléments. Mais on trouvait, poursuivait-il, des dizaines de représentations symboliques de la terre, de l'air, du feu et de l'eau, chez les pythagoriciens de la Grèce antique, comme dans la civilisation chinoise, chez Jung aussi, dans ses polarités féminines et masculines, dans les signes du Zodiaque, et même les musulmans vénéraient les quatre éléments qu'ils appelaient « carrés, nuages, foudre et vagues ». Langdon, quant à lui, était plus intéressé par leurs versions plus modernes : les quatre degrés mystiques de l'initiation absolue des francs-maçons : la terre, l'air, le feu et l'eau.

Vittoria était de plus en plus perplexe.

— Donc cet artiste a créé quatre œuvres d'art qui semblaient religieuses mais qui étaient en fait des hommages à la terre, à l'air, au feu et à l'eau ?

— Exactement, fit Langdon, en empruntant la Via Sentinel qui aboutissait aux Archives. La confrérie a offert, anonymement, ces œuvres d'art à des églises de Rome soigneusement choisies et elle a usé de son influence politique pour qu'elles soient bien visibles. Si un candidat *illuminatus* parvenait à trouver la première église et le symbole « terre », il devait encore trouver l'air, puis le feu, puis l'eau pour finalement parvenir jusqu'à l'église de l'Illumination.

Vittoria semblait de plus en plus confuse.

— Mais quel rapport avec la traque de l'assassin qui nous occupe ?

Langdon jeta sa carte maîtresse avec un sourire vainqueur.

— Un rapport très étroit : notre « illuminé » a appelé ces quatre églises d'un nom très spécial : les « autels de la science ».

Vittoria, sourcils froncés, objecta :

— Mais ça ne veut absolument rien…

Elle s'arrêta net.

— L'autel de la science ! s'exclama-t-elle. Le tueur *illuminatus* a dit… « Les cardinaux seront sacrifiés comme des petits agneaux sur les autels de la science. »

Le sourire de Langdon s'élargit davantage.

— Quatre cardinaux, quatre églises, les quatre autels de la science !

Elle en resta bouche bée.

— Vous dites que les quatre églises où seront sacrifiés

les quatre cardinaux sont les mêmes que celles qui servaient autrefois de jalons sur la Voie de l'Illumination ?

— C'est en effet mon hypothèse.

— Mais pourquoi le tueur nous aurait-il livré un tel indice ?

— Pourquoi pas ? repartit Langdon. Rares sont les historiens qui ont entendu parler de ces sculptures. Plus rares encore sont ceux qui croient à leur existence. Et leurs emplacements sont restés secrets pendant quatre siècles. Les *Illuminati* ont des raisons d'estimer que ce secret bien gardé le restera encore cinq heures. En outre, ils n'ont plus besoin de la Voie de l'Illumination. D'ailleurs le repaire secret, lui, n'existe sans doute plus depuis longtemps. Ils vivent au rythme du monde moderne. Ils se croisent dans des conseils d'administration, déjeunent dans des restaurants d'hommes d'affaires, sur les greens où ils se retrouvent pour discuter tranquillement. Ce soir, ils ont décidé d'éventer leurs secrets. Leur heure a sonné. L'heure de la révélation…

Mais Langdon craignait que la révélation des *Illuminati* ne rappelle un épisode qu'il n'avait pas encore mentionné. Les quatre marques. Le tueur avait juré que chaque cardinal serait marqué au fer rouge d'un symbole différent. Preuve de la véracité des anciennes légendes, avait-il ajouté. La légende des quatre ambigrammes était aussi ancienne que les *Illuminati* eux-mêmes : la terre, l'air, le feu, l'eau — quatre mots dotés d'une parfaite symétrie. Tout comme le nom, *Illuminati*. Chaque cardinal allait être marqué au fer par l'un des quatre éléments de la science du XVIIe siècle. La rumeur selon laquelle les quatre marques étaient des mots anglais et non italiens était un sujet de controverse entre spécialistes. L'anglais semblait un choix illogique pour ces *Illuminati*, or ils s'étaient toujours montrés d'une parfaite cohérence.

Langdon remonta l'allée pavée de briques qui menait

au bâtiment des Archives. Des images sinistres se télescopaient dans son esprit. Le complot des *Illuminati* commençait à révéler sa grandiose patience. La confrérie avait juré de garder le silence le temps qu'il faudrait, amassant assez d'influence et de pouvoir, afin de resurgir sans crainte et de combattre au grand jour pour leur cause. Ils n'avaient plus besoin de se cacher. Ils pouvaient enfin exhiber leur puissance et confirmer l'authenticité de vieux mythes tombés dans l'oubli sur leur inextinguible soif de vengeance. L'événement de ce soir était d'abord et avant tout une ingénieuse opération de relations publiques…

— Voici votre ange gardien, annonça Vittoria.

Langdon vit le garde suisse traversant au pas de course une pelouse voisine pour les rejoindre.

Quand le garde les aperçut, il stoppa net, les examina attentivement et, effaré, il s'empara de son talkie-walkie. Il débita son rapport, sur un ton incrédule, à celui qu'il appelait. Si le grondement sonore qui lui répondit n'était pas intelligible, son sens était clair. Le garde vaincu renfonça son talkie-walkie dans sa poche et se tourna vers le couple, l'air fort mécontent.

Il n'échangea pas un mot avec les étrangers qu'il guida dans le bâtiment. Après avoir franchi quatre portes blindées, deux entrées nécessitant un passe spécial, emprunté un long couloir bordé de doubles portes de chêne, le garde s'arrêta devant une dernière porte. Il examina de nouveau Langdon et Vittoria et, marmonnant dans sa barbe, se dirigea vers une boîte métallique accrochée au mur. Il la déverrouilla, plongea sa main à l'intérieur, actionna un code. Un bourdonnement se fit entendre et la serrure s'ouvrit dans un claquement métallique.

Le garde suisse se tourna vers ses hôtes et leur adressa la parole pour la première fois :

— Les Archives se trouvent derrière cette porte. On

m'a ordonné de vous accompagner jusqu'ici et de retourner au PC.

— Vous partez ? demanda Vittoria.

— Les gardes suisses ne sont pas admis dans les Archives secrètes. Vous êtes ici parce que mon commandant a reçu l'ordre formel du camerlingue de vous laisser entrer.

— Mais comment allons-nous sortir ?

— Sécurité monodirectionnelle. On ne peut plus simple, vous verrez.

La discussion s'arrêta là. Le garde tourna les talons et reprit le couloir en sens inverse.

Vittoria fit une remarque que Langdon n'entendit pas. Les yeux fixés sur la double porte, l'Américain se demandait quels mystères elle pouvait bien abriter.

47.

Il n'avait guère le temps, et il le savait. Pourtant le camerlingue Carlo Ventresca marchait lentement. Il avait besoin de ces quelques instants de solitude pour rassembler ses pensées avant de dire la prière d'ouverture du conclave. Il s'était passé tant de choses… Alors qu'il traversait l'aile Nord du palais, solitaire et harassé, il sentait les défis des deux semaines écoulées peser de tout leur poids sur ses épaules.

Il avait suivi ses saintes obligations à la lettre.

Comme le voulait la tradition vaticane, après la mort du souverain pontife, le camerlingue avait personnellement confirmé le décès en plaçant ses doigts sur le cou du pape, au niveau de la carotide. Il avait cherché à entendre un éventuel souffle puis il avait proféré à trois reprises le nom du chef de l'Église. La loi excluait une autopsie. Après quoi, il avait apposé les sceaux sur la porte de la chambre pontificale, détruit l'anneau du pêcheur, brisé le sceau de plomb et préparé les obsèques. Enfin, il s'était occupé des préparatifs du conclave.

Le conclave, songea-t-il, le dernier obstacle. C'était l'une des plus vieilles traditions de la chrétienté. De nos jours, parce que l'on en connaissait d'ordinaire les résultats avant qu'il ait commencé, ce scrutin apparaissait comme un rituel obsolète, une parodie d'élection. Seulement, à un regard très superficiel, se dit le camerlingue. Le conclave n'était pas une élection. C'était un ancien mode de transfert du pouvoir. Un processus mystique. Une tradition intemporelle. Le secret, les petits papiers pliés, le fait de brûler les bulletins de vote, le mélange des produits chimiques, les signaux de fumée…

En passant devant les loggias de Grégoire XIII, Carlo Ventresca se demanda si le cardinal Mortati commençait à paniquer. Le vieux prélat avait sûrement remarqué l'absence des quatre cardinaux. Et elle risquait fort de se prolonger toute la nuit. La désignation de Mortati avait été une bonne décision, songea le camerlingue. L'homme était un esprit libre qui laissait parler son cœur. Le conclave, ce soir plus que jamais, aurait besoin d'un véritable chef.

En arrivant au sommet de l'escalier royal, Carlo Ventresca se dit qu'il ressemblait à un précipice qui pourrait bien l'engloutir avec tous ses projets. De ce point, il entendait le brouhaha monter de la chapelle Sixtine. L'écho des bavardages des cent soixante-cinq cardinaux — cent soixante et un, corrigea-t-il aussitôt.

Pendant un instant, le camerlingue se vit chuter, plonger en enfer, parmi les damnés hurlant, dans un abîme de flammes, sous un déluge de pierres et de sang vomis par le ciel.

Et puis, le silence.

Quand l'enfant s'éveilla, il était au paradis. Autour de lui, tout était blanc. La lumière était aveuglante et pure. Certains adultes ne se seraient pas privés de dire qu'un enfant de dix ans ne peut pas comprendre ce qu'est le paradis, mais le jeune Carlo Ventresca comprenait très bien le paradis. Il s'y trouvait à cet instant précis. De quel autre endroit pouvait-il s'agir ? Carlo n'était sur terre que depuis une dizaine d'années mais il avait déjà senti la majesté de Dieu — le tonnerre des grandes orgues, les dômes surplombant les villes, les voix du chœur s'élevant dans l'église, les teintes bronze et or chatoyant sur les vitraux. Maria, la mère de Carlo, l'emmenait à la messe chaque jour. L'église était la maison de Carlo.

— Pourquoi venons-nous à la messe tous les jours ? avait demandé un jour le petit garçon, sans la moindre nuance de reproche d'ailleurs.

— Parce que j'en ai fait la promesse à Dieu, avait répondu Maria. Et une promesse faite à Dieu est la plus importante de toutes. Ne Lui manque jamais de parole, Carlo.

Le jeune enfant avait promis qu'il tiendrait toutes ses promesses à Dieu. Il aimait sa mère plus que tout au monde. Elle était son ange descendu du ciel. Parfois, il l'appelait Maria Benedetta, comme la Sainte Vierge, mais elle n'aimait pas du tout ça. Il s'agenouillait à côté d'elle quand elle priait, humant la délicieuse odeur maternelle et l'écoutant murmurer son rosaire. *Sainte Marie, mère de Dieu, priez pour nous pauvres pécheurs... maintenant comme à l'heure de notre mort.*

— Où est mon père ? avait demandé Carlo, qui savait que son père était mort avant sa naissance.

— Maintenant, c'est Dieu ton père, répondait invariablement Maria. Tu es un enfant de l'Église.

Carlo ne résistait pas au plaisir de réentendre cette réponse.

— Chaque fois que tu te sentiras effrayé, lui disait-elle, souviens-toi qu'à présent Dieu est ton père. Il veillera sur toi et te protégera toute ta vie. Dieu a de grands projets pour toi, Carlo.

L'enfant savait que sa mère voyait juste. Il sentait déjà Dieu dans son cœur et ses veines.

Dans son sang.

Le sang tombant en pluie du ciel !

Silence. Puis, le paradis.

Son paradis — Carlo l'avait appris quand on avait éteint ces lumières aveuglantes — était en fait l'unité de soins intensifs de l'hôpital Santa Clara, dans les faubourgs de Palerme. Carlo avait été le seul survivant d'un attentat terroriste qui avait détruit une chapelle où sa mère et lui, alors en vacances dans la région, assistaient à la messe. Trente-sept personnes étaient mortes, dont la mère de Carlo. Les journaux avaient trouvé une formule choc pour le petit survivant de l'attentat : « le Miracle de saint François. » En effet, juste avant l'explosion, Carlo, pour une raison inconnue, s'était éloigné de sa mère et s'était aventuré dans une alcôve pour regarder une tapisserie illustrant la vie de saint François.

Dieu m'a appelé là-bas, avait-il décidé alors. Il voulait me sauver.

À l'hôpital, Carlo souffrait atrocement, il délirait. Il revoyait encore sa mère, agenouillée sur son banc d'église, lui envoyant un baiser. Ensuite, il y avait eu un bruit de tonnerre et il avait vu sa chair qui sentait si bon déchiquetée de partout. Il avait encore le goût de la méchanceté humaine sur les lèvres, c'était celui du sang de sa mère. De Marie, la Sainte Vierge !

« Dieu veillera sur toi et te protégera toute ta vie », lui avait promis sa mère.

Mais où était Dieu en ce moment ?

Et puis, comme pour donner raison à Maria, un homme d'Église était venu à l'hôpital. C'était un évêque, avait ensuite appris l'enfant. Il avait prié pour Carlo. Le miracle de saint François. Après la guérison de l'enfant, l'évêque l'avait fait admettre dans le petit monastère jouxtant la cathédrale. Carlo avait vécu avec les moines qui lui avaient enseigné ce qu'il savait. Il était même devenu enfant de chœur pour son nouveau protecteur. L'évêque avait suggéré à Carlo d'entrer dans un lycée, mais l'enfant avait refusé. Il n'aurait pu être plus heureux ailleurs. À présent, il vivait vraiment dans la maison de Dieu.

Chaque soir, Carlo priait pour sa mère.

Dieu m'a sauvé pour une raison, se disait-il, mais laquelle ?

À l'âge de seize ans, Carlo aurait dû entrer dans l'armée pour les deux années de service militaire obligatoire. L'évêque avait alors expliqué à Carlo que, s'il décidait d'entrer au séminaire, il serait exempté de cette obligation. Carlo avait répondu qu'il souhaitait entrer au séminaire mais qu'il devait d'abord comprendre le mal.

L'évêque n'avait pas compris.

Carlo lui avait confié que, s'il devait passer sa vie dans l'Église à lutter contre le mal, il fallait d'abord qu'il comprenne en quoi il consistait. Et il ne voyait pas de meilleur endroit que l'armée pour comprendre le mal. L'armée, avec ses fusils et ses canons. Ses explosifs. Comme ceux qui ont tué ma sainte mère !

L'évêque avait essayé de le dissuader, mais Carlo avait déjà pris sa décision.

— Prends garde à toi, mon fils, avait dit l'évêque. Et sache que l'Église attendra ton retour.

Les deux années de service militaire du jeune homme avaient été épouvantables. La jeunesse de Carlo s'était déroulée dans un havre de silence et de réflexion. Mais, à l'armée, silence et réflexion étaient proscrits. Du bruit, toujours du bruit… d'énormes engins partout. Pas un instant de paix. Les soldats se rendaient certes à la messe une fois par semaine, dans la chapelle de la caserne, mais Carlo n'avait jamais senti la présence de Dieu chez aucun de ses compagnons. Leur esprit était trop plein du chaos pour voir Dieu.

Carlo détestait sa nouvelle vie, il aurait voulu rentrer chez lui. Mais il s'était imposé de rester jusqu'au bout. Il s'était fixé une tâche, celle de comprendre le mal. Comme il avait refusé de se servir d'une arme à feu, on lui avait appris à piloter un hélicoptère. Carlo détestait l'odeur et le bruit de cet engin, mais, celui-ci lui permettait de voler dans le ciel et de se rapprocher ainsi de sa mère. Quand on lui avait expliqué qu'il allait devoir apprendre à sauter en parachute, comme tout pilote, Carlo avait été terrifié. Seulement il n'avait pas le choix.

Dieu me protégera, s'était-il dit une fois de plus.

Le premier saut en parachute de Carlo avait été l'expérience la plus jubilatoire de son existence. En traversant les airs, il avait eu l'impression de voler avec Dieu. Le jeune homme aurait voulu que cela ne finisse pas… Le silence… la sensation de flotter… Il avait vu le visage de sa mère dans les nuages en plongeant vers la terre. Dieu a des projets pour toi, Carlo. À son retour de l'armée, Carlo était entré au séminaire.

Cela faisait vingt-trois ans.

Maintenant, en descendant la Scala Regia, Carlo Ventresca essayait de comprendre la série d'événements qui l'avait conduit à cette extraordinaire croisée des chemins.

Abandonne toute peur, se dit-il, et consacre cette nuit à Dieu.

Il aperçut la grande porte de bronze de la chapelle Sixtine, gardée, comme le veut la règle, par quatre gardes suisses. Les gardes ouvrirent la porte pour lui livrer passage. À l'intérieur, toutes les têtes se tournèrent. Le camerlingue parcourut du regard les soutanes noires et les ceintures rouges. Il sut alors les projets que Dieu avait conçus pour lui. Le destin de l'Église reposait entre ses mains.

Le camerlingue se signa et franchit le seuil de la chapelle Sixtine.

48.

Gunther Glick, reporter à la BBC Television, était assis au volant de sa camionnette garée dans l'angle est de la place Saint-Pierre. Il maudissait son rédacteur en chef qui, après une évaluation pourtant très élogieuse de son premier mois de travail au siège londonien — « journaliste très percutant, plein de ressources, d'une grande fiabilité » —, l'avait envoyé faire le planton devant le conclave. Certes, les reportages pour la BBC lui garantissaient une crédibilité qu'il était loin d'espérer lorsqu'il pondait des articles pour le *British Tatler*, mais l'idée qu'il se faisait du journalisme ne consistait certainement pas à faire le guet devant une cheminée censée cracher, on ne savait quand, un filet de fumée blanche.

Sa mission était simple. D'une simplicité insultante : ne pas quitter son poste, jusqu'à ce que cette bande de vieux barbons se décide sur le choix de leur vieux barbon en chef. Ensuite, il devait sortir de sa camionnette et balancer un direct de cinquante secondes sur fond de basilique Saint-Pierre.

Passionnant !

Il avait peine à croire que la BBC envoie encore des reporters sur le terrain couvrir des événements aussi ringards. Il n'y a pas un seul des grands réseaux américains ce soir sur cette place. Parce que ce sont de vrais pros, pensa-t-il. Ils se contenteraient de faire une syn-

thèse de la couverture de CNN, qu'ils transmettraient « en direct » devant un rideau bleu ciel, sur lequel ils projetteraient une photo d'archives du Vatican. MSNBC utilisait même des dispositifs de pluie ou de vent artificiels, qui ajoutaient de l'authenticité à ses reportages. De toute façon, les téléspectateurs d'aujourd'hui se moquaient bien de la vérité. Tout ce qu'ils voulaient, c'était du spectacle.

Le dôme imposant de la basilique qui se dressait devant son pare-brise ne faisait qu'achever de le démoraliser. Les merveilles que les gens peuvent construire quand ils s'y mettent…

— Qu'est-ce que j'ai réussi dans ma vie, moi ? dit-il à voix haute. Rien…

— Le mieux, c'est d'abandonner tout de suite ! répliqua une voix de femme à l'arrière du fourgon.

Il sursauta. Il avait oublié qu'il n'était pas seul. Il se retourna vers sa cadreuse, une certaine Chinita Macri, occupée comme d'habitude à astiquer ses verres de lunettes. Elle était noire — pardon, afro-américaine — plutôt grassouillette, et maligne comme un singe, ce qu'elle ne manquait d'ailleurs jamais de vous rappeler. Une drôle de bonne femme. Mais Glick l'aimait bien. Et il n'était pas fâché ce soir d'avoir de la compagnie.

— Qu'est-ce qui ne va pas, mon pauvre Gunther ? demanda-t-elle gentiment.

— Je voudrais bien savoir ce qu'on fout ici !

— On assiste à un événement d'une importance capitale.

— On n'assiste à rien du tout. Tous ces vieux chnoques sont enfermés dans le noir…

— Tu sais que tu iras en enfer ?

— J'y suis déjà.

— Je te remercie.

Elle lui rappelait sa mère.

— J'aimerais tellement arriver à me faire un nom…

— Tu as travaillé au *British Tatler.*

— Sans faire d'étincelles...

— Allons donc ! Il paraît que tu as sorti un article absolument génial sur les expériences sexuelles de la reine avec des extraterrestres.

— Merci de t'en souvenir...

— Et ça continue : ce soir tu vas faire tes premières secondes dans l'histoire de la télé...

Il répondit par un grognement. Il entendait déjà le présentateur-vedette de Londres : « Merci Gunther ! » — juste avant d'embrayer sur la météo.

— J'aurais dû demander un boulot de présentateur au siège, fit Glick.

— Sans expérience de terrain ? Et avec une barbe pareille ? Tu rêves...

Il passa la main dans l'épaisse masse de poils roux qui lui garnissait le menton.

— Je trouve que ça me donne l'air intelligent...

La sonnerie de son téléphone portable mit heureusement un terme à ses pensées pessimistes.

— C'est sans doute le chef ! Il veut peut-être un avant-papier !

— Sur le conclave ? Arrête de rêver, mon pauvre vieux...

Glick répondit, essayant sa future voix de présentateur-vedette :

— Gunther Glick, BBC, en direct du Vatican.

Son interlocuteur parlait avec un fort accent du Moyen-Orient :

— Écoutez bien ce que je vais vous dire. Ces informations vont changer votre vie.

49.

Langdon et Vittoria étaient maintenant seuls devant la double porte qui ouvrait sur les Archives secrètes. Le décor du hall d'entrée se composait d'un curieux mélange de moquette neuve, de colonnes et sol en marbre, et de caméras de surveillance voisinant au plafond avec des chérubins Renaissance. L'histoire de l'art stérilisée, se dit Langdon. Une petite plaque de bronze était apposée près du portail cintré.

ARCHIVIO VATICANO
Conservateur : Père Jaqui Tomaso

Langdon reconnut le signataire des innombrables lettres de refus qu'il conservait dans son bureau de Harvard. « *Cher Monsieur Langdon, J'ai le regret de vous informer que nous ne pouvons donner suite à votre demande de…* »

Le père Jaqui n'éprouvait évidemment pas le moindre regret. Depuis son arrivée à la direction des Archives secrètes, jamais il n'en avait autorisé l'accès à un chercheur non catholique. Les historiens d'art et des religions le surnommaient *Il Cerbero*. Il était l'archiviste le plus intransigeant que la Terre ait porté.

Langdon poussa devant lui les deux battants de la porte et pénétra dans le sanctuaire, à demi étonné de ne pas y trouver le père Jaqui en tenue de combat, un bazooka à l'épaule.

La grande salle était déserte.

Les Archives du Vatican. Un de ses rêves les plus chers se réalisait.

Il contempla le grand hall sacré, honteux de la déception qu'il éprouvait malgré lui. Mon pauvre Robert, tu es un indécrottable romantique ! L'image de rêve qu'il se faisait de ce lieu se révélait totalement erronée. Il avait imaginé d'antiques bibliothèques couvertes de poussière et croulant sous de lourds volumes abîmés, encadrant de longues tables où des religieux se plongeaient dans l'étude de vieux manuscrits et parchemins, à la lueur des bougies et de sombres vitraux.

Rien de tel.

À première vue, l'endroit ressemblait à un hangar à avions, dans lequel on aurait construit une bonne dizaine de courts de squash. En réalité Langdon n'était pas autrement surpris. Pour protéger les vélins et les parchemins de la chaleur et de l'humidité, on enfermait les rayonnages dans des compartiments vitrés hermétiques dont on pouvait contrôler l'atmosphère. Le professeur de Harvard avait exploré plus d'une cellule de ce type au cours de sa carrière, et ces expériences l'avaient toujours perturbé. Il y éprouvait l'impression étouffante d'être emballé sous vide.

Ici, les compartiments vitrés plongés dans l'obscurité avaient une allure irréelle. Leurs contours extérieurs étaient éclairés par une série de petits spots encastrés dans le plafond de la grande salle. Ces géants endormis abritaient d'interminables rangées d'étagères chargées d'histoire. Les collections du Vatican étaient d'une richesse inimaginable.

Vittoria en resta muette d'étonnement.

Le temps passait, et il n'était pas question de perdre de précieuses minutes à chercher un fichier ou un catalogue dans ce dédale de cloisons vitrées. Des terminaux d'ordinateurs étaient installés dans les allées.

— Le fonds est informatisé, dit Langdon. Il doit être sur Biblion, je pense.

— Cela devrait nous faire gagner du temps, souffla Vittoria, pleine d'espoir.

Il aurait aimé partager son enthousiasme. Pour lui, c'était une mauvaise nouvelle. Il s'approcha d'une console et pianota sur le clavier. Ses craintes se confirmèrent immédiatement.

— Un bon vieux catalogue aurait été beaucoup plus simple.

— Pourquoi ? s'étonna sa compagne.

— Parce que les livres, eux, ne sont pas protégés par un mot de passe. Je suppose que vous n'êtes pas une mordue d'informatique ?

Elle secoua la tête.

— Je sais ouvrir les huîtres…

Langdon prit une profonde inspiration et se retourna pour embrasser du regard les rangées de cellules transparentes. Il marcha jusqu'à la plus proche et cligna des yeux pour regarder à l'intérieur. Il devinait dans la pénombre des formes aux contours indistincts qu'il identifia comme des rayonnages, des casiers à parchemins et des tables de lecture. Levant les yeux sur les inscriptions fixées sur le flanc des rayonnages, il entreprit de les lire un à un en longeant la cloison vitrée.

PIETRO L'EREMITA… LE CROCIATE…

URANO II… LEVANTE…

— Le classement n'est pas alphabétique.

Cela ne le surprenait pas. L'ordre alphabétique d'auteur était impossible à respecter, en raison des trop nombreux ouvrages anciens anonymes. Le classement par titre n'était pas plus satisfaisant, car la collection était très riche en parchemins non reliés et en correspondances. C'est donc la chronologie qui prévalait le plus souvent dans ce genre de bibliothèque. Mais ce qui déconcerta Langdon, c'est que le Vatican ne semblait pas l'appliquer non plus…

Il sentait les minutes s'écouler en pure perte.

— J'ai l'impression qu'ils ont un système de classement particulier.

— Cela vous étonne ? rétorqua Vittoria.

Langdon se replongea dans l'étude des étiquettes. Sur un même rayonnage, les documents semblaient couvrir plusieurs siècles mais traitaient de sujets voisins.

— On dirait un classement thématique.

— Pas très performant ! critiqua la jeune scientifique.

En fait..., il s'agit peut-être du catalogage le plus astucieux que j'aie jamais connu, se dit Langdon en y regardant de plus près. Il encourageait toujours ses étudiants à s'intéresser aux sujets et aux tonalités d'une période d'histoire de l'art, plutôt que de se noyer dans les détails de dates et d'œuvres spécifiques. L'archivage du Vatican semblait obéir au même principe. Dégager les grands mouvements...

Il reprenait confiance.

— Les documents de ce box sont plus ou moins liés aux croisades, annonça-t-il.

Tout y était rassemblé. Les chroniques et la correspondance de l'époque, les œuvres d'art, les données sociopolitiques, les analyses contemporaines... dans un seul et même emplacement. La compréhension du sujet y gagne en profondeur. C'est génial...

Vittoria fit la moue.

— Mais que font-ils des documents qui traitent de plusieurs sujets ?

— Les étagères regorgent d'indications de renvoi, expliqua Langdon en lui montrant les petits onglets de couleur insérés entre les volumes. On vous oriente vers des documents qui sont classés ailleurs, parce que leur thème principal est différent.

— D'accord, fit-elle en manifestant un intérêt très modéré.

Les mains sur les hanches, elle balayait du regard la grande crypte. Puis, se tournant vers son compagnon :

— Alors, professeur, quel est le nom de ce bouquin de Galilée ?

Il ne put réprimer un sourire, encore émerveillé d'avoir pu pénétrer dans ce temple de la documentation historique. Il est là, quelque part…, pensa-t-il. Il nous attend dans l'ombre.

Il descendit la première allée d'un pas vif et confiant, en vérifiant les inscriptions au passage :

— Suivez-moi ! Vous vous rappelez ce que je vous ai dit sur la Voie de l'Illumination ? Et sur la façon dont les *Illuminati* recrutaient leurs nouveaux membres, à la suite d'un test assez compliqué ?

— La fameuse chasse au trésor…

— Après avoir placé les jalons, il fallait trouver un moyen de faire connaître aux savants de l'époque l'existence du parcours.

— C'est logique. Faute de quoi, pas de recrutement…

— Exactement. Et même si certains le savaient, ils en ignoraient le point de départ. Rome était déjà une grande ville.

— Bien sûr.

Langdon s'engageait dans la deuxième allée.

— Il y a une quinzaine d'années, j'ai découvert avec un confrère de la Sorbonne une série de lettres écrites par les *Illuminati*, qui comportaient de nombreuses allusions au *segno*.

— Le signe… l'annonce d'un tracé et son point de départ ?

— C'est cela. Et depuis, un grand nombre d'universitaires, dont je fais partie, ont mis au jour d'autres références au *segno*. Il est aujourd'hui admis que cet indice existe quelque part, et que Galilée l'a très largement diffusé dans la communauté scientifique, à l'insu du Vatican.

— Comment s'y est-il pris ?

— On ne peut rien affirmer, mais il s'est très probablement servi de ses œuvres imprimées. Il en a publié un très grand nombre.

— Mais le Vatican les connaissait…

— En effet. Il n'empêche que le *segno* s'est propagé en Europe.

— Sans que personne l'ait jamais trouvé ?

— Eh non ! Or, curieusement, chaque fois qu'on trouve une allusion au *segno* — que ce soit dans les journaux intimes de francs-maçons, dans les anciennes publications scientifiques ou dans la correspondance des *Illuminati* —, c'est toujours sous la forme d'un nombre.

— 666 ?

Langdon sourit.

— Non, 503.

— Ce qui signifie… ?

— Aucun de nous n'a réussi à l'élucider. J'ai tout essayé : la numérologie, les références cartographiques, les latitudes…

Arrivés au fond de l'allée, ils tournèrent à angle droit.

— Pendant plusieurs années, continua Langdon, la seule clé me semblait être le premier chiffre. Le cinq fait partie des nombres sacrés des *Illuminati*…

— Quelque chose me dit, insinua Vittoria, que vous avez fait une découverte récente. Et que c'est pour cela que nous sommes ici…

— C'est exact, répliqua-t-il en s'accordant un rare instant de fierté professionnelle. Avez-vous entendu parler d'un livre de Galilée intitulé *Dialogue sur les deux principaux systèmes du monde* ?

— Bien sûr ! C'est le top des publications scientifiques…

Langdon comprenait ce qu'elle voulait dire, même si lui-même ne l'aurait pas défini tout à fait ainsi.

— Au début des années 1630, reprit Langdon, Galilée

souhaitait publier un ouvrage reprenant la théorie héliocentrique de l'univers développée par Copernic. Mais le Saint-Office refusa l'imprimatur tant que l'astronome italien n'y aurait pas inclus des preuves équivalentes de la théorie géophysique de l'Église — dont il savait parfaitement qu'elle était erronée. Il n'eut pas d'autre choix que d'obéir à cette exigence, si bien que son *Dialogo* consacrait autant de place à la vérité scientifique qu'à la théorie erronée de l'Église. Comme vous le savez sans doute, ce compromis n'a pas empêché la mise à l'index du *Dialogo*, ni Galilée d'être maintenu en prison.

— Les bonnes actions sont toujours punies.

— C'est bien vrai ! Mais Galilée était un obstiné. Bien qu'étroitement surveillé, il a rédigé en secret un autre manuscrit, qu'il a intitulé *Discorsi*.

— J'en ai entendu parler. *Les Discours sur les marées*.

Langdon s'arrêta net, ébahi qu'elle connaisse cet obscur traité du mouvement des planètes et de son influence sur les marées.

— Vous parlez à une Italienne, spécialiste de physique marine, dont le père vouait un véritable culte à Galilée...

Langdon rit poliment. Mais ce n'étaient pas les *Discorsi* qui les intéressaient pour le moment. Il expliqua à Vittoria que le savant italien ne s'en était pas tenu là pendant sa période de captivité. Les historiens pensaient qu'il était aussi l'auteur d'un petit ouvrage très peu connu — et qui avait pour titre *Diagramma*.

— *Diagramma della verita*, ajouta-t-il. *Le Diagramme de la vérité...*

— Cela ne me dit rien.

— Ce n'est pas étonnant. C'est la plus mystérieuse de ses œuvres. On pense qu'il s'agissait d'un traité relatant des faits scientifiques que Galilée avait constatés, mais qu'il n'était pas autorisé à divulguer. Comme pour certains de ses manuscrits antérieurs, il aurait fait sortir son manuscrit de Rome clandestinement, par l'intermédiaire d'un ami, et le *Diagramma* aurait été imprimé discrètement en Hollande. Il connut un grand succès au sein du monde scientifique européen d'avant-garde, jusqu'à ce que cela parvienne aux oreilles du Vatican, qui entreprit alors une campagne d'autodafés.

Vittoria semblait intriguée.

— Et vous croyez vraiment que le *Diagramma* renfermait la clé du *segno* ? L'information sur le début de cette Voie de l'Illumination ?

— Je suis certain que Galilée s'est servi de ce manuscrit pour la diffuser. C'est la seule chose que je sache.

Il s'engagea dans la troisième allée, sans cesser de lire les inscriptions sur les étagères.

— Les archivistes du monde entier ont toujours cherché à en obtenir un exemplaire, enchaîna-t-il. Mais il semble qu'avec les autodafés du Vatican et le taux d'usure des parchemins, il ait disparu de la surface de la terre.

— Le taux d'usure... ?

— Oui. Les archivistes l'évaluent à dix pour cent. Le *Diagramma* était imprimé sur du papyrus de carex, qui ressemble à du papier de soie. On estime qu'il ne se conserve pas plus d'un siècle.

— Pourquoi avoir choisi un support aussi fragile ?

— C'était un ordre explicite de Galilée, qui cherchait à protéger ses disciples. Ceux qui se faisaient prendre en possession du document n'avaient qu'à le jeter dans l'eau pour qu'il se dissolve. La destruction de preuves était très facile, mais elle a fait le malheur des archivistes. On pense qu'il n'y a qu'un exemplaire qui ait subsisté après le XVIIIe siècle.

— Un seul ? s'exclama Vittoria.

Son regard fit le tour de la salle.

— Et il est ici ?

— Le Vatican l'a confisqué aux Hollandais peu après

la mort de Galilée. Cela fait des années que je demande à pouvoir le consulter. Depuis que j'ai compris ce qu'il renferme.

Comme si elle lisait dans les pensées de Langdon, la jeune femme accéléra le pas pour aller prospecter dans l'allée adjacente.

— Merci, dit-il en la suivant tant bien que mal. Vérifiez toutes les étiquettes qui mentionnent Galilée, mais aussi la science et les savants. Vous ne pourrez pas vous tromper...

— D'accord ! mais vous ne m'avez toujours pas expliqué comment vous vous êtes rendu compte qu'il y avait un indice dans ce *Diagramma*. Y a-t-il un rapport avec le nombre 503 qu'on retrouve dans toute la correspondance des *Illuminati* ?

— Oui, j'ai fini par trouver qu'il s'agit d'un code extrêmement simple, et qui fait directement allusion à ce texte.

Langdon croyait revivre le jour de cette révélation inattendue. C'était un 16 août, deux ans auparavant. Il s'ennuyait à mourir au mariage du fils d'un de ses collègues. Les deux héros de la fête faisaient leur entrée solennelle par le lac, à bord d'une barque ornée de fleurs et de guirlandes, accompagnés de joueurs de cornemuse. Sur la coque de l'embarcation, s'étalait une inscription rutilante en chiffres romains : *DCII*.

— Pourquoi 602 ? demanda Langdon au père de la mariée.

— Pardon ?

— Le nombre romain sur la barque ?

L'homme se mit à rire.

— Ce ne sont pas des chiffres, c'est le nom du bateau.

Et comme son invité ouvrait des yeux ronds :

— *Dick and Connie II*, expliqua le père.

Langdon se sentit tout penaud. Dick and Connie étaient les prénoms des mariés.

— Mais pourquoi le chiffre deux ? avait-il poliment insisté. Qu'est-il arrivé au *Dick and Connie I* ?

— Il a coulé hier pendant la répétition, expliqua son hôte dans un grognement.

— Désolé, dit Langdon en refrénant une violente envie de rire.

Il regardait toujours l'inscription. Le *DCII*. Une miniature du *Queen Elizabeth II*. Une seconde plus tard, il était aux anges.

Vittoria avait maintenant droit à l'explication :

— Donc, le nombre 503 est un code, mis au point par les *Illuminati*, qui remplaçaient des chiffres romains par des chiffres arabes. Pour celui-ci, la correspondance est…

— DIII, termina la jeune femme.

— C'est du rapide, bravo ! Ne me dites pas que vous êtes une *Illuminata*…

— On se sert des chiffres romains pour codifier les strates de dépôts pélagiques.

Évidemment, n'est-ce pas tout naturel ? pensa Langdon.

— Et qu'est-ce qu'il signifie, ce DIII ?

— DI, DII, DIII, sont des abréviations anciennes qu'utilisaient les savants pour distinguer les trois œuvres de Galilée qui prêtaient le plus souvent à confusion.

Vittoria respira à fond avant de se lancer :

— *Dialogo*, *Discorsi*, *Diagramma*…

— D-un, D-deux, D-trois. Trois œuvres scientifiques, toutes controversées, dont le *Diagramma* était la dernière.

Elle fit une moue perplexe.

— Mais je ne comprends toujours pas. Si ce *segno* — cette pub… cet indice sur la Voie de l'Illumination

— s'il figurait réellement dans le *Diagramma*, comment se fait-il que le Vatican ne l'ait pas découvert quand il a récupéré l'exemplaire hollandais ?

— Ils l'ont sans doute vu, mais sans le comprendre. N'oubliez pas que les jalons des *Illuminati* étaient toujours visibles à l'œil nu, selon le principe de la dissimulation. Le *segno* était probablement déguisé sous une autre forme, invisible pour ceux qui ne le cherchaient pas. Ou qui ne le comprenaient pas.

— Ce qui veut dire…

— Que Galilée l'a très bien caché. D'après certains documents historiques, le *segno* serait formulé dans ce que les *Illuminati* appelaient la *lingua pura*…

— La langue pure… ?

— Oui.

— Le langage mathématique ?

— C'est ce que je crois. Cela paraît assez évident. Galilée était aussi mathématicien, et ses œuvres s'adressaient à d'autres savants. La logique de ce langage lui permettait probablement de suggérer le dessin d'un plan. Et le titre de ce petit ouvrage laisse supposer qu'il s'agirait d'un diagramme.

Le scepticisme de Vittoria parut baisser d'un cran. Mais d'un seul.

— Il aurait élaboré un code mathématique incompréhensible par le clergé…, dit-elle.

— Vous n'avez pas l'air très convaincue…, fit Langdon en la suivant dans l'allée.

— C'est vrai. Essentiellement parce que vous ne l'êtes pas vous-même. Si vous en étiez si certain, pourquoi n'avez-vous pas publié un article ? Un de vos lecteurs autorisé à entrer dans les Archives aurait pu venir vérifier…

— Je ne voulais pas publier ! J'avais entrepris un énorme travail pour découvrir cette information…

Gêné, il s'interrompit.

— Et vous vouliez être sûr d'en récolter la gloire !

— Oui, si on peut dire. En réalité…

— Ne rougissez pas ! Vous vous adressez à une scientifique. Comme disent les gens du CERN : « Prouver ou crever. »

— Je ne voulais pas seulement être le premier, j'avais peur que l'information ne tombe entre de mauvaises mains, et qu'elle disparaisse.

— Entre les mains du Vatican ?

— Ce n'est pas qu'il soit dangereux en soi, mais l'Église catholique a toujours tenté de minimiser la menace des *Illuminati*. Au début des années 1900, elle est même allée jusqu'à déclarer que cette société secrète avait été inventée de toutes pièces par des esprits un peu trop romanesques. Le clergé estimait que ses ouailles n'avaient aucun besoin de savoir que leurs banques, leurs institutions politiques et leurs universités étaient infiltrées par un mouvement antichrétien très puissant.

Parle au présent, mon cher Robert, pensa-t-il. Elle existe encore cette société secrète.

— Et donc, vous croyez que le Vatican se serait empressé de détruire une preuve de l'existence des *Illuminati* ?

— Ce n'est pas du tout impossible. Toute menace, réelle ou imaginaire, affaiblit la confiance dans le pouvoir de l'Église.

Vittoria s'arrêta brusquement de marcher.

— Une dernière question. Vous parlez sérieusement ?

— Que voulez-vous dire ?

— C'est vraiment ça la solution que vous avez trouvée pour retrouver l'antimatière à temps ?

Langdon ne savait si c'était de la pitié ou de la terreur qu'il lisait dans les yeux de la jeune femme.

— La découverte du *Diagramma* ? risqua-t-il.

— Pas seulement ! Mais l'espoir d'y dénicher un *segno* vieux de quatre siècles, de décoder une énigme mathématique, et de suivre un ancien jeu de piste parsemé d'œuvres d'art, que seuls les savants les plus géniaux de l'Histoire ont jamais été capables de parcourir. Et tout cela dans les quatre heures qui viennent !

— Je reste ouvert à d'autres propositions, répondit Langdon en haussant les épaules.

50.

Devant l'entrée de la chambre forte numéro 10, Langdon parcourait du regard les inscriptions sur les étagères.

BRAHE… CLAVIUS… COPERNICUS… KEPLER… NEWTON…

Intrigué, il les relut une à une. Les savants sont bien là… mais où est Galilée ?

Il se tourna vers Vittoria qui explorait une autre armoire :

— J'ai trouvé la bonne section, mais il manque Galilée…

— Ça ne m'étonne pas, répondit-elle d'une voix sombre. Il est ici. J'espère que vous avez apporté vos lunettes, parce que cette section lui est entièrement consacrée…

Langdon se précipita. Elle ne se trompait pas, hélas. Tous les rayonnages portaient la même étiquette :

IL PROCESSO GALILEIANO

Il laissa échapper un sifflement. L'affaire Galilée, se dit-il, émerveillé. Le procès le plus long et le plus coûteux de l'histoire du Vatican. Quatorze années, et l'équivalent de trois cent mille dollars. Et tout est conservé ici !

— Si les documents judiciaires vous intéressent… servez-vous ! souffla-t-il à la jeune femme.

— J'imagine que les juristes n'ont guère évolué depuis cette époque.

— Les requins non plus !

Il se dirigea à grands pas vers un interrupteur jaune, situé sur le côté du compartiment vitré, et l'enfonça. Une rangée de spots lumineux s'alluma sous le plafond intérieur. Des ampoules rouge foncé, qui donnaient aux hautes étagères l'allure d'un décor de théâtre fantastique.

— Mon Dieu ! souffla Vittoria, effrayée. Lampes à UV ?

— Au contraire, le parchemin et le vélin sont des matériaux très vulnérables à la lumière. D'où la nécessité d'utiliser des ampoules spéciales.

— De quoi avoir des hallucinations !

Ou pire, pensa Langdon en revenant vers l'entrée.

— Un simple mot d'avertissement, dit-il. L'oxygène est par définition oxydant, aussi les pièces hermétiques comme celles-ci en contiennent-elles très peu. On y ménage un vide partiel, qui risque de gêner votre respiration.

— Si les vieux cardinaux y ont survécu…

C'est vrai, puissions-nous avoir autant de chance…, songea Langdon.

L'entrée de la cage vitrée s'effectuait par une porte électronique à tambour. Langdon reconnut, sur l'un des montants, les quatre commutateurs habituels. Lorsqu'on appuyait sur l'un d'eux, la porte pivotait à cent quatre-vingts degrés et s'immobilisait, de manière à préserver l'atmosphère raréfiée.

— Quand je serai entré, expliqua-t-il à Vittoria, appuyez sur le bouton et rejoignez-moi. L'humidité est réglée à huit pour cent — ne vous étonnez pas si vous avez la bouche sèche.

Il entra dans le compartiment pivotant et appuya sur le dispositif. La porte commença à tourner en bourdonnant. Il suivit le mouvement en se préparant au choc physique du passage dans l'air raréfié, une différence atmosphérique comparable à un dénivelé de six mille mètres — en une seconde. Une sensation de vertige et de nausée accompagnait souvent les quelques instants d'adaptation. Il se remémora le vieil adage des archivistes : « Si tu vois double, plie-toi en deux. » Il entendit deux claquements — réaction des tympans au changement de pression —, il y eut un sifflement derrière lui et le tambour s'arrêta. Il était entré.

Sa première impression fut une mauvaise surprise. L'oxygène était plus rare qu'il ne s'y attendait. Le Vatican se montrait zélé pour préserver ses archives. Luttant contre un réflexe de nausée qui le submergeait, Langdon s'efforça de détendre ses muscles pectoraux pour laisser les vaisseaux pulmonaires se dilater. La sensation d'angoisse s'estompa rapidement. Vive la natation ! se dit-il, en se félicitant pour ses cinquante longueurs de piscine quotidiennes. Respirant plus normalement, il explora le box du regard, en proie à une anxiété familière. Même avec des parois de verre, il s'agissait bien d'une cage.

Je suis enfermé dans une cage rouge sang.

La porte bourdonna derrière lui. Il se retourna pour surveiller Vittoria. En franchissant le seuil de la chambre forte, la jeune femme se mit à larmoyer et elle suffoqua quelques instants.

— Patientez une minute, lui dit-il. Si la tête vous tourne, penchez-vous vers l'avant.

— J'ai l'impression… de faire de… la plongée… sans… oxygène…

Langdon lui laissa le temps de s'acclimater. Cela ne devait pas poser de problème. Elle avait visiblement une excellente forme physique, sans aucune comparaison avec celle des anciennes étudiantes de l'université Radcliffe qu'il avait un jour escortées à Harvard, dans la salle hermétique de la bibliothèque Widener. La visite s'était terminée par un bouche-à-bouche pratiqué sur une vieille dame au cours duquel elle avait failli avaler son dentier.

— Vous vous sentez mieux ? demanda-t-il à sa jeune accompagnatrice.

Vittoria hocha la tête.

— Après le vol ébouriffant dans votre satané avion spatial, il me semble que je vous devais une revanche...

Elle sourit. Touché.

Il plongea la main dans un casier suspendu près de la porte et en sortit des gants de coton blanc.

— C'est très protocolaire ? demanda-t-elle.

— L'acidité de la peau abîme les documents. Enfilez ces deux-là.

— On a combien de temps devant nous ? demanda-t-elle en s'exécutant.

Langdon regarda sa montre Mickey.

— Il est un peu plus de 19 heures.

— Cela nous laisse une heure...

Il montra une bouche d'aération au plafond, équipée d'un filtre à air.

— Moins que cela en fait. En temps normal, le conservateur déclenche un système de ventilation qui renouvelle l'oxygène dans le compartiment. Pas aujourd'hui. Dans vingt minutes, nous serons au bord de l'étouffement.

Même sous la lumière rouge, il la vit pâlir.

Il lui sourit en lissant ses gants.

— Prouver vite ou crever, mademoiselle Vetra, conseil de Mickey.

51.

Gunther Glick fixa des yeux son téléphone portable pendant une dizaine de secondes avant de raccrocher...

Chinita Macri l'observait depuis le fond du fourgon de la BBC.

— Qu'est-ce qui se passe ? Qui c'était ?

Il se retourna. Il avait l'air d'un petit garçon qui vient de voir le Père Noël.

— Un scoop. Il se passe quelque chose dans le Vatican.

— Ça s'appelle un conclave. Bonjour le scoop !

— Non. Il y a du grabuge. Un gros truc.

Il hésitait encore à croire ce qu'il venait d'entendre, honteux de se rendre compte qu'il priait pour que cette histoire soit vraie.

— Que dirais-tu si je t'apprenais que quatre cardinaux ont été kidnappés, et qu'ils vont être assassinés ce soir à Rome, chacun dans une église différente ?

— Je te dirais que c'est un canular monté par un collègue de Londres, doté d'un très mauvais sens de l'humour.

— Et si je t'indiquais l'adresse exacte du premier meurtre ?

— Je voudrais bien que tu me dises à qui tu viens de parler.

— Il ne m'a pas donné son nom.

— Peut-être justement parce qu'il se fiche de toi ?

Le cynisme de sa collègue ne le surprenait pas. Elle paraissait oublier qu'il avait commencé sa carrière au magazine *British Tatler*, où il avait acquis une connaissance approfondie des menteurs et des cinglés de tout poil. Or cet interlocuteur-là n'était ni l'un ni l'autre.

Il avait l'air étonnamment calme et sensé. « Je vous rappellerai peu avant 20 heures, pour vous indiquer l'emplacement exact du premier meurtre. Le reportage que vous y filmerez fera de vous une star du journalisme. » Comme Glick lui demandait la raison de cette confidence, la réponse était tombée, glaciale, derrière le fort accent arabe : « Les médias sont le bras droit de l'anarchie. »

— Ce type m'a aussi confié autre chose, lança Glick à sa collègue.

— Et quoi donc ? Que le conclave vient d'élire Elvis Presley comme pape ?

— Regarde un peu la banque de données de la BBC, tu veux ? Je voudrais savoir ce qu'on a comme infos sur les types dont il m'a parlé.

— Quels types ?

— Fais-moi plaisir !

Chinita Macri poussa un soupir et se connecta sur le serveur.

— Patiente une ou deux minutes.

Glick avait la tête qui tournait.

— Il voulait absolument savoir si j'avais un cameraman avec moi…

— On dit cadreuse ou vidéaste, rectifia-t-elle.

— … Et si on pouvait retransmettre en direct.

— Oui, sur 1,537 mégahertz, mais pourquoi ?

On entendit le bip de connexion.

— Ça y est, annonça Chinita. Alors, qu'est-ce que tu cherches, exactement ?

Il lui dicta un mot-clé.

Elle dévisagea son collègue :

— J'espère vraiment que c'est une plaisanterie…

52.

Le classement des documents de la salle 10 n'était pas aussi logique que Langdon l'espérait. Et le *Diagramma* ne semblait pas avoir été classé avec les autres ouvrages de Galilée. Sans accès au fichier informatique Biblion, Langdon et Vittoria avaient peu de chances de trouver.

— Et vous êtes certain que le *Diagramma* se trouve ici ? demanda la jeune femme.

— Absolument. Confirmé par les listings de l'Office de la propagation de la foi et…

— D'accord. Dans ce cas…

Elle se dirigea vers la gauche et Langdon partit vers la droite.

Il dut faire appel à toute sa volonté pour ne pas ouvrir chaque trésor qu'il rencontrait. Le fonds était d'une richesse impressionnante. *L'Essayeur… Le Messager astral… Lettres à Velser sur les taches solaires… Lettre à la Grande-Duchesse Christine… Apologie de Galilée…* cela n'en finissait pas.

C'est Vittoria qui fit la découverte, près du fond de la salle. Elle appela d'une voix rauque :

— *Diagramma della verita* !

Langdon se précipita à sa rencontre dans la brume rosée.

— Où ça ?

Elle montra du doigt un meuble qui éclaira immédiatement Langdon sur la cause de son échec. Le précieux manuscrit était rangé dans un casier à folios, et pas sur les étagères. On entreposait dans ce type de classeur les feuilles non reliées. L'étiquette que portait celui-ci ne laissait aucun doute sur son contenu.

DIAGRAMMA DELLA VERITA
Galileo Galilei, 1639

Le cœur battant, Langdon s'agenouilla au pied du meuble. Le *Diagramma*. Il adressa un large sourire à Vittoria.

— Félicitations ! Aidez-moi à le sortir d'ici.

Elle se mit à genoux près de lui et ils tirèrent ensemble le casier. Il était posé sur un socle de métal qui roula vers eux, laissant apparaître son couvercle.

— Il n'est pas verrouillé ? s'étonna Vittoria devant le simple loquet qui le fermait.

— Jamais. Il faut pouvoir sortir très vite les documents, en cas d'inondation ou d'incendie.

— Alors, ouvrez-le !

Il ne se fit pas prier. La double perspective de concrétiser son plus ancien fantasme d'universitaire et de ne bientôt plus avoir d'oxygène ne le poussait guère à la flânerie. Il poussa le loquet et souleva le couvercle. Posé à plat dans le fond de la boîte se trouvait un sac de coutil noir — un tissu poreux indispensable pour la préservation d'un tel contenu. Il le souleva des deux mains pour le maintenir à l'horizontale.

— J'attendais une malle au trésor et je trouve une taie d'oreiller…, siffla Vittoria.

— Suivez-moi, dit-il en se relevant.

Tenant le sac devant lui comme une offrande sacrée, Langdon se dirigea vers le centre du box, où il savait qu'il trouverait une table de lecture à plateau de verre. Elles occupent très souvent cette situation centrale, pour réduire les déplacements de documents et offrir aux lecteurs l'intimité d'un espace entouré de rayonnages. Des carrières entières d'historiens s'étaient jouées sur des meubles identiques à celui-ci, et les chercheurs n'aimaient guère se sentir épiés à travers des cloisons de verre.

Il déposa son précieux fardeau et déboutonna le sac de tissu. Puis il alla fouiller dans une corbeille contenant des outils d'où il sortit deux pinces de graveur, aux embouts garnis de tampons de feutre. Le cœur battant d'excitation, il s'attendait presque à se réveiller dans son bureau de Cambridge, affalé sur une liasse de copies à corriger. Il prit une longue inspiration et entrouvrit la taie de coton. Il plongea les pinces à l'intérieur, les doigts tremblant dans ses gants blancs.

— Détendez-vous, souffla Vittoria. C'est du papier, pas du plutonium.

Il tâtonna à l'intérieur du sac avec les deux instruments, prenant bien soin de ne pas appuyer. Lorsqu'il sentit que les pinces enserraient les bords des documents, il les maintint en position et fit glisser le sac, de façon à réduire l'effet de torsion. Il ne reprit son souffle qu'après avoir reposé le sac et allumé la lampe sous le plateau de verre.

Éclairé en contre-plongée, le visage de Vittoria était d'une blancheur spectrale.

— C'est tout petit ! s'exclama-t-elle, émerveillée.

Les feuillets empilés ressemblaient aux pages détachées d'un livre de poche. Celui du dessus était une couverture calligraphiée à la plume, où on lisait le titre, la date et le nom de Galilée — écrits de sa main.

Langdon oublia tous les moments désagréables de la journée, oublia sa fatigue, oublia la tragédie horrible qui menaçait le Vatican. Il n'était qu'admiration pour ce texte vénérable. Les rencontres intimes avec l'Histoire le laissaient toujours muet de respect. Il était aussi ému que la première fois où il s'était trouvé en face de la Joconde.

Le papyrus terne et jauni était évidemment d'origine, mais en excellent état de conservation. Pigments légèrement délavés, quelques déchirures et adhérences, mais dans l'ensemble impeccable. Les yeux irrités par la sécheresse de l'air, Langdon contempla quelques instants l'écriture ornée de Galilée. Vittoria se taisait.

— Passez-moi une spatule, s'il vous plaît, lui demanda-t-il en indiquant un plateau contenant de petits outils en inox.

Il passa les doigts sur l'instrument pour éliminer toute électricité statique avant de le glisser, avec d'infinies précautions, sous le feuillet de couverture, qu'il reposa à plat sur le côté.

La première page était manuscrite, d'une calligraphie pratiquement impossible à déchiffrer. Mais elle ne comportait aucun diagramme, aucun chiffre. Un essai rédigé.

— « Héliocentrisme », traduisit Vittoria. On dirait bien qu'il rejette d'emblée la théorie du Vatican… Mais c'est de l'italien ancien. Je ne vous promets rien pour la traduction.

— Peu importe. Nous sommes à la recherche d'une formule mathématique. La langue pure.

Il tourna la première page à l'aide de la spatule. Ses doigts étaient moites de transpiration dans les gants. Vittoria lut le titre de la deuxième page :

— « Le mouvement des planètes. »

Langdon fronça les sourcils. Il aurait tellement aimé avoir le temps de tout déchiffrer. Les projections de Galilée ne semblaient pas en désaccord avec les images contemporaines de la NASA.

— Ce ne sont pas des maths, souffla Vittoria. Il parle de mouvements rétrogrades et d'orbites elliptiques…

Les ellipses. L'essentiel des ennuis de Galilée avec le tribunal de l'Inquisition provenait de sa description du mouvement des planètes. Le Vatican vénérait la perfection du cercle et refusait d'admettre que l'organisation céleste obéisse à un ordre qui ne soit pas circulaire. Mais les *Illuminati* de Galilée voyaient dans l'ellipse le même degré de perfection, la dualité mathématique des deux centres. On la retrouvait aujourd'hui dans la symbologie moderne maçonnique.

— Page suivante, ordonna Vittoria.

Langdon obéit.

— « Les phases de la Lune et les marées. » Pas de diagramme. Pas de chiffres.

Langdon tourna le feuillet. Toujours rien. Une dizaine d'autres. Rien. Rien. Rien.

— Je croyais que ce type était un matheux…, siffla Vittoria.

Langdon trouva que l'oxygène s'amenuisait. Ses espoirs aussi. Sans parler de la pile de feuillets de papyrus.

— Il n'y a pas de maths là-dedans, déclara Vittoria. Quelques dates, quelques chiffres ici et là, mais rien qui ressemble à une énigme à résoudre…

Langdon souleva la dernière page en soupirant.

— C'est un bouquin vite lu…, commenta Vittoria.

Il hocha la tête.

— *Merda !* s'exclama-t-elle. Comme on dit à Rome.

L'expression est appropriée, pensa Langdon. Le reflet de son visage sur la table paraissait se moquer de lui, comme celui qu'il avait croisé sur sa porte-fenêtre le matin même. Un fantôme vieillissant.

— Il y a sûrement quelque chose dans ce texte ! gémit-il. Le *segno* est là-dedans, je le sais !

— C'était peut-être une erreur, cette idée de DIII ?

Il la foudroya du regard.

— D'accord, se reprit-elle vivement. C'est parfaitement logique. Mais l'indice lui-même n'est pas mathématique…

— *Lingua pura*… Que voulez-vous que ce soit d'autre ?

— L'art ?

— Il n'y a aucun croquis ni dessin dans ce livre.

— Tout ce que je sais, c'est que la *lingua pura* ne renvoie pas à l'italien. Le langage mathématique conviendrait parfaitement…

— Je ne vous le fais pas dire.

Il refusait de s'avouer si vite vaincu.

— Les chiffres sont peut-être rédigés en toutes lettres… Ou bien le calcul mathématique se fait en mots plutôt qu'en équations…

— Cela va prendre un moment de lire toutes les pages…

— C'est justement le temps qui nous manque. Partageons-nous le travail.

Il remit à l'endroit la pile de feuilles.

— Je connais assez d'italien pour reconnaître les chiffres, affirma-t-il.

Il sépara la pile en deux parties avec sa spatule et déposa la petite dizaine de pages du début devant sa compagne.

— Je suis certain que c'est là-dedans, répéta-t-il.

Vittoria souleva la couverture à la main.

— Spatule ! s'écria-t-il en lui tendant un instrument.

— Mais j'ai des gants… Je ne vois pas comment je pourrais…

— Faites ce que je vous dis.

— Vous éprouvez ce que j'éprouve ? demanda-t-elle.

— Vous êtes énervée ?

— Non. J'ai du mal à respirer.

Lui aussi. La sensation d'étouffement était venue plus vite qu'il ne l'aurait pensé. Il fallait faire vite. Les énigmes d'archives n'avaient rien de nouveau pour lui, mais il avait en général du temps devant lui. Sans ajouter un mot, il se pencha sur les papyrus et entreprit de traduire sa première page.

Montre-toi, fichu signe ! Montre-toi !

53.

Quelque part dans les catacombes de Rome, la silhouette sombre s'enfonçait dans le boyau creusé à même la roche. La galerie d'un autre temps n'était éclairée que par des torches, l'air chaud et lourd. Il entendait les voix apeurées des prisonniers, leurs appels résonnant inutilement dans l'espace confiné.

En tournant le coin de la galerie, il les vit, exactement tels qu'il les avait laissés : quatre vieillards terrifiés, parqués dans une étroite cavité fermée par des barreaux rouillés.

— Qui êtes-vous ? demanda l'un des hommes en français. Pourquoi sommes-nous ici ?

— *Hilfe*, au secours ! cria une autre voix en allemand, laissez-nous partir !

— Savez-vous qui nous sommes ? demanda un troisième en anglais avec un accent espagnol.

— Silence ! ordonna la voix éraillée d'un ton sans réplique.

Le quatrième prisonnier, un Italien silencieux et pensif, regarda au fond des yeux d'encre de son ravisseur. Satan ne doit pas avoir un autre regard, songea-t-il, j'en jurerais. Dieu nous aide.

Le tueur jeta un coup d'œil à sa montre et se retourna vers ses prisonniers.

— Bien, messieurs, par qui je commence ?

54.

Dans la salle 10 des archives, Robert Langdon lisait à voix haute les nombres qu'il repérait sur le feuillet calligraphié du Galilée. *Mille… centi… uno, duo, tre… cinquanta…* Il me faut un nombre, n'importe lequel, bon sang !

Quand il eut atteint le bas du feuillet, il souleva la spatule pour tourner la page mais dut s'y reprendre à trois fois. Sa main tremblait et la spatule ne lui obéissait plus tout à fait. Quelques minutes plus tard, il s'aperçut qu'il avait abandonné la spatule et qu'il tournait les pages à la main. Oups ! s'exclama-t-il, honteux comme un petit garçon pris en faute. Le manque d'oxygène commençait à lever ses inhibitions. Si je continue comme ça je n'irai pas au paradis des archivistes !

— Pas trop tôt ! s'exclama Vittoria en voyant Langdon tourner les pages à la main.

Elle jeta la spatule à son tour et imita Langdon.

— Trouvé quelque chose ?

La jeune femme secoua la tête.

— Non, rien qui soit purement mathématique. J'écrème, mais je ne vois pas l'ombre d'un indice se profiler.

Langdon poursuivit sa traduction des feuillets, mais avec des difficultés croissantes. Son italien était assez hésitant, et la minuscule écriture jointe aux archaïsmes de langage ralentissait encore sa progression. Vittoria en atteignant la fin de sa liasse et en la refermant avait l'air complètement découragée. Elle s'accroupit pour inspecter de nouveau le carton. Quand Langdon eut achevé la dernière page, il pesta dans sa barbe et se pencha vers Vittoria qui maugréait en écarquillant les yeux sur un passage.

— Une piste ?

Vittoria ne tourna pas la tête.

— Vous aviez des notes de bas de page sur vos feuillets ?

— Non, il me semble que non, pourquoi ?

— Cette page comporte une note, mais illisible, à cause d'une pliure.

Langdon regarda le passage en question, mais il ne parvint à lire que le numéro du folio dans le coin supérieur droit. Le numéro 5. Il lui fallut un moment avant de noter la coïncidence et même alors, il ne vit pas de rapport immédiat. Cinq, Pythagore, pentagramme, *Illuminati*... Langdon se demandait si les *Illuminati* auraient choisi la page cinq pour dissimuler leur indice. Il sentit pointer une timide lueur d'espoir dans le brouillard rougeâtre qui les entourait.

— S'agit-il d'une note mathématique ?

Vittoria secoua la tête.

— Non, c'est une ligne de texte, en tout petits caractères, presque illisibles.

Ses espoirs s'évanouirent.

— On cherche des maths, Vittoria, *lingua pura*.

— Oui, je sais.

Elle hésita.

— Mais je crois que ça vous intéressera quand même.

Langdon sentit de l'excitation dans sa voix.

— Allez-y.

Plissant les yeux pour déchiffrer, Vittoria s'exécuta :

— « *The path of light is laid. The sacred test.* »

— La voie de lumière est tracée, le test sacré..., fit Langdon en se redressant.

— C'est ce qu'on lit. « La voie de lumière. »

La vérité mit quelques instants à percer les brumes qui ouataient maintenant les perceptions et les pensées de Langdon. Il n'avait pas la moindre idée de l'usage qu'il pourrait bien faire de cette phrase, mais c'était une référence directe à la Voie de l'Illumination, telle qu'il pouvait, du moins, se l'imaginer. La voie de lumière, le test sacré. Sa cervelle le faisait penser à un moteur qui ne parvient pas à accélérer parce qu'il est encrassé par un carburant de mauvaise qualité.

— Vous êtes sûre de la traduction ?

Vittoria hésita.

— En fait…

Elle lui lança un drôle de regard en coin.

— Ce n'est pas à proprement parler une traduction. La phrase est écrite en anglais.

Pendant un instant, Langdon crut qu'il avait mal entendu.

— En anglais ?

Vittoria poussa le document vers lui et Langdon lut la minuscule note au bas de la page.

— « *The path of light is laid. The sacred test.* » De l'anglais… Que fait cette phrase en anglais dans un ouvrage italien ?

Vittoria haussa les épaules. Elle aussi semblait un peu égarée.

— Peut-être est-ce la *lingua pura* ? Après tout, c'est la langue internationale de la science. C'est celle que nous utilisons tous au CERN.

— Mais Galilée écrit au XVIIe siècle ! Personne ne parlait anglais en Italie, à l'époque, pas même… (Il s'arrêta net, saisi par l'importance de ce qu'il allait dire.)… pas même le clergé. Au début du XVIIe siècle, articula-t-il en accélérant la cadence, l'anglais n'était pas utilisé au Vatican. La hiérarchie de l'Église parlait italien, latin, allemand, français, espagnol, mais l'anglais était considéré comme une langue de libres penseurs réservée à des brutes matérialistes comme Chaucer ou Shakespeare.

Langdon se rappela soudain la légende qui voulait

que certaines formules des *Illuminati*, notamment pour les quatre éléments, aient été rédigées en anglais. Elle devenait plus compréhensible à présent.

— Vous pensez donc que Galilée aurait considéré l'anglais comme la *lingua pura* parce que c'était une langue que personne ne parlait au Vatican ?

— Oui. En rédigeant son indice en anglais, Galilée mettait habilement ses censeurs sur la touche.

— Un indice, mais ce n'est même pas un indice, objecta Vittoria. « La Voie de la Lumière est tracée, le test sacré » ? Qu'est-ce que ça peut bien vouloir dire ?

Elle a raison, songea Langdon. Cette phrase n'apportait aucune indication claire. Pourtant, en la répétant en lui-même, un fait étrange le frappa. Vraiment troublant, et si la solution était de ce côté-là ?

— Il faut que nous sortions d'ici, lança Vittoria d'une voix enrouée.

Langdon n'écoutait pas. « La Voie de la Lumière est tracée, le test sacré. »

— Des pentamètres iambiques ! cria-t-il brusquement en recomptant les syllabes. Dix syllabes, cinq paires, un temps fort, un temps faible…

Vittoria restait bouche bée.

— Pentamètres quoi ?

Cinq paires de syllabes, pensa Langdon, comportant chacune, par définition, deux syllabes. Cinq et deux. Il ne parvenait pas à le croire : dans toute sa carrière, il n'avait jamais fait le rapprochement. Le pentamètre iambique était un mètre symétrique fondé sur les nombres sacrés des *Illuminati* : deux et cinq !

Tu t'égares ! se dit-il en essayant d'écarter l'idée de son esprit. Une coïncidence sans signification ! Mais elle revenait sans cesse. Cinq… pour Pythagore et le pentagramme. Deux… pour la dualité universelle.

Une autre révélation le fit soudain frissonner : le pentamètre iambique était souvent appelé, à cause de sa simplicité, « vers pur » ou « mètre pur ». La *lingua pura* ? Était-ce la langue à laquelle se référaient les *Illuminati* ?

« La Voie de la Lumière est tracée, le test sacré »...

— Oh ! s'exclama Vittoria.

En pivotant sur lui-même, Langdon la vit inverser haut et bas de la liasse. Il sentit sa gorge se serrer. Ce n'est pas possible...

— Ne me dites pas que ce vers est un ambigramme !

— Non, ce n'est pas un ambigramme... mais c'est...

Elle fit pivoter plusieurs fois le document.

— C'est quoi ?

— Ce n'est pas le seul vers !

— Il y en a un autre ?

— Il y a un vers sur chaque marge, en haut, en bas, à droite et à gauche. Je crois qu'il s'agit d'un poème.

— Quatre vers, reprit Langdon galvanisé d'excitation. Galilée était un poète ? Faites-moi voir !

Vittoria garda la liasse qu'elle continua à faire tourner pour en déchiffrer le sens.

— Je n'avais pas vu les vers parce qu'ils sont sur les bords...

Elle inclina la tête pour lire le dernier.

— Eh ! Vous savez quoi ? Ce n'est même pas Galilée l'auteur !

— Quoi ?

— Le poème est signé John Milton.

— John Milton ?

Le grand poète anglais qui avait écrit le *Paradis perdu* était un contemporain de Galilée et un savant que beaucoup de spécialistes des *Illuminati* soupçonnaient d'avoir été membre de la secte et Langdon était tenté de les suivre : non seulement Milton avait accompli un pèlerinage à Rome en 1638, sur lequel on était très bien renseigné. Il s'agissait pour lui de « communier avec des hommes éclairés », mais il avait rencontré Galilée à plusieurs reprises alors que celui-ci était condamné à la prison, comme en témoignaient diverses peintures de l'époque, dont le célèbre *Galilée et Milton* d'Annibale Gatti, qui se trouvait actuellement à Florence, au musée de l'Histoire de la science.

— Milton connaissait Galilée, n'est-ce pas ? demanda Vittoria en passant finalement le feuillet à Langdon. Peut-être lui a-t-il écrit ce poème comme une sorte d'hommage ?

Langdon serra les dents en refermant ses doigts sur le document. Il le posa à plat sur la table et lut le vers dans la marge supérieure. Puis il le tourna à 90 degrés et lut le vers de la marge droite. Puis ceux de la marge inférieure et de la marge gauche. Quatre vers en tout. Le premier que Vittoria lui avait lu était en fait le troisième. Sidéré, Langdon relut le quatrain une seconde fois dans le sens des aiguilles d'une montre : haut, droite, bas, gauche. Et poussa un grand soupir de soulagement.

— Vous l'avez trouvé, mademoiselle Vetra.

Elle esquissa un mince sourire.

— Bon, on peut partir, maintenant ?

— Il faut que je recopie ces vers. Il me faudrait un stylo et du papier.

Vittoria secoua la tête.

— Laissez tomber, professeur. Il n'est plus temps de jouer au scribe. Mickey nous montre la sortie.

Elle lui prit la page et se dirigea vers la porte.

Langdon se leva d'un bond.

— Vous n'avez pas le droit de l'emporter dehors ! C'est un…

Mais Vittoria était déjà sortie.

55.

Langdon et Vittoria sortirent à grandes enjambées dans le petit jardin des Archives où ils purent enfin respirer à pleins poumons. L'air frais fit à Langdon l'effet d'une drogue en pénétrant dans ses poumons. Les taches pourpres qui constellaient son champ de vision s'évanouirent rapidement. Mais pas la culpabilité. Il venait de se rendre complice du vol d'un inestimable trésor dans une des bibliothèques les plus inaccessibles du monde. Ils avaient abusé de la confiance du camerlingue.

— Dépêchez-vous, fit Vittoria, tenant toujours le précieux feuillet à la main et remontant au pas de course la Via Borgia en direction du bureau d'Olivetti.

— Si jamais ce papyrus est mouillé…

— Du calme ! Quand nous l'aurons déchiffré, nous renverrons le folio 5 à ses propriétaires.

Langdon accéléra pour marcher à son pas. Outre ses scrupules d'honnête citoyen, il était sous le choc de l'extraordinaire découverte qu'ils venaient de faire. Et de ses énormes conséquences : John Milton était un *Illuminatus*. Il a composé un poème pour Galilée que ce dernier a publié dans son folio 5… loin des yeux du Vatican.

En quittant le jardin, Vittoria tendit le folio à Langdon.

— Vous croyez pouvoir déchiffrer ce bidule ? Ou est-ce qu'on s'est asphyxié la cervelle pour des prunes ?

Langdon se saisit délicatement du document et le glissa sans hésitation dans une poche intérieure de sa veste en tweed, hors d'atteinte du soleil et de l'humidité.

— C'est déjà fait.

Vittoria stoppa net.

— C'est… quoi ?

Langdon ne ralentit pas.

— Mais vous ne l'avez lu qu'une fois !

La jeune femme le rattrapait à grands pas.

— Vous m'aviez dit que ce serait un vrai rébus !

Elle avait raison, et pourtant Langdon avait déchiffré le *segno* à la première lecture. Une strophe parfaite de pentamètres iambiques et le premier autel de la science lui était clairement apparu, sans le moindre doute possible.

Certes, la facilité avec laquelle il avait accompli cette tâche lui laissait un arrière-goût dérangeant. C'était un enfant de l'éthique puritaine du travail. Il entendait encore son père lui citer ce vieil aphorisme typique de la Nouvelle-Angleterre : « Si tu n'as pas souffert pour y arriver, c'est mal fait. » Langdon espérait contredire le dicton.

— Je l'ai déchiffré, dit-il en pressant le pas. Je sais où va avoir lieu le premier meurtre. Nous devons avertir Olivetti.

Vittoria le talonnait à présent.

— Comment avez-vous trouvé la solution aussi vite ? Montrez-moi ce truc encore une fois !

Avec la dextérité d'un pickpocket, elle plongea la main dans la poche intérieure de son veston et en sortit le feuillet.

— Attention, gémit Langdon, vous ne pouvez pas…

Vittoria l'ignora résolument.

Feuillet en main, elle gambadait derrière lui, plaçant le document à la lumière du jour déclinant, en examinant les marges. Tandis qu'elle lisait à haute voix, Langdon fit un geste pour récupérer le feuillet mais s'interrompit aussitôt, charmé par le timbre d'alto de Vittoria qui scandait au rythme de son pas :

Dès la tombe terrestre de Santi,
Où se découvre le trou du Diable,
À travers Rome vous dévoilerez
Les éléments de l'épreuve sacrée,
Les anges guident votre noble quête.

Les mots s'envolaient de la bouche de Vittoria comme un chant.

Pendant quelques instants, en écoutant ces vers, Langdon se sentit transporté à une autre époque, il était un contemporain de Galilée, écoutant le poème pour la première fois… sachant qu'il s'agissait d'un test, d'une carte, d'un indice qui devait dévoiler les quatre autels de la science, les quatre jalons qui illumineraient une voie secrète à travers Rome.

Dès la tombe terrestre de Santi,
Où se découvre le trou du Diable,
À travers Rome vous dévoilerez
Les éléments de l'épreuve sacrée…

Les éléments… C'est clair : la terre, l'air, le feu, l'eau. Les quatre éléments de la science et les quatre jalons des *Illuminati* déguisés en sculptures religieuses.

— Le premier jalon, fit Vittoria, m'a tout l'air de se trouver dans les parages de la tombe de ce Santi.

Langdon sourit.

— Je vous avais bien dit que ce n'était pas si difficile…

— Mais qui est ce Santi ? demanda-t-elle, prise d'une soudaine impatience, et où se trouve sa tombe ?

Langdon se sourit à lui-même. Il était surpris de voir combien peu de gens avaient entendu parler de Santi, le patronyme d'un des plus grands artistes de la Renaissance. Son prénom était mondialement connu. C'était l'enfant prodige qui à vingt-cinq ans s'était vu confier d'importantes commandes par le pape Jules II. Et à sa mort, à seulement trente-huit ans, celui qui avait légué à la postérité la plus grande collection de fresques que le monde ait jamais vue. Santi était une étrange comète dans le monde de l'art et seuls quelques très grands génies sont restés par leur prénom dans l'histoire : Napoléon, Galilée, Jésus… sans oublier les demi-dieux Sting, Madonna et Prince qui avait échangé son nom contre le symbole  dans lequel Langdon voyait une croix de Saint-Antoine barrée d'une Ankh hermaphrodite.

— Santi, ou Sanzio, reprit l'Américain, est le nom du grand maître de la Renaissance, Raphaël.

— Raphaël, *le* Raphaël ?

— Oui, le seul et unique.

Langdon pressait le pas en direction du bureau de la Garde suisse.

— Alors la Voie commence à la tombe de Raphaël ?

— C'est on ne peut plus cohérent, répondit Langdon. Pour beaucoup d'*Illuminati* les peintres et les sculpteurs étaient des frères, des « éclairés ». Ils ont pu choisir la tombe de Raphaël en hommage au peintre. Langdon savait aussi que Raphaël, comme tant d'autres artistes religieux, était soupçonné d'athéisme.

Vittoria remit délicatement le feuillet dans la poche de Langdon.

— Et où est-il enterré ?

Langdon inspira profondément.

— Croyez-moi si vous voulez, Raphaël est inhumé dans le Panthéon.

Vittoria semblait sceptique.

— Dans le Panthéon ?

Langdon devait bien admettre que le Panthéon n'était pas le site où il s'était attendu à trouver le premier jalon. Il aurait plutôt imaginé l'autel de la science dans une église hors des sentiers battus, dans un endroit discret et retiré. Même au début du XVIIe siècle, le Panthéon avec son énorme dôme à oculus faisait partie des sites les plus courus de Rome.

— Mais le Panthéon est-il vraiment une église? demanda Vittoria.

— C'est la plus vieille église catholique de Rome!

Vittoria secoua la tête.

— Mais vous croyez sérieusement que le premier cardinal va être exécuté au Panthéon? Dans un des sites touristiques les plus fréquentés de la capitale?

Langdon haussa les épaules.

— Les *Illuminati* veulent focaliser l'attention du monde entier. Tuer un cardinal au Panthéon est un excellent moyen d'attirer tous les regards.

— Mais comment ce type espère-t-il tuer un dignitaire de l'Église dans un lieu pareil sans se faire repérer? C'est impossible!

— Aussi impossible que de kidnapper quatre cardinaux dans la Cité du Vatican? Le poème est sans équivoque.

— Et vous êtes certain que Raphaël est enterré dans le Panthéon?

— Je suis un habitué du site.

Vittoria acquiesça, pas entièrement convaincue, cependant.

— Quelle heure est-il?

— 19 h 30.

— Et le Panthéon est loin d'ici?

— Environ un kilomètre et demi. On a le temps.

— Le poème parle de la « tombe terrestre » de Santi, que veut-il dire par là?

— Terrestre? Eh bien il n'existe probablement pas d'endroit plus terrestre dans Rome que le Panthéon. Il doit son nom à la religion originelle des Romains, le panthéisme, à savoir l'adoration de l'ensemble des dieux et notamment les dieux païens de la Terre Mère.

Étudiant en architecture, Langdon avait été étonné d'apprendre que les dimensions de la rotonde du temple se voulaient un hommage à Gaïa, la déesse de la Terre. Les proportions étaient si exactes qu'on aurait pu y enchâsser, au millimètre près, une sphère géante.

— D'accord, acquiesça Vittoria qui semblait plus convaincue. Et le « trou du Diable », qui se découvre sur la tombe de Santi ?

Langdon n'était pas très sûr de savoir quoi penser du « trou du Diable ».

— Le « trou du Diable » doit représenter la célèbre ouverture circulaire dans la coupole.

Cette hypothèse ne manquait pas de bon sens.

— Mais il s'agit bien d'une église, objecta Vittoria en s'approchant de lui. Pourquoi aurait-on nommé cette ouverture un « trou du Diable » ?

Langdon s'était posé la même question. Il n'avait jamais entendu l'expression « trou du Diable » mais il se souvenait bien d'une critique du Panthéon remontant au VIe siècle et qui semblait tout à fait pertinente vu la situation. Bède le Vénérable avait un jour écrit que le trou percé dans le toit de l'édifice était l'œuvre de démons qui essayaient de s'échapper du bâtiment quand il avait été consacré par Boniface IV.

— Et pourquoi, renchérit Vittoria alors qu'ils traversaient un petit jardin, pourquoi les *Illuminati* se seraient-ils servis du nom de Santi alors que le peintre était connu sous celui de Raphaël ?

— Vous posez beaucoup de questions…

— Mon père disait la même chose.

— Je vois deux raisons : la première, c'est que le mot Raphaël comporte un trop grand nombre de syllabes. Une contrainte métrique, donc, liée au pentamètre iambique.

— Tiré par les cheveux…, commenta la jeune femme.

Langdon était assez d'accord.

— Mmm. Peut-être l'utilisation du mot Santi permettait-elle d'obscurcir l'indice et ainsi d'en réserver l'interprétation aux hommes les plus « éclairés ».

Vittoria renâcla une fois de plus devant l'argument.

— Je suis sûre que le patronyme de Raphaël était très connu de son vivant.

— Bizarrement, il ne l'était pas. Il valait mieux être connu par son prénom, comme pour les stars actuelles de la pop. Il a fait un peu comme Madonna qui ne se sert jamais de son patronyme, Ciccone.

Vittoria le considéra d'un air ironique.

— Vous connaissez le patronyme de Madonna ?

Langdon regretta cet exemple. C'était fou le nombre de choses inutiles dont on pouvait encombrer son cerveau quand on fréquentait un campus de dix mille étudiants...

Alors qu'ils arrivaient à quelques mètres du bureau central de la Garde suisse, ils furent stoppés par un cri rauque.

— Stop ! aboya quelqu'un derrière eux.

Langdon et Vittoria firent demi-tour et découvrirent un canon pointé sur eux.

— Attention, cria à son tour Vittoria, indignée, faites donc attention avec votre...

— Pas un geste ! rétorqua le garde en brandissant son arme.

— Laissez passer, ordonna une voix derrière eux.

C'était Olivetti qui sortait du PC de la sécurité. Le garde était sidéré.

— Mais, commandant, c'est une femme...

— À l'intérieur ! cria Olivetti au garde.

— Commandant, je ne peux pas...

— Tout de suite, vous avez de nouveaux ordres. Briefing avec le capitaine Rocher dans deux minutes. Nous organisons une traque.

Passablement désorienté, le garde retourna dare-

dare au PC de la sécurité. Olivetti, raide et bouillant de colère, marcha droit sur Langdon.

— Nos archives les plus secrètes ! Vous me devez une explication !

— Nous avons de bonnes nouvelles, le coupa Langdon.

Les yeux d'Olivetti s'étrécirent.

— Elles ont intérêt à être excellentes !

56.

Le convoi d'Alfa Romeo 155 T-spark banalisées remonta la Via dei Coronari dans un rugissement d'avions à réaction. Douze gardes suisses en civil armés de fusils semi-automatiques Cherchi-Pardini, de grenades fumigènes et de lanceurs Cougar avaient pris place à bord des quatre véhicules. Les trois tireurs d'élite avaient emporté des fusils à visée laser.

Assis sur le siège passager de la voiture de tête, Olivetti tournait le dos à Vittoria et Langdon. Ses yeux lançaient des flammes.

— Vous m'annoncez une explication sérieuse et vous voudriez que j'avale ça ?

Langdon se sentait à l'étroit dans cette petite voiture.

— Je comprends votre…

— Non, vous ne comprenez pas ! (La voix d'Olivetti, toujours si feutrée, avait triplé d'intensité.) Je viens d'enlever une douzaine de mes meilleurs hommes du Vatican alors que le conclave est sur le point de commencer. Et je l'ai fait pour surveiller le Panthéon, sur la base du témoignage d'un Américain que je ne connais ni d'Ève ni d'Adam et qui m'assure qu'un poème vieux de quatre siècles lui a inspiré ce plan génial. Ce qui m'a conduit à confier la recherche de la bombe d'antimatière à des subordonnés...

Langdon résista à la tentation de sortir le feuillet numéro 5 de sa poche et de le brandir sous les yeux d'Olivetti.

— Tout ce que je sais, c'est que le renseignement que nous avons déniché mentionne la tombe de Raphaël et que celle-ci se trouve à l'intérieur du Panthéon.

Le garde qui conduisait approuva.

— Il a raison, commandant, ma femme et moi...

— Conduis et tais-toi ! aboya Olivetti qui se tourna vers Langdon.

— Comment un tueur peut-il bien projeter un assassinat dans un endroit si bondé et imaginer qu'il parviendra à s'enfuir ?

— Je ne sais pas, fit Langdon. Mais de toute évidence, les *Illuminati* sont des gens pleins de ressources. Ils se sont introduits au sein du CERN et du Vatican. Nous avons eu beaucoup de chance de découvrir où allait se dérouler le premier crime. Le Panthéon est votre seule chance d'attraper ce type.

— Ça ne colle pas avec ce que vous m'avez dit tout à l'heure ! La seule chance ? Mais vous avez parlé d'une sorte de jeu de piste, d'une série de jalons. Si le Panthéon est le bon point de départ, on n'a qu'à remonter la piste par les autres jalons. On aura quatre chances d'attraper ce type.

— C'est ce que j'avais espéré, fit Langdon. Et c'est bien comme ça que les choses se seraient passées... Il y a cent ans.

En comprenant que le Panthéon était le premier autel de la science, Langdon avait rapidement dû déchanter. L'histoire joue souvent des tours cruels à ceux qui la traquent. Après toutes ces années, c'était sans doute beaucoup demander que de retrouver la Voie de l'Illumination intacte avec toutes ses statues à la même place.

Et l'Américain s'était laissé aller à rêver qu'il pourrait remonter la piste jusqu'au repaire sacré des *Illuminati*. Malheureusement, il avait rapidement saisi la vanité de cet espoir.

— Le Vatican a fait enlever et détruire toutes les statues qui se trouvaient dans le Panthéon à la fin du XVIe siècle.

Vittoria eut l'air choquée.

— Pourquoi ?

— Ces statues représentaient des dieux de l'Olympe. Malheureusement, cela signifie que notre premier jalon s'envole et avec lui…

— Tout espoir de retrouver les autres et donc de remonter la Voie de l'Illumination ?

Langdon acquiesça.

— Nous ne pouvons être sûrs que d'un seul site, le Panthéon. Après, la voie se perd dans les limbes.

Olivetti les regarda longuement avant de se retourner.

— Arrête-toi, brailla-t-il au chauffeur.

Le chauffeur donna un violent coup de frein et l'Alfa stoppa en dérapant, aussitôt suivie des trois autres.

— Que faites-vous ? demanda Vittoria.

— Mon boulot ! rétorqua Olivetti d'une voix dure comme la pierre. Monsieur Langdon, quand vous m'avez dit que vous m'expliqueriez la situation en route, j'en ai déduit que j'arriverais au Panthéon avec une notion claire de la raison pour laquelle mes hommes sont ici. Ce n'est pas le cas. Comme je délaisse des obligations cruciales en vous accompagnant et comme je ne vois rien de très solide dans votre théorie sur la poésie ancienne et les sacrifices de jeunes agneaux, je ne peux pas, en toute conscience, continuer ce petit jeu. J'annule cette mission.

Il sortit son talkie-walkie et appuya sur ON.

Vittoria se pencha et lui agrippa le bras.

— Vous ne pouvez pas !

Olivetti reposa le talkie-walkie et lui décocha un regard furibond.

— Connaissez-vous le Panthéon, mademoiselle Vetra ?

— Non, mais je…

— Laissez-moi vous dire quelque chose. Le Panthéon se compose d'un unique espace, une salle circulaire faite de pierre et de ciment. Il n'y a qu'une seule entrée. Étroite. Cette entrée est en permanence gardée par quatre policiers romains armés qui protègent ce sanctuaire des vandales, des terroristes antichrétiens et des pickpockets rom.

— Et alors… ?

— Alors ? reprit Olivetti en agrippant le dossier du fauteuil. Alors ce que vous venez de me dire est totalement impossible ! Donnez-moi un seul scénario plausible : comment peut-on tuer un cardinal à l'intérieur du Panthéon ? Et comment fait-on entrer un otage dans le Panthéon, devant les gardes, pour commencer, sans parler de le tuer et de s'enfuir après ? (Olivetti s'était retourné et projetait au visage de Langdon son haleine chargée de café.) Comment, monsieur Langdon ? Un scénario plausible, c'est tout ce que je vous demande.

Langdon sentit la petite voiture rapetisser autour de lui.

— Je n'en ai pas la moindre idée ! Je ne suis pas un assassin ! Je ne sais pas comment il a l'intention de procéder ! Tout ce que je sais…

— Un scénario ? railla Vittoria d'une voix imperturbable. Comment trouvez-vous celui-là : Le tueur arrive en hélicoptère et jette un cardinal hurlant par l'ouverture de la coupole. Le cardinal meurt en s'écrasant sur le sol de marbre.

Trois paires d'yeux se tournèrent en même temps vers Vittoria. Langdon ne savait pas quoi penser. Vous avez trop d'imagination, ma belle, songea-t-il, mais vous êtes sacrément rapide.

Olivetti fronça les sourcils.

— C'est possible, je l'admets, mais pas très…

— Ou bien le tueur drogue le cardinal, reprit Vittoria, l'amène au Panthéon dans un fauteuil roulant comme n'importe quel vieux touriste, le pousse à l'intérieur, lui tranche discrètement la gorge et ressort.

Ce scénario-là réveilla un peu Olivetti.

Pas mal ! pensa Langdon.

— Ou bien le tueur pourrait…

— Ça va, coupa Olivetti, ça me suffit.

Il inspira profondément et expira d'un coup. Quelqu'un frappa au carreau et tout le monde sursauta. C'était un soldat d'une autre voiture. Olivetti descendit sa vitre.

— Tout va bien, commandant ?

Le soldat était habillé en civil, version jean-baskets. Il remonta la manche de sa chemise à carreaux, découvrant un chrono militaire noir.

— 19 h 45, commandant. Nous avons besoin de temps pour prendre position.

Olivetti acquiesça vaguement mais resta silencieux un long moment. Il promena son doigt sur le pare-brise, traçant machinalement une ligne dans la poussière qui le recouvrait. Il examina Langdon dans le rétroviseur et l'Américain se sentit étudié et jaugé. Finalement, Olivetti se tourna vers le garde. Il semblait agir à contrecœur.

— Je veux des approches distinctes. Des véhicules Piazza della Rotonda, Via degli Orfani, Piazza Sant'Ignacio et Piazza Sant'Eustachio. À trois cents mètres. Vous vous garez, vous vous préparez et vous attendez les ordres. Trois minutes.

— Très bien, commandant.

Le soldat salua et retourna à sa voiture.

Langdon fit un clin d'œil admiratif à Vittoria. Elle

lui renvoya son sourire et, pendant une courte seconde, Langdon sentit une connexion inattendue entre eux, un fil magnétique qui les unissait.

Le commandant se tourna dans son fauteuil et riva ses yeux dans ceux de Langdon.

— Monsieur Langdon, il vaudrait mieux que tout ceci ne nous pète pas à la figure.

Langdon sourit, intimidé. Il vaudrait mieux, en effet.

57.

Maximilian Kohler que sa perfusion de Cromolyne et de Prednisone commençait à revigorer ouvrit les yeux. Ses bronches et ses vaisseaux pulmonaires se dilataient et il respirait de nouveau normalement. Il était étendu dans une chambre de l'infirmerie du CERN. Il aperçut son fauteuil roulant à côté du lit.

Il fit le point, examina la blouse de papier qu'on lui avait enfilée. Ses vêtements étaient pliés sur une chaise. Dehors, il entendit l'infirmière qui faisait sa ronde. Il resta allongé quelques instants, aux aguets. Puis, aussi silencieusement que possible, il se redressa, s'assit au bord du lit et s'empara de ses affaires. Luttant contre ses jambes mortes, il parvint à s'habiller. Puis à s'installer tant bien que mal sur son fauteuil.

Étouffant un début de toux, il dirigea son fauteuil roulant vers la porte en prenant bien soin de ne pas mettre le moteur en route. Il jeta un coup d'œil dans le couloir. Vide.

Maximilian Kohler se glissa sans un bruit hors de l'infirmerie.

58.

— 19 h 46 et trente secondes…

Même quand il parlait dans son talkie-walkie, Olivetti s'exprimait toujours d'une voix presque inaudible. Un chuchotement.

Langdon était en nage dans sa veste Harris Tweed, sur le siège arrière de l'Alfa Romeo, arrêtée non loin de là. Vittoria était assise à côté de lui, apparemment captivée par Olivetti qui transmettait ses dernières consignes avant l'intervention.

— Le déploiement se fera sur huit points, reprit Olivetti. Sur tout le périmètre avec un renfort à l'entrée. La cible pourrait vous reconnaître visuellement, donc vous ne serez pas visible. Usage de moyens non-létaux uniquement. On aura besoin de quelqu'un pour surveiller la coupole. La cible est prioritaire, le butin, secondaire.

Mon Dieu ! songea Langdon, impressionné par la froide efficacité avec laquelle Olivetti venait de dire à ses hommes que la récupération du cardinal n'était pas essentielle : butin secondaire.

— Je répète. Neutralisation non-létale. Nous avons besoin de la cible vivante. Go !

Olivetti rangea son talkie-walkie.

Vittoria était abasourdie, presque en colère.

— Mais, commandant, personne ne va entrer à l'intérieur ?

Olivetti pivota brusquement.

— À l'intérieur ?

— À l'intérieur du Panthéon. Là où ça va se passer.

— Réfléchissez, fit Olivetti, ses pupilles soudain plus pâles. Si la Garde a été infiltrée, mes hommes sont très facilement repérables. Or, M. Langdon vient juste de me prévenir que le Panthéon était notre seule chance de capturer la cible. Je n'ai pas l'intention de faire fuir le tueur en envoyant mes hommes à l'intérieur !

— Mais s'il est déjà à l'intérieur ?

Olivetti regarda sa montre.

— La cible a été très claire : 20 heures. Nous avons un quart d'heure.

— Il a dit qu'il tuerait le cardinal à 20 heures. Mais il se peut qu'il ait fait entrer la victime dedans, d'une façon ou d'une autre. Et si vos hommes voient sortir la cible mais qu'ils soient incapables de l'identifier ? Il faut que quelqu'un s'assure qu'il n'est pas déjà à l'intérieur.

— C'est trop risqué maintenant.

— Pas si la personne qui s'en charge est inconnue de la cible.

— Déguiser un agent prendrait trop de temps et…

— C'est de moi que je parlais, coupa Vittoria.

Langdon lui jeta un regard épaté.

Olivetti fit « non » de la tête.

— Absolument exclu.

— Il a tué mon père.

— Justement, il se peut qu'il vous connaisse.

— Vous l'avez entendu au téléphone. Il ne savait même pas que Leonardo Vetra avait eu une fille… Il n'a évidemment pas la moindre idée de ce à quoi je ressemble. Je peux jouer les touristes et faire signe à vos hommes, quand ce sera le moment.

— Commandant ? fit une voix sur le talkie-walkie. On a un problème au point nord. La fontaine est en plein dans l'axe, elle masque l'entrée. Pour la surveiller, il faudrait se positionner à découvert sur la place. Qu'est-ce qu'on fait ?

Vittoria décida qu'elle en avait assez entendu.

— C'est bon, j'y vais.

Elle ouvrit la portière et sortit.

Langdon sortit à son tour. Mais qu'est-ce qu'elle fait, bon sang !

Olivetti jeta son talkie-walkie, bondit hors de la voiture et lui barra le passage.

— Mademoiselle Vetra, vous avez de bons instincts, mais je ne peux pas laisser un civil intervenir.

— Intervenir ? Mais vous y allez à l'aveuglette, laissez-moi vous aider.

— Ce serait génial d'avoir quelqu'un à l'intérieur, mais…

— Mais quoi ? s'exclama Vittoria. Je suis une femme, c'est ça ?

Olivetti ne répondit pas.

— J'espère que ce n'est pas votre arrière-pensée, commandant, parce que vous savez très bien que mon idée est excellente et si vous laissez un stupide préjugé macho…

— Laissez-nous faire notre travail.

— Laissez-moi vous aider !

— Trop dangereux. Nous n'aurions aucun moyen de communiquer avec vous. Je ne peux pas vous laisser prendre un talkie-walkie, vous seriez trop repérable.

Vittoria plongea sa main dans sa poche et en sortit son téléphone mobile.

— La plupart des touristes se baladent avec leur portable.

Olivetti fronça les sourcils.

Vittoria déplia son mobile et mima un coup de fil :

— Salut, chéri, je suis debout au milieu du Panthéon, c'est un endroit vraiment incroyable !

Elle referma son téléphone et jeta un regard sévère à l'officier.

— Qui pourrait me soupçonner ? C'est une situation absolument sans risque. Je serai vos yeux !

Elle indiqua le portable d'Olivetti, dans sa ceinture.

— Quel est votre numéro ?

Olivetti ne répondit pas. Le chauffeur, qui avait écouté attentivement, semblait avoir son avis. Il sortit de la voiture et prit le commandant à part. Ils discutèrent quelques instants à mi-voix. Enfin, Olivetti acquiesça et se tourna vers Vittoria.

— Enregistrez ce numéro.

Il commença à dicter.

— Maintenant, appelez-le.

Vittoria enfonça le bouton d'appel automatique et le mobile d'Olivetti se mit à sonner.

— Entrez dans le Panthéon, mademoiselle Vetra, jetez un coup d'œil, sortez puis appelez-moi et dites-moi ce que vous aurez vu.

Vittoria referma son portable d'un geste sec.

— Merci, monsieur.

Langdon se sentit subitement une responsabilité à l'égard de la jeune femme, son instinct protecteur s'était inopinément réveillé.

— Attendez une minute, dit-il à Olivetti, vous l'envoyez là-dedans toute seule ?

Vittoria lui jeta un regard agacé.

— Robert, tout se passera très bien.

Le garde suisse prit de nouveau Olivetti à part.

— C'est dangereux, fit Langdon à Vittoria.

— Il a raison, opina Olivetti. Même mes meilleurs hommes ne travaillent pas seuls. Mon lieutenant vient de me dire que la couverture sera plus convaincante si vous y allez ensemble.

— Ensemble ? (Langdon hésita.) En fait, ce que je voulais…

— Que vous entriez tous les deux ensemble. Vous aurez l'air d'un couple en vacances. Et vous pourrez vous aider l'un l'autre. Je me sentirai mieux comme ça.

Vittoria haussa les épaules.

— Ça me va, mais il n'y a plus de temps à perdre.

Langdon étouffa un gémissement. Bien joué, cow-boy !

— La première rue que vous trouverez, expliqua Olivetti le doigt pointé vers le croisement, c'est la Via degli Orfani. Prenez à gauche, vous arrivez directement au Panthéon. Deux minutes de marche et vous y êtes. Je reste là, je dirigerai mes hommes et j'attendrai votre appel. Vous savez vous servir d'un pistolet ?

Il sortit son arme.

Le cœur de Langdon bondit dans sa poitrine.

— On n'a pas besoin d'arme !

Vittoria tendit la main et prit le pistolet.

— Je peux ficher une seringue dans un marsouin à quarante mètres depuis un Zodiac.

— Bien. (Olivetti lui tendit le pistolet.) Cachez-le.

Vittoria regarda son short, puis Langdon.

Oh non, pitié ! songea Langdon. Mais Vittoria fut trop rapide : elle ouvrit sa veste et enfonça l'arme dans une de ses poches intérieures. Il eut la sensation d'un boulet, sa seule consolation étant que le *Diagramma* fût dans l'autre poche.

— On a l'air complètement inoffensifs, fit Vittoria. On y va !

Elle prit le bras de Langdon et l'entraîna avec elle.

Le chauffeur les appela.

— Se tenir par le bras c'est pas mal. Mais par la main, ce serait encore mieux, le genre jeunes mariés, vous voyez ?

En tournant le coin de la rue, Langdon aurait juré qu'il avait vu Vittoria sourire.

59.

Le « PC opérationnel » de la Garde suisse qui jouxte les bâtiments du Corpo di Vigilanza sert essentiellement à l'organisation de la sécurité lors des apparitions publiques du pape et des événements du Vatican. Mais ce jour-là, c'est un autre usage qui lui était dévolu. L'homme qui s'adressait au détachement spécial était le capitaine Elias Rocher, commandant en second de la Garde suisse. Rocher était un homme au torse puissant et aux traits délicats. Il avait ajouté sa touche personnelle à l'uniforme bleu traditionnel de capitaine : un béret rouge posé de biais sur le côté du crâne. Sa voix était étonnamment fluette pour un homme aussi charpenté, et ses intonations chantantes. Malgré les inflexions cristallines de sa voix, le regard de Rocher était perçant et hostile comme celui d'un prédateur sûr de sa force. Ses subordonnés l'avaient d'ailleurs surnommé « grizzly ». Un grizzly qui suit le crotale comme son ombre, ajoutaient-ils, le crotale étant le commandant Olivetti. Rocher était aussi redoutable que son crotale de chef mais lui, au moins, on le voyait venir.

Les hommes de Rocher écoutaient attentivement, les visages tendus, fermés. Pourtant, l'information qu'ils venaient d'entendre avait fait monter leur tension de quelques dixièmes.

Le petit nouveau, le lieutenant Chartrand, debout au fond de la salle, aurait tant voulu, à cet instant, faire partie des 99 % de candidats gardes suisses recalés ! À vingt ans, Chartrand était la plus jeune recrue du corps. Il avait été engagé trois mois auparavant. Comme tous ses pairs, il avait fait son école en Suisse, puis suivi un entraînement complémentaire de deux ans à Berne avant de se présenter à la redoutable batterie de tests organisés par le Vatican dans une caserne secrète des environs de Rome. Mais, dans cette formation, rien ne l'avait préparé à affronter une crise comme celle-ci.

Au début, Chartrand crut que ce briefing n'était qu'une nouvelle forme d'entraînement inventée par ses chefs. Armes futuristes, sectes criminelles, cardinaux kidnappés… Et puis Rocher leur avait montré la séquence vidéo de la bombe d'antimatière et Chartrand avait dû se rendre à l'évidence : il ne s'agissait nullement d'un exercice.

— On va couper le courant à différents endroits, disait Rocher, pour supprimer toute interférence magnétique extérieure. On se déplace par groupes de quatre. Jumelles infrarouges, reconnaissance par détecteurs conventionnels recalibrés pour des champs de flux inférieurs à trois ohms. Des questions ?

Chartrand, qui semblait passablement nerveux, leva la main.

— Et si on ne trouve pas à temps ? demanda-t-il en regrettant aussitôt sa question.

Grizzly lui jeta un regard noir sous son béret rouge.

Puis il congédia ses hommes d'un peu rassurant : « Bon vent ! »

60.

En approchant du Panthéon, Vittoria et Langdon longèrent une file de taxis en attente ; tous les chauffeurs dormaient derrière un volant. Le petit somme faisait partie des usages sacrés de la Ville éternelle.

Langdon avait bien du mal à raisonner rationnellement sur une situation aussi absurde. Six heures plus tôt, il dormait tranquillement dans son lit en Amérique. Sa brutale traversée de l'Atlantique l'avait projeté au cœur d'un complot satanique surréaliste, et il se retrouvait à Rome, un semi-automatique dans la poche de sa veste, tenant la main d'une belle jeune femme qu'il connaissait à peine.

Vittoria regardait droit devant elle. Sa poigne sentait la détermination et l'indépendance, mais les doigts noués à ceux de l'Américain traduisaient sa confiance innée. Sans hésitation. Il la trouvait de plus en plus attirante. Ne rêve pas, se dit-il.

Vittoria sembla ressentir son malaise.

— Détendez-vous, murmura-t-elle sans tourner la tête. On est en voyage de noces.

— Je suis détendu.

— Vous m'écrasez les doigts.

Il relâcha la tension en rougissant.

— Respirez par les yeux, souffla-t-elle.

— Pardon ?

— Pour détendre vos muscles. Cela s'appelle *pranayama*.

— Piranha ?

— Mais non, pas le poisson. *Pranayama*. Peu importe...

Ils débouchèrent sur la Piazza della Rotonda ; le Panthéon se dressait devant eux. Comme toujours, l'imposant édifice inspira à Langdon une admiration mêlée de crainte. Le temple de tous les dieux. Les dieux païens, terrestres et marins. La structure lui parut toutefois plus massive que le souvenir qu'il en avait gardé. Les piliers verticaux et le fronton triangulaire du majestueux pronaos masquaient à ses yeux le grand dôme qui surplombe la rotonde. Le triomphalisme de l'inscription latine qui s'étalait sur l'architrave l'amusait en revanche toujours autant. M. AGRIPPA L F COS TERTIUM FECIT : Édifié par Marcus Agrippa, fils de Lucius, consul pour la troisième fois.

Quelle humilité ! se dit-il en balayant du regard les abords de l'ancien temple. Quelques touristes errant, armés de caméras vidéo, d'autres savourant, à la terrasse de la Tazza di Oro, le meilleur café glacé de Rome. Devant l'entrée du Panthéon, quatre policiers montaient la garde, l'arme au poing, comme l'avait annoncé Olivetti.

— Cela m'a l'air plutôt calme, fit Vittoria.

Langdon hocha la tête, mais il était inquiet. Mainte-

nant qu'il se trouvait sur place, leur plan lui semblait totalement insensé. Vittoria lui faisait apparemment confiance, mais il avait pu se tromper en déchiffrant le poème... Il se récita le premier vers. « De la tombe terrestre de Santi, où se découvre le trou du Diable. » Oui, se dit-il, c'est sûrement ça. La tombe de Santi. Combien de fois n'avait-il pas contemplé le tombeau de Raphaël sous la coupole ?

— Quelle heure est-il ? demanda Vittoria.

— 19 h 50. Le spectacle ne va pas tarder à commencer.

— J'espère que ces flics sont des pros, fit-elle en regardant les touristes entrer dans le Panthéon. Il ne sera pas facile d'échapper à une fusillade sous cette coupole.

Langdon poussa un soupir en l'entraînant vers le portique. Le pistolet pesait dans sa poche. Il retint son souffle en passant devant les policiers. Que se passerait-il s'ils le fouillaient ? Mais ils ne parurent même pas le remarquer. L'image du couple d'amoureux qu'il formait avec Vittoria devait être convaincante.

Il chuchota à l'oreille de sa compagne :

— Vous vous êtes déjà servie d'un pistolet, autrement que pour vos seringues de sédatif ?

— Vous ne me faites pas confiance ?

— Je vous connais à peine...

— Et moi qui croyais qu'on était des jeunes mariés !

61.

Langdon et Vittoria pénétrèrent dans l'atmosphère humide et fraîche de la rotonde. La grandiose coupole s'élevait sans aucun soutien à plus de quarante-trois

mètres au-dessus de l'épaisse muraille circulaire — plus vaste encore que celle de la basilique Saint-Pierre. Au sommet, la célèbre ouverture circulaire laissait entrer un mince rayon de soleil couchant. Le « trou du Diable », se répétait Langdon.

Ils avaient atteint leur but.

Le regard de Langdon parcourut l'immensité de la voûte qui les surplombait, avant de redescendre le long des trois étages du mur cylindrique, jusqu'au sol de marbre poli sous leurs pieds. Le grand dôme résonnait de bruits de pas étouffés et de chuchotements. Il observa un à un les visages de la dizaine de touristes qui déambulait dans le grand espace clair-obscur. Le tueur est-il l'un d'eux ?

— C'est aussi calme que dehors, remarqua Vittoria, sans lui lâcher la main.

Il hocha la tête.

— Alors, où est la tombe de Raphaël ? demanda-t-elle.

Il réfléchit un instant, regarda autour de lui. Des tombeaux, des autels, des colonnes… D'un signe de tête, il la lui indiqua sur leur gauche.

— Je crois que c'est celle-là.

Vittoria examinait les visiteurs.

— Je ne vois personne qui ressemble à un tueur sur le point d'assassiner un cardinal… Si on faisait le tour complet ?

— Oui. Allons inspecter les niches. Ce sont les seuls endroits où quelqu'un pourrait se cacher.

— Celles qu'on voit tout autour ?

— C'est cela, les alcôves creusées dans le mur.

Sur tout le pourtour de l'édifice, alternant avec les tombeaux, une série de cavités en demi-cercle s'ouvraient dans la muraille. Bien que peu profondes, elles constituaient des recoins parfaits où se dissimuler dans l'ombre. Elles avaient autrefois abrité les statues

des dieux de la Rome antique, que le Vatican avait détruites lors de la conversion du temple en église chrétienne. Le cœur serré, l'historien d'art de Harvard constata immédiatement que le jalon du premier autel de la science des *Illuminati* avait fatalement disparu. Il se demanda ce qu'il avait pu représenter autrefois, et vers quel autre monument romain il pouvait bien conduire les pas des adeptes. Il ne pouvait rien imaginer de plus excitant que de découvrir une trace de l'ancienne société secrète — la statue qui ouvrirait subrepticement la Voie de l'Illumination, et qui lui apprendrait le nom de ce fameux sculpteur anonyme.

— Je fais le tour par la gauche, dit Vittoria. Prenez à droite. Je vous retrouve dans cent quatre-vingts degrés.

Langdon répondit par un sourire crispé.

L'horreur sinistre de cette histoire le faisait frissonner. En longeant sa moitié de circonférence, il lui semblait entendre la voix du tueur chuchoter dans le grand vide de la rotonde. « À 20 heures. Des agneaux sacrifiés sur les autels de la science. Une progression mathématique vers la mort. 20 heures, 21 heures, 22 heures, 23 heures… et minuit. »

Langdon vérifia sa montre : 19 h 52. Huit minutes.

Dans la première niche de droite se trouvait le tombeau du premier roi de l'Italie unifiée. Comme c'était fréquent à Rome, le sarcophage était disposé de biais par rapport au mur, ce qui semblait perturber le groupe de visiteurs qui le contemplait. Langdon ne prit pas le temps de leur expliquer la raison de cette maladresse apparente. Les tombeaux chrétiens n'obéissaient pas forcément à la logique architecturale des bâtiments qui les abritaient. L'essentiel était qu'ils soient tournés vers l'est, en raison d'une ancienne superstition que Langdon avait évoquée en cours de sémiologie, pas plus tard que le mois précédent.

— C'est parfaitement incongru ! avait lancé une étudiante, au fond de la salle, après l'explication que venait de développer le professeur. Pourquoi les chrétiens tenaient-ils tant à être enterrés face au soleil levant ? Ils ne pratiquaient tout de même pas le culte du soleil !

Langdon faisait les cent pas devant le tableau en grignotant une pomme.

— Monsieur Hitzrot !

Un jeune homme qui sommeillait sur sa chaise se redressa en sursaut :

— Qui ? Moi ?

Langdon lui montra du doigt la reproduction d'un tableau Renaissance affichée au mur de la classe :

— Qui est cet homme agenouillé devant Dieu ?

— Euh… C'est un saint ?

— Génial ! Et comment le savez-vous ?

— Parce qu'il a une auréole au-dessus de la tête… ?

— Excellente réponse. Et cette auréole vous rappelle-t-elle quelque chose ?

Un sourire ravi apparut sur les lèvres de l'étudiant.

— Oui ! Ces trucs égyptiens qu'on a appris au dernier trimestre… les disques solaires !

— Merci, Hitzrot. Vous pouvez vous rendormir.

Le professeur s'adressa à toute sa classe :

— Comme bien d'autres éléments de la symbolique chrétienne, les auréoles des saints sont héritées du dieu Râ des anciens Égyptiens. Le christianisme est truffé de réminiscences du culte solaire.

— Excusez-moi, demanda une jeune fille au premier rang. Je vais à la messe tous les dimanches, et je n'en vois pas vraiment les traces…

— Tiens donc ? Quelle fête célébrez-vous le 25 décembre ?

— Noël, la naissance de Jésus-Christ.

— Et pourtant, si l'on en croit les Évangiles, Jésus

serait né au mois de mars. Que fêtons-nous donc le jour de Noël ?

Silence général.

— Mes chers amis, le 25 décembre correspond à l'ancienne fête païenne de *sol invictus* — le soleil invincible — qui coïncide avec le solstice d'hiver, cette date miraculeuse qui marque le retour de l'astre solaire, et l'allongement de la durée des jours.

Langdon s'offrit une nouvelle bouchée de sa pomme.

— Les religions conquérantes, reprit-il, se sont souvent approprié les fêtes traditionnelles de celles qui les ont précédées, pour faciliter la conversion des populations. Ces correspondances permettaient aux nouvelles ouailles de s'acclimater à la foi qu'on leur imposait. Les convertis continuaient à célébrer les mêmes fêtes, dans les mêmes lieux de culte, s'appuyant sur des images semblables... seul le dieu avait changé.

L'étudiante du premier rang semblait furieuse :

— Vous insinuez que le christianisme n'est qu'une forme de... rhabillage du culte solaire ?

— Absolument pas. Il a aussi emprunté à d'autres religions. La canonisation des saints, par exemple, provient du principe de déification inventé par Euhemerus[1]. La sainte communion, la pratique qui consiste à « manger Dieu », est un héritage des Aztèques. Même le concept du sacrifice de Jésus, mort pour racheter nos péchés, n'est pas une pure invention chrétienne. On trouve des cérémonies d'autosacrifices de jeunes hommes pour sauver leur peuple, dans les premiers temps du culte de Quetzalcóatl[2].

1. Euhemerus Messenius : mythographe romain du IVe siècle avant J.-C., qui pensait que les dieux n'étaient que des héros déifiés par la tradition. *(N.d.T.)*

2. Quetzalcóatl : « serpent à plumes », divinité toltèque, puis aztèque (Ve siècle). *(N.d.T.)*

— Alors, fit l'étudiante avec un regard furieux, qu'est-ce qui est vraiment propre au christianisme ?

— Dans toutes les religions organisées, il n'y a en fait que très peu d'éléments véritablement inédits. Aucune d'elles n'est partie de zéro. Elles découlent plus ou moins les unes des autres. Les religions modernes sont des assemblages de croyances et de rites assimilés par l'histoire, une sorte de compilation des différentes tentatives de l'homme pour appréhender le divin.

— Eh ! Attendez ! risqua Hitzrot, apparemment réveillé. Je sais ce qu'il y a de vraiment propre à la religion chrétienne : c'est l'image de notre Dieu. Il n'est jamais représenté en aztèque, en dieu soleil à tête de faucon ou de je ne sais quel monstre. L'art chrétien le dépeint toujours comme un vieil homme à barbe blanche. C'est un symbole exclusif, ça, non ?

Langdon sourit.

— Lorsque les premiers convertis au christianisme ont dû abandonner leurs divinités — le soleil, Mithra, leurs dieux païens, romains, grecs, et j'en passe —, ils ont demandé à la jeune Église chrétienne à quoi ressemblait leur Dieu unique. Avec une grande sagesse, elle a choisi l'image la plus puissante, la plus crainte et la plus familière de l'histoire.

Hitzrot semblait sceptique :

— Un vieillard barbu ?

Langdon lui montra le tableau des divinités antiques accroché au mur.

— Et Zeus, vous l'avez déjà regardé ?

Le cours était terminé.

— Bonsoir, fit une voix derrière lui.

Tiré de sa rêverie, Langdon sursauta. Il se retourna. Un homme âgé, vêtu d'une cape bleue, brodée d'une croix rouge sur la poitrine, lui souriait de ses dents jaunies.

— Vous êtes anglais ? demanda-t-il avec un fort accent toscan.

Langdon plissa les yeux, un peu interloqué.

— Non, je suis américain…

L'homme eut l'air gêné.

— Mon Dieu ! Excusez-moi, vous êtes si bien habillé que je me disais…

— Puis-je vous aider ? proposa Langdon, le cœur battant à tout rompre.

— En fait, c'est moi qui allais vous le proposer. Je suis le Cicérone de ce lieu, annonça-t-il en indiquant avec fierté son badge de guide municipal. Mon travail consiste à vous rendre la visite de Rome plus intéressante.

Langdon trouvait que sa visite d'aujourd'hui ne manquait pas vraiment d'intérêt.

— Vous m'avez l'air d'un homme plus cultivé que la moyenne des touristes, continua le guide sur un ton obséquieux. Je me ferai un plaisir de vous raconter l'histoire du Panthéon.

— Merci, fit Langdon avec un sourire. C'est très gentil à vous. Mais il se trouve que je suis moi-même historien d'art et…

— C'est magnifique !

Les yeux du retraité s'allumèrent d'un éclat soudain.

— Dans ce cas, enchaîna-t-il, vous serez sûrement passionné par ce que j'ai à vous dire.

— Je vous remercie, mais je crois que je préfère…

— Le Panthéon, déclama le guide en récitant son boniment, a été construit par Marcus Agrippa en l'an 27 avant Jésus-Christ.

— C'est cela, approuva Langdon. Et reconstruit par Hadrien en 119 après Jésus-Christ.

— Sa coupole a longtemps été la plus grande voûte jamais réalisée en maçonnerie. Jusqu'en 1960, où elle fut supplantée par le Superdôme de La Nouvelle-Orléans…

Comment faire taire ce moulin à paroles ? Langdon émit un grognement.

— … Et un théologien du ve siècle a donné au Panthéon le surnom de maison du Diable, prétendant que les démons y pénétraient par l'ouverture circulaire du sommet de la coupole !

Langdon l'immobilisa du bras. Il leva les yeux vers le grand oculus, et le souvenir du scénario suggéré par Vittoria le cloua sur place… un cardinal marqué au fer rouge, jeté par le toit de la coupole et s'écrasant sur le sol de marbre. Voilà une image qui serait médiatique ! Il balaya la rotonde du regard, guettant les photographes ou les cameramen de presse. Il n'y en avait aucun. Ses craintes étaient d'ailleurs absurdes. Une mise en scène aussi spectaculaire serait du dernier ridicule.

Il reprit son inspection méthodique des niches latérales, accompagné par le babil incessant du guide qui le suivait comme un caniche. Il faudra que je me rappelle qu'il n'y a rien de pire qu'un historien d'art qui se prend pour un baroudeur…

De l'autre côté de la rotonde, Vittoria était, elle aussi, plongée dans ses pensées. Elle se retrouvait seule pour la première fois depuis qu'elle avait appris la mort de son père, et elle comprenait en même temps le caractère terrible de la menace qui l'avait amenée à Rome. Son père adoptif avait été sauvagement assassiné. Presque aussi effroyable que sa mort était le détournement de sa création à des fins violentes. L'antimatière se trouvait maintenant entre les mains de terroristes. Elle était rongée par la culpabilité : c'était son invention à elle qui avait permis le transport de l'antimatière… Le conteneur qu'elle avait mis au point continuait son compte à rebours au sein des murs du Vatican. Elle avait aidé son père à poursuivre la simplicité de la vérité… et était devenue la complice des semeurs de chaos.

Curieusement, la seule chose qui la rassurait en ce moment, c'était la présence d'un parfait étranger. Robert Langdon. Elle trouvait dans ses yeux un réconfort inexplicable… qui lui rappelait l'harmonie de l'océan qu'elle avait quitté le matin même. Elle était contente qu'il soit là. Non seulement il était pour elle une source de réconfort et d'espoir, mais c'était grâce à lui qu'ils avaient retrouvé la piste de l'assassin de son père.

En longeant le mur circulaire, elle respirait profondément pour tenter de chasser de son esprit les idées de vengeance qui l'avaient assaillie toute la journée. Elle pour qui la vie n'avait pas de prix… elle voulait le voir mort, cet affreux personnage. Et le plus puissant des karmas ne parviendrait pas à la persuader de tendre l'autre joue. L'instinct de vendetta de ses ancêtres siciliens coulait dans ses veines d'Italienne et, comme eux, elle se sentait, pour la première fois de sa vie, prête à défendre l'honneur et le souvenir de son père en recourant au meurtre. Pour la première fois de sa vie, elle comprenait la signification du mot vendetta.

Harcelée malgré elle par des visions de vengeance, elle s'aperçut qu'elle approchait de la tombe de Raphaël. Même à distance, ce tombeau avait quelque chose de spécial. Contrairement aux autres, il était le seul à être parfaitement aligné avec le renfoncement de la niche et protégé par un écran de Plexiglas. Sur le flanc du sarcophage, une inscription gravée :

RAFFAELLO SANTI 1483-1520

Elle contempla la niche avant de lire la plaque fixée sur le mur.

Elle la relut.

La relut encore une fois.

Un instant plus tard, elle traversait la rotonde en courant :

— Robert ! Robert !

62.

La progression de Langdon était quelque peu gênée par le flot de paroles du guide qui ne le lâchait plus. Ils approchaient de la dernière alcôve.

— J'ai l'impression que ces niches vous passionnent ! s'exclama son compagnon avec ravissement. Mais aviez-vous remarqué le resserrement progressif des cinq étages de caissons, du bas vers le haut de la coupole, qui la font paraître plus légère ?

Langdon hocha la tête sans écouter. Il contemplait la dernière niche quand quelqu'un le tira par la manche. C'était Vittoria, hors d'haleine. À voir son visage défait, une seule conclusion s'imposait à son esprit. Elle a trouvé un cadavre, pensa-t-il. Un frisson de peur le parcourut tout entier.

— Ah ! C'est votre femme ! s'exclama le guide, enchanté d'avoir trouvé une nouvelle cliente. Alors vous, madame, on voit bien que vous êtes américaine ! ajouta-t-il en montrant le short et les baskets de Vittoria.

— Je suis italienne…

— Ah bon !

Le grand sourire disparut instantanément.

— Robert, souffla Vittoria en tournant le dos à l'importun. Le *Diagramma* de Galilée. Montrez-le-moi !

L'incorrigible indiscret l'interrompit :

— *Diagramma ?* Eh bien ! On peut dire que vous en savez des choses ! Ce précieux document n'est malheureusement pas accessible au public. Il est conservé sous bonne garde dans les Archives du Va…

— Excusez-nous, fit Langdon, inquiet du ton dramatique de sa compagne.

Il l'entraîna à l'écart et sortit de sa poche le feuillet dérobé.

— Que se passe-t-il ?

— Quelle est la date de ce texte ? demanda Vittoria.

Le guide les avait rejoints. Il regardait bouche bée la feuille de papyrus :

— Mais, ce n'est pas…

— Une reproduction publiée dans un guide touristique, coupa Langdon. Je vous remercie de votre aide, monsieur, mais ma femme et moi souhaiterions être seuls un instant.

L'homme recula sans quitter le papier des yeux.

— La date ! répéta Vittoria. En quelle année Galilée a-t-il publié…

Langdon posa le doigt devant les chiffres romains, au bas de la page.

— La date est ici… Mais qu'est-ce qui ne va pas ?

— En 1639 ?

— Quel est le problème ?

Elle le fixa d'un œil grave.

— Nous sommes mal partis, Robert. Très mal partis. Les dates ne correspondent pas du tout !

— Quelles dates ?

— Raphaël a été enterré au Panthéon en 1759. Un siècle après la publication du *Diagramma*.

Langdon la dévisagea.

— Mais non. Il est mort en 1520, plus d'un siècle avant.

— Oui, mais il n'a été transféré ici que bien plus tard…

— Comment ça ?

— Je viens de le lire. On a transporté ses restes au Panthéon en 1759, avec ceux d'autres Italiens illustres.

Langdon avait compris. La terre s'entrouvrait sous ses pieds.

— Quand le poème a été écrit, reprit Vittoria, le

tombeau de Raphaël était ailleurs ! Le Panthéon n'avait rien à voir avec Santi ! Et nous, nous n'avons rien à faire ici…

— Pourtant, j'étais certain…

Vittoria courut rattraper le guide, qui s'éloignait enfin.

— *Signore*, excusez-nous. Savez-vous où était enterré le corps de Raphaël au XVIIe siècle ?

— À… à Urbino, sa ville natale, bredouilla l'homme, interloqué.

— C'est impossible ! marmonna Langdon. Je suis certain que les autels de la science des *Illuminati* étaient tous à Rome !

— Les *Illuminati* ? s'étrangla le guide en regardant la feuille de papyrus. Mais qui êtes-vous ?

Vittoria prit la situation en main.

— Nous sommes à la recherche d'un monument surnommé « tombe terrestre de Santi ». Dans cette ville. Voyez-vous de quoi il pourrait s'agir ?

— Il n'y a qu'un tombeau de Santi, murmura le vieil homme.

Langdon s'efforçait de réfléchir calmement. Si la dépouille de Raphaël ne se trouvait pas à Rome en 1655, que pouvait bien signifier le premier vers du poème ? « La tombe terrestre de Santi… le trou du Diable. » Qu'est-ce que cela veut dire ? Fais marcher tes méninges, Robert…

Vittoria ne lâchait pas sa source.

— Y avait-il à l'époque un autre artiste du nom de Santi ?

Le guide haussa les épaules.

— Pas que je sache.

— Quelqu'un d'un tant soit peu connu ? insista la jeune femme. Un savant, un poète, un astronome… ?

Le pauvre homme semblait regretter de ne pas les avoir quittés plus tôt.

— Non, madame. Le seul Santi que je connaisse, c'est l'architecte Raphaël.

— L'architecte ? s'étonna Vittoria. Je croyais que c'était un peintre…

— Il était l'un et l'autre. Comme tous les autres grands de la Renaissance : Michel-Ange, Léonard de Vinci…

Langdon n'aurait pas su dire si c'était l'explication du guide ou les monuments funéraires qui l'entouraient… Mais cela n'avait pas d'importance. L'architecte Santi. Tout son raisonnement se mit en place comme les pièces d'un puzzle. Les architectes de la Renaissance avaient deux raisons de vivre : glorifier Dieu en construisant de grandes églises, et glorifier les dignitaires de leur époque en leur édifiant de somptueux tombeaux. La tombe de Santi. Cela pourrait très bien… Les formules s'enchaînaient à toute vitesse dans son esprit.

La Joconde de Vinci.

Les Nymphéas de Monet.

Le David de Michel-Ange.

La Tombe terrestre de Santi.

— C'est une tombe construite par Raphaël ! s'exclama-t-il.

— Pardon ? fit Vittoria.

— Le poème ne parle pas de l'endroit où il est enterré. Mais d'un tombeau dont il est l'architecte.

— Qu'est-ce que vous dites ?

— J'ai mal compris le premier vers. Ce n'est pas le monument érigé pour Santi qu'il fallait trouver, mais un autre, érigé par lui, pour un autre personnage. Comment n'y ai-je pas pensé plus tôt ? La moitié des sculptures de la Renaissance et du Baroque romains étaient des mausolées, ou des monuments funéraires. Raphaël a dû en réaliser des centaines !

— Des centaines ? répéta Vittoria, démoralisée.

— C'est de cet ordre-là, hélas.

— Et vous en voyez une qui serait plus terrestre que les autres ?

Langdon se sentit soudain incompétent. S'il était imbattable sur les œuvres de Michel-Ange, il connaissait beaucoup moins bien celles de Raphaël, qui ne l'avait jamais vraiment passionné. Il pouvait nommer trois ou quatre de ses tombeaux, mais il aurait été incapable de les décrire.

Devinant le désarroi de l'Américain, Vittoria se retourna vers le guide, qui s'éloignait discrètement. Elle le rattrapa énergiquement par le bras.

— Pouvez-vous m'indiquer un tombeau construit ou sculpté par Raphaël, et que l'on pourrait qualifier de « terrestre » ?

Le pauvre homme fit la moue, visiblement au comble de la désolation :

— Je ne sais pas… Il en a réalisé tellement… Peut-être voulez-vous parler d'une chapelle de Raphaël ? Les architectes en construisaient très souvent, pour abriter les tombes…

— D'accord, mais en connaissez-vous une qu'on pourrait définir comme « terrestre » ?

Il haussa les épaules.

— Je suis désolé, mais je ne vois pas ce que vous cherchez. Ce mot ne me dit rien. Excusez-moi, mais il faut que je m'en aille…

Vittoria le retint par la manche et récita :

— « Une tombe terrestre… avec un trou du Diable… », ça ne vous rappelle pas quelque chose ?

— Non, vraiment rien.

Langdon leva les yeux sur la coupole. Il avait momentanément oublié le deuxième vers du poème. « Le trou du Diable. »

— Attendez ! s'écria-t-il. Est-ce que vous voyez une chapelle de Raphaël qui comporterait une ouverture circulaire ?

Le guide secoua la tête :

— À part celle du Panthéon… je ne vois pas… sauf…

— Sauf quoi ? s'exclamèrent Vittoria et Langdon à l'unisson.

Le Toscan marcha vers Langdon en inclinant la tête :

— « Un trou du Diable », disiez-vous ? *Buco del diavolo* ?

— C'est cela, acquiesça Vittoria.

Un sourire apparut sur les lèvres du vieil homme.

— Voilà une expression que je n'ai pas entendue depuis longtemps… Mais si je ne me trompe pas, elle désigne un caveau…

— Un caveau ? s'exclama Langdon. Une crypte ?

— C'est cela, une cavité souterraine, creusée sous un autre tombeau, où l'on enterrait de nombreux cadavres…

— Un ossuaire ! termina Langdon.

— Voilà ! fit le guide, plein d'admiration pour son Américain. C'est exactement le mot que je cherchais.

Langdon réfléchit un instant. Un expédient bon marché utilisé par le clergé pour régler un problème délicat. Lorsque les notables d'une paroisse construisaient de somptueux tombeaux dans l'église, les membres de leur famille demandaient fréquemment de pouvoir être enterrés ensemble. Quand l'espace ou les fonds manquaient, on creusait un trou sous le tombeau d'origine, où l'on déposait les restes moins nobles des collatéraux ou des descendants. L'orifice d'accès au caveau était alors fermé par une bouche plus ou moins décorée, une « bouche du Diable », disaient les Italiens, allusion transparente aux effluves fétides qui s'en dégageaient parfois. Langdon ne connaissait pas l'expression, et la trouva très adéquate.

Son cœur battait à tout rompre. « Dès la tombe terrestre de Santi, où se découvre le trou du Diable… » Une seule question restait à poser.

— Raphaël a-t-il construit une tombe « terrestre » équipée d'un ossuaire ?

Le guide se gratta la tête avec perplexité.

— Je regrette beaucoup… il n'y en a qu'une qui me vienne à l'esprit.

On ne pouvait rêver une meilleure réponse.

— Une seule ? Où ça ? s'écria Vittoria.

L'homme la dévisagea avec inquiétude.

— C'est celle de la chapelle Chigi, construite par Raphaël pour Agostino Chigi et son frère, deux banquiers, grands protecteurs des arts et des sciences.

— Des sciences ? demanda Langdon en échangeant un regard avec Vittoria.

— Et où est-elle, cette chapelle ? répéta Vittoria.

Le guide ignora sa question, heureux d'être à nouveau utile.

— Quant à savoir si elle est « terrestre », toutes les tombes le sont… mais celle-ci est… différente.

— Différente ? reprit Langdon. Comment cela ?

— Parce qu'elle comporte une profonde contradiction. Raphaël n'était que l'architecte. C'est un autre sculpteur qui a réalisé la décoration et les ornements intérieurs. Je ne me souviens plus lequel.

Langdon buvait ses paroles. Le sculpteur inconnu des *Illuminati* ?

— Quoi qu'il en soit, continua le vieux Toscan, c'était un sculpteur de mauvais goût. *Dio mio ! Atrocita !* Un tombeau chrétien entouré de pyramides !

Langdon jubilait :

— Des pyramides ? Il y a des pyramides dans cette chapelle ?

— Eh oui. C'est terrible, n'est-ce pas ?

Vittoria lui secoua le bras :

— Où se trouve-t-elle, cette chapelle ?

— À environ quinze cents mètres au nord d'ici. Dans l'église Santa Maria del Popolo.

— Merci. Allons-y !

— Attendez ! s'écria le guide. Je suis bête ! Je me rappelle à l'instant…

— Ne nous dites pas que vous vous êtes trompé ! menaça Vittoria.

Il secoua la tête.

— Non, mais j'aurais pu y penser plus tôt. Elle ne s'est pas toujours appelée chapelle Chigi. Son ancien nom, c'était *cappella della Terra*.

— La chapelle de la Terre ! répéta Langdon, saisi.

En courant vers la sortie, Vittoria sortit son téléphone portable.

— Commandant Olivetti ? Ce n'est pas au Panthéon ! Nous nous sommes trompés d'église !

— Pardon ?

— Le premier autel de la science, c'est la chapelle Chigi !

La voix du commandant se durcit :

— Quoi ? Mais M. Langdon…

— Dans l'église Santa Maria del Popolo ! Foncez-y avec vos hommes ! Il ne reste que quatre minutes !

— Mais ils sont postés au Panthéon. Je ne peux pas…

— Dépêchez-vous ! cria-t-elle avant de raccrocher.

Langdon sortait derrière elle, encore abasourdi.

Elle lui attrapa la main et l'entraîna vers la file de taxis qui attendait le long du trottoir. Elle frappa du poing sur le capot du premier. Le conducteur endormi se redressa en sursaut. Vittoria ouvrit la portière arrière, poussa Langdon sur la banquette et le rejoignit.

— Santa Maria del Popolo ! ordonna-t-elle. *Presto !*

Le chauffeur démarra en trombe, mi-réjoui, mi-effaré.

63.

Gunther Glick s'était emparé du clavier de l'ordinateur. Derrière lui, Chinita Macri se penchait sur l'écran par-dessus son épaule.

— Je te le disais bien, triomphait le reporter. Il n'y a pas que le *British Tatler* qui publie des papiers sur ces types-là…

Elle regarda de plus près. Il avait raison. Ces dix dernières années, la BBC avait publié six articles sur la secte des *Illuminati*.

— Je n'en reviens pas ! cria-t-elle. Qui sont les tocards qui ont écrit ça ?

— Il n'y a pas de tocards à la BBC.

— … qui vient de t'embaucher.

Glick se renfrogna.

— Je ne vois pas pourquoi tu es aussi ironique. Il y a plein de témoignages historiques solidement documentés sur les *Illuminati*.

— À peu près autant que sur les sorcières, les Ovnis, et le monstre du loch Ness.

Glick parcourait des yeux les titres des articles.

— Tu as entendu parler d'un certain Winston Churchill ?

— Ça me dit quelque chose.

— La BBC a réalisé un documentaire sur sa vie il y a quelques années. Figure-toi qu'en 1920 il a publié une déclaration dans laquelle il mettait le pays en garde face à une machination mondiale des *Illuminati* contre les bonnes mœurs.

— D'où sort cette info ? Le *British Tatler* n'existait pas encore !

— Du *London Herald*, 8 février 1920.

— Ce n'est pas vrai.

— Vérifie toi-même.

Elle obéit. *London Herald*, 8 février 1920. Incroyable !

— Bon, eh bien Churchill était parano, conclut-elle.

— Il n'était pas le seul, rétorqua son collègue. Il semble que Woodrow Wilson ait fait trois déclarations à la radio, où il évoquait la mainmise croissante des *Illuminati* sur le système bancaire américain. Tu veux un extrait ?

— Pas vraiment.

Glick le lut tout de même :

— « Il s'agit là d'une infiltration tellement structurée, insidieuse et tentaculaire, qu'il est préférable de ne pas la condamner à voix haute. »

Chinita était toujours sceptique :

— Je n'ai jamais rien entendu là-dessus.

— Parce qu'en 1921, tu étais encore une gamine.

— Je te remercie.

Elle ne se laissa pas démonter. C'est vrai qu'elle ne faisait plus toute jeune. À quarante-trois ans, son épaisse toison noire était striée de cheveux blancs. Elle était trop fière pour les teindre. Sa mère, une baptiste du sud des États-Unis, lui avait appris à se respecter et à se contenter de son sort. « Quand on est une femme noire, disait-elle, ça ne sert à rien d'essayer de le cacher. Le jour où tu commences, tu es morte. Tiens-toi droite, souris à belles dents, et laisse les gens se demander quel est le secret qui te réjouit. »

— Et Cecil Rhodes ? demanda Glick. Tu vois qui c'est ?

— Le financier britannique ?

— Oui, le fondateur de la bourse d'études.

— Ne me dis pas…

— Un *Illuminatus*.

— Foutaise.

— BBC, 16 novembre 1984.

— C'est nous qui avons dit ça ?

— Parfaitement. D'après l'article, les bourses Rhodes sont financées par une fondation créée il y a plusieurs siècles. C'est ainsi que les *Illuminati* recrutaient les esprits les plus brillants.

— C'est ridicule ! Mon père a eu une bourse Rhodes !

— Bill Clinton aussi…

Chinita commençait à s'énerver. Elle ne supportait pas ce genre de reportages aussi minables qu'alarmistes. Mais elle connaissait suffisamment la BBC pour savoir qu'on y vérifiait scrupuleusement toutes les informations et les sources.

— En voici une autre que tu dois te rappeler, reprit Glick. BBC, 5 mars 1998, Chris Mullin, qui présidait une commission parlementaire à Londres, a demandé à tous les députés francs-maçons de déclarer leur affiliation à l'organisation.

Elle s'en souvenait en effet. Le décret incluait même les policiers et les juges.

— C'était pour quelle raison, déjà ? demanda-t-elle.

Glick lut à haute voix :

— « … inquiétude que des factions souterraines au sein des francs-maçons n'exercent un contrôle considérable sur les institutions politiques et financières. »

— C'est ça !

— Un décret qui a fait du grabuge, apparemment. Les députés concernés étaient furieux. Il y avait de quoi. La plupart se sont révélés être des braves types, qui étaient devenus francs-maçons pour bénéficier du soutien d'un réseau et participer à des œuvres de bienfaisance. Ils n'avaient pas le moindre soupçon concernant d'éventuelles menées clandestines.

— … activités présumées…

— Peu importe.

Il continuait à faire défiler les articles sur l'écran :

— Tiens, regarde ça ! La piste des *Illuminati* remonte à Galilée en Italie, aux Alumbrados[1] d'Espagne et aux Gurinets[2] en France… ainsi qu'à Karl Marx et à la Révolution russe.

— C'est toujours facile de réécrire l'Histoire…

— OK, tu veux du contemporain ? Regarde-moi ça. Une référence aux *Illuminati* dans un numéro récent du *Wall Street Journal.*

— Impossible !

— Et devine quel est le jeu vidéo qui marche le mieux sur Internet aux États-Unis.

— Gigalol, avec Pamela Anderson ?

— *Illuminati*, le Nouvel Ordre mondial.

Elle lut la publicité par-dessus son épaule.

— « Steve Jackson est embarqué dans une folle course-poursuite… une grande aventure aux dimensions historiques, qui le met aux prises avec une ancienne confrérie satanique bavaroise qui cherche à s'emparer du pouvoir mondial. Connectez-vous sur… »

Chinita en avait la nausée.

— Mais qu'est-ce que cette secte peut avoir contre la chrétienté ?

— Pas seulement la chrétienté, ils veulent détruire toutes les religions. Mais si j'ai bien compris, ajouta-t-il en montrant son téléphone portable, ils m'ont l'air d'avoir une sérieuse dent contre le Vatican.

— Allons ! Tu ne crois tout de même pas ce que t'a raconté ce type… ?

— Qu'il est le messager des *Illuminati*, et qu'il se prépare à tuer quatre cardinaux ? J'espère bien que c'est vrai !

1. Alumbrados (ou Aluminados) : secte espagnole fondée en 1498 et persécutée par l'Inquisition. *(N.d.T.)*

2. Gurinets : disciples de l'abbé Pierce Guérin, fondateur de la secte des « Illuminés » en 1634. *(N.d.T.)*

64.

Le taxi de Langdon et de Vittoria remonta les quinze cents mètres de la Via della Scrofa en une minute et quelques secondes. Il était à peine 20 heures quand il s'arrêta dans un crissement de pneus au sud de la Piazza del Popolo. Comme il n'avait pas d'euros, Langdon laissa au chauffeur une somme rondelette en dollars et sortit d'un bond de la voiture, suivi par Vittoria. Dans le silence de la place, on n'entendait que les rires de quelques intellectuels romains, assis à la terrasse du café Rosati. Un parfum de café et de pâtisseries flottait dans la brise.

Langdon n'était pas encore remis de sa méprise et du détour inutile par le Panthéon. Mais un rapide coup d'œil circulaire le rassura. La Piazza del Popolo arborait des symboles chers aux *Illuminati*. Sa forme elliptique, bien sûr, mais surtout l'imposant obélisque égyptien qui se dressait au centre. Ces trophées rapportés par les légions romaines de l'Antiquité — que les historiens d'art appelaient « pyramides surélevées » — étaient éparpillés dans toute la Ville éternelle.

Suivant des yeux le monolithe jusqu'à son sommet, il remarqua à l'arrière-plan un détail beaucoup plus curieux.

— Nous ne nous sommes pas trompés, cette fois, dit-il à Vittoria. Regardez !

Il lui montrait du doigt la Porta del Popolo, l'arc de triomphe majestueux qui fermait la place, en face d'eux. Le regard de Vittoria se posa sur la coquille surplombant la grande arche centrale.

— Une étoile au-dessus de trois pierres en triangle…

— Cela ne vous rappelle rien ? La source de lumière au sommet de la pyramide…

— Le Grand Sceau américain !

— Exactement, le symbole maçonnique du billet vert.

La jeune femme respira à fond et parcourut la place des yeux :

— Alors, où est-elle, cette fichue église ?

Santa Maria del Popolo était nichée en travers comme un navire échoué, dans un coin de la place, au pied de la colline du Pincio. La tourelle du XIe siècle était camouflée par un immense échafaudage qui recouvrait entièrement la façade de l'église.

Langdon traversa la place en courant à côté de Vittoria, en proie à des pensées confuses. Un meurtre était-il réellement en train de se préparer dans une des chapelles de ce sanctuaire ? Et pourquoi Olivetti n'était-il pas là ? Le pistolet qui alourdissait sa poche ne suffisait pas à le rassurer.

Au pied de la façade s'étalait un escalier en demi-cercle aux marches accueillantes — en théorie seulement, car sur un pilier de l'échafaudage, une pancarte avertissait les curieux que l'église était fermée pour travaux.

Cette restauration providentielle garantissait évidemment au tueur une parfaite tranquillité. Plus besoin d'imaginer un stratagème compliqué pour accomplir son dessein. Il n'avait qu'à trouver le moyen d'entrer.

Vittoria se faufila entre les montants métalliques et commença à gravir les marches.

— Attendez ! s'exclama Langdon. S'il est à l'intérieur…

Sans l'écouter, elle arriva devant l'unique portail en bois de la façade. Langdon la rattrapa. Avant qu'il ait pu dirc un mot, elle saisit la poignée et tira. La porte ne céda pas.

— Il doit y avoir une autre entrée, dit-elle.

— Sans doute, fit Langdon, soulagé. Mais Olivetti va arriver d'une minute à l'autre. C'est trop dangereux d'entrer seuls. Nous devrions plutôt surveiller l'église de l'extérieur, jusqu'à ce…

Elle l'incendia du regard.

— S'il y a une autre entrée, il y a une autre sortie. Et si on laisse filer ce type, on est cuits.

Une ruelle étroite et sombre longeait l'église sur la droite, bordée par deux hauts murs. Elle empestait l'urine. Rome compte vingt fois plus de cafés que de toilettes publiques.

Ils avaient parcouru une quinzaine de mètres lorsque Vittoria tira Langdon par le bras.

Devant eux, sur le flanc gauche de l'église s'ouvrait une modeste porte en bois qui donnait directement sur la sacristie. À cause des remaniements ultérieurs, ces entrées étaient souvent désaffectées.

Vittoria se précipita sur la porte, dont elle regarda la poignée avec perplexité. Derrière elle, Langdon reconnut sa curieuse forme en anneau.

— C'est un *annulus*, expliqua-t-il.

Il souleva délicatement l'anneau et le tira vers lui. Le mécanisme fit entendre un petit bruit sec. Vittoria s'écarta, subitement inquiète. Puis Langdon tourna précautionneusement la poignée circulaire à 360 degrés dans le sens des aiguilles d'une montre. En vain. Les sourcils froncés, il tenta un tour dans le sens inverse, sans résultat.

— Vous croyez qu'il peut y avoir une autre porte ? demanda Vittoria en scrutant le mur de l'église jusqu'au fond de la ruelle.

Langdon en doutait. Les églises Renaissance étaient souvent construites comme des forteresses, pour les protéger des attaques, et les ouvertures y étaient limitées au strict minimum.

— S'il y en a une, elle est probablement encastrée dans le chevet — comme sortie de secours.

Vittoria remontait déjà vers l'arrière de l'église.

Il lui emboîta le pas. Au loin, un carillon sonna le premier coup de 20 heures.

Langdon n'entendit pas le premier appel de Vittoria. Il s'était arrêté devant un vitrail protégé par des barreaux pour tenter de voir l'intérieur de l'église.

— Robert ! souffla-t-elle un peu plus fort.

Il se retourna. Elle était arrivée au fond de la ruelle et faisait de grands gestes en direction du chevet. Langdon la rejoignit au pas de course, à contrecœur. Le long de la base du mur, un petit rempart de pierre dissimulait l'entrée d'une grotte, un boyau creusé dans les fondations de l'église.

— On peut entrer par là ? demanda Vittoria.

Langdon hocha la tête. On peut surtout sortir, mais ne chipotons pas.

Elle s'agenouilla devant l'entrée du tunnel.

— Voyons voir.

Elle ouvrit la trappe et entraîna Langdon par la main, sans lui laisser le temps de protester.

— Attendez ! dit-il.

Elle se tourna vers lui avec impatience. Il soupira :

— J'y vais le premier.

— Toujours chevaleresque ?

— L'âge passe avant la beauté.

— C'est un compliment ?

Il la précéda en souriant.

— Attention aux marches.

Langdon avança prudemment dans l'obscurité, une main contre la paroi de pierre rugueuse, comme Dédale l'avait fait dans son labyrinthe pour échapper au

Minotaure, certain de trouver la sortie s'il suivait le mur jusqu'au bout. Langdon, quant à lui, se demandait s'il avait vraiment envie d'arriver à la fin de ce tunnel.

Le passage se rétrécissait. Il ralentit, Vittoria sur ses talons. Après un virage à gauche, ils pénétrèrent dans une alcôve plus large qui, bizarrement, était vaguement éclairée. Dans la pénombre, Langdon distingua le contour d'une grosse porte en bois.

— Tiens, tiens ! dit-il en l'approchant.

— Fermée ? demanda Vittoria.

— Elle l'a été.

— Elle ne l'est plus ?

Un rai de lumière filtrait à travers la porte entrouverte… dont on avait fait sauter les charnières à l'aide d'une barre de fer qui était encore coincée dans l'embrasure.

Après un moment de silence, Langdon sentit les mains de Vittoria lui parcourir la poitrine et se glisser sous les revers de sa veste.

— Détendez-vous, professeur ! Je vous débarrasse de votre arme.

Au même instant, un détachement de gardes suisses se déployait en toutes directions dans les musées du Vatican plongés dans les ténèbres. Les hommes étaient équipés de lunettes de vision nocturne, qui coloraient le décor d'un vert surnaturel. Ils portaient tous aux oreilles des écouteurs connectés à l'antenne d'un détecteur, avec lequel ils balayaient l'espace devant eux. Ils se servaient de ce dispositif deux fois par semaine pour déceler les éventuelles pannes électroniques dans l'enceinte des musées. La petite antenne émettait un signal sonore en présence du moindre champ magnétique.

Ce soir, la prospection n'avait encore rien donné.

65.

L'intérieur de Santa Maria del Popolo était plongé dans la pénombre. L'église avait des allures de chantier de métro — un véritable parcours d'obstacles fait de revêtements de sols arrachés, de palettes de briques, de tas de ciment et de sable, de brouettes, il y avait même une tractopelle rouillée. Du sol défoncé surgissaient les piliers colossaux qui soutenaient la voûte centrale en plein cintre. Une bruine de poussière flottait paresseusement dans l'air, piquetant la lumière tamisée qui pénétrait par les vitraux. Sous une immense fresque de Pinturicchio, Langdon et Vittoria parcoururent des yeux l'église en réfection.

Tout était immobile et baignait dans un silence de mort.

Vittoria tenait à deux mains le semi-automatique devant elle. Langdon jeta un coup d'œil à sa montre : 20 h 04. Quelle folie ! se disait-il, c'est bien trop dangereux. Si le tueur était encore dans les murs, il n'aurait que le choix des issues, et la surveillance d'une seule porte, avec une seule et unique arme, se révélerait totalement vaine. La seule solution serait de le coincer à l'intérieur… à condition qu'il ne soit pas déjà sorti. Mais, après la gaffe du Panthéon, Langdon ne pouvait plus se permettre de prêcher la prudence. Il avait fait perdre un temps précieux à l'équipe.

Vittoria semblait découragée, elle aussi.

— Bon, fit-elle en se ressaisissant. Où est la chapelle Chigi ?

Langdon parcourut des yeux les surfaces sombres des murs. Les églises de la Renaissance abritaient en général de multiples chapelles ou niches en demi-cercle, ouvrant sur les bas-côtés et renfermant des tombeaux.

Mauvaise nouvelle. Il en comptait quatre de chaque côté dont les ouvertures étaient toutes obstruées par de grands panneaux de plastique transparent, destinés à les protéger de la poussière et des gravats pendant les travaux.

— Il y en a huit…, dit-il. Il va falloir les inspecter l'une après l'autre. Cela nous donne une bonne raison pour attendre Oliv…

— Et l'abside secondaire de gauche, c'est laquelle ? coupa Vittoria.

Langdon la dévisagea, médusé par sa maîtrise du vocabulaire architectural.

— Vous dites ?

Vittoria montrait du doigt le mur derrière lui. Sur une plaque décorative sertie dans la pierre, était gravé le même symbole que celui qu'ils avaient remarqué à l'extérieur : une pyramide surmontée d'une étoile. Une inscription encrassée légendait le motif :

ARMOIRIES D'ALESSANDRO CHIGI
DONT LE TOMBEAU EST SITUÉ
DANS LA DEUXIÈME CHAPELLE DE GAUCHE

Langdon hocha la tête.

— Bien joué, mon cher Watson ! s'exclama-t-il.

Le blason des Chigi comportait une étoile et une pyramide… Langdon se demanda soudain si l'illustre occupant de la chapelle faisait partie des *Illuminati*.

Un objet métallique résonna sur le dallage à quelques mètres d'eux. Vittoria braqua son arme dans cette direction. Langdon l'entraîna derrière un pilier. Silence. Ils restèrent immobiles. On entendait maintenant une sorte de frottement. Langdon retint son souffle. Nous n'aurions jamais dû venir ! Le bruit se rapprochait, des pieds traînant sur le sol. Enfin, une ombre noirâtre se faufila le long du pilier.

— *Figlio di puttana!* jura Vittoria à voix basse, en reculant d'un bond, imitée par Langdon.

Un énorme rat, serrant dans ses mâchoires un sandwich enveloppé dans du papier, s'arrêta devant eux, regarda un instant le canon du pistolet et, sans se laisser impressionner, repartit en trottinant vers un des recoins de l'église pour savourer son butin.

— Fils de p..., souffla Langdon, le cœur encore battant.

Reprenant rapidement son sang-froid, Vittoria abaissa le canon de son pistolet. Langdon passa la tête derrière le pilier et aperçut sur le sol les restes du pique-nique d'un ouvrier au pied d'un établi.

Il guetta un indice de mouvement dans l'atmosphère poussiéreuse et chuchota à l'oreille de Vittoria :

— Si notre homme est ici, il a certainement entendu tomber cette gamelle, lui aussi. Vous ne voulez toujours pas attendre Olivetti ?

— Où est la deuxième chapelle ? répliqua-t-elle.

En bougonnant, Langdon se retourna pour s'orienter. Il faisait face au maître-autel. Il pointa le pouce vers l'arrière, par-dessus son épaule.

Vittoria et lui se tournèrent ensemble vers le fond de l'église.

D'après l'inscription, la chapelle Chigi était la quatrième des cinq chapelles alignées à leur droite. La bonne nouvelle, c'est qu'ils n'avaient pas besoin de traverser la nef centrale. Et la mauvaise, c'est que la chapelle se trouvait au fond. Il leur faudrait parcourir la nef latérale sur toute sa longueur et passer devant trois autres chapelles, dont l'intérieur était masqué par un rideau de plastique.

— Attendez ! dit Langdon. J'y vais le premier.

— Pas question !

— C'est moi qui ai tout retardé avec le Panthéon.

— Mais c'est moi qui ai le pistolet.

Il lut dans ses yeux ce qu'elle voulait dire… C'est mon père qui a été tué. C'est moi qui ai participé à la création de l'antimatière : c'est moi qui lui exploserai les rotules.

Côte à côte, ils longèrent prudemment le mur du bas-côté droit. En passant devant la première chapelle, Langdon avait l'impression de participer à une chasse au trésor télévisée. Je choisis le numéro quatre !

Les épaisses murailles de l'église ne laissaient passer aucun bruit. Derrière les tentures translucides obstruant les chapelles, ils croyaient deviner des formes fantomatiques. Des statues de marbre, se dit Langdon en espérant ne pas se tromper. Il était 20 h 06. Si le tueur s'était montré ponctuel, il avait peut-être déjà quitté l'église. Sinon… Il n'aurait pas su dire quelle hypothèse il préférait.

Ils passèrent devant la deuxième chapelle, menaçante dans la pénombre. Le jour baissait rapidement, et les teintes ternies des vitraux n'en laissaient guère filtrer. Le rideau de plastique s'enfla à leur passage, comme sous l'effet d'un courant d'air. Quelqu'un a peut-être ouvert une porte…

Vittoria ralentit le pas en approchant du quatrième panneau translucide. Elle brandit son arme devant elle et montra à Langdon, d'un hochement de menton, une stèle gravée à l'entrée.

CAPELLA CHIGI

Langdon fit oui de la tête. Ils allèrent se poster sans bruit derrière un large pilier qui bordait l'ouverture. Vittoria glissa le canon de son arme derrière le rideau de plastique, en faisant signe à Langdon de l'écarter.

Ce serait le moment de réciter une prière, se dit-il. Sans grand enthousiasme, il contourna la jeune femme du bras et souleva doucement un coin du rideau. Un froissement très audible les figea tous les deux. Silence. Vittoria avança lentement la tête, et la passa par la fente. Langdon regardait par-dessus son épaule.

Ni l'un ni l'autre n'osait respirer.

— Personne ! souffla finalement Vittoria en baissant son arme. On arrive trop tard.

Langdon ne l'entendit pas. Il venait de pénétrer dans un autre monde. Jamais il n'avait vu pareille décoration dans une chapelle catholique. Il dévorait des yeux les murs recouverts de marbre brun. Un lieu terrestre s'il en était, que l'on aurait dit décoré des mains mêmes de Galilée et de ses amis *Illuminati*.

Au plafond de la coupole, une mosaïque représentait dans un ciel étoilé le soleil et ses sept planètes. Plus bas, les douze symboles païens du zodiaque, directement reliés à la Terre, à l'Air, au Feu et à l'Eau… les quadrants incarnant la force, l'intelligence, l'ardeur et l'émotion. Ici, la force de la Terre.

Langdon identifia sur les murs les allégories des quatre saisons terriennes — *primavera*, *estate*, *autunno*, *inverno*. Mais le plus incroyable était la présence des deux structures massives qui dominaient l'espace. Il les contempla, émerveillé. Il croyait rêver, mais elles étaient bien réelles. De part et d'autre de la chapelle, s'élevaient à plus de trois mètres de haut deux pyramides de marbre parfaitement symétriques.

— Je ne vois ni cardinal ni assassin, chuchota Vittoria en entrant derrière lui.

Cloué sur place par l'étonnement, Langdon ne quittait pas les pyramides des yeux. Que font-elles dans une chapelle chrétienne ? Il n'était pas au bout de ses surprises. Au centre de la face antérieure de chacun des monuments était encastré un médaillon d'or terni d'une forme inhabituelle. Deux ellipses luisant dans les rayons du couchant qui pénétrait par la coupole. La voûte céleste, les pyramides, les ellipses de Galilée… L'endroit était plus riche en symboles *Illuminati* que ce qu'il n'aurait jamais osé imaginer.

— Robert ! s'écria Vittoria d'une voix étranglée. Regardez !

Ramené à la réalité, il se retourna brusquement. Elle montrait le sol de la chapelle.

— Quelle horreur ! s'exclama Langdon en reculant d'effroi.

Au centre du dallage, un squelette les narguait, brandissant à deux mains le blason orné de l'étoile et de la pyramide de la famille Chigi. Mais ce n'était pas le funeste symbole qui avait glacé le sang de Langdon. La mosaïque était montée sur une pierre circulaire qui jouxtait un trou béant dans le sol.

— Le trou du Diable, souffla-t-il.

La contemplation du plafond l'avait tellement absorbé qu'il en avait oublié la crypte. Il s'approcha d'un pas hésitant. Une odeur pestilentielle s'échappait de la fosse. Vittoria se couvrit la bouche d'une main.

— *Che puzza !* Ça pue !

— Les effluves du charnier, expliqua-t-il. Les gaz qui émanent des os en décomposition.

Respirant à travers la manche de sa veste, il se pencha sur le puits, plongé dans une obscurité totale.

— On n'y voit rien, fit-il.

— Vous croyez qu'il y a quelqu'un là-dedans ?

— Comment le savoir ?

Vittoria lui montra du doigt une échelle en bois pourri adossée au bord du trou, en face d'eux.

— Plutôt mourir ! s'exclama Langdon.

— Il y a peut-être une lampe de poche parmi tous les outils du chantier…

La proposition ressemblait fort à une excuse pour s'éloigner de la puanteur.

— Attention ! s'écria Langdon. Qui nous dit que le tueur…

Mais elle était déjà sortie de la chapelle.

Quand cette fille décidait quelque chose…

Il se tourna vers le trou, vaguement étourdi par les relents fétides qui s'en échappaient. Retenant son souffle, il plongea la tête dans la cavité. S'accoutumant peu à peu à l'obscurité, il devina au fond des formes indistinctes. Le puits étroit semblait aboutir dans une salle souterraine plus large. Le trou du Diable. Combien de dépouilles de la famille Chigi y avait-on balancées sans cérémonie ? Il ferma les yeux un moment pour dilater ses pupilles au maximum. Quand il les rouvrit, il distingua une pâle silhouette floue qui semblait flotter dans les ténèbres de la grotte. Il tressaillit mais lutta contre le réflexe de recul. Ai-je des visions, ou est-ce bien un corps humain ? La forme s'estompa. Il referma les yeux, plus longtemps que la première fois.

La sensation d'étourdissement s'aggravait et sa pensée vagabondait. Encore quelques secondes. Il avait la nausée — était-ce la puanteur ou le fait d'avoir la tête en bas ? Il finit par rouvrir les yeux, incapable de définir ce qu'il voyait.

La crypte s'éclaira d'une faible lumière bleuâtre. Il entendit soudain un sifflement étouffé, et vit un reflet trembloter sur les parois du puits. Soudain, une ombre l'enveloppa. Il sursauta et se releva maladroitement.

— Attention ! cria une voix derrière lui.

Avant même qu'il ait eu le temps de se retourner, une douleur aiguë lui transperça la nuque. Il pivota sur lui-même et se trouva nez à nez avec Vittoria, qui écartait la main dans laquelle elle tenait un chalumeau allumé. La flamme sifflait, projetant sa lumière bleue sur les murs de la chapelle.

— Mais qu'est-ce que vous faites ? s'exclama-t-il en se frottant la nuque.

— J'essayais de vous éclairer, mais vous avez reculé droit sur moi…

Il lança un regard furibond sur la lampe à souder.

— Je n'ai pas trouvé de lampe électrique…, s'excusa Vittoria.

— Je ne vous avais pas entendue entrer…

Elle lui tendit le chalumeau en grimaçant à cause des miasmes qui montaient de la crypte.

— Vous croyez que ce sont des vapeurs inflammables ?

— Espérons que non.

Il marcha prudemment jusqu'au bord du trou et y plongea à bout de bras la lampe à souder. Il suivit du regard les contours de l'ossuaire. Une crypte circulaire, d'environ six mètres de diamètre, et dont le sol noir irrégulier s'étendait à une bonne dizaine de mètres au-dessous de la chapelle. La tombe terrestre. Ensuite, il vit le corps.

Il se força à ne pas reculer.

— Il est là ! souffla-t-il.

La silhouette blafarde se détachait sur le sol noirâtre.

— J'ai l'impression qu'on l'a déshabillé.

— C'est l'un des cardinaux ? demanda Vittoria.

Qui d'autre cela pourrait-il être ? Langdon observa la masse livide. Inerte. Sans vie. Et pourtant… la position du corps était étrange. On aurait dit que…

— Hohé ! appela-t-il.

— Vous croyez qu'il est vivant ? s'enquit Vittoria.

Aucune réponse ne monta des profondeurs de la crypte.

— Il ne bouge pas, dit Langdon, mais il a l'air… Non, c'est impossible…

— Il a l'air de quoi ? insista Vittoria en se penchant au-dessus du trou.

Langdon plissa les yeux.

— Il a l'air d'être debout.

Vittoria retint son souffle et pencha la tête. Elle se releva immédiatement et recula.

— Vous avez raison, il est debout ! Il est peut-être vivant ! Il faut aller le secourir !

Elle cria vers le fond du puits :

— Hello ! *Mi puo sentire ?*

Aucun écho.

Elle se dirigea vers l'échelle pourrie.

— J'y vais !

Langdon la retint par le bras.

— Non ! C'est trop dangereux. C'est moi qui descends.

Cette fois, elle ne protesta pas.

66.

La camionnette de la BBC s'engagea au ralenti dans la Via Tomacelli. Au volant, Gunther Glick regardait un plan de Rome tout en conduisant. Sur le siège passager, Chinita Macri rongeait son frein. Comme elle le redoutait, le mystérieux correspondant avait rappelé et, cette fois, il avait donné des informations.

— Piazza del Popolo ! déclara Glick. Il y a une église sur la place, et on trouvera la preuve à l'intérieur !

— La preuve ? s'exclama-t-elle en finissant de nettoyer l'objectif de sa caméra. La preuve de l'assassinat d'un cardinal ?

— C'est ce qu'il a dit.

— Et tu crois tout ce qu'on te dit ?

Comme souvent, Chinita regrettait de ne pas être la responsable de l'équipe. Son métier consistait à obéir aux caprices des journalistes, souvent dingos, dont elle filmait les reportages. Et si Gunther Glick était prêt à croire les tuyaux percés d'un coup de fil anonyme, elle était priée de le suivre comme un chien en laisse.

Elle le regardait, assis au volant, les mâchoires serrées. Ses parents devaient être des comiques frustrés, pour l'avoir affublé d'un prénom pareil. Pas étonnant que ce pauvre garçon ait quelque chose à prouver. Mais malgré son état civil fâcheux et son ardeur agaçante à courir après les scoops, il était plutôt gentil. Chinita lui trouvait même un charme un peu mou, relâché, british. Un Hugh Grant sous lithium.

— On ne devrait pas plutôt retourner place Saint-Pierre ? demanda-t-elle le plus suavement possible. Il serait toujours temps d'aller vérifier cette prétendue preuve ensuite. Le conclave a commencé il y a une heure. Si l'élection aboutissait pendant notre absence… ?

Glick ne l'entendait pas.

— Il me semble qu'il faut tourner à droite ici, marmonna-t-il en retournant le plan. C'est bien ça, à droite… et après, tout de suite à gauche.

Il braqua brutalement, pour s'engager dans une rue très étroite.

— Attention ! hurla sa compagne.

Le regard perçant de la cadreuse leur épargna la collision. Heureusement, Glick réagit rapidement. Il pila net avant l'intersection, laissant passer un cortège de quatre Alfa Romeo, sorties d'on ne sait où, qui lui coupèrent la route avant de tourner à gauche dans la rue suivante — celle que Glick voulait prendre.

— Bande de cinglés ! brailla Chinita.

— Tu as vu ce que j'ai vu ? répliqua Glick, éberlué.

— Et comment ! Ils ont failli nous tuer !

— Non… les voitures ! C'étaient toutes les mêmes !

— Des cinglés sans imagination…

— Elles étaient pleines à craquer.

— Et alors ?

— Quatre voitures identiques, avec quatre passagers chacune…

— Le covoiturage, ça ne te dit rien ?

— En Italie ? Ils ne connaissent même pas l'essence sans plomb…

Il appuya sur l'accélérateur.

— Tu es devenu fou ? protesta Chinita, le dos plaqué à son siège.

Glick avait tourné dans la petite rue, et fonçait à la poursuite des Alfa Romeo.

— Quelque chose me dit qu'on ne sera pas les seuls ce soir dans cette église…, répondit-il.

67.

Langdon descendait lentement.

Les barreaux de l'échelle grinçant sous ses pieds, il pénétrait dans les profondeurs de la crypte de la chapelle Chigi. Dans le trou du Diable. Le nez au mur, tournant le dos à la grotte, il se demandait combien de lieux sombres et étouffants lui réservait encore cette journée. Le bois craquait à chacun de ses pas et l'odeur âcre d'humidité et de chair putréfiée était suffocante. Mais que faisait donc Olivetti ?

La silhouette de Vittoria était encore visible là-haut. Elle éclairait sa descente avec le chalumeau, dont les rayons bleuâtres portaient de moins en moins à mesure qu'il s'enfonçait dans la crypte. La puanteur en revanche se faisait de plus en plus forte.

Au douzième barreau, son pied glissa sur le bois pourri et il faillit perdre l'équilibre. Il se projeta brusquement vers l'avant, enserrant les montants de ses deux bras. Puis il reprit sa descente, jurant contre les écorchures qui le brûlaient. Trois barreaux plus bas, il trébucha à nouveau, sans glisser. Cette fois, c'est la peur qui l'avait fait sursauter. Devant lui, dans une niche creusée dans la muraille, s'entassaient des crânes soigneusement disposés. Reprenant son souffle, il se retourna pour regarder autour de lui. À ce niveau, la paroi était percée de cavités à fond plat — sortes de tombeaux ouverts où s'entassaient des squelettes. Les amoncellements d'ossements luisaient autour de lui sous le halo phosphorescent.

Une danse macabre qui a mal tourné, songea-t-il avec une grimace ironique. Il se rappelait l'étrange soirée mondaine à laquelle il avait été convié un mois plus tôt. « Orgie d'ossements et de flammes », disait le carton. Un dîner aux chandelles au profit du musée d'Archéologie de New York, où les convives s'étaient régalés de saumon flambé au pied d'un squelette de brontosaure. Il était invité par Rebecca Strauss — ancien mannequin reconverti en critique d'art pour le *New York Times* — un véritable tourbillon de velours noir, à la poitrine mal refaite, fumant cigarette sur cigarette. Depuis, elle avait laissé deux messages sur son répondeur, auxquels il n'avait pas répondu. Pas très gentleman, se reprocha-t-il, tout en se demandant combien de temps Rebecca aurait supporté ces émanations pestilentielles.

Après le dernier barreau, il sentit avec soulagement le sol humide et spongieux sous ses pieds. Il vérifia que les parois de la salle n'allaient pas se refermer sur lui et contempla le décor : une grotte circulaire de six à sept mètres de diamètre. Respirant à travers la manche de sa chemise, il aperçut le cadavre. Une silhouette floue dans la pénombre, un dos blanchâtre, charnu. Immobile et silencieux.

Langdon s'avança dans l'obscurité, essayant d'identifier ce qu'il voyait. L'homme lui tournait le dos, et il semblait debout…

— Hohé ! lança-t-il à mi-voix.

Pas de réponse. Langdon fit encore quelques pas. La silhouette était trop courte. Raccourcie…

— Que se passe-t-il ? cria Vittoria en essayant d'orienter sur lui sa lampe à souder.

Langdon ne répondit pas. Il était arrivé assez près pour comprendre. Il sentit le caveau se resserrer autour de lui et réprima un haut-le-cœur. Surgissant comme une créature infernale, un vieil homme était enfoui dans la terre jusqu'à la taille, le torse nu, les mains attachées derrière le dos avec une large ceinture pourpre. Il était calé en arrière comme une poupée de chiffon grotesque, la tête renversée vers le plafond, comme s'il implorait Dieu de lui venir en aide.

— Il est mort ? cria Vittoria.

J'espère que oui, le pauvre homme. Langdon se pencha sur le visage du cardinal. Ses yeux bleus exorbités étaient injectés de sang. Il baissa l'oreille vers sa poitrine pour écouter s'il respirait, mais recula immédiatement :

— Ô Mon Dieu !

— Qu'y a-t-il ? appela Vittoria.

— Il est bien mort, s'écria Langdon en réprimant une nausée. Mais de quelle façon…

Le spectacle était affreux. La bouche du prélat, grande ouverte, était remplie de terre.

— Il est mort étouffé…, cria-t-il. Avec de la terre !

— De la terre… ?

Le symbole lui avait échappé. *Earth*, *Air*, *Fire*, *Water*.

L'assassin avait menacé de graver dans la chair de ses victimes les noms des quatre éléments de la science du temps de Galilée. La terre était le premier. « Dès la tombe terrestre de Santi… » Nauséeux à cause des émanations de gaz, il fit le tour du cadavre. Comment avait-on réussi à calligraphier l'ambigramme du mot « *earth* » ? La réponse était là, sous ses yeux ; seuls les *Illuminati* étaient capables d'une telle virtuosité. La marque au fer rouge avait carbonisé la peau, d'où suintait un liquide noir. La *lingua pura*…

La crypte se mit à tournoyer autour de lui.

— *Earth*, murmura Langdon en inclinant la tête pour lire le symbole à l'envers.

Une vague d'horreur le submergea à la pensée de ce qui allait suivre.

Il y en a trois autres qui m'attendent !

68.

Dans la chapelle Sixtine, le cardinal Mortati commençait à perdre patience malgré la lueur pourtant apaisante des bougies. Le conclave avait officiellement commencé, mais d'une manière qui n'augurait rien de bon.

Trente minutes plus tôt, exactement à l'heure prévue, le camerlingue Carlo Ventresca était entré dans la chapelle. Il s'était avancé jusqu'au maître-autel pour y prononcer la prière d'ouverture. Après quoi, les bras le long du corps, il s'était adressé aux cardinaux d'un ton franc et direct, totalement inapproprié au lieu et aux circonstances :

— Vous avez tous constaté l'absence de quatre cardinaux. Au nom de Sa défunte Sainteté, je vous demande toutefois de poursuivre le conclave, comme vous le devez, avec foi et détermination. Que vos yeux restent tournés vers le Seigneur.

Puis, sans un mot de plus, il s'était dirigé vers la sortie.

— Mais où sont-ils ? avait lancé l'un des cardinaux.

— Je suis sincèrement incapable de vous répondre.

— Comment vont-ils ?

— Je ne peux pas vous le dire non plus.

— Les reverrons-nous ?

Il y avait eu un silence.

— Gardez la foi, avait lancé le camerlingue avant de s'éclipser.

Les portes de la chapelle Sixtine étaient maintenant fermées de l'extérieur, par deux lourdes chaînes cadenassées, comme l'exigeait le protocole. Quatre gardes suisses étaient postés dans le vestibule et rien, si ce n'est un malaise grave chez l'un des cardinaux — ou l'arrivée des quatre cardinaux —, ne pourrait justifier la réouverture de la chapelle avant l'élection définitive d'un nouveau pape. Mortati préférait évidemment la deuxième hypothèse, mais son estomac noué lui disait que le pire était à craindre pour les candidats absents.

Agissons comme il se doit, songea-t-il. Mortati avait en effet décidé de suivre l'avis du camerlingue et il avait appelé au vote.

Les préparatifs rituels avaient duré une demi-heure. Puis on avait procédé au premier tour de vote. Mortati était resté patiemment debout devant l'autel, à regarder défiler les cardinaux qui s'approchaient un à un, selon leur rang d'ancienneté, pour accomplir leur devoir d'électeur.

Agenouillé devant lui, le dernier récitait à son tour la formule rituelle :

— Je prends à témoin Notre Seigneur Jésus-Christ :

qu'il soit juge de ce que, par ce vote, je désigne celui que j'estime devoir élire devant Dieu.

Le cardinal se releva, tendit son bulletin au-dessus de sa tête pour le montrer à tous. Puis il le déposa sur un plateau posé sur le grand calice du maître-autel. Il prit le plat et laissa tomber le papier dans le calice, une procédure destinée à éviter le dépôt de plusieurs bulletins par le même électeur.

Après avoir recouvert le calice, il s'inclina devant la croix et retourna s'asseoir à sa place.

Le premier tour avait eu lieu.

La tâche de Mortati commençait.

Il secoua les bulletins dans le calice avant de soulever le plateau. Puis il en tira un au hasard et le déplia. Un carré de papier de cinq centimètres de côté. Il lut à voix haute la phrase gravée sur tous les bulletins :

« *Eligo in summum pontificem*... J'élis comme souverain pontife... »

Mortati annonça haut et fort le nom manuscrit qui suivait. Puis il s'empara d'une aiguille enfilée dont il perça le mot *Eligo* et fit descendre délicatement le bulletin le long du fil. Enfin, il inscrivit le nom de l'élu dans un registre.

Il répéta la procédure pour le suivant. Dès le septième bulletin, il sut que le vote avait échoué. Pas de consensus. Sept cardinaux différents avaient été nommés. Les écritures étaient évidemment déguisées, allant de la minuscule d'imprimerie à la calligraphie la plus élaborée. Le truc était naïf : chaque cardinal avait voté pour lui-même. Mais cette vanité apparente ne révélait, en l'occurrence, aucune ambition personnelle. Il s'agissait plutôt d'une manœuvre éprouvée, destinée à éviter qu'un cardinal recueille assez de voix pour être élu... afin de provoquer un nouveau vote.

Les membres du Sacré Collège attendaient l'arrivée des absents...

Une fois le dépouillement terminé, Mortati déclara que l'élection avait « échoué ».

Il s'empara du fil où étaient suspendus tous les bulletins et en noua les deux extrémités pour former une boucle, qu'il déposa sur un plat d'argent. Il versa dessus le produit ad hoc, transporta le plateau jusqu'à une petite cheminée située derrière lui, et mit le feu aux morceaux de papier. La fumée noire qu'ils dégageraient monterait par un conduit jusqu'à un orifice du toit de la chapelle. Le cardinal Mortati venait d'envoyer son premier message au monde extérieur.

Premier tour. Pas de pape.

69.

Suffoquant, Langdon remonta vers la lumière. Il entendait des voix au-dessus de lui, sans rien comprendre, encore abasourdi par la vision du cardinal étouffé.

Earth… Terre…

Sa vue commençait à se brouiller, il craignait de perdre connaissance. Son pied patina sur l'avant-dernier barreau. Il se projeta vers l'avant pour tenter d'attraper le rebord du trou, mais trop tard. Il perdit l'équilibre et se voyait déjà dégringoler au fond du puits quand il ressentit une vive douleur sous les aisselles et décolla soudainement, les jambes balançant dans le vide.

Il émergea du trou du Diable à demi évanoui, hissé par quatre bras fermes sur le sol de la chapelle. Les gardes l'étendirent sur le dallage de marbre froid.

Il mit un moment à se rappeler où il était. Des étoiles et des planètes dansaient au plafond. Des silhouettes floues tournaient autour de lui, des voix criaient. Il redressa la tête. On l'avait étendu au pied d'une pyramide de pierre. Le son sec et mordant d'une voix familière résonnait au loin.

Olivetti criait à Vittoria :

— Comment se fait-il que vous ayez commencé par vous tromper d'église ?

Elle s'efforça de lui expliquer les raisons de leur méprise, mais le commandant lui coupa la parole pour hurler des ordres à ses hommes :

— Sortez-moi ce cadavre de là ! Et fouillez tout le bâtiment !

Langdon essaya de s'asseoir. La chapelle Chigi était envahie de gardes suisses. On avait relevé le rideau de plastique qui obstruait l'entrée, et l'air frais affluait enfin dans ses poumons. Il retrouva ses esprits lorsque Vittoria vint s'agenouiller à son côté, son visage d'ange penché sur lui.

— Ça va ?

De ses deux mains douces, elle lui saisit le poignet pour prendre son pouls.

— Merci, dit-il en se redressant. Olivetti a l'air furieux…

Elle fit la moue.

— Il y a de quoi. On l'a raté !

— Pas « on », c'est moi qui me suis trompé.

— Alors rachetez-vous. Attrapez le tueur, la prochaine fois.

La prochaine fois ?

La remarque était cruelle.

Il n'y aura pas de prochaine fois. Nous ne savons pas où aller…

Vittoria jeta un coup d'œil à la montre de Langdon.

— D'après Mickey, il nous reste quarante minutes. Reprenez vos esprits, et aidez-moi à trouver l'indice pour localiser le meurtre suivant.

— Je vous l'ai dit, Vittoria, les statues ne sont plus là. La Voie de l'Illumination est…

Il s'interrompit. Vittoria souriait, le regardant avec attendrissement.

Deux secondes plus tard il était debout et tournait en rond, écarquillant les yeux devant le décor de la chapelle. Pyramides, étoiles, planètes, ellipses. Et la mémoire lui revint brusquement. Je suis dans le premier autel de la science, et pas au Panthéon. La chapelle Chigi était un lieu idéal pour les *Illuminati*, un choix bien plus subtil que le célèbre Panthéon. Une chapelle isolée du reste de l'église, érigée en hommage à un grand protecteur des sciences et des arts, et dont la décoration regorgeait de symbolisme terrestre. Le cadre parfait.

Il s'adossa contre un mur et leva les yeux vers les deux pyramides, envahi d'une soudaine bouffée d'espoir. Vittoria avait raison. Si cette chapelle était le premier jalon de la Voie de l'Illumination, peut-être abritait-elle encore la sculpture ayant servi d'indice aux aspirants *Illuminati*. Et dans ce cas, ils n'auraient qu'à suivre cette indication jusqu'au prochain autel. Ils avaient encore une chance d'attraper le meurtrier.

Vittoria s'approcha de lui.

— J'ai découvert qui était le fameux sculpteur des *Illuminati*.

Langdon sursauta.

— Pardon ?

— Il ne nous reste plus qu'à trouver la statue qui…

— Attendez ! Vous dites que vous savez qui c'est ?

Langdon avait passé plusieurs années à essayer de l'identifier.

— C'est Bernini, répondit Vittoria en souriant. Le Bernin.

Il sut tout de suite qu'elle se trompait. C'était impossible. Gian Lorenzo Bernini était le plus célèbre sculpteur italien du XVIIe siècle. Il avait créé une extraordinaire profusion de chefs-d'œuvre. Or le sculpteur des *Illuminati* devait être un artiste inconnu.

— Cela n'a pas l'air de vous enthousiasmer, grimaça Vittoria.

— Ça ne peut pas être Le Bernin.

— Pourquoi ? C'était un grand sculpteur et un contemporain de Galilée.

— C'était un homme célèbre, et catholique.

— Exactement comme Galilée.

— Pas du tout. Galilée était la bête noire du Vatican tandis que Le Bernin était son enfant chéri. Le clergé l'adorait. Il en avait fait son autorité artistique suprême. Il a passé pratiquement toute sa vie dans la cité du Vatican !

— Une couverture idéale. La méthode d'infiltration des *Illuminati*…

— Vittoria, coupa Langdon qui commençait à s'énerver, les *Illuminati* le nommaient *il maestro incognito* — leur artiste inconnu…

— Oui, inconnu d'eux. Pensez aux secrets des francs-maçons — les membres des échelons supérieurs sont les seuls à connaître toute la vérité. Galilée a très bien pu cacher l'identité du Bernin à la majorité des *Illuminati*… pour le protéger, pour que le Vatican ne l'apprenne jamais.

Sans être convaincu, Langdon devait reconnaître que ce raisonnement ne manquait pas de logique. Le cloisonnement de l'information était la pierre d'angle de l'organisation des *Illuminati*, dont seule une élite connaissait l'ensemble des secrets.

— Et c'est parce que Le Bernin faisait partie de ce réseau, reprit Vittoria avec un sourire de satisfaction, qu'il a sculpté ces pyramides.

Langdon secoua la tête.

— Mais non ! Le Bernin ne s'intéressait qu'aux

thèmes religieux… il n'avait aucune raison de créer ce genre de composition.

— Ce n'est pas ce que dit la plaque qui est derrière vous.

Langdon se retourna.

LES ARTISTES DE LA CHAPELLE CHIGI
Si l'architecture est de Raphaël,
tous les ornements intérieurs sont l'œuvre
de Gian Lorenzo Bernini.

Langdon eut beau lire deux fois l'inscription, il n'était toujours pas convaincu. Le Bernin était célèbre pour ses statues de vierges, d'anges, de prophètes, de papes. Pourquoi donc aurait-il représenté des pyramides ?

Totalement déconcerté, il leva les yeux vers les imposantes sculptures. Deux monuments funéraires pyramidaux, portant sur un flanc un médaillon doré en forme d'ellipse. On pouvait difficilement faire moins chrétien. Et les étoiles, les signes du Zodiaque… « Tous les ornements intérieurs sont l'œuvre de Gian Lorenzo Bernini. » Vittoria aurait donc raison ? Si aucun autre artiste n'avait travaillé dans cette chapelle, Le Bernin était bien, par défaut, le maître inconnu des *Illuminati*. Les conséquences s'enchaînaient d'elles-mêmes :

Le Bernin était un *Illuminatus*.

C'est lui qui a forgé les ambigrammes.

C'est lui qui a jalonné la Voie de l'Illumination.

Il était abasourdi. C'était donc ici que le grand maître italien avait placé l'indice qui menait au deuxième autel de la science…

— Je n'aurais jamais imaginé…

— Justement ! s'exclama Vittoria. Qui mieux qu'un artiste renommé, protégé par le Vatican, aurait pu parsemer les églises catholiques de Rome des symboles de sa société secrète ? Ce qui n'était certainement pas le cas d'un petit artiste inconnu.

Langdon observa chacune des pyramides à la recherche d'un fléchage. Peut-être l'indice vient-il des deux à la fois ?

— Elles sont identiques et orientées dans des directions opposées, dit-il. Je ne vois pas laquelle…

— Je ne pense pas qu'il faille chercher sur les pyramides, insinua Vittoria.

— Mais ce sont les seules sculptures…

Elle l'interrompit en lui montrant du doigt Olivetti qui parlait à ses gardes derrière le trou du Diable.

Langdon tourna les yeux vers le mur du fond. Tout d'abord, il ne vit rien. Puis l'un des gardes se déplaça et il aperçut une forme en marbre blanc. Un bras, un torse, puis un visage. Deux silhouettes grandeur nature, entrelacées. Son pouls s'accéléra. Il avait été tellement absorbé par les pyramides et le trou du Diable qu'il n'avait même pas remarqué cette statue. Il se faufila vers elle et y reconnut la patte du Bernin — la vigueur de la composition, la sophistication des visages, le drapé des tissus — taillés dans le marbre blanc le plus pur. Ce n'est qu'en se trouvant nez à nez avec elle qu'il la reconnut. Stupéfait, il laissa échapper un cri.

— Qui sont ces personnages ? demanda Vittoria qui arrivait derrière lui.

— *Habacuc et l'Ange*, dit Langdon dans un souffle.

C'était une œuvre assez célèbre du Bernin, il avait oublié qu'elle se trouvait dans cette église.

— Habacuc ?

— Oui, le prophète qui annonce l'annihilation de la Terre.

— Et vous croyez que l'indice est là ?

Il hocha la tête, émerveillé. Jamais de sa vie il n'avait éprouvé une telle certitude. C'était sans aucun doute le premier jalon des *Illuminati*. Mais s'il s'attendait à ce que cette statue indique le prochain autel de la science, il n'imaginait pas qu'elle le fasse aussi directement. L'Ange et Habacuc avaient chacun le bras tendu. Langdon réprima un sourire :

— Ce n'est pas si subtil que cela…

Vittoria semblait à la fois passionnée et perplexe :

— Ils se contredisent l'un l'autre. L'ange tend le bras dans une direction et le prophète dans une autre…

Langdon laissa échapper un petit rire. C'était exact. Mais il avait déjà résolu le problème. Retrouvant toute son énergie, il sortit à grands pas de la chapelle.

— Où allez-vous ? s'écria Vittoria.

— Il faut sortir de l'église, pour voir où cela nous mène !

— Attendez ! Comment pouvez-vous savoir lequel…

— Le poème, répondit-il sans se retourner. Le dernier vers !

— « Les anges guident votre noble quête »… récita-t-elle.

Elle se retourna vers le bras de l'ange, les yeux soudain embués par l'émotion.

— C'est incroyable…

70.

Gunther Glick et Chinita Macri étaient assis dans la camionnette garée à l'ombre au fond de la Piazza del Popolo. Ils étaient arrivés juste après les Alfa Romeo, juste à temps pour assister à une série d'événements étonnants. Chinita avait tout filmé, sans avoir la moindre idée de ce qui pouvait bien se tramer dans cette église.

À peine arrivés, ils avaient vu sortir des quatre voitures une nuée de jeunes hommes qui avaient immédiatement encerclé l'édifice. Certains avaient dégainé une arme de poing. L'un d'eux, plus âgé, avait entraîné un groupe vers le perron. Ils avaient fait sauter les serrures du portail à coups de semi-automatiques. Chinita n'avait rien entendu, ils devaient avoir des silencieux. Puis ils étaient entrés dans l'église.

Elle préférait rester inaperçue et filmer à distance. La visibilité était bonne — et un pistolet restait tout de même un pistolet. Glick n'avait pas discuté. Les hommes entraient et sortaient maintenant de l'église, en criant des ordres. Chinita avait aussi filmé une équipe qui semblait fouiller les alentours. Tous les hommes étaient en civil, mais ils se déplaçaient avec une précision militaire.

— Qui crois-tu que sont ces types ? demanda-t-elle à Glick.

— Comment veux-tu que je sache ? Tu ne loupes rien, j'espère ?

— Pas une seconde !

Le jeune journaliste avait l'air fasciné. Il souriait aux anges.

— Tu penses toujours qu'on devrait rentrer guetter l'élection du nouveau pape ? ironisa-t-il.

La cadreuse ne savait plus quoi penser. Il se passait visiblement quelque chose ici, mais sa longue expérience professionnelle lui avait appris qu'on trouvait souvent des explications très banales à des événements apparemment surprenants.

— Il ne s'est sans doute rien passé ici, dit-elle. Ces flics ont peut-être reçu le même tuyau que toi, et ils sont venus vérifier. Mais c'était sans doute une fausse alerte…

Glick lui saisit le bras.

— Là-bas ! Regarde ! Filme-moi ça ! dit-il en montrant l'église.

Elle zooma sur les marches de l'église.

— Salut, beau gosse ! s'exclama-t-elle en prenant en gros plan l'homme qui sortait de l'église.

— Qui c'est, ce mec ? demanda Glick.

Elle zooma sur lui.

— Jamais vu. Mais je ne détesterais pas le revoir..., fit-elle avec un sourire.

Langdon descendit les marches en courant et s'élança jusqu'au centre de la place. Le ciel s'assombrissait. Le soleil de printemps se couchait tard à Rome. Il venait de disparaître derrière un groupe d'immeubles et les ombres s'allongeaient sur la Piazza del Popolo.

— Et maintenant, très cher Bernin, dit-il à voix haute, où ton ange nous envoie-t-il ?

Il se retourna vers la façade pour situer la chapelle Chigi et retrouver l'orientation de la flèche de l'ange. Il indiquait le soleil couchant.

— Le sud-ouest. C'est par là.

Il fouilla sa mémoire, feuilletant mentalement les pages de l'histoire de l'art italien. S'il connaissait bien les sculptures du Bernin, il savait que l'artiste avait été beaucoup trop prolifique pour qu'un amateur moyen les retienne toutes. Mais *Habacuc et l'Ange* était relativement célèbre, et il espérait qu'il en serait de même pour la deuxième.

Earth, *Air*, *Fire*, *Water*. Habacuc avait prédit la fin de la Terre. L'autel du sacrifice suivant devait évoquer l'air. Rien ne lui venait à l'esprit, et pourtant une grande énergie l'animait. Je suis sur la Voie de l'Illumination ! Elle est encore intacte !

Tourné vers le sud-ouest, il scruta en vain l'horizon à la recherche d'un clocher, d'une tour ou d'une coupole. Rien. Il lui fallait un plan. Si Vittoria et lui pouvaient localiser les églises qui se trouvaient sur cet axe, peut-être l'une d'elles déclencherait-elle un souvenir. L'Air, une statue du Bernin, réfléchis, Robert !

Il retourna en courant vers les marches de l'église et trouva Vittoria et Olivetti sous l'échafaudage.

— C'est vers le sud-ouest, dit-il, hors d'haleine. La prochaine église se trouve au sud-ouest de celle-ci.

— Vous en êtes sûr, cette fois ? demanda Olivetti d'un ton glacial.

Langdon ne répondit pas.

— Il me faudrait un plan de Rome, où toutes les églises soient indiquées.

Olivetti l'observa sans changer d'expression. Langdon vérifia l'heure à sa montre.

— Nous n'avons plus qu'une demi-heure.

Le commandant passa devant lui pour descendre à sa voiture, garée devant les marches. Pour y chercher un plan de la ville, espérait Langdon. Vittoria semblait surexcitée :

— Si l'ange indique le sud-ouest, vous avez une idée des églises qui se trouvent dans cette direction ?

— D'ici, je ne peux rien voir, rétorqua Langdon et je ne connais pas assez bien les églises de Rome…

Il s'interrompit.

— Qu'y a-t-il ? s'écria Vittoria.

Il regardait devant lui. Du haut des marches, la vue était plus dégagée. Sans rien distinguer encore, il savait qu'il était sur la bonne voie. Il leva les yeux vers l'échafaudage qui se dressait au-dessus de lui. Haut de six étages, il grimpait jusqu'au sommet de la façade, nettement au-dessus des autres immeubles qui encadraient la place. Il ne lui restait plus qu'une chose à faire.

À l'autre extrémité de la place, Chinita Macri et Gunther Glick avaient le nez collé sur le pare-brise de la camionnette.

— Tu vois ce que je vois ? demanda Gunther.

— Un peu trop bien habillé pour jouer les Spiderman,

répliqua-t-elle en zoomant sur l'homme qui se lançait à l'assaut de l'échafaudage.

— Et qui c'est, la nana ?

Chinita abaissa son objectif vers la jolie fille qui se tenait debout sur les marches :

— Tu aimerais bien la connaître, hein ?

— Tu crois qu'on devrait appeler la rédaction ?

— Pas encore. On attend, et on observe. Autant avoir quelque chose de concret à annoncer, si on doit avouer qu'on a laissé tomber le conclave.

— Tu crois vraiment qu'on a assassiné un de ces vieux schnoques dans cette église ?

— Décidément, tu iras en enfer.

— Peut-être, mais avec le prix Pulitzer !

71.

Plus Langdon montait, moins l'échafaudage paraissait stable. Mais la vue sur Rome était plus belle et plus vaste à chaque barreau. Il continua à grimper.

Il avait le souffle court en arrivant sur la dernière plate-forme. Il secoua la poussière de sa veste et se retourna.

La vue était stupéfiante. Comme un océan en feu, les toits de tuiles embrasés par le soleil couchant ondulaient à l'infini. Plus de pollution ni d'embouteillages. Rome lui apparaissait telle que la chante sa légende — la Ville éternelle.

Ébloui par le soleil, Langdon scrutait les toits à la recherche d'un dôme ou d'un clocher. Rien, jusqu'à l'horizon. Il y a des centaines d'églises à Rome, il doit bien y en avoir une au sud-ouest ! À condition qu'elle soit encore debout…

Il refit le parcours des yeux, plus lentement. Les églises n'étaient évidemment pas toutes surmontées d'un clocher, ou d'une coupole. De nombreuses petites chapelles étaient enserrées entre les immeubles. Et Rome avait beaucoup changé depuis le XVIIe siècle, époque où aucune construction ne devait dépasser la hauteur des bâtiments religieux. La prospection de Langdon était gênée par des tours, des immeubles, sans compter les antennes et paraboles…

Pas une seule église visible. Au loin, à la sortie de la ville, le dôme massif de Michel-Ange masquait le soleil couchant. La basilique Saint-Pierre, la Cité du Vatican. Langdon eut une pensée pour les cardinaux du conclave, et pour le conteneur d'antimatière. Les gardes suisses l'avaient-ils trouvé ? Son intuition lui soufflait que non.

Les vers du poème défilaient un à un dans sa tête. « Dès la tombe terrestre de Santi, où se découvre le trou du Diable. » Ils l'avaient trouvée. « À travers Rome, vous dévoilerez les éléments de l'épreuve sacrée. » La Terre, l'Air, le Feu, l'Eau. « Le chemin de la lumière est tracé. » C'est Le Bernin qui avait balisé la Voie de l'Illumination. « Les anges guident votre noble quête. »

L'ange d'Habacuc indiquait le sud-ouest…

— Zoome sur le perron ! s'exclama Glick. Ça bouge !

Chinita ajusta l'objectif de sa caméra. C'était exact. Le chef aux allures de militaire avait garé au pied des marches une Alfa Romeo dont il venait d'ouvrir le coffre. Il scrutait maintenant la place pour vérifier qu'elle était vide. La cadreuse eut un instant l'impression qu'il avait repéré la camionnette, mais son regard ne s'arrêta pas. Apparemment rassuré, l'officier tira de sa poche un talkie-walkie qu'il plaqua devant sa bouche.

Presque instantanément, un bataillon entier sortit de l'église. Comme une équipe de football américain après la mêlée, les hommes s'alignèrent le long de la façade au sommet des marches, avant de les descendre au coude à coude, masquant assez efficacement quatre hommes qui transportaient un objet lourd, difficile à manœuvrer.

Glick se pencha sur le tableau de bord.

— Ils ont piqué une statue dans l'église ?

Chinita cherchait à percer le mur humain avec son objectif. Une seule seconde, un seul plan, c'est tout ce que je demande. Mais les hommes formaient un mur infranchissable. Allons ! Elle insista encore, et finit par avoir gain de cause. Lorsqu'ils essayèrent de soulever l'objet pour le déposer dans le coffre de l'Alfa Romeo, leur chef s'effaça devant eux. Elle eut son plan de plusieurs secondes.

— Appelle le chef. On a un cadavre.

Très loin de là, au CERN, Maximilian Kohler manœuvrait son fauteuil roulant pour entrer dans le bureau de Leonardo Vetra. Avec une précision mécanique, il feuilleta un à un les différents dossiers du physicien. Déçu, il passa dans la chambre à coucher. Le tiroir de la table de nuit était fermé à clé. Il roula jusqu'à la cuisine pour y chercher un couteau et revint. Il trouva exactement ce qu'il cherchait dans le tiroir.

72.

Langdon se suspendit par les mains au premier plateau de l'échafaudage et se laissa tomber au sommet des marches, où l'attendait Vittoria. Il épousseta ses vêtements.

— Alors, vous avez trouvé ? s'enquit Vittoria.

Il secoua la tête.

— Ils ont mis le corps dans le coffre de la voiture, fit-elle.

Le commandant Olivetti et quelques-uns de ses hommes étaient regroupés autour du capot de l'Alfa, penchés sur un plan de Rome.

— Ils ont trouvé l'église ? demanda Langdon en les désignant du menton.

— Il n'y en a pas, répondit Vittoria. La première qu'on rencontre sur cet axe, c'est la basilique Saint-Pierre.

Ils étaient au moins d'accord avec lui. Il descendit les marches vers la voiture. Les gardes reculèrent pour le laisser examiner le plan.

— Nous n'avons rien trouvé, fit Olivetti. Mais le plan n'indique que les églises importantes — une cinquantaine environ.

— Montrez-moi où nous sommes, demanda Langdon.

Le doigt d'Olivetti partit de la Piazza del Popolo et traça une ligne droite vers le sud-ouest, qui passait très loin des carrés noirs indiquant les plus importantes églises de Rome. Malheureusement, elles étaient aussi les plus anciennes, celles qui existaient au XVIIe siècle.

— J'ai des décisions à prendre, déclara Olivetti. Vous êtes bien certain de la direction ?

— Absolument.

Le commandant refit son tracé. La ligne croisait le pont Margherita, traversait la Via Cola di Rienzo et la Piazza del Risorgimento sans rencontrer la moindre église, avant d'aboutir au centre de la place Saint-Pierre.

— Et pourquoi ce ne serait pas la basilique Saint-Pierre ? demanda un des gardes à la joue balafrée d'une cicatrice. C'est une église…

Langdon secoua la tête.

— Il nous faut un lieu public, ce qui n'est pas vraiment le cas de la basilique aujourd'hui.

— Mais l'axe traverse la place, intervint Vittoria qui regardait par-dessus l'épaule de Langdon. C'est un lieu public…

— Oui, mais sans statue, répliqua Langdon.

— Il n'y a pas un obélisque, au centre de la place ?

Elle avait raison. Langdon leva les yeux vers celui de la Piazza del Popolo. Curieuse coïncidence. Il chassa cette idée.

— Celui de la place Saint-Pierre n'est pas une œuvre du Bernin ! C'est Caligula qui l'a amené à Rome. Et il n'a rien à voir avec l'Air. Et puis il y a un autre problème. Le poème dit explicitement que les éléments sont éparpillés dans Rome. Saint-Pierre est sur le territoire du Vatican, pas de Rome.

— Tout dépend à qui on pose la question, fit le garde à la cicatrice.

— Comment cela ? demanda Langdon.

— Il y a toujours eu une controverse. En général, les plans de Rome incluent la place Saint-Pierre dans la Cité du Vatican. Mais comme elle est située en dehors de l'enceinte, la mairie de Rome l'a toujours revendiquée comme sienne.

— Vous plaisantez ! rétorqua Langdon.

Il ignorait totalement cette querelle de propriété.

— Si je vous dis cela, continua le garde, c'est parce que le commandant et Mlle Vetra parlaient d'une sculpture qui évoque l'air.

Langdon ouvrit des yeux ronds.

— Et il y en a une sur la place Saint-Pierre ?

— Ce n'est pas vraiment une sculpture. Cela n'a peut-être aucun rapport…

— Dites toujours, trancha Olivetti.

Le garde haussa les épaules.

— Si je la connais, c'est parce que je suis souvent en faction sur la Piazza. J'en connais les moindres recoins.

— Très bien, mais la sculpture ? insista Langdon. À quoi ressemble-t-elle ?

Les *Illuminati* auraient-ils eu l'audace de planter leur deuxième jalon sous le nez du Vatican ?

— Je la vois plusieurs fois par jour. C'est exactement

au centre de la place, juste à l'endroit où passe la ligne que vous venez de tracer, c'est ce qui m'y a fait penser. Comme je vous l'ai dit, ce n'est pas vraiment une statue. Plutôt un bloc…

Olivetti fulminait :

— Un bloc ?

— Oui, mon commandant. Un bloc de marbre encastré dans le sol. Tout près de l'obélisque. Ce n'est pas un rectangle, c'est une ellipse. On y voit un ange sculpté qui souffle du vent. Théoriquement, cela pourrait représenter l'Air…

Langdon le dévisageait, ébahi.

— Un bas-relief ! s'exclama-t-il.

Tous les regards se tournèrent vers lui.

— Le bas-relief est une sculpture…

« La sculpture est l'art de créer des formes en ronde-bosse ou en bas-relief. » Langdon écrivait cette définition sur le tableau de ses classes depuis des années. Et il donnait comme exemple de bas-relief le profil d'Abraham Lincoln sur la pièce d'un penny. Les médaillons des pyramides de la chapelle Chigi en étaient aussi un magnifique exemple.

— *Bassorilievo*, répéta le garde.

— C'est cela ! acquiesça Langdon Je n'y avais pas pensé. La dalle dont vous parlez se nomme le *West Ponente* — le ponant — le vent d'ouest. On l'appelle aussi *il Soffio di Dio.*

— Le souffle de Dieu ? demanda Vittoria.

— Oui ! L'Air ! Sculpté par l'architecte lui-même !

Elle semblait déconcertée.

— Mais je croyais que Saint-Pierre avait été construit par Michel-Ange…

— La basilique, mais pas la place. C'est Le Bernin qui en est l'auteur.

Le cortège des Alfa Romeo quitta en trombe la Piazza

del Popolo. Leurs occupants étaient bien trop pressés pour remarquer la camionnette de la BBC qui les avait pris en chasse…

73.

Le pied au plancher, Gunther Glick se faufilait dans la circulation du Ponte Margherita, à la poursuite des quatre Alfa Romeo qui traversaient le Tibre. La prudence aurait exigé qu'il garde une certaine distance, mais il avait trop peur de perdre de vue la dernière voiture. Ces types conduisaient comme des fous.

Chinita Macri était assise à l'arrière, devant sa table de travail, en communication avec Londres. En raccrochant, elle cria vers l'avant pour couvrir le bruit du moteur :

— Tu veux la bonne nouvelle d'abord, ou la mauvaise ?

Glick fronça les sourcils. Dès qu'on s'adressait à la rédaction en chef de Londres, les choses se compliquaient.

— La mauvaise d'abord.

— Ils sont absolument furieux qu'on ait quitté la place Saint-Pierre.

— Cela ne m'étonne pas.

— Ils pensent aussi que ton tuyau était bidon…

— Le contraire m'aurait étonné.

— Et le patron te fait dire que tu es assis sur un siège éjectable.

— Génial ! Et la bonne nouvelle ?

— Ils sont d'accord pour jeter un coup d'œil à la séquence que je viens de tourner.

Glick sentit sa grimace se transformer en sourire réjoui. On va voir ce qu'on va voir !

— Dans ce cas, balance-la-leur tout de suite.

— Je ne peux pas transmettre sans une borne audio-vidéo.

— Impossible de s'arrêter maintenant, fit Glick en s'engouffrant dans la Via Cola di Rienzo.

Il négocia un virage à gauche serré et fit le tour de la Piazza di Risorgimento. Chinita rattrapa à temps son matériel informatique qui glissait sur la table.

— Si tu bousilles mon matériel, il ne nous restera plus qu'à la porter nous-mêmes à Londres, la séquence...

— Accroche-toi, ma belle, j'ai l'impression qu'on est bientôt arrivés.

— Où ça ? demanda-t-elle en relevant la tête.

Glick contemplait le dôme familier qui se dressait devant eux.

— À notre point de départ ! fit-il avec un sourire amusé.

Les quatre Alfa se glissèrent furtivement dans le flot des voitures, avant de se répartir sur le périmètre de la place. Elles déchargèrent les gardes en plusieurs points stratégiques. Quelques-uns se mêlèrent à la foule des touristes et disparurent derrière les camionnettes radio-télé. D'autres se glissèrent sous les majestueuses colonnades en arc de cercle. Olivetti avait demandé au Vatican que des renforts civils se dispersent autour de l'obélisque.

Assis à l'arrière, Langdon observait le filet humain prêt à se refermer sur sa proie. Comment l'assassin des *Illuminati* espère-t-il s'en sortir ? Comment peut-il espérer amener ici un cardinal et le tuer au milieu de cette foule ? Il vérifia sa montre. Il était 20 h 54. Encore six minutes.

Assis sur le siège passager, Olivetti se retourna vers Vittoria et Langdon :

— Vous allez tous les deux vous installer sur cette dalle… ce bloc sculpté… ce truc en bas-relief. Même scénario que tout à l'heure. Vous êtes un couple de touristes. Téléphonez si vous remarquez quelque chose de suspect.

Avant même que Langdon ait pu réagir, Vittoria lui avait pris la main et l'entraînait dehors.

Le soleil se couchait derrière la basilique, dont l'ombre massive recouvrait peu à peu la place. Langdon sentit un frisson de mauvais augure lui parcourir le corps. En se faufilant dans la foule, il se surprit à scruter tous les visages qu'il croisait. La main de Vittoria était tiède dans la sienne.

En traversant l'immense esplanade, il ressentit l'effet auquel Le Bernin voulait aboutir — « inspirer l'humilité à ceux qui la traversaient ».

Je suis humilié… et affamé, se disait-il, étonné lui-même qu'une pensée si prosaïque puisse lui traverser l'esprit en un moment pareil.

— On va jusqu'à l'obélisque ? demanda Vittoria.

Il hocha la tête en la dirigeant vers la gauche. Elle marchait d'un pas vif, mais décontracté.

— Quelle heure est-il ?

— Moins cinq.

Elle ne répondit pas. Sa main se resserra sur la sienne. Il sentait le pistolet dans sa poche, espérant qu'elle n'aurait pas l'idée de s'en servir. Il ne l'imaginait pas brandir une arme sur la place Saint-Pierre, et tirer dans les jambes d'un tueur sous les yeux de tous les grands médias internationaux. Et pourtant l'incident serait insignifiant, comparé au meurtre en public d'un cardinal marqué au fer rouge.

L'Air, pensait-il. Le deuxième élément de la science ancienne. Il tentait de se représenter le marquage au fer et le mode opératoire de ce nouveau meurtre. Son regard parcourut l'espace de granit qui s'étendait autour de lui — un immense terrain nu entouré de gardes suisses. Si l'assassin avait vraiment l'audace de tenter son coup ici, il était inimaginable qu'il puisse s'échapper ensuite.

Au centre de la place se dressaient les trois cent cinquante tonnes de l'obélisque de Caligula, culminant à vingt-sept mètres et surmonté d'une croix en métal creux, qui, comme par magie, captait encore les derniers rayons du soleil… et dont la légende disait qu'elle renfermait des reliques de la croix du Christ.

Deux fontaines se dressaient de part et d'autre de l'obélisque, suivant un tracé parfaitement symétrique. Langdon savait qu'elles marquaient les deux centres de l'ellipse du Bernin, mais cette curiosité ne l'avait jamais autant frappé. Aujourd'hui, Rome lui paraissait peuplée de correspondances géométriques stupéfiantes.

Vittoria ralentit en s'approchant de l'obélisque. Elle laissa échapper une longue expiration, comme pour inciter son compagnon à se décontracter. Il fit un effort, abaissa les épaules et relâcha ses mâchoires.

Quelque part au pied du monument, défiant la plus grande église du monde, reposait le deuxième autel de la science, le *West Ponente* sculpté par Le Bernin.

Gunther Glick était dissimulé derrière une colonne. En d'autres circonstances, jamais il ne se serait intéressé à cet homme en veste de tweed ni à cette femme en short de toile beige — un couple banal d'amoureux en voyage. Mais après les mystérieux coups de téléphone, les voitures banalisées filant à toute allure avec un cadavre dans le coffre de l'une d'elles, après l'ascension de l'échafaudage de l'église par ce grand type sportif monté chercher Dieu sait quoi, le jeune reporter n'avait pas l'intention de les perdre de vue un seul instant.

Il aperçut sa collègue de l'autre côté de la place.

Postée exactement où il le lui avait demandé, elle filait de loin le couple en question, portant sa caméra avec désinvolture, comme une journaliste désœuvrée. Mais Glick n'était pas tranquille. Il n'y avait pas d'autres reporters de ce côté de la place, et le sigle de la BBC collé sur l'appareil risquait fort d'attirer l'attention des touristes.

La bande qu'elle avait filmée tout à l'heure — montrant les flics qui déposaient le cadavre nu dans le coffre de l'Alfa Romeo — était en train de tourner dans la camionnette. Les images volaient au-dessus de la place en direction de Londres. Quelle serait la réaction de la rédac chef ?

Glick était furieux de ne pas avoir trouvé le cadavre avant l'arrivée des policiers en civil. Ils étaient maintenant en train de se déployer sur le pourtour de la place Saint-Pierre. Ils attendaient certainement un événement d'importance. « Les médias sont le bras droit de l'anarchie », avait déclaré le tueur.

Le journaliste surveillait d'un œil les camionnettes de presse, et de l'autre Chinita qui talonnait le type et la fille. Il avait peur d'être passé à côté d'un gros scoop, mais quelque chose lui disait qu'il avait encore toutes ses chances.

74.

À une dizaine de mètres devant eux, Langdon aperçut ce qu'il cherchait. Sous les pieds des touristes, l'ellipse de marbre blanc du Bernin tranchait sur les dalles de granit sombre de l'esplanade. Vittoria serra sa main dans la sienne. Elle l'avait vue, elle aussi.

— Détendez-vous, souffla-t-il. Essayez donc votre respiration de piranha…

Les doigts se relâchèrent.

Ils approchaient. Tout semblait terriblement normal. Des touristes qui flânaient, des bonnes sœurs qui bavardaient, une petite fille qui jetait des miettes de pain aux pigeons, au pied de l'obélisque.

Langdon se retint de regarder sa montre. Il devait être l'heure.

En arrivant devant le bas-relief de marbre, ils s'arrêtèrent le plus naturellement du monde, comme deux touristes qui remarquent un petit détail amusant. Vittoria lut à haute voix l'inscription :

— *West Ponente…*

Langdon observa de près le médaillon, vexé de ne jamais avoir remarqué sa signification, pas plus dans ses lectures que lors de ses nombreux voyages à Rome.

C'était une ellipse d'environ un mètre de long, sculptée en bas-relief, représentant un visage d'angelot rudimentaire aux joues gonflées. Sa bouche arrondie soufflait un vent vigoureux, représenté par un faisceau de lignes rayonnantes. Le souffle de Dieu, émanant du Vatican. L'hommage du Bernin au deuxième des quatre éléments… L'Air… un zéphyr sortant des lèvres d'un ange. En l'examinant de plus près, Langdon se rendit compte que le bas-relief avait une signification encore plus profonde. Le vent qui sortait de la bouche de l'ange était représenté par cinq traits distincts… cinq ! Et le visage de l'ange était flanqué de deux étoiles. Langdon pensa à Galilée. Cinq, deux, les ellipses, la symétrie… Il avait l'estomac noué, le cœur serré.

Vittoria s'éloigna brusquement.

— Je crois qu'il y a quelqu'un qui nous suit, souffla-t-elle.

— Où ça ? demanda Langdon en relevant la tête.

Elle l'entraîna à une bonne trentaine de mètres de là

avant de répondre, lui montrant du doigt le dôme de la basilique pour faire diversion :

— Une femme, qui marche derrière nous depuis qu'on est sortis de la voiture.

Elle jeta un coup d'œil par-dessus son épaule d'un air dégagé :

— Elle est toujours là. Continuons à marcher.

— Vous croyez que c'est l'assassin ?

— Non. À moins que les *Illuminati* ne recrutent des journalistes de la BBC…

Le carillon assourdissant de la basilique fit sursauter Langdon et Vittoria. Il était 21 heures. Après avoir tourné en rond pour tenter de semer la journaliste, ils se dirigèrent à nouveau vers le bas-relief.

Dans le vacarme des cloches, la place restait parfaitement calme. Les touristes allaient et venaient. Un clochard ivre sommeillait, affalé de tout son poids contre le socle de l'obélisque, à côté de la fillette qui jetait du pain aux pigeons. Langdon se demandait si la caméra de la BBC avait fait reculer l'assassin. C'est fort peu probable, se dit-il en se rappelant les menaces qu'il avait proférées. « Je ferai de vos cardinaux des stars médiatiques. »

L'écho du neuvième coup de cloche s'estompa dans le lointain et un silence paisible retomba sur la place Saint-Pierre.

C'est alors que la petite fille hurla.

75.

Langdon fut le premier à se précipiter vers elle.

Figée par la terreur, elle montrait du doigt l'ivrogne affaissé au pied de l'obélisque. Un vieux clochard miteux, aux cheveux blancs et poisseux qui lui retombaient sur le visage, vêtu d'un drap de toile sale et informe. Puis la petite fille détala à toutes jambes, sans cesser de hurler.

Avec un frisson prémonitoire, Langdon s'approcha du vieil homme. Un liquide sombre s'échappait de ses haillons. Du sang.

Ensuite, il eut l'impression de vivre un film en accéléré.

Le vagabond s'affaissa sur lui-même. Langdon plongea pour le soutenir mais il était trop tard. Le vieillard tomba le nez sur le pavé. Il ne bougeait plus.

Langdon s'agenouilla, bientôt rejoint par Vittoria. Les badauds se regroupaient autour d'eux.

La jeune femme appuya légèrement ses doigts sur la gorge du clochard.

— Je sens son pouls. Retournez-le, dit-elle.

Langdon avait déjà compris. Saisissant le clochard par les épaules, il le fit rouler sur le dos. Son vêtement informe tomba comme une peau morte, découvrant une large brûlure au centre de sa poitrine dénudée.

Vittoria recula en poussant un cri.

Langdon était paralysé de terreur et d'écœurement. Le dessin était d'une terrible simplicité.

— Air, lut Vittoria d'une voix étranglée. C'est… c'est lui.

Des gardes suisses arrivaient de toutes parts, criant des ordres, se précipitant à la poursuite d'un meurtrier invisible.

Un touriste raconta que, quelques minutes auparavant, un homme à la peau sombre avait aimablement aidé ce pauvre clochard essoufflé à traverser la place, et qu'il s'était même assis quelques instants auprès de lui avant de disparaître dans la foule.

Vittoria acheva de dévêtir le vieil homme. Deux blessures encadraient la marque, juste au-dessous des côtes. Elle lui renversa la tête en arrière et entama un bouche-à-bouche pour le ranimer. Il se produisit alors quelque chose d'inimaginable. Les deux blessures se mirent à cracher en sifflant des geysers de sang, comme les évents d'une baleine. Un liquide salé éclaboussa le visage de Langdon.

Vittoria s'arrêta net, épouvantée.

— Ses poumons ! bredouilla-t-elle. Il a les poumons percés…

En s'essuyant les yeux, Langdon se pencha sur les deux perforations. Le sang gargouilla et s'arrêta de gicler. Le cardinal était mort.

Vittoria recouvrit le corps et les gardes suisses s'approchèrent.

Langdon se releva, totalement désorienté. C'est alors qu'il la vit. La femme qui les suivait tout à l'heure était accroupie à quelques mètres de là, caméra à l'épaule. Leurs regards se croisèrent et Langdon comprit qu'elle avait tout filmé. Puis, bondissant comme un jeune chat, elle disparut dans la foule.

76.

Chinita Macri s'enfuyait à toutes jambes. Elle venait de tourner le reportage de sa carrière.

Elle serrait dans les bras sa caméra vidéo tout en

slalomant dans la foule qui traversait la place en sens inverse. Tous les badauds semblaient attirés par l'attroupement au pied de l'obélisque, alors qu'elle cherchait à s'en éloigner le plus rapidement possible, pour rejoindre la camionnette de la BBC. Le type en veste de tweed l'avait vue, et elle avait maintenant l'impression que d'autres hommes la suivaient, qu'elle ne voyait pas, mais qui la cernaient de tous côtés.

Elle était encore sous le choc de ce qu'elle venait de filmer, curieuse aussi de savoir si le mort était bien le personnage qu'elle imaginait. Le mystérieux coup de fil qu'avait reçu Glick lui semblait soudain plus crédible.

Un jeune homme d'allure militaire se détacha de la foule en face d'elle. Elle s'arrêta net. Rapide comme l'éclair, le type sortit un talkie-walkie, dit quelques mots, et avança vers elle. Elle fit demi-tour et repartit au hasard dans la foule, le cœur battant.

Tout en se frayant un passage entre les badauds, elle sortit la cassette de sa caméra — une bande en or ! — et la glissa dans la poche arrière de son pantalon, rabattant sa veste par-dessus. Glick, où es-tu, bon Dieu ?

Un autre soldat approchait sur sa gauche. Il fallait agir vite. Elle changea de direction, sortit de sa sacoche une cassette vierge qu'elle logea en force dans sa caméra. Puis elle retint son souffle.

Elle était à une trentaine de mètres de la camionnette quand deux hommes surgirent en face d'elle, les bras croisés.

— Votre film, ordonna l'un. Tout de suite.

Elle recula, les bras serrés autour de sa caméra.

— Pas question !

Le deuxième homme entrouvrit sa veste, dévoilant son arme.

— Allez-y, tirez ! s'écria-t-elle, étonnée de la fermeté de sa voix.

— La cassette, répéta le premier.

Mais où Glick est-il passé ? Chinita Macri tapa du pied en criant le plus fort possible :

— Je suis cameraman à la BBC ! Selon l'article 12 de la loi sur la liberté de la presse, ce film est la propriété de la chaîne qui m'emploie !

Les deux hommes restèrent de marbre. Celui qui était armé s'avança vers elle.

— Je suis lieutenant de la Garde suisse et, selon la loi sacrée qui régit le sol que vous foulez actuellement, vous faites l'objet d'une fouille et d'une saisie.

Un attroupement s'était formé autour d'eux. Chinita se mit à hurler :

— Il n'est pas question que je vous remette cet enregistrement avant d'en avoir référé à la rédaction de Londres. Je vous suggère de…

L'un des gardes lui arracha sa caméra, tandis que l'autre lui empoignait le bras et la tournait en direction de la basilique.

— *Grazie*, fit-il en demandant aux badauds de s'écarter.

Chinita priait pour qu'il ne la fouille pas. Si seulement elle arrivait à mettre sa cassette en sûreté…

C'est alors que l'impensable se produisit. Quelqu'un dans la foule était en train de fourrager sous sa veste et elle sentit qu'on lui dérobait sa vidéo. Elle fit volte-face, et réprima un cri. Hors d'haleine, Gunther Glick lui décocha un clin d'œil avant de se fondre dans la cohue des badauds.

77.

Robert Langdon entra en titubant dans la salle de bains privée attenante au bureau du pape. Il lava les traces de sang sur son visage. Le sang du cardinal

Lamassé, qui venait de subir une mort affreuse sous les yeux de centaines de touristes amassés sur la place Saint-Pierre. Sacrifié sur l'autel de la science. L'assassin avait, jusqu'à présent, mis ses menaces à exécution.

Dans le miroir du lavabo, Langdon contemplait son air battu, ses yeux tirés, son menton noirci par une barbe de deux jours. Il se trouvait dans une pièce immaculée et somptueusement équipée — marbre noir et robinetterie en or, serviettes de toilette épaisses et moelleuses, savons parfumés.

Il essaya de chasser de sa pensée la brûlure qui ensanglantait la poitrine du cardinal. Air. L'image était toujours présente. Depuis le matin, Langdon avait vu trois stigmates au fer rouge… et la soirée lui en réservait deux autres.

Derrière la porte, le commandant Olivetti, le capitaine Rocher et le camerlingue discutaient de la suite à donner aux événements. On n'avait apparemment toujours pas trouvé l'antimatière. Les gardes suisses s'étaient-ils montrés assez pointilleux dans leurs recherches ? Le tueur avait-il réussi à pénétrer dans les bâtiments privés du Vatican ?

Langdon s'essuya les mains et le visage. Il se retourna, à la recherche d'un urinoir, et ne trouva qu'une cuvette de toilette. Il souleva le couvercle.

Il commençait à se détendre et se sentit soudain épuisé. Le trop-plein d'émotions contradictoires, le manque de sommeil et la faim, cette course effrénée sur la Voie de l'Illumination, les deux meurtres sanglants, pratiquement sous ses yeux… L'issue de ce drame l'épouvantait.

Réfléchis, se dit-il. Mais il avait le cerveau vidé.

En tirant la chasse d'eau, il prit soudain conscience d'un détail inattendu, et étouffa un rire nerveux.

Je viens de pisser dans les toilettes du pape.

78.

Dans les studios londoniens de la BBC, une technicienne éjecta la cassette de sa console et se lança à toutes jambes dans le couloir. Elle entra comme une furie dans le bureau du directeur de la rédaction, enfourna sa pièce à conviction dans le magnétoscope, et appuya sur la touche *Play*.

Pendant que les images défilaient, elle raconta à son chef sa conversation avec Gunther Glick, en mission au Vatican, en précisant qu'elle avait, grâce aux images d'archives, identifié la victime du meurtre de la place Saint-Pierre.

Le directeur sortit en trombe de son bureau en agitant une cloche, interrompant toute activité dans la salle de rédaction.

— Direct dans cinq minutes ! cria-t-il d'une voix tonitruante. Je veux tous les commerciaux sur le pont ! On a un scoop à vendre… et de l'image !

Les commerciaux plongèrent dans leur carnet d'adresses.

— Durée ? cria l'un d'eux.

— Trente secondes !

— Sujet ?

— Meurtre en direct.

Ils se firent plus attentifs.

— Droits de diffusion ?

— Un million de dollars.

Plusieurs têtes se relevèrent à la fois.

— Quoi ?

— Vous m'avez entendu ! Il me faut tous les gros : CNN, MSNBC, plus les trois grands réseaux. Proposez-leur un visionnage. Ils ont cinq minutes pour casquer avant qu'on diffuse.

— Mais qu'est-ce que c'est, ce scoop ? demanda quelqu'un. Le Premier ministre vient de se faire écorcher vif ?

— Mieux que ça ! répliqua le rédacteur en chef.

À ce moment précis, quelque part dans Rome, l'Assassin s'offrait un bref moment de répit dans un fauteuil confortable. Il admirait la grande salle légendaire qui l'entourait. Je suis assis dans le Temple de l'Illumination, le repaire des *Illuminati*. Il n'arrivait pas à croire que la pièce ait pu survivre à tant de siècles.

Il composa consciencieusement le numéro du journaliste de la BBC. L'heure était venue. Le monde n'avait pas encore appris la nouvelle la plus effroyable.

79.

Vittoria Vetra buvait un verre d'eau et grignotait quelques biscuits apportés par un garde suisse. Il fallait qu'elle mange, mais elle n'avait pas faim. Une grande agitation régnait dans le bureau du pape, où se déroulaient en parallèle plusieurs conversations tendues. Le commandant Olivetti, le capitaine Rocher et une demi-douzaine de gardes évaluaient les dégâts et débattaient de la suite de leur action.

Robert Langdon était debout devant une fenêtre, le regard tourné vers la place Saint-Pierre. Vittoria s'approcha.

— Alors, ça vient, l'inspiration ?

Il secoua la tête, l'air abattu.

— Un biscuit ?

La proposition sembla le ragaillardir.

— Mon Dieu, oui ! merci.

Il en dévora plusieurs.

Brusquement, les voix se turent derrière eux. Le camerlingue Ventresca entrait dans le bureau, escorté par deux gardes suisses. S'il avait l'air épuisé tout à l'heure, il semblait maintenant complètement vidé. On l'avait apparemment informé des derniers événements.

— Dites-moi exactement ce qui s'est passé, demanda-t-il à Olivetti.

Le commandant répondit par un rapport factuel, d'une sobriété et d'une efficacité toutes militaires :

— Le cardinal Ebner a été retrouvé mort peu après 20 heures dans la crypte de Santa Maria del Popolo. Il a été tué par étouffement. Sa poitrine était marquée au fer rouge des lettres E A R T H. Le cardinal Lamassé a été assassiné sur la place Saint-Pierre il y a dix minutes. Le décès a été causé par une double perforation des poumons. Sa poitrine était marquée au fer rouge par les lettres A I R. Dans les deux cas, le tueur a réussi à s'échapper.

Le camerlingue traversa la pièce pour aller s'asseoir, la tête baissée, derrière le bureau du pape.

— Leurs Éminences Guidera et Baggia sont, en revanche, toujours en vie, continua Olivetti.

Ventresca releva brusquement la tête.

— Ce qui serait censé nous consoler ? s'exclama-t-il d'une voix douloureuse. Deux cardinaux ont été tués ce soir, commandant. Et les deux autres ne leur survivront pas longtemps si vous ne les retrouvez pas avant.

— Nous les trouverons, affirma Olivetti. Je suis confiant.

— Confiant ? Nous avons totalement échoué jusqu'ici !

— Nous avons perdu deux batailles, mon père, mais nous sommes en train de gagner la guerre. Les

Illuminati avaient espéré un véritable déchaînement médiatique. Nous avons, à ce stade, réussi à contrarier leur projet. Nous avons récupéré les corps des deux cardinaux discrètement et sans incident. Qui plus est, le capitaine Rocher me dit que la découverte de l'antimatière est en bonne voie.

Coiffé de son béret rouge, le capitaine Rocher s'avança. Sans trop savoir pourquoi, Vittoria le trouvait plus humain que les autres, sérieux sans être rigide. Il avait une voix sensible et cristalline, presque musicale.

— J'ai bon espoir de mettre la main sur l'antimatière d'ici une heure, mon père.

— Capitaine, répliqua le camerlingue, vous me pardonnerez mon pessimisme, mais il me semble qu'une fouille complète de la Cité du Vatican exigerait beaucoup plus de temps que celui dont nous disposons.

— Une fouille complète, certes. Toutefois, après avoir évalué le problème, j'ai la quasi-certitude que le récipient d'antimatière est situé dans l'une de nos zones blanches — celles qui sont ouvertes au public — comme les musées et la basilique. Nous avons déjà coupé le courant dans ces secteurs et nous sommes en train de les sonder.

— Vous comptez limiter les fouilles à ces zones ?

— Oui, mon père. Il est hautement improbable qu'un intrus ait réussi à pénétrer dans les autres bâtiments. Et le fait que la caméra ait été dérobée dans un espace public — la cage d'escalier d'un des musées — corrobore cette hypothèse. Le malfaiteur a dû la placer, comme l'antimatière, dans une zone blanche. C'est sur ces secteurs que nous concentrons nos recherches.

— Et pourtant il a enlevé quatre cardinaux, ce qui laisse supposer qu'il a réussi à s'infiltrer dans les bâtiments privés…

— Pas nécessairement. N'oublions pas que les cardinaux ont passé une grande partie de la journée dans les musées et dans la basilique Saint-Pierre. Tout laisse supposer que c'est dans l'un de ces secteurs que leur enlèvement a eu lieu.

— Mais comment a-t-il pu leur faire quitter les murs ?

— C'est ce que nous sommes en train d'essayer de comprendre.

— Je vois, soupira le camerlingue en se levant.

Il s'adressa à Olivetti :

— Commandant, j'aimerais que vous me donniez les détails de votre plan d'évacuation d'urgence.

— Il est en cours de mise au point. Mais je compte bien que le capitaine Rocher aura trouvé l'antimatière avant que nous soyons obligés de le déclencher.

Rocher claqua des talons comme pour entériner ce signe de confiance.

— Mes hommes ont déjà scanné les deux tiers des zones blanches. Je suis optimiste.

Le camerlingue ne semblait pas partager cette confiance.

Le garde au visage barré d'une cicatrice entrait dans le bureau, un carnet de notes et un plan de Rome à la main. Il se dirigea à grands pas vers Langdon.

— Monsieur Langdon ? J'ai le renseignement que vous m'avez demandé sur le *West Ponente*.

L'Américain avala le reste de son biscuit.

— Très bien. Voyons cela.

Tandis que les autres continuaient à parler, Vittoria rejoignit Robert et le garde, qui étalait le plan de Rome sur le bureau du pape.

Il indiqua la place Saint-Pierre.

— Voici où nous étions. Le trait central du souffle de l'ange est orienté plein est.

Il traça du doigt une ligne qui quittait le Vatican vers l'est, traversait le Tibre puis le centre de Rome.

— Comme vous le voyez, la ligne suit un axe ouest-est. Il y a une vingtaine d'églises à proximité de son passage.

Les épaules de Langdon retombèrent.

— Vingt églises ?

— Peut-être même plus…

— Y en a-t-il qui se trouvent exactement sur le parcours ?

— Certaines en sont plus proches que d'autres, mais notre prolongement approximatif du *West Ponente* implique fatalement une marge d'erreur…

Langdon jeta un regard par la fenêtre. Puis il se gratta le menton d'un air renfrogné.

— Et le Feu ? L'élément *Fire* ? Est-ce qu'une de ces églises renferme une œuvre du Bernin qui aurait un rapport… ?

Silence.

— Et un obélisque ? Y a-t-il un obélisque à proximité de l'une ou de l'autre ?

Vittoria lut une lueur d'espoir dans le regard de l'Américain. Il a raison. Les deux premiers jalons de la Voie des *Illuminati* étaient situés près d'un obélisque. Il s'agissait peut-être d'un leitmotiv. Plus elle y réfléchissait, plus l'hypothèse lui paraissait plausible. Quatre balises semblables, dressées dans Rome pour accompagner les quatre autels de la science.

Le garde étudiait le plan.

— Le pari est osé, expliqua Langdon, mais je sais que plusieurs obélisques ont été installés ou déplacés dans Rome du vivant du Bernin. Il a probablement joué un rôle dans ces aménagements.

— Ou alors, il a placé ses jalons dans le voisinage d'obélisques déjà existants.

— En effet, acquiesça Langdon.

— C'est dommage, dit le garde, mais je ne vois pas d'obélisques sur cet axe. Même pas dans les environs. Rien.

Langdon poussa un soupir et Vittoria fit la grimace. Elle avait trouvé l'idée prometteuse. Les choses n'allaient pas se révéler faciles. Elle fit un effort pour rester positive.

— Réfléchissez, Robert. Vous connaissez sûrement une statue du Bernin qui évoque le Feu… D'une manière ou d'une autre…

— Je ne cesse de sonder mes souvenirs. Mais c'était un sculpteur extrêmement prolifique. Il a laissé derrière lui des centaines de statues. J'espérais que le *West Ponente* indiquerait clairement une église qui me rappellerait quelque chose.

— *Fuoco*, le Feu en italien…, insista-t-elle. Toujours rien ?

Langdon fit la moue.

— Il y aurait bien ses croquis pour les feux d'artifice, mais ce ne sont pas des sculptures, et ils sont à Leipzig.

— Et vous êtes sûr que c'est le bon axe ?

— Vous avez vu le médaillon, Vittoria. Le bas-relief est parfaitement symétrique. Et il n'y a pas d'autre indication.

Il avait raison.

— Qui plus est, puisqu'il s'agissait de l'élément Air, c'est forcément le souffle de l'ange qu'il faut suivre.

Très bien, pensa-t-elle, mais où va-t-on ?

— Vous avez trouvé ? demanda Olivetti en s'approchant.

— Il y a trop d'églises, fit le garde. Une bonne vingtaine. On pourrait mettre quatre hommes dans chacune d'elles…

— Ce n'est même pas la peine d'y penser, coupa le commandant. Nous avons manqué ce type deux fois alors que nous savions où le trouver. Et on ne peut pas sortir autant d'hommes du Vatican sans compromettre la recherche de l'antimatière.

— Il nous faudrait un répertoire, intervint Vittoria.

Un index des œuvres du Bernin. En parcourant tous les titres, peut-être qu'il y en a un qui nous sauterait aux yeux.

— Je n'en suis pas sûr, rétorqua Langdon. Si c'est une œuvre qu'il a créée spécialement pour les *Illuminati*, elle risque fort d'être peu connue.

Vittoria refusait de le croire.

— Les deux précédentes étaient assez célèbres.

— Ouais, céda-t-il en haussant les épaules.

— Si on passe la liste au filtre de l'idée de Feu, insista Vittoria, on trouvera peut-être une sculpture située sur notre axe…

Convenant que cela valait la peine d'essayer, Langdon se tourna vers Olivetti.

— Trouvez-moi une liste des œuvres du Bernin. Vous devez bien avoir des livres d'art dans cette maison ?

Olivetti semblait perdu.

— Dans vos musées ? insista Langdon, vous avez bien des ouvrages de référence ?

Le garde balafré fit la moue.

— On a coupé le courant, et le fichier est gigantesque. Sans l'aide des conservateurs…

— Cette sculpture dont vous parlez, coupa Olivetti, elle aurait été réalisée quand Le Bernin était employé par le Vatican ?

— Sans doute. Il a passé ici le plus clair de sa carrière. Il était là en tout cas au moment du conflit avec Galilée.

— Dans ce cas, il y a une autre source, dit Olivetti.

— Où cela ? demanda Vittoria.

Le commandant ne répondit pas. Il entraîna à l'écart le garde balafré et lui parla à voix basse. Après un temps d'hésitation, l'homme hocha docilement la tête, avant de se tourner vers Langdon.

— Si vous voulez bien me suivre, monsieur. Il est 21 h 15. Il faut faire vite.

Vittoria les rattrapa sur le pas de la porte.

— Je viens vous aider.

Olivetti la saisit par le bras.

— Non, mademoiselle Vetra, j'ai à vous parler.

Le ton était sans appel.

Une fois Langdon et le garde sortis, Olivetti, le visage crispé, entraîna Vittoria dans un coin de la pièce. Mais il n'eut pas le temps de l'informer de ce qu'il voulait lui dire. Son talkie-walkie se mit à crépiter :

— Mon commandant ?

Tout le monde écouta.

La voix avait un ton sinistre : « Je crois que vous devriez allumer la télévision. »

80.

Langdon ne s'attendait pas à retrouver la salle des Archives secrètes du Vatican, qu'il avait quittée deux heures plus tôt. Un peu essoufflé après avoir suivi son escorte au pas de course, il pénétrait à nouveau dans le sanctuaire.

Guidé par le garde entre les rangées de cellules vitrées, il trouvait le silence ambiant plus oppressant qu'en début de soirée, et c'est avec soulagement qu'il entendit résonner la voix de son compagnon.

— C'est par ici, je crois, dit-il en se dirigeant vers le fond de la crypte, où l'on devinait une rangée de cellules plus petites.

Le garde passa en revue les pancartes et pénétra dans l'une d'elles.

— C'est bien ici, exactement comme me l'a indiqué le commandant.

Langdon lut l'inscription : PATRIMONIO DEL VATICANO.

Les actifs du Vatican. Il parcourut la liste qui suivait : Immobilier… Devises… Banque du Vatican… Antiquités. Il n'avait pas le temps de la lire jusqu'au bout.

— Ce sont les dossiers relatifs aux propriétés du Vatican, expliqua le garde.

Mon Dieu ! Même dans la pénombre, on voyait que les rayonnages étaient pleins à craquer.

— Le commandant m'a affirmé que toutes les sculptures réalisées par Le Bernin sous le patronage du pape devaient être enregistrées ici.

Langdon hocha la tête. L'idée d'Olivetti était sans doute judicieuse. Au XVIIe siècle, toutes les œuvres des artistes protégés par le pape devenaient légalement propriété du Vatican. Le principe tenait plus de la féodalité que du mécénat, mais les grands maîtres menaient dans la Cité une vie facile et ils se plaignaient rarement.

— Y compris ses sculptures des églises extérieures à la Cité ?

— Bien sûr. Toutes les églises de Rome appartiennent au Vatican.

Langdon consulta la liste des églises qu'il avait relevées sur le plan. Le troisième autel de la science se trouvait dans l'une d'elles. L'hommage du Bernin au Feu. Aurait-il le temps de le localiser ? Il aurait préféré explorer les édifices l'un après l'autre, mais c'était malheureusement hors de question. Il n'avait qu'une vingtaine de minutes pour trouver sa réponse.

Il se dirigea vers la porte pivotante du compartiment.

Comme le garde ne le suivait pas, il se retourna en souriant.

— L'atmosphère est bonne. Raréfiée mais respirable.

— J'ai reçu l'ordre de vous accompagner et de rejoindre immédiatement le centre de sécurité.

— Vous voulez dire que vous ne restez pas ?

— Non, monsieur. L'accès des archives est interdit aux gardes suisses. J'ai déjà commis une entorse au protocole en vous conduisant jusqu'ici, comme me l'a d'ailleurs fait remarquer le commandant Olivetti.

— Le protocole ? Il joue pour qui, votre commandant ?

Vous rendez-vous compte de ce qui est en train de se passer ce soir ? songea Langdon.

Le visage du garde se durcit, faisant remonter la cicatrice sous son œil. Il ressemblait soudain à son chef.

— Excusez-moi, fit Langdon. C'est que… votre aide m'aurait été précieuse.

L'homme ne sourcilla pas.

— J'ai été formé pour obéir aux ordres, pas pour les discuter. Contactez le commandant dès que vous aurez trouvé ce que vous cherchez.

Langdon s'énervait :

— Et où suis-je censé le trouver ?

Le garde posa son talkie-walkie sur une table proche de l'entrée.

— Sur le canal numéro un.

Et il disparut dans l'obscurité.

81.

Le téléviseur pontifical était un énorme poste Hitachi, enfermé dans une armoire en face du bureau. On venait d'en ouvrir les portes et tout le monde s'était rassemblé pour regarder les informations. Vittoria se rapprocha. L'image d'une jeune présentatrice apparut, une brunette aux yeux de biche.

« Ici Kelly Horan-Jones, en direct de la Cité du Vatican, pour MSNBC. »

Elle était debout devant une photo nocturne de la basilique Saint-Pierre illuminée.

— C'est faux ! Elle n'est pas en direct, souffla le capitaine Rocher. C'est une image d'archives. Saint-Pierre n'est pas illuminé en ce moment !

Un chtttt ! d'Olivetti le fit taire. Le ton de la jeune femme se faisait dramatique :

« Des nouvelles bouleversantes nous parviennent du Vatican, où le conclave est actuellement réuni. Deux cardinaux qui devaient y siéger ont été sauvagement assassinés ce soir même en plein centre de Rome. »

Olivetti jura entre ses dents.

La journaliste se lançait dans un commentaire plus détaillé, lorsqu'un garde apparut à la porte, hors d'haleine :

— Mon commandant, le standard téléphonique est saturé, toutes les lignes sont occupées. On nous appelle de partout pour connaître la position officielle du Vatican sur…

— Débranchez-les ! répliqua Olivetti sans quitter l'écran des yeux.

— Mais, commandant…

— Allez-y !

Le garde repartit en courant.

Vittoria eut l'impression fugitive que le camerlingue voulait intervenir. Il observa longuement Olivetti avant de se retourner vers le téléviseur.

MSNBC diffusait maintenant un reportage filmé. Quatre gardes suisses descendaient le perron de l'église Santa Maria del Popolo, portant le corps inanimé du cardinal Ebner qu'ils déposaient ensuite dans le coffre d'une Alfa Romeo. Arrêt sur image et zoom sur le cadavre dénudé.

— D'où vient ce reportage ? tempêta Olivetti.

La journaliste continuait :

« Ce corps serait celui du cardinal Ebner, archevêque de Francfort, et les hommes qui le transportent seraient des membres de la Garde suisse du Vatican. »

La jeune femme apparut en gros plan. Elle faisait des efforts considérables pour exprimer une consternation de circonstance.

« La rédaction de MSNBC souhaite avertir les téléspectateurs que les images qui vont suivre pourraient heurter les personnes sensibles. »

Vittoria émit un grognement devant cet avertissement, qui n'était en réalité qu'un coup de marketing savamment orchestré. Personne ne zappait jamais en entendant ces mots.

La journaliste insistait :

« Je le répète, la séquence suivante est de nature à choquer la sensibilité de certains téléspectateurs. »

— Quelle séquence ? grogna Olivetti. Elle vient de…

On vit apparaître un couple, au milieu de la foule des touristes massée sur la place Saint-Pierre. Vittoria Vetra et Robert Langdon. Dans un coin de l'écran, on lisait AVEC L'AIMABLE AUTORISATION DE BBC TELEVISION. On entendit le carillon de la basilique.

— Oh non ! s'écria Vittoria.

Surpris et consterné, le camerlingue se tourna vers le commandant :

— Je croyais que vous aviez confisqué la cassette ?

On entendit soudain un cri d'enfant. La caméra virevolta avant de cadrer une fillette qui montrait du doigt un clochard couvert de sang. Robert Langdon apparut brusquement sur l'écran, penché sur la petite fille. Gros plan sur le pauvre hère.

Un silence horrifié régnait dans le bureau du pape. On voyait à l'écran le cardinal tomber face contre terre, du sang s'écouler de sa poitrine marquée au fer rouge, et Vittoria appeler au secours avant de pratiquer le bouche-à-bouche.

« Ce reportage saisissant, continuait la journaliste de

MSNBC, a été filmé sur la place Saint-Pierre de Rome il y a quelques minutes. La victime a été identifiée. Il s'agirait du cardinal Lamassé, membre du Conseil épiscopal français. Son absence au conclave, comme son étrange tenue vestimentaire, n'a pu être expliquée. Le Vatican s'est jusqu'à maintenant refusé à tout commentaire. »

Les images repassaient en boucle.

— Comment ça, « s'est refusé » ? Laissez-nous une minute, tout de même ! tempêta Rocher.

La présentatrice fronçait les sourcils.

« Le motif de ces meurtres n'est pas encore connu, mais ils auraient été revendiqués, selon nos sources, par un groupe qui répond au nom d'*Illuminati.* »

— Quoi ? explosa Olivetti.

« … en savoir plus, vous pouvez consulter notre site Internet… »

— *Non e possibile !* s'exclama Olivetti en changeant de chaîne.

Un autre journaliste, sur une chaîne hispanophone :

« … une secte satanique connue sous le nom d'*Illuminati*, et dont certains historiens pensent… »

Olivetti zappa encore. Toutes les chaînes, pour la plupart anglophones, émettaient en direct du Vatican :

« … gardes suisses en train d'emporter un corps d'une église de Rome, en début de soirée. Selon des sources autorisées, la victime serait le cardinal… »

« … les lumières de la basilique Saint-Pierre et des musées du Vatican sont éteintes, ce qui laisse supposer… »

« … en ligne un spécialiste des sociétés secrètes, qui nous parle de cette réapparition inattendue… »

« … selon certaines rumeurs, deux autres meurtres auraient été annoncés pour cette nuit… »

« … la question se pose de savoir si le cardinal Baggia, papabile numéro un, pourrait figurer parmi… »

Vittoria détourna les yeux. Tout allait trop vite. Elle

voyait par la fenêtre les gens se masser, attirés par l'odeur du sang. La foule grossissait à chaque seconde et les reporters déchargeaient leur matériel des camionnettes, cherchant à occuper le terrain au plus près.

Olivetti reposa la télécommande et s'adressa au camerlingue :

— Je ne comprends pas ce qui a pu se passer, mon père. Nous avons pourtant bien saisi la cassette dans la caméra de cette journaliste !

Ventresca semblait trop abattu pour pouvoir répondre.

Personne ne disait mot. Les gardes suisses étaient au garde-à-vous.

— Il semble, déclara finalement le camerlingue, trop affligé pour se mettre en colère, que nous n'ayons pas réussi à contenir cette crise aussi bien que je le pensais. Je vais m'adresser à cette foule, ajouta-t-il en regardant par la fenêtre.

— Non, mon père, coupa Olivetti. C'est exactement ce qu'attendent les *Illuminati*. Votre intervention ne ferait que les conforter dans leur impression de puissance. Vous devez garder le silence.

— Mais tous ces gens amassés dehors…, protesta le camerlingue. Ils ne tarderont pas à être des dizaines de milliers. Cette mascarade les mettrait en danger. Il faut que je les avertisse. Et que je fasse évacuer la chapelle Sixtine.

— Nous avons encore du temps devant nous. Attendons que le capitaine Rocher ait découvert l'antimatière…

— Êtes-vous en train de me donner des ordres, commandant ?

— Certainement pas, mon père. Il ne s'agit que d'un conseil. Si c'est le sort de cette foule qui vous inquiète, nous pouvons annoncer une fuite de gaz pour faire évacuer la place. Mais reconnaître publiquement que nous sommes pris en otages serait une erreur dangereuse.

— Commandant, je ne vous le répéterai pas : il n'est pas question que j'exploite mes fonctions pour mentir. Si je dois annoncer quelque chose, ce sera la vérité.

— La vérité ? Leur dire que la Cité du Vatican est menacée de destruction par des terroristes sataniques ? Vous ne feriez qu'affaiblir notre position.

— Je ne vois pas ce qui pourrait encore l'affaiblir, rétorqua le camerlingue avec un regard foudroyant.

À cet instant, le capitaine Rocher poussa un cri et s'empara de la télécommande pour monter le son. Tout le monde se tourna vers l'écran.

La journaliste de MSNBC était visiblement au bord de la crise de nerfs. Une photo du dernier pape s'affichait à l'arrière-plan.

« Une information de dernière minute, qui nous parvient de la BBC… »

Elle jeta un regard derrière elle, comme pour vérifier qu'elle était bien autorisée à annoncer la nouvelle. Ayant apparemment obtenu confirmation, elle se retourna vers la caméra, le visage lugubre.

« Les *Illuminati* viennent de revendiquer… »

Elle hésita un instant avant de continuer :

« Ils prétendent être responsables du décès du pape, survenu il y a quinze jours. »

Le camerlingue était bouche bée.

Le capitaine Rocher laissa tomber la télécommande.

Vittoria tentait d'enregistrer l'information.

« Comme la loi du Vatican interdit l'autopsie d'un pape décédé, cette revendication ne peut pas être confirmée. Les *Illuminati* soutiennent néanmoins que le pape n'est pas mort d'une attaque cérébrale, comme l'a rapporté le Vatican, mais qu'il a été victime d'un empoisonnement. »

Un silence de mort retomba dans le bureau du pape, finalement rompu par Olivetti :

— C'est de la folie ! C'est un mensonge éhonté !

Rocher se remit à zapper. Toutes les chaînes annonçaient la même nouvelle, avec des titres rivalisant dans le sensationnel.

MEURTRE AU VATICAN !
LE PAPE VICTIME D'UN EMPOISONNEMENT !
SATAN S'EST INTRODUIT DANS LA MAISON DE DIEU !

Le camerlingue détourna les yeux.

— Que Dieu nous aide !

Le capitaine tomba sur le canal de la BBC.

« … qui m'a averti qu'un meurtre allait avoir lieu dans l'église Santa Maria del Popolo… »

— Attendez ! s'écria le camerlingue. Je voudrais écouter…

Un présentateur britannique à l'allure très convenable était assis derrière un bureau. Au-dessus de son épaule, la photo d'un jeune homme roux, ébouriffé et barbu, avec pour légende : GUNTHER GLICK EN DIRECT DEPUIS LA CITÉ DU VATICAN. Le journaliste envoyait son reportage par téléphone et la connexion était assez mauvaise :

« … ma cadreuse a filmé le cadavre que l'on sortait de la chapelle Chigi. »

« Je le répète pour ceux qui nous rejoignent, déclara le présentateur, nous avons actuellement en direct Gunther Glick, reporter de la BBC, qui a été le premier témoin du drame. Il avait auparavant reçu deux appels téléphoniques de l'*Illuminatus* responsable des meurtres des cardinaux. »

« Et vous affirmez, mon cher Gunther, que l'assassin vous a rappelé il y a quelques instants pour vous communiquer un nouveau message des *Illuminati* ?

« En effet.

« Dans lequel ils revendiquaient la mort récente du pape ? insista le présentateur avec une incrédulité feinte.

« C'est exact. L'homme qui m'a appelé déclarait que le pape n'est pas mort d'une attaque cérébrale, comme on l'a cru, mais qu'il a été empoisonné par les *Illuminati.* »

Dans le bureau du pape tout le monde était figé devant l'écran.

« Empoisonné ? Mais… comment ?

« Il ne l'a pas précisé, si ce n'est pour donner le nom du poison… »

On entendait un bruissement de papier.

« … il a parlé de… d'héparine. »

Le camerlingue, Olivetti et Rocher échangèrent des regards embarrassés.

— L'héparine ? s'exclama le capitaine Rocher. Mais ce n'est pas… ?

— Un médicament que prenait Sa Sainteté, enchaîna le camerlingue.

Vittoria était abasourdie.

— Le pape était sous héparine ?

— Il avait fait une congestion cérébrale, répondit Ventresca. On lui en faisait une piqûre par jour.

Rocher était interloqué :

— Mais ce n'est pas un poison…

— L'héparine peut être mortelle si elle est mal dosée, intervint Vittoria. C'est un anticoagulant très puissant. Une surdose peut provoquer une hémorragie cérébrale.

Olivetti la regardait d'un air méfiant.

— Et comment savez-vous cela ?

— On administre de l'héparine aux mammifères marins en captivité pour prévenir les caillots de sang dus à l'inactivité. Il est arrivé que certains meurent d'une surdose. Chez les humains, on peut facilement confondre les symptômes avec ceux d'une congestion cérébrale, surtout si on ne fait pas d'autopsie.

Le camerlingue semblait atterré.

— Mon père, dit Olivetti, il s'agit évidemment d'un stratagème des *Illuminati* pour se faire mousser. Cette histoire de surdose n'est absolument pas crédible… Personne n'avait accès à la chambre du pape. Et même si nous mordions à l'appât en réfutant leurs allégations, nous serions incapables de prouver quoi que ce soit, étant donné l'interdiction d'autopsie. Laquelle d'ailleurs ne servirait à rien, puisqu'on trouverait dans le sang les traces du traitement que suivait le Saint-Père.

— C'est vrai, acquiesça le camerlingue d'une voix raffermie. Il y a pourtant quelque chose qui m'inquiète. À part les proches de Sa Sainteté, personne ne savait qu'il prenait de l'héparine.

Le silence s'installa, interrompu par Vittoria :

— Si on lui avait administré une surdose, il y aurait eu des symptômes visibles sur son corps.

Olivetti fit volte-face :

— Mademoiselle Vetra, au cas où vous ne m'auriez pas entendu, je vous rappelle que la loi du Vatican interdit l'autopsie des souverains pontifes. Il n'est pas question de profaner le corps de Sa Sainteté en l'exhumant, au motif de répondre aux scandaleuses assertions d'un criminel !

Vittoria se sentit rougir de honte. Jamais elle n'aurait imaginé manquer de respect à un pape défunt.

— Je ne parlais pas d'autopsie…, bredouilla-t-elle.

Elle hésitait à continuer. Lorsqu'ils étaient dans la chapelle Chigi, Robert Langdon avait mentionné le fait que les cercueils des papes n'étaient ni enterrés ni scellés — une réminiscence de l'Égypte ancienne, qui voulait éviter d'enfermer l'âme du défunt. Les couvercles des sarcophages pesaient quelques centaines de kilos, ce qui garantissait leur inviolabilité. Il serait donc techniquement possible…, se disait-elle.

— Et quels seraient les signes qu'on trouverait sur le cadavre ? demanda le camerlingue.

— Ce type d'overdose peut provoquer un saignement des muqueuses buccales..., dit-elle d'une voix craintive.

— C'est-à-dire ?

— Les gencives se mettent à saigner. Après la mort, le sang se coagule et noircit l'intérieur de la bouche.

Elle avait vu un jour une photo, prise dans un aquarium londonien, d'un couple d'orques victimes d'une overdose accidentelle d'héparine. Elles flottaient la gueule ouverte à la surface du bassin, la langue noire comme du charbon.

Le camerlingue se tourna vers la fenêtre sans rien dire.

L'optimisme du capitaine Rocher était retombé.

— Si cette revendication est authentique...

— Elle est fausse, coupa Olivetti. Personne d'étranger au Vatican n'a pu être admis dans les appartements du Saint-Père.

— Je disais si..., précisa Rocher. À supposer que ce soit vrai... Si jamais le pape a effectivement été empoisonné, il nous faudra étendre aux bâtiments privés la recherche de l'antimatière. Il est évident que la fouille des zones blanches ne suffirait plus. Et dans ce cas, il est tout à fait possible que nos investigations n'aboutissent pas à temps...

Olivetti toisa son second d'un regard glacial.

— Je vais vous dire, capitaine, ce qui va se passer.

— Non, commandant, intervint le camerlingue. C'est moi qui vais vous le dire. La tournure dramatique qu'ont prise les événements impose des décisions rapides. Dans vingt minutes, je choisirai d'interrompre ou non le conclave, et d'évacuer la Cité du Vatican. Et cette décision sera sans appel. Est-ce clair ?

Olivetti ne broncha pas.

Le camerlingue s'exprimait maintenant avec autorité, montrant des ressources d'énergie insoupçonnées :

— Capitaine Rocher, vous allez terminer vos fouilles des zones blanches et vous viendrez m'en rendre compte immédiatement après.

Rocher hocha docilement la tête, en lançant vers Olivetti un regard gêné.

Ventresca fit alors signe à deux gardes.

— Je veux voir ce M. Glick, le reporter de la BBC, dans mon bureau le plus rapidement possible. Si les *Illuminati* ont effectivement été en rapport avec lui, il n'est pas impossible qu'il puisse nous aider. Allez-y.

Les deux soldats quittèrent la pièce et le camerlingue s'adressa aux autres gardes :

— Messieurs, je ne veux plus une seule mort tragique ce soir. D'ici 22 heures, vous devrez avoir localisé les deux cardinaux encore vivants et capturé l'auteur des deux meurtres précédents. Me suis-je bien fait comprendre ?

— Mais, mon père, protesta Olivetti, nous n'avons aucune idée de l'endroit où…

— M. Langdon y travaille actuellement. Il me paraît compétent. Je suis confiant.

Là-dessus, il se dirigea vers la porte d'un pas assuré, et ordonna à trois gardes de le suivre.

Les gardes obéirent. Le camerlingue se tourna vers Vittoria.

— Vous aussi, mademoiselle Vetra. Veuillez m'accompagner, je vous prie.

Vittoria hésita.

— Où allons-nous ?

— Rendre visite à un vieil ami.

82.

Dans son bureau du CERN, Sylvie Baudeloque, la secrétaire de Maximilien Kohler, commençait à avoir très faim. Elle aurait bien voulu rentrer chez elle mais son patron venait de l'appeler au téléphone. Il avait apparemment survécu à son séjour à l'infirmerie, et avait exigé qu'elle reste tard ce soir-là. Sans donner d'explication.

Elle avait appris à supporter les sautes d'humeur et les excentricités de Kohler, ses silences, sa manie agaçante de faire visionner à ses collègues des vidéos secrètes sur le magnétoscope de son fauteuil roulant. Elle se prenait parfois à espérer qu'il se tuerait lors d'une de ses visites hebdomadaires au centre de tir du CERN, mais Kohler était malheureusement un bon fusil.

Assise à son bureau, elle écoutait gargouiller son estomac. Le patron n'avait pas reparu, elle n'avait plus de travail. Je ne vais pas rester ici à crever de faim sans rien faire, finit-elle par décider. Elle laissa un mot sur le bureau de Kohler et partit pour la cantine.

Elle n'arriva pas jusque-là.

En passant devant les salons de repos de l'aile du personnel, elle les trouva bondés d'employés massés devant les postes de télévision. Il se produisait quelque chose d'important. Elle entra dans le premier salon, rempli d'une bande de jeunes programmateurs informaticiens, et retint un cri devant le bandeau qui s'inscrivait sur l'écran.

TERREUR AU VATICAN !

Elle regarda le reportage sans en croire ses yeux. Une ancienne société secrète assassinait des cardinaux à Rome ! Que cherchaient-ils à prouver ? Leur haine ? Leur pouvoir ? Leur ignorance ?

Et pourtant, l'humeur qui régnait dans la pièce était loin d'être morose.

Deux jeunes techniciens passaient près d'elle, arborant des T-shirts imprimés à l'effigie de Bill Gates accompagnée du slogan : ET LES SIMPLES D'ESPRIT RECEVRONT LA TERRE EN HÉRITAGE !

— Les *Illuminati* ! cria l'un d'eux. Je vous l'avais bien dit, qu'ils existaient encore, ces gars-là !

— C'est incroyable ! Je croyais que c'était une légende pour jeux vidéo !

— Ils ont assassiné le pape, mon vieux, le pape !

— Putain ! Combien de points ça peut faire gagner, un coup pareil ?

Et ils quittèrent la pièce en riant.

Sylvie resta clouée sur place. Catholique convaincue travaillant avec des scientifiques, elle s'était habituée à leurs mauvaises blagues antireligieuses. Mais ces gamins-là semblaient totalement euphorisés par le meurtre du chef de l'Église. Comment peut-on se montrer aussi insensible ? Pourquoi cette haine ?

L'Église représentait pour Sylvie une entité inoffensive, un espace de fraternité et d'introspection, quelquefois même un lieu où l'on pouvait tout simplement chanter de tout son cœur sans que les gens vous dévisagent. C'est dans une église qu'avaient eu lieu tous les moments clés de sa vie — les inhumations, les mariages, les baptêmes, les célébrations importantes. On ne vous y demandait rien en retour. Même le denier du culte n'était pas obligatoire. Chaque semaine, ses enfants rentraient grandis du catéchisme, désireux d'aider les autres et de devenir meilleurs. Que pouvait-il y avoir de négatif à cela ?

Quand elle parlait avec ses collègues du CERN, Sylvie était toujours étonnée de voir tant d'esprits « brillants » incapables de comprendre l'importance de la religion. Croyaient-ils vraiment que les quarks et les mésons suffisaient à inspirer les êtres humains ? Que des équations pouvaient combler leur aspiration au divin ?

Hébétée, la jeune femme descendit le couloir en direction des autres salons. Là aussi, les postes de télévision étaient allumés, entourés de gens debout. Elle se demanda si le coup de fil qu'elle avait reçu de Kohler était lié à l'événement. Peut-être. Il arrivait parfois que le Vatican appelle le CERN, « par courtoisie », avant d'émettre ses acerbes commentaires sur les résultats de telle ou telle recherche publiés par le Centre. La plus récente de ces déclarations vaticanes concernait des découvertes capitales en matière de nanotechnologie — un domaine dénoncé par l'Église à cause de ses implications en ingénierie génétique. Le CERN ne tenait jamais compte de ces interventions mais, invariablement, dans les minutes qui suivaient les diatribes pontificales, les appels des sociétés d'investissements désireuses de breveter la nouvelle découverte faisaient sauter le standard téléphonique. « Rien de tel qu'une mauvaise presse », disait toujours Kohler.

Sylvie aurait peut-être dû appeler son patron — où pouvait-il bien être ? — pour lui dire de regarder la télévision. Est-ce que cela le préoccuperait ? Avait-il déjà appris les nouvelles ? Bien sûr, il était certainement au courant. Il devait même être en train d'enregistrer toute l'émission sur son curieux petit magnétoscope, souriant pour la première fois depuis un an.

Au bout du couloir, elle trouva enfin un salon où l'atmosphère semblait calme, presque mélancolique. Les scientifiques présents comptaient parmi les plus anciens et les plus respectés du CERN. Ils ne levèrent même pas les yeux sur Sylvie quand elle entra et s'assit dans un coin.

À l'autre extrémité du bâtiment, dans l'appartement frigorifié de Leonardo Vetra, Maximilian Kohler venait de terminer la lecture de l'agenda qu'il avait trouvé dans la table de nuit. Il regardait maintenant les informations télévisées. Après quelques minutes, il replaça le carnet dans son tiroir, éteignit le téléviseur et sortit de l'appartement.

Dans la chapelle Sixtine, le cardinal Mortati déposait le contenu d'un autre plateau dans la cheminée. Il y brûla les bulletins de vote. La fumée était noire.

Deuxième tour. Pas de pape.

83.

L'éclairage des lampes torches n'était pas adapté à la basilique Saint-Pierre. L'immense obscurité pesait comme une nuit sans étoiles, et ce vide qui la cernait faisait à Vittoria l'impression d'un océan désolé. Elle suivait de près les gardes et le camerlingue. Au-dessus de leurs têtes, une tourterelle s'envola en roucoulant.

Devinant son malaise, Ventresca ralentit le pas et lui posa la main sur l'épaule, comme pour chercher à lui donner la force nécessaire pour affronter l'épreuve qui les attendait.

Qu'allons-nous faire ? C'est de la folie ! se dit Vittoria.

Et pourtant, si sacrilège et atroce qu'elle fût, la tâche était inéluctable. Le camerlingue ne pourrait prendre la lourde décision d'interrompre le conclave qu'en pleine connaissance de cause, et l'information qui lui manquait était ensevelie dans un cercueil des grottes vaticanes. Que révélerait cette macabre visite ? Les *Illuminati* ont-ils vraiment tué le pape ? Leur puissance est-elle si grande ? Vais-je être témoin de la première autopsie pratiquée sur un souverain pontife ?

Paradoxalement, Vittoria trouvait la traversée de cette église obscure plus effrayante qu'un bain de minuit dans une mer peuplée de barracudas. Elle se sentait toujours en sécurité dans la nature, alors que les problèmes sociaux et spirituels la laissaient souvent désemparée. Elle tenta de se représenter la foule massée devant la basilique comme un banc de poissons tueurs. Les images obsédantes de corps marqués au fer rouge qu'elle venait de voir à la télévision réveillaient le souvenir de son père adoptif et il lui semblait entendre le rire satanique de l'assassin qui rôdait dans Rome. La peur fit place à la colère.

Levant la tête alors qu'ils contournaient un pilier plus large qu'un tronc de séquoia géant, Vittoria remarqua un halo orangé. La lumière semblait venir du sol, de l'endroit où se dressait l'autel pontifical. En approchant, elle se souvint du fameux sanctuaire enfoui sous le maître-autel — le somptueux mausolée qui renfermait les reliques les plus sacrées du Vatican. En arrivant devant la grille d'enceinte, elle contempla le caisson doré qu'entouraient d'innombrables lampes à huile.

— Ce sont les reliques de saint Pierre ? demanda-t-elle, par pure forme.

Ce n'était pas une question. Tous les visiteurs de la basilique le savaient.

— En fait, non, répondit le camerlingue. La méprise est courante. Ce coffre ne contient pas des reliques, mais des palliums — les écharpes sacerdotales en laine blanche remises par le pape aux cardinaux récemment élus.

— Mais je croyais…

— Comme tout le monde. Les guides touristiques l'appellent « Tombe de saint Pierre », alors que le père de l'Église est enterré à deux niveaux au-dessous du sol.

C'est dans les années 1940 que le Vatican a mis au jour son tombeau. Personne n'est autorisé à y accéder.

Vittoria n'en revenait pas. En s'éloignant de la zone éclairée pour retrouver l'obscurité, elle pensait aux pèlerins qui parcouraient des milliers de kilomètres pour venir contempler ce coffre, convaincus de se recueillir sur les restes du fondateur de l'Église.

— Mais le Vatican ne devrait-il pas préciser…, s'étonna-t-elle.

— Le contact avec le sacré est toujours bénéfique, même s'il est imaginaire.

Elle ne pouvait contredire cette logique, elle qui avait lu de nombreux articles traitant de l'effet placebo de l'aspirine qui guérissait du cancer des personnes convaincues d'absorber un remède miracle. C'est la foi qui compte.

— Le changement, continua Ventresca, ne fait pas partie des habitudes du Vatican. La reconnaissance des fautes passées et la modernisation sont des démarches que nous avons toujours évitées. Sa Sainteté voulait changer cela. Se rapprocher du monde moderne, chercher de nouveaux chemins vers Dieu…

— La science, par exemple ? demanda Vittoria.

— Pour être honnête, ce n'est pas un sujet pertinent.

— Pas pertinent ?

De tous les maux dont on pouvait incriminer la science, elle ne s'attendait pas à celui-là.

— La science peut guérir, comme elle peut tuer. Tout dépend de l'âme de celui qui l'utilise. Et c'est l'âme qui m'intéresse.

— Quand avez-vous eu la vocation ?

— Dès ma naissance.

Et comme Vittoria ouvrait des yeux ronds.

— Je reconnais que cela peut paraître étrange, mais j'ai toujours su que je vivrais pour servir Dieu. Dès que j'ai été capable de penser. Mais ce n'est que plus tard, quand j'étais militaire, que j'ai vraiment compris le but de ma vie.

— Vous avez servi dans l'armée ?

— Pendant deux ans. Comme je refusais d'utiliser une arme, on m'a affecté à l'aviation. Je pilotais des hélicoptères du service de santé. Il m'arrive encore de voler, de temps à autre.

Vittoria essaya d'imaginer le père Ventresca aux commandes d'un hélicoptère. En fait, elle le trouvait tout à fait crédible dans ce rôle. Il avait du cran, ce qui semblait renforcer sa foi plutôt que la ternir.

— Et vous emmeniez le pape en hélicoptère ?

— Mon Dieu, non ! Nous préférions confier ce précieux passager à des professionnels. Mais Sa Sainteté m'a quelquefois permis de m'en servir pour aller à Castel Gandolfo.

Il s'interrompit et la regarda dans les yeux.

— Je vous remercie beaucoup pour votre aide, mademoiselle Vetra. Je suis très attristé de la mort de votre père. Sincèrement.

— Merci.

— Je n'ai jamais connu le mien. Il est mort avant ma naissance. Et j'ai perdu ma mère à l'âge de dix ans.

— Vous êtes orphelin…

Elle éprouvait pour lui une solidarité soudaine.

— J'ai réchappé d'un accident, auquel ma mère n'a pas survécu.

— Qui vous a élevé ?

— Dieu. Il m'a envoyé un père adoptif. Un évêque de Palerme, qui a surgi au pied de mon lit d'hôpital et m'a hébergé. Cela ne m'a pas surpris, à l'époque. J'avais toujours senti que la main de Dieu me protégeait. L'arrivée de cet évêque providentiel ne faisait que confirmer la conviction que Dieu m'avait choisi pour le servir, sans que je sache pourquoi.

Il n'y avait aucune vanité dans sa voix, seulement de la gratitude.

— Vous vous sentiez élu par Dieu ?

— Oui, et je le crois toujours. J'ai travaillé sous la tutelle de l'évêque pendant de longues années. Puis il a été nommé cardinal. Mais il ne m'a jamais abandonné. Il est le seul père que j'aie connu.

Sous la lampe torche, le visage du camerlingue reflétait un réel chagrin. Un deuil.

Ils arrivaient au pied d'un pilier majestueux. Les lampes torches convergèrent sur une ouverture dans le dallage, d'où partait un escalier plongeant dans le noir. Vittoria eut soudain envie de faire demi-tour, mais les gardes qui aidaient déjà le camerlingue à descendre lui tendaient la main à elle aussi.

— Et qu'est-il devenu, ce cardinal qui vous a élevé ? demanda-t-elle en s'efforçant de ne pas laisser trembler sa voix.

— Il a été appelé à d'autres fonctions, et il est malheureusement décédé.

— *Condoglianze*, fit-elle. Il y a longtemps ?

Le camerlingue releva vers elle un visage douloureux.

— Il y a quinze jours exactement. C'est lui que nous allons voir maintenant.

84.

La lumière rouge des spots réchauffait l'atmosphère du box renfermant l'inventaire des actifs du Vatican. Il était plus petit que celui où Vittoria et Langdon avaient trouvé les manuscrits de Galilée. Moins d'air. Moins de temps. J'aurais dû demander à Olivetti d'allumer la ventilation centrale.

Langdon ne tarda pas à localiser la section intitulée *Belle Arti*. Il était impossible de la manquer, car elle occupait huit rayonnages, pleins à craquer de livres de comptes. L'Église catholique possédait des milliers d'œuvres d'art dans le monde.

Langdon parcourut du regard les étagères, à la recherche de Gian Lorenzo Bernini, commençant sa recherche vers le milieu de la première rangée, où il pensait trouver la lettre B. Après un instant de panique à l'idée que le livre ait pu être sorti des archives, il se rendit compte, à son grand soulagement, que les documents n'étaient pas classés par ordre alphabétique. C'est curieux, mais cela ne m'étonne pas…, se dit-il.

Retournant vers le début de la collection et grimpant sur une échelle coulissante pour accéder à l'étagère supérieure, il finit par comprendre le système de classement. Perchés en équilibre instable tout en haut, on trouvait les livres les plus volumineux — ceux qui concernaient les grands maîtres italiens : Michel-Ange, Raphaël, Léonard de Vinci, Botticelli… Il s'agissait bien d'actifs, car les volumes étaient rangés dans l'ordre de la valeur financière des collections respectives. Coincé entre ceux de Raphaël et de Michel-Ange, Langdon trouva celui qui concernait les œuvres du Bernin. Il avait une bonne douzaine de centimètres d'épaisseur.

Le souffle déjà court, il descendit l'échelle avec son encombrant trophée. Puis, comme un enfant à qui l'on vient d'offrir une BD, il s'assit sur le sol et l'ouvrit.

Le volume était relié en pleine toile, et très dense. Chaque page, manuscrite, répertoriait une œuvre : description succincte en italien, date, emplacement, coût des matériaux employés, avec parfois un schéma grossier. En tout plus de huit cents pages. Le Bernin s'était révélé très prolifique.

Lorsqu'il était étudiant en histoire de l'art, Langdon s'étonnait qu'un artiste puisse produire autant au cours d'une seule vie. Avant d'apprendre, à sa grande déception, que les grands maîtres n'avaient en fait réalisé eux-mêmes qu'un petit nombre des œuvres qui leur étaient attribuées. Ils dirigeaient des ateliers où leurs apprentis exécutaient leurs projets. Un sculpteur comme Le Bernin façonnait des miniatures en argile, que ses élèves reproduisaient dans le marbre. S'il avait fallu qu'il soit seul à travailler sur chacune de ses commandes, il y serait encore aujourd'hui…

— Voyons s'il y a un index, dit-il à voix haute pour s'encourager.

Il alla droit aux dernières pages du livre, pensant y trouver le mot *fuoco* à la lettre F. Là encore, il avait été naïf. Mais que peuvent avoir ces gens-là contre l'ordre alphabétique ? songea-t-il.

Les œuvres étaient répertoriées par ordre chronologique. En parcourant la liste, Langdon eut un pressentiment qui acheva de le décourager. Il était fort probable que le mot Feu ne figurerait pas dans le titre de l'œuvre qu'il cherchait. La statue d'Habacuc ne contenait pas le mot Terre, ni le *West Ponente* le mot Air.

Il passa une ou deux minutes à feuilleter le livre au hasard, espérant tomber sur un croquis qui pourrait évoquer le Feu. Il vit des dizaines d'œuvres dont il n'avait jamais entendu parler, mais aussi d'autres qu'il connaissait bien. Daniel et le Lion… Apollon et Daphné… ainsi que de nombreuses fontaines — qui conviendraient parfaitement à l'élément Eau. Mais il espérait arriver à capturer le tueur avant qu'il n'en arrive là. Le Bernin avait édifié des dizaines de fontaines dans Rome, pour la plupart situées devant des églises.

Il se concentra à nouveau sur sa recherche. Le Feu. Vous connaissez les deux premières sculptures, avait dit Vittoria, celle-ci vous sera peut-être familière, elle aussi. Il relut la liste des dernières pages, en ne s'arrêtant que sur les œuvres qu'il avait déjà vues en reproduction. Aucune allusion au Feu, ni de près ni de loin. Il feuilleta le volume plus rapidement, mais comprit vite qu'il n'aurait jamais le temps d'achever sa recherche avant de perdre connaissance. Il décida d'emporter le livre avec lui. Ce n'est pas un acte aussi sacrilège que celui de sortir un folio original de Galilée, se dit-il, en se promettant de restituer le précieux document qui était resté dans la poche de sa veste.

En saisissant le volume pour le refermer, son regard tomba sur un détail de la page à laquelle il était ouvert.

Une note indiquait que la célèbre *Extase de sainte Thérèse* avait quitté son emplacement d'origine au Vatican peu après son inauguration. Mais ce n'est pas cela qui avait arrêté son regard. Il connaissait l'histoire mouvementée de cette statue. Bien que considérée par beaucoup comme un chef-d'œuvre, sa connotation sexuelle trop explicite avait déplu au pape Urbain VIII, qui l'avait bannie du Vatican et l'avait fait remiser dans une obscure chapelle, à l'autre extrémité de la ville. Mais ce qui intéressait Langdon, c'est qu'elle était située dans l'une des cinq églises de sa liste. Qui plus est, la note précisait que le transfert avait été suggéré par Le Bernin lui-même : « *Per suggerimento del artista.* »

À la suggestion de l'artiste ? Langdon était perplexe. Pourquoi Le Bernin aurait-il demandé que l'on aille cacher un de ses chefs-d'œuvre au fin fond d'une église inconnue, alors qu'elle trônait en si bonne place au Vatican ?

À moins que...

Il n'osait même pas envisager cette possibilité. Le sculpteur aurait-il créé une statue tellement suggestive que le pape serait obligé de lui faire quitter l'enceinte de la Cité ? Pour l'installer dans une petite église lointaine et sans gloire, choisie par l'artiste lui-même ? Et située sur l'axe du vent qu'indiquait *West Ponente* ?

Pour tenter de contrôler son excitation, Langdon rassembla ses souvenirs sur *L'Extase de sainte Thérèse*, se persuadant que l'œuvre n'avait rien à voir avec le Feu. Elle était peut-être érotique, mais aucun aspect de cette statue ne renvoyait à la science de l'époque. Un critique d'art anglais l'avait qualifiée « d'œuvre la plus impropre à figurer dans une église ». La controverse était certes compréhensible. L'impressionnante composition représentait sainte Thérèse à demi allongée sur le dos, en proie à un orgasme d'un réalisme saisissant — et tout à fait étranger aux traditions du Vatican.

Langdon se reporta à la description de la statue. La vue du croquis le remplit d'espoir. Si la sainte avait en effet l'air de passer un moment inoubliable, il avait quant à lui oublié le deuxième personnage.

Un ange.

La légende lui revint en mémoire…

Thérèse d'Avila devait sa sanctification à la visite qu'elle avait reçue d'un ange pendant son sommeil. On avait suggéré par la suite que cette rencontre était plus sensuelle que spirituelle. Langdon retrouva au bas de la page l'extrait d'un texte célèbre. Les paroles de la sainte laissaient peu de place au doute :

« … sa longue lance dorée… pleine de feu… plongea en moi à plusieurs reprises… pénétrant mes entrailles… une douceur si extrême qu'il était impossible de souhaiter qu'elle s'interrompe. »

Langdon sourit. Si la métaphore sexuelle n'est pas limpide, je veux bien qu'on m'explique comment ! La description de la statue était amusante, elle aussi. Le mot *fuoco* y apparaissait une demi-douzaine de fois :

« … la lance de l'ange et sa pointe de feu… »

« … la tête de l'ange d'où s'échappent des rayons de feu… »

« … femme enflammée par le feu de la passion… »

Il lui suffit de regarder le croquis pour se convaincre tout à fait. La flèche brandie par l'angelot… « Les anges guident votre noble quête. » Le personnage lui-même était judicieusement choisi. C'était un séraphin, et « saraph » en hébreu signifie brûler.

Robert Langdon n'était pas homme à demander de confirmation divine à ses intuitions, mais lorsqu'il lut le nom de l'église où se trouvait la statue, il se demanda s'il n'allait pas se convertir.

Santa Maria della Vittoria.

On atteignait la perfection dans le double sens.

Il se releva avec difficulté, saisi d'un étourdissement. Levant les yeux vers l'échelle, il hésita à remettre le livre à sa place. Au Diable ! se dit-il. Le père Jaqui s'en chargera. Il déposa soigneusement le volume au pied de l'étagère.

En retrouvant son chemin vers la lueur provenant de la porte électronique, il respirait parcimonieusement, tout de même revigoré par sa bonne fortune.

Elle le quitta avant qu'il franchisse le seuil de la salle.

Sans avertissement, l'éclairage faiblit et le bouton lumineux de la porte s'éteignit. Puis, comme un énorme animal rendant son dernier souffle, le compartiment se retrouva plongé dans une obscurité totale. Quelqu'un venait de couper le courant.

85.

Les grottes vaticanes qui s'étendent sous la basilique Saint-Pierre abritent les tombeaux de tous les papes défunts.

Arrivée au bas de l'escalier en spirale, Vittoria pénétra dans un tunnel sombre qui lui rappela l'obscurité glaciale du grand collisionneur du CERN. La lueur des lampes torches lui conférait un aspect immatériel. Les deux parois étaient creusées de niches, où l'on devinait les formes massives de sarcophages.

Elle frissonna. C'est le froid, se dit-elle. Mais ce n'était vrai qu'en partie. Elle avait l'impression d'être surveillée. Non par un être en chair et en os, mais par des spectres tapis dans les ténèbres. Chacun des tombeaux était surmonté d'un gisant de marbre, revêtu de vêtements pontificaux, les bras croisés sur la poitrine. Les corps semblaient émerger de leurs cercueils de pierre, comme s'ils cherchaient à échapper aux chaînes de la mort. Au passage de la procession des lampes, ces silhouettes prostrées jaillissaient de l'ombre avant de disparaître, comme dans une danse macabre en ombres chinoises.

Le groupe avançait dans un silence dont Vittoria se demandait s'il était plus craintif que respectueux. Le camerlingue marchait les yeux fermés, comme s'il connaissait chaque pas de ce parcours sinistre. Il devait avoir rendu de nombreuses visites au pape défunt, venant sans doute chercher conseil au pied de son tombeau.

« J'ai travaillé sous la tutelle de l'évêque pendant de longues années. Il est le seul père que j'aie connu. » Le cardinal avait pris le jeune orphelin sous son aile, et en avait fait son camerlingue lorsqu'il avait été promu au pontificat.

Cela explique bien des choses, pensait Vittoria. Douée d'une fine intuition, elle percevait les émotions des gens qu'elle rencontrait, et depuis ce matin elle sentait chez Ventresca une angoisse qui dépassait l'anxiété due à la menace de destruction du Vatican. Elle devinait derrière son calme d'homme de foi une personne en proie à des tourments intimes. Son instinct ne l'avait pas trompée. Il n'avait pas seulement perdu son maître, mais aussi son père, et c'est sans lui qu'il devait résoudre la crise la plus grave que l'Église romaine ait jamais connue. Il volait en solo…

Les gardes ralentirent leur marche, comme hésitant sur l'endroit où était enterré leur dernier pape. Le camerlingue avança d'un pas décidé vers un tombeau de marbre plus brillant que les autres. En reconnaissant le visage du gisant qu'elle avait si souvent vu à la télévision, Vittoria fut saisie d'une soudaine frayeur. Que sommes-nous en train de faire ?

— Je sais que le temps presse, dit le camerlingue, mais je vous demande de respecter un instant de prière.

Tous les gardes suisses inclinèrent la tête et Vittoria les imita, le cœur battant. Le père Ventresca s'agenouilla devant le tombeau et pria à voix haute. Les yeux de la jeune femme se remplirent de larmes… elle aussi pleurait son père adoptif… son mentor. Elle aurait pu faire siennes les paroles qu'elle entendait.

— Très Saint-Père, mon conseiller, mon ami. Quand j'étais enfant, tu me disais que la voix qui venait de mon cœur était celle de Dieu. Tu m'as appris à la suivre jusque dans ses chemins les plus escarpés. C'est cette voix qui me parle maintenant, exigeant de moi une tâche impossible. Donne-moi la force de lui obéir. Accorde-moi ton pardon. Ce que je vais faire… je le ferai au nom de la foi. Amen.

— Amen, murmurèrent les gardes à l'unisson.

Amen, père, pensa Vittoria en s'essuyant les yeux.

Ventresca se releva lentement et recula de quelques pas :

— Faites pivoter le couvercle sur le côté.

Les gardes hésitaient.

— Mon père, finit par dire l'un d'eux, la loi nous ordonne d'exécuter vos ordres. Nous ferons ce que vous nous demandez…

Le camerlingue avait lu dans ses pensées.

— Je vous demanderai un jour pardon de vous avoir imposé cette situation, mais aujourd'hui, vous devez m'obéir. Les lois du Vatican ont été instaurées pour la protection de l'Église, et c'est dans cet esprit que je vous ordonne de les enfreindre.

Après un long silence, le chef des gardes fit un geste, et les trois hommes posèrent leur lampe torche sur le sol, projetant leurs ombres sur la voûte au-dessus d'eux. Dans la lumière rasante, ils s'avancèrent vers le tombeau, agrippèrent à deux mains la pierre du couvercle à hauteur de la tête du gisant, et écartèrent légèrement les jambes pour assurer leur appui. Au signal donné par le chef, ils poussèrent tous en même temps. La lourde dalle ne bougea pas, et Vittoria se prit à souhaiter qu'ils n'y parviennent pas.

Une deuxième tentative, sans résultat.

— *Ancora*, ordonna le camerlingue.

Relevant les manches de sa soutane, il se glissa auprès des gardes.

— *Ora!*

Ils poussèrent la pierre tous les quatre, dans un même effort. Vittoria allait leur proposer son aide quand le couvercle commença à glisser sur le tombeau. Ils poussèrent à nouveau, et dans un crissement de meule, la dalle pivota en travers du tombeau.

Les quatre hommes reculèrent.

Un garde se pencha pour ramasser sa lampe et, d'une main tremblante, la dirigea vers l'orifice dégagé. Il crispa la main sur sa torche et le faisceau lumineux se stabilisa. Vittoria sentit les gardes frémir dans l'obscurité. L'un après l'autre, ils se signèrent.

Secoué de frissons, le dos courbé, le camerlingue se pencha sur le tombeau. Il resta un long moment immobile avant de se détourner.

Vittoria craignait que la bouche du cadavre ne soit fermée, et qu'il ne faille fracturer les mâchoires pour l'ouvrir. Elle comprit que ce ne serait pas nécessaire. Les joues du pontife s'étaient complètement relâchées et sa bouche était béante.

Sa langue était noire comme du charbon.

86.

Obscurité totale. Silence complet.

Les Archives secrètes étaient devenues occultes.

La peur est un aiguillon efficace. Langdon se dirigea en tâtonnant vers la porte pivotante, trouva le bouton sur le mur et le frappa énergiquement du plat de la main. Rien. Une deuxième fois. Aucune réaction.

Il appela de toutes ses forces, mais sa voix s'étrangla dans sa gorge. Le sentiment de danger se matérialisait rapidement. L'adrénaline lui coupait le souffle, tout en accélérant son rythme cardiaque. Son plexus était bloqué comme s'il avait reçu un coup de poing dans le ventre.

Il se projeta de tout son poids contre la porte et crut un instant qu'elle avait bougé. Il recommença. Complètement sonné par le choc, il réalisa que ce n'était pas la porte qui tournait, mais toute la pièce autour de lui. Il recula de quelques pas et, trébuchant contre le montant d'une échelle, tomba brutalement en avant, se cognant le genou contre un rayonnage. Il se releva en jurant et saisit des deux bras les montants de l'échelle.

Elle n'était malheureusement pas en bois massif, mais en aluminium léger. Il la fit basculer à l'horizontale et s'élança vers la cloison de verre, armé de son bélier de fortune. Le mur était plus proche qu'il ne pensait. L'échelle heurta sa cible, et rebondit. Au bruit sourd de la collision, Langdon comprit qu'il lui faudrait bien plus que cela pour arriver à briser un verre aussi épais.

Il pensa soudain au semi-automatique que lui avait confié Olivetti — pour se rappeler aussitôt que le commandant le lui avait repris dans le bureau du pape en expliquant qu'il ne voulait pas d'arme dans l'entourage du camerlingue. Sur le coup, cela paraissait logique.

Il poussa un deuxième hurlement, encore plus étouffé que le précédent.

Puis il se souvint du talkie-walkie que le garde avait laissé sur une table avant d'entrer dans le compartiment. Mais pourquoi ne l'ai-je pas apporté ici ? Des points blancs commençaient à danser devant ses yeux. Il se força à réfléchir. Cela t'est déjà arrivé. Tu as survécu à pire situation. Tu n'étais qu'un gosse et tu as trouvé le moyen de t'en sortir. Réfléchis !

Il s'allongea sur le dos, les bras le long du corps. La première chose à faire était de se détendre.

Se détendre. Se ménager. Se contrôler.

Cesser de s'agiter. Les battements de son cœur ralentissaient déjà. Un truc qu'utilisent les nageurs de compétition pour oxygéner leur sang entre deux épreuves rapprochées.

Il y a tout ce qu'il faut comme oxygène ici, se dit-il. Largement. Et maintenant, réfléchis. Il attendit un moment, espérant vaguement que la lumière allait revenir. Il n'en fut rien. Sa respiration s'améliorait et il se sentait bizarrement résigné. Paisible. Il lutta contre l'envie de se laisser aller.

Allez, mon vieux, agis !

Mais comment… ?

La montre Mickey luisait à son poignet : 21 h 33. À peine une demi-heure avant le rendez-vous avec le Feu. Il avait eu l'impression d'avoir beaucoup plus de temps devant lui. Mais, au lieu de réfléchir au moyen de se sortir de ce piège à rats, son cerveau cogitait pour trouver une explication. Qui a coupé le courant ? Rocher a-t-il décidé d'élargir les recherches du conteneur d'antimatière ? Mais, dans ce cas, Olivetti l'aurait averti que j'étais ici ! À ce stade, les réponses n'avaient plus d'importance.

Il ouvrit la bouche au maximum et renversa la tête en arrière pour respirer le plus profondément possible. Chaque inspiration était moins brûlante que la précédente. Ses idées s'éclaircissaient. Il força son cerveau à travailler.

Une paroi de verre, mais bougrement épaisse.

Il se demanda s'il n'y avait pas ici de grosses armoires ignifugées pour certains livres précieux. Il en avait vu dans d'autres centres d'archivage, mais pas dans cette salle. Et il perdrait un temps fou à en chercher une à tâtons. De toute façon, affaibli comme il l'était, il serait incapable de la déplacer.

La table de lecture ? Il y en avait une, au centre des rangées d'étagères. Et alors ? Il n'arriverait pas à la soulever non plus. Et même s'il arrivait à la traîner sur le sol, elle ne passerait jamais dans les allées séparant les rayonnages.

Les allées sont trop étroites...

Une idée surgit.

Mû par un accès de confiance subite, Langdon se leva beaucoup trop rapidement. Il chancela, pris de vertige. Tendit les bras en avant pour trouver quelque chose à quoi se raccrocher. Sa main heurta une étagère. Il attendit un instant pour reprendre son souffle. Il allait avoir besoin de toutes ses forces.

Il se plaça devant la bibliothèque, comme un joueur de foot à l'entraînement, et poussa le plus possible. *Si j'arrive à la faire basculer...* Mais c'est à peine s'il la sentit bouger. Il se remit en position et recommença. Ses pieds glissaient vers l'arrière. Le métal grinça mais la bibliothèque tint bon.

Il lui fallait un levier.

Il retourna vers la paroi de verre tâtonnant pour trouver le fond du compartiment. Son épaule s'écrasa contre le mur. Laissant échapper un juron, il se glissa derrière la première bibliothèque et la saisit des deux mains par les montants, à hauteur de sa tête. En appuyant un pied contre la cloison derrière lui, et l'autre sur l'étagère inférieure, il entreprit d'escalader les premiers rayons. Les livres dégringolaient, s'écrasaient ouverts au sol, mais c'était le cadet de ses soucis. L'instinct de survie avait pris le dessus sur le respect des archives. Comme l'obscurité perturbait son sens de l'équilibre, il ferma les yeux pour forcer son cerveau à ignorer les données visuelles pendant la suite de son ascension. Plus il montait, plus l'oxygène se raréfiait. Il atteignait les derniers rayonnages, prenant appui sur les livres pour projeter son corps vers le haut. Comme un alpiniste à l'assaut d'une paroi rocheuse, il saisit à deux mains les montants de la bibliothèque et se hissa le plus haut possible. Enfin, il tendit les jambes en arrière et fit monter à reculons ses pieds le long du mur de verre, jusqu'à ce que ses jambes se trouvent pratiquement à l'horizontale.

C'est maintenant ou jamais, Robert ! Vas-y, comme si c'était la barre d'appui du gymnase de Harvard.

Il appuya ses pieds contre la cloison, tendit les bras sur l'étagère et, la poitrine en avant, poussa de toutes ses forces. Sans le moindre résultat.

Luttant contre l'étouffement, il se remit en position et fit une nouvelle tentative. L'étagère s'ébranla, très faiblement. Une autre poussée, et elle s'inclina de quelques centimètres vers l'avant, avant de retomber en place. Profitant du mouvement de bascule, il prit une grande inspiration qui lui parut vide d'oxygène, et projeta tout son poids sur le meuble, qui tangua plus nettement.

Maintiens ce rythme de balancier, en l'accentuant un peu plus chaque fois..., se dit-il.

Il continua ainsi, étirant de plus en plus les jambes à chaque poussée. Ses quadriceps chauffaient. Le pendule était lancé. Encore trois coups...

Il n'en fallut que deux.

Il y eut un instant d'apesanteur incertaine. Puis, dans une bruyante dégringolade de livres, Langdon et l'étagère plongèrent vers l'avant.

À mi-course, le meuble heurta celui qui lui faisait face. Pour le renverser lui aussi, Langdon projeta son poids vers l'avant, solidement agrippé aux montants du premier. Après un instant de panique immobile, il entendit le métal grincer et il plongea à nouveau.

Tels d'énormes dominos, les rayonnages s'effondrèrent l'un sur l'autre dans un claquement métallique. Les livres tombaient en désordre de tous côtés. Langdon poussait toujours son bouclier devant lui, comme le cliquet sur la roue dentée d'un mécanisme d'horlogerie. Combien y avait-il d'étagères jusqu'à la porte ? Et combien pesaient-elles ? La cloison de verre est sacrément épaisse…

Il était presque à plat ventre sur la première étagère quand il entendit ce qu'il espérait — loin devant, à l'autre extrémité de la crypte. Le son net et aigu du métal contre le verre. Toute la salle trembla sous le choc. La dernière bibliothèque, portant sur elle le poids de toutes les autres, avait heurté la porte. Ce qui suivit remplit Langdon d'effroi.

Le silence.

Aucun bruit de verre brisé, rien que l'écho sourd des murs répercutant le choc. Les yeux grands ouverts, immobile, à plat ventre sur son étagère renversée, il entendit soudain un craquement lointain. Il ne pouvait même pas retenir son souffle, il n'en avait plus.

Une seconde, puis deux…

Il était au bord de l'évanouissement lorsque le son d'une onde sourde parvint à ses oreilles. Et soudain, comme un coup de tonnerre, le verre explosa. Son étagère s'effondra.

Telle la manne bénie tombant sur le désert, une averse

d'éclats de verre s'abattit sur le sol et l'air s'engouffra dans la crypte dans un vrombissement d'aspirateur.

Trente secondes plus tard, dans les grottes du Vatican, le crépitement d'un talkie-walkie fit sursauter Vittoria, qui ne pouvait détacher ses yeux du cadavre pontifical. Une voix essoufflée claironna dans le silence.

« Ici Robert Langdon ! Est-ce que quelqu'un m'entend ? »

Vittoria releva brusquement la tête. Robert ! C'est incroyable comme elle avait brusquement envie qu'il soit là.

Les gardes échangèrent des regards perplexes. Un gradé détacha la radio de sa ceinture.

— Monsieur Langdon ? Vous êtes sur le canal trois. Vous trouverez le commandant Olivetti sur le canal numéro un.

— Je sais, bon Dieu ! Ce n'est pas à lui que je veux parler ! Passez-moi le camerlingue. Le plus vite possible ! Trouvez-le-moi tout de suite !

Debout dans le noir sur un tapis de verre brisé, Langdon reprenait lentement une respiration normale. Un liquide chaud s'écoulait de sa main gauche, du sang. La voix du camerlingue lui parvint immédiatement.

— Carlo Ventresca. Que se passe-t-il, monsieur Langdon ?

Langdon appuya sur le bouton. Son cœur battait à tout rompre.

— Je crois qu'on vient d'essayer de me supprimer !

Il y eut un silence. Langdon tenta de se calmer.

— Et je sais où aura lieu le prochain assassinat, ajouta-t-il.

Ce n'est pas Ventresca qui lui répondit. La voix du commandant Olivetti retentit dans l'appareil :

— Pas un mot de plus, monsieur Langdon !

87.

La montre de Langdon, tachée de sang, affichait 21 h 41. Sa main ne saignait plus, mais la douleur était toujours présente. Il traversa en courant la cour du Belvédère et s'arrêta près d'une fontaine, devant le centre de sécurité de la Garde suisse. Il eut l'impression que tout le monde fonçait sur lui au même moment : Vittoria, Ventresca, Olivetti, Rocher plus une poignée de gardes.

Vittoria se précipita sur lui :

— Robert ! Vous êtes blessé !

Sans lui laisser le temps de répondre, Olivetti se planta devant lui.

— Monsieur Langdon, je suis soulagé de vous voir sain et sauf. Croyez bien que je suis navré de ce malheureux quiproquo.

— Quel quiproquo ? Vous saviez très bien que…

Le capitaine Rocher s'avança, l'air contrit.

— C'est ma faute. J'étais à cent lieues de me douter que vous étiez dans la salle des Archives. L'alimentation électrique de ce bâtiment dépend d'une zone blanche où je souhaitais entamer les recherches. C'est moi qui ai fait couper le courant. Si j'avais su…

Vittoria prit la main de Langdon entre les siennes pour examiner sa blessure.

— Le pape est mort empoisonné, souffla-t-elle. Par les *Illuminati*.

C'est à peine s'il enregistra l'information. Son cerveau était totalement vidé. La seule chose dont il avait conscience, c'était la tiédeur des mains de Vittoria.

Le camerlingue sortit de la poche de sa soutane un

mouchoir de soie qu'il tendit à Langdon. Sans dire un mot. Son regard vert brûlait d'un feu étrange.

— Robert, demanda Vittoria d'une voix pressante. Vous avez dit que vous saviez où le prochain meurtre devait avoir lieu…

— Oui. C'est…

— Non ! coupa Olivetti. Monsieur Langdon, quand je vous ai demandé tout à l'heure de vous taire, c'est que j'avais une raison.

Il se tourna vers le groupe de gardes :

— Excusez-nous, messieurs…

Les hommes s'éclipsèrent pour entrer dans le centre de sécurité. Sans manifester la moindre susceptibilité. Docilement.

Le commandant se retourna vers ses compagnons. Une souffrance véritable se lisait sur son visage.

— Malgré ce qu'il m'en coûte de le dire, le meurtre du Saint-Père n'a pu être perpétré qu'avec des complices au sein même du Vatican. Pour le bien de tous, il convient désormais de ne faire confiance à personne, y compris aux membres de la Garde.

— Une complicité interne, cela signifie…, dit Rocher d'une voix anxieuse.

— En effet. Elle compromet l'efficacité des recherches. Mais c'est un pari qu'il nous faut prendre. Continuez les fouilles.

Rocher ouvrit la bouche pour parler, mais sembla se raviser. Il s'éloigna.

Le camerlingue prit une profonde inspiration. Il n'avait pas encore prononcé une parole. Mais Langdon sentait en lui une résolution nouvelle, comme s'il avait franchi un point de non-retour.

— Commandant ! déclara-t-il enfin d'une voix maîtrisée. Je vais suspendre le conclave.

Olivetti fit une moue sévère.

— Je vous le déconseille, mon père. Il nous reste plus de deux heures.

— C'est très court.

— Que comptez-vous faire ? demanda Olivetti d'un ton de défi. Faire évacuer les cardinaux tout seul ?

— Mon intention est de sauver l'Église, avec les faibles pouvoirs que Dieu m'a conférés. Quant à ma façon de procéder, elle ne relève plus de votre compétence.

Olivetti se raidit.

— Je sais que je n'ai aucune autorité pour vous empêcher de faire quoi que ce soit. Surtout après mon échec évident en tant que chef de la sécurité. Je vous demande seulement d'attendre un peu. Vingt minutes… jusqu'à 22 heures. Si les renseignements de M. Langdon sont exacts, j'ai peut-être encore une chance d'arrêter l'assassin. Et vous de maintenir le protocole et l'étiquette.

Le camerlingue laissa échapper un rire étranglé.

— L'étiquette ? Il y a longtemps que nous n'en sommes plus là, commandant. Au cas où vous ne l'auriez pas remarqué, nous sommes en guerre…

Un garde sortit du centre de sécurité en appelant Ventresca :

— Mon père ? Nous avons réussi à mettre la main sur le reporter de la BBC.

— Faites-le venir devant la chapelle Sixtine, ainsi que sa collègue.

— Que dites-vous ? s'exclama Olivetti en ouvrant des yeux ronds.

— Vous avez vingt minutes, commandant. C'est tout ce que je vous accorde, lança le camerlingue en s'éloignant.

L'Alfa Romeo d'Olivetti sortit en trombe de la Cité du Vatican, sans escorte cette fois. Sur la banquette arrière,

Vittoria soignait la main de Langdon, avec la trousse à pharmacie qu'elle avait trouvée dans la boîte à gants.

— Alors, monsieur Langdon, demanda Olivetti, les yeux fixés droit devant lui, où allons-nous ?

88.

Malgré la sirène qui hurlait sur son toit, l'Alfa Romeo conduite par Olivetti fila inaperçue sur le pont menant vers le centre de Rome. Toutes les voitures roulaient dans l'autre sens, comme si le Saint-Siège était soudain devenu la plus grosse attraction de la vie nocturne romaine.

Une foule de questions se bousculaient dans la tête de Langdon. S'ils parvenaient à arrêter le tueur, serait-il prêt — ou capable — de leur dire où était le conteneur d'antimatière ? Ou serait-il déjà trop tard ? Dans combien de temps le camerlingue avertirait-il la foule massée sur la place Saint-Pierre du danger qui la menaçait ? Et cet incident dans la salle des Archives, était-il vraiment dû à une simple erreur ?

Olivetti n'appuya pas une seule fois sur la pédale de frein. La voiture se faufilait à toute allure dans la circulation. Langdon se serait évanoui de frayeur s'il n'était encore anesthésié par sa laborieuse évasion. Seule la plaie de sa main lui rappelait où il était.

La sirène retentissait au-dessus de sa tête. Quelle mauvaise idée d'annoncer notre arrivée !... Mais elle leur permettait de maintenir une moyenne inespérée. Sans doute Olivetti la débrancherait-il en arrivant dans le quartier de Santa Maria della Vittoria.

La nouvelle de l'empoisonnement du pape était enfin parvenue à la conscience de Langdon. Pour inconcevable qu'il fût, cet assassinat lui semblait parfaitement logique. L'infiltration avait toujours fait partie de la stratégie des *Illuminati*, un moyen de manipuler le pouvoir de l'intérieur. Et ce n'était pas la première fois qu'un pape était assassiné. Les rumeurs de trahisons et de meurtres n'avaient pas manqué dans l'Histoire, sans qu'on ait jamais pu les confirmer, faute d'autopsie. Récemment encore, un groupe d'universitaires avait obtenu l'autorisation de radiographier le tombeau du pape Célestin V, dont on prétendait que c'était Boniface VIII, son zélé successeur, qui l'avait supprimé. Les chercheurs espéraient que les rayons X révéleraient une trace quelconque d'un acte criminel, ne serait-ce qu'une fracture osseuse. Et on avait trouvé, planté dans le crâne pontifical, un clou de vingt-cinq centimètres de long !

Langdon se souvint également d'une série de coupures de presse que lui avait envoyées un groupe de mordus des *Illuminati*. Croyant d'abord à un canular, il avait commencé par faire expertiser les articles en question au centre de microfilms de Harvard. À sa grande surprise, ils étaient authentiques. Il les avait alors exposés sur le tableau d'affichage de son bureau, pour illustrer la naïveté de certains organes de presse tout à fait respectables, dès qu'il s'agissait d'évoquer les complots des *Illuminati*. Les soupçons soulevés par ces journaux lui paraissaient aujourd'hui nettement plus fondés. Il les avait encore clairement en tête :

BRITISH BROADCASTING CORPORATION
14 juin 1998

« Le pape Jean-Paul Ier, décédé en 1978, aurait été victime d'un complot de la loge maçonnique P2... La société secrète aurait décidé de le supprimer en apprenant l'intention manifestée par le nouveau pontife de remplacer Mgr Marcinkus à la présidence de la

Banque du Vatican. L'institution financière se trouvait en effet impliquée dans des tractations douteuses avec la loge maçonnique… »

NEW YORK TIMES
24 août 1998

« Pourquoi le défunt Jean-Paul Ier portait-il une chemise de jour lorsqu'on l'a retrouvé mort dans son lit ? Pourquoi cette dernière était-elle déchirée ? Les questions ne s'arrêtent pas là. Aucun examen médical n'a eu lieu. Le cardinal Villot se serait opposé à l'autopsie, cet acte médicolégal étant interdit sur la personne d'un souverain pontife. Et les médicaments que prenait le pape avaient mystérieusement disparu de sa table de chevet, ainsi que ses lunettes, ses pantoufles et son testament. »

LONDON DAILY MAIL
27 août 1998

« … un complot impliquant une puissante loge maçonnique, illégale et dangereuse, dont les tentacules s'étendaient jusqu'au sein du Vatican. »

Le téléphone portable de Vittoria sonna dans sa poche, tirant Langdon de ses réflexions.

Il reconnut à distance la voix mécanique de l'interlocuteur.

— Vittoria ? Ici Maximilian Kohler. Avez-vous trouvé l'antimatière ?

— Max ? Vous allez bien ?

— J'ai vu les informations télévisées. On n'y parlait pas de l'antimatière ni du CERN. C'est une bonne chose. Où en êtes-vous, de votre côté ?

— Ils n'ont pas encore mis la main sur le conteneur. La situation est complexe. Robert Langdon s'est révélé une aide précieuse. Nous avons une piste sérieuse pour l'assassin des cardinaux. En ce moment même, nous sommes…

Olivetti l'interrompit :

— Vous en avez assez dit, mademoiselle Vetra.

Elle plaqua une main sur le téléphone et répondit avec irritation :

— Commandant, c'est le directeur du CERN. Il me semble qu'il a le droit…

— Son seul droit serait d'être ici à gérer la crise. Vous utilisez une ligne de téléphone ouverte. Je vous demande de ne pas en dire plus.

Vittoria respira un grand coup.

— Max ?

— J'ai sans doute une information pour vous. Sur votre père… Je pense savoir à qui il a parlé de l'antimatière.

Le visage de Vittoria s'assombrit.

— Mon père m'a dit qu'il n'en avait parlé à personne !

— J'ai bien peur que ce ne soit faux. Mais je dois d'abord vérifier les rapports de sécurité. Je vous rappellerai dès que possible.

La liaison fut interrompue.

Blanche comme un linge, Vittoria remit son portable dans sa poche.

— Un problème ? demanda Langdon.

Elle secoua la tête, mais ses mains tremblaient.

Olivetti débrancha la sirène et vérifia l'heure à sa montre :

— L'église Santa Maria della Vittoria est proche de la Piazza Barberini. Nous avons neuf minutes.

En apprenant où se trouvait *L'Extase de sainte Thérèse*, le nom de la place avait rappelé quelque chose à Langdon, sans qu'il pût dire quoi. Le souvenir revenait maintenant. Elle abritait une station de métro dont la construction avait été très contestée une vingtaine d'années auparavant. Les archéologues contestaient la construction d'une gare souterraine, craignant que les travaux ne provoquent la chute du lourd obélisque situé au centre de la place. Et les urbanistes avaient décidé de déplacer le monument, pour le remplacer par la fontaine du Triton.

À l'époque du Bernin, il y avait un obélisque sur cette place ! Si Langdon avait encore des doutes quant au troisième jalon des *Illuminati*, voilà qui les dissipait définitivement.

Avant le dernier pâté de maisons précédant la place, Olivetti s'engagea dans une petite ruelle où il gara brutalement la voiture. Il enleva sa veste, remonta ses manches et chargea son arme.

— On vous a vus tous les deux à la télévision, vous ne pouvez pas prendre le risque qu'on vous reconnaisse. Vous allez vous poster discrètement au fond de la place et vous surveillerez l'entrée de la façade de l'église. Je vais y entrer par l'arrière. Tenez, au cas où…

Il sortit de sa poche le pistolet et le tendit à Langdon, qui le glissa dans sa poche de poitrine en faisant la moue. Il s'aperçut alors qu'il avait oublié de laisser aux Archives le texte original de Galilée et imagina la crise cardiaque qui terrasserait le conservateur des Archives du Vatican, s'il apprenait que ce document inestimable se baladait comme un plan de Rome dans la poche d'un touriste. Mais en se rappelant l'indescriptible chaos de livres épars et de verre brisé qu'il avait laissé derrière lui, il se dit que le conservateur aurait bien d'autres soucis. Si tant est, d'ailleurs, qu'il y ait encore des archives après minuit…

En sortant de la voiture, Olivetti leur montra du doigt l'extrémité de la ruelle :

— La place est par là. Ouvrez grands les yeux sans

vous faire remarquer. Mademoiselle Vetra, refaisons le test d'appel automatique.

Vittoria sortit son portable de sa poche et appela le numéro qu'elle avait mémorisé au Panthéon. Le vibreur d'Olivetti se déclencha.

— Parfait, fit le commandant. Informez-moi du moindre détail insolite. Je ferai le guet dans l'église, et je ne le raterai pas, ce sauvage, ajouta-t-il en armant son semi-automatique.

Au même moment, un autre téléphone portable sonnait non loin de là. L'Assassin répondit :

— Parlez.

— C'est moi, dit la voix. Janus.

— Bonsoir, Maître.

— Ils savent où vous êtes. Ils viennent vous capturer.

— Ils arriveront trop tard. J'ai déjà pris mes dispositions ici.

— Très bien. Sortez-en vivant. Votre tâche n'est pas achevée.

— Tous ceux qui se dresseront en travers de mon chemin mourront.

— Ce sont des gens bien informés.

— Vous parlez du savant américain…

— Vous êtes au courant ? s'étonna la voix.

L'Assassin laissa échapper un petit rire :

— Il a du sang-froid, mais il est naïf. Il m'a parlé au téléphone ce soir. La femme qui l'accompagne est très différente.

Il ne put réprimer son excitation en évoquant le tempérament fougueux de la fille de Leonardo Vetra.

Il y eut un silence sur la ligne. C'était la première fois que le Maître des *Illuminati* hésitait avant de parler. Puis Janus reprit la parole :

— Vous les éliminerez si nécessaire.

— Comptez sur moi, répondit le tueur en souriant. (Un frisson d'excitation lui parcourut l'échine.) Quoique je me réserve la femme comme trophée personnel.

89.

Sur la place Saint-Pierre, l'affolement était indescriptible.

Une véritable frénésie s'était emparée des médias. Les camions de radio et de télévision se garaient en rangs serrés, comme des chars à l'assaut de têtes de pont. Les reporters déployaient leur matériel électronique comme des soldats s'équipant pour le front. Les cadreurs des grandes chaînes de télévision avaient investi tout le périmètre de la place et se bousculaient pour dresser aux meilleurs endroits leurs écrans vidéo géants, les armes suprêmes de la guerre médiatique.

Les grands panneaux étaient montés sur les toits des camions ou sur des échafaudages mobiles. Ils assuraient ainsi la publicité de la chaîne, en affichant son logo surdimensionné pendant les séquences de reportage. Si le dispositif était bien positionné — devant le lieu de l'action, par exemple — les chaînes concurrentes ne pouvaient filmer la scène sans inclure le logo dans leur image.

Mêlé à ce capharnaüm médiatique, le site était envahi par une foule immense, digne des grandes heures de l'histoire pontificale. Les badauds affluaient de partout. Sur la gigantesque esplanade, l'espace vital devenait une denrée rare et précieuse. Les gens s'agglutinaient autour des écrans géants, suivant les reportages en direct avec autant d'excitation que de stupéfaction.

À l'abri des murs de la basilique, l'ambiance était beaucoup plus calme. Le lieutenant Chartrand et trois gardes suisses progressaient lentement dans l'obscurité. Équipés de lunettes de vision nocturne, ils s'étaient déployés en éventail dans la grande nef, brandissant leur détecteur devant eux, d'autant plus attentifs que la fouille des autres zones blanches n'avait rien révélé de suspect.

— Enlevez vos lunettes par ici, dit l'un des gardes.

Chartrand avait déjà retiré les siennes. Ils approchaient de la Niche des Palliums, creusée au centre de la basilique, où la lumière des lampes à huile leur aurait brûlé les yeux.

Le lieutenant se détendit la nuque en descendant dans la fosse. C'était la première fois qu'il entrait dans ce superbe espace baigné de lumière dorée.

Depuis qu'il travaillait au Vatican, il avait l'impression de découvrir chaque jour un nouveau mystère, et la vision de ces quatre-vingt-dix-neuf lampes à huile toujours allumées le fascina. Selon la tradition, des membres du clergé veillaient à les remplir régulièrement, pour qu'aucune ne vienne à s'éteindre. Elles étaient censées brûler jusqu'à la fin des temps.

En tout cas, au moins jusqu'à ce soir minuit, pensa Chartrand, la bouche sèche.

Il balaya le secteur des lampes à huile de son détecteur. Rien de caché par ici. Pas étonnant, puisque la sécurité vidéo indiquait que l'antimatière était située dans un endroit sombre.

En avançant dans la niche, il arriva devant une grille qui recouvrait une ouverture dans le sol. On devinait, s'enfonçant dans l'obscurité, un étroit escalier souterrain. Il avait entendu des histoires sur ce qu'on trouvait en bas. Dieu merci, ils n'auraient pas besoin d'y descendre ce soir. Les ordres du capitaine Rocher étaient clairs : « Ne fouillez que les zones ouvertes au public. »

Une enivrante odeur sucrée envahissait la niche.

— Qu'est-ce que ça sent ? demanda-t-il en se tournant vers ses hommes.

— Les fumées des lampes à huile, répondit un garde.

— On dirait de l'eau de Cologne, plutôt que du kérosène…, rétorqua Chartrand.

— Il n'y a pas de kérosène. Comme elles sont très proches de l'autel pontifical, on y verse un mélange spécial. De l'éthanol, du sucre, du butane, plus un parfum.

— Du butane ? s'étonna Chartrand d'une voix inquiète.

— Parfaitement. Mieux vaut éviter de les renverser. Parfum céleste, mais feu d'enfer.

Les gardes avaient terminé la fouille de la Niche des Palliums et traversaient la nef de la basilique, quand les vibreurs de leurs talkies-walkies se déclenchèrent à l'unisson.

Ils écoutèrent l'appel général avec stupéfaction.

Après de nouvelles informations apparemment préoccupantes, mais qu'on ne pouvait diffuser par radio, le camerlingue avait décidé d'enfreindre la tradition et de pénétrer dans la chapelle Sixtine pour s'adresser aux cardinaux. On n'avait jamais enregistré dans l'histoire une telle violation de la règle. Il faut dire que c'est la première fois que le Vatican abrite dans ses murs l'équivalent dernier cri d'une mini-ogive nucléaire, se dit Chartrand.

Il se sentait rassuré de savoir le camerlingue aux commandes. Ventresca était la personne qui lui inspirait le plus de respect au sein du Vatican. Certains gardes le qualifiaient de *beato*, de fanatique religieux chez qui l'amour de Dieu tournait à l'obsession. Mais même ceux-là reconnaissaient que, dès qu'il s'agissait de combattre les ennemis de Dieu, il était le seul capable de prendre le commandement et de frapper fort.

Les gardes suisses avaient travaillé en contact étroit avec lui toute la semaine, pour la préparation du conclave. Tous avaient remarqué qu'il se montrait un peu brutal de temps à autre, et que ses yeux verts brillaient plus qu'à l'accoutumée. « Rien de surprenant à cela », avait-on commenté. La lourde responsabilité de l'organisation du conclave coïncidait avec la perte de son père spirituel.

Peu de temps après son entrée au service du pape, on avait raconté à Chartrand l'histoire de la bombe qui, sous ses yeux d'enfant, avait tué la mère du camerlingue. L'explosion avait eu lieu dans une église… et voilà que le même danger menaçait aujourd'hui. Les autorités n'avaient jamais retrouvé les ignobles auteurs de l'attentat. Probablement une secte satanique, avait-on dit, et l'affaire était tombée dans l'oubli. Le lieutenant comprenait pourquoi le camerlingue méprisait tant l'indifférence et l'apathie.

Deux ou trois mois auparavant, par un après-midi paisible dans la Cité du Vatican, Chartrand avait failli entrer en collision avec le camerlingue qui traversait les jardins. Ventresca savait apparemment que le jeune garde était là depuis peu de temps, et il l'avait invité à l'accompagner dans sa promenade. Ils avaient parlé de tout et de rien et le jeune homme s'était senti immédiatement à l'aise.

— Mon père, avait-il demandé, puis-je me permettre de vous poser une question bizarre ?

— Seulement si je peux y répondre de la même manière, avait souri le camerlingue.

— Je l'ai posée à tous les prêtres que j'ai rencontrés, et je ne comprends toujours pas…, avait expliqué le jeune garde en se moquant de lui-même.

Ventresca marchait devant, d'un pas rapide et court, donnant des coups de pied dans sa soutane à chaque enjambée. Ses chaussures noires à semelles de crêpe usées étaient à son image… modestes et modernes à la fois.

— Dites-moi ce qui vous tracasse.

Chartrand avait pris une profonde inspiration avant de se lancer :

— Je ne comprends pas cette histoire de Dieu tout-puissant et bienveillant.

Le camerlingue avait souri.

— Vous lisez les Écritures…

— J'essaie.

— Et c'est cette description de Dieu dans la Bible qui vous trouble.

— Exactement.

— Tout-puissant et bienveillant signifie simplement qu'il a tous les pouvoirs, mais qu'il veut aussi notre bien.

— Je comprends le concept. Mais c'est que… je trouve qu'il y a une contradiction.

— Je vois. Les hommes qui souffrent, ceux qui meurent de faim, les guerres, les maladies…

Chartrand savait que le camerlingue comprendrait.

— C'est cela ! s'était-il écrié. Toutes ces choses affreuses qui se passent dans le monde, les tragédies humaines qui semblent prouver que Dieu ne peut pas être à la fois tout-puissant et bienveillant. S'il nous aimait vraiment, tout en ayant le pouvoir de changer notre sort, il me semble qu'il empêcherait la souffrance, non ?

— Vous pensez ?

Chartrand était mal à l'aise. Avait-il franchi une limite interdite ? Sa question faisait-elle partie de celles qu'on ne pose pas ?

— Mais… s'il est à la fois aimant et tout-puissant, il doit absolument nous protéger. On a l'impression… qu'il est soit indifférent, soit incapable de nous aider…

— Vous avez des enfants, lieutenant ?

— Non, mon père, avait-il répondu en rougissant.

— Imaginez que vous ayez un fils de huit ans… Vous l'aimeriez ?

— Bien sûr.

— Vous feriez tout ce qui est en votre pouvoir pour lui éviter de souffrir ?

— Évidemment.

— Le laisseriez-vous faire du skate-board ?

Chartrand marqua un temps d'arrêt. Le camerlingue se montrait toujours étonnamment « dans le coup » pour un prêtre.

— Je crois. Oui, bien sûr, je le laisserais faire, mais je lui dirais de faire attention.

— Donc, en tant que père de cet enfant, vous lui donneriez quelques bons conseils de base, avant de le laisser faire ses propres erreurs ?

— J'essaierais de ne pas trop le dorloter, si c'est ce que vous voulez dire…

— Mais s'il tombe et qu'il s'écorche la peau du genou ?

— Il apprendrait à être plus prudent.

Le camerlingue sourit.

— Donc, même si vous aviez le pouvoir d'intervenir pour l'empêcher de se blesser, vous préféreriez lui montrer votre amour en le laissant faire ses propres expériences ?

— Bien sûr. C'est comme ça qu'on grandit, qu'on apprend.

— Vous y êtes ! avait répliqué le camerlingue en hochant la tête.

90.

Dans l'ombre de la petite ruelle qui débouchait à l'ouest de la Piazza Barberini, Langdon et Vittoria surveillaient de loin le dôme de l'église, dont les contours indistincts émergeaient d'un groupe d'immeubles cachant l'édifice. La nuit était tombée, apportant avec elle une fraîcheur bienvenue. Langdon s'étonna d'abord que la place soit à ce point déserte mais, par les fenêtres ouvertes, on entendait par bribes les télévisions qui lui rappelèrent pourquoi les habitants restaient cloîtrés chez eux.

« … toujours aucun commentaire en provenance du Vatican… l'assassinat de deux cardinaux par les *Illuminati*… présence satanique dans la Ville éternelle… spéculations sur d'autres infiltrations éventuelles… »

Les nouvelles s'étaient propagées comme une traînée de poudre et Rome était figée par la peur, comme le reste du monde. Langdon se demandait si Vittoria, Olivetti et lui réussiraient à stopper ce train de la mort. Son regard embrassa toute la Piazza Barberini, au tracé remarquablement elliptique, malgré l'emprise des immeubles modernes. Un énorme néon clignotait sur le toit d'un hôtel de luxe, en parfait accord avec le thème de la soirée.

HÔTEL BERNINI

— 21 h 55, dit Vittoria, sans quitter la place des yeux.

Elle avait à peine prononcé ces mots qu'elle saisissait Langdon par le bras pour l'entraîner en arrière. Elle lui montra du doigt le centre de la place.

Langdon suivit son geste, et se raidit.

Sous un réverbère, deux silhouettes sombres traversaient la place, la tête couverte d'une cape noire, comme les veuves catholiques traditionnelles. Langdon aurait cru volontiers qu'il s'agissait bien de femmes mais, dans l'obscurité il n'aurait pu le jurer. L'une semblait plus âgée que l'autre et avançait avec peine, le dos courbé. La deuxième, plus grande et plus forte, l'aidait à marcher.

— Passez-moi le pistolet, intervint Vittoria.

— Mais vous ne savez même pas…

Avec l'agilité d'un prestidigitateur, elle avait déjà sorti l'arme de la poche de Langdon. Sans faire un bruit, comme si ses pieds ne touchaient pas le pavé, elle commençait à contourner la place sur la gauche, pour s'approcher des deux femmes par l'arrière. Langdon resta d'abord pétrifié, avant de la rejoindre prestement, honteux de son réflexe de lâcheté.

Le curieux duo progressait lentement et, au bout de trente secondes, Langdon et Vittoria marchaient dans son sillage. Vittoria cachait son arme entre ses bras négligemment croisés, prête à la sortir en un quart de seconde. Elle avançait à grands pas et l'écart se rétrécissait. Langdon la suivait tant bien que mal. Il heurta du pied une pierre, qui ricocha sur le pavé, et elle se retourna pour le foudroyer du regard. Mais les deux femmes encapuchonnées continuaient à avancer en parlant.

À dix mètres de distance, Langdon perçut le murmure de leurs voix. Vittoria accéléra le pas en desserrant les bras. Le canon du pistolet pointa. Ils étaient à six mètres des deux femmes. Les voix se firent plus distinctes, l'une d'elles était très sonore. Une voix de vieille femme mécontente. Bourrue. Androgyne. Il prêta l'oreille, mais c'est celle de Vittoria qui rompit le silence :

— *Mi scusi !*

Langdon arrêta de respirer. Les deux femmes se retournèrent. Vittoria se précipita vers elles pour ne pas leur laisser le temps de réagir. Langdon n'avançait plus. Il la vit brandir son pistolet. Et, par-dessus son épaule, il découvrit un visage, éclairé par un réverbère. Pris de panique, il fonça :

— Vittoria ! Non !

Elle avait réagi avant lui. D'un geste aussi rapide que naturel, elle avait fait disparaître son arme et se courbait en deux, comme pour se protéger du froid. Langdon la rejoignit, manquant heurter les deux femmes.

— *Buona sera*, bredouilla Vittoria en tremblant.

Langdon poussa un soupir de soulagement. Les deux vieilles se renfrognèrent sous leurs capes. Soutenue par sa compagne, la plus âgée tenait à peine debout. Elles serraient toutes les deux un chapelet entre leurs doigts.

Vittoria leur adressa un sourire gêné.

— *Dov'e la chiesa di Santa Maria della Vittoria ?* Où est l'église…

Les deux femmes montrèrent d'un même geste la silhouette massive d'un bâtiment au coin de la rue qui débouchait en biais sur la place.

— *E la!*

— *Grazie*, fit Langdon en saisissant doucement les épaules de Vittoria pour la faire reculer.

Ils avaient failli agresser deux vieilles dames.

— *Non si puo entrare*, dit la plus jeune. *E chiusa.*

— Elle ferme plus tôt ? s'étonna Vittoria. *Perche ?*

Les deux femmes se lancèrent ensemble dans une explication courroucée, dont Langdon ne comprit que des bribes. Elles y étaient apparemment allées prier Dieu qu'Il vienne en aide au Vatican, lorsqu'un homme était venu leur dire que l'église fermait un quart d'heure plus tôt que d'habitude.

— *Lo conoscevate ?* demanda Vittoria d'une voix pressante. Vous le connaissiez ?

Les deux femmes secouèrent la tête. C'était un *straniero maleducato*, il avait forcé tous les fidèles à sortir, même le jeune curé et son sacristain, qui avaient menacé d'appeler la police. Mais l'étranger s'était contenté de leur rire au nez et de leur conseiller de ne pas oublier leurs caméras.

— Des caméras ? répéta Langdon.

Les deux vieilles femmes repartirent en grommelant contre le *bar-arabo* qui les avait délogées de leur lieu de prière.

— *Bar-arabo ?* demanda Langdon à Vittoria. Un barbare ?

— Pas exactement, répondit-elle d'une voix tendue. C'est un mauvais jeu de mots raciste. *Arabo* signifie arabe.

Langdon frissonna et se retourna vers l'église. Son regard fut attiré par l'un des vitraux. Une vision lui glaça le sang.

Sans dire un mot, il saisit le bras de Vittoria et lui montra d'une main tremblante les fenêtres de l'église.

Elle poussa un cri étouffé.

À travers le vitrail, perçait la lueur diabolique d'un début d'incendie.

91.

Langdon et Vittoria se ruèrent vers l'entrée principale de l'église. Le portail en bois était fermé. Vittoria tira trois coups de feu avec le semi-automatique d'Olivetti, et l'antique serrure vola en morceaux.

Il n'y avait pas de narthex, et tout l'espace intérieur de l'édifice s'offrit à leurs yeux lorsqu'ils poussèrent la porte. Le spectacle était tellement inattendu, tellement bizarre que Langdon cligna des yeux pour s'assurer qu'il ne rêvait pas puis il contempla la scène.

Dans une somptueuse décoration baroque, illuminant les dorures des murs et des autels, un bûcher impressionnant, fait de bancs d'église empilés sous la coupole du transept, brûlait un feu d'enfer. Le regard de Langdon remonta vers le haut de l'étrange échafaudage, et l'horreur de la scène le cloua sur place.

Au-dessus de sa tête, deux câbles d'encensoir détournés de leur fonction étaient tendus d'un bout à l'autre du plafond. Le corps d'un homme y était suspendu.

Nu, les bras en croix. Les poignets attachés à chacun des deux câbles, il avait été hissé le plus haut possible, à la limite de l'écartèlement sur une croix invisible, vieil oiseau décharné, crucifié en plein vol.

Paralysé par l'épouvante, Langdon découvrit alors le comble de l'abomination. Le vieillard était vivant, ses yeux terrifiés imploraient de l'aide. Sur sa poitrine, un motif charbonneux, imprimé au fer rouge dans sa chair. Sans pouvoir le distinguer, Langdon devinait ce qu'il représentait. Les flammes du bûcher commençaient à lécher les pieds du supplicié, qui poussa un hurlement, le corps secoué de tremblements.

Poussé par une force surnaturelle, Langdon remonta la nef en courant. Ses poumons s'emplissaient peu à peu de fumée. À trois mètres de l'incendie, la chaleur insupportable l'arrêta comme un mur. Il sentit roussir la peau de son visage et recula, les mains devant les yeux. Il tomba brutalement sur le dallage de marbre. Il se releva et s'élança de nouveau, se protégeant le visage des deux mains. Pour s'arrêter presque aussitôt.

Il ne pourrait pas avancer plus près du brasier.

Reculant à nouveau, il parcourut du regard les murs de l'église, à la recherche d'une grande tapisserie. *Si j'arrivais à étouffer les flammes…*

Réfléchis un peu, Robert ! Oublie les tapisseries ! Tu es dans une église baroque, pas dans un château médiéval ! Il se força à lever les yeux vers le vieil homme.

Les flammes et la fumée tourbillonnaient sous la coupole. Les câbles qui serraient les poignets du cardinal, passés dans deux poulies fixées au plafond, redescendaient le long des murs où ils étaient fixés par des taquets métalliques. Langdon les observa. Ils étaient rivés relativement haut, mais s'il pouvait en atteindre un seul et libérer le câble, le cardinal basculerait en dehors du bûcher.

Le feu s'emballait. Les flammes montèrent brusquement et il entendit un cri perçant au-dessus de sa tête. Les pieds du vieillard commençaient à se couvrir de cloques. Il allait brûler vif. Langdon se précipita vers le taquet le plus proche.

Agrippée au dossier d'un banc au fond de l'église, Vittoria tentait de reprendre son souffle, se forçant à ne pas regarder l'horrible spectacle. Fais quelque chose ! Mais où était passé Olivetti ? Avait-il vu l'assassin ? L'avait-il arrêté ? Elle commençait à remonter la nef pour aller aider Langdon quand un bruit la figea sur place.

Une vibration métallique, qui couvrait presque le crépitement des flammes. Tout près d'elle. Une pulsation régulière qui semblait provenir des bancs sur sa gauche. Un cliquetis rapide, un peu comme une sonnerie de téléphone, mais plus sourd, plus rauque. Serrant le pistolet dans la main droite, elle s'engagea à gauche entre deux rangées de bancs. La vibration venait de plus loin. Du bas-côté de la nef, au-delà de la rangée de bancs. Vittoria s'aperçut alors qu'elle tenait quelque chose dans la main gauche. Son téléphone portable. Elle avait oublié qu'elle avait appelé Olivetti juste avant d'entrer dans l'église. Elle le porta à son oreille. Il sonnait toujours. Le commandant n'avait pas répondu. La peur au ventre, elle comprit l'origine du bruit qu'elle entendait. Elle s'avança, tremblante.

Le sol se déroba sous ses pieds quand elle vit le

corps d'Olivetti sans vie allongé sur le dallage. Il ne saignait pas, il ne portait pas de trace de coups. Rien que l'atroce orientation de la tête… retournée à 180 degrés. Des images de son père adoptif mutilé lui jaillirent à l'esprit.

Le téléphone d'Olivetti vibrait sur le marbre à côté de lui. Vittoria éteignit le sien et la sonnerie s'arrêta. Un autre son parvint alors à ses oreilles. Celui d'une respiration toute proche, dans son dos.

Elle fit volte-face, pistolet levé, mais elle savait qu'il était trop tard. Un rayon laser brûlant lui traversa le corps, du haut du crâne à la plante des pieds, quand le coude du tueur s'abattit sur sa nuque. Elle eut le temps d'entendre sa voix :

— Maintenant, tu es à moi.

Et tout devint noir.

Perché sur un banc posé en équilibre sur plusieurs autres, Langdon essayait d'attraper le taquet où s'enroulait le câble d'encensoir. Il était encore à deux mètres au-dessus de lui. Ces mécanismes, que l'on trouvait couramment dans les églises, étaient en général placés très haut, hors de portée des mains des fidèles et des touristes. Pour les atteindre, les prêtres montaient sur des échelles en bois. Le tortionnaire en avait forcément utilisé une pour hisser sa victime sous la coupole. Mais qu'a-t-il fait de l'échelle ? Langdon scruta le sol au-dessous de lui. Il avait le vague souvenir d'en avoir vu une quelque part. Mais où ? Il se tourna vers le bûcher. C'est là qu'elle était, au sommet, déjà dévorée par les flammes.

Du haut de sa plate-forme instable, il balaya toute l'église du regard, y cherchant désespérément quelque chose qu'il pourrait utiliser pour monter plus haut. Il prit soudainement conscience que quelque chose clochait.

Où était Vittoria ? Elle avait disparu. Pour chercher de

l'aide ? Langdon cria son nom, mais personne ne répondit. Et Olivetti, où peut-il bien être ?

Un cri déchirant retentit au-dessus de lui. Craignant qu'il ne soit déjà trop tard, il leva les yeux vers le vieillard, ne pensant plus qu'à une chose : De l'eau. Des litres et des litres d'eau. Éteindre le feu. Au moins rabattre les flammes.

— Apportez-moi de l'eau, bon Dieu ! cria Langdon.

— Ce sera pour le prochain ! rugit une voix venant du fond de l'église.

Il se retourna brutalement et faillit tomber de son échafaudage de bancs.

Une silhouette noirâtre et monstrueuse remontait la nef dans sa direction. Les yeux noirs luisaient dans la lumière de l'incendie. L'homme tenait à la main le pistolet qui venait de la poche de Langdon. Celui que portait Vittoria en entrant dans l'église.

Langdon était assailli par des peurs multiples. D'abord Vittoria. Qu'est-ce que ce monstre avait pu lui faire subir ? Était-elle blessée ? Ou pire ? Au même instant, les cris du supplicié s'amplifièrent. Le cardinal allait mourir, et il n'aurait pas réussi à le secourir. Et lorsqu'il vit l'assassin pointer son arme sur sa poitrine, son système nerveux saturé céda à la panique. Quand le coup partit, il plongea instinctivement en avant, vers le monceau de bancs de bois à ses pieds.

L'atterrissage fut plus brutal qu'il ne s'y attendait. Après avoir heurté les planches, il roula sur le sol de marbre, qui amortit sa chute avec la douceur de l'acier trempé. Les pas se rapprochaient sur sa droite. Il pivota vers le chœur et s'enfuit en rampant.

Sous la coupole, le cardinal Guidera endurait ses derniers moments de torture et de conscience. Abaissant les yeux sur son corps dénudé, il voyait la peau de ses jambes grésiller et noircir.

Mon Dieu, pourquoi m'as-Tu abandonné ? Je suis en enfer.

C'était certainement vrai, car en regardant sa poitrine… le mot qu'il y lisait à l'envers était on ne peut plus clair :

92.

Troisième tour. Pas de pape.

Le cardinal Mortati priait Dieu qu'il fasse un miracle. Seigneur, faites que les quatre cardinaux reviennent ! Tout délai raisonnable était passé. Un seul cardinal manquant à l'appel, c'était compréhensible. Mais quatre à la fois ! L'élection n'aboutirait jamais. Sans une intervention de la divine Providence, il serait impossible d'obtenir la majorité des deux tiers qui validerait le scrutin.

Au grincement des verrous de la chapelle Sixtine, tous les membres du Sacré Collège tournèrent les yeux vers l'entrée. Les cardinaux savaient qu'il n'y avait que deux raisons pour qu'elles s'ouvrent avant la fin du conclave : l'évacuation d'un prélat malade ou l'arrivée tardive d'un candidat.

Les quatre cardinaux arrivent !

Le moral de Mortati remonta en flèche. L'élection était sauvée !

Mais aucun murmure de joie ne salua celui qui arrivait. Mortati le fixa d'un regard incrédule. Pour la première fois dans l'histoire du Vatican, un camerlingue venait de franchir le seuil sacré du conclave, alors qu'il en avait lui-même fait verrouiller les portes.

Se rend-il compte de ce qu'il fait ?

Carlo Ventresca marcha à grands pas vers l'autel et s'adressa aux prélats abasourdis :

— Mes frères, j'ai retardé ce moment aussi longtemps que je l'ai pu. Mais vous êtes maintenant en droit d'apprendre ce que j'ai à vous dire.

93.

Langdon n'avait aucune idée de l'endroit où le menait sa fuite à quatre pattes. L'instinct de survie était sa seule boussole. Coudes et genoux en feu, il rampait sous les bancs de l'église, sans faiblir. Une petite voix lui disait de tourner à gauche. Si tu peux rejoindre l'allée centrale, tu pourras filer à toutes jambes vers la sortie. Mais c'était impossible. L'allée centrale est barricadée par un mur de flammes ! Faute d'alternative, il continuait d'avancer. Sur sa droite, les pas se rapprochaient.

Il fut brusquement pris au dépourvu. Il pensait avoir encore trois mètres à parcourir avant d'arriver près du mur sud, mais l'amoncellement protecteur des bancs s'interrompait avant. Il se figea un instant, la moitié du corps à découvert. Dans une chapelle située légèrement sur sa gauche, en contre-plongée, se dressait l'objet de sa visite, qu'il avait temporairement oublié. Sainte Thérèse en extase s'exhibait voluptueusement dans une niche à la décoration luxuriante… La sainte était à demi allongée, le dos arqué, la bouche ouverte dans un gémissement de plaisir. Au-dessus d'elle, un ange brandissait une flèche enflammée.

Un coup de feu résonna, une balle vint se ficher dans un banc qui le protégeait. Il sentit son corps se redresser comme un sprinter dans les starting-blocks. À peine conscient de ce qu'il faisait, électrisé par un torrent d'adrénaline, il traversa en courant le bas-côté, courbé en deux, tête baissée, sous une grêle de balles sifflantes. Il dérapa sur le marbre et replongea en avant, avant de s'affaler comme une masse contre la rambarde d'une niche creusée dans le mur sud.

C'est alors qu'il l'aperçut. Un petit tas informe au fond de l'église. Vittoria ! Ses jambes nues étaient repliées sous elle, mais il avait l'impression qu'elle respirait. Et il n'avait pas le temps d'aller la secourir.

L'instant d'après, son poursuivant contournait la rangée de bancs et fonçait vers lui. Dans une seconde, tout serait fini. Le tueur leva son arme et Langdon saisit la dernière possibilité qui lui restait. Il plongea par-dessus la rampe. En retombant de l'autre côté, il entendit les colonnes de marbre de la balustrade vibrer sous un déluge de coups de feu.

Comme un animal traqué, il se précipita en rampant vers le fond de la niche. Elle abritait — ironie du sort — un unique sarcophage. Le mien, sans doute, pensa-t-il. Le cercueil de pierre semblait adapté à sa situation. C'était un modeste coffre de marbre. Un mausolée de troisième classe. Il était surélevé par deux blocs de pierre et Langdon se demandait s'il arriverait à se glisser dans l'interstice.

Les pas se rapprochaient.

Ne trouvant pas d'autre solution, il s'aplatit sur le dallage et rampa vers le sarcophage. Empoignant les deux supports à pleines mains, et tirant de toutes ses forces, il parvint à glisser son torse sous le tombeau. Un nouveau coup de feu résonna dans la niche.

Pour la première fois de sa vie, Langdon sentit la mort le frôler. Un sifflement, ou un claquement de fouet. La balle le rata d'un cheveu et s'écrasa sur le marbre dans une gerbe de poussière. Galvanisé, l'Américain ramena ses jambes sous son abri de fortune et se glissa jusqu'au fond.

Impasse.

Il avait le nez contre le fond de la niche. Ce minuscule espace lui servirait sûrement de tombeau. Et sans tarder, se dit-il en voyant le canon du fusil, à travers l'ouverture sous le sarcophage, pointé directement sur son estomac.

Un coup impossible à manquer.

Un réflexe de survie s'empara de son cerveau à demi conscient. En se contorsionnant, il réussit à se mettre à plat ventre. Les paumes des mains à plat sur le sol, il poussa son corps vers le haut, insensible à la plaie de sa main qui se rouvrait. Il rentra le ventre à l'instant même où le coup partit. Il sentit la balle siffler sous lui avant d'aller s'écraser dans le travertin poreux qui garnissait le fond de la niche. Il ferma les yeux et, luttant contre l'épuisement, pria comme un enfant pour que cela s'arrête.

Sa prière fut exaucée.

Il n'entendit que le clic de la chambre vide d'un revolver.

Il ouvrit lentement les yeux, craignant presque le bruit que feraient ses paupières. Ignorant la douleur de sa plaie, il garda la même position, tel un chat qui faisait le gros dos. Il n'osait plus respirer, guettant le moindre indice annonçant le départ de son poursuivant, pensant à Vittoria, qu'il brûlait de secourir.

Un rugissement inhumain, guttural et prolongé, rompit le silence. Un cri qui traduisait un effort physique exténuant.

Le tombeau se souleva sur un côté et se mit à osciller

dangereusement. Langdon se plaqua au sol de son mieux, terrorisé par la masse de plusieurs centaines de kilos qui menaçait de l'écraser. La pesanteur l'emporta, et c'est le couvercle qui chuta le premier, glissant sur son support et s'écroulant avec fracas tout près de l'Américain. Suivant le mouvement, le cercueil basculait déjà sur son piédestal de marbre et commençait à se renverser, la gueule ouverte, sur Langdon.

S'il n'était pas enseveli vivant sous le sarcophage retourné, ses os seraient broyés sous une de ses arêtes. Il se roula en position fœtale et plaqua les bras le long de son corps. Puis il ferma les yeux et attendit.

Le dallage trembla sous lui et le rebord supérieur du sarcophage atterrit à quelques millimètres du sommet de son crâne. Langdon n'avait jamais serré les dents aussi fort. Son bras droit, qu'il était certain de retrouver brisé, semblait miraculeusement intact. Il ouvrit les yeux sur un rai de lumière rasante. Encore en partie appuyé sur les supports de pierre, le montant droit du cercueil n'était pas tout à fait tombé sur le dallage.

Il leva les yeux pour découvrir une tête de mort qui le dévisageait.

L'occupant d'origine du tombeau était suspendu au-dessus de lui. Il avait adhéré au fond de son tombeau, comme cela arrive fréquemment pour les corps en décomposition. Le squelette resta un instant immobile au-dessus de l'Américain, tel un amant timide, avant de céder, lui aussi, aux lois de la pesanteur. Se décollant de son lit de pierre, il tomba les bras ouverts sur Langdon, lui emplissant les yeux et la bouche de poussière d'os en décomposition.

Avant qu'il puisse réagir, un bras se glissait dans la fente et fouillait l'espace à l'aveuglette comme un python affamé. Il continua à fourrager jusqu'à ce qu'il rencontre le cou de Langdon, qu'il enserra de sa main. Langdon se débattit pour se dégager de la poigne de fer qui lui écrasait le larynx, mais la manche droite de sa chemise était coincée sous le bord du cercueil. Avec un seul bras disponible, il n'avait aucune chance.

Il projeta ses deux pieds vers le haut, dans le peu d'espace libre qui lui restait au fond du cercueil, puis il se recroquevilla, les plantes des pieds calées en l'air, genoux pliés. La main qui l'étranglait se resserrait. Fermant les yeux, il détendit brusquement les jambes. Le tombeau se déplaça de quelques millimètres, mais ce fut suffisant.

Le cercueil glissa en grinçant sur les blocs de marbre et retomba sur le dallage. L'une des parois s'écrasa sur le bras du tueur, qui étouffa un cri de douleur. La main lâcha le cou de Langdon et se contorsionna désespérément. Quand le bras réussit à se libérer, le sarcophage retomba sur le sol de marbre avec un bruit sourd.

L'obscurité totale. Une nouvelle fois.

Et le silence.

Pas de coups de poing désespérés sur les parois. Pas de mugissement traduisant un effort physique. Rien. Gisant dans le noir parmi les ossements, Langdon lutta contre cette obscurité oppressante en tournant ses pensées vers Vittoria.

Vittoria. Es-tu vivante ?

S'il avait su la vérité, s'il avait deviné l'horreur qui attendrait la jeune femme à son réveil, il lui aurait souhaité d'être déjà morte.

94.

Assis dans la chapelle Sixtine parmi ses collègues médusés, le cardinal Mortati s'efforçait d'assimiler les paroles qu'il venait d'entendre. Il tremblait encore après l'épouvantable histoire de haine et de trahison que camerlingue venait de leur raconter à la lueur des cierges. Ventresca avait parlé de l'enlèvement des quatre cardinaux, de brûlures au fer rouge, d'assassinats. Il avait évoqué la réapparition des *Illuminati* — un mot qui faisait revivre des terreurs oubliées — et leur vœu de vengeance contre l'Église romaine. D'une voix étranglée par les larmes, il leur avait appris qu'ils avaient empoisonné le pape défunt. Et, pour finir, il avait mentionné le nom d'une nouvelle découverte scientifique, mortellement dangereuse, une molécule d'antimatière qui menaçait de détruire toute la Cité du Vatican d'ici à deux heures.

À la fin de son récit, on aurait dit que le Démon lui-même avait vidé la chapelle de son oxygène. Les cardinaux ne bougeaient pas, comme asphyxiés par les paroles du camerlingue, qui semblaient flotter encore dans la pénombre.

Le seul son qu'on entendait était le bourdonnement d'une caméra de télévision. Une présence électronique inadmissible au sein d'un conclave, mais imposée par Carlo Ventresca. À la totale stupéfaction des membres du Sacré Collège, il était entré dans la chapelle Sixtine accompagné de deux reporters de la BBC — un homme et une femme — et avait annoncé que sa déclaration solennelle serait retransmise en direct au monde entier.

Il s'exprimait maintenant directement face à la caméra.

— Aux *Illuminati*, commença-t-il d'une voix plus grave encore, et à tous les défenseurs de la science, je voudrais dire ceci : vous avez gagné la guerre.

Un silence pesant s'installa jusqu'aux confins dans la chapelle. Mortati entendait les battements accélérés de son cœur.

— Le processus était enclenché depuis très longtemps, reprit le camerlingue. Votre victoire était inévitable. Elle s été aussi évidente qu'aujourd'hui. Le nouveau st la science.

ti en avait le souffle coupé. Qu'est-ce qui lui arriv… Il est devenu fou ! Et il est en train de parler à la télévision…

— Les progrès de la médecine, les communications électroniques, les voyages dans l'espace, les manipulations génétiques… voilà les miracles que nous racontons à nos enfants et petits-enfants. Voilà les merveilles que nous saluons déjà comme les réponses de la science aux interrogations humaines. Les vieilles histoires d'immaculée conception, de buisson ardent et de mer qui s'ouvre en deux ne riment plus à rien. Dieu est démodé. La science l'a emporté sur Lui. Et nous nous avouons vaincus.

Des murmures d'inquiétude et de stupéfaction parcoururent l'assemblée. La voix du camerlingue se fit plus sonore :

— Mais la victoire de la science nous a beaucoup coûté, à tous !

Un silence.

— Car si elle soulage les souffrances de la maladie, si elle allège l'effort du travail, si elle présente aux hommes un vaste étalage de gadgets qui leur rendent la vie plus facile et plus distrayante, elle leur lègue un monde dénué d'émerveillement. Elle a réduit nos couchers de soleil à des calculs de longueurs d'ondes et de fréquences, elle a décomposé en équations la complexité de l'Univers. Elle a détruit jusqu'à notre confiance en nous-mêmes et en l'humanité, en proclamant que la planète Terre et ses habitants ne sont qu'un grain de poussière dans l'immensité du système universel. Un accident cosmique.

Il marqua une pause avant de reprendre :

— Et quant à la technologie qui promettait de nous rassembler, elle n'a fait que nous diviser. Chacun d'entre nous, relié au monde entier par l'électronique, se sent de plus en plus seul. Nous sommes bombardés d'images de violence, de conflits, de trahisons. Le scepticisme est une vertu, le cynisme et l'exigence de preuves sont devenus une forme de pensée éclairée. Doit-on s'étonner que les hommes se sentent aujourd'hui plus déprimés et vaincus qu'ils ne l'ont jamais été de toute leur histoire ? La science leur réserve-t-elle une part de sacré ? Elle cherche à nous répondre en sondant les corps des enfants qui ne sont pas encore nés. Elle prétend même pouvoir réorganiser notre ADN. Dans sa quête de sens, elle fait voler le monde créé par Dieu en éclats de plus en plus infimes… et tout cela pour nous placer devant de nouvelles énigmes.

Avec un mélange d'admiration et de crainte, Mortati contemplait le camerlingue, qui semblait parler sous hypnose. Il avait une voix vibrante de conviction et de tristesse. Jamais le cardinal n'avait assisté devant un autel du Vatican à un tel déploiement d'énergie et d'éloquence.

— La guerre séculaire entre la science et la religion vient de prendre fin. Et c'est vous qui l'avez gagnée. Mais votre victoire n'a pas été acquise loyalement, en apportant des réponses à l'humanité. Vous l'avez remportée en manipulant la société d'une manière si radicale que les vérités qui lui servaient de repères lui semblent désormais dénuées de pertinence. La religion ne peut pas suivre ce rythme. La progression de la science est exponentielle. Elle se nourrit d'elle-même, comme un virus. Chaque nouvelle avancée en annonce une autre. Il a fallu à l'humanité des milliers d'années pour progresser de la roue à l'automobile. Mais, en quelques décennies, elle est passée de la voiture à la fusée spatiale. Le rythme du progrès scientifique se mesure aujourd'hui en semaines. L'homme est incapable de le maîtriser. Le fossé se creuse entre les hommes et, sans le secours de la religion qu'ils ont abandonnée, ils se perdent dans un vide spirituel. Nous réclamons un sens à nos vies. Et nous le réclamons à grands cris. Nous voyons des ovnis, nous nous lançons dans la communication avec les extraterrestres, le spiritisme, les voyages hors du corps, les quêtes spirituelles et les expériences parapsychiques... Toutes ces pratiques ésotériques revêtent des apparences scientifiques pour mieux masquer leur irrationalité. Elles expriment l'appel au secours de l'âme humaine, solitaire et désespérée, paralysée par son savoir et son incapacité de donner un autre sens que scientifique à tout ce qui est.

Mortati s'avança involontairement sur son siège. Comme les autres cardinaux, et comme les téléspectateurs du monde entier, il était suspendu à chacune des paroles du camerlingue. Ventresca parlait sans artifices rhétoriques, sans agressivité. Sans aucune référence aux Écritures ni à Jésus-Christ. Il employait un vocabulaire moderne, un langage simple, sans fioritures. Curieusement, Mortati avait l'impression que c'était Dieu qui s'exprimait par sa bouche, un Dieu contemporain, porteur de l'ancien message. Le cardinal comprenait pourquoi le défunt pape éprouvait tant d'affection pour ce jeune homme ardent. Dans un monde apathique, cynique, soumis aux défis de la technologie, des hommes de cette trempe, réalistes mais capables de toucher les âmes, incarnaient pour l'Église un espoir unique, peut-être la planche de salut.

Le camerlingue adopta un ton plus vigoureux :

— C'est la science, dites-vous, qui nous sauvera ? Moi, je dis qu'elle nous a détruits. Depuis l'époque de Galilée, l'Église tente de freiner sa marche implacable. Souvent par des moyens peu judicieux, mais toujours dans un esprit de bienveillance. Mais voilà, la tentation du progrès était trop forte pour que l'homme puisse y résister. Je tire le signal d'alarme. Regardez autour de vous. La science n'a pas tenu ses promesses. Vos assurances d'efficacité et de clarté n'ont engendré que chaos et pollution. L'espèce humaine est affolée, divisée… elle glisse sur la pente de sa propre destruction.

Il s'arrêta un long moment, avant de jeter vers la caméra un regard perçant.

— Qu'est cette science que l'on érige au rang de divinité ? Et quel est ce dieu qui octroie une telle puissance à l'Homme, sans lui donner la charpente morale nécessaire pour l'employer ? Qui donne le feu à un enfant sans l'avertir de ses dangers ? Le langage de la science est exempt d'indicateurs de bien et de mal. Les livres scientifiques nous apprennent à déclencher une réaction nucléaire, mais on n'y trouve pas de chapitre nous disant si c'est une bonne ou une mauvaise idée.

« Je m'adresse aux scientifiques : l'Église n'en peut plus. Nous sommes las de tenter de fournir des repères aux hommes dans la course où les entraîne votre quête aveugle de l'efficacité. La question n'est pas de savoir pourquoi vous refusez de vous maîtriser vous-mêmes, mais bien plutôt comment vous le pourriez. Votre monde avance tellement vite que si vous vous arrêtiez, ne serait-ce qu'un instant, pour envisager les conséquences de vos actes, vous seriez aussitôt dépassé avant d'avoir eu le temps de comprendre. Et donc, vous continuez d'avancer. La science provoque la prolifération des armes de destruction massive, mais c'est le pape qui parcourt le monde pour persuader les dirigeants de les limiter. La science clone des êtres vivants, tandis que l'Église rappelle aux scientifiques les implications morales de leurs inventions. Vous encouragez les gens à « l'interaction » par téléphone, par écran vidéo et par ordinateur, mais c'est l'Église qui leur ouvre ses portes et les incite à communiquer de personne à personne, comme la nature elle-même nous y pousse. Vous assassinez des enfants à naître, au nom des vies que la recherche est censée sauver. Et là encore, l'Église est la seule à relever l'absurdité d'un tel raisonnement.

« Et pendant ce temps-là, vous taxez l'Église d'ignorance. Mais qui donc est le plus ignorant ? Celui qui ne sait pas définir ce qu'est la foudre, ou celui qui refuse d'en voir les dangers ? Cette Église vous tend la main. Elle tend la main au monde entier. Mais plus elle tente de se rapprocher de vous, plus vous la repoussez. "Donnez-nous la preuve que Dieu existe", dites-vous. Je vous réponds de regarder le ciel avec vos télescopes et de me dire pourquoi Il ne pourrait pas exister ?

Les yeux du camerlingue se remplirent de larmes.

— Vous nous demandez à quoi ressemble Dieu. Et moi je vous demande d'où vous vient cette question. Il n'y a qu'une réponse à ces deux interrogations. Ne voyez-vous pas Dieu dans votre science ? Comment son existence peut-elle vous échapper ? Vous proclamez qu'une infime différence dans la pesanteur ou le poids d'un seul atome aurait fait de notre univers un brouillard sans vie, au lieu de la sublime diversité de créatures qui nous entoure. Et pourtant vous refusez d'y voir la main de Dieu... Est-il tellement plus facile de croire que nous n'avons fait que choisir une carte dans un paquet qui en contenait des milliards ? Sommes-nous tombés dans une telle faillite spirituelle que nous préférions croire à une impossibilité mathématique, plutôt qu'à la puissance d'un être qui nous dépasse ?

« Que vous croyiez ou non en Dieu, reprit-il sur le ton de la réflexion, comprenez au moins ceci : lorsque l'espèce humaine perd sa confiance en une puissance qui lui est supérieure, elle perd aussi son sens de la responsabilité. La foi... toutes les religions... nous avertissent qu'il existe quelque chose que nous ne comprenons pas, et à quoi nous sommes redevables... La foi nous rend responsables envers nous-même, envers les autres, envers une vérité supérieure. Si la religion est défaillante, c'est seulement parce que l'homme est imparfait. Si le monde pouvait voir cette Église comme je la vois... par-delà ses rituels surannés, il y verrait un miracle moderne… une fraternité d'âmes simples et imparfaites, dont la seule vocation, face à un monde à la dérive, est de lui apporter la compassion.

Le camerlingue fit un large geste en direction des cardinaux assemblés, que la cadreuse suivit instinctivement, en plan panoramique.

— Sommes-nous obsolètes ? demanda-t-il. Ces hommes sont-ils des dinosaures ? Et moi comme eux ? Ne faut-il pas qu'il y ait au monde une voix pour parler au nom des pauvres, des faibles, des opprimés, des embryons ? N'avons-nous pas besoin d'âmes comme celles-ci qui, malgré leurs imperfections, passent leur vie à nous implorer de suivre les repères que nous offre la morale pour nous éviter de nous perdre ?

Ventresca venait de réussir un coup de maître. En dirigeant la caméra sur les cardinaux, il personnalisait l'Église. Le Vatican n'était plus une Cité politique ou administrative. Il représentait des êtres qui, comme le camerlingue, consacraient leur vie à l'amour de Dieu et des hommes.

— Ce soir, reprit-il, nous sommes au bord du précipice. Aucun de nous ne peut se permettre de rester apathique. Que l'on donne à ce mal le nom de Satan, de corruption ou d'immoralité… sa force insidieuse est en action, chaque jour un peu plus funeste. Ne la méconnaissez pas.

Le camerlingue baissa la voix et la caméra le saisit en gros plan.

— Pourtant, malgré sa puissance, cette force n'est pas invincible. Le Bien peut prévaloir sur elle. Écoutez votre cœur. Prêtez l'oreille à Dieu. Ensemble, nous pouvons éviter de sombrer dans l'abîme.

Mortati avait compris. Voilà pourquoi le camerlingue avait transgressé les règles du conclave. Il n'avait que ce moyen pour lancer au monde un appel au secours désespéré. S'adresser à son ennemi comme à ses amis, les suppliant dans une même prière de regarder la lumière et d'interrompre le cours de cette folie. Son discours démontrait l'absurdité du complot, et ne manquerait pas de susciter un élan pour le déjouer.

Ventresca s'agenouilla devant l'autel.

— Priez avec moi.

Tous les cardinaux l'imitèrent. Sur la place Saint-Pierre comme sur toute la surface du globe… un monde stupéfait se joignait à eux.

95.

L'Assassin installa sa proie sans connaissance dans la camionnette et prit le temps de contempler le jeune corps étendu. Elle n'était pas aussi belle que les femmes qu'il achetait, mais il trouvait excitante la force animale qui émanait d'elle, sa peau éclatante, humide de transpiration, son odeur de musc.

Le spectacle lui fit oublier la douleur lancinante dans son bras. Comparé à la récompense étalée devant lui, l'hématome causé par la chute du sarcophage n'était rien. Et l'Américain qui lui avait infligé cette blessure était probablement déjà mort.

Savourant à l'avance sa récompense, il glissa une main sous le chemisier de la jeune femme. Les seins étaient parfaitement moulés sous sa paume. Oui, murmura-t-il en souriant, tu vaux bien cette peine. Luttant contre le désir de la posséder tout de suite, il referma la porte et alla s'asseoir au volant.

Nul besoin d'annoncer ce meurtre-ci aux médias… les flammes du bûcher s'en chargeraient.

Sylvie Baudeloque restait clouée sur son fauteuil devant le poste de télévision. Jamais elle n'avait été aussi fière d'être catholique, ni aussi honteuse de travailler pour le CERN. En remontant le couloir de l'aile du personnel, elle ne croisa que des visages sombres et hébétés. Elle ouvrit la porte du bureau de Kohler où les sept téléphones sonnaient en même temps. Les appels en provenance des médias n'étaient jamais transmis au patron. Ceux-ci ne pouvaient avoir qu'une seule provenance.

Geld. L'argent. Des propositions d'industriels.

La technologie de l'antimatière avait déjà trouvé preneur.

Gunther Glick sortit de la chapelle Sixtine sur les pas du camerlingue. Il marchait sur un nuage. Chinita et lui venaient de terminer le direct du siècle. Et quel reportage ! Le camerlingue s'était montré tout simplement envoûtant.

Une fois les portes refermées derrière eux, Ventresca se retourna vers les deux journalistes.

— J'ai demandé aux gardes suisses de rassembler pour vous des photos des cardinaux marqués au fer rouge ainsi que celles de feu le pape. Je dois vous avertir qu'elles sont pénibles à regarder. Les brûlures sont épouvantables. Et la langue noircie… Mais je souhaite qu'elles soient diffusées.

Décidément, quelle aubaine, pensa Glick. Il me confie une photo inédite du pape !

— Vraiment ? demanda-t-il en tentant de cacher son excitation.

Le camerlingue hocha la tête.

— Les gardes vous remettront également une cassette de la vidéosurveillance du conteneur d'antimatière.

Glick écarquillait les yeux comme un gamin devant son gâteau préféré.

— Les *Illuminati*, déclara Ventresca, ne vont pas tarder à se rendre compte qu'ils sont allés trop loin.

96.

Langdon se retrouvait plongé dans une obscurité suffocante. Les crises de claustrophobie étaient décidément un leitmotiv dans l'orchestration démoniaque de cette journée.

Pas de lumière, pas d'air, pas d'issue.

Piégé sous le tombeau retourné, il sentait son esprit à deux doigts de sombrer. Pour forcer ses pensées à triompher de l'angoisse, il chercha à se concentrer sur un processus logique, mathématique ou musical, peu importait. Mais son cerveau refusait d'obéir et s'affolait. Je ne peux pas bouger ! Je ne peux pas respirer !

La manche de sa veste s'était heureusement libérée lors de la chute du sarcophage et il avait enfin les deux bras libres. Mais en les arc-boutant sur le plafond de sa cage, il fut incapable de la soulever d'un millimètre, et il regretta bizarrement le petit filet d'air qu'aurait laissé passer sous la pierre l'épaisseur de sa veste de tweed.

Il leva les deux bras pour pousser son plafond de pierre, et les manches de sa veste retombèrent, révélant une lueur familière à son poignet gauche. Le petit Mickey de sa montre semblait se moquer de lui.

Il chercha en vain une autre trace de lumière. Les parois du tombeau adhéraient parfaitement au sol. Satanés perfectionnistes d'Italiens ! jura-t-il. Il allait mourir à cause de l'excellence artistique qu'il s'efforçait de faire admirer à ses étudiants… arêtes impeccables, angles droits parfaits, le tout évidemment appliqué à l'homogénéité et à la résistance du marbre de Carrare le plus pur.

La précision est parfois étouffante.

— Soulève-moi ce fichu couvercle ! dit-il à voix haute en poussant de toutes ses forces.

Le sarcophage se déplaça légèrement. Il serra les mâchoires et recommença. Cette fois-ci, il décolla de plus d'un centimètre. Un rayon de lumière fugitif filtra un instant, et le caisson retomba avec un bruit sourd. À bout de souffle, Langdon essaya de pousser son plafond de marbre avec les deux jambes, mais il n'avait même plus la place de déplier les genoux.

L'angoisse montait, il avait l'impression que les murs du tombeau se resserraient autour de lui. Luttant contre la panique, il s'efforça d'appliquer ses neurones à une pensée rationnelle.

— Sarcophage, déclara-t-il en simulant un maximum de sérieux universitaire, est un mot qui vient du grec ancien. *Sarx* signifie chair et *phagein* manger. Je suis piégé dans un coffre avaleur de chair.

Des images de viande dévorée par les vers surgissaient devant ses yeux, lui rappelant qu'il était couvert de restes humains. Il frissonna sous la nausée. Mais une idée lui vint brusquement.

En tâtonnant autour de lui, il trouva un éclat d'os. Un morceau de côte ? Il s'en moquait. Tout ce qu'il lui fallait, c'était un objet pouvant servir de cale. S'il arrivait à soulever le sarcophage un tant soit peu, et à glisser l'os dans l'interstice, peut-être que l'air pourrait passer suffisamment pour…

Il se plia vers l'avant et insinua sa cale de fortune dans l'interstice entre le dallage et la paroi, en poussant sur le plafond de l'autre main. Rien ne bougea. Même pas légèrement. Il essaya une nouvelle fois. Un léger tremblement, mais aucun mouvement.

Les miasmes fétides et le manque d'oxygène étaient venus à bout de ses forces. Langdon se rendit compte qu'il ne lui restait plus de souffle que pour un ultime effort physique. Et qu'il aurait besoin de ses deux bras.

Rassemblant ce qui lui restait d'énergie, il enfonça sous la paroi le morceau d'os par son bout le plus effilé, en le poussant d'une épaule. Prenant bien soin de le maintenir en place, il plaqua ses deux mains sur le sommet du sarcophage. Il commençait à étouffer et la panique le gagnait. Pour la deuxième fois de la journée. Il laissa échapper un rugissement et poussa comme un forcené. Le tombeau s'écarta du sol un instant très court, mais suffisant pour que la cale se glisse dans l'orifice, avant de se faire écraser par la pierre qui retombait. Mais un petit rayon de lumière pénétrait par l'interstice.

Langdon s'effondra, totalement épuisé. Il attendit que la sensation d'étouffement s'estompe. Mais elle ne fit que se renforcer. Le peu d'air qui passait par la fente était imperceptible. Suffirait-il à le maintenir en vie ? Et pour combien de temps ? S'il perdait connaissance, qui se rendrait compte à temps qu'il était piégé sous ce tombeau renversé ?

Il releva son bras gauche, lourd comme du plomb, pour regarder sa montre : 22 h 12. Il la manipula maladroitement, de ses doigts tremblants. Conscient de jouer sa dernière carte, il activa l'un des petits cadrans et appuya sur un bouton.

Il perdait lentement conscience, les murs se refermaient autour de lui. Ses vieilles terreurs refaisaient surface. Il se força à imaginer, comme il l'avait si souvent fait dans le passé, qu'il marchait dans la campagne. Mais ses efforts furent vains. Le cauchemar qui le hantait depuis son enfance reprenait le dessus…

On dirait les fleurs d'un tableau, pensait l'enfant, qui courait en riant dans la prairie. Il aurait aimé que ses parents soient avec lui. Mais ils étaient occupés à monter les tentes pour la nuit.

— Ne t'en va pas trop loin, avait dit sa mère.

Il avait fait semblant de ne pas entendre et s'était enfui dans le sous-bois.

Il traversait maintenant une prairie fleurie. Il passa devant un tas de pierres et pensa que c'étaient les fondations d'une ancienne maison. Mais il ne s'en approcherait pas, il n'était pas si bête. D'ailleurs, il avait aperçu autre chose — un sabot-de-Vénus —, la fleur de montagne la plus belle et la plus rare du New Hampshire. Il ne l'avait vue que dans des livres.

Il alla la regarder de près, plein d'excitation. Il s'agenouilla. La terre était humide et molle. Sa fleur avait trouvé un terrain fertile. Elle s'était enracinée dans un morceau de bois pourri.

Se réjouissant à l'avance de l'offrir à ses parents, il tendit les deux mains vers la fleur.

Il ne la cueillit jamais.

La terre céda sous lui, dans un craquement sinistre.

Dans les trois secondes de terreur qui accompagnèrent sa chute vertigineuse, le petit garçon comprit qu'il allait mourir. La tête en bas, il se prépara au choc qui lui fracasserait le crâne. Mais il ne ressentit aucune douleur. Rien qu'une grande douceur.

Et le froid.

Il plongea dans l'eau sombre la tête la première. Après une série de contorsions affolées, en se cognant aux murs qui l'entouraient, il finit par refaire surface en crachotant.

Il voyait de la lumière.

Une faible lumière. Au-dessus de lui. À des kilomètres.

Ses bras battaient l'eau, cherchant un creux dans le

mur auquel il pourrait s'agripper. Mais la pierre était lisse. Il était passé au travers du couvercle pourri d'un puits abandonné. Il appela à l'aide, mais les parois de l'étroit boyau ne lui renvoyèrent que l'écho de ses cris. Il appela sans relâche, jusqu'à s'égosiller. Au-dessus de lui, la lumière faiblissait.

La nuit tomba.

Dans l'obscurité la perception du temps changeait complètement. Il s'engourdit peu à peu mais sans cesser de crier, terrifié par d'affreuses visions où les parois du puits se refermaient sur lui. Ses bras épuisés lui faisaient mal. Plusieurs fois, il crut entendre des voix. Il hurla à pleins poumons, aucun son ne sortait… comme dans un cauchemar.

La nuit durait, le puits se creusait, les parois se rapprochaient. Le petit garçon tentait de les repousser. Il faillit abandonner la lutte. Mais l'eau le portait, calmant ses peurs, ankylosant ses muscles.

Quand l'équipe de secours arriva, ils trouvèrent l'enfant à demi inconscient. Il avait surnagé pendant cinq heures. Le surlendemain, le *Boston Globe* publiait à la une un article intitulé : « Le vaillant petit nageur. »

97.

Quand sa camionnette pénétra dans l'édifice colossal qui dominait le Tibre, l'Assassin avait le sourire aux lèvres. Il transporta son butin dans l'escalier en spirale, qui montait interminablement — soulagé que sa charge soit une femme mince.

Jusqu'à la porte.

Il exultait. Le Temple de l'Illumination. L'antique

salle de réunion des *Illuminati*. Qui aurait pu imaginer qu'elle serait logée dans cette enceinte ?

Il entra et déposa la jeune femme sur un divan somptueux. Avec le plus grand soin, il lui attacha les bras derrière le dos et lui lia les chevilles. La satisfaction de son appétit devrait attendre qu'il ait accompli sa dernière tâche. L'Eau.

Il pouvait toutefois s'autoriser un instant de plaisir. Il s'agenouilla au pied du divan et caressa la peau lisse de sa cuisse. Plus haut. Ses doigts bruns se glissèrent sous le revers du short. Plus haut. Le désir montait.

Il retint sa main. Patience, le travail n'est pas terminé.

Il sortit un instant sur le balcon de la grande salle. La brise fraîche du soir calma lentement le feu qui l'embrasait. À ses pieds, le Tibre coulait à gros bouillons noirâtres. Il leva les yeux vers le dôme de Saint-Pierre qui s'élevait à un kilomètre de là, sous la lumière aveuglante des centaines de projecteurs des chaînes de télévision.

— C'est votre dernière heure, murmura-t-il, en se rappelant les milliers de musulmans massacrés pendant les croisades. À minuit, vous avez rendez-vous avec Dieu.

La femme bougea derrière lui. L'assassin se retourna. Fallait-il la laisser se réveiller ? Lire la terreur dans ses yeux serait le meilleur des aphrodisiaques…

Mais il opta pour la prudence. Il était préférable qu'elle reste inconsciente pendant son absence. Ses liens étaient solidement attachés et elle ne pourrait certes pas s'échapper, mais il ne voulait pas la trouver à son retour totalement épuisée après s'être longtemps débattue. Garde tes forces pour moi…

Lui soulevant légèrement la tête il glissa une main sous sa nuque, localisa le creux situé juste au-dessous de son crâne. Il enfonça violemment le pouce dans le cartilage mou. Il le sentit céder sous la pression et la femme retomba, inerte. Dans vingt minutes, se dit-il.

Quel formidable apogée après un sans-faute pareil ! Une fois qu'elle lui aurait servi, et qu'elle en serait morte, il assisterait depuis le balcon au feu d'artifice du Vatican.

Laissant sa victime inconsciente, il descendit l'escalier jusqu'au donjon éclairé par des torches. L'arme de la tâche finale. S'approchant de la table centrale, il saisit le lourd objet de métal qu'on y avait déposé à son intention.

Water, le dernier.

Il sortit une torche de son support mural et, comme il l'avait déjà fait trois fois, l'approcha du fer. Une fois l'extrémité chauffée à blanc, il transporta son instrument de torture vers la cellule voisine. Un homme s'y tenait debout, en silence. Âgé, solitaire.

— Monseigneur Baggia, avez-vous recommandé votre âme à Dieu ?

— J'ai surtout prié pour la vôtre ! répondit le vieil homme sans manifester la moindre frayeur.

98.

Les six pompiers appelés sur l'incendie de Santa Maria della Vittoria éteignirent le bûcher à coups d'explosions de gaz halogène. Plus coûteux que l'extinction au jet d'eau, le procédé évitait que la vapeur ne détruise les fresques de la chapelle. Bien que témoins quasi quotidiens de tragédies, les pompiers n'oublieraient jamais le supplicié de Santa Maria della Vittoria, crucifié et brûlé vif. Une scène de cauchemar sortie du plus lamentable des films d'épouvante satanique.

Malheureusement, la presse était arrivée, comme d'habitude, avant les secours, et les cameramen de télévision s'en étaient donné à cœur joie avant qu'on évacue l'église.

Quand les pompiers décrochèrent la victime et l'étendirent sur le sol, son identité ne faisait aucun doute.

— Cardinale Guidera, murmura l'un d'eux. *Di Barcelona.*

Le prélat était nu. La peau de ses membres inférieurs était d'un cramoisi noirâtre, du sang suintait des crevasses de ses cuisses, ses tibias n'avaient plus de peau. Un pompier alla vomir derrière un pilier. Un autre sortit prendre l'air sur le parvis.

Mais la véritable horreur, c'était le symbole marqué au fer rouge sur la poitrine du vieillard. Frappé de terreur, le chef de la brigade fit le tour du cadavre. *Lavoro del diavolo*, se disait-il. C'est Satan qui a fait ça. Il se signa, ce qu'il n'avait pas fait depuis son enfance.

— *Un altro corpo!* cria quelqu'un.

Un autre pompier avait découvert un autre cadavre.

Le gradé reconnut immédiatement le corps. Le sévère commandant de la Garde suisse était connu de tous les policiers et pompiers de Rome, qui ne l'appréciaient guère. Le brigadier appela immédiatement le Vatican, mais toutes les lignes étaient occupées. Cela n'avait d'ailleurs plus beaucoup d'importance. La Garde suisse l'apprendrait très vite par la télévision.

Il fit le tour de l'église pour évaluer les dégâts et essayer de comprendre le scénario de ce carnage. Il remarqua alors, dans le mur d'un bas-côté, une niche criblée de trous de balles. Un tombeau de pierre était tombé à la renverse sur le dallage. Ce sera à la police et au Saint-Siège de s'en occuper, se dit-il en s'éloignant.

Mais il revint sur ses pas. Un bruit s'échappait du sarcophage. Un bruit que les pompiers n'aiment pas.

— *Bomba!* hurla-t-il à ses hommes. *Tutti fuori!* Tout le monde dehors!

Lorsqu'ils roulèrent le tombeau sur le côté, les pompiers médusés découvrirent la source du bip sonore.

— *Un medico!* cria le chef. *Un medico!*

99.

— Des nouvelles d'Olivetti ? demanda le camerlingue d'une voix épuisée à Rocher qui le raccompagnait dans le bureau du pape.

— *No, monsignore*. Et je crains le pire.

En arrivant devant la porte, la voix de Ventresca s'assombrit encore :

— Je crois qu'il n'y a plus rien que je puisse faire, capitaine. J'ai peur d'avoir déjà dépassé la mesure aujourd'hui. Je vais me retirer dans ce bureau pour prier. Je souhaite qu'on ne me dérange pas. L'avenir est entre les mains de Dieu.

— Entendu, mon père.

— Le temps presse, capitaine. Il faut que vous trouviez ce conteneur.

— Les recherches continuent, mon père.

Rocher hésita avant de poursuivre :

— Mais il semble qu'il est trop bien caché…

Le camerlingue fit une grimace, comme s'il refusait de le croire.

— À 23 h 15 précises, s'il s'avère que le Vatican est toujours en danger, vous évacuerez les cardinaux de la chapelle Sixtine. Je vous confie leur sécurité. Je ne vous demande qu'une chose : qu'on ne les prive pas de leur dignité. Vous les ferez sortir sur la place Saint-Pierre, et vous les alignerez sur le parvis, à la face du monde. Je ne veux pas que la dernière image laissée par l'Église soit celle d'une bande de vieux prélats terrorisés qui s'enfuient par une porte dérobée.

— Très bien, mon père. Et vous-même ? Dois-je venir vous chercher également à 23 h 15 ?

— Ce ne sera pas nécessaire.
— Mais… mon père… ?
— J'agirai quand l'Esprit me l'ordonnera.
Rocher se demanda si Ventresca ne voulait pas disparaître avec le Vatican, comme un capitaine refusant de quitter son navire en train de couler.
Le camerlingue ouvrit la porte du bureau et entra.
— Un instant… Il y a encore une chose…
— Oui, mon père ?
— Il fait un peu froid dans ce bureau… Je grelotte.
— Le chauffage est éteint. Je vais vous allumer un feu dans la cheminée.
— Merci, fit Ventresca avec un sourire fatigué. Merci infiniment.

Le capitaine Rocher quitta le bureau du pape où il avait laissé le camerlingue en prière au coin du feu, devant une petite statue de la Sainte Vierge. C'était une scène sinistre que l'ombre noire de la soutane agenouillée devant la lueur des flammes vacillantes. En descendant le couloir, Rocher croisa un garde qui courait. À la lueur des bougies, Rocher reconnut le jeune et vif lieutenant Chartrand. Il tenait à la main un téléphone portable.
— Mon capitaine ! J'ai l'impression que le discours du camerlingue a porté ses fruits. Nous avons quelqu'un au téléphone, qui prétend détenir des renseignements qui peuvent nous aider. Il nous a appelés sur une ligne privée. Je ne sais pas comment il a pu trouver le numéro…
— Quoi ?
— Il n'accepte de parler qu'au supérieur hiérarchique.
— On a des nouvelles d'Olivetti ?
— Non, mon capitaine.
Rocher s'empara du téléphone :
— Ici le capitaine Rocher. Je suis responsable de la Garde suisse.

— Rocher, dit la voix, je vais vous expliquer qui je suis. Ensuite, je vais vous dicter les mesures à prendre.

Quand son interlocuteur raccrocha, le capitaine était abasourdi. Il savait maintenant à qui il devait obéir.

Au CERN, dans le bureau de Maximilian Kohler, Sylvie Baudeloque essayait désespérément de faire face au flot des demandes de brevet qui arrivaient par e-mail ou sur le répondeur téléphonique de son patron. Lorsque la ligne privée de Kohler se mit à sonner, elle bondit de sa chaise. Personne ne connaissait ce numéro. Elle décrocha :

— Oui ?

— Mademoiselle Baudeloque ? Ici Kohler. Prévenez le pilote. Mon avion doit être prêt dans cinq minutes.

100.

En reprenant connaissance, Robert Langdon se demanda où il était. Il ouvrit les yeux sur une coupole couverte de fresques baroques. L'air était empli de fumée. Il était bâillonné. Un masque à oxygène. Il l'arracha. Une puanteur effroyable lui emplit les narines — une odeur de chair brûlée.

Le sang battait dans ses tempes. En grimaçant, il essaya de s'asseoir. Un homme en blanc était agenouillé près de lui.

— *Stia tranquillo !* fit-il en aidant Langdon à se rallonger. *Sono il paramedico.*

Langdon se laissa faire. Sa tête tournait autant que les spirales de fumée au-dessus de lui. Mais que s'est-il passé ? Les terribles moments d'angoisse lui revenaient par bribes.

— *Sorcio salvatore*, dit l'infirmier. La souris t'a sauvé !

Une souris ? Langdon écarquilla les yeux. L'homme désigna sa montre Mickey. Sa mémoire lui revenait. Il se rappela qu'il avait branché la fonction réveil. Il regarda l'heure. 22 h 28.

Il se redressa brutalement.

Et il se souvint de tout.

Debout près du maître-autel, Langdon était entouré de pompiers qui l'assaillaient de questions. Il n'écoutait pas. Il avait d'autres préoccupations. Malgré son corps endolori, il savait qu'il devait agir vite.

Un pompier s'avançait dans la nef.

— J'ai encore vérifié, monsieur. Nous n'avons que deux corps, ceux du cardinal Guidera et du commandant de la Garde suisse. Aucune trace de femme…

— *Grazie*, fit Langdon, ne sachant s'il devait être soulagé ou épouvanté.

Il se rappelait avoir vu Vittoria inconsciente sur le dallage. Elle avait disparu. La seule explication possible était loin d'être rassurante. Le tueur ne s'était pas montré très subtil au téléphone. « Vous êtes une femme pleine de cran. Palpitant. Peut-être vous trouverai-je avant la fin de la nuit. Et alors… »

Il regarda autour de lui.

— Où sont les gardes suisses ?

— Nous n'arrivons pas à les contacter. Les lignes sont saturées.

Langdon était accablé. Et seul. Olivetti était mort, le cardinal aussi. Vittoria, Dieu sait où. Trente minutes précieuses venaient de lui échapper.

Il entendait au-dehors le brouhaha des journalistes qui se bousculaient. Les images de la mort atroce du troisième cardinal ne tarderaient pas à être diffusées, si ce n'était déjà fait. Il espérait que le camerlingue avait déjà prévu le pire et pris les mesures nécessaires. Évacuez-moi ce Vatican ! Assez joué ! La partie est perdue !

Il se rendit compte que les raisons qui l'avaient poussé à agir — sauver la Cité pontificale, voler au secours des quatre cardinaux, affronter une société secrète qu'il étudiait depuis des années —, cela avait perdu toute importance. Cette guerre-là était perdue. Un seul souci l'habitait maintenant. Simple, brut, impérieux.

Retrouver Vittoria.

Il avait souvent entendu dire que des situations dramatiques peuvent tisser entre deux personnes des liens que des décennies de vie commune ne seraient pas parvenues à créer. Il en était maintenant fermement convaincu. Séparé de Vittoria, il ressentait une solitude qu'il n'avait pas connue depuis des années. Et cette souffrance lui donnait des ailes.

Il chassa de son esprit toutes les autres préoccupations, pour se concentrer sur cette seule question, espérant que l'assassin ferait passer les affaires avant le plaisir. Faute de quoi, Langdon arriverait trop tard. Non, se dit-il, tu as encore le temps. Le ravisseur de Vittoria avait un dernier travail à accomplir. Il devait se manifester encore une fois avant de disparaître.

Le dernier autel de la science. La Terre, l'Air, le Feu… L'Eau.

Il regarda sa montre. Trente minutes. Il se dirigea vers la chapelle Cornaro, qui abritait *L'Extase de sainte Thérèse*. Cette fois-ci, en regardant l'indice laissé par Le Bernin, il n'avait aucun doute quant à son objectif.

« Les anges guident votre noble quête. »

Au-dessus de la sainte allongée, se détachant sur un arrière-plan de flammes dorées, l'ange tenait dans la main droite une flèche de feu. Langdon suivit des yeux la direction qu'elle indiquait ; elle décrivait un arc de cercle vers la droite de l'église. Le regard de Langdon buta sur le mur. Il le scruta en vain. Mais il savait que la destination était plus lointaine. Quelque part dans la nuit romaine.

— Quelle est cette direction ? demanda-t-il au chef des pompiers avec détermination.

Le chef regarda le bras de Langdon.

— Par là ? Je crois que c'est l'ouest…

— Qu'y a-t-il comme église, à l'ouest d'ici ?

Le pompier semblait de plus en plus déconcerté.

— Des églises ? Il y en a des dizaines. Pourquoi ?

Évidemment, pensa Langdon en se renfrognant.

— Trouvez-moi un plan de Rome. Tout de suite.

Le gradé fit signe à l'un de ses hommes, qui partit en courant. Langdon se retourna vers la statue.

La Terre, l'Air, le Feu, Vittoria.

L'Eau. Une statue du Bernin. Le tout dans une église située vers l'ouest. Une aiguille dans une botte de foin.

Il passa en revue toutes les œuvres du Bernin qu'il connaissait. Un hommage à l'Eau…

En un éclair, il entraperçut d'abord la fontaine du Triton — le monstre marin à corps d'homme, la divinité marine des Grecs anciens — non, trop proche, trop à l'est aussi… à éliminer. Quelle autre figure aurait pu choisir le sculpteur pour glorifier l'élément Eau ? Neptune et Apollon ? Cette statue-là était exposée au Victoria & Albert Museum de Londres.

Le pompier revenait, un plan de Rome à la main.

Langdon le déplia sur l'autel. Exactement ce qu'il lui fallait. Jamais il n'avait vu un plan aussi détaillé de la Ville éternelle. Il situa rapidement la place Barberini et se retourna vers la flèche de l'ange pour vérifier qu'elle indiquait bien l'ouest. Tous ses espoirs s'effondrèrent en un clin d'œil. En prolongeant sur le plan la direction indiquée, son doigt ne rencontrait que des petites croix noires. Des églises. Innombrables. Il continua plus loin, vers les faubourgs, et recula d'un pas en soupirant. C'est fichu !

Mais il bénéficiait à présent d'une bonne vue d'ensemble de la ville. Il localisa sur le plan les emplacements des trois premiers meurtres. La chapelle Chigi, la place Saint-Pierre, Santa Maria della Vittoria. Alors qu'il les avait imaginés éparpillés au hasard dans Rome, les trois points semblaient en fait correspondre aux sommets d'un grand triangle. Il vérifia du doigt. Il ne se trompait pas.

— Un stylo ! demanda-t-il sans lever les yeux.

Quelqu'un lui tendit un stylo bille. Le cœur battant, Langdon entoura d'un cercle les trois emplacements. Le triangle est parfaitement symétrique !

La première image qui lui vint à l'esprit fut le Grand Sceau qui figurait sur le dollar américain, la pyramide à l'œil omniscient. Mais il la rejeta aussitôt. Où qu'il place le quatrième lieu, le triangle serait détruit. À moins qu'il ne soit situé à l'intérieur, au centre ? Il chercha des yeux sur le plan : pas d'église à cet endroit. De toute façon, cette idée n'était pas satisfaisante. Les quatre éléments de la science étaient tous égaux, l'Eau n'avait pas préséance sur les autres. Il n'y avait aucune raison pour qu'elle occupe une position centrale.

Et pourtant, il sentait instinctivement que le tracé du Bernin ne pouvait pas être accidentel. Je pars d'une hypothèse inexacte. Une seule alternative : il ne s'agit pas d'un triangle, mais d'une autre figure.

Peut-être un carré ? Mais la symétrie manquerait de sens symbolique. Il posa un doigt sur le quatrième point qui transformerait la figure en carré, et constata d'emblée l'impossibilité géométrique. Le triangle d'origine aurait cédé la place à un quadrilatère informe.

En étudiant les possibilités d'un quatrième angle, il fit une découverte inattendue. L'un des points se trouvait exactement sur la ligne qu'il avait tracée dans le prolongement de la flèche de l'ange. Il l'entoura d'un trait de stylo. Prenant un peu de recul, il devina la silhouette d'un losange asymétrique, en forme de cerf-volant.

Langdon fronça les sourcils. Le losange n'était pas non plus un symbole lié aux *Illuminati*. Sauf si…

Il pensa au fameux Diamant des *Illuminati*. Mais c'était une idée ridicule. Le losange tracé sur le plan était beaucoup trop étiré, en contradiction totale avec l'impeccable symétrie qui faisait la réputation du trésor de la société secrète.

Il se pencha pour regarder de plus près l'endroit où il avait marqué le quatrième point. En plein centre de la Piazza Navona. Une église célèbre s'y trouvait, mais il l'avait déjà éliminée parce qu'elle n'abritait aucune œuvre du Bernin. Il s'agissait de Santa Agnese in Agone, dédiée à la jeune Romaine martyre, immolée pour avoir refusé d'abjurer la foi chrétienne.

Il doit y avoir quelque chose de significatif dans cette église. Il ferma les yeux pour rassembler ses souvenirs. Rien n'y évoquait le Bernin, ni l'Eau. Et le tracé du losange continuait à le tracasser. Trop précis pour n'être qu'une pure coïncidence, mais pas assez pour fonder une certitude. On dirait un cerf-volant… Il y a quelque chose qui m'échappe !

Il mit trente secondes à trouver la réponse, qui le transporta d'allégresse… Dans toute sa carrière de sémiologue, il n'avait jamais ressenti une telle euphorie.

Le génie des *Illuminati* était loin d'être éteint.

Les quatre points n'étaient pas censés représenter le losange que Langdon venait de former en reliant les points adjacents. Pour les *Illuminati*, ce sont les contraires qui comptent ! D'une main tremblante, il traça au stylo deux lignes connectant les points opposés. C'est une Croix ! Les quatre éléments de la science ancienne se déployaient sous ses yeux, comme une croix gigantesque posée sur la ville.

Le premier vers du poème lui revint à l'esprit, chargé d'une signification nouvelle :

« *Cross Rome, the mystic elements unfold...* »

« À travers Rome, vous dévoilerez... »

À travers... et non pas autour.

Le brouillard se dissipait. La réponse était sous ses yeux depuis le début de la soirée. Le poème des *Illuminati* indiquait jusqu'au plan de répartition des quatre temples dans la ville.

Le choix de la croix illustrait le dualisme suprême des *Illuminati*. Un symbole religieux suggéré par les quatre éléments de la science. Galilée avait fait de la Voie de l'Illumination un hommage aux deux idéologies opposées.

Tous les morceaux du puzzle se mirent aussitôt en place.

Piazza Navona.

En plein centre de cette place, en face de l'église Santa Agnese, Le Bernin avait installé l'une de ses sculptures les plus célèbres, bien connue des touristes.

La Fontaine des quatre fleuves.

Hommage parfait à l'Eau, elle représentait sous forme d'allégories les quatre grands fleuves des continents connus : le Nil, le Gange, le Danube et le rio de la Plata.

Water. La dernière étape.

Et pour couronner le tout, la fontaine du Bernin était surmontée d'un obélisque.

Plantant là les pompiers interloqués, Langdon traversa l'église en courant, en direction du cadavre d'Olivetti.

22 h 31. J'ai tout mon temps. Pour la première fois de la journée, il avait l'impression de devancer les événements.

Il s'agenouilla devant la dépouille du commandant et, caché par la rangée de bancs, s'empara de son semi-automatique et de son talkie-walkie. Il aurait peut-être dû demander aux pompiers de l'accompagner, mais il opta pour la prudence. L'emplacement du dernier autel de la science devait rester secret pour le moment. L'arrivée en fanfare sur la Piazza Navona des sirènes de pompiers et des camions de télévision ne l'aiderait certainement pas à coincer le tueur… ni à récupérer Vittoria.

Langdon sortit discrètement par la porte de la façade, en contournant la horde de journalistes qui s'engouffrait dans l'église. Il traversa la Piazza Barberini avant d'essayer d'appeler le Vatican sur le talkie-walkie. Il n'obtint qu'un crachouillis d'électricité statique. Soit il était trop loin, soit l'utilisation du transmetteur exigeait un code d'accès. Il tripota en vain tous les boutons de l'appareil. Soudain conscient que son plan pouvait très bien échouer, il se tourna de tous côtés à la recherche d'une cabine téléphonique. Pas une seule en vue. De toute façon, les lignes du Vatican étaient certainement saturées.

Il était seul.

Son assurance commençait à flancher. Et sa forme physique n'était pas des meilleures. Il était couvert de poussière d'os, blessé à la main, épuisé au-delà de toute expression, et il avait l'estomac dans les talons.

Il regarda la façade de l'église. De la fumée s'échappait de la coupole, éclairée par les spots de télévision et les phares des voitures de pompiers. Fallait-il qu'il retourne demander de l'aide ? Son instinct lui disait que non, les pompiers ne feraient que lui compliquer la tâche. Si l'assassin les voit… Il pensait à Vittoria. Agir seul était sa seule chance de trouver son ravisseur.

Piazza Navona. Il y arriverait à temps pour surveiller les lieux. Il chercha des yeux un taxi, mais les rues étaient pratiquement désertes. Même les chauffeurs de taxi avaient abandonné leurs voitures pour regarder la télévision… Il était à moins de deux kilomètres de la Piazza Navona, mais il disposait de trop peu de temps pour s'y rendre à pied. Et s'il demandait aux journalistes ou aux pompiers de lui prêter un véhicule ?

Non !

Il était en train de gaspiller des minutes précieuses, et les options étaient fort limitées. Il prit alors une décision. Tirant de sa poche le pistolet d'Olivetti, il se prépara à commettre un acte qui lui ressemblait tellement peu qu'il se demanda si son âme n'était pas possédée par le démon. Il partit en courant vers une Citroën qui attendait devant un feu rouge et pointa son arme par la vitre ouverte sur le chauffeur :

— *Fuori !* cria-t-il.

L'homme sortit en tremblant. Langdon s'assit au volant et démarra en trombe.

101.

Assis sur un banc de la cellule de sécurité des gardes suisses, Gunther Glick priait tous les dieux de la Terre. Faites que ce ne soit pas un rêve ! Il avait décroché le scoop de sa vie. Tous les reporters du monde rêvaient d'être à sa place en ce moment. Tu ne dors pas, se disait-il, et tu es une star. Dan Rather va en faire une jaunisse.

Chinita Macri était assise à côté de lui, passablement sonnée. Il y avait de quoi. Elle venait de filmer en exclusivité tout le sermon du camerlingue et de retransmettre au monde entier les épouvantables photos des cardinaux et du pape — une langue noire à faire peur ! — ainsi qu'une vidéo montrant un conteneur d'antimatière sur le point d'exploser. Incroyable !

Tout ça, bien sûr, sur ordre du camerlingue lui-même. Comment expliquer, alors, qu'ils se retrouvent enfermés tous les deux dans cette cellule ? Certes, les gardes n'avaient pas apprécié le commentaire de Glick à la fin du reportage. Gunther savait pourtant qu'il n'était pas censé entendre la conversation qu'il avait rapportée à l'antenne. Mais il avait saisi sa chance au vol, une occasion en or ! Un autre scoop de Gunther Glick !

— Le bon Samaritain de la onzième heure ! persifla Chinita.

— C'était brillant, non ?

— Brillamment idiot, oui !

Elle est jalouse.

Juste après le discours du camerlingue, Glick s'était une fois de plus trouvé au bon endroit au bon moment. Il avait entendu Rocher donner des ordres à ses hommes. Le capitaine avait apparemment reçu l'appel téléphonique d'un mystérieux individu qui disposait d'informations cruciales sur l'affaire. Rocher semblait convaincu que cette personne leur serait d'une aide précieuse, et il demandait aux gardes de se préparer à le recevoir.

L'information était évidemment secrète, mais Glick avait réagi comme n'importe quel reporter dynamique — sans s'embarrasser de scrupules. Il avait entraîné Chinita dans un coin mal éclairé, lui avait demandé de zoomer sur lui, et il avait balancé l'information.

« Du nouveau dans la crise du Vatican », avait-il commencé, en plissant les yeux pour soigner son effet.

Et il avait annoncé l'arrivée imminente d'un invité surprise, censé sauver la situation. Il l'avait surnommé le bon Samaritain de la onzième heure — une appellation à la double inspiration biblique, qui convenait parfaitement à cet individu sans nom, surgissant au dernier moment pour accomplir une bonne action. Les autres réseaux de télévision avaient tous repris la formule, et Glick savourait sa gloire.

Je suis génial. Peter Jennings a dû aller se jeter dans le Potomac.

Glick ne s'était évidemment pas arrêté là. Le monde entier l'écoutait, il en avait profité pour placer son propre commentaire sur la théorie du complot.

Génial. Absolument génial.

— Tu nous as ridiculisés, tempêta Chinita. Tu as tout fait foirer.

— Comment ça ? J'ai été excellent !

Elle le dévisagea, incrédule :

— L'ex-président Bush, un membre des *Illuminati* ?

Glick afficha un sourire entendu. C'était évident ! Tout le monde savait que George Bush senior était un franc-maçon du trente-troisième degré. Et qu'il était à la tête de la CIA quand l'agence de renseignements avait refermé le dossier des *Illuminati*, faute de preuves. Et tous ses discours évoquant les « mille points lumineux » et le « Nouvel Ordre mondial ». C'était un membre des *Illuminati*, voilà tout.

— Et ces insanités que tu as racontées sur le CERN ? grogna Chinita. Tu peux t'attendre à trouver une ribambelle d'avocats devant ta porte…

— Le CERN ? Écoute ! C'est évident, ça aussi ! Réfléchis un peu ! Les *Illuminati* ont disparu de la surface de la Terre pendant les années 1950, au moment de la création du CERN. Le centre de recherches est un repaire de génies. Il regorge de fric, d'investissements publics et privés. Ils viennent de mettre au point une arme de destruction fantastique et crac !… Ils la perdent !

— Et toi, tu expliques à l'antenne que le CERN est le nouveau refuge des *Illuminati*…

— Bien entendu ! Les sociétés secrètes ne disparaissent pas comme ça ! Il fallait bien qu'ils se regroupent quelque part, et le CERN était une planque rêvée. Je ne dis pas que tous les employés du CERN en font partie. Ça fonctionne probablement comme une loge maçonnique, où les types de la base ne sont pas impliqués, mais où les huiles…

— Tu as déjà entendu parler de procès en diffamation ?

— Et toi, tu sais ce que c'est que le vrai journalisme ?

— Parce que tu appelles ça du journalisme ? Tu n'as fait que débiter une série d'inepties à l'antenne. J'aurais dû arrêter de tourner… Et cette stupide histoire de logo du CERN qui serait un symbole satanique ? Tu as perdu la tête ?

Glick sourit. La jalousie de Chinita était décidément flagrante. Ce commentaire était justement sa meilleure trouvaille de la soirée. Depuis le discours du camerlingue, tous les networks parlaient de la découverte de l'antimatière par des savants du CERN. Et certains affichaient son logo à l'arrière-plan. Un symbole anodin à première vue : deux cercles imbriqués censés représenter deux accélérateurs de particules, et cinq tangentes qui figuraient des tubes d'injection. Le monde avait ce dessin sous les yeux, mais c'est Glick qui, le premier, y avait lu un symbole caché des *Illuminati*.

— Qu'est-ce que tu connais en symboles ? objecta Chinita. Tu n'es qu'un sale opportuniste. Tu aurais pu laisser ça au prof de Harvard…

— Il n'a pas fait le lien, lui… La référence aux *Illuminati* est tellement claire dans ce logo !

Glick jubilait. Le CERN possédait des tas d'accélérateurs, mais n'en montrait que deux. Le principe de dualité des *Illuminati*. Et la plupart de ces équipements n'avaient qu'un tube d'injection. Le logo en représentait cinq. Le pentagramme des *Illuminati*. Et c'est là qu'il s'était montré génial. Il avait fait remarquer que l'une des lignes jointe à l'un des cercles dessinait un grand « 6 ». Et lorsqu'on le faisait pivoter, un autre 6 apparaissait, puis un autre encore. Trois six ! 666 ! Le chiffre du Démon ! La marque de la Bête !

Génial.

Chinita l'aurait giflé.

Cet accès de jalousie finirait par passer. Les pensées de Glick se tournèrent vers un autre sujet. Si le CERN était le siège des *Illuminati*, était-ce là qu'ils cachaient leur diamant tristement célèbre ? Il avait lu des articles sur Internet. « Un diamant d'une pureté parfaite, issu des quatre éléments, et qui laissait sans voix tous ceux qui le voyaient. »

La cachette de cette merveille ! Peut-être un nouveau mystère qu'il aurait la chance de dévoiler cette nuit.

102.

Piazza Navona. *La Fontaine des quatre fleuves.*

Les nuits de Rome peuvent être étonnamment fraîches, même après une journée très chaude. Tapi dans un coin de la place, Langdon se recroquevillait dans sa veste de tweed. Une cacophonie de sons télévisés se mêlait au bruit plus lointain de la circulation. Il regarda sa montre. Quinze minutes d'avance. Il n'était pas fâché d'avoir un peu de temps devant lui.

La place était déserte. L'imposante fontaine du Bernin gargouillait avec une vigueur impressionnante, presque magique. Elle éclaboussait le sol à la ronde et projetait dans l'air une brume éclairée par les projecteurs immergés. L'atmosphère était froide, électrique.

Ce qui frappait le plus dans ce monument, c'était sa hauteur. Le motif central s'élevait à plus de six mètres — un rocher déchiqueté en travertin creusé de grottes et de cavernes qui crachaient des jets d'eau. Ce monticule était flanqué de quatre dieux païens représentant les grands fleuves du monde. Au sommet se dressait un obélisque de plus de treize mètres. On devinait l'ombre d'un pigeon perché au sommet.

Le dernier autel de la science, la quatrième extrémité de la croix qui traverse Rome. Il y a seulement quelques heures, Langdon arrivait devant le Panthéon, persuadé que la Voie de l'Illumination avait été effacée par les siècles, et qu'il ne parviendrait jamais à retrouver les jalons des quatre éléments. Mais elle était restée intacte et il l'avait suivie… du début jusqu'à la fin.

Pas tout à fait jusqu'à la fin, se corrigea-t-il. Il y avait une cinquième étape. *La Fontaine des quatre fleuves* devait le guider vers le repaire secret de la confrérie, vers le temple de l'Illumination. Existait-il encore ? Était-ce là que l'Assassin avait emmené Vittoria ?

Il étudia en détail les quatre énormes statues qui flanquaient le rocher de marbre. « Les anges guident votre noble quête. » Une certitude troublante l'envahit immédiatement : il n'y avait pas d'anges sur ce monument, du moins depuis l'endroit où il se trouvait… pas plus que dans son souvenir, d'ailleurs. La fontaine du Bernin était une œuvre païenne : dieux anthropomorphes, animaux, monstres, marins et terrestres. On y trouvait même un tatou maladroitement représenté. Tout personnage un tant soit peu chrétien y sauterait aux yeux comme une anomalie.

Me suis-je trompé d'endroit ? Mais non, le plan cruciforme du parcours entre les quatre obélisques était parfaitement équilibré. L'autel de l'Eau était certainement ici.

Il n'était que 22 h 46 lorsqu'une camionnette noire déboucha d'une ruelle, à l'opposé de la place. Langdon ne l'aurait pas remarquée si elle ne roulait pas tous feux éteints. Comme un requin sillonnant une baie éclairée au clair de lune, le véhicule parcourut tout le périmètre de la place.

Langdon s'accroupit derrière l'escalier de Santa Agnese in Agone. Son pouls s'accélérait.

Après deux tours complets, la camionnette vira brusquement vers la fontaine du Bernin. Elle la contourna avant de se garer latéralement contre le bassin, la porte coulissante à quelques centimètres de l'eau bouillonnante, face à Langdon. La visibilité était cependant troublée par la brume qui montait.

Est-ce lui ?

Langdon s'était imaginé que l'assassin des cardinaux traverserait la place à pied avec sa dernière victime, comme il l'avait fait place Saint-Pierre. S'il avait changé les règles du jeu, il serait plus difficile de l'atteindre.

La porte latérale s'ouvrit.

Sur le plancher de la camionnette, un homme nu se tordait de douleur. Plusieurs mètres de lourdes chaînes étaient enroulés autour de son corps. Il se débattait et cherchait à crier, mais un gros maillon lui barrait la bouche comme le mors d'un cheval. Une deuxième silhouette, debout derrière le prisonnier, semblait s'affairer dans le fond du fourgon.

Langdon n'avait que quelques secondes pour agir.

Il s'empara de son arme et se débarrassa de sa veste, qu'il laissa tomber par terre. Elle ne ferait que le gêner et il ne voulait pas risquer d'abîmer le précieux manuscrit de Galilée.

Courbé en deux, il se déplaça sur sa droite et alla se poster derrière la fontaine, en face de la camionnette ouverte que lui masquait le rocher central. Espérant que le bruit de l'eau couvrirait celui de ses pas, il s'approcha du bord et entra dans le bassin.

L'eau glacée lui arrivait à la taille. Il traversa la pièce d'eau en serrant les dents. Le fond était recouvert d'une vase glissante, et d'une couche traîtresse de pièces de monnaie porte-bonheur jetées par les touristes. Il se demandait si c'était le froid ou la peur qui faisait trembler le pistolet dans sa main.

Arrivé au pied du rocher, il en fit le tour par la gauche en s'agrippant à toutes les aspérités qu'il rencontrait au passage. Caché derrière un énorme cheval, il jeta un coup d'œil vers la camionnette. Le ravisseur de Vittoria, accroupi sur le plancher, les mains sous le corps du cardinal, s'apprêtait à le faire rouler dans la fontaine par la porte ouverte.

Langdon le mit en joue et émergea du bassin, dégoulinant, tel un cow-boy — aquatique — décidé à faire justice.

— Ne bougez pas !

Sa voix était plus ferme que sa main.

Le tueur leva la tête. Il sembla un instant décontenancé, comme s'il venait de voir apparaître un fantôme. Puis ses lèvres se tordirent en un méchant rictus et il leva les bras en l'air.

— Si vous le demandez…

— Descendez de votre camionnette.

— Vous m'avez l'air trempé.

— Vous êtes en avance, rétorqua Langdon en braquant son pistolet sur lui.

— J'ai hâte d'aller retrouver mon butin.

— Je n'hésiterai pas à tirer sur vous.

— Vous avez déjà hésité.

Langdon mit le doigt sur la détente. Le cardinal ne bougeait plus. Il agonisait.

— Détachez-le ! ordonna Langdon.

— Que vous importe ? C'est pour la femme que vous êtes venu. Ne prétendez pas le contraire…

Langdon lutta contre son envie d'en finir tout de suite.

— Où est-elle ?

— En sûreté quelque part. Elle attend mon retour.

Elle est vivante. Une lueur d'espoir.

— Dans le Temple de l'Illumination ?

L'assassin sourit.

— Vous ne le trouverez jamais.

Le Temple existe toujours. Langdon n'en croyait pas ses oreilles.

— Dites-moi où il est, ordonna-t-il en le mettant en joue.

— L'endroit est resté secret pendant des siècles. Je n'ai moi-même été informé que très récemment de son emplacement. Je mourrai plutôt que de le révéler.

— Je le trouverai sans vous.

— Vous êtes bien arrogant !

— Je suis arrivé jusqu'ici, répliqua Langdon en montrant la fontaine.

— Vous n'êtes pas le premier. L'étape finale est plus périlleuse.

Langdon s'approcha. Ses pieds glissaient sur la mousse. Le tueur restait remarquablement calme, les bras en l'air, toujours accroupi derrière sa victime. Langdon visa sa poitrine.

Non. Vittoria. L'antimatière. Il faut qu'il parle d'abord.

Dans l'obscurité du fourgon, l'Assassin observait son agresseur, sans pouvoir se défendre d'une pitié amusée. Cet Américain était courageux, il en avait fait la preuve. Mais il manquait d'entraînement. Cela aussi, il l'avait prouvé. Sans compétence, la bravoure était suicidaire. Il y avait des règles de survie à respecter. Des règles ancestrales, qu'il semblait ignorer.

Tu avais l'avantage, l'effet de surprise. Et tu n'as pas su l'exploiter.

Ce type était un indécis… qui espérait probablement voir arriver des renforts. Ou que je lâche sans le vouloir un élément d'information.

Ne jamais lancer un interrogatoire avant d'avoir mis sa proie hors de combat. Un ennemi acculé est un ennemi mortel.

L'Américain parlait encore. Il sondait l'adversaire, il cherchait à gagner du temps.

L'Assassin avait envie de rire. On n'est pas à Hollywood… pas de longues discussions avant la fusillade finale. Nous y sommes. La voici.

Sans quitter Langdon des yeux, il se releva et, toujours les bras en l'air, parcourut des mains le plafond de la camionnette, où il trouva ce qu'il cherchait.

Il reprenait l'avantage.

Le mouvement fut totalement inattendu. Langdon crut un instant que les lois de la physique n'existaient plus. Le tueur semblait suspendu en lévitation quand il lança ses jambes sous le corps du cardinal et le fit rouler à bas du camion d'un énergique coup de botte. En tombant dans le bassin, le vieil homme fit jaillir un rideau de gouttelettes d'eau.

Le visage inondé, Langdon comprit trop tard ce qui se passait. Son adversaire s'était suspendu aux arceaux de sécurité de sa camionnette, et s'en était servi pour lancer ses jambes vers l'avant. Le tueur volait vers lui, les pieds devant.

Il appuya sur la détente et le silencieux cracha un projectile. La balle percuta la pointe de la botte gauche du tueur. Au même moment, Langdon recevait en pleine poitrine un coup de pied qui le fit tomber à la renverse.

Les deux hommes s'affalèrent dans le bassin en faisant jaillir des gerbes d'eau teintées de sang.

La première sensation de Langdon fut un éclair de douleur, avant que l'instinct de survie reprenne le dessus. Son arme lui avait échappé. Il plongea vers l'avant, fouillant le fond à tâtons. Le seul métal qu'il trouva était celui des pièces de monnaie. Il ouvrit les yeux et scruta le fond de la fontaine éclairé par les projecteurs. L'eau tourbillonnait autour de lui comme celle d'un jacuzzi glacé.

Il aurait eu besoin de remonter à la surface pour

respirer, mais la peur le maintenait sous l'eau. Toujours en mouvement, les mains en avant, ignorant de quel côté viendrait le prochain assaut. Il fallait à tout prix qu'il retrouve ce pistolet.

C'est toi qui as l'avantage, se disait-il. Tu es dans ton élément. Même tout habillé. Il était très bon nageur. L'Eau. Mon élément.

Une de ses mains rencontra un objet métallique. Beaucoup plus gros qu'une pièce de monnaie. Reprenant espoir, il s'en empara et le tira vers lui. Il glissa et perdit l'équilibre. C'était un objet lourd.

Avant même de distinguer le corps du cardinal, il se rendit compte qu'il était en train de tirer sur une des chaînes qui le maintenait au fond de l'eau. Il resta un instant cloué sur place par le visage terrifié qui le regardait.

Il tressauta en constatant que le vieil homme n'était pas mort. Il saisit les chaînes à deux mains pour le remonter à la surface. Le corps s'éleva lentement, comme l'ancre d'un navire. Langdon tira de toutes ses forces. En sortant de l'eau, le cardinal prit deux ou trois respirations affolées. Puis son corps retomba lourdement, et Langdon lâcha prise. Mgr Baggia coula à pic. Langdon plongea, les yeux ouverts, trouva les chaînes et tira. Elles s'écartèrent, laissant apparaître une nouvelle vision d'épouvante. Un mot gravé dans la chair brûlée.

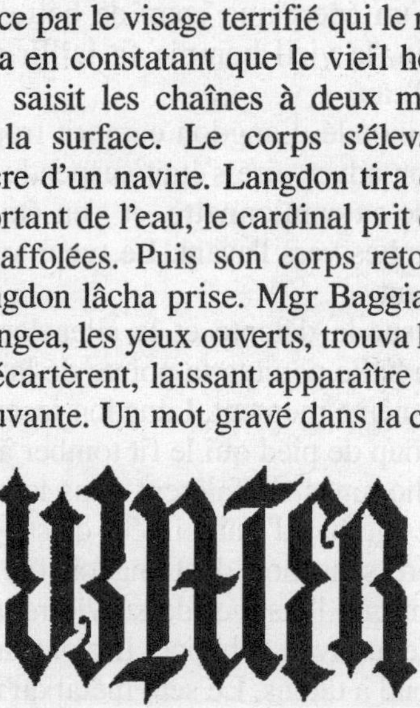

L'instant d'après, deux bottes apparaissaient, dont l'une crachait du sang.

103.

Langdon était joueur de water-polo, il avait l'habitude des combats aquatiques. La sauvagerie qui régnait sous la surface de la piscine pendant les matchs, à l'abri du regard des arbitres, n'avait rien à envier aux pires séances de catch. Il avait reçu des coups de pied, il s'était fait griffer, ceinturer, et même mordre une fois, par un défenseur frustré qui n'avait jamais réussi à lui barrer le passage.

Mais il était loin du bassin de water-polo de Harvard. Il trébuchait dans une eau sale et glaciale, non pour gagner un match, mais pour sauver sa peau. Il n'y avait pas d'arbitre, il n'y aurait pas de revanche.

Et les deux bras qui lui enfoncèrent violemment la tête sous l'eau ne laissaient pas de doute sur les intentions de son agresseur.

Langdon pivota sur lui-même comme une torpille, pour lui faire lâcher prise. Mais l'autre resserra sa poigne. Il bénéficiait d'un avantage inconnu de tous les joueurs de water-polo — celui d'avoir les pieds sur la terre ferme, même glissante. Langdon se contorsionna pour essayer de faire passer ses jambes sous lui, mais le tueur le maintenait fermement.

Comprenant qu'il ne parviendrait pas à se dégager, Langdon prit la seule décision qui lui paraissait jouable. Il cessa de lutter. Si tu ne peux pas aller vers le nord, va vers le sud. Rassemblant ses dernières forces, il plongea, les deux bras en avant, en battant des pieds, en un disgracieux mouvement de papillon. Son corps fit un bond.

Ce changement brutal de direction sembla prendre l'Assassin au dépourvu. Le mouvement latéral de Langdon déstabilisa son agresseur, qui faillit perdre l'équilibre. Il relâcha son étreinte et Langdon battit vigoureusement des pieds. Il eut l'impression qu'un câble de remorquage venait de céder. Il était libre. Crachant l'air vicié de ses poumons, il remonta vers la surface. Il n'eut le temps d'inspirer qu'une fois. L'Assassin s'abattit de nouveau sur lui de tout son poids, les paumes plaquées sur ses épaules. Langdon tenta à nouveau de poser les pieds sur le sol, mais l'autre lui scia les jambes d'un violent coup de genou.

Langdon replongea.

Ses muscles le brûlaient. Il cherchait désespérément le pistolet, mais l'eau était trouble et sa vision floue. Les bulles étaient plus denses à cet endroit, et la lumière aveuglante. Le tueur continuait à l'enfoncer, vers un projecteur immergé au pied du rocher de la fontaine. Il tenta de s'y agripper. Il était brûlant. Il insista, mais le spot articulé tourna sur lui-même. L'effet de levier était impossible.

L'agresseur poussa encore vers le fond.

C'est alors que Langdon l'aperçut. Dépassant sous un tas de pièces de monnaie, un étroit cylindre noir. Le silencieux du pistolet d'Olivetti ! Il tendit la main. Ce n'était pas du métal, mais du plastique. Quand il tira dessus, le tuyau se déroula comme un serpent, long d'une cinquantaine de centimètres et crachant des bulles d'air. C'était l'un des *spumanti* de la fontaine qui faisait mousser l'eau.

À quelques mètres de là, le cardinal Baggia sentait son âme prête à quitter son corps. Il s'était préparé à cet instant pendant toute sa vie, sans deviner que cela se produirait ainsi. Son enveloppe mortelle souffrait le martyre… brûlée, contusionnée, à bout de souffle et maintenue sous l'eau par un poids inamovible. Il se rappela les souffrances du Christ, auprès desquelles les siennes n'étaient rien.

Il est mort pour mes péchés…

Le mourant entendait les remous de la bagarre qui se déroulait à côté. Le meurtrier allait encore tuer quelqu'un… cet homme au regard doux qui avait essayé de le sauver.

La douleur devenait insupportable. Le cardinal était allongé sur le dos, les yeux ouverts, fixés sur le ciel à travers l'eau qui le recouvrait. Il crut un instant distinguer des étoiles.

L'heure était venue.

Rejetant le doute et la peur, il ouvrit la bouche et laissa échapper ce qu'il savait être son dernier souffle. Il regarda son âme monter vers la surface, et vers le ciel, sous la forme de bulles transparentes. L'eau s'engouffra dans son corps comme un poignard glacé. La douleur ne dura que quelques secondes.

Ensuite… la paix.

Oubliant son pied qui le faisait souffrir, l'Assassin se concentrait sur l'Américain qu'il était en train de noyer. Finissons-en ! Il resserra son emprise et appuya sur lui de toutes ses forces, certain qu'il ne survivrait pas à cette dernière pression. Comme il l'avait prévu, l'homme se débattait de moins en moins fort.

Puis il se raidit, avant d'être secoué par de violents spasmes.

Voilà ! L'eau entre dans les poumons. Il en a pour environ cinq secondes.

L'Assassin en compta six.

Exactement comme il l'avait prévu, le corps de l'Américain se relâcha. Comme un ballon qui se dégonfle, il s'affala sur le fond du bassin. C'était fini. Il le maintint encore trente secondes, pour laisser aux poumons le temps d'achever de se remplir d'eau. Le corps était totalement flasque. Il le lâcha. Une double surprise attendrait les médias dans la *Fontaine des quatre fleuves*.

Tabban! jura-t-il en sortant péniblement du bassin. Il regarda son pied gauche. La pointe de sa botte était déchiquetée et l'extrémité de son gros orteil était arrachée. Il déchira le revers de son pantalon et fourra le morceau de tissu dans le trou de sa botte. La douleur lui traversa toute la jambe. *Ibn alkalb!* Il serra les poings et l'enfonça encore. Le saignement ralentit.

Bien décidé à ne plus penser qu'au plaisir, il monta au volant de sa camionnette. Il s'était acquitté de la tâche qu'on lui avait confiée. Il savait exactement ce qui pourrait calmer sa douleur. Vittoria Vetra l'attendait, offerte, sans défense. Malgré le froid et l'humidité, il sentit son sexe se durcir.

J'ai bien gagné ma récompense.

Vittoria reprenait conscience. Elle était étendue sur le dos. Tous ses muscles étaient durs comme du bois, tendus, crispés. Ses bras lui faisaient mal. Dès qu'elle remuait, ses épaules étaient paralysées par les crampes. Elle mit un moment à comprendre qu'elle avait les poignets attachés dans le dos. Elle était totalement désorientée. Est-ce un cauchemar? Quand elle essaya de relever la tête, une douleur lancinante, à la base de la nuque, lui prouva qu'elle ne dormait pas.

La confusion céda à la peur. Elle était allongée sur un divan, dans une grande pièce agréablement meublée, éclairée par des torches fixées aux murs de pierre brute. Une grande salle médiévale. De vieux bancs de bois arrangés en cercle en occupaient un coin, non loin d'elle.

Une brise fraîche lui caressait les épaules. Elle provenait des deux doubles portes ouvertes sur un balcon. À travers les fentes de la rambarde, elle aurait pu jurer qu'elle devinait le dôme de la basilique Saint-Pierre.

104.

•

Robert Langdon était couché à plat ventre sur un lit de pièces de monnaie, au fond de la *Fontaine des quatre fleuves.* Il avait toujours le tuyau de plastique dans la bouche. L'air qu'il rejetait dans l'eau était pollué par la pompe et lui brûlait la gorge. Mais il ne songeait pas à se plaindre. Il était vivant.

Il n'était pas certain que sa simulation de mort par noyade ait été parfaitement crédible. Mais il avait fait de son mieux, mettant à profit ses lectures et les récits qu'il avait entendus. Vers la fin, il avait même vidé ses poumons et retenu son souffle, pour que le poids de sa masse musculaire le plaque sur le sol de la fontaine.

Dieu merci, son agresseur avait pris son manège pour argent comptant, et l'avait lâché.

Langdon avait attendu le plus longtemps possible, et il commençait à étouffer. Pour vérifier si l'assassin était parti, il prit au tuyau une longue inspiration qui lui racla la gorge, et nagea sous l'eau vers le centre de la fontaine. Arrivé au rocher, il le contourna et fit surface par l'arrière, caché par les énormes statues de marbre blanc.

La camionnette n'était plus là.

C'était tout ce qu'il voulait savoir. Il absorba une grande bouffée d'air frais et se dirigea vers l'endroit où le cardinal s'était noyé. Il avait certainement perdu conscience, et les chances de le ranimer étaient très minces, mais il fallait essayer. Lorsqu'il trouva le corps, il planta solidement un pied de chaque côté et se pencha pour saisir des deux mains les lourdes chaînes. Une fois le cardinal hissé à la surface, il constata qu'il avait déjà les yeux révulsés. C'était mauvais signe. Il ne respirait pas, et son pouls s'était arrêté.

Sachant qu'il n'arriverait pas à le faire basculer par-dessus bord, il le traîna vers le socle du rocher, où l'eau était moins profonde et l'allongea sur une saillie inclinée.

Et il se mit au travail. Il comprima d'abord la poitrine du vieil homme du plat des deux mains pour évacuer l'eau de ses poumons. Puis il commença un bouche-à-bouche en comptant attentivement. Il voulait éviter de souffler trop vite et trop fort. Pendant trois minutes, il tenta de le ranimer. Au bout de cinq minutes, il comprit que ses efforts étaient vains.

Celui qui aurait pu devenir pape. Mort sous ses yeux.

Prostré dans la pénombre, à demi submergé, le cardinal Baggia conservait une calme dignité. L'eau léchait sa poitrine, comme à regret… comme pour se faire pardonner d'avoir causé sa mort… comme pour laver la blessure de son nom qui meurtrissait le torse nu du vieil homme.

Langdon lui ferma doucement les yeux. Une boule lui monta dans la gorge. Pour la première fois depuis des années, il pleura.

105.

Langdon redescendit dans l'eau profonde et traversa le bassin, se forçant à secouer son émotion et sa fatigue. Après avoir failli s'évanouir tout à l'heure avec son tuyau dans la bouche, il retrouvait une nouvelle énergie. Maintenant, il était invincible. Muscles tendus, esprit en alerte, concentré sur la tâche urgente qui l'attendait.

Trouver le repaire des *Illuminati*. Libérer Vittoria.

Il jeta un dernier regard au centre de la fontaine, se

forçant à espérer. Quelque part sur ce bloc de pierre tourmenté et foisonnant, se cachait l'indication clé, celle de l'étape finale du parcours. « Les anges guident votre noble quête. »

C'est une fontaine païenne, sans la moindre trace d'ange…

Ses yeux suivirent instinctivement le rocher jusqu'à son sommet, puis remontèrent le long de l'obélisque. Quatre jalons, répartis dans Rome en tracé cruciforme.

Il parcourut du regard tous les hiéroglyphes, se disant qu'il y trouverait peut-être un indice. Mais il abandonna vite cette idée. Les caractères égyptiens étaient bien antérieurs à l'époque du Bernin, où, de toute façon, ils n'avaient pas encore livré leurs secrets. À moins que le sculpteur baroque n'y ait ajouté une inscription de sa main ?

Reprenant espoir, il fit un tour complet de l'obélisque, sans y trouver la moindre trace d'une addition postérieure aux hiéroglyphes, ni quoi que ce soit qui ressemblât, de près ou de loin, à un ange.

Il était exactement 23 heures. Des visions de l'assassin penché sur Vittoria commencèrent à lui traverser l'esprit. Il s'obligea à faire un nouveau tour de bassin, les yeux en l'air, sans résultat. Se sentant vaincu, il rejeta la tête en arrière et poussa un cri de frustration.

Sa voix s'étrangla dans sa gorge.

Son regard s'était arrêté sur le sommet de l'obélisque et sur la silhouette qui dépassait. Ce n'était certes pas un ange. Il l'avait vaguement remarquée en arrivant. C'est bien un pigeon ?

L'oiseau était toujours posé sur la pointe du monument. Langdon distinguait clairement sa tête et son bec qui se détachaient sur le ciel étoilé, loin au-dessus de la bruine qui montait de la fontaine. Il n'avait pas bougé depuis un quart d'heure, la bagarre ne l'avait apparemment pas dérangé. Il était resté impassible, la tête tournée vers l'extrémité de la place.

Langdon plongea la main dans l'eau et ramassa une poignée de pièces de monnaie. Il les lança en l'air en direction du pigeon. Elles rebondirent sur le sommet de l'obélisque et l'oiseau ne bougea pas. À la deuxième tentative, une pièce l'atteignit. Un bruit de métal frappant du métal.

Ce fichu pigeon est en bronze.

C'est un ange que tu cherches, pas un pigeon.

Mais il avait déjà fait le rapprochement. Il s'était trompé.

C'était une colombe.

Sans avoir pris le temps de réfléchir, il marcha vers le rocher central. Il entreprit de l'escalader, grimpant sur les jambes et les bras des immenses statues. Sa tête dépassait de la brume et il voyait plus clairement la silhouette de l'oiseau.

Sans l'ombre d'un doute, il s'agissait bien d'une colombe, noircie par la pollution. Il en avait vu deux semblables tout à l'heure, au Panthéon. Et une révélation le frappa brusquement. Si une paire de colombes ne signifiait rien, celle-ci était seule.

Le symbole païen équivalent de l'ange de la paix.

Le Bernin l'avait choisi pour pouvoir l'inclure dans sa fontaine païenne. « Les anges guident votre noble quête. » Quel meilleur emplacement que le sommet d'un obélisque pour le dernier jalon des *Illuminati* ?

La tête de la colombe était tournée vers l'ouest. Langdon reprit son ascension pour bénéficier d'un point de vue dégagé. Une citation de saint Grégoire de Nysse lui revint en mémoire : « En découvrant la lumière... l'âme prend la belle forme d'une colombe. »

Il grimpait toujours. Il avait l'impression de voler. Arrivé au sommet du rocher, il comprit qu'il n'avait pas besoin de monter plus haut. La ville de Rome s'étendait à ses pieds.

Sur sa gauche, la forêt de projecteurs installés devant la basilique Saint-Pierre. Sur sa droite, la coupole encore fumante de Santa Maria della Vittoria. Devant lui, la Piazza del Popolo. Sous ses pieds, le quatrième et dernier jalon de la Voie de l'Illumination. Le dernier point de la croix géante reliant les quatre obélisques.

Il leva les yeux vers la colombe, se retourna pour suivre le regard de l'oiseau, scruta l'horizon.

En un instant, il eut sa réponse.

Tellement évidente. Tellement claire. Subtile, mais tellement simple.

Langdon ne parvenait pas à croire que le repaire des *Illuminati* ait pu rester secret si longtemps. La ville entière semblait s'effacer devant le gigantesque bâtiment de pierre qui se dressait en face de lui, sur l'autre rive du Tibre. Un des plus célèbres monuments de Rome, adjacent au Vatican. Un donjon circulaire massif, cerné d'un carré d'épaisses murailles. Et tout autour, un parc en forme de pentagramme.

Les puissants projecteurs installés autour des remparts éclairaient, au sommet du donjon, un gigantesque ange de bronze, pointant son épée vers le bas, au centre de l'édifice. Comme si cela ne suffisait pas, l'entrée de la forteresse était située en face du Ponte Sant'Angelo, dont le tablier traversait le Tibre encadré par douze anges, sculptés par… Le Bernin.

La Voie de l'Illumination reliait les quatre obélisques en traçant dans Rome une croix parfaite, dont le bras principal passait exactement au centre du Ponte Sant'Angelo, qu'il partageait en deux parties égales.

Langdon ramassa sa veste de tweed, remonta dans la voiture volée, démarra et, de son pied droit trempé, enfonça la pédale d'accélérateur.

106.

Il était 23 h 07. Langdon descendait en trombe Lungotevere Tor Di Nona, qui longeait le Tibre. Sa destination se dressait sur sa droite, de l'autre côté du fleuve.

Castel Sant'Angelo. Le château Saint-Ange.

Sans aucune présignalisation, la bifurcation vers l'étroit Ponte Sant'Angelo apparut brusquement sur sa droite. Langdon écrasa la pédale de frein avant de prendre le tournant. Mais l'accès était fermé. La Citroën dérapa sur trois ou quatre mètres et heurta violemment une rangée de bornes en pierre qui barrait la chaussée. L'arrêt brutal projeta Langdon vers l'avant. Il avait oublié que le pont avait été transformé en voie piétonne pour assurer sa conservation.

Il sortit de la voiture accidentée, regrettant de n'avoir pas pris un autre itinéraire. Il enfila sa veste sur sa chemise trempée. La solide doublure de sa veste Harris maintiendrait au sec le précieux *Diagramma*. Il s'élança à toutes jambes vers le château.

De chaque côté, comme des militaires alignés pour l'inspection, les deux rangées d'anges du Bernin ponctuaient son parcours. « Les anges guident votre noble quête. » Tandis que Langdon avançait, le donjon s'élevait devant lui, plus impressionnant encore que la basilique Saint-Pierre. Il courait sans quitter du regard l'ange gigantesque qui le dominait.

L'endroit paraissait désert. Langdon savait qu'au cours des siècles l'ancien mausolée d'Hadrien avait servi au Vatican de tombeau, de forteresse, d'abri pontifical d'urgence, de prison pour les ennemis de l'Église, et enfin de musée. Il avait apparemment d'autres locataires — les

Illuminati — ce qui n'était pas dénué de sens. Si le château était la propriété du Vatican, il n'était utilisé que de façon sporadique. D'autre part, Le Bernin y avait effectué de nombreuses rénovations successives. La légende lui attribuait des dizaines de portes, de chambres et de passages secrets. Langdon n'avait aucune peine à croire que l'ange du sommet, comme les remparts en pentagone aient été l'œuvre du Bernin.

Arrivé devant la gigantesque double porte d'entrée, il ne s'étonna pas de la trouver fermée. Il ne se donna même pas la peine d'essayer les deux marteaux de métal accrochés à hauteur d'homme. Reculant de quelques pas, il parcourut du regard la muraille abrupte, qui avait subi les assauts des armées des Berbères, des Wisigoths et des Maures. Comment pouvait-il espérer la franchir ?

Vittoria, êtes-vous là-dedans ?

Il courut le long du rempart. Il doit bien y avoir une autre entrée !

En contournant le deuxième rempart ouest, il arriva sur un petit parking donnant sur Borgo Sant'Angelo. Un pont-levis conduisait à une porte, mais il était dressé à la verticale. Langdon balaya à nouveau la muraille des yeux.

Le seul éclairage était celui des projecteurs illuminant le château de l'extérieur. Aucune lumière n'était allumée dans le château, si ce n'est au sommet, à trente mètres au-dessus de Langdon. Deux portes-fenêtres donnant sur un balcon, exactement à la verticale de l'épée de l'ange. Une lueur vacillante, comme celle d'une torche, flottait au-dessus de la rambarde de marbre. Langdon frissonna dans ses vêtements trempés. Avait-il aperçu une ombre ? Il attendit, tendu. La silhouette reparut sur le balcon. Des fourmillements lui parcoururent la colonne vertébrale. Il y avait quelqu'un là-haut !

— Vittoria ! appela-t-il malgré lui.

Sa voix se perdit dans la formidable rumeur du Tibre.

Il piétinait sur place. Que faisaient les gardes suisses ? Avaient-ils seulement reçu son message ?

Un gros camion de télévision était garé au fond du parking. Langdon se précipita. Dans la cabine, un homme ventripotent, les écouteurs sur les oreilles, manipulait les commandes d'une console. L'arrivée de Langdon en vêtements trempés le fit sursauter. Il arracha ses écouteurs.

— Qu'est-ce qui se passe, mon gars ? demanda-t-il avec un fort accent australien.

— J'ai besoin d'un téléphone, répondit Langdon.

L'homme haussa les épaules.

— Pas de tonalité. J'ai essayé toute la soirée. Tous les circuits sont saturés.

Langdon laissa échapper un juron.

— Est-ce que vous avez vu quelqu'un entrer dans le château ?

— Oui. Il y a une camionnette noire qui n'a pas arrêté d'entrer et de sortir toute la soirée...

Langdon sentit son estomac se nouer.

— Il a bien de la chance, ce salaud ! commenta l'Australien. Il doit avoir une vue géniale de là-haut ! Je n'ai pas réussi à me faufiler dans les embouteillages de la place Saint-Pierre, alors j'essaie de filmer d'ici...

Langdon ne l'écoutait plus. Il réfléchissait.

— Qu'est-ce que vous en pensez, vous, de cette histoire de bon Samaritain de la onzième heure ? demanda l'Australien.

— Pardon ?

— Vous n'avez pas entendu ? Le capitaine de la Garde suisse a reçu un coup de fil d'un type qui prétend détenir des infos de première main. Il doit arriver en avion d'une minute à l'autre. Tout ce que je sais, c'est que, s'il sauve la situation, on peut dire adieu à l'Audimat !

Langdon était perplexe. Un individu qui arrivait à la rescousse ? Quelqu'un qui saurait où on avait caché l'antimatière ? Pourquoi n'aurait-il pas donné les détails au téléphone ? Pourquoi venir en personne ? Il y avait quelque chose de bizarre dans cette histoire, mais il n'avait pas le temps de s'y attarder.

— Mais dites-moi, fit l'Australien en le regardant de plus près. Vous n'êtes pas le type qu'on a vu à la télévision ? Celui qui essayait de sauver la vie du cardinal sur la place Saint-Pierre ?

Langdon ne répondit pas. Il avait le regard fixé sur un dispositif installé sur le toit du camion — une antenne parabolique, montée sur un support articulé. Il leva les yeux vers le château. Le rempart devait s'élever à plus de quinze mètres de hauteur, et le donjon était beaucoup plus haut. Mais s'il arrivait à passer le premier obstacle…

Il se retourna vers le journaliste en désignant le toit du camion :

— Ça monte à quelle hauteur, ce truc-là ?

— Euh, une quinzaine de mètres… Pourquoi ?

— J'ai besoin de votre aide. Allez garer votre camion au pied du mur d'enceinte.

— Mais qu'est-ce qui vous prend ?

Langdon se contenta d'une explication rapide. L'Australien ouvrit des yeux ronds.

— Vous êtes fou ? Ça vaut deux cent mille dollars, ce truc-là. Ce n'est pas une échelle !

— Si c'est l'Audimat qui vous intéresse, je vais vous fournir le scoop de votre carrière.

— Une info à deux cent mille dollars ?

Langdon lui fit miroiter des révélations qui valaient largement son camion.

Quatre-vingt-dix secondes plus tard, Langdon était perché au sommet de l'antenne parabolique, à quinze mètres au-dessus du sol. Il empoigna à deux mains le rebord du rempart, se hissa dessus, et se laissa retomber de l'autre côté.

— Et votre promesse ? protesta l'Australien. Où est-il, ce cardinal ?

Langdon eut un peu honte de monnayer ainsi le pauvre cardinal, mais il avait conclu un marché. Et l'Assassin ne tarderait pas à contacter la presse.

— Piazza Navona ! cria-t-il. Dans la *Fontaine des quatre fleuves* !

Le journaliste replia son antenne et démarra en trombe.

Dans la grande salle aux murs de pierre, l'Assassin enleva ses bottes mouillées et banda son orteil blessé. La douleur ne l'empêcherait pas de savourer sa récompense.

Il se tourna vers la femme.

Elle était recroquevillée sur le divan, bâillonnée, les poings toujours liés derrière le dos. Il s'avança. Elle était réveillée, et ça lui plaisait. Il s'étonna de ne pas lire de peur mais de la fureur dans ses yeux.

La peur ne tarderait pas à venir.

107.

Robert Langdon courait le long du rempart extérieur, sous la lueur bienvenue des projecteurs. La cour, en contrebas du donjon, ressemblait à un musée d'histoire de la guerre : un impressionnant arsenal d'artillerie et d'armes anciennes avec catapultes, boulets et canons soigneusement alignés. Le château était en partie ouvert aux touristes et la cour intérieure avait été plus ou moins restaurée dans son état d'origine.

Langdon scruta en détail le rempart circulaire de la citadelle centrale, qui s'élevait à plus de trente-trois mètres, jusqu'aux pieds de l'ange de bronze. Au sommet de l'édifice, le balcon luisait toujours dans la nuit. Mais il n'était pas question d'appeler. Il fallait trouver une entrée.

Il regarda sa montre.

23 h 12.

Il descendit à toutes jambes la rampe en pierre adossée au rempart et pénétra dans la pénombre de la cour. Contournant la forteresse dans le sens des aiguilles d'une montre, il passa devant trois grands portails, tous fermés. Par où le tueur est-il entré ? Il reprit sa course et longea deux portes plus modernes, cadenassées de l'intérieur.

Il avait pratiquement fait un tour complet du donjon lorsqu'il croisa une allée de gravier qui traversait la cour en face de lui. Un pont-levis conduisait à l'intérieur de l'ancien mausolée, l'accès disparaissant sous un tunnel. *Il traforo !* La célèbre rampe intérieure en spirale qui permettait aux gardes d'accéder à cheval au sommet du donjon. L'assassin est monté là-haut en camionnette ! La grille du tunnel était ouverte, et Langdon s'y engouffra. Mais en arrivant à l'intérieur, une nouvelle déception l'attendait.

La rampe descendait.

Fausse route. Cette section du *traforo* devait conduire aux oubliettes.

Langdon hésita en haut de la pente qui disparaissait dans le noir en une spirale sans fin. Il aurait juré qu'il avait aperçu quelqu'un sur le balcon tout là-haut. Prends une décision, Robert ! Faute d'alternative, il amorça la descente du tunnel.

Une trentaine de mètres plus haut, l'Assassin était penché sur sa proie. Il lui caressa le bras. La perspective d'explorer les trésors charnels que renfermait cette peau douce et lisse l'emplissait d'ivresse. Combien de fois pourrait-il la violer ? Et de quelles façons ?

Il méritait cette femme. Il avait bien servi Janus. Elle était sa prise de guerre. Et quand il en aurait fini avec elle, il la forcerait à s'agenouiller au pied du divan. Devant lui. Et elle lui prodiguerait encore ses services. L'ultime soumission. Enfin, au moment où il atteindrait l'extase, il lui trancherait la gorge.

Ghayat assa'adah, disaient-ils. Le plaisir suprême.

Pour finir, il irait se reposer sur le balcon, savourant sa victoire et le triomphe des *Illuminati*... une revanche attendue depuis si longtemps...

Langdon amorça la descente. L'obscurité s'épaississait à chaque mètre.

Après un tour complet sous terre, il avançait dans le noir. La pente s'aplanissait. Il ralentit. L'écho de ses pas résonnait différemment. Il devait être entré dans un espace plus vaste. Il crut deviner, en face de lui, une sorte de miroitement, un reflet de lumière. Les mains en avant, il s'avança et heurta un gros objet lisse. Du verre et du chrome ? Un véhicule. Parcourant à tâtons la carrosserie, il identifia une portière, et l'ouvrit.

Le plafonnier était allumé. Reculant d'un pas, il reconnut immédiatement la camionnette noire de la Piazza Navona. Il resta un moment figé sur place, frissonnant de dégoût, avant d'entrer dans le fourgon, qu'il fouilla fébrilement à la recherche d'une arme. En vain. Il trouva, en revanche, le téléphone portable de Vittoria, fracassé sur le plancher. Il pria le ciel qu'il ne soit pas déjà trop tard.

Langdon passa la main vers l'avant pour allumer les phares. Une salle nue se matérialisa autour de lui. Une ancienne écurie, ou une armurerie, pensa-t-il. Et un cul-de-sac.

Voie sans issue. Je me suis trompé !

Découragé, il inspecta les quatre murs de la salle. Pas de porte, ni de grille. Il revoyait l'ange de bronze pointant son épée vers le centre du donjon, juste au-dessus du balcon éclairé. Ce ne serait qu'une coïncidence ? Impossible ! Le tueur l'avait prévenu : « Elle est dans le Temple de l'Illumination… elle y attend mon retour. » Langdon était trop près du but pour abandonner maintenant. Son cœur battait à tout rompre. La haine et la frustration commençaient à le paralyser.

Quand il remarqua des taches de sang sur le sol, sa première pensée fut pour Vittoria. Mais en les suivant des yeux, il s'aperçut qu'il s'agissait de traces de pieds, séparés par de longs intervalles… Un pied ensanglanté. Le pied gauche de l'Assassin !

Intrigué mais confiant, il suivit cette piste, précédé par son ombre de moins en moins visible. Les marques ensanglantées disparaissaient au coin de la pièce. La perplexité du limier céda devant l'émerveillement de l'historien d'art.

La dalle de granit angulaire n'était pas carrée comme les autres. Elle avait la forme parfaite d'un pentagramme, dont une pointe occupait le coin. Ingénieusement cachée par un chevauchement des deux murs, Langdon repéra une ouverture verticale suffisante pour livrer le passage à un homme. Il s'y glissa. Il se trouvait à l'entrée d'un passage souterrain. Devant lui, les vestiges d'une barrière de bois qui avait dû, en d'autres temps, fermer ce boyau.

Au bout du tunnel, il y avait de la lumière.

Langdon escalada la barrière et courut. Il déboucha dans une autre salle, plus grande que la première, et tout aussi sinistre. Une unique torche était allumée. Il ne devait pas y avoir d'électricité dans cette partie du donjon. Aucun touriste n'y venait jamais.

La prigione. Les geôles du château Saint-Ange.

Une douzaine de petites cellules étaient creusées dans

les murs, leurs barreaux rongés par la rouille. Une autre, plus grande, était encore intacte, et le cœur de Langdon s'arrêta net à la vue des soutanes noires et des écharpes rouges qui jonchaient le sol. C'est ici qu'il a emprisonné les quatre cardinaux !

Contiguë à ce grand cachot, une porte de fer entrouverte laissait deviner un autre passage. Il s'y précipita, mais s'arrêta net après quelques pas. Les traces de sang s'étaient interrompues. Il comprit pourquoi en lisant les mots inscrits au-dessus de la porte.

Il passetto.

Langdon était abasourdi. De nombreuses lectures lui avaient appris l'existence de ce passage secret, sans toutefois préciser exactement où il débouchait. *Il passetto* — le petit passage — était un couloir étroit, de quatre cents mètres de long reliant le Vatican au Castel Sant'Angelo. Il avait permis aux papes de s'y réfugier lors des sièges du Vatican, mais aussi à certains pontifes de rendre visite à leur maîtresse ou de superviser les tortures infligées à leurs ennemis. Les deux entrées de ce passage secret étaient en principe scellées, verrouillées par de grosses serrures dont les clés étaient conservées quelque part dans la Cité. Langdon réalisa que c'est en empruntant le *passetto* que l'assassin avait enlevé les cardinaux. Qui avait ainsi trahi le Vatican de l'intérieur, en subtilisant les clés ? Olivetti ? Un membre de la Garde suisse ? Mais cela n'avait plus beaucoup d'importance.

Les traces rougeâtres traversaient la salle des cachots, jusqu'à une grille rouillée sur laquelle étaient suspendues des chaînes. Elle était entrouverte, la serrure arrachée. Au-delà, un escalier hélicoïdal, aux marches étroites et hautes. Au pied de la première, un autre bloc de pierre en forme de pentagramme. Langdon se demanda si Le Bernin avait lui-même tenu le ciseau pour le tailler. Au-dessus de la grille, un petit chérubin était sculpté dans le plafond de la voûte.

Les taches de sang montaient l'escalier.

Nous y sommes.

Il lui fallait une arme. Près des cellules, un barreau de fer rouillé de plus d'un mètre de long, érodé à l'une de ses extrémités, gisait à terre. Il était horriblement lourd mais Langdon n'avait pas le choix. Il comptait sur l'effet de surprise et sur la blessure du tueur pour prendre l'avantage. Avant tout, il espérait ne pas arriver trop tard.

Les marches de l'escalier étaient déformées par l'usure. Langdon monta sans bruit, tendant l'oreille. Silence. La main gauche tendue vers le mur, pour se guider dans l'obscurité, il imaginait l'ombre de Galilée grimpant ces mêmes marches, impatient de partager sa vision du paradis avec d'autres hommes de science et de foi.

Langdon était encore épaté que les *Illuminati* aient osé élire domicile dans un bâtiment appartenant au Vatican. Tandis qu'on fouillait les maisons et les caves de tous les savants de Rome, ils se réunissaient ici, pratiquement sous le nez du pape. L'idée lui parut soudain absolument parfaite. Le Bernin dirigeait les opérations de rénovation du Vatican. Il avait donc, mieux que quiconque, libre accès au Castel Sant'Angelo, qu'il pouvait remodeler à sa convenance sans avoir de comptes à rendre. Combien d'entrées secrètes y avait-il ajoutées ? Combien de décorations balisaient subtilement le terme du parcours de ses adeptes ?

Le Temple de l'Illumination. Langdon en était tout proche, il le savait.

L'escalier se rétrécissait, les parois du tunnel semblaient se resserrer autour de lui, il croyait entendre des ombres séculaires chuchoter dans le noir. Un rayon de lumière filtra sous le seuil d'une porte à hauteur de ses yeux : un palier. Il gravit les dernières marches sur la pointe des pieds.

Sans pouvoir estimer sa position exacte, il se savait toutefois assez près du sommet du donjon. Il soupçonnait même le colossal ange de bronze de se trouver juste au-dessus de sa tête.

Protège-moi ! l'implora-t-il en resserrant ses doigts sur le barreau rouillé.

Vittoria avait les bras endoloris. En reprenant conscience, elle avait essayé de les détendre suffisamment pour pouvoir détacher les liens de ses poignets. Mais elle n'en avait pas eu le temps. Le monstre était revenu. Il était maintenant debout devant elle, son torse puissant dénudé, couvert de cicatrices. Ses yeux n'étaient que deux fentes noires. Elle le devinait en train d'imaginer les ignobles performances qu'il se préparait à lui faire subir. Comme pour la torturer à l'avance, il défit lentement la boucle de sa ceinture trempée et la jeta sur le sol.

La gorge serrée par l'horreur et la nausée, elle ferma les yeux. Lorsqu'elle les rouvrit, il brandissait un couteau à cran d'arrêt qu'il déplia d'un geste sec sous son nez.

La lame d'acier lui renvoya le reflet de son visage terrorisé.

Il promena le métal froid sur son ventre. Avec un regard plein de mépris, il glissa sa lame sous son short. Elle inspira. Il descendait et remontait, doucement, plongeant de plus en plus. Puis il se pencha sur elle et son haleine chaude lui souffla à l'oreille :

— C'est cette lame qui a énucléé ton père…

Elle comprit qu'il allait la tuer.

Retournant la lame de son couteau, il entreprit de découper son short de bas en haut.

S'arrêtant net, il leva la tête. Il y avait quelqu'un d'autre dans la pièce.

— Lâchez-la ! gronda une voix grave depuis la porte.

Une voix que Vittoria reconnut. Robert ! Il est vivant !

À l'expression sidérée de l'Assassin, on aurait juré qu'il avait vu un fantôme.

— Vous devez avoir un ange gardien, monsieur Langdon.

108.

En un quart de seconde, Langdon se rendit compte qu'il venait de pénétrer dans un lieu sacré. Les ornements défraîchis de la pièce oblongue regorgeaient de symboles familiers. Carrelage en pentagramme, planètes au plafond, colombes, pyramides.

Le Temple de l'Illumination. Rien de moins. Il avait atteint son but.

L'assassin des cardinaux lui faisait face, le torse nu, debout devant Vittoria, pieds et poings liés, mais bien vivante. Le regard de la jeune femme croisa le sien, déclenchant un afflux d'émotions contradictoires — soulagement, gratitude, fureur, regret.

— Nous nous retrouvons donc ! fit le tueur.

Il regarda la barre de fer que Langdon tenait à la main et se mit à rire :

— Et cette fois-ci, c'est avec ça que vous comptez m'abattre ?

— Détachez-la !

— Je vais la tuer, rétorqua l'autre en plaquant la lame de son couteau sur la gorge de Vittoria.

Langdon ne doutait pas qu'il en fût capable. Il s'efforça de parler sur un ton calme :

— Il me semble qu'elle serait soulagée, étant donné l'alternative…

L'insulte fit sourire l'adversaire.

— Vous avez raison. Ce serait du gâchis. Elle a beaucoup à offrir.

Langdon s'avança, dirigeant vers lui la pointe de son barreau rouillé.

— Libérez-la !

L'Assassin eut l'air de réfléchir un instant à cette possibilité. Il soupira, les épaules basses, comme s'il se rendait. Mais son bras se redressa immédiatement en une brusque torsion, et la lame d'un couteau traversa la pièce en direction de la poitrine de Langdon.

Par instinct ou par épuisement, l'Américain plia les genoux et la lame lui frôla l'oreille gauche avant de tomber à ses pieds. Son agresseur resta imperturbable. Il sourit à Langdon qui, à genoux, n'avait pas lâché sa barre de fer, et marcha vers lui comme un lion sur sa proie.

Langdon se releva, brandissant son barreau, soudain à l'étroit dans ses vêtements trempés. À demi nu, l'autre semblait plus souple et plus rapide. Sa blessure au pied ne le ralentissait pas le moins du monde. Il devait être dur au mal. Langdon regretta vraiment de ne pas avoir de pistolet.

L'Assassin faisait le tour de la pièce en direction du couteau, toujours le sourire aux lèvres, hors d'atteinte. Langdon lui barra le passage. Le tueur repartit en direction de Vittoria. Langdon se précipita pour se mettre entre eux.

— Il est encore temps, tenta-t-il. Dites-moi où est l'antimatière. Le Vatican vous paiera dix fois ce que les *Illuminati* peuvent vous offrir.

— Vous êtes naïf.

Langdon lui envoya un coup de barre, que l'autre évita. Il contourna un banc, pour essayer de le coincer. Mais cette fichue salle ovale n'a pas de coins ! Curieusement, l'Assassin ne paraissait disposé ni à attaquer ni à s'enfuir. Il jouait le jeu de Langdon. Il attendait son heure.

Mais qu'est-ce qu'il attend ? L'Assassin continuait à tourner autour de lui, trouvant toujours des positions inaccessibles. La tige de fer commençait à peser et Langdon comprit la stratégie de son adversaire. Il veut m'épuiser. Et ça marchait. L'adrénaline ne suffisait plus à vaincre la fatigue. Il fallait agir vite.

Le tueur sembla lire dans ses pensées. Il se déplaçait continuellement, comme s'il cherchait à attirer Langdon vers la table qui occupait le centre de la pièce. Il y avait quelque chose dessus, qui brillait à la lumière des torches. Une arme ? Sans quitter l'Assassin des yeux, Langdon se rapprocha progressivement de la table. L'Arabe la fixait ostensiblement des yeux. Bien que conscient qu'il s'agissait d'une manœuvre, Langdon se laissa dominer par sa réaction instinctive et ses yeux se posèrent sur la table. Le mal était fait.

Ce n'était pas une arme, mais un objet qui le cloua un instant sur place.

Un coffret en cuivre pentagonal, de facture rudimentaire, couvert de vert-de-gris. Le couvercle ouvert. À l'intérieur, logés dans cinq compartiments capitonnés, cinq gros fers, munis d'un manche en bois. Langdon les connaissait tous.

ILLUMINATI, EARTH, AIR, FIRE, WATER.

Il redressa immédiatement la tête, craignant un coup en douce. L'autre attendait sans bouger, semblant prendre plaisir à ce petit jeu. Langdon se ressaisit, soutenant son regard, brandissant son arme de fortune. Mais ce coffret l'obsédait. Si les fers eux-mêmes étaient fascinants, c'est autre chose qui le tracassait, un détail qui suscitait chez lui un pressentiment funeste. Il jeta un nouveau coup d'œil sur la table.

Les cinq compartiments étaient répartis sur le pourtour de la boîte, mais il y en avait un autre, au centre. Vide, et clairement destiné à accueillir un sixième fer… beaucoup plus grand, et parfaitement carré.

L'assaut se fit dans une sorte de brouillard.

Le tueur fondit sur lui comme un oiseau de proie. Langdon essaya de contre-attaquer, mais le barreau était lourd comme du plomb. Sa parade ne fut pas assez rapide et la brute l'esquiva, tout en s'emparant à deux mains de l'extrémité pointue de la tige. Les deux hommes luttèrent violemment. L'Assassin était costaud, son bras blessé ne semblait pas le gêner. Langdon sentit la barre de fer lui échapper, déchirant la paume de sa main. L'instant d'après, c'est lui qui se trouvait menacé. De chasseur, il était devenu gibier.

Il eut l'impression qu'un cyclone s'abattait sur lui. L'Assassin tournait autour de la pièce, forçant Langdon à reculer contre le mur.

— La curiosité est un vilain défaut, comme on dit chez vous…

Langdon était furieux d'avoir perdu l'avantage. Mais cette histoire de sixième fer le préoccupait toujours. Cela n'avait pas de sens.

— Je n'ai jamais rien lu sur le sixième fer des *Illuminati*, lâcha-t-il malgré lui.

— Cela m'étonnerait, ricana l'Arabe en le poursuivant le long du mur courbe.

Langdon était interloqué, et vexé. Les *Illuminati* n'avaient jamais utilisé que cinq fers… Il se plaqua contre le mur, cherchant désespérément un objet qui pourrait lui servir d'arme.

— L'union parfaite des anciens éléments, continua l'autre. Le dernier fer est le plus génial de tous, mais j'ai bien peur que vous ne le voyiez jamais.

Langdon sentait en effet qu'il n'avait plus le temps de voir grand-chose.

— Et vous l'avez vu, ce sixième fer ? demanda-t-il, cherchant à gagner du temps.

— Peut-être aurai-je un jour cet honneur, quand j'aurai fait mes preuves.

Il lançait des petits coups de barre vers Langdon, comme un picador cherchant à exciter son taureau.

Langdon recula encore. Son adversaire le promenait le long du mur, vers une destination inconnue. Laquelle ? Il ne pouvait pas se permettre de regarder derrière lui.

— Où est-il, ce sixième fer ?

— Pas ici. C'est Janus qui le détient. Lui seul sait où il se trouve.

Ce nom ne disait rien à Langdon.

— Janus ?

— Le chef des *Illuminati*. Il ne va pas tarder.

— Il va venir ici ?

— Oui, pour le dernier marquage.

Langdon jeta un regard effrayé à Vittoria. Elle avait l'air étonnamment calme, les yeux fermés au monde qui l'entourait, respirant lentement... profondément. Serait-ce elle la dernière victime ? Ou lui-même ?

— Vous êtes bien vaniteux ! railla l'Assassin. Elle et vous ne comptez pas. Vous allez mourir, c'est certain. Mais la dernière victime des *Illuminati* est un ennemi véritablement dangereux.

Langdon s'efforça de décoder la menace. Un ennemi vraiment dangereux ? Le pape était mort, les quatre cardinaux aussi, tous éliminés par la société secrète. La réponse se lisait dans les yeux du tueur.

Le camerlingue.

Le père Ventresca était le seul espoir qui restait à l'Église dans cette terrible crise. Ce soir-là, il était allé plus loin dans la condamnation des *Illuminati* que personne ne l'avait fait depuis longtemps. Ils lui en feraient payer le prix.

— Vous n'arriverez jamais à vous emparer de lui.

— Moi pas. C'est à Janus que revient cet honneur.

Langdon continuait à longer le mur sous la menace de la pointe rouillée.

— C'est le chef des *Illuminati* qui marquera au fer le camerlingue ?

— Le privilège du pouvoir...

— Mais personne ne peut entrer dans le Vatican ce soir !

— Sauf sur rendez-vous...

La seule personne attendue était ce fameux bon Samaritain de la onzième heure — celui dont Rocher pensait qu'il avait des informations...

Langdon s'arrêta net. Mon Dieu !

Le tueur afficha un sourire satisfait, visiblement réjoui par la découverte effrayante de Langdon.

— Moi aussi, je me suis demandé comment Janus pourrait pénétrer dans l'enceinte. Et puis j'ai écouté la radio dans ma camionnette... Le Vatican se prépare à l'accueillir à bras ouverts.

Langdon faillit perdre l'équilibre. Le mystérieux visiteur n'est autre que Janus ! Quelle supercherie inimaginable ! On le conduirait en grande pompe jusqu'aux appartements pontificaux. Mais comment avait-il réussi à duper Rocher ? À moins que le capitaine ne soit complice ? Langdon frissonna. Depuis sa captivité inexplicable dans la salle des Archives, il n'avait en Rocher qu'une confiance modérée.

L'Assassin lui piqua le flanc de sa lance. Furieux, Langdon recula d'un bond.

— Votre Janus n'en sortira pas vivant !

— Il est des causes qui valent qu'on meure pour elles.

Le tueur ne plaisantait pas. La visite de Janus au Vatican était une mission suicide. Une question d'honneur ? Langdon reconstitua mentalement le cercle infernal de cette histoire. Le prêtre que les *Illuminati* avaient mis au pouvoir en assassinant le pape était devenu leur adversaire. Et sa destruction par leur chef constituerait l'apothéose de leur vengeance.

Brusquement, Langdon ne sentit plus le mur derrière lui. Une bouffée d'air frais lui balaya le dos. Il reculait dans l'obscurité. Le balcon ! Voilà son objectif !

Il devinait le précipice qui s'ouvrait dans son dos, la chute de trente mètres dans la cour du donjon. Sans perdre une seconde, l'Assassin fonça brutalement sur lui, la barre de fer dirigée sur son estomac. Langdon sauta d'un pas vers l'arrière et la pointe l'effleura. À la deuxième attaque, il recula encore. Son dos heurta la balustrade. Certain que le prochain coup serait le bon, il paria sur l'absurde. Il se tourna sur le côté et saisit la barre de fer d'une main — sa main blessée. Et il tint bon.

L'Assassin ne broncha pas. Ils s'affrontèrent tous les deux, chacun tenant une extrémité du barreau rouillé. L'haleine fétide du tueur effleurait les narines de Langdon. La barre commençait à lui glisser des mains. Il ne pouvait rivaliser avec la force de son adversaire. En désespoir de cause, il lança une jambe en avant et tenta d'écraser sous le sien le pied blessé de l'agresseur. L'homme était un professionnel du combat, il recula sa jambe gauche à temps.

Langdon venait de jouer sa dernière carte. Et il avait perdu.

La brute lui arracha des mains la tige de fer, s'en saisit par les extrémités et la lui plaqua sur la poitrine pour le faire reculer contre la rambarde. Langdon sentit le vide s'ouvrir dans son dos. La rampe de pierre lui arrivait juste au-dessous des fesses. Le tueur s'avança sur lui. Langdon se pencha à la renverse au-dessus de l'abîme.

— *Ma'assalamah* ! Monsieur Langdon. Adieu !

Avec un regard glacial, l'Assassin porta son dernier coup. Les pieds de Langdon décollèrent du sol. Avant de tomber, il s'agrippa des deux mains à la rambarde. Sa main gauche glissa et lâcha prise, mais la droite tenait bon. Il se retrouva suspendu au-dessus de la cour d'enceinte.

Penché sur lui, l'Assassin leva la barre de fer pour lui écraser la main. Elle commençait à descendre lorsque Langdon eut une apparition. Peut-être une de ces visions qui accompagnent parfois l'approche de la mort, ou un aveuglement provoqué par la terreur. Une aura lumineuse, irréelle, entourait le corps du tueur, comme une boule de foudre arrivant de nulle part.

L'Assassin poussa un hurlement de douleur et lâcha la barre, qui tomba dans la nuit. Il pivota sur lui-même, et Langdon découvrit sur son dos nu la marque profonde d'une large brûlure. Il se hissa tant bien que mal sur la rambarde. Les yeux pleins de fureur, Vittoria faisait face à son ravisseur.

Elle brandissait une torche devant elle. Son visage fulminant luisait derrière les flammes. Par quel miracle avait-elle bien pu réussir à se libérer, Langdon n'en avait cure. Il entreprit d'escalader la balustrade.

Hurlant de rage, l'Assassin se précipita sur Vittoria. Elle essaya de l'esquiver, mais il ne la rata pas. Il empoigna la torche et la secoua violemment pour tenter de la lui arracher des mains. Le sang de Langdon ne fit qu'un tour. Il bondit en avant et enfonça son poing serré dans la brûlure boursouflée.

L'écho du hurlement dut se répercuter jusqu'au Vatican.

Le dos arqué sous la douleur, le tueur lâcha la torche. Vittoria la lui plaqua sur l'œil gauche, dans un grésillement de chair carbonisée. Il hurla à nouveau, portant la main à son visage.

— Œil pour œil ! siffla Vittoria.

Elle agitait sa torche devant son ravisseur. Lorsqu'elle l'atteignit à nouveau, il avait reculé jusqu'à la rambarde du balcon. Langdon aida Vittoria à le soulever et à le balancer dans le vide. Il plongea dans la nuit, sans un cri. On n'entendit que le bruit sec de ses os disloqués lorsqu'il atterrit les bras en croix sur un tas de boulets de canons.

Langdon se tourna vers Vittoria et la dévisagea, éberlué. Les cordes dénouées pendaient à sa taille et à ses épaules. Son regard lançait des éclairs.

— Houdini avait appris le yoga, expliqua-t-elle.

109.

Sur la place Saint-Pierre, les gardes suisses formaient un mur humain, criant des ordres et gesticulant pour repousser les badauds et dégager un espace devant la basilique. Mais la foule était trop dense et semblait attacher beaucoup plus d'importance à la destruction imminente du Vatican qu'à sa propre sécurité. Les chaînes de télévision retransmettaient sur leurs écrans géants le compte à rebours de l'explosion de l'antimatière, directement alimentées par le réseau de surveillance de la Garde suisse que le camerlingue leur avait gracieusement offert. Les photos du conteneur menaçant ne faisaient malheureusement rien pour disperser les hordes de badauds amassées sur la place, et qui ne mesuraient pas le danger. Les horloges électroniques indiquaient un peu moins de quarante-cinq minutes avant la détonation, ce qui laissait largement le temps d'assister au spectacle.

Les gardes suisses trouvaient tous très astucieuse l'idée qu'avait eue le camerlingue de révéler au monde la vérité, et de fournir aux médias les images concrètes de l'effroyable complot des *Illuminati*. Les membres de la société secrète avaient certainement compté sur la réserve habituelle des autorités du Vatican devant l'adversité. Rompant avec la tradition, le camerlingue était ce soir un chef à la hauteur de la situation.

Dans la chapelle Sixtine, le cardinal Mortati commençait à s'agiter. Il était plus de 23 h 15. La plupart des cardinaux priaient toujours. Certains s'étaient toutefois rassemblés près de la sortie, visiblement inquiets de l'heure avancée. Ils étaient même deux ou trois à marteler la porte à coups de poing.

Dans le vestibule, Chartrand ne savait que faire. Il regarda sa montre. C'était l'heure d'ouvrir la porte. Mais le capitaine Rocher avait spécifié qu'on ne fasse pas sortir les cardinaux avant qu'il en ait donné l'ordre explicite. Les coups s'intensifiaient et le lieutenant était bien embarrassé. Le capitaine aurait-il oublié ? Il est vrai que, depuis ce mystérieux appel téléphonique, il se comportait de façon incohérente.

N'y tenant plus, le jeune homme sortit son talkie-walkie.

— Mon capitaine ? Ici Chartrand. L'heure est passée. Dois-je ouvrir les portes de la Chapelle ?

— Ces portes doivent rester fermées. Je crois vous l'avoir déjà précisé.

— En effet, mon capitaine, mais…

— Notre visiteur est attendu d'un moment à l'autre. Prenez quelques hommes avec vous et allez monter la garde devant le bureau du pape. Le camerlingue ne doit en sortir sous aucun prétexte.

— Pardon ?

— Vous ne m'avez pas compris ?

— Si, mon capitaine. Nous arrivons.

Dans le bureau pontifical, Carlo Ventresca méditait devant le feu de bois. Mon Dieu, donnez-moi la force. Faites un miracle. Il tisonna la braise, se demandant si cette nuit serait sa dernière.

110.

23 h 23.

Sur le balcon du château Saint-Ange, les yeux remplis de larmes, Vittoria était parcourue de tremblements. Elle aurait voulu serrer Langdon dans ses bras, mais son corps était anesthésié. Il lui fallait un peu de temps pour réaliser, pour faire le point. L'assassin de son père adoptif gisait trente mètres plus bas. Il avait bien failli la tuer, elle aussi.

La main de Langdon se posa sur son épaule et sa chaleur la ramena à la vie. Le brouillard se leva comme par magie. Elle se secoua et se tourna vers lui. Il était dans un état lamentable. Les vêtements trempés, les cheveux emmêlés, plaqués sur son crâne. Il avait visiblement traversé le purgatoire avant de la sauver de l'enfer.

— Merci…, murmura-t-elle.

Il esquissa un sourire fatigué et lui rappela que c'était à lui de la remercier. C'était son talent de contorsionniste, sa faculté de se disloquer les épaules qui leur avait sauvé la vie à tous les deux. Elle s'essuya les yeux. Elle aurait pu rester ici avec lui éternellement. Mais ce moment de répit ne devait pas durer.

— Il faut que nous sortions d'ici, fit Langdon.

Vittoria avait l'esprit ailleurs. Elle fixait des yeux le Vatican. Le plus petit État du monde était tout proche, blafard sous la lumière des projecteurs. Elle s'aperçut avec épouvante que la place Saint-Pierre était encore noire de monde. Les gardes suisses n'avaient apparemment réussi à la dégager que sur une cinquantaine de mètres devant la basilique — moins d'un tiers de sa surface. La foule était compacte, les gens continuaient à affluer. Ils étaient trop près !

— J'y retourne ! déclara Langdon.

— Au Vatican ?

Il l'informa de la visite du prétendu bon Samaritain, lui expliquant que ce n'était qu'une imposture. C'était en réalité le chef des *Illuminati*, un certain Janus, qui devait venir en personne, et qui marquerait au fer le camerlingue, pour signifier la victoire finale des *Illuminati* sur l'Église.

— Personne n'est au courant. Je n'ai aucun moyen de contacter le Vatican. Et ce type va débarquer d'une minute à l'autre. Il faut avertir les gardes avant qu'ils ne le laissent entrer.

— Mais vous n'arriverez jamais à passer dans cette foule !

— Il y a un autre moyen.

Elle lut dans ses yeux qu'une fois encore, il savait quelque chose qu'elle ignorait.

— Je viens avec vous.

— Non. Pourquoi risquer deux…

— Il faut absolument trouver un moyen d'évacuer tous ces gens. Ils sont en danger…

À ce moment précis, le sol du balcon se mit à trembler sous leurs pieds. Un grondement assourdissant résonnait dans le château, et une clarté éblouissante s'élevait de la place Saint-Pierre. Vittoria s'arrêta de respirer. Ô mon Dieu ! L'antimatière, déjà !

Mais au lieu de l'explosion qu'elle attendait, c'est une immense acclamation qui s'éleva de la foule. Clignant des yeux sous la lumière fulgurante, elle eut l'impression que les projecteurs des médias s'orientaient maintenant vers le Castel Sant'Angelo ! De nombreux badauds le montraient du doigt en poussant des cris de joie.

— Mais qu'est-ce que c'est ? s'écria Langdon totalement dérouté.

Le rugissement s'amplifiait.

L'hélicoptère du pape surgit soudain à moins de vingt mètres au-dessus de leurs têtes, tout près du donjon. Il filait en droite ligne vers le Vatican, scintillant sous le flot de lumière des projecteurs. Après son passage, le balcon se retrouva plongé dans la pénombre.

Vittoria se rongeait d'inquiétude. Robert et elle arriveraient trop tard. Elle regarda le gros hélicoptère ralentir et s'immobiliser au-dessus de la place Saint-Pierre. Soulevant un nuage de poussière, il atterrit sur la section dégagée qui séparait la foule de la basilique, au pied des escaliers de Saint-Pierre.

— Voilà ce qu'on appelle une arrivée en fanfare, s'écria-t-elle.

Une silhouette descendait les marches de marbre blanc à la rencontre de l'appareil. Sans le béret rouge qui le coiffait, Vittoria n'aurait pu le reconnaître.

— C'est Rocher, fit Langdon. Il sort le protocole des grands jours…

Il tapa du poing sur la balustrade.

— Il faut le prévenir !

Et il rentra dans la salle.

— Attendez ! hurla Vittoria.

Elle n'en croyait pas ses yeux. Elle tendait un bras tremblant vers l'hélicoptère. Même de loin, il n'y avait pas d'erreur possible. Un seul homme pouvait descendre la passerelle de cette manière. Tout en restant assis, il accéléra vers les marches de la basilique sans le moindre signe d'effort.

Un roi. Sur un trône électronique.

C'était Maximilian Kohler.

111.

La somptueuse richesse de la galerie du Belvédère avait pour Kohler quelque chose d'écœurant. La pellicule d'or qui recouvrait le plafond de l'entrée aurait financé à elle seule une année de recherche sur le cancer. Rocher le précédait sur la rampe d'accès pour handicapés qui conduisait, après de nombreux détours, au palais pontifical.

— Il n'y a pas d'ascenseur ? demanda Kohler.

— Nous avons coupé l'électricité, répondit le capitaine en montrant du doigt les bougies allumées. Pour faciliter nos recherches.

— Lesquelles ont dû échouer…

Rocher hocha la tête.

Kohler fut saisi d'une quinte de toux qui, pensa-t-il, pourrait bien être l'une de ses dernières. Cette perspective ne lui paraissait pas forcément fâcheuse.

Une fois arrivés à l'étage supérieur, ils s'engagèrent dans un couloir qui menait au bureau du pape. Quatre gardes suisses se précipitèrent à leur rencontre.

— Que faites-vous ici, mon capitaine ? s'étonna l'un d'eux. Je croyais que vous deviez vous entretenir avec ce monsieur…

— Notre hôte ne veut parler qu'au père Ventresca.

Les gardes reculèrent, l'air méfiant.

— Dites au camerlingue, ordonna Rocher, que le directeur du CERN, M. Maximilian Kohler, lui demande un entretien. Sur-le-champ.

— Très bien, mon capitaine !

Le garde repartit en courant vers le bureau pontifical. Les trois autres bloquaient le passage, observant l'homme en fauteuil roulant.

— Un instant, mon capitaine. Nous allons d'abord annoncer votre visiteur.

Mais Kohler ne s'arrêta pas. Il manœuvra sa voiture et les contourna.

Les sentinelles couraient à ses côtés.

— *Si fermi, per favore !* Monsieur ! Arrêtez !

Kohler n'éprouvait que de la répugnance. Même l'élite des forces de sécurité n'était pas blindée contre la pitié pour un infirme. S'il marchait sur ses deux jambes, ils l'auraient saisi à bras-le-corps. Les infirmes n'ont aucun pouvoir..., pensa-t-il. C'est du moins ce qu'on croit.

Le directeur du CERN avait très peu de temps pour accomplir sa mission. Il y risquait sa vie, et il était surpris de s'en soucier si peu. La mort était un prix qu'il était prêt à payer. Il avait assez souffert dans sa vie pour ne pas laisser détruire son œuvre par un camerlingue.

— *Signore !* criaient les gardes. Arrêtez-vous !

L'un d'eux sortit son arme.

Kohler s'immobilisa.

Rocher s'avança vers lui, l'air contrit.

— Excusez-nous, monsieur Kohler. C'est l'affaire d'un instant. Personne n'est admis dans le bureau du pape avant d'avoir été annoncé.

Kohler comprit à son regard qu'il lui fallait se soumettre. Très bien. Attendons.

Les gardes l'avaient cruellement intercepté devant un miroir en pied. La vision de sa silhouette déformée le dégoûtait. Mais une rage ancienne lui revint à l'esprit. Elle lui redonnait le pouvoir. Il était passé du côté de l'ennemi. C'étaient ces gens-là qui lui avaient dérobé sa dignité physique. C'est à cause d'eux qu'il n'avait jamais connu les caresses d'une femme... qu'il n'avait jamais pu se lever pour recevoir une médaille. Qu'est-ce donc que cette vérité qu'ils possèdent ? Quelles preuves peuvent-ils avancer ? Un livre bourré de fables archaïques ? Des promesses de miracles à venir ? La science en produit chaque jour !

Il fixait son regard dur dans la glace. Je vais peut-être mourir ce soir, sous les coups de la religion, mais ce ne sera pas la première fois.

Il avait à nouveau onze ans. Cloué au lit dans la maison de ses parents, à Francfort. Ses draps tissés dans le meilleur lin d'Europe étaient trempés de sueur. Le jeune Max se sentait brûler, dévoré par une douleur inimaginable. Agenouillés près de son lit depuis deux jours, son père et sa mère priaient.

Au fond de la chambre, trois des meilleurs médecins de la ville se tenaient dans l'ombre.

— Je vous supplie de réfléchir encore ! dit l'un d'eux. Regardez-le ! La fièvre est en train de monter. Cet enfant souffre le martyre. Et il est en danger !

Max connaissait la réponse de sa mère avant même qu'elle l'ait prononcée :

— *Gott wird ihn beschützen!*

C'est vrai, se disait l'enfant. Dieu me protégera. La foi de sa mère lui redonnait de la force. Dieu me protège.

Une heure plus tard, il avait l'impression que son corps était écrasé sous une voiture. Il ne respirait même pas assez pour pouvoir crier.

— Votre fils endure des souffrances terribles, expliqua le deuxième docteur. Laissez-moi au moins le soulager. J'ai ce qu'il faut ici, une simple piqûre de...

— *Ruhe, bitte!* ordonna le père de Max sans ouvrir les yeux.

Il continuait à prier.

Max essaya de hurler.

— Père, je t'en prie ! Dis-leur de me faire la piqûre !

Mais sa voix s'étouffa dans une quinte de toux.

Encore une heure. La douleur avait empiré.

— Votre fils peut rester paralysé ! tempêta un médecin. Il va peut-être mourir ! Nous avons des médicaments pour l'en empêcher !

M. et Mme Kohler refusaient toujours. Ils ne croyaient pas à la médecine. Qui étaient-ils pour contrarier les plans de Dieu ? Ils redoublèrent de prières. Si Dieu leur avait accordé un fils, pourquoi le reprendrait-Il ? Sa mère lui chuchotait à l'oreille de rester fort et courageux. Elle lui expliqua que Dieu le mettait à l'épreuve, comme il l'avait fait pour Abraham. Il éprouvait sa foi.

Max essayait de garder confiance, mais la douleur était insoutenable.

— Je ne peux pas cautionner cela ! s'écria un médecin en quittant la chambre.

Quand l'aube se leva, Max était à peine conscient. Ses muscles n'étaient plus que crampes. Où est Jésus ? se demandait-il. Est-ce qu'il ne m'aime pas ? Il sentait la vie s'écouler de son corps.

Sa mère s'était endormie à côté de lui, les mains jointes sur les siennes. Son père était debout à la fenêtre, à regarder le jour naissant. Il avait l'air en transe. Max entendait le murmure de sa voix implorant la pitié de Dieu.

C'est alors qu'il sentit quelqu'un se pencher sur lui. Un ange ? Sa vue était troublée, ses yeux gonflés. La silhouette murmurait à son oreille. Ce n'était pas la voix d'un ange. C'était celle d'un des docteurs, celui qui n'avait pas quitté la chambre depuis deux jours. Celui qui suppliait ses parents de le laisser lui administrer un nouveau médicament venu d'Angleterre.

— Si je ne le fais pas, je ne me pardonnerai jamais, chuchota le médecin. Je regrette seulement de ne pas l'avoir fait plus tôt.

Il souleva doucement le bras sans force de Max, qui ne sentit qu'une petite pointe de feu, noyée dans l'océan de douleur qui le submergeait.

Le docteur rangea son sac en silence. Il posa la main sur le front de l'enfant.

— Cette piqûre va te sauver la vie. J'ai foi en la médecine.

Au bout de quelques minutes, Max sentit une vague miraculeuse se répandre dans ses muscles. Une chaleur bienfaisante, qui endormait la douleur sur son passage. Pour la première fois depuis trois jours, il s'endormit.

Quand la fièvre fut retombée, ses parents proclamèrent que c'était un miracle du Seigneur. Mais en apprenant que leur fils resterait paralysé, leur joie s'évanouit. Ils le roulèrent en petite voiture jusqu'à l'église et supplièrent le curé de les recevoir.

— Seule la grâce de Dieu a permis qu'il survive, déclara le prêtre.

Max écoutait sans rien dire.

— Mais il ne peut plus marcher ! s'écria Mme Kohler en sanglotant.

Le curé hocha tristement la tête.

— Il semble en effet que Dieu ait voulu le punir d'avoir manqué de foi en Lui.

— Monsieur Kohler ?

Le garde gradé revenait du fond du couloir.

— Le camerlingue va vous accorder une audience.

Avec un grognement, Kohler fit démarrer sa voiture.

— Il dit être surpris de votre visite.

— Je n'en doute pas. Je souhaite le voir seul.

— C'est impossible. Personne ne peut...

— Lieutenant ! aboya Rocher. L'entretien se déroulera selon le souhait de M. Kohler.

Le garde resta cloué sur place.

Devant la porte du bureau, le capitaine Rocher laissa ses hommes soumettre Kohler au protocole de sécurité. Le détecteur de métaux ne résista pas aux innombrables équipements électroniques transportés par la chaise roulante. Gênés par son infirmité, les gardes le fouillèrent sans insister. Ils ne décelèrent pas le revolver caché sous son siège. Pas plus qu'un autre objet... qui devait mettre un terme à cette série d'événements.

Lorsque le directeur du CERN entra dans le bureau pontifical, il trouva le camerlingue en prière devant un feu mourant. Ventresca n'ouvrit pas les yeux.

— Monsieur Kohler, dit-il, êtes-vous venu faire de moi un martyr ?

112.

Langdon et Vittoria s'engouffrèrent à toutes jambes dans le *passetto*. Talonné par Vittoria, Langdon ouvrait la marche dans l'atmosphère humide d'un étroit tunnel au plafond bas, la lumière de sa torche ne les précédant que de quelques mètres.

Le souterrain descendait en pente raide à la sortie du château Saint-Ange, avant de remonter sous l'édifice de pierre aux allures d'aqueduc romain. Il s'aplanissait en arrivant sous le territoire du Vatican.

En courant, un kaléidoscope de questions tournoyait dans la tête de Langdon. Si Kohler était Janus, qui était l'assassin des cardinaux ? Quel rôle jouait Rocher ? Et qu'en était-il de ce sixième fer ?

« Le plus génial de tous ! avait dit le tueur. Je suis sûr que vous en avez entendu parler... » Langdon était persuadé que non. Même dans le folklore le plus débridé qui gravitait autour du complot des *Illuminati*, il n'avait jamais rencontré de référence à cet instrument de torture, réel ou imaginaire. On parlait de lingots d'or et d'un diamant sans défaut, mais jamais d'un sixième fer.

— Ce Janus, c'est impossible que ce soit Kohler ! s'écria soudain Vittoria derrière lui.

Impossible. Un mot que Langdon n'employait plus depuis quelques heures.

— Je ne sais pas, répondit-il. Il a de bonnes raisons d'en vouloir au Vatican, et c'est de plus un homme très influent…

— Toute cette histoire fait passer le CERN pour une organisation criminelle. Jamais Max ne ferait quoi que ce soit qui puisse nuire à la réputation du Centre !

Il est vrai que le CERN en avait pris pour son grade ce soir. Et tout cela en raison de l'insistance des *Illuminati* à médiatiser la crise. Et pourtant, Langdon ne pouvait s'empêcher de douter que le centre de recherches en ait réellement souffert. Les critiques en provenance du Vatican n'étaient pas une nouveauté. En fait, plus il y songeait, plus il se disait que cette crise pourrait finalement se révéler bénéfique pour le CERN. Du seul point de vue de la publicité, le tapage médiatique sur l'antimatière serait un véritable jackpot. Le monde entier n'avait que ce mot-là à la bouche.

— Savez-vous ce que disait Barnum, le directeur du cirque ? lança Langdon par-dessus son épaule : « Peu m'importe ce que vous racontez sur moi, du moment que vous épelez correctement mon nom ! » Je parie que les boîtes sont déjà en train de harceler le CERN pour décrocher la licence d'exploitation de l'antimatière. Et quand ils auront constaté à minuit de quoi elle est capable…

— Erreur de logique, contesta Vittoria. Ce n'est pas en démontrant leur pouvoir de destruction qu'on assure une bonne publicité aux découvertes scientifiques… Croyez-moi, cette histoire est une véritable catastrophe pour l'antimatière !

La torche de Langdon donnait des signes de faiblesse.

— Ou alors, reprit-il, les choses sont encore beaucoup

plus simples que cela. Kohler aurait parié sur le fait que le Vatican étoufferait l'affaire, pour éviter de renforcer le pouvoir des *Illuminati*. Il comptait probablement sur leur mutisme légendaire, et c'est le camerlingue qui a changé les règles du jeu.

Vittoria ne répondit pas. Le tunnel descendait.

Langdon commençait à y voir clair dans le scénario.

— C'est bien ça ! Kohler ne pouvait pas s'attendre à la réaction de Ventresca, qui a rompu la loi du silence en se produisant dans tous les grands médias. Il a fait preuve d'une honnêteté remarquable en parlant de l'antimatière à la télévision. C'était une réaction assez géniale. Kohler a été pris de court. Et l'ironie de tout cela, c'est que l'attaque des *Illuminati* s'est retournée contre eux. Ils ont involontairement suscité un nouveau leader pour l'Église. Et Kohler est ici pour le tuer !

— Max est peut-être un salaud, mais ce n'est pas un criminel. Jamais il n'aurait participé à l'assassinat de mon père.

Mais Langdon entendait ce que Kohler lui avait dit le matin : « Leonardo Vetra avait de nombreux ennemis dans le monde scientifique, même ici, au sein du CERN. Ils estimaient que mettre la physique analytique au service de principes religieux revenait à trahir la science. »

— Il y a peut-être des semaines que Kohler est au courant de l'antimatière. Il aura redouté les implications religieuses que votre père associait à sa découverte…

— Et donc il l'a assassiné ? C'est une hypothèse ridicule ! De plus, il est absolument impossible que Max ait été informé du projet.

— Pendant que vous étiez en voyage, votre père a peut-être craqué… et il aura demandé conseil à Kohler. Vous dites vous-même qu'il était très préoccupé des conséquences morales de sa découverte.

— À Kohler ? Des conseils moraux ? Cela m'étonnerait beaucoup ! rétorqua-t-elle en ricanant.

Le passage virait légèrement vers l'ouest. Plus ils couraient vite, plus la lueur de la torche de Langdon faiblissait. Il préférait ne pas envisager qu'elle puisse s'éteindre…

— Et si Kohler était responsable de cette affaire, continua Vittoria, pourquoi vous aurait-il appelé ce matin pour vous demander de l'aide ?

— Pour se couvrir. En me faisant venir, il était certain qu'on ne lui reprocherait pas son inaction face à la crise. Et il ne pensait sans doute pas que notre enquête nous conduirait aussi loin.

L'idée d'avoir été manipulé par Kohler mettait Langdon en rage. La participation d'un universitaire spécialiste des sociétés secrètes n'avait fait qu'ajouter de la crédibilité aux *Illuminati*. Les médias avaient passé la soirée à citer ses titres et travaux. Si absurde qu'elle soit, la présence au Vatican d'un professeur de Harvard n'avait fait qu'aggraver le délire paranoïde des *Illuminati*, tout en persuadant les sceptiques du monde entier que cette confrérie ne relevait pas de l'histoire ancienne, qu'elle représentait une menace réelle avec laquelle il fallait compter.

— Ce reporter de la BBC, dit-il, est convaincu que le CERN est le nouveau repaire des *Illuminati*…

Vittoria trébucha avant de se remettre à courir.

— Quoi ? Il a dit ça ?

— Oui, à la fin de son reportage. Il a comparé le centre de recherches à une loge maçonnique. Une organisation ayant pignon sur rue et abritant des membres d'une société secrète.

— Ô mon Dieu ! Ces propos-là vont sonner le glas du CERN.

Langdon n'en était pas si sûr. Mais quoi qu'il en soit, la théorie du journaliste ne lui paraissait plus aussi farfelue. Le CERN était pour les scientifiques le nec plus ultra de la recherche. Il rassemblait les plus grands spécialistes de plus d'une dizaine de nationalités. Il bénéficiait d'investissements privés sans limites. Et Maximilian Kohler en était le directeur…

C'est lui Janus, pensa-t-il.

— Si votre patron n'est pas impliqué, reprit-il, que fait-il au Vatican ce soir ?

— Il tente de mettre fin à cette folie. De manifester son soutien. Comme le bon Samaritain ! Il a peut-être découvert qui était au courant du projet de l'antimatière… et il est venu faire part de ses renseignements.

— L'Assassin prétendait qu'il venait tuer le camerlingue, après l'avoir marqué au fer rouge.

— C'est absurde ! Ce serait suicidaire. Il ne sortirait jamais vivant du Vatican !

Langdon réfléchit. Justement. C'était peut-être là son but.

Ils distinguaient devant eux les contours d'une grille d'acier qui barrait le passage. Le cœur de Langdon se serra. Il s'en approcha, découragé, mais constata que la vieille serrure était ouverte. Ils poussèrent la porte sans effort.

Il laissa échapper un soupir de soulagement. Comme il le suspectait, le *passetto* était encore utilisé. Il l'avait été récemment. Très récemment. Il ne faisait plus de doute que c'est par là que le tueur avait acheminé les quatre cardinaux jusqu'au château Saint-Ange.

Vittoria et lui couraient toujours. On entendait un grondement assourdi derrière la paroi de gauche. La place Saint-Pierre. Ils étaient presque arrivés.

Ils tombèrent face à une autre grille, plus lourde, mais déverrouillée elle aussi. Le murmure venant de la place s'amenuisait derrière eux. Ils avaient dû franchir le mur extérieur de la Cité. Où le tunnel pouvait-il bien aboutir ? Dans les jardins ? Dans la basilique ? Dans la résidence pontificale ?

Le *passetto* se terminait en cul-de-sac.

Une porte massive en fer riveté leur bloquait le passage. À la lueur vacillante de sa torche presque éteinte, Langdon constata qu'elle était absolument lisse — pas de poignée, pas de bouton, pas de trou de serrure ni de charnières. Un mur de métal.

C'était une porte *senza chiave*, qui n'ouvrait que dans un sens. Celle-ci ne s'actionnait que de l'intérieur. Le moral de Langdon commençait à tourner au noir... comme la torche qu'il tenait à la main.

Il regarda sa montre.

23 h 29.

Il poussa un cri de rage et, laissant tomber son flambeau, il tambourina des deux poings sur la porte.

113.

Quelque chose clochait.

Devant la porte du bureau du pape, le lieutenant Chartrand devinait la même inquiétude chez le garde à côté de lui. Selon le capitaine Rocher, l'entretien des deux hommes pouvait sauver le Vatican de la destruction. Pourquoi les deux gardes ne se sentaient-ils pas rassurés ? Et pourquoi Rocher avait-il ce comportement bizarre ?

Décidément, quelque chose clochait.

Debout à droite de Chartrand, Rocher regardait dans le vide, l'air étonnamment absent. Le lieutenant ne reconnaissait plus son supérieur. Il se montrait imprévisible depuis une heure. Ses décisions n'avaient pas de sens.

L'entretien devrait se dérouler en présence d'un tiers ! se disait Chartrand. Il avait entendu Kohler verrouiller la porte derrière lui. Pourquoi Rocher l'a-t-il laissé faire ?

Mais un autre souci, tout aussi grave, préoccupait le jeune lieutenant. Les cardinaux. Ils étaient encore enfermés dans la chapelle Sixtine. C'était de la folie pure. Le camerlingue avait demandé qu'on les évacue, il y avait de cela plus d'un quart d'heure. Mais Rocher avait désobéi sans l'en informer. Et quand Chartrand avait exprimé son inquiétude, le capitaine avait éclaté. On ne contestait pas les ordres de la hiérarchie au sein de la Garde suisse.

Encore une demi-heure, pensait Rocher en consultant discrètement sa montre à la lueur des candélabres. Dépêchez-vous !

Chartrand aurait tellement voulu savoir ce qui se passait derrière la porte. Et pourtant, il savait que le camerlingue s'en tirerait mieux que quiconque. Il avait largement fait ses preuves au cours de cette soirée. Sans flancher un seul instant. Il avait attaqué le problème de front, avec une honnêteté et une sincérité exemplaires. Chartrand se sentait fier d'appartenir à l'Église catholique. Et les *Illuminati* avaient commis une grave erreur en s'attaquant au père Ventresca.

Un bruit inattendu le tira en sursaut de ses réflexions. Quelqu'un frappait, quelque part au fond du couloir. Les coups étaient distants, étouffés, mais persistants. Rocher releva la tête et se tourna vers Chartrand. Le lieutenant comprit immédiatement. Il alluma sa lampe torche et s'engagea dans le couloir.

Les coups s'intensifiaient, de plus en plus pressants. Chartrand parcourut une trentaine de mètres dans le corridor, jusqu'à une intersection. Le bruit semblait venir du fond d'une aile, au-delà de la Sala Clementina. Il était embarrassé, car il n'y avait là qu'une seule pièce

— la bibliothèque pontificale. Elle était fermée depuis la mort du pape. Personne ne pouvait…

Il descendit en courant le deuxième couloir, suivit un embranchement et se précipita vers la porte de la bibliothèque. Bien que relativement petite, elle surgissait dans l'obscurité comme une sentinelle redoutable. C'était bien de là que venaient les martèlements. Chartrand hésitait. Il n'était jamais entré dans la bibliothèque. Les gardes suisses n'y étaient en général pas admis. Personne n'y pénétrait sans escorte, et uniquement sur ordre du pape lui-même.

Il risqua une main timide vers la poignée. Comme il s'y attendait, la porte était verrouillée. Il tendit l'oreille. On cognait plus fort. Et il discernait des voix. Il y a quelqu'un qui appelle !

Sans distinguer les mots, il devina la panique au travers des cris. Quelqu'un était-il enfermé dans la bibliothèque ? Les gardes suisses n'auraient pas évacué toutes les pièces avant de les fermer à clé ? Le lieutenant hésita un instant à appeler Rocher. Et puis la barbe ! On lui avait appris à prendre des initiatives, c'était l'occasion. Il sortit son arme et tira un seul coup dans la serrure. La porte s'ouvrit d'elle-même, dans une giclée d'éclats de bois.

La bibliothèque était plongée dans l'obscurité totale. Il la balaya du rayon de sa lampe. C'était une grande pièce rectangulaire, aux murs couverts d'étagères en chêne. Tapis d'Orient au sol, canapés de cuir brun, grande cheminée de marbre. On avait dit à Chartrand qu'elle renfermait trois mille livres anciens, ainsi que tous les périodiques contemporains que Sa Sainteté pouvait avoir besoin de consulter. Sur une table basse s'entassaient des revues scientifiques et politiques.

Les coups étaient plus nets. Chartrand dirigea sa lampe vers l'endroit d'où ils provenaient. Sur le mur du fond, derrière le coin salon, se dressait une grosse porte métallique, comme celle d'un énorme coffre-fort, garnie de quatre serrures. Il s'approcha. Au centre du panneau, une inscription gravée en toutes petites lettres le fit frissonner.

IL PASSETTO

La sortie de secours secrète des papes ! Dieu sait si Chartrand en avait entendu parler ! Une rumeur disait même qu'il y avait une entrée dans la bibliothèque privée du pape, mais que le passage n'était plus utilisé depuis des siècles. Comment pouvait-il y avoir quelqu'un de l'autre côté ?

Le lieutenant frappa un petit coup sec sur la porte avec sa lampe. Des cris de joie étouffés lui parvinrent. Les coups s'étaient arrêtés, et les voix criaient plus fort.

— Kohler… mensonge… camerlingue !

— Qui est là ? demanda Chartrand.

— … ert Langdon… toria Vetra !

Je les croyais morts !

— … la porte ! hurla une voix de femme. Ouvrez-nous !

Il faudrait une charge de dynamite pour venir à bout de toutes ces serrures.

— Impossible ! cria-t-il. Elle est trop épaisse !!

— … entretien… arrêter… lingue… danger…

Oubliant tout de sa formation sur la gestion des situations de crise, Chartrand fut saisi de panique en entendant les derniers mots. Le cœur battant, il se retourna, prêt à filer vers Rocher — et s'immobilisa. Son regard s'était posé sur la porte… sur des objets encore plus invraisemblables que la présence de Langdon et Vittoria. Il y avait une clé dans chacune des quatre serrures. Il n'en croyait pas ses yeux. N'étaient-elles pas censées être conservées dans un coffre ? Le passage n'avait pas été utilisé depuis des centaines d'années !

Laissant tomber sa lampe, il tourna la première clé. Le mécanisme était un peu rouillé, mais il fonctionnait. Il avait été actionné récemment. Il en fut de même pour le deuxième, le troisième et le quatrième. Quand il vit glisser le quatrième verrou, il tira la porte vers lui. La cloison métallique s'ouvrit en grinçant. Il ramassa sa lampe et éclaira le passage.

Deux étranges apparitions entrèrent en titubant dans la bibliothèque. En vêtements sales et déchirés, les cheveux en bataille, mais bien vivants. Le professeur américain et la jeune Italienne de Genève.

— Que se passe-t-il ? D'où venez-vous ? demanda-t-il, éberlué.

— Où est Maximilian Kohler ? s'exclama Langdon.

— Il est en entretien privé avec le camer…

Le bousculant au passage, Langdon et Vittoria traversèrent la bibliothèque en courant et se précipitèrent dans le corridor. Instinctivement, Chartrand se retourna et les mit en joue. Il abaissa immédiatement son arme et partit en courant derrière eux. Le capitaine Rocher les avait apparemment entendus, car il attendait devant le bureau du pape, jambes écartées, arme au poing.

— Halte !

— Le camerlingue est en danger ! hurla Langdon, les bras en l'air. Ouvrez la porte ! Maximilian Kohler est venu pour le tuer !

Rocher avait l'air furibond. Il ne bougea pas.

— Ouvrez cette porte ! ordonna Vittoria. Dépêchez-vous !

Mais il était trop tard.

Un cri épouvantable s'échappa du bureau. C'était la voix du camerlingue.

114.

La confrontation ne dura que quelques secondes.

Le camerlingue hurlait toujours quand, devançant Rocher, Chartrand fit exploser la serrure d'un coup de pistolet. Les gardes s'engouffrèrent dans le bureau, Langdon et Vittoria sur leurs talons.

La scène qui s'offrit à leurs yeux était ahurissante.

La pièce n'était éclairée que par quelques chandelles et les braises du feu mourant. Près de la cheminée, Kohler se tenait maladroitement debout, adossé à son fauteuil roulant. Il brandissait un pistolet en direction du camerlingue, qui se tordait de douleur à ses pieds. Découverte sous sa soutane déchirée, la poitrine du prêtre était noire et fumante. Langdon ne pouvait lire le symbole depuis la porte, mais un gros fer carré à manche de bois était posé près de Kohler, encore rouge.

Sans hésiter, deux gardes suisses ouvrirent le feu. Les balles s'écrasèrent dans la poitrine de Kohler, qui s'écroula sur son fauteuil. Son arme tomba à terre.

Langdon était cloué sur place près de la porte.

Paralysée par la surprise, Vittoria murmura dans un souffle :

— Max…

Ventresca roula aux pieds du capitaine Rocher. Les yeux luisants de terreur, il pointa son index vers lui en criant un seul mot :

— ILLUMINATUS !

— Espèce d'ignoble salaud moralisateur ! répliqua Rocher.

Cette fois, ce fut Chartrand qui réagit instinctivement et tira trois balles dans le dos de son supérieur. Le capitaine tomba le nez sur le dallage où il glissa, sans vie, dans une mare de sang. Chartrand et ses hommes se précipitèrent auprès du camerlingue, qui se contorsionnait de douleur.

Les gardes laissèrent échapper des exclamations d'horreur en découvrant la brûlure qui lui barrait la poitrine. L'un d'eux, qui l'avait lue à l'envers, recula d'effroi. Les yeux pleins d'épouvante, Chartrand rabattit la soutane sur la plaie.

Langdon traversa la pièce à demi conscient, tentant désespérément de comprendre la folie et la violence de cette scène macabre. Un savant infirme, animé d'un ultime sursaut de domination, s'était fait conduire au Vatican pour y torturer le plus haut responsable de l'Église. « Il est des causes qui valent qu'on meure pour elles », avait déclaré l'Assassin. Mais comment un homme aussi handicapé avait-il réussi à maîtriser le jeune et robuste camerlingue ? Il était armé, c'est vrai. D'ailleurs peu importait la manière dont il avait procédé. Il avait accompli sa mission.

Les gardes s'occupaient de Ventresca. Langdon s'avança vers le fer fumant. Le sixième. Parfaitement carré, il provenait visiblement du compartiment central du coffret de cuivre qu'il avait vu sur la table du repaire du tueur. « Le plus génial de tous », avait-il précisé.

Langdon s'agenouilla et saisit le fer encore brûlant par son manche de bois. Il n'aurait su dire à quoi il s'attendait, mais certainement pas à cela.

Perdu en conjectures, Langdon resta agenouillé sans bouger pendant un long moment. Rien de tout cela n'avait de sens. Pourquoi les gardes avaient-ils poussé des cris d'horreur en voyant ce symbole carbonisé sur la poitrine de Ventresca ? Le plus génial de tous ? Ce n'était qu'un charabia indéchiffrable. Symétrique, certes — il venait de le vérifier en le retournant, mais incompréhensible.

Une main se posa sur son épaule et il se retourna, espérant celle de Vittoria. Mais cette main était couverte de sang. C'était celle de Maximilian Kohler.

Langdon laissa tomber le fer et se releva à la hâte.

Il n'est pas mort !

Affaissé dans son fauteuil roulant, le directeur du CERN respirait faiblement, secoué de halètements chaotiques. Le regard qui croisa celui de Langdon était encore plus dur que ce matin : on y lisait une haine et une intransigeance surprenantes.

Son corps déformé tremblait. Il paraissait vouloir se redresser. Tous les gardes étaient penchés sur le camerlingue mais Langdon ne parvenait pas à les appeler, comme hypnotisé par l'énergie de cet homme en train de mourir. Dans un ultime et pitoyable effort, Kohler leva le bras et sortit un petit objet de l'accoudoir de son fauteuil. Il le tendit à Langdon d'une main tremblante. Ce n'était pas une arme.

— D-donnez, murmura-t-il. D-donnez cela… aux médias.

Il s'affaissa. La petite boîte métallique retomba sur ses genoux inertes.

C'était un appareil électronique, portant l'inscription SONY. Langdon reconnut une caméra vidéo ultraminiaturisée. Le culot de ce type ! Kohler avait dû enregistrer une sorte de message final, pour le faire diffuser par la presse. Sans doute un sermon sur les bienfaits de la science et les dangers de la religion. Langdon trouvait qu'il en avait fait assez aujourd'hui pour cet homme-là. Avant que Chartrand ne le voie, il glissa la minicaméra au fond d'une de ses poches. Qu'il aille se faire voir avec son testament spirituel !

La voix du camerlingue rompit le silence. Il essayait de s'asseoir.

— Les cardinaux ! souffla-t-il au lieutenant.

— Ils sont toujours dans la chapelle Sixtine ! répondit Chartrand. Le capitaine Rocher avait donné l'ordre de…

— Qu'on les fasse sortir ! Tous. Immédiatement.

Chartrand dépêcha un garde qui partit en courant.

Le camerlingue grimaçait de douleur :

— L'hélicoptère… sur la place… emmenez-moi à l'hôpital.

115.

Sur la place Saint-Pierre, le pilote de la Garde suisse prit place dans le cockpit de l'hélicoptère de Sa Sainteté et se massa les tempes. Le vacarme qui régnait autour de lui était si infernal qu'il couvrait le bruit des pales tournant au ralenti. C'était loin d'être une veillée solennelle aux chandelles. Il était surpris qu'une émeute n'ait pas encore éclaté. Moins de vingt-cinq minutes avant minuit, les gens étaient toujours attroupés, certains priant, d'autres pleurant sur le sort de l'Église, d'autres encore proférant des obscénités et proclamant que c'était ce que l'Église méritait, d'autres enfin entonnant des versets apocalyptiques de la Bible.

Le pilote ressentit de violents élancements à la tête lorsque les flashes des journalistes crépitèrent autour de son pare-brise. Il jeta un coup d'œil mauvais vers la foule hurlante. Des bannières ondulaient au-dessus des têtes.

L'ANTIMATIÈRE EST L'ANTÉCHRIST !
SCIENTIFIQUES = SUPPÔTS DE SATAN
OÙ EST DONC VOTRE DIEU MAINTENANT ?

Le pilote gémit, son mal de tête empirait. Il fut sur le point de remonter la protection en vinyle du pare-brise pour ne pas être témoin de ce spectacle, mais le décollage n'était plus qu'une question de minutes. Le lieutenant Chartrand venait de lui envoyer un message radio annonçant la terrible nouvelle. Maximilian Kohler avait agressé le camerlingue et l'avait grièvement blessé. Chartrand, l'Américain et la femme l'évacuaient vers un hôpital.

Le pilote se sentait personnellement responsable de cette agression. Il s'en voulait de ne pas avoir fait confiance à son instinct. Un peu plus tôt, en allant chercher Kohler à l'aéroport, il avait été troublé par le regard vide du physicien. Il ne pouvait définir clairement son inquiétude, mais il avait éprouvé un certain malaise. Finalement, il avait fait taire ses doutes. C'était Rocher qui dirigeait l'opération et il l'avait rassuré. Rocher avait apparemment commis une erreur.

Une nouvelle clameur monta de la foule et le pilote jeta un coup d'œil vers une procession de cardinaux qui sortait solennellement du Vatican en direction de la place Saint-Pierre. Le soulagement des cardinaux à s'éloigner de la bombe fut rapidement dissipé par le spectacle stupéfiant qu'offrait la foule massée près de la basilique.

Les acclamations s'intensifièrent. Le pilote avait

l'impression que sa tête allait exploser. Il lui fallait une aspirine. Deux, trois. Il détestait avoir recours aux médicaments, mais entre les cachets et ce mal de tête persistant, il choisirait le moindre mal. Il tendit machinalement la main vers la trousse de premiers secours, rangée dans une boîte de transport entre les deux sièges avant, parmi les cartes et les manuels. Il essaya vainement la boîte qui était verrouillée. Il chercha la clé autour de lui et y renonça. Il n'avait décidément pas de chance ce soir. Résigné, il se massa de nouveau les tempes. À l'intérieur de la basilique plongée dans la pénombre, Langdon, Vittoria et les deux gardes hors d'haleine avançaient non sans mal vers la sortie principale. N'ayant pas trouvé de civière, ils transportaient le corps inerte du camerlingue sur une table étroite qui oscillait à chacun de leurs pas. À l'extérieur, la clameur confuse de la marée humaine devenait maintenant perceptible. Le camerlingue sombrait peu à peu dans le coma.

Le temps était compté.

116.

Il était 23 h 39 quand Langdon, Vittoria et les gardes sortirent de la basilique Saint-Pierre. L'éclat de la lumière aveugla Langdon. Le marbre blanc de la place, illuminé par les flashes des journalistes, ressemblait à la surface enneigée d'une steppe inondée de soleil. Langdon grimaça, et chercha refuge derrière les énormes piliers de la façade, mais la lumière baignait les moindres recoins. Devant lui, de gigantesques écrans vidéo se dressaient au-dessus de la foule.

L'Américain, tel un comédien pris de trac au moment d'entrer sur scène, demeurait immobile au sommet du somptueux escalier menant à la Piazza. Il entendit au loin un hélicoptère ralentir et le rugissement de la foule s'intensifier. Sur la gauche, des cardinaux en procession étaient évacués vers la place. Ils s'arrêtèrent, troublés, pour assister à la scène qui se déroulait maintenant sur l'escalier.

« Attention ! » intima Chartrand, concentré, alors que le groupe descendait l'escalier et se dirigeait vers l'hélicoptère.

Langdon eut la sensation d'être emporté par un torrent. Le poids du camerlingue et de la table avait rendu ses bras douloureux. Il se demandait si la solennité du moment pouvait être moins intense. Il eut la réponse quand il aperçut deux reporters de la BBC traversant la place en direction de la foule. Mais, surpris par la rumeur, ils firent rapidement demi-tour. Glick et Macri se dirigeaient vers eux en courant. Macri souleva sa caméra et la mit en marche. Les vautours arrivent, pensa Langdon.

— Halte ! hurla Chartrand. Reculez !

Mais les reporters avançaient toujours. Langdon était sûr que les autres chaînes n'hésiteraient pas dix secondes avant de retransmettre ce glorieux scoop de la BBC. Il était loin du compte. Il ne fallut que deux secondes. Comme reliés par une conscience universelle, tous les écrans de la place coupèrent le compte à rebours et interrompirent les experts du Vatican pour retransmettre la même image — les escaliers du Vatican. Quel que soit l'endroit où se posait le regard de Langdon, il voyait le corps du camerlingue en gros plan à l'écran.

Quelle erreur ! pensa-t-il. Il aurait voulu dévaler les marches et intervenir mais c'était impossible. De toute façon, cela n'aurait servi à rien. Étaient-ce les rugissements de la foule ou bien la douceur de l'air nocturne, Langdon ne le saurait jamais, mais le miracle se produisit.

Comme un homme qui s'éveille d'un cauchemar, le camerlingue ouvrit grand les yeux et s'assit bien droit. Surpris par ce changement de position, Langdon et les autres furent déséquilibrés. La table pencha en avant. Le camerlingue commença à glisser. Ils tentèrent de rétablir la situation en posant la table par terre, mais il était trop tard. Le blessé se redressa. Mais, bizarrement, il ne tomba pas. Ses pieds touchèrent le marbre et il tituba. Il resta debout, vraisemblablement désorienté, et, avant que quelqu'un ne puisse intervenir, il descendit les marches en vacillant en direction de Macri.

— Non ! hurla Langdon.

Chartrand se précipita pour maîtriser le camerlingue. Mais celui-ci se tourna vers lui, le regard furieux et cria :

— Laissez-moi !

Chartrand recula d'un bond.

La situation allait de mal en pis. La soutane déchirée du camerlingue, dont Chartrand avait entouré ses épaules, commença à glisser le long de son corps. Langdon pensa qu'elle ne descendrait pas plus loin, mais si. La soutane découvrit ses épaules puis son torse.

Des exclamations stupéfaites montèrent de la foule. Les caméras tournaient et les flashes crépitaient. Tous les écrans, sans oublier le moindre détail, projetaient l'image de la poitrine stigmatisée du camerlingue, dominant la foule. Sur certains on pouvait même voir l'image pivoter à 180 degrés.

La victoire définitive des *Illuminati*.

Langdon fixa la cicatrice immortalisée sur les écrans. Bien qu'il ait eu l'empreinte de la marque carrée un peu plus tôt entre les mains, le symbole prenait maintenant tout son sens. Un sens parfait. Le pouvoir terrifiant du symbole frappa Langdon de plein fouet.

La position. Langdon avait négligé le principe de base du symbolisme. Quand un carré n'est-il plus carré ? Il avait aussi oublié que les signes, tout comme les tampons, n'avaient jamais la même apparence que leurs empreintes. Celles-ci étaient inversées. Langdon avait vu l'envers des marques ! Alors que la rumeur s'amplifiait, une ancienne citation des *Illuminati* lui revint en mémoire et prit tout son sens : « Un diamant sans défauts, création parfaite née des anciens éléments, ne peut qu'émerveiller ceux qui l'admirent. »

Langdon réalisait que le mythe était une réalité.

La Terre, l'Air, le Feu, l'Eau.

Le diamant des *Illuminati*.

117.

Le chaos et l'hystérie régnant en cet instant précis sur la place Saint-Pierre, Langdon n'en doutait pas, dépassaient tout ce dont le Vatican avait pu être témoin dans le passé. Batailles, crucifixions, pèlerinages, miracles… non, rien en deux mille ans d'histoire du lieu saint ne pouvait égaler le caractère poignant du drame qui était en train de se jouer.

Étrangement, Langdon se sentait comme spectateur, comme si, du haut des marches, à côté de Vittoria, il planait au-dessus des événements. L'action intemporelle atténuait lentement la folie du moment…

Le camerlingue stigmatisé… délirant aux yeux du monde entier…

Le Diamant des *Illuminati*… dévoilant son esprit diabolique…

Le compte à rebours indiquant les vingt dernières minutes de l'histoire du Vatican…

Mais le drame n'en était qu'à son début.

Le camerlingue en transe, comme possédé du démon, irradiait soudain toute sa puissance. Il se mit à chuchoter à l'oreille d'invisibles esprits, en prenant Dieu à témoin, les bras levés vers le ciel.

— Parle ! hurla le camerlingue aux cieux. Oui, je T'entends !

Tout à coup, Langdon comprit. Son cœur battait à tout rompre.

Vittoria aussi avait tout saisi. Elle blêmit.

— Il est en état de choc, dit-elle. Il a des hallucinations. Il croit parler à Dieu !

Quelqu'un doit arrêter ça, songea Langdon. Ce dénouement est pitoyable. Emmenez cet homme à l'hôpital !

Au bas de l'escalier, Chinita Macri filmait la scène calmement, ayant apparemment trouvé l'angle idéal. Les images qu'elle enregistrait étaient simultanément transmises sur les écrans géants situés sur la place… à la manière d'un interminable sitcom qui repasserait inlassablement la scène clé.

Le camerlingue revêtu d'une soutane déchirée, un stigmate roussi gravé sur sa poitrine, ressemblait à un martyr franchissant enfin les portes de l'enfer après avoir eu la Révélation. Il braillait vers les cieux.

— *Ti sento, Dio* ! Je T'entends, Seigneur !

Chartrand recula, le regard empli de crainte révérencieuse.

La foule respecta un silence immédiat et absolu. Comme si toute la planète observait ce calme… Chacun, l'œil rivé sur son petit écran, communiant dans un même souffle.

Le camerlingue, du haut des marches, tendait les bras à la face du monde. Il ressemblait presque au Christ nu et meurtri. Les bras levés, il implora les cieux.

— *Grazie ! Grazie, Dio !* s'exclama-t-il.

La foule restait muette de stupeur.

— *Grazie, Dio !* répéta le camerlingue. (Son visage s'illumina comme un rayon de soleil déchirant les nuages.) *Grazie, Dio !*

Merci, Seigneur ? se demanda Langdon.

Sa funeste métamorphose achevée, le camerlingue rayonnait. Il saluait toujours le ciel avec ferveur.

— Sur cette pierre, je bâtirai mon Église ! cria-t-il vers les cieux.

Langdon connaissait cette parole, mais il ne voyait pas pourquoi le camerlingue se l'appropriait. Il mugit de nouveau dans la nuit.

— Sur cette pierre, je bâtirai mon Église ! (Puis, il se mit à rire bruyamment.) *Grazie, Dio ! Grazie !* répéta-t-il.

Il devenait complètement fou.

Tout le monde le regardait, médusé.

Mais personne ne s'attendait au dénouement.

Transporté d'allégresse, le camerlingue tourna les talons et se précipita dans la basilique Saint-Pierre.

118.

23 h 42.

Langdon n'aurait jamais pensé accompagner et encore moins conduire le convoi délirant qui retournait dans la basilique pour retenir le camerlingue… Mais il se trouvait près de la porte et il avait réagi instinctivement.

Il va mourir, songeait-il, franchissant rapidement le pas de la porte et s'engageant dans le noir.

— Monseigneur ! Arrêtez !

L'obscurité était totale. Ses pupilles dilatées par la vive lumière de l'extérieur l'empêchaient de voir à plus de quelques mètres. Il dérapa en tentant de s'arrêter. Devant lui, il entendait le bruissement de la soutane du camerlingue qui courait aveuglément dans la nuit.

Vittoria et les gardes suivaient de près. Les lampes de poche ne semblaient même plus en mesure de sonder les profondeurs de la basilique. Les faisceaux lumineux balayaient l'espace d'avant en arrière, dévoilant des piliers et un sol nu. Le camerlingue était introuvable.

— Monseigneur ! hurlait Chartrand. Attendez-nous ! *Monsignore !*

Un brouhaha près de la porte attira tous les regards. Le corps charpenté de Chinita Macri se frayait un passage à l'entrée. La petite lumière rouge de la caméra posée sur son épaule indiquait qu'elle était toujours en train de filmer. Glick courait derrière elle, son micro à la main, la suppliant de ralentir.

Langdon n'en croyait pas ses yeux. Ce n'est vraiment pas le moment ! se dit-il.

— Sortez ! ordonna Chartrand. Ce n'est pas un spectacle pour vous !

Mais Macri et Glick continuaient d'avancer.

— Chinita ! souffla Glick peureusement. C'est du suicide ! Je refuse d'y aller !

Macri l'ignora. Elle actionna un interrupteur sur sa caméra et une lumière aveuglante inonda l'église.

Langdon se protégea les yeux et se détourna, ébloui. Bon sang ! Mais quand il les ouvrit, l'église était illuminée sur plusieurs dizaines de mètres.

Au même moment, la voix du camerlingue s'éleva dans l'obscurité.

— Sur cette pierre, je bâtirai mon Église !

Macri dirigea sa caméra vers l'écho. Au bout du rayon lumineux, flottait une étoffe noire qui s'enfuyait vers l'aile principale de la basilique.

Il y eut un moment d'hésitation avant que tout le monde ne saisisse le sens de cette apparition étrange. Puis ils se ruèrent tous dans sa direction. Chartrand dépassa Langdon en le bousculant, suivi des gardes et de Vittoria. Macri fermait la marche, éclairant le chemin et transmettant la poursuite funèbre sur les écrans du monde entier. Glick, réticent et terrifié, maudit ses compagnons mais suivit le mouvement en maugréant.

Les calculs de Chartrand l'avaient conduit à la conclusion que l'aile principale de la basilique Saint-Pierre était plus longue qu'un terrain de football olympique. Mais, cette nuit-là, elle lui paraissait deux fois plus étendue. Le jeune officier lancé à la poursuite du camerlingue se demandait quel pouvait bien être le but de ce dernier. Après l'horrible agression dont il avait été victime dans le bureau du pape, le camerlingue était choqué, traumatisé et en plein délire.

Au loin dans la pénombre, la voix exaltée du camerlingue résonna de nouveau.

— Sur cette pierre, je bâtirai mon Église !

Chartrand supposait qu'il citait l'Évangile de saint Matthieu verset 16-18. « Sur cette pierre, je bâtirai mon Église ! » Une référence complètement déplacée — alors que l'Église menaçait de s'écrouler. Le camerlingue était devenu fou.

Ou bien alors ?

Pendant un court instant, Chartrand hésita. Les apparitions et les messages divins lui avaient toujours semblé illusoires — produits de l'imagination d'esprits zélés qui entendaient ce qu'ils voulaient bien entendre —, Dieu n'intervenait jamais directement !

Mais quelques instants plus tard, comme si le Saint-Esprit en personne était descendu persuader Chartrand de Sa Toute-Puissance, il eut une vision.

À une cinquantaine de mètres devant lui, au milieu de l'Église, surgit un fantôme… Une silhouette diaphane et lumineuse. Cette forme pâle était celle du camerlingue à moitié nu. Un spectre transparent auréolé de lumière. Chartrand s'arrêta brutalement, pétrifié. Le camerlingue brûle ! Le corps semblait briller davantage. Puis, l'apparition s'estompa… jusqu'à disparaître comme par enchantement dans les profondeurs du sol.

Langdon avait lui aussi vu le fantôme. Il crut être également victime d'une hallucination. Mais dès qu'il dépassa Chartrand médusé de terreur, et courut vers l'endroit où le camerlingue avait disparu, il comprit ce qui s'était passé. Le camerlingue avait atteint la Niche des Palliums — une chambre enterrée éclairée par quatre-vingt-dix-neuf lampes à huile. Les lampes de la niche l'éclairaient par-dessous, le nimbant de lumière. Et, plus le camerlingue descendait les marches, plus il paraissait disparaître sous terre. Langdon arriva essoufflé au bord de la chambre souterraine. Il regarda l'escalier d'un air dubitatif. En bas, éclairé par les lumières dorées des lampes à huile, le camerlingue se ruait dans la chambre en marbre vers les portes vitrées qui conduisaient à la pièce contenant le fameux coffret en or.

Que fait-il ? se demanda Langdon. Il ne croit tout de même pas que le coffret…

Le camerlingue ouvrit brutalement les portes et se précipita à l'intérieur. Curieusement, il passa rapidement près du coffret sans s'y arrêter. À cinq mètres du coffret, il tomba à genoux et s'acharna à soulever une grille métallique scellée dans le sol.

Langdon, horrifié, comprit ce que le camerlingue avait en tête. Mon Dieu, non ! se dit-il en se ruant dans l'escalier. Non, Père ! Ne faites pas ça ! Quand Langdon ouvrit les portes vitrées, et parvint à sa hauteur, le camerlingue continuait de tirer sur la grille. Soudain, celle-ci sortit de ses gonds et fit un vacarme assourdissant en retombant sur le sol, révélant un puits étroit et un escalier raide qui s'enfonçait dans le noir. Quand Ventresca s'approcha du trou, Langdon agrippa ses épaules nues et le tira en arrière. Sa peau, humide de transpiration, glissait entre ses mains, mais Langdon réussit à le retenir.

Le camerlingue se retourna, l'air surpris.

— Que faites-vous ?

Quand leurs regards se croisèrent, Langdon fut étonné de constater que Ventresca n'avait plus l'œil vitreux d'un homme en transe. Ses yeux étaient au contraire vifs et pleins de détermination. Le bourrelet de chair sur sa poitrine était hideux.

— Mon père, fit Langdon aussi calmement que possible, vous ne pouvez pas descendre. Nous devons évacuer le bâtiment.

— Mon fils, répondit le camerlingue d'une voix étrangement sereine. J'ai reçu un message divin. Je sais…

— Monseigneur !

C'étaient Chartrand et les autres. Ils arrivaient en bas des marches, éclairés par la caméra de Macri. Quand Chartrand aperçut la grille ouverte, ses yeux s'emplirent de terreur. Il se signa et lança à Langdon un regard reconnaissant d'avoir sauvé le camerlingue. Langdon compris ; il avait assez étudié l'architecture du Vatican pour savoir ce qui se trouvait sous cette grille. C'était l'endroit le plus sacré de la chrétienté. *Terra Santa*. La Terre Sacrée. Certains l'appelaient la nécropole. D'autres les Catacombes. Selon le récit de quelques membres du clergé qui s'étaient succédé au cours des années, la nécropole était un sombre dédale de cryptes souterraines ; un visiteur égaré pouvait y disparaître à jamais. Chartrand n'avait nullement l'intention de poursuivre le camerlingue dans ce dédale.

— *Monsignore*, supplia Chartrand. Vous êtes en état de choc. Nous devons quitter cet endroit. Vous ne pouvez pas descendre. C'est du suicide !

Stoïque, le camerlingue sortit et posa une main apaisante sur l'épaule de Chartrand.

— Merci de vous inquiéter et merci pour votre aide. Je ne peux vous dire comment, je ne parviens pas à comprendre moi-même, mais j'ai eu une révélation. Je sais où se trouve l'antimatière.

Tout le monde retenait son souffle.

Ventresca se tourna vers le groupe.

— « Sur cette pierre, je bâtirai mon Église. » C'était le message. L'interprétation est très claire.

Langdon ne saisissait toujours pas la certitude du camerlingue d'avoir parlé à Dieu, et encore moins d'avoir décrypté le message. *Sur cette pierre je bâtirai mon Église ?* C'étaient les mots qu'avait utilisés Jésus en choisissant Pierre comme premier apôtre. Que pouvaient-ils signifier d'autre ?

Macri s'approcha pour faire un gros plan de la scène. Glick, traumatisé, ne prononçait plus un mot.

Le camerlingue parlait maintenant très vite.

— Les *Illuminati* ont posé leur arme de destruction sur la pierre angulaire de cette église — au moment de la fondation. (Il désigna le bas de l'escalier.) Sur la première pierre qui a servi à construire cette église. Et je sais où se trouve cette pierre.

Langdon était convaincu que le temps jouait contre le camerlingue et ébranlait sa raison.

Si lucide qu'il puisse paraître, le prêtre débitait des inepties. Une pierre ? La première pierre de la fondation ? L'escalier devant eux ne conduisait pas aux fondations, il menait à la nécropole !

— La référence à la pierre n'est qu'une métaphore ! Il n'y a aucune pierre !

Le camerlingue le considéra tristement.

— Il y a une pierre, mon fils. (Il montra le trou.) *Pietro é la pietra.*

Langdon fronça les sourcils. Il n'y avait plus aucune équivoque.

La solution lui parut si simple qu'il en frissonna. Alors qu'il se tenait debout avec les autres, fixant l'escalier, il comprit qu'il y avait bien une pierre enterrée sous cette église.

Pietro é la pietra. Pierre avec un *P* majuscule, bien sûr !

La foi de Pierre était si inébranlable que Jésus l'avait choisi : Pierre serait « la pierre » — le disciple inflexible sur les épaules duquel le Messie construirait son Église. L'endroit même, pensa Langdon, sur la colline du Vatican, où Pierre avait été crucifié et enterré. Les premiers chrétiens avaient érigé un petit sanctuaire au-dessus de sa tombe. Celui-ci avait peu à peu grandi jusqu'à la construction de la basilique colossale lorsque l'hégémonie de la chrétienté avait été établie. La foi catholique s'était fondée, au premier sens du terme, sur saint Pierre.

— L'antimatière se trouve sur la tombe de saint Pierre, fit le camerlingue d'une voix claire.

En dépit de l'origine un peu surnaturelle de l'information, Langdon y décelait une logique implacable.

Il semblait malheureusement plus que plausible que l'antimatière ait été placée sur la tombe de saint Pierre. Les *Illuminati*, dans un acte de défi symbolique, avaient caché l'antimatière au cœur de la chrétienté, au sens propre et figuré du terme.

— Et si vous avez tous besoin de preuves matérielles, reprit soudain le camerlingue, exaspéré, je viens de trouver cette grille ouverte. (Il montra la cloison ouverte sur le sol.) Elle est toujours fermée. Quelqu'un est descendu… récemment.

Tous les regards se tournèrent vers le trou.

Quelques instants plus tard, le camerlingue, avec une agilité déconcertante, pivota sur lui-même, s'empara d'une lampe à huile et se dirigea vers l'ouverture.

119.

L'escalier en pierre s'enfonçait profondément dans la terre.

Je vais mourir ici, pensait Vittoria, tandis qu'elle suivait les autres dans l'étroit passage, en s'agrippant à la lourde corde qui servait de rampe. Langdon avait esquissé un geste pour arrêter le camerlingue, mais Chartrand l'avait retenu. Apparemment, le jeune garde était maintenant persuadé qu'il savait ce qu'il faisait.

Après une brève algarade, Langdon s'était libéré de son étreinte et poursuivait le camerlingue au côté de Chartrand. Instinctivement, Vittoria s'était précipitée sur leurs talons.

À présent, elle dévalait tête baissée une pente vertigineuse sur laquelle le moindre faux pas aurait provoqué une chute mortelle. Vittoria apercevait devant elle le reflet doré de la lampe à huile du camerlingue. Loin derrière, elle entendait les journalistes de la BBC qui s'efforçaient de suivre tant bien que mal. La lumière de la caméra jetait des ombres fantomatiques dans le boyau, éclairant par intermittence Chartrand et Langdon. Vittoria ne supportait pas l'idée que le monde entier soit témoin de cette folie. Éteignez cette fichue caméra ! Puis elle comprit que c'était grâce au projecteur incorporé que le petit groupe pouvait s'orienter.

Alors que cette étrange chasse à l'homme continuait, les pensées de Vittoria défilaient et se bousculaient. Quel but pouvait bien viser le camerlingue ? Même s'il trouvait l'antimatière ? Il ne restait plus assez de temps !

Vittoria fut surprise de voir que son intuition au sujet du camerlingue était juste. Placer l'antimatière trois étages sous terre semblait un choix noble et miséricordieux. Profondément enfouie sous terre — plutôt que dans un quelconque laboratoire — l'annihilation de l'antimatière serait partiellement contenue. La chaleur de la déflagration serait contenue dans le sous-sol, ainsi que la multitude d'éclats qui auraient fait des ravages sur la place, en haut… elle ouvrirait juste une faille où s'engloutirait une superbe basilique.

Kohler avait-il voulu épargner des vies en enfouissant ainsi sa bombe à retardement ? Vittoria ne parvenait toujours pas à saisir la logique du directeur. Elle pouvait admettre sa haine pour la religion… mais elle n'arrivait pas à l'impliquer dans cette terrifiante conspiration. La répugnance indéniable de Kohler pouvait-elle inspirer de tels actes ? Anéantir purement et simplement le Vatican ? Engager un assassin, pour supprimer son père, le pape et quatre cardinaux ? Cela paraissait impensable. De plus, comment aurait-il pu faire aboutir son projet au sein même du Vatican ? Grâce à Rocher ? Rocher était l'homme de Kohler, se dit Vittoria. Il devait appartenir aux *Illuminati*. Il ne faisait aucun doute que le capitaine

Rocher possédait toutes les clés — les appartements du pape, le *passetto*, la nécropole, le tombeau de saint Pierre... Il avait pu placer l'antimatière sur la tombe de saint Pierre — lieu strictement réservé — et ordonner à ses gardes de ne pas perdre de temps à chercher la bombe dans les zones protégées du Vatican. S'assurer ainsi que personne ne trouverait le conteneur.

Mais il n'avait pas prévu le message divin reçu par Carlo Ventresca.

Le message. Vittoria ne parvenait pas à croire à ce qu'elle venait de voir. Dieu s'était-il vraiment adressé au camerlingue ? Son instinct lui soufflait que non, mais la science, la physique notamment, n'avait-elle pas révélé des connexions jusque-là insoupçonnées ? Chaque jour, elle était témoin de transmissions d'informations « miraculeuses » — des œufs de tortues de mer siamoises séparés et placés en laboratoire à des milliers de kilomètres l'un de l'autre, éclosant en même temps... des centaines de méduses émettant des pulsations parfaitement synchronisées, comme commandées par un même esprit. Il existe des lignes de communication invisibles partout, pensa-t-elle.

Mais entre Dieu et l'homme ?

Vittoria aurait souhaité avoir son père près d'elle pour qu'il lui insuffle sa foi. Il lui avait déjà expliqué la communication divine en termes scientifiques, et elle y avait cru.

Elle se souvenait encore du jour où elle l'avait vu prier.

— Père, lui avait-elle demandé, pourquoi t'obstines-tu à prier ? Dieu ne peut te répondre.

Leonardo Vetra était sorti de sa méditation, un sourire aux lèvres.

— Ma fille la sceptique. Alors comme ça, tu ne crois pas que Dieu parle à l'homme ? Laisse-moi te l'expliquer avec tes mots. (Il prit la maquette d'un cerveau humain sur une étagère et la plaça devant elle.) Comme tu le sais certainement, Vittoria, les êtres humains n'utilisent qu'une infime partie du potentiel de leur cerveau. Cependant, si tu les mets en situation de choc émotionnel — un traumatisme physique, une joie ou une peur intense, une méditation profonde —, tu t'aperçois que tout à coup leurs neurones se déchaînent, et qu'ils font preuve, alors, d'une lucidité exacerbée.

— Et alors ? fit Vittoria. Penser plus clairement ne suppose pas parler à Dieu.

— Tu crois ? s'exclama Vetra. Et pourtant, de remarquables solutions à des problèmes apparemment insolubles surgissent souvent pendant ces moments de clarté. C'est ce que les gourous appellent la « conscience spirituelle ». Les biologistes nomment cela les « transformations d'énergie ». Les psychologues ont inventé l'expression « d'hyperréceptivité ». (Il s'arrêta.) Et les chrétiens disent que c'est une « prière exaucée ». (Un large sourire aux lèvres, il ajouta :) Parfois, révélation divine signifie tout simplement éveiller le cerveau à percevoir ce que le cœur sait déjà.

Alors qu'elle se précipitait tête baissée dans le noir, Vittoria sentait que son père avait peut-être raison. Était-il si difficile d'accepter que le traumatisme du camerlingue ait pu rendre son cerveau capable de localiser intuitivement l'antimatière ?

« Chacun de nous est Dieu, avait dit Bouddha. Chacun d'entre nous sait tout. Nous devons seulement ouvrir notre esprit pour écouter notre sagesse. »

Vittoria, soudain plus concentrée, sentit s'ouvrir son propre esprit… sa sagesse intuitive. Elle comprit subitement les intentions du camerlingue. Cet éclair entraîna une terrible crise de panique.

— Non, Monseigneur ! cria-t-elle. Vous ne comprenez pas ! (Vittoria se représenta la foule massée autour de la Cité du Vatican, et son sang se glaça d'effroi.) Si vous remontez l'antimatière à la surface… tout le monde mourra !

Langdon qui descendait les marches quatre à quatre avait déjà atteint le fond. Le passage était étroit, mais il dominait sa claustrophobie. Une angoisse bien plus importante éclipsait sa vieille peur.

— Monseigneur ! (Langdon se rapprochait de la tache de lumière.) Vous devez laisser l'antimatière où elle est ! Il n'y a pas d'autre choix !

Tout en prononçant ces paroles, Langdon n'y croyait pas lui-même. Non seulement il avait accepté la révélation divine signalant au camerlingue l'endroit où se trouvait l'antimatière, mais en plus il insistait pour que s'accomplisse la destruction de la basilique Saint-Pierre — ce chef-d'œuvre universel !

Mais pour tous ces gens dehors… C'est la seule solution.

Paradoxalement, sauver des vies équivalait à détruire l'Église. Langdon s'imaginait les *Illuminati* amusés par ce symbole.

L'air provenant du tunnel était doux et humide. Non loin de là se trouvait la nécropole sacrée… tombeau de saint Pierre et de nombreux autres chrétiens. Langdon frissonna, espérant secrètement que cette mission n'était pas suicidaire.

Soudain, la lumière du camerlingue s'immobilisa. Langdon le rejoignit rapidement.

La fin de l'escalier se dessina dans l'ombre. Une porte en fer forgé ornée de trois crânes en relief bloquait le bas des marches. Le camerlingue tirait la porte pour l'ouvrir. Langdon bondit, referma la porte et lui bloqua le passage. Les autres arrivèrent dans un fracas assourdissant, tels des fantômes blafards éclairés par les projecteurs de la BBC… Glick était plus livide que jamais.

Chartrand agrippa Langdon.

— Laissez passer le camerlingue !

— Non ! cria Vittoria, essoufflée. Nous devons partir immédiatement ! Vous ne pouvez pas sortir l'antimatière d'ici ! Si vous la remontez, dehors tout le monde mourra !

La voix de Carlo Ventresca était étrangement calme :

— Vous tous ici… Nous devons croire. Nous avons très peu de temps.

— Vous ne comprenez pas ! dit Vittoria. Une explosion au niveau du sol provoquera des dégâts plus gigantesques !

Les yeux verts du camerlingue la considérèrent avec sérénité.

— Qui a parlé d'une explosion au niveau du sol ?

Vittoria le regarda fixement.

— Vous allez le laisser ici ?

La fascination du camerlingue était communicative.

— Il n'y aura pas d'autres morts ce soir.

— Mais, mon père…

— S'il vous plaît… ayez la foi. (La voix du camerlingue était d'un calme implacable.) Je n'oblige personne à m'accompagner. Vous êtes tous libres de partir. La seule chose que je vous demande c'est de ne pas contrarier Sa Volonté. Laissez-moi accomplir ce qu'Il m'a demandé. (Il les dévisagea avec intensité.) Je suis celui qui sauvera l'Église. Je le peux. Je le jure sur ma vie.

Le silence qui suivit résonna comme un coup de tonnerre.

120.

23 h 51

Nécropole signifie littéralement Cité des Morts.

Rien de ce que Robert Langdon avait lu à ce sujet ne l'avait préparé à la vision de cette colossale caverne souterraine emplie de mausolées en ruine, comme autant de maisonnettes effondrées. L'air sentait la mort. D'étroits passages serpentaient entre les monuments funéraires délabrés faits de briques recouvertes de plaques de marbre. D'innombrables piliers s'élevaient de la terre battue, supportant un ciel noirâtre, bas et lourd dans les ténèbres.

La Cité des Morts, pensa Langdon, hésitant entre l'émerveillement et l'aversion. Ils s'enfoncèrent un peu plus profondément sous les courants d'air glacials. Ai-je fait le mauvais choix ? se demanda-t-il.

Chartrand avait été le premier à tomber sous le charme de Carlo Ventresca ; il lui avait ouvert spontanément la porte, lui manifestant une confiance absolue. Glick et Macri, à la demande du camerlingue, avaient noblement accepté d'éclairer le chemin mais les bénéfices qu'ils en tireraient à leur retour jetaient une ombre suspecte sur leurs motivations. Quant à Vittoria, son scepticisme, qui ressemblait fort à une défiance typiquement féminine, n'avait pas échappé à Langdon.

Il est trop tard pour reculer maintenant, songea-t-il, alors que tous hâtaient le pas. Nous avons une mission à remplir. Vittoria gardait le silence, mais Langdon savait qu'elle pensait comme lui. Neuf minutes ne suffiraient pas pour s'échapper du Vatican si le camerlingue s'était trompé.

Tandis qu'ils traversaient les mausolées, Langdon ressentit des élancements aux jambes et comprit qu'ils gravissaient une côte escarpée. Il en saisit la raison et frissonna. La topographie était identique à celle de l'époque du Christ. Il avait souvent entendu des spécialistes certifier que le tombeau de saint Pierre se trouvait au sommet de la colline du Vatican, et il s'était toujours demandé d'où provenaient leurs affirmations. Il comprenait maintenant. Ce fichu sommet existe toujours, en conclut-il.

Langdon avait l'impression de parcourir les pages de l'histoire. Devant lui se trouvait le tombeau de saint Pierre — la relique chrétienne. Il était difficile d'admettre que la tombe d'origine n'ait été qu'un modeste sanctuaire. Les stèles successives érigées au fil des siècles avaient grandi avec le prestige de Pierre pour atteindre bientôt quatre cent quarante pieds, hauteur du dôme de Michel-Ange, point culminant situé juste à l'aplomb de la tombe, à quelques centimètres près.

Ils progressaient toujours dans le boyau sinueux. Langdon regarda l'heure. Huit minutes. Il commençait à se demander si cette nécropole n'allait pas être leur tombe, à Vittoria et lui.

— Attention ! cria Glick derrière eux. Des nids-de-poule !

Langdon s'en aperçut à temps. Une multitude de petits trous criblaient le chemin. Il les évita en sautant.

Vittoria fit de même. Elle paraissait mal à l'aise en courant.

— Des nids-de-poule ?

— Des garde-manger miniatures, rectifia Langdon. Vous pouvez me croire. En effet, il s'agit de chambres à libation. Les premiers chrétiens croyaient en la réincarnation et utilisaient ces ouvertures pour « nourrir les morts », au sens propre du terme, en répandant du lait et du miel dans les cryptes souterraines.

Les forces du camerlingue s'amenuisaient.

Il rassemblait toute son énergie pour accomplir son devoir envers Dieu et les hommes. J'y suis presque, pensait-il. Il souffrait terriblement. L'esprit peut être plus douloureux que le corps. Il se sentait complètement épuisé. Mais le temps était compté.

— Père, je sauverai votre Église. Je le jure.

Malgré l'éclairage dispensé par la caméra de la BBC, il ne s'était pas séparé de sa lampe à huile. « Je vous guiderai dans les ténèbres. Je suis la lumière. » Pendant qu'il se hâtait, l'huile de sa lampe se répandait sur le sol et il craignait de provoquer un incendie. Il avait eu son compte de corps enflammés.

Trempé de sueur, il n'arrivait quasiment plus à respirer. Mais quand il parvint au sommet de la côte, Ventresca se sentit revivre. Il chancela sur cette terre qu'il avait si souvent foulée. Le chemin s'arrêtait là. La nécropole se terminait par un mur de terre abrupt. On pouvait lire sur une minuscule pancarte : Mausoleum S.

La tomba di San Pietro.

Une ouverture était pratiquée dans le mur devant lui, à hauteur de poitrine. Il n'y avait aucune inscription dorée. Pas de fioriture. Une petite niche creusée dans le mur laissait voir une grotte minuscule et un simple sarcophage lézardé. Brisé de fatigue, le camerlingue regarda par le trou et retrouva le sourire. Il entendait les autres derrière lui. Il posa sa lampe et s'agenouilla pour prier.

Merci, Seigneur. J'y suis presque.

À l'extérieur, sur la place, le cardinal Mortati, aussi abasourdi que les cardinaux qui l'entouraient, suivait sur les écrans de télévision le drame qui se jouait dans la crypte. Il ne savait plus à quel saint se vouer. Le monde avait-il été témoin de ce qu'il avait vu ? Dieu avait-il parlé au camerlingue ? Allait-on trouver l'antimatière sur la tombe de saint Pierre…

— Regardez !

Un murmure montait de la foule.

— Là ! (Tout le monde montrait l'écran.) C'est un miracle !

Mortati leva les yeux. L'image de la caméra était instable mais assez claire. Elle devait rester à jamais gravée dans sa mémoire.

On voyait le camerlingue de dos agenouillé sur le sol. Devant lui un trou taillé dans le mur. À l'intérieur de la cavité, parmi les décombres, un cercueil en terre cuite. Bien que Mortati n'ait vu ce cercueil qu'une seule fois, il savait ce qu'il renfermait.

San Pietro.

Mortati n'était pas naïf au point de penser que les cris de joie et de stupeur qui s'élevaient de la foule correspondaient à l'émerveillement provoqué par la découverte des reliques les plus sacrées de la chrétienté. La vue de la tombe de saint Pierre n'était pas la raison pour laquelle tous tombaient en extase et priaient. C'était l'objet qui se trouvait sur la tombe qui les fascinait.

Le conteneur renfermant l'antimatière. Elle était là… elle s'y était trouvée toute la journée… cachée dans la pénombre de la nécropole. Brillante. Impitoyable. Mortelle. Le camerlingue n'avait pas rêvé.

Mortati regardait le cylindre transparent avec émerveillement. La grosse gouttelette de liquide en suspension. La lumière rouge clignotait, marquant le compte à rebours des cinq dernières minutes.

Au-dessus de la tombe, à quelques centimètres du conteneur, la caméra de sécurité de la Garde suisse filmait également la scène.

Mortati se signa. Il n'avait jamais connu une angoisse pareille. Mais le pire restait à venir.

Carlo Ventresca se leva d'un seul coup, s'empara du conteneur et se tourna vers les autres. Tout son visage exprimait une résolution inébranlable. Il les bouscula et dévala la pente en direction de la nécropole.

La caméra s'arrêta sur Vittoria Vetra, pétrifiée.

— Où allez-vous ? Monseigneur ! Je croyais que vous disiez…

— Ayez la foi ! s'exclama-t-il en courant.

Vittoria bondit vers Langdon.

— Qu'allons-nous faire ?

Robert Langdon tenta d'arrêter le camerlingue mais Chartrand, toujours sous l'emprise du saint homme, s'interposa. L'image à l'écran n'était plus qu'une suite de montagnes russes, tortueuses, de visages grimaçant d'effroi qui se précipitaient vers la sortie de la nécropole.

Sur la place, Mortati laissa échapper un cri de terreur.

— Va-t-il le remonter ici ?

Sur les écrans de télévision du monde entier, le camerlingue, tel un surhomme, courait vers la sortie de la nécropole avec l'antimatière entre les mains !

— Il n'y aura pas d'autres morts ce soir !

Mais le camerlingue se trompait.

121.

À exactement 23 h 56, le camerlingue franchit les portes de la basilique Saint-Pierre. Il tituba sous la lumière éblouissante des projecteurs, portant l'antimatière comme une offrande. Il reconnut son corps mutilé, son torse nu, sur les écrans géants de la place. Dans la rumeur qui montait de la foule se mêlaient les pleurs, les cris, les chants, les prières… Jamais le camerlingue n'avait entendu de plainte aussi poignante.

— Délivre-nous du mal, murmura-t-il.

Il était harassé par sa course dans la nécropole. On avait frôlé le désastre. Robert Langdon et Vittoria Vetra avaient voulu l'arrêter, pour jeter le conteneur dans le souterrain, et s'échapper. Pauvres fous !

Le camerlingue comprit subitement qu'il ne serait jamais allé au bout de cette course un soir ordinaire. Mais ce soir, Dieu le soutenait. Robert Langdon, sur le point de l'immobiliser, avait été retenu par Chartrand, qui croyait en lui et respectait ses appels à la foi. Les journalistes, bien sûr, étaient enchantés et de toute façon trop encombrés par leur matériel pour intervenir.

Les voies de Dieu sont impénétrables.

Le camerlingue entendait les autres derrière lui… Il les voyait se rapprocher sur les écrans. Rassemblant ses dernières forces, il brandit l'antimatière au-dessus de sa tête. Puis, bombant le torse, en arborant le stigmate sur sa poitrine pour défier les *Illuminati*, il se précipita dans l'escalier.

C'était l'un des actes ultimes.

À la grâce de Dieu, pensa-t-il. À la grâce de Dieu.

Quatre minutes…

En sortant de la basilique, Langdon fut ébloui par le flot de lumière des projecteurs. Il ne distingua que vaguement la silhouette du camerlingue qui descendait l'escalier juste devant lui. Resplendissant dans le halo de lumière, il paraissait surnaturel, tel un dieu moderne. Sa soutane enveloppait sa poitrine comme un suaire. Son corps avait été torturé par ses ennemis, mais il persévérait. Il continuait de courir, très droit, proclamant sa foi à la face du monde, en brandissant son arme d'apocalypse vers la foule.

Langdon le suivit dans l'escalier. Que fait-il ? Il va tous les tuer !

— Œuvre de Satan, hurla le camerlingue, tu n'as pas ta place dans la Maison de Dieu !

Il se précipita vers la foule terrifiée.

— Mon père ! vociféra Langdon derrière lui. Vous ne pouvez aller nulle part !

— Regardez les cieux ! Nous avons oublié de regarder vers le ciel !

À ce moment précis, Langdon comprit où le camerlingue se dirigeait. Bien qu'il ne puisse pas tout distinguer à cause des lumières trop vives, il saisit que leur salut se trouvait au-dessus de leurs têtes.

Le salut ne pouvait venir que du ciel.

L'hélicoptère que le camerlingue avait commandé pour l'emmener à l'hôpital était stationné sur la pelouse de l'héliport, le pilote prêt à décoller dans le cockpit, les pales vrombissant, moteur au point mort. Quand le camerlingue s'en approcha, Langdon sentit une bouffée d'allégresse l'envahir.

Ses pensées tourbillonnaient dans sa tête…

Il imagina d'abord l'étendue infinie de la Méditerranée. À combien de kilomètres se trouvait-elle ? Dix kilomètres ? Quinze ? Il savait que la plage de Fiumicino se trouvait à sept minutes de train. Mais par hélicoptère, à trois cent vingt kilomètres heure… S'ils pouvaient emmener le conteneur assez loin et le larguer dans la mer… Il s'imagina d'autres solutions et se sentit des ailes. *Le Cave Romane !* Les carrières de marbre situées au nord de la Cité se trouvaient à moins de cinq kilomètres. Quelle taille avaient-elles ? Trois kilomètres carrés ? Elles étaient probablement désertes à cette heure-ci ! Y larguer le conteneur…

— Reculez tous ! hurla le camerlingue. (Sa poitrine était en feu.) Sauvez-vous ! Maintenant !

Le garde suisse était posté tranquillement près de l'hélicoptère. Le camerlingue s'en approcha.

— En arrière ! aboya le prêtre.

Les gardes reculèrent.

Au vu et au su du monde entier, le camerlingue contourna l'hélicoptère et ouvrit violemment la porte du cockpit côté pilote.

— Dehors, mon fils ! Tout de suite !

Le pilote sauta hors de la cabine.

Le camerlingue jaugea la hauteur du siège et sut que, dans un tel état d'épuisement, il devait avoir les mains libres pour s'y hisser. Il se tourna vers le pilote terrorisé et lui déposa le conteneur entre les mains.

— Tenez ceci. Et rendez-le-moi dès que je serai monté.

Alors qu'il grimpait dans l'appareil, il entendit Langdon crier en s'approchant de l'hélicoptère. Vous avez enfin compris, songea le camerlingue. Vous avez la foi !

Installé dans l'hélicoptère, il régla plusieurs manettes et se tourna vers la fenêtre pour récupérer le conteneur.

Mais le garde avait les mains vides.

Le camerlingue se sentit défaillir.

— Qui l'a pris ?

— Lui ! répondit le garde en désignant Langdon.

Ce dernier était surpris par le poids du conteneur. Il fit le tour de l'hélicoptère et sauta à l'arrière, à l'endroit même où ils s'étaient installés avec Vittoria quelques heures auparavant. Il laissa la porte ouverte et boucla sa ceinture. Puis il hurla à l'intention du camerlingue :

— Décollez, mon père !

Ventresca tourna un visage livide vers Langdon.

— Que faites-vous ?

— Allez, décollez ! Je le jetterai ! aboya Langdon. Il n'y a pas une minute à perdre ! Faites voler cet hélicoptère !

La surprise figea le camerlingue sur place, les lumières des spots éclairant l'intérieur du cockpit creusaient les rides de son visage.

— Je peux le faire tout seul, murmura-t-il. Je dois le faire seul.

Mais Langdon ne l'écoutait plus.

— En route ! s'entendit-il crier. Je suis là pour vous aider !

Il jeta un coup d'œil vers le conteneur et se sentit défaillir en découvrant le voyant lumineux.

— Trois minutes, mon père ! Il ne nous reste que trois minutes !

Le chiffre fit revenir le camerlingue à la réalité. Sans plus d'hésitation, il actionna les commandes. L'hélicoptère s'éleva en vrombissant.

Langdon aperçut Vittoria à travers un nuage de poussière. Leurs regards se rencontrèrent, puis elle disparut de son champ de vision.

122.

Dans l'hélico, le vrombissement des moteurs et le vent s'engouffrant par la porte ouverte assourdissaient Langdon. Il se cala fermement contre son siège alors que l'engin prenait de l'altitude. La place Saint-Pierre illuminée s'estompa peu à peu jusqu'à devenir un point brillant dans l'océan de lumières de la capitale.

Le conteneur pesait lourd dans les bras de Langdon. Il le serrait si fortement que le sang s'était retiré de ses mains moites. À l'intérieur, la gouttelette d'antimatière continuait sa rotation sur elle-même au rythme du compteur à cristaux liquides.

— Deux minutes ! hurla Langdon, tout en se demandant où le camerlingue avait l'intention de larguer le conteneur.

Les lumières de Rome s'étendaient dans toutes les directions. Vers l'ouest, Langdon apercevait le tracé scintillant de la côte au-delà de laquelle s'étendait une sombre étendue sans fin. La mer paraissait plus éloignée que Langdon ne se l'était imaginé. De plus, la concentration de lumières sur la côte était un brusque rappel à la réalité : même en pleine mer, une explosion pouvait créer d'irréparables dégâts. Langdon n'avait pas songé à l'impact que pouvait causer un raz de marée d'une force de dix mille tonnes heurtant la côte.

En regardant droit devant lui vers le cockpit, Langdon retrouva le moral. Devant eux, contre le ciel se détachait la masse ondulante des collines romaines. Sur certaines, on voyait briller des villas cossues ; en revanche, à environ deux kilomètres vers le nord, il n'y avait plus aucun signe de vie. Aucune lumière — juste un immense trou béant. Rien.

Les carrières ! pensa Langdon. *Le Cave Romane !*

Fixant intensément cette zone déserte, Langdon pensait qu'elle était bien assez vaste. Elle semblait très proche aussi. Bien plus proche que l'océan. Il était surexcité. C'était évidemment l'endroit qu'avait choisi Carlo Ventresca pour se débarrasser de l'antimatière ! L'hélicoptère se dirigeait droit dessus ! Les carrières ! Mais bizarrement les moteurs ne ralentirent pas et l'hélicoptère reprit de la vitesse. Désorienté, Langdon jeta un regard à l'extérieur pour se repérer. Ce qu'il vit transforma son exaltation en vague de panique. Juste au-dessous d'eux, à quelques milliers de mètres, il revit monter les lumières de la place Saint-Pierre.

Nous sommes toujours au-dessus du Vatican !

— Monseigneur ! cria Langdon en déglutissant. Avancez ! Nous sommes assez haut ! Il faut encore avancer ! On ne peut quand même pas jeter le conteneur sur la Cité du Vatican !

Le camerlingue, entièrement concentré sur le pilotage, ne répondit pas.

— Il nous reste à peine deux minutes ! hurla Langdon, brandissant le conteneur. Je peux les voir ! *Le Cave Romane !* À quelques kilomètres vers le nord ! Nous n'avons pas…

— Non ! répondit le camerlingue. C'est bien trop dangereux. Je suis désolé.

Alors que l'hélicoptère pénétrait dans une couche de nuages, le camerlingue se tourna vers Langdon et lui décocha un sourire mélancolique.

— Mon ami, je regrette que vous m'ayez accompagné et que vous fassiez ce sacrifice suprême…

Langdon détailla le visage fatigué du camerlingue et il comprit. Son sang se glaça.

— Mais… il existe certainement un autre endroit !

— Là-haut, répliqua le camerlingue d'un air résigné. Il n'y en a pas de plus sûr.

Langdon ne pouvait plus penser. Il avait mal interprété les plans du camerlingue. *Regardez les cieux !*

Le ciel, Langdon réalisait maintenant que c'était l'endroit qu'il visait. Il n'avait jamais eu l'intention de larguer l'antimatière. Il s'éloignait le plus haut possible.

C'était un voyage sans retour.

123.

Sur la place Saint-Pierre, Vittoria Vetra regarda le ciel avec stupeur. L'hélicoptère était un point à l'horizon que les lumières des projecteurs ne pouvaient plus atteindre. Le bruit des pales n'était plus qu'un lointain grondement. En cet instant, le monde entier avait les yeux rivés en l'air, tous les visages étaient tournés vers les cieux… les êtres unis par la foi… les cœurs battant à l'unisson. Vittoria était en proie à une émotion intense. Dès que l'hélicoptère eut disparu, elle se représenta le visage de Langdon, tout là-haut. Que pouvait-il penser à cette seconde ? Avait-il compris ?

Les caméras de télévision balayaient l'obscurité, dans l'attente de l'événement. Les visages étaient levés vers le ciel, les cœurs scandaient un compte à rebours silencieux. Les écrans affichaient la même scène tranquille… Un ciel romain constellé d'étoiles. Vittoria sentit monter ses larmes.

Derrière elle, sur l'escarpement en marbre, cent soixante et un cardinaux levaient également les yeux en observant un silence respectueux. Certains joignaient leurs mains pour prier. La plupart restaient immobiles, paralysés par l'énormité de l'événement. D'autres pleuraient. Les secondes s'égrenaient.

Dans les foyers, les cafés, les entreprises, les aéroports, les hôpitaux du monde entier, tous les esprits étaient unis spirituellement. Les hommes et les femmes se tenaient la main. D'autres étreignaient leurs enfants. Le temps était suspendu, une même symbiose associant chaque esprit.

Soudain, les cloches de Saint-Pierre résonnèrent cruellement.

Vittoria laissa couler ses larmes.

Alors… le délai expira, sous l'œil du monde entier.

Le silence qui régnait devint insoutenable.

Très loin au-dessus du Vatican, une lumière minuscule troua le ciel. Pendant un court instant, on aurait cru voir la naissance d'un nouveau corps céleste… Un atome de lumière pur et immaculé.

Puis il y eut un éclair.

Le point se mit à tournoyer et à grandir comme s'il se nourrissait de lui-même, pour se muer presque aussitôt en rayon blanc aveuglant qui éclata et se dispersa dans toutes les directions à une allure vertigineuse, absorbant les ténèbres. La boule de lumière s'agrandit et s'intensifia, telle une supernova, une seconde avant d'engloutir le monde.

Elle plongea vers la place Saint-Pierre en prenant de la vitesse.

La foule tétanisée eut le souffle coupé et se protégea les yeux en poussant des cris d'horreur.

Alors que la lumière se propageait à une vitesse fulgurante, l'incroyable se produisit. Comme stoppé par la volonté de Dieu, le puissant rayon sembla se heurter à un mur invisible. La déflagration semblait contenue dans une sphère vitrée. Des éclats de lumière ricochèrent vers l'intérieur en scintillant avant de refluer. La vague immense, contenue par des bornes invisibles, endiguée, se mit à pivoter sur elle-même, baignant la capitale italienne d'une lumière étrange, sans ombre. Le jour avait éclipsé la nuit.

Puis, ce fut l'explosion finale.

La secousse profonde et formidable s'accompagna d'une onde de choc assourdissante. Elle fondit sur eux comme la colère de l'enfer, secouant les fondations de granit de la Cité du Vatican, médusant les spectateurs, dont certains furent plaqués au sol. La foudre balaya quelques instants la place, entraînant dans son sillage un énorme courant d'air brûlant qui déferla à une vitesse folle et poussa un gémissement funèbre en rebondissant sous les colonnades et contre les murs. La poussière tourbillonnait au-dessus des pauvres humains blottis les uns contre les autres... tels les témoins de l'Apocalypse.

Puis, aussi vite qu'elle était apparue, la sphère se résorba presque instantanément, aspirée vers l'intérieur du minuscule point lumineux d'où elle avait surgi.

124.

Le silence était écrasant.

Sur la place Saint-Pierre, les gens détournèrent les yeux du ciel noirâtre et baissèrent la tête, chacun vivant un moment privilégié d'émerveillement. Les projecteurs dirigeaient leurs faisceaux vers le sol, comme en hommage à l'obscurité revenue. Il sembla pour un instant que le monde entier inclinait la tête à l'unisson.

Le cardinal Mortati, suivi des autres cardinaux, s'agenouilla pour prier. Les gardes suisses, paralysés, abaissèrent leurs hallebardes. Plus aucun bruit. Plus aucun mouvement. Seuls les cœurs battaient ensemble. Affliction, crainte, émerveillement, foi. Et un respect rempli d'appréhension pour la démonstration de puissance formidable dont ils avaient été témoins.

Vittoria Vetra se tenait debout, tremblante au pied du majestueux escalier de la basilique. Elle ferma les yeux. À travers la vague d'émotions qui déferlait en elle, un seul nom résonnait comme un écho lointain. Primitif. Cruel. Elle le chassa de sa mémoire. Il revenait inlassablement. Elle le repoussait à nouveau. La douleur était trop forte. Elle tenta de s'évader en se mêlant à ceux qui l'entouraient… La puissance ahurissante de l'antimatière… Le soulagement du Vatican… Le camerlingue… Sa prouesse… Un miracle… Son dévouement. Mais dans le chaos qui la bouleversait, un nom revenait sans cesse…

Robert.

C'était pour elle qu'il était venu au château Saint-Ange.

Il l'avait sauvée.

Et il avait été anéanti par son invention.

Le cardinal Mortati, tout en priant, se demandait si lui aussi entendrait la voix de Dieu. Doit-on croire aux miracles pour l'entendre ? Mortati était un homme de son temps, un croyant à l'ancienne. Sa foi ne devait rien aux miracles. Bien évidemment, la religion y faisait allusion… les paumes ensanglantées, les résurrections, l'empreinte du saint suaire… mais Mortati le cartésien les rejetait aux lisières de sa religion. Dans le *no man's land* du mythe à la légende. Pour lui les miracles traduisaient surtout l'extrême faiblesse des hommes, leur intarissable besoin de preuves. Des contes auxquels chacun se raccrochait en espérant qu'ils étaient réels.

Et maintenant…

Suis-je moderne au point de ne pas accepter ce dont

mes yeux ont été les témoins ? Était-ce bien un miracle ? Oui ! Dieu, en murmurant quelques mots à l'oreille du camerlingue, était bel et bien intervenu pour sauver cette Église. Pourquoi était-ce si difficile à croire ? Qu'aurait-on pensé de Dieu s'il n'avait rien fait ? Que le Tout-Puissant ne s'en préoccupait pas ? Qu'Il n'avait aucun pouvoir pour arrêter ce drame ? Un miracle était la seule réponse possible !

Mortati s'agenouilla, pria pour l'âme du camerlingue et le remercia parce que, malgré son jeune âge, il avait ouvert ses yeux de vieil homme aux ultimes mystères du divin.

Cependant, Mortati ne soupçonnait pas à quel point sa foi allait être mise à l'épreuve...

Le silence sur la place Saint-Pierre avait d'abord été brisé par quelques murmures qui se transformèrent bientôt en chuchotements. Puis en mugissements. Subitement, de ces milliers de gorges, monta un cri unique :

— Regardez ! Regardez !

Mortati ouvrit les yeux et se tourna vers la foule. Une forêt de doigts levés indiquait la direction de la façade de la basilique Saint-Pierre, derrière lui. Les visages des gens, dans la foule, étaient blêmes. Certains tombaient à genoux. D'autres s'évanouissaient. D'autres encore sanglotaient convulsivement.

— Regardez ! Regardez !

Mortati, surpris, se retourna et suivit la direction des mains tendues : le haut de la basilique, la terrasse sur le toit, où se dressent les statues du Christ et de ses apôtres la face tournée vers la foule.

Là, à la droite de Jésus, les bras tendus vers le monde... se tenait le camerlingue Carlo Ventresca.

125.

La chute libre avait cessé. La terreur avait disparu. Robert Langdon ne souffrait plus. Le formidable sifflement du vent à ses oreilles s'était arrêté, remplacé par le doux clapotis de l'eau. Il aurait presque pu s'imaginer confortablement allongé sur une plage.

Paradoxalement, il se croyait mort. Conscient d'être mort, et heureux de l'être. Il se laissa gagner par une douce torpeur, la laissa l'entraîner où elle voulait. Sa douleur et sa crainte étaient anesthésiées, et il n'aurait pas revécu les derniers instants pour un empire. Seul l'enfer pouvait être pire que son dernier souvenir.

Emporte-moi. S'il te plaît...

Mais ce clapotis si apaisant le tirait aussi en arrière, et tentait de l'arracher à son rêve. *Non ! Laissez-moi mourir !* Il ne voulait pas s'éveiller. Il devinait les manigances des démons, qui s'approchaient de lui pour l'arracher à cette béatitude. Des images floues se bousculaient dans sa tête. Il entendait des hurlements. Le cinglement du vent. *Non, s'il vous plaît !* Plus il luttait, plus la fureur du monde s'insinuait en lui.

Puis, brutalement, tout lui revint en mémoire...

L'hélicoptère poursuivait sa montée vertigineuse. Il était pris au piège à l'intérieur. À chaque seconde, il voyait par la porte ouverte les lumières de Rome s'éloigner davantage. Son instinct de conservation lui dictait de jeter tout de suite le conteneur par-dessus bord. Langdon savait que s'il le jetait il ne mettrait qu'une vingtaine de secondes pour atteindre la terre ferme. Mais il s'écraserait sur une ville pleine de monde.

Plus haut ! Plus haut !

L'Américain se demandait à quelle altitude ils étaient parvenus. Les petits jets, d'après ce qu'il savait, volaient à une altitude de six mille cinq cents mètres. Ils devaient se trouver à peu près à moitié moins. Trois, quatre mille mètres ? Il leur restait une chance de s'en tirer. S'ils minutaient parfaitement le largage, le conteneur exploserait à une distance raisonnable du sol et assez loin de l'hélicoptère. Langdon contempla la ville qui s'étalait sous eux.

— Et si vos calculs sont faux ? objecta le camerlingue.

Langdon sursauta. Carlo Ventresca ne le regardait même pas, il avait apparemment lu dans ses pensées. Bizarrement, le camerlingue n'était plus absorbé par sa conduite. Ses mains ne touchaient même plus les commandes. Il avait apparemment programmé le pilotage automatique pour que l'hélicoptère continue de grimper encore plus haut. Il tendit le bras au-dessus de sa tête, fourragea dans une gaine du plafond et en retira une clé qui y était cachée.

Langdon, stupéfait, le regarda ouvrir la boîte de transport coincée entre les sièges. Il en sortit un sac noir en nylon qu'il posa sur le siège passager. Les pensées de Langdon se bousculaient. Les gestes du camerlingue étaient précis, comme s'il détenait la solution.

— Donnez-moi le conteneur, fit-il d'un ton serein.

Langdon, interloqué, passa le conteneur au camerlingue.

— Quatre-vingt-dix secondes !

Ce que Carlo Ventresca fit ensuite prit Langdon par surprise. Tenant le conteneur précautionneusement entre ses mains, il le plaça dans la boîte de transport. Puis il rabattit le lourd couvercle et ferma la boîte à clé.

— Que faites-vous ? s'enquit Langdon.

— Ne nous soumets pas à la tentation.

Le camerlingue jeta la clé par le hublot ouvert. Quand

Langdon vit celle-ci disparaître, son cœur cessa de battre.

Carlo Ventresca saisit ensuite le sac de nylon et glissa ses bras dans les sangles. Il boucla la ceinture autour de sa taille et le sangla comme un sac à dos. Il se tourna vers un Robert Langdon abasourdi.

— Je suis navré, dit le camerlingue. Les choses ne devaient pas se passer comme ça.

Il ouvrit la porte et bascula dans la nuit.

Cette dernière vision torturait Langdon. C'était une vraie souffrance. Une douleur physique. Lancinante. Aiguë. Il souhaitait mourir, que tout se termine, mais le clapotis de l'eau se faisait plus sonore et de nouvelles images apparurent soudainement. L'enfer ne faisait que commencer. Il en voyait des fragments. Des carcasses éparses, un paysage de cauchemar. Il flottait aux confins de la mort et du cauchemar, pourtant les images devenaient plus nettes.

L'antimatière dans le conteneur était sous clé, hors de portée. Il égrenait sans cesse son compte à rebours alors que l'hélicoptère s'élevait toujours. Cinquante secondes. Plus haut. Plus haut. Langdon, affolé, tournait dans la cabine essayant de donner un sens à ce qu'il venait de voir. Quarante-cinq secondes. Il chercha un autre parachute sous les sièges. Quarante secondes. Il n'y en avait pas ! Il devait y avoir une solution ! Trente-cinq secondes. Il se précipita vers la porte et se tint debout en plein vent, fixant les lumières de Rome. Trente secondes.

Il se décida enfin.

Le choix impossible…

Robert Langdon sauta sans parachute. Quand son corps plongea dans la nuit, il eut la sensation que l'hélicoptère grimpait en flèche. Le bruit de souffle de la chute libre couvrit bientôt le ronflement des moteurs.

En tombant à pic, Robert Langdon ressentit la même impression qu'à l'époque où il s'adonnait au plongeon en piscine — une formidable sensation d'accélération. À mesure qu'il tombait, la terre le tirait, l'attirait de plus en plus fort vers le bas. Mais cette fois, il ne s'agissait pas d'un plongeon de dix-huit mètres dans une piscine. Il tombait d'une hauteur de plusieurs kilomètres sur une ville — une étendue sans fin de pavés et de béton.

Dans ce vertige interminable et désespérant, Langdon entendit la voix de Kohler… les mots qu'il avait prononcés le matin même dans la chambre du CERN. Un mètre carré de résistance ralentirait de vingt pour cent la chute d'un corps. Vingt pour cent ; Langdon réalisa que cette différence pouvait signifier le salut. Reprenant un peu espoir, mais surtout tétanisé par la peur, il serra dans ses mains le seul objet qu'il avait pu trouver dans l'hélicoptère avant de sauter. Un objet qui, un très bref instant, lui avait laissé espérer que sa chute ne serait pas mortelle.

Le pare-soleil du pare-brise gisait à l'arrière de l'hélicoptère. C'était un rectangle de quatre mètres sur deux — comme un immense drap-housse… Un parachute plus qu'approximatif. Pas de harnais mais juste des boucles à chaque extrémité servant à le fixer en lui faisant épouser la courbure du pare-brise. Après l'avoir agrippé, Langdon avait glissé ses mains à l'intérieur des boucles, et il avait sauté dans le vide en le déployant au-dessus de lui.

Son dernier grand acte de défi.

Il ne se faisait guère d'illusions sur ses chances de survie.

Langdon tombait comme une pierre. Les pieds d'abord, les bras tendus, les mains accrochées aux boucles. Le vent s'engouffrait avec violence dans le store gonflé en dôme au-dessus de lui.

À mi-parcours environ, il entendit l'énorme explosion.

Plus lointaine qu'il ne le pensait. L'onde de choc lui coupa le souffle, l'enveloppant d'une nuée brûlante. Comme un mur de chaleur qui s'abattait. Il lutta pour garder son équilibre. Le haut de son parachute improvisé commença à chauffer… mais résista.

Langdon était aspiré vers le sol à la limite de cet incroyable linceul de lumière tourbillonnant, tel un surfeur qui essaierait de chevaucher une vague de trois cents mètres de haut.

Soudain, la déferlante de chaleur se dissipa.

La nuit glaciale l'enveloppait de nouveau.

Alors, l'espoir revint. Brièvement. Malgré les efforts de ses bras pour atténuer sa chute, la terrible onde de choc l'accéléra encore. Langdon savait qu'il descendait bien trop vite pour espérer survivre. À coup sûr, il allait s'écraser.

Des schémas mathématiques lui traversaient l'esprit, mais il était trop engourdi pour raisonner clairement… Un mètre carré de résistance… réduction de vingt pour cent de la vitesse. Il se disait que ce bout de tissu était assez large pour ralentir sa chute de plus de vingt pour cent. Le vent soufflait trop fort, la résistance à l'air de son parachute improvisé était dérisoire. Il ne survivrait pas à l'impact sur le béton.

Sous lui, Rome, tachetée d'une infinité de points lumineux, ressemblait à un immense ciel étoilé vers lequel il plongeait. Une admirable nappe d'étoiles, séparées par une bande sombre qui partageait la ville en deux — un large ruban noir sinuant à travers la marqueterie de lumière comme un gros serpent. Langdon regarda les sombres méandres.

Une fois encore, l'espoir revint.

Avec une énergie décuplée, Langdon tira brutalement de sa main droite sur le store qui claqua plus fort, tournoya, s'inclina sur la droite. Langdon se sentit dériver sur le côté. Il tira à nouveau, fermement, sans se préoccuper de la lancinante douleur dans sa paume. Le pare-soleil sembla grandir et Langdon sentit son corps glisser dans la bonne direction. Un peu. Était-ce assez ? Il regarda encore vers le bas, les sinuosités que dessinait le serpent noir. Il ne les survolait pas encore, mais il était assez haut. Avait-il trop tardé ? Il tira de toutes ses forces et se résigna à remettre son sort entre les mains de Dieu. Fixant le plus large des méandres, Langdon, pour la première fois de sa vie, pria pour qu'un miracle s'accomplisse.

Les dernières secondes, tout s'accéléra davantage.

L'obscurité fondit sur lui… Ses réflexes de plongeur… Raidir instinctivement sa colonne vertébrale et tendre ses orteils… Gonfler ses poumons pour protéger ses organes vitaux… Plier légèrement les genoux… et, enfin… Heureusement le Tibre était déchaîné… ce qui rendait ses eaux écumeuses et aérées… et trois fois moins dures qu'une eau étale.

Puis ce fut l'impact… et le trou noir.

Le ronflement bruyant de ce parachute de fortune détourna les regards du petit groupe de la boule de feu dans le ciel. Ce soir-là, le ciel de Rome avait été scruté comme jamais… Un hélicoptère fonçant vers la stratosphère, une déflagration gigantesque, et maintenant cet étrange objet qui plongeait dans les eaux déchaînées du fleuve romain, près de la rive de la petite île Tibérine. Depuis que cette île avait été utilisée pour mettre les pestiférés en quarantaine pendant l'épidémie de 1656, sa vocation médicale s'était perpétuée, et elle abritait l'hôpital des Frères de Saint-Jean-de-Dieu.

Le corps que l'on ramena à terre était couvert d'hématomes. Et pourtant, le pouls de cet homme battait encore, faiblement. Incroyable, se répétait-on, médusé. Quelques minutes plus tard, le rescapé commença à tousser en reprenant peu à peu connaissance. Les spectacteurs présents décidèrent que l'île avait vraiment des pouvoirs magiques.

126.

Le cardinal Mortati savait qu'il n'existait dans aucune langue de mots pour qualifier le mystère de cet instant. Le silence qui avait accompagné cette vision au-dessus de la place Saint-Pierre était plus imposant qu'un chœur d'anges.

Quand il vit le camerlingue Ventresca, Mortati sentit que son cœur et son esprit entraient en collision. La vision était réelle, tangible. Mais comment était-ce possible ? Tout le monde avait vu le camerlingue monter dans l'hélicoptère. Ils avaient tous été témoins de l'explosion de lumière dans le ciel. Pourtant le camerlingue se tenait devant eux sur la terrasse du toit. Transporté par les anges ? Réincarné par la main de Dieu ?

Cela est impossible…

Au fond de son cœur, Mortati aurait voulu y croire, mais son esprit résistait. Les cardinaux autour de lui regardaient, émerveillés ; ils étaient témoins du même spectacle que lui.

Il s'agissait bien du camerlingue. Cela ne faisait aucun doute. Mais il était un peu différent. Divin. Comme s'il avait été purifié. Un fantôme ? Un homme ? Sa peau blanche rayonnait d'un étrange halo sous les projecteurs.

Sur la place, on criait, on se réjouissait, on applaudissait spontanément. Un groupe de religieuses s'agenouilla et entama un chant. La foule se mit à battre des mains en rythme. Et puis la place entière scanda le nom du camerlingue. Les cardinaux, dont certains avaient les larmes aux yeux, les imitèrent. Mortati regardait autour de lui en essayant de comprendre. Était-ce un rêve ?

Le camerlingue Carlo Ventresca debout sur la terrasse embrassait la multitude du regard. Était-il éveillé ? Rêvait-il ? Il se sentait transformé, étranger à ce monde. Il se demandait si c'était bien son corps ou juste son esprit qui avait survolé la douce et sombre étendue des Jardins du Vatican… scintillant tel un ange silencieux, gisant sur une pelouse, son parachute noir était masqué aux regards par l'ombre imposante de la basilique. Il se demandait si c'était son corps ou son esprit qui avait eu la force de grimper l'ancien Escalier du Médaillon menant à la terrasse sur le toit.

Il se sentait aussi léger qu'un fantôme.

Bien que la foule psalmodiât son nom, il savait que ce n'était pas lui qu'ils acclamaient. C'était un hymne de joie impulsif, exprimant cette même allégresse qu'il ressentait quand il méditait avec le Tout-Puissant. Ils découvraient ce que chacun d'eux avait espéré depuis toujours, une confirmation de l'Au-delà… une preuve de la toute-puissance du Créateur.

Le camerlingue Ventresca avait prié toute sa vie pour vivre ce moment, et pourtant même lui ne comprenait pas comment Dieu avait pu faire en sorte qu'il advienne. Il voulait leur hurler : « Votre Dieu est un Dieu vivant ! Regardez les miracles qu'il accomplit autour de vous ! »

Il était debout, engourdi, exténué et pourtant jamais la sensation de sa présence corporelle n'avait été aussi forte qu'à présent. Quand enfin il reprit ses esprits, il baissa la tête et fit quelques pas en arrière.

Seul, à présent, il s'agenouilla et pria.

127.

Les images se bousculaient dans la tête de Langdon, un torrent intarissable. Puis ses yeux commencèrent à accommoder, peu à peu. Il était allongé sur le côté, par terre. Ses jambes étaient douloureuses, et il avait l'impression d'avoir été écrasé par un camion. Une odeur fétide de vomissure empestait l'atmosphère. Il entendait toujours le clapotis continu de l'eau. Il ne lui procurait plus l'extraordinaire sérénité qu'il avait ressentie un peu plus tôt. Il percevait d'autres bruits — on parlait autour de lui. Il entrevoyait des formes blanches indistinctes. Étaient-ils tous vêtus de blanc ? Il devait être dans un asile, ou bien au paradis. Une douleur à la gorge le ramena à la réalité. Non, ce n'était pas le paradis.

— Il ne vomit plus, dit un homme en italien. Retournez-le, ajouta-t-il d'un ton ferme et professionnel.

Langdon sentit des mains qui le retournaient sur le dos. La tête lui tournait. Il tenta de s'asseoir, mais les mains le forcèrent doucement à se rallonger. Son corps se soumit.

Puis, il sentit qu'on lui fouillait les poches, et qu'on en retirait des objets.

Il s'évanouit.

Le Dr Jacobus n'était pas croyant. La médecine l'avait guéri de ce genre de tentations depuis bien longtemps. Pourtant les événements de la soirée, au Vatican, avaient mis sa logique cartésienne à l'épreuve. Et voilà que, de surcroît, des corps se mettaient à tomber du ciel…

Jacobus prit le pouls de l'homme en loques que l'on avait sorti du Tibre. Il décréta que Dieu seul avait pu sauver cet homme. La commotion qu'il avait subie en percutant la surface de l'eau avait plongé la victime dans le coma, et si le Dr Jacobus et son équipe ne s'étaient pas trouvés sur la rive à cet instant, le pauvre n'aurait pas survécu.

— *E Americano*, fit une infirmière, en inspectant le portefeuille de l'homme qu'ils venaient de tirer de l'eau.

Américain ? Les Romains plaisantaient toujours au sujet des touristes américains qui affluaient à Rome en telle quantité que les hamburgers deviendraient bientôt l'ordinaire des Italiens. De là à voir des Américains tomber du ciel… Jacobus vérifia la dilatation de ses pupilles.

— Monsieur ? Vous m'entendez ? Comment vous appelez-vous ?

L'homme était toujours inconscient. Jacobus n'en fut pas surpris. Il avait rejeté beaucoup d'eau quand Jacobus l'avait allongé sur le côté.

— *Si chiama Robert Langdon*, poursuivit l'infirmière en lisant son permis de conduire.

L'équipe regroupée sur le quai s'arrêta net.

— *Impossibile !* déclara Jacobus. Robert Langdon est l'homme de la télévision… le professeur américain qui a aidé le Vatican.

Jacobus venait de voir, sur la place Saint-Pierre, Langdon monter dans l'hélicoptère et s'envoler à des milliers de mètres d'altitude. Ensuite, Jacobus et les autres s'étaient précipités sur le quai pour assister à l'explosion de l'antimatière et à l'apparition d'une boule de feu comme jamais on n'en avait vu jusqu'alors.

Comment pouvait-il s'agir du même homme ?

— C'est bien lui ! s'exclama l'infirmière en repoussant les cheveux mouillés du blessé. Je reconnais même sa veste en tweed !

Soudain un hurlement retentit dans l'enceinte de l'hôpital. C'était une malade en proie à une crise de délire, elle brandissait sa radio en remerciant Dieu. Apparemment, le camerlingue Ventresca était apparu miraculeusement sur le toit du Vatican.

Le Dr Jacobus décida de se rendre directement à l'église dès la fin de son service, à 8 heures.

À présent, les lumières, au-dessus de Langdon, étaient plus brillantes, plus froides. Il se trouvait sur une sorte de table d'examen. Il sentit une odeur astringente de produits chimiques. Quelqu'un venait de lui faire une piqûre, et on lui avait retiré ses vêtements.

Ce ne sont certainement pas des bohémiens, conclut-il dans son demi-délire. Des extraterrestres peut-être ? Il avait déjà entendu de telles histoires. Heureusement ceux-là semblaient pacifiques. Tout ce qu'ils voulaient c'étaient ses…

— Vous n'avez pas intérêt ! vociféra-t-il en se redressant, les yeux écarquillés.

— Attention ! s'exclama une des créatures qui le soignaient.

Il lut un nom sur son badge. Dr Jacobus. Il semblait très humain.

Langdon balbutia.

— Je… pensais…

— Tout va bien, monsieur Langdon. Vous êtes à l'hôpital.

Le brouillard se dissipait peu à peu. Langdon ressentit un intense soulagement. Il palpa ses membres.

— Je suis le Dr Jacobus, se présenta l'homme.

Il lui expliqua ce qui venait d'arriver.

— Vous avez de la chance d'être encore en vie.

Langdon ne voyait pas de quelle chance il parlait. Il commençait péniblement à retrouver quelques bribes de souvenirs… l'hélicoptère… le camerlingue. Il était perclus de douleurs. On lui donna un peu d'eau, et il se rinça la bouche. Quelqu'un changea le pansement de sa main.

— Où sont mes vêtements ? demanda Langdon, avisant sa blouse d'hôpital.

Une infirmière désigna une pile de vêtements en lambeaux sur une table.

— Ils étaient trempés. On a dû les déchirer pour vous les ôter.

Langdon regarda sa veste Harris en loques et fronça les sourcils.

— Vous aviez des mouchoirs en papier dans votre poche, dit l'infirmière.

C'est alors que Langdon vit les morceaux de parchemin pendouiller de sa veste. Les feuillets du *Diagramma* de Galilée. Le dernier exemplaire existant avait disparu. Trop paralysé pour réagir, Langdon se contenta d'écarquiller les yeux.

— Nous avons récupéré vos objets personnels.

Elle lui montra un coffret en plastique. Portefeuille, caméscope, et stylo.

— J'ai séché le caméscope du mieux que j'ai pu.

— Je ne possède pas de caméscope.

L'infirmière fronça les sourcils et lui passa la boîte. Langdon regarda à l'intérieur. À côté de son portefeuille et du stylo, il y avait un petit caméscope SONY. Il se souvenait maintenant. Kohler le lui avait confié et lui avait demandé de le donner à la presse.

— Nous l'avons trouvé dans votre poche. Je crains que vous ne deviez en acheter un nouveau… (L'infirmière fit apparaître l'écran de cinq centimètres au dos de l'appareil.) La lentille de l'objectif est fêlée. (Puis elle sourit.) Le son fonctionne encore… à peu près. (Elle porta l'appareil à son oreille.) On entend toujours la même chose.

Elle écouta un moment et se renfrogna en le passant à Langdon.

— Deux types qui se disputent, je crois, précisa-t-elle.

Étonné, Langdon plaqua le caméscope contre son oreille. Les voix étaient déformées et métalliques, mais audibles. L'une d'elles était très proche ; l'autre plus lointaine. Langdon les reconnut.

Assis, vêtu de sa blouse stérile, Langdon, sidéré, écoutait la conversation. À la fin de l'enregistrement, il se dit que grâce à Dieu la vision du film lui avait été épargnée.

Le caméscope, après une série de déclics, repassa automatiquement l'enregistrement depuis le début. Langdon, abasourdi, l'éloigna lentement de son oreille. L'antimatière… l'hélicoptère… les rouages de l'intellect de Langdon recommençaient à fonctionner.

Mais ça signifie…

Langdon eut à nouveau envie de vomir. Furieux et désorienté, il descendit de la table d'examen et se mit debout. Ses jambes tremblaient.

— Monsieur Langdon ! gronda le docteur en tentant de s'interposer.

— Il me faut des vêtements ! exigea l'Américain.

— Mais il faut vous reposer.

— Je dois partir. Donnez-moi des vêtements !

— Mais, monsieur, vous…

— J'ai dit tout de suite !

Tout le monde se regarda, interloqué.

— Nous n'avons pas d'habits, dit le docteur. Peut-être qu'un ami peut vous en apporter demain…

Langdon respira calmement et fixa le docteur dans les yeux.

— Docteur Jacobus, je dois sortir immédiatement. J'ai besoin de vêtements. Je dois me rendre au Vatican. On ne va pas au Vatican en haillons. Suis-je assez clair ?

Le Dr Jacobus déglutit.

— Donnez des vêtements à cet homme.

Quand Langdon sortit de l'hôpital des Frères de Saint-Jean-de-Dieu en boitant, il se sentait comme un gosse qui aurait grandi trop vite. Il portait une tenue d'infirmier zippée sur le devant et criblée d'insignes indiquant ses nombreuses qualifications.

La femme rondouillarde qui l'accompagnait portait la même tenue. Le médecin avait promis à Langdon qu'elle le conduirait au Vatican en un temps record.

— *Molto traffico*, fit Langdon qui lui rappela aussi que les alentours du Vatican étaient assaillis par les voitures et les curieux.

La femme le considéra avec indifférence. Elle montra fièrement l'un de ses badges.

— Je suis pilote d'ambulance…

— Pilote d'ambulance ?

Tout était clair. Langdon était partant pour un trajet en ambulance.

La femme le conduisit à l'extrémité du bâtiment. L'ambulance en question se trouvait sur le quai au bord du fleuve. Quand Langdon l'aperçut, il s'arrêta sidéré. C'était un vieil hélicoptère. On pouvait lire sur la coque Aero-Ambulanza.

Il baissa la tête.

La femme lui sourit.

— Voler Cité Vatican. Très rapide ! expliqua-t-elle.

128.

Le Sacré Collège, de retour dans la chapelle Sixtine, était en pleine ébullition. Contrairement aux cardinaux, Mortati éprouvait un trouble de plus en plus aigu. Il croyait aux miracles des Écritures mais ce qu'il venait de voir de ses propres yeux le laissait perplexe. Après une vie consacrée à la dévotion, à soixante-dix-neuf ans, Mortati savait au fond de lui que ces événements allaient entraîner un regain de religiosité, faire renaître une foi fervente et durable. Pourtant le sentiment qui prédominait était un malaise profond, indéfinissable.

Quelque chose ne tournait pas rond.

— Éminence ! cria un garde suisse en dévalant le vestibule.

— Nous sommes montés sur le toit comme vous nous l'aviez demandé. Le camerlingue est… vivant ! C'est vraiment un homme ! Ce n'est pas un fantôme ! C'est bien lui !

— Vous a-t-il parlé ?

— Il est agenouillé et il prie ! Nous n'osons pas le toucher !

Mortati était embarrassé.

— Dites-lui que ses cardinaux l'attendent.

— Éminence, puisque c'est un homme…

Le garde hésitait.

— Oui ?

— Sa poitrine… Il est brûlé. Devons-nous panser ses blessures ? Il doit souffrir.

Mortati réfléchit. Rien, au cours de sa carrière ecclésiastique, ne l'avait préparé à une telle situation.

— Bien sûr. Lavez-le. Pansez ses blessures. Donnez-lui une tenue propre. Nous attendrons sa venue dans la chapelle Sixtine.

Le garde repartit aussitôt.

Mortati se dirigea vers la Chapelle. Tous les autres cardinaux s'y trouvaient déjà. En traversant le vestibule, il aperçut Vittoria Vetra effondrée sur un banc au bas de l'Escalier royal. Il ressentit toute la douleur et la solitude de la jeune femme et faillit aller lui parler, mais cela devrait attendre. Il avait du travail… bien qu'il n'ait aucune idée du genre de travail dont il s'agirait.

Mortati pénétra dans la Chapelle. L'ambiance était à l'allégresse. Il ferma la porte. Seigneur, aidez-moi.

L'hélicoptère de l'hôpital des Frères de Saint-Jean-de-Dieu survola la Cité du Vatican et Langdon, serrant les dents, promit à Dieu que ce serait son dernier voyage en hélicoptère.

Après avoir convaincu la pilote de ne pas respecter les règles habituelles de circulation aérienne au-dessus du Vatican, il la guida vers l'héliport du Vatican sur lequel ils se posèrent.

— *Grazie*, dit-il en descendant avec peine de l'hélicoptère.

Elle lui envoya un baiser et repartit rapidement, disparaissant derrière le mur dans la nuit.

Langdon inspira, essayant de remettre de l'ordre dans ses idées, espérant qu'il n'était pas sur le point de commettre une énorme bévue. Tenant le caméscope à la main, il monta dans la même voiturette de golf électrique dans laquelle il était arrivé quelques heures plus tôt. Elle n'avait pas été rechargée et le voyant de la batterie clignotait. Langdon conduisit tous feux éteints pour éviter de tomber en panne.

Et puis il préférait que personne ne le voie arriver.

Au fond de la chapelle Sixtine, le cardinal Mortati resta interloqué en entendant le tohu-bohu.

— C'était un miracle ! criait l'un des cardinaux. L'œuvre de Dieu !

— Oui, oui ! s'exclamaient les autres. C'était la volonté de Dieu !

— Le camerlingue sera notre nouveau pape ! exultaient d'autres prélats. Il n'est pas cardinal, mais Dieu a envoyé un signe miraculeux !

— Oui, oui ! acquiescèrent la plupart. Les lois du

conclave sont les lois des hommes. La volonté de Dieu est la plus forte ! J'en appelle à un vote immédiatement !

— Un vote ? demanda Mortati en s'avançant vers eux. Il me semble que c'est ma responsabilité…

Tous se retournèrent.

Mortati sentit des regards hostiles se tourner vers lui. Les cardinaux semblaient distants, égarés, offensés par son rigorisme. Mortati aurait tant aimé ressentir l'allégresse qui émanait de ces visages. Mais ce n'était pas le cas. Il éprouvait une immense douleur au fond de son âme… une cruelle tristesse qu'il ne pouvait s'expliquer. Il avait fait le serment de guider ces séances en son âme et conscience, et il ne pouvait nier les doutes qui le rongeaient.

— Mes amis, dit Mortati en se dirigeant vers l'autel. (Il ne reconnaissait pas sa voix.) Je pense que je vais passer le restant de mes jours à tenter de comprendre ce dont j'ai été témoin ce soir. Pourtant ce que vous suggérez en ce qui concerne le camerlingue… ne pcut découler de la volonté de Dieu.

Le silence s'appesantit sur l'assemblée.

— Comment…, l'interrompit un des cardinaux, comment pouvez-vous dire cela ? Le camerlingue a sauvé l'Église. Dieu lui a parlé ! Cet homme est revenu ressuscité ! Quel autre signe vous faut-il ?

— Le camerlingue va venir parmi nous, répondit Mortati. Patientons. Et écoutons-le avant de procéder à un vote. Il doit sûrement y avoir une explication.

— Une explication ?

— En tant que Grand Électeur, j'ai prêté serment de faire respecter les lois du conclave. Vous savez certainement que, selon nos saintes lois, le camerlingue n'est pas éligible au trône pontifical. Il n'est pas cardinal, il n'est qu'un prêtre… un camerlingue. Il y a aussi le problème de son âge… (Mortati vit les regards se durcir.) Même en acceptant le principe d'un vote, il me faudrait vous demander d'élire un homme que les Lois du Vatican jugent inéligible. Il me faudrait vous demander de rompre un serment sacré.

— Mais ce qui s'est passé ici ce soir, balbutia l'un d'entre eux, transcende à coup sûr nos lois !

— Vraiment ? rétorqua Mortati, ne sachant plus d'où venaient ses mots. Est-ce la volonté de Dieu que d'enfreindre les lois de l'Église ? Est-ce la volonté de Dieu que nous perdions la raison et que nous nous abandonnions au délire ?

— Mais n'avez-vous donc pas vu ce que nous avons vu ? répliqua un autre, en colère. Comment osez-vous remettre en question cette puissance-là !

Mortati tonna avec une force qu'il ne se connaissait pas :

— Je ne remets pas en question la puissance de Dieu ! C'est Dieu qui nous a accordé la raison et la circonspection ! C'est Dieu que nous servons en restant prudents !

129.

Dans le couloir menant à la chapelle Sixtine, Vittoria Vetra était assise, en proie à une profonde atonie, sur un banc au bas de l'Escalier royal. Lorsqu'elle aperçut la silhouette se profiler dans l'embrasure de la porte, elle se demanda si elle était encore victime d'une hallucination. Il était bandé, il boitait et il portait une sorte de combinaison d'infirmier.

Elle se leva… n'osant en croire ses yeux.

— Ro… bert ?

Il ne répondit pas, marchant vers elle à grandes enjambées. Il l'étreignit. Quand il embrassa ses lèvres, ce fut un baiser long et spontané empli de reconnaissance.

Vittoria sentit ses larmes monter.

— Ô Mon Dieu… ô merci, Seigneur…

Il l'embrassa encore, passionnément, et elle se serra contre lui, avec un complet abandon. Leurs corps étaient soudés, comme s'ils se connaissaient depuis toujours. Elle oubliait la peur et la douleur. Elle ferma les yeux, lévitant entre ciel et terre.

— C'est la volonté de Dieu ! criait un cardinal, dont la voix résonnait dans la chapelle Sixtine. Qui, sinon l'élu, aurait pu survivre à cette explosion diabolique ?

— Moi ! répliqua une voix venue du fond de la Chapelle.

Mortati et les autres se retournèrent sidérés vers la silhouette dépenaillée qui se dirigeait vers l'aile centrale.

— Monsieur… Langdon ?

Langdon s'avança vers l'autel sans un mot, suivi de Vittoria. Deux gardes trottaient derrière en poussant un grand téléviseur sur une table roulante. Langdon, face aux cardinaux, attendait qu'ils le branchent. Puis Langdon, d'un geste, fit sortir les gardes. Ils refermèrent la porte derrière eux.

Il ne restait que Langdon, Vittoria et les cardinaux. Langdon brancha le caméscope sur la télévision. Il appuya sur le bouton MARCHE.

L'écran s'anima.

Les spectateurs reconnurent le bureau du pape. L'image d'une qualité médiocre rappelait les reportages en caméra cachée. On voyait le camerlingue au centre de l'écran, assis devant la cheminée. Il avait beau s'adresser à la caméra, il parut rapidement évident qu'il parlait à quelqu'un d'autre — le cameraman ou un tiers. Langdon expliqua que la scène avait été filmée par Maximilian Kohler, le directeur du CERN. Une heure auparavant, Kohler avait secrètement filmé cette réunion en camouflant adroitement la caméra sous le bras de son fauteuil roulant.

Mortati et les autres cardinaux regardaient, abasourdis. Bien que la conversation fût déjà commencée, Langdon décida de ne pas repasser le début. De toute façon la séquence la plus intéressante pour les cardinaux venait après.

— Leonardo Vetra tenait un journal intime ? disait le camerlingue. Je présume que c'est une bonne nouvelle pour le CERN. Si son journal contient la formule pour créer l'antimatière...

— Il ne contient rien de tel, répondit Kohler. Vous serez soulagé d'apprendre que les formules ont disparu avec Leonardo. En revanche, son journal évoque un autre sujet. Vous !

Le camerlingue se troubla.

— Je ne comprends pas.

— Il y est notamment question d'un entretien qu'a eu Leonardo le mois dernier. Avec vous !

Le camerlingue hésita et regarda la porte.

— Rocher n'aurait pas dû vous accorder l'accès sans me consulter. Comment êtes-vous entré ?

— Rocher connaît la vérité. Je l'ai appelé un peu plus tôt et lui ai dit ce que vous aviez fait.

— Ce que j'ai fait ? Quelle que soit l'histoire que vous lui avez racontée, Rocher est un garde suisse bien trop fidèle à son Église pour croire les racontars d'un scientifique aigri à mon sujet...

— En fait, il est trop fidèle pour ne pas y croire. Il est si fidèle que, malgré les preuves, il a refusé d'accepter que l'un de ses hommes ait trahi l'Église. Il a cherché une autre explication toute la journée.

— Et vous lui en avez donné une.

— La vérité, si choquante soit-elle.

— Si Rocher vous avait cru, il m'aurait arrêté.

— Non. Je l'en ai dissuadé. Je lui ai offert mon silence en échange de cet entretien.

Le camerlingue laissa échapper un rire étrange.

— Vous essayez de faire chanter l'Église avec une histoire que personne ne croira ?

— Je n'ai aucun besoin de faire du chantage. Je veux juste entendre la vérité de votre bouche. Leonardo Vetra était mon ami.

Le camerlingue demeurait muet. Il regarda Kohler de haut.

— Alors, voici ma vérité, fit Kohler d'un ton incisif. Il y a environ un mois, Leonardo Vetra vous a contacté pour rencontrer le pape en urgence — audience que vous lui avez d'ailleurs accordée car le pape était un fervent admirateur du travail de Leonardo et parce que ce dernier insistait sur l'urgence.

Le camerlingue, toujours silencieux, se tourna vers la cheminée.

— Leonardo arriva au Vatican en grand secret. Il trahissait la confiance de sa fille en venant ici, ce qui le troublait profondément, mais il n'avait pas le choix. Sa recherche l'avait bouleversé et il recherchait l'appui spirituel de l'Église. Dans un entretien privé, il vous avoua à vous et au pape qu'il avait fait une découverte scientifique pouvant avoir de profondes implications religieuses. Il avait prouvé que l'on pouvait matériellement recréer la Genèse, et que des sources d'énergie intenses — ce que Vetra appelait Dieu — pouvaient reproduire le moment de la Création.

Silence.

— Le pape était stupéfait, continua Kohler. Il voulait que Leonardo rende sa découverte publique. Sa Sainteté pensait que cette découverte permettrait de combler le fossé qui séparait la science de la religion — le rêve de sa vie. Alors Leonardo vous a exposé son problème — la raison pour laquelle il avait besoin de l'appui de l'Église.

Il semblait que son expérience de Création, comme dans les prédictions de la Bible, produisait tout par paires. Des couples d'opposés. Ciel et Terre. Lumière et ténèbres. Vetra avait aussi compris comment créer la matière, mais aussi l'antimatière. Dois-je continuer ?

Le camerlingue gardait le silence. Il se baissa pour attiser le feu.

— Après la visite de Leonardo, reprit Kohler, vous êtes venu au CERN pour voir son travail. Les agendas de Leonardo sont là pour le prouver.

Le camerlingue releva la tête.

— Le pape ne pouvait se déplacer sans attirer l'attention des journalistes, continua Kohler, il vous envoya donc en émissaire. Leonardo vous fit visiter le laboratoire en secret. Il organisa une démonstration d'annihilation d'antimatière — le big-bang. Il avait trouvé la clé du pouvoir suprême, celui de la Création. Il vous montra également un échantillon d'antimatière plus important que les autres qu'il stockait dans une chambre forte pour vous prouver que son nouveau procédé permettrait de produire de l'antimatière sur une large échelle. Vous avez été stupéfait. Vous êtes retourné au Vatican faire votre rapport au pape.

Le camerlingue soupira.

— Et qu'est-ce qui vous dérange ? Que par respect pour Leonardo j'ai prétendu devant le monde entier ce soir que je ne savais rien de l'antimatière ?

— Non, ce qui me trouble c'est que Leonardo Vetra vous a pratiquement prouvé l'existence de votre Dieu, et que vous l'avez assassiné !

Le camerlingue se retourna sans que son visage indique aucune émotion. On n'entendait que le crépitement du feu. Un soudain mouvement de caméra fit apparaître le bras de Kohler en gros plan. Il se pencha en avant s'évertuant visiblement à prendre un objet fixé sous l'accoudoir de son fauteuil. Quand il se renversa dans son fauteuil, il tenait un pistolet braqué sur le camerlingue. L'angle de la caméra donnait le frisson… on voyait le percuteur en gros plan, suivi du canon… pointé sur Carlo Ventresca.

— Confessez vos péchés, mon père. Maintenant.

Le camerlingue le regarda, effaré.

— Vous ne sortirez jamais vivant d'ici.

— La mort sera pour moi un soulagement pour du malheur que je dois endurer depuis que je suis enfant à cause de votre religion. (Kohler tenait maintenant le revolver à deux mains.) Je vous laisse le choix. Confesser vos péchés… ou mourir tout de suite.

Le camerlingue jeta un regard vers la porte.

— Rocher est à la porte, défia Kohler. Lui aussi est d'accord pour vous supprimer si besoin est.

— Rocher a juré de défendre sur sa vie…

— Rocher m'a laissé entrer. Armé. Vos mensonges l'ont horrifié. Vous n'avez plus qu'une option. Confessez-vous à moi. Je dois l'entendre de votre bouche.

Le camerlingue hésita.

Kohler arma son revolver.

— Doutez-vous que j'aie le courage de vous tuer ?

— Peu importe ce que je pourrais vous dire, rétorqua le camerlingue, un homme comme vous ne comprendrait pas.

— Essayez !

La grande silhouette sereine du camerlingue se découpait devant la pâle lueur des flammes. Quand il parla, ses mots résonnèrent avec une dignité qui traduisait plus un profond altruisme que la honte ou le remords du pécheur en confession.

— Depuis la nuit des temps, commença le camerlingue, l'Église a combattu les ennemis de Dieu. Avec des mots parfois. Souvent avec l'épée. Et nous l'avons toujours emporté.

Le camerlingue était convaincu.

— Les démons d'autrefois, reprit-il, incarnaient le mal dans toute son horreur, c'étaient des créatures d'abomination… des ennemis redoutables que nous pouvions combattre. Mais Satan est malin. Au fil du temps il a ôté son masque diabolique pour apparaître sous un nouveau visage… Celui de la raison pure. Transparent et insidieux, mais toujours dénué d'âme. (La voix du camerlingue vibra de colère, avec la brusquerie d'un cerveau malade.) Dites-moi, monsieur Kohler ! Comment l'Église peut-elle condamner ce que notre esprit juge d'une irréfutable logique ! Comment pourrions-nous dénigrer ce qui constitue le fondement même de notre société ! Chaque fois que l'Église élève la voix pour vous avertir, vous rétorquez en nous taxant d'ignorants. De paranoïaques obsédés par le pouvoir ! C'est ainsi que ce mal-là croît et prospère. Sous le masque d'un intellectualisme autosatisfait. Il se propage comme un cancer. Sanctifié par les miracles de sa propre technologie. S'idolâtrant lui-même ! Dès lors, comment ne pas identifier la science à l'expression de la bonté pure ? La Science est arrivée pour nous sauver de nos maux, de la faim, de la souffrance ! C'est cela, la science, un nouveau Dieu omniprésent et bienveillant, accomplissant une infinité de miracles ! Elle ne tient pas compte des armes et du chaos qu'elle engendre. Elle oublie la solitude implacable de l'homme actuel et les immenses risques qu'elle fait courir à l'humanité. C'est cela la science ! (Le camerlingue fit un pas en direction du revolver.) Mais j'ai vu le nouveau visage de Satan… J'ai compris le danger…

— De quoi parlez-vous ? La science de Vetra avait presque réussi à prouver l'existence de Dieu ! Il était votre allié !

— Allié ? Science et Religion sont incompatibles ! Nous ne recherchons pas le même Dieu, vous et moi ! Qui est votre Dieu ? Celui des protons, des masses, des particules ? Comment insuffle-t-il l'Esprit, votre Dieu ? Comment parle-t-il au cœur de l'homme pour lui rappeler qu'il est responsable de ses actes devant Dieu ! Responsable de son prochain, aussi ! Vetra s'était fourvoyé. Son travail n'avait rien de religieux, c'était une profanation ! On ne met pas la Création de Dieu en tube pour l'exhiber au monde entier ! Ce n'est pas rendre gloire à Dieu mais l'avilir que d'agir ainsi !

Le camerlingue serrait les poings, parlait avec une véhémence presque démente.

— Et c'est pour cela que vous avez fait assassiner Leonardo Vetra !

— Pour l'Église ! Pour l'humanité tout entière ! Pour le sauver de sa folie ! L'homme n'est pas prêt à assumer le pouvoir de la Création. Dieu dans un tube à essai ? Une gouttelette de liquide qui peut détruire une ville entière ? Il fallait stopper Vetra !

Le camerlingue se tut, le regard fixé sur le feu. Il semblait peser ses choix.

Kohler leva son arme.

— Vous vous êtes confessé. Vous n'avez plus d'issue.

Le camerlingue rit tristement.

— Mais vous ne comprenez donc pas que la confession est en elle-même l'issue.

Il tourna son regard vers la porte.

— Quand Dieu est de votre côté, il vous offre des possibilités qu'un homme comme vous ne peut comprendre.

Son plaidoyer à peine achevé, le camerlingue agrippa le col de sa soutane et le déchira violemment, exhibant sa poitrine nue.

Kohler sursauta, visiblement stupéfait.

— Que faites-vous ?

Le camerlingue ne répondit pas. Il se tourna vers l'âtre et ramassa quelque chose dans les braises.

— Arrêtez ! ordonna Kohler, son arme toujours pointée vers lui. Que faites-vous ?

Quand le camerlingue se retourna, il tenait un fer rougeoyant.

Le Diamant des *Illuminati*. Les yeux de Carlo Ventresca reflétaient maintenant une profonde démence.

— J'avais l'intention de le faire seul. Mais maintenant… Je sais que Dieu a voulu que vous soyez présent. Vous êtes mon salut.

Avant que Kohler eût pu esquisser un geste, le camerlingue ferma les yeux, et plaqua le fer contre sa poitrine. Sa chair se mit à grésiller.

— Sainte Marie ! Vierge bénie… Protège ton fils !

Il poussa un atroce hurlement de douleur.

On vit Kohler vaciller devant la caméra… se tenant maladroitement sur ses jambes, le revolver tremblant follement au bout de son bras.

Ventresca poussa un deuxième hurlement, plus terrible encore que le premier.

Le camerlingue s'effondra sur le sol en se tordant de douleur. Il jeta le fer aux pieds de Kohler.

La suite de la scène était très confuse.

Au moment où les gardes suisses firent intrusion dans la pièce, la caméra se mit à tressauter furieusement. Des coups de feu éclatèrent tout près du micro. Kohler projeté en arrière par une balle portait la main à sa poitrine ensanglantée et s'effondrait dans le fauteuil.

— Non ! criait Rocher à ses gardes pour les empêcher de faire feu sur Kohler.

Le camerlingue, toujours convulsé sur le sol, se tourna et désigna frénétiquement Rocher du doigt.

— *Illuminatus* !

— Salaud ! hurla Rocher en se ruant sur lui.

Chartrand l'interrompit en lui tirant trois balles dans le corps. Rocher s'écroula par terre, mort.

Puis les gardes se précipitèrent vers le camerlingue

blessé et l'entourèrent. La caméra montra alors le visage décomposé de Robert Langdon, agenouillé près du fauteuil, fixant le diamant. Puis l'image se remit à tressauter follement. Kohler avait repris connaissance et il détachait la petite caméra de son support, sous le bras du fauteuil. Il s'efforçait de la tendre à Langdon.

— D-donnez…, dit-il dans un souffle. D-donnez ceci… aux médias.

Le film s'arrêtait là.

130.

Le camerlingue sentit les dernières vapeurs d'émerveillement et d'excitation se dissiper. Alors que le garde suisse l'aidait à descendre l'Escalier royal vers la chapelle Sixtine, Carlo Ventresca entendit chanter sur la place Saint-Pierre et il sut qu'il avait déplacé des montagnes.

Merci, mon Dieu.

Il avait demandé la force nécessaire à Dieu et il avait été exaucé. Dans ses moments de doute, Dieu lui avait parlé. Tu as une sainte mission à accomplir, lui avait dit le Seigneur. Je te donnerai la force. Mais sa force surnaturelle n'avait pourtant pas préservé le camerlingue de la peur. Les questions sur la justesse de sa voie revenaient sans cesse.

Si ce n'est pas toi, lui avait demandé Dieu en le mettant au défi, alors QUI ?

Si ce n'est pas maintenant, alors QUAND ?

Si ce n'est pas la juste voie, alors LAQUELLE ?

Jésus, lui avait rappelé Dieu, les avait tous sauvés… de leur apathie. Deux actes avaient suffi à Jésus pour leur ouvrir les yeux. La crucifixion et la résurrection. L'horreur et l'espoir… Il avait changé le monde.

Mais cela s'était passé deux mille ans auparavant. Le temps avait érodé le miracle. Les hommes avaient oublié. Ils s'étaient tournés vers de fausses idoles — techno-divinités et miracles de l'intellect. Mais les miracles de l'âme ?

Le camerlingue avait souvent imploré Dieu afin qu'il lui montre comment rendre la foi aux hommes. Mais Dieu avait gardé le silence. C'est quand le camerlingue avait touché le fond du désespoir que Dieu s'était adressé à lui. Oui, par une horrible nuit !

Le camerlingue se voyait encore, étendu sur le sol, dans sa chemise de nuit en lambeaux, déchirant sa propre chair à pleines mains, essayant de purger son esprit de la douleur que lui avait causée la monstrueuse vérité qu'il venait d'apprendre. Ce n'est pas possible ! avait-il hurlé. Et maintenant, il savait que c'était possible. Cette trahison lui brûlait les entrailles comme un feu d'enfer. L'évêque qui l'avait recueilli, l'homme qui avait été un père pour lui, le vicaire du Christ à côté duquel Carlo Ventresca se tenait le jour où il était monté sur le trône de saint Pierre… cet homme n'était qu'un imposteur. Un vulgaire pécheur. Prêt à mentir au monde sur une profanation si abominable que le camerlingue doutait que Dieu puisse lui pardonner un jour.

— Votre serment ! avait hurlé le camerlingue au pape. Vous avez trahi votre serment à Dieu ! Vous, entre tous les hommes !

Le pape avait tenté de se justifier, mais le camerlingue ne voulait rien entendre. Il s'était enfui, avait erré au hasard dans les couloirs, complètement bouleversé. Il avait vomi, pleuré toutes les larmes de son corps. Il était revenu à lui ensanglanté, seul, allongé sur le sol glacé devant la tombe de saint Pierre. Sainte Marie, que dois-je faire ? Le camerlingue terrassé, trahi, s'était allongé dans la nécropole, implorant Dieu de le sauver de ce monde sans foi. Et Dieu lui était apparu.

La voix avait résonné dans sa tête comme un coup de tonnerre.

— As-tu prêté serment de servir ton Dieu ?

— Oui ! avait hurlé le camerlingue.

— Es-tu prêt à mourir pour ton Dieu ?

— Oui, prends-moi maintenant !

— Es-tu prêt à mourir pour ton Église ?

— Oui, délivre-moi, je t'implore !

— Mais es-tu prêt à mourir pour… l'humanité ?

Dans le silence qui avait suivi, le camerlingue était tombé dans l'abîme. Il avait été entraîné, irrésistiblement, il avait perdu tout contrôle. Mais il tenait enfin sa réponse. Il l'avait toujours su.

— Oui ! avait-il hurlé dans sa folie. Je mourrai pour les hommes ! Comme Votre fils, je mourrai pour eux !

Plusieurs heures avaient passé, le camerlingue gisait toujours sur le sol, le corps parcouru de frissons. Il aperçut le visage de sa mère. Dieu a des projets pour toi, lui dit-elle. C'est alors que la raison du camerlingue avait définitivement sombré. Ensuite, Dieu s'était de nouveau adressé à lui. Cette fois-ci en silence. Mais le camerlingue avait compris.

Rend-leur la foi des premiers jours.

Si ce n'est pas moi… alors qui ?

Si ce n'est pas maintenant… alors quand ?

Quand les gardes déverrouillèrent la porte de la chapelle Sixtine, le camerlingue Carlo Ventresca se sentit habité par Sa puissance… exactement comme quand il était enfant. Dieu l'avait choisi. Depuis longtemps.

Que Sa volonté soit faite.

Le camerlingue se sentait renaître. Le garde suisse lui avait bandé la poitrine, l'avait baigné et l'avait vêtu d'une aube blanche. On lui avait aussi injecté une dose de morphine contre la douleur. Le camerlingue aurait préféré se passer d'analgésique. Jésus avait enduré ses blessures trois jours entiers, avant de monter au ciel ! Il sentait déjà les effets de la drogue, ses sensations devenaient cotonneuses, une légère griserie lui tournait la tête.

À son entrée dans la Chapelle, il ne fut pas étonné de voir tous les regards rivés sur lui, les yeux écarquillés.

Dieu inspire la crainte et l'émerveillement, se dit-il. À travers moi, c'est Son œuvre qu'ils admirent. En remontant la travée centrale, il lut la fascination dans ces regards. Mais il y avait autre chose dans leurs yeux. Qu'était-ce donc ? Le camerlingue avait essayé d'imaginer l'accueil qu'on lui réserverait ce soir-là. Joyeux ? Déférent ? Il essaya de percer les cœurs mais n'y lut aucun de ces deux sentiments.

C'est alors qu'il aperçut Robert Langdon près de l'autel.

131.

Le camerlingue Carlo Ventresca s'était immobilisé dans l'allée centrale de la chapelle Sixtine. Les cardinaux s'étaient tous regroupés près de l'autel, les yeux tournés vers lui. Robert Langdon se tenait à côté d'un téléviseur qui passait en boucle une scène que le camerlingue reconnut sans comprendre comment elle avait pu être filmée. Ventresca reconnut aussi Vittoria Vetra, les traits tirés, derrière l'Américain.

Le camerlingue ferma un moment les yeux, se demandant s'il hallucinait sous l'effet de la morphine. Quand il rouvrirait les yeux, la scène aurait changé. Mais ce ne fut pas le cas.

Ils savaient.

Bizarrement, il n'éprouva pas de peur. Montre-moi la voie, Seigneur. Donne-moi les mots dont j'ai besoin pour leur faire voir ce que Tu m'as montré…

Mais il n'obtint pas de réponse.

Mon Père, nous sommes allés trop loin pour faillir maintenant.

Silence.

Ils ne comprennent pas ce que nous avons fait.

Le camerlingue entendit une voix, dans son esprit, sans pouvoir la reconnaître, mais le message était sans appel.

Et la vérité te libérera…

C'est ainsi que le camerlingue Carlo Ventresca garda la tête haute en se dirigeant vers l'autel. À mesure qu'il approchait des cardinaux, même la lumière des cierges n'adoucissait pas leurs regards perçants. Explique-toi, lui disaient ces yeux. Montre-nous le sens de toutes ces aberrations. Dis-nous que nos craintes ne sont pas fondées !

La vérité, songea le camerlingue. Rien que la vérité. Trop de secrets étaient enfouis entre ces murs…

L'un de ces secrets était si terrible qu'il l'avait fait sombrer dans la folie. Mais de la folie avait jailli la lumière.

— Si vous aviez la possibilité de donner votre âme pour en sauver des millions, dit le camerlingue, le feriez-vous ?

Tous les regards étaient fixés sur lui. Personne ne répondit. On entendait des chants joyeux sur la place.

— Quel est le plus grave des péchés ? poursuivit-il. Tuer son ennemi ? Ou rester inactif alors que le véritable amour est étouffé ? Ils chantent sur la place Saint-Pierre !

Le camerlingue se tut et leva les yeux vers le plafond de la Chapelle. Le Dieu peint par Michel-Ange sur la voûte sombre veillait sur eux… Et Il semblait heureux.

— Je ne pouvais plus rester les bras croisés, reprit le camerlingue.

Pourtant, en marchant vers eux, il ne distinguait aucune lueur de compréhension dans leurs regards. Ils ne voyaient donc pas la lumineuse simplicité de ses actes ? L'urgence de la situation ?

Tout avait été si pur.

Les *Illuminati*. La Science et Satan confondus.

Ressusciter la peur ancestrale. Puis, l'annihiler.

Horreur et Espoir. Rends-leur la foi.

Ce soir, la puissance des *Illuminati* s'était à nouveau déchaînée… et le résultat était inespéré. L'apathie s'était dissipée. La crainte s'était propagée à travers le monde comme une boule de lumière, pour unir les hommes. Et la majesté de Dieu avait vaincu les ténèbres.

Je ne pouvais pas rester les bras croisés !

L'inspiration était venue de Dieu — comme un flambeau dans la nuit du camerlingue. Ô monde sans foi ! Quelqu'un doit les libérer. Toi. Si ce n'est pas toi qui t'en charges, qui le fera ? Tu as été sauvé pour une raison. Montre-leur les vieux démons. Ressuscite leurs peurs ancestrales. L'indifférence, c'est la mort. Sans ténèbres, il n'y a pas de lumière. Sans mal, il n'y a pas de bien. Donne-leur le choix. Les Ténèbres ou la Lumière. Qu'est devenue la sainte peur ? Que sont les héros de jadis ? Si ce n'est pas maintenant, alors quand ?

Le camerlingue remonta l'allée centrale d'un pas décidé. Il se sentait comme Moïse devant cet océan de barrettes et d'écharpes rouges qui s'écartaient devant lui. Robert Langdon éteignit le téléviseur, prit la main de Vittoria et quitta l'autel. Si Langdon avait survécu, c'était la volonté de Dieu. Dieu avait sauvé Robert Langdon. Le camerlingue se demandait pourquoi.

La seule voix féminine de la Chapelle rompit le silence.

— Vous avez tué mon père ? demanda-t-elle en s'avançant.

Quand le camerlingue rencontra le regard de Vittoria Vetra, il ne comprit pas son expression : la douleur soit, mais la colère ? Avait-elle pu ne pas comprendre ? Que le génie de son père était mortel. Qu'il fallait l'arrêter… pour le bien de l'Humanité.

— Il travaillait pour Dieu, dit Vittoria.

— Le travail de Dieu ne se fait pas dans un laboratoire. Mais dans le cœur.

— L'âme de mon père était pure ! Et ses recherches prouvaient…

— Ses recherches prouvaient seulement que le cerveau humain progresse plus vite que son âme !

La voix du camerlingue était plus dure qu'il ne l'aurait souhaité.

— Si un homme aussi croyant que l'était votre père, reprit-il, était capable de créer l'arme que nous avons vue à l'œuvre ce soir, imaginez de quoi serait capable un homme ordinaire avec cette technologie.

— Un homme comme vous ?

Le camerlingue prit une profonde inspiration. Elle ne voyait donc pas ? La morale de l'homme n'avançait pas aussi vite que sa science. L'humanité n'était pas assez évoluée spirituellement pour assumer la puissance qu'elle s'était arrogée. L'homme n'avait jamais créé une arme sans l'utiliser ! L'antimatière n'était qu'une arme supplémentaire dans un arsenal déjà pléthorique. L'homme avait déjà le pouvoir de détruire. Il avait appris à tuer, depuis longtemps. Et le sang de sa mère était retombé sur lui.

Mais le génie de Leonardo Vetra était également dangereux pour une autre raison.

— Voilà des siècles, répliqua le camerlingue, que l'Église laisse la science détruire à petit feu la religion, sans rien faire pour l'en empêcher. Les scientifiques démystifient les miracles. Ils dressent le cerveau de l'Homme à dominer son cœur. Ils accusent la religion d'être l'opium du peuple, et Dieu de n'être qu'une hallucination — une béquille illusoire pour ceux qui sont trop faibles pour accepter la vanité de la vie humaine. Comment pouvais-je rester le témoin impuissant de cette appropriation de la puissance divine ? Vous parlez de preuves. Tout ce que cela prouve, c'est que la science est ignorante ! Qu'y a-t-il de mal à admettre l'existence d'une entité qui dépasse notre compréhension ? Le jour où la science prouvera l'existence de Dieu en laboratoire, les hommes n'auront plus besoin de la foi !

— Vous voulez dire qu'ils n'auront plus besoin de votre Église, riposta Vittoria en s'avançant vers lui. Votre dernier lambeau de pouvoir, c'est le doute qui habite l'esprit humain. C'est lui qui fait venir les âmes vers vous. C'est leur besoin de savoir que la vie a un sens. C'est leur sentiment d'insécurité, leur quête d'un être éclairé, qui l'assure qu'il existe un plan d'ensemble. Or l'Église n'est pas la seule source d'éclaircissement de la planète ! Nous sommes tous à la recherche de Dieu, mais par des chemins différents. De quoi avez-vous peur ? Que Dieu se manifeste ailleurs que dans ces murs ? Que les hommes et les femmes le découvrent au sein de leurs vies, et qu'ils rejettent vos rituels archaïques ? Les religions évoluent ! L'esprit trouve des réponses, le cœur entrevoit de nouvelles vérités.

« Mon père poursuivait la même quête que vous ! Son chemin était parallèle au vôtre ! Comment ne vous en êtes-vous pas rendu compte ? Dieu n'est pas une autorité omnipotente qui nous regarde d'en haut, et menace de nous précipiter dans les flammes de l'enfer si nous ne lui obéissons pas. Dieu, c'est l'énergie qui circule dans les synapses de notre cerveau, et dans le tréfonds de nos cœurs. Dieu est partout !

— *Sauf* dans la science, cingla le camerlingue avec

un regard de pitié. La science, par définition, n'a pas d'âme, pas de lien avec le cœur humain. Des miracles intellectuels comme celui de l'antimatière sont livrés au monde sans leur mode d'emploi éthique. Ce qui en soi est dangereux. Mais lorsque cette science se met à présenter ses recherches sans âme comme le chemin vers la lumière… Lorsqu'elle promet des réponses à des questions dont la beauté réside dans le fait qu'elles n'en ont pas… (Il secoua la tête.) Alors, je dis non !

Le silence s'installa. Carlo Ventresca renvoya à Vittoria un regard aussi inflexible que le sien.

Brusquement, il se sentait épuisé. La situation se retournait contre lui. *Est-ce là l'épreuve finale que Dieu m'envoie ?* La voix de Mortati rompit le charme maléfique qui semblait s'être abattu sur la chapelle Sixtine :

— Les quatre cardinaux, murmura-t-il avec horreur. Baggia et les autres… Je vous en supplie, ne me dites pas que vous…

Le camerlingue se tourna vers lui, surpris par la souffrance qui faisait vibrer la voix du cardinal. Comment lui n'était-il pas capable de comprendre ? Les titres des journaux annonçaient chaque jour un nouveau miracle de la science. Depuis combien de temps ne parlait-on plus de ceux de la foi ? Des siècles ?

La religion avait besoin d'un miracle ! Qui vienne tirer le monde de son sommeil. Qui permette aux hommes de retrouver le chemin de la vertu. Qui les ramène à la foi. Et après tout, les cardinaux assassinés n'étaient pas des meneurs. C'étaient des rénovateurs — des progressistes, prêts à embrasser le monde moderne et à abandonner les traditions. Leur élimination représentait la seule solution possible. Il fallait à l'Église un nouveau chef. Jeune. Fort. Vibrant. Miraculeux. Morts, les *preferiti* serviraient beaucoup plus efficacement l'Église qu'ils n'auraient jamais pu le faire vivants.

L'Horreur, puis l'Espoir. Offrir quatre âmes à Dieu pour en sauver des millions.

Le monde se souviendrait d'eux à tout jamais, comme de martyrs. L'Église érigerait de glorieux monuments à leur mémoire. Combien de milliers sont morts pour la gloire de Dieu ? Eux ne sont que quatre.

— Les quatre cardinaux, répéta Mortati.

— J'ai partagé leurs souffrances, plaida Ventresca en montrant sa poitrine. Moi aussi, je serais prêt à mourir pour Dieu. Mais ma tâche ne fait que commencer. La foule chante sur la place Saint-Pierre !

Le camerlingue lut l'horreur dans les yeux de Mortati. Il se sentait à nouveau désorienté. Était-ce la morphine ? Mortati le regardait comme s'il avait tué ces hommes lui-même, à mains nues. Pour Dieu, j'en aurais été capable, pensa-t-il. Mais il ne l'avait pas fait. Les meurtres avaient été perpétrés par l'Assassin — une âme païenne, amenée par la ruse à croire qu'elle accomplissait l'œuvre des *Illuminati*. Je m'appelle Janus, lui avait dit le camerlingue. Je ferai la preuve de ma puissance. Et il avait honoré sa promesse. Ventresca avait instrumenté la haine de l'Assassin au service du Dieu des chrétiens.

— Écoutez-les chanter, dit-il avec un sourire réjoui. Rien ne réunit mieux les âmes que la présence du mal. Mettez le feu à une Église, et tous les membres de la communauté se dresseront, main dans la main. Ils relèveront le défi et reconstruiront leur sanctuaire, en chantant des hymnes. Regardez la foule affluer ce soir sur la place. La peur leur a fait retrouver le chemin de la maison. Inventez pour l'Homme moderne de nouveaux démons. L'apathie est mortelle. Montrez-leur le visage du Mal, celui des Satanistes qui nous ont infiltrés, qui contrôlent nos gouvernements, nos banques, nos écoles. Qui menacent d'effacer de la terre la Maison de Dieu, à l'aide de la science, qui se trompe. La perversion avance en profondeur, et l'Homme doit rester vigilant. Tous les moyens sont bons pour faire le bien. Devenez le bien !

Pendant le silence qui suivit, Ventresca espéra s'être enfin fait comprendre. Les *Illuminati* n'avaient pas refait surface. Ils avaient disparu depuis longtemps. Ils n'existaient plus que sous forme de mythe. S'il les avait ressuscités, c'était pour les utiliser comme un rappel à l'ordre. Ceux qui connaissaient leur histoire avaient revécu le mal qu'ils incarnaient. Les autres avaient appris une leçon et se demandaient comment ils avaient pu se montrer aussi aveugles. Ventresca avait fait resurgir des démons anciens pour réveiller un monde indifférent.

— Et les fers ? demanda Mortati d'une voix outrée.

Le camerlingue ne répondit pas. Le cardinal ne pouvait pas savoir que le Vatican avait confisqué les instruments de torture des *Illuminati* plus d'un siècle auparavant. Ils avaient été mis sous clé, oubliés, couverts de poussière, dans la chambre forte pontificale — le reliquaire privé du pape — profondément enfouis dans les appartements des Borgia. Dans une salle secrète où l'on conservait tout ce que l'Église jugeait trop dangereux pour être livré à la connaissance des fidèles. Pourquoi avoir caché ce qui inspirait la peur ? C'est la peur qui attire les gens vers la foi !

La clé de la chambre forte se transmettait d'un pape à l'autre. Le camerlingue Carlo Ventresca l'avait subtilisée, et il s'était introduit dans la salle interdite. La légende qui entourait son contenu le fascinait. Elle renfermait, entre autres, les manuscrits originaux des quatorze évangiles qu'on nommait Apocryphes, et des renseignements sur l'emplacement du tombeau de la Vierge. Mais le camerlingue y avait également trouvé la Collection des *Illuminati* : tous les secrets dévoilés par le Vatican après l'excommunication de la société secrète… la honteuse Voie de l'Illumination… la fourbe imposture du Bernin, l'artiste favori du Vatican… les moqueries antireligieuses des grands savants européens qui se réunissaient en secret dans le château Saint-Ange, sur les terres de la Cité vaticane. Ventresca y avait trouvé le coffret pentagonal renfermant tous les fers, et notamment le Diamant légendaire des *Illuminati*. Cette zone d'ombre de l'histoire du Vatican que les anciens préféraient oublier, Ventresca voulait la faire revivre.

— Mais l'antimatière…, demanda Vittoria. Vous avez pris le risque de détruire le Vatican !

— Il n'y a pas de risque quand on a Dieu à ses côtés, répliqua-t-il. Cette cause était la sienne.

— Vous êtes fou ! siffla-t-elle entre ses dents.

— J'ai sauvé des millions d'âmes.

— Vous avez tué des hommes !

— Tant d'autres ont trouvé le salut !

— Allez dire cela à mon père et à Max Kohler !

— L'arrogance du CERN devait être dénoncée. Une gouttelette de liquide capable de pulvériser un kilomètre carré ? Et vous me traitez de fou ?

Le camerlingue sentait la rage monter en lui. Pensaient-ils que sa mission était simple ?

— Ceux qui croient endurent de grandes épreuves pour la gloire de Dieu, reprit-il. Il a demandé à Abraham de lui sacrifier son propre fils ! Il a ordonné à Jésus de subir le supplice de la crucifixion ! Et nous accrochons des croix sur nos murs — le symbole du Christ ensanglanté, douloureux, agonisant — pour nous rappeler le pouvoir du mal. Pour maintenir nos cœurs dans la vigilance. Les stigmates de Jésus sont les souvenirs vivants de la puissance des ténèbres ! Mes stigmates le sont aussi ! Le mal est vivant, mais il sera vaincu par la puissance divine !

Les cris du camerlingue retentirent contre le mur du fond de la chapelle Sixtine. Puis un profond silence emplit le sanctuaire. Le temps s'était arrêté. *Le Jugement dernier* de Michel-Ange dressait derrière Ventresca sa composition menaçante… Jésus jetant les pécheurs en enfer. Les yeux du cardinal Mortati se remplirent de larmes.

— Carlo ! Qu'avez-vous fait ? soupira-t-il.

Il ferma les yeux et une larme roula sur sa joue.

— Sa Sainteté ! murmura-t-il.

L'assemblée fit entendre un soupir de souffrance. Comme si les cardinaux s'en souvenaient tout à coup.

Le pape. Empoisonné.

— C'était un vil menteur, dit le camerlingue.

Mortati était anéanti.

— Que dites-vous ? Il était honnête ! Il… vous aimait.

— Moi aussi je l'aimais.

Oh, comme je l'aimais ! se dit-il. Mais quelle tromperie ! Il avait trahi le serment qu'il avait fait à Dieu !

Le camerlingue savait qu'ils ne comprenaient pas maintenant, mais ils comprendraient. Quand il le leur dirait, ils verraient clair ! Sa Sainteté était le plus vil imposteur que l'Église ait jamais connu.

Le camerlingue revoyait encore cette terrible nuit. Il rentrait de sa visite au CERN, porteur de l'effroyable nouvelle — la Genèse de Leonardo Vetra et le pouvoir inimaginable de l'antimatière. Il était convaincu que le pape en verrait les dangers. Mais le Saint-Père ne lut que de l'espoir dans l'annonce de cette découverte sensationnelle. Il suggéra même que le Vatican finance le travail de Vetra, en signe de soutien à la recherche scientifique à vocation spirituelle. De la folie pure ! L'Église investissant dans des recherches qui menaçaient de la rendre obsolète ? Un travail destiné à produire des armes de destruction massive ? Comme la bombe qui avait tué la mère de Ventresca…

— Mais… vous ne pouvez pas faire cela ! s'était-il exclamé.

— J'ai une lourde dette envers la science, avait

répondu le pape. Une histoire que j'ai gardée secrète toute ma vie. La science m'a fait un cadeau quand j'étais jeune. Un cadeau que je n'ai jamais oublié.

— Je ne comprends pas. Que peut offrir la science à un homme de Dieu ?

— C'est assez complexe. Il me faudra du temps pour te faire comprendre… Mais d'abord, il y a un simple fait que tu dois connaître. Je te l'ai caché pendant toutes ces années. Je crois qu'il est temps de t'en informer.

Alors, le pape lui avait appris l'accablante vérité.

132.

Le camerlingue était recroquevillé par terre, devant la tombe de saint Pierre, dans la poussière. La nécropole était glaciale, mais le froid coagulait le sang qui coulait des blessures qu'il s'était infligées. Sa Sainteté ne le trouverait pas ici. Personne ne le trouverait…

La voix du pape résonnait encore dans son esprit.

— C'est assez complexe. Il me faudra du temps pour te faire comprendre…

Mais le camerlingue savait que ce n'était pas une question de temps.

Menteur ! Je croyais en vous ! DIEU croyait en vous !

D'une seule phrase, le pape avait pulvérisé le monde du camerlingue. Tout ce que Ventresca avait pensé de son mentor se disloquait sous ses yeux. La vérité lui avait percé le cœur avec une telle violence qu'il était sorti du bureau papal en chancelant et avait vomi un peu plus loin.

— Attends ! avait crié le pape derrière lui. S'il te plaît, laisse-moi t'expliquer !

Mais le camerlingue avait repris sa course folle.

Comment Sa Sainteté pouvait-elle croire qu'il puisse en endurer davantage ? Oh, quelle affreuse dépravation ! Et si quelqu'un d'autre apprenait ce qui se tramait ici ? L'Église démystifiée, dépouillée de Sa Sainteté ! Le serment du pape n'avait-il donc aucune valeur ?

Il avait senti la folie monter en lui, vociférer des imprécations, jusqu'à son réveil devant la tombe de saint Pierre. Alors Dieu lui était apparu avec une violence impressionnante.

TON DIEU EST UN DIEU DE VENGEANCE !

Ils avaient dressé leurs plans ensemble. Ensemble, ils protégeraient l'Église. Ensemble, ils réinculqueraient la foi à ce monde sans âme. Le mal était partout. Et le monde avait fini par devenir indifférent ! Tous les deux, ils allaient dévoiler les ténèbres et les mettre en lumière aux yeux des hommes… et Dieu vaincrait ! Horreur et Espoir. Alors, le monde croirait !

La première épreuve de Dieu avait été moins atroce que le camerlingue ne se l'imaginait… Se faufiler dans la chambre du pape. Remplir la seringue… plaquer l'oreiller sur le visage de l'imposteur pendant les dernières convulsions de l'agonie. À la lueur du clair de lune, le camerlingue avait lu dans les yeux épouvantés du pape qu'il voulait lui dire quelque chose.

Mais il était trop tard.

Le pape en avait assez dit.

133.

— Le pape a eu un enfant.

Le camerlingue se tenait immobile dans la chapelle Sixtine. Six mots pour une révélation étonnante.

L'assemblée tout entière sembla saisie d'un même mouvement de recul. Les expressions accusatrices des cardinaux se muèrent en regards frappés d'horreur, comme si tous espéraient que le camerlingue s'était trompé.

Le pape a engendré un enfant.

Langdon ressentit lui aussi l'onde de choc. La main de Vittoria, serrée dans la sienne, se contracta nerveusement, alors que Langdon, déstabilisé par toutes les questions restées sans réponses, s'efforçait de mettre de l'ordre dans ses idées.

Langdon comprit aussitôt que la déclaration du camerlingue resterait suspendue au-dessus du Sacré Collège à jamais. Même dans le regard fou du camerlingue, il avait lu une conviction irrécusable. À cet instant, Langdon aurait voulu fuir ce cauchemar grotesque et se réveiller dans un monde sensé.

— Ce ne sont que des mensonges ! cria l'un des cardinaux.

— Je n'y croirai jamais ! protesta un autre. Sa Sainteté était l'être le plus pieux qui soit !

Mortati prit la parole, d'une voix bouleversée :

— Mes amis. Ce que le camerlingue vient de vous apprendre est la pure vérité.

Tous les cardinaux sursautèrent comme si Mortati avait proféré une obscénité.

— Le pape a effectivement engendré un enfant.

Le camerlingue était assommé.

— Vous saviez ? Mais… comment pouviez-vous le savoir ?

Mortati soupira.

— Quand Sa Sainteté a été élue… j'étais l'Avocat du Diable.

Tout le monde en eut le souffle coupé.

Langdon comprit. Cela signifiait que l'information était avérée. L'infâme « Avocat du Diable » était la référence suprême, dès qu'un scandale risquait de salir le Vatican. Pas question de cadavres dans le placard pontifical : avant chaque élection, une enquête secrète sur le passé du candidat était menée par un seul cardinal qui servait d'« Avocat du Diable ». Lui seul pouvait s'opposer pour des raisons mystérieuses à l'élection d'un candidat au trône de saint Pierre. Nommé par le précédent pape, l'Avocat du Diable n'était pas censé révéler son identité. Jamais.

— J'étais l'Avocat du Diable, répéta Mortati. C'est pourquoi je connaissais la vérité.

Les vieux prélats restèrent bouche bée. Cette nuit était celle de toutes les transgressions…

Le cœur du camerlingue se remplit de colère.

— Et vous… ne l'avez dit à personne ?

— J'en ai parlé à Sa Sainteté, dit Mortati. Et il s'est confessé. Il m'a raconté toute l'histoire et m'a seulement demandé de laisser mon cœur guider ma décision : devais-je révéler son secret ?

— Et votre cœur vous a dicté d'enterrer l'information ?

— Il était de loin le favori pour la papauté. Les gens l'aimaient. Le scandale aurait profondément blessé l'Église.

— Mais il a engendré un enfant ! Il a trahi son vœu de célibat !

Le camerlingue hurlait maintenant. Il entendait la voix de sa mère. « Une promesse faite à Dieu est la plus importante promesse de toutes. Ne la trahis jamais. » Le pape a trahi son serment !

Mortati sembla saisi d'une extrême angoisse.

— Carlo, son amour… était chaste. Il n'avait trahi aucun serment. Il ne vous l'a pas expliqué ?

— Expliquer quoi ? dit le camerlingue en se souvenant qu'il était sorti du bureau du pape en trombe sans l'écouter alors que le Saint-Père lui criait : Laisse-moi t'expliquer !

Doucement, tristement, Mortati raconta que des années auparavant, alors que le pape n'était qu'un prêtre, il était tombé amoureux d'une jeune moniale. Tous deux avaient fait vœu de chasteté et ils n'auraient jamais osé trahir leur engagement devant Dieu. Mais alors que leur amour grandissait, bien qu'ils aient résisté au péché de chair, ils se prirent à désirer l'inespéré : un enfant. Ils voulaient participer au miracle suprême, celui de la Création. Leur enfant. Le désir devint irrésistible, surtout chez la jeune femme. Mais Dieu passait en premier. Un an plus tard, alors que la frustration était devenue insoutenable, elle vint le voir, un jour, comme enfiévrée. Elle avait lu un article sur un nouveau miracle de la science — un procédé par lequel deux personnes, sans avoir de relations sexuelles, pouvaient avoir un enfant. Elle y voyait un signe de Dieu. Le prêtre, profondément ému par son regard rayonnant, accepta. Un an plus tard, elle eut un enfant par le miracle de l'insémination artificielle…

— Ça ne peut pas… être vrai, fit le camerlingue, paniqué, espérant que c'était la morphine qui brouillait ses sens.

Il devait entendre des voix…

Mortati avait maintenant les larmes aux yeux.

— Carlo, voilà pourquoi Sa Sainteté a toujours eu de l'affection pour la science. Il avait contracté une dette à son égard. La science lui avait accordé la joie de la paternité sans trahir son vœu de chasteté. Sa Sainteté m'avoua qu'il n'avait aucun regret sauf un : que son statut de dignitaire de l'Église l'empêche de vivre avec la femme qu'il aimait et de voir son enfant grandir.

Le camerlingue Carlo Ventresca sentit monter un nouvel accès de délire. Il aurait voulu se jeter la tête la première contre un mur. *Comment aurais-je pu deviner ?*

— Le pape n'a commis aucun péché, Carlo. Il était chaste.

— Mais… (Le camerlingue cherchait quelque explication rationnelle dans son esprit fébrile.) Pensez au risque que nous faisaient courir ses actes. (Sa voix se radoucit.) Que se serait-il passé si sa putain était venue ici ? Ou bien, ce qu'à Dieu ne plaise, son enfant ? Imaginez la honte pour notre Église !

Mortati avait des trémolos dans la voix.

— L'enfant est venu ici, Carlo.

Une chape de plomb s'abattit sur le Sacré Collège.

— Carlo… ? (Mortati vacilla.) L'enfant de Sa Sainteté… c'est vous !

À cet instant précis, le camerlingue sentit le feu de la foi s'éteindre dans son cœur. Debout, tremblant, sur l'autel, devant *Le Jugement dernier* de Michel-Ange, il eut une vision fugitive de l'enfer. Il s'y trouvait déjà. Il ouvrit la bouche pour parler, mais ses lèvres bougeaient sans émettre aucun son.

— Vous comprenez ? insista Mortati. Voilà pourquoi Sa Sainteté est venue vous voir à l'hôpital de Palerme quand vous étiez petit. Voilà pourquoi elle vous a recueilli et élevé. La nonne qu'il aimait s'appelait Maria… c'était votre mère. Elle a quitté le couvent pour vous élever, mais elle est toujours restée entièrement dévouée à Dieu. Quand le pape a appris qu'elle avait été victime d'un attentat, et que vous aviez miraculeusement survécu… il a juré devant Dieu qu'il ne vous laisserait plus jamais seul. Carlo, vos parents étaient tous les deux vierges. Ils n'ont pas trahi Dieu. Ils ont quand même trouvé le moyen de vous mettre au monde. Vous étiez l'enfant du miracle.

Le camerlingue se boucha les oreilles, pour ne plus rien entendre. Il était cloué sur place, sur l'autel. Puis il tomba lourdement à genoux et poussa un gémissement désespéré.

Des secondes. Des minutes. Des heures.

On avait perdu la notion du temps dans la Chapelle. Vittoria se sentait peu à peu libérée de la paralysie qui avait saisi tout le monde. Elle lâcha la main de Langdon et se dirigea vers les cardinaux. À son approche, les dignitaires sortirent peu à peu de leur accablement. Certains se mirent à prier. D'autres à pleurer. D'autres encore se tournèrent vers elle, montrant un visage menaçant à mesure qu'elle approchait de la porte. Elle les avait presque tous dépassés quand une main la saisit par le bras, délicatement mais résolument. Elle fit face à un cardinal au visage desséché. Il suait l'effroi.

— Non, murmura l'homme. Vous ne pouvez pas faire ça.

Vittoria se figea, incrédule.

Un autre renchérit.

— Nous devons réfléchir, d'abord.

— Cette souffrance pourrait causer…

Vittoria était maintenant encerclée. Elle les regarda, stupéfiée.

— Mais ces actes aujourd'hui, ce soir… Le monde doit absolument savoir !

— Mon cœur est d'accord, dit le cardinal ridé, sans lâcher son bras, mais ce sera un chemin de non-retour. Pouvons-nous ignorer tous les espoirs que nous allons briser ? Le cynisme triomphant ? Comment, après cela, les gens pourront-ils croire à nouveau ?

D'autres cardinaux firent bloc devant elle. Elle était cernée par un mur de soutanes noires.

— Écoutez les gens sur la place, fit l'un d'eux. Nous leur briserions le cœur ! Nous devons être prudents.

— Il nous faut un peu de temps pour réfléchir et prier, enchaîna un autre. Nous devons agir avec circonspection. Les répercussions que pourrait avoir…

— Il a tué mon père ! rétorqua Vittoria. Il a aussi tué son propre père !

— Je suis sûr qu'il paiera pour ses péchés, dit tristement le cardinal qui lui tenait le bras.

Vittoria en était sûre aussi, et elle avait bien l'intention d'y veiller. Elle tenta de se frayer un chemin vers la porte, mais les cardinaux, terrorisés, lui barrèrent le passage.

— Qu'allez-vous faire ? interrogea-t-elle. Me tuer ?

Les vieillards blêmirent et elle regretta aussitôt ses paroles. Elle savait que ces hommes étaient des purs. Ils avaient eu leur compte de violence pour ce soir. Ils ne voulaient pas se montrer menaçants. Ils étaient seulement pris au piège. Paniqués. Déboussolés.

— Je veux…, dit le cardinal ridé, … faire ce qui est juste.

— Alors, vous devez la laisser sortir, déclara une voix forte derrière eux.

Le ton était calme mais assuré. Langdon s'approcha d'elle et lui prit la main.

— Mlle Vetra et moi-même allons sortir de la Chapelle. Sur-le-champ.

Hésitant, les cardinaux commencèrent à s'écarter.

— Attendez !

C'était Mortati. Il descendit la travée centrale dans leur direction, laissant le camerlingue seul et vaincu sur l'autel. Mortati paraissait soudain plus vieux, envahi de lassitude. Courbé par la honte, aussi. Il posa une main sur l'épaule de Langdon et l'autre sur celle de Vittoria. Elle sentit la vibrante sincérité de ce vieillard défait aux yeux remplis de larmes.

— Bien entendu, vous êtes libres de partir, dit Mortati. Bien sûr. (Il s'arrêta, accablé de chagrin.) Je ne demande qu'une chose…

Il fixa ses pieds un long moment puis se tourna vers Langdon et Vittoria.

— Laissez-moi l'annoncer moi-même. J'irai sur la Place et je trouverai les mots. Je leur dirai. Je ne sais pas encore comment… mais je trouverai un moyen. L'Église doit elle-même confesser ses péchés. C'est à nous de publier nos erreurs.

Mortati jeta un regard triste vers l'autel.

— Carlo, vous avez mis l'Église dans une position catastrophique.

Il y eut un bruissement de soutane et le claquement d'une porte refermée.

Le camerlingue avait disparu.

134.

L'aube blanche du camerlingue Ventresca qui fuyait la chapelle Sixtine ondulait dans le large couloir. Les gardes suisses étaient restés perplexes en le voyant sortir de la Chapelle. Il leur avait dit qu'il avait besoin de se recueillir seul. Et ils avaient obéi et l'avaient laissé s'éloigner.

Quand il eut passé le coin et se sut hors de vue, le camerlingue sentit un maelström d'émotions presque inhumain le submerger. Il avait empoisonné l'homme qu'il appelait « Saint Père », cet homme qui l'appelait « mon fils ». Le camerlingue avait toujours pensé que les mots « père » et « fils » avaient des connotations religieuses, mais il savait maintenant la vérité — ces mots étaient à prendre au sens littéral.

Le camerlingue sentit son esprit basculer dans les ténèbres comme lors de cette nuit fatidique.

Un employé du Vatican avait frappé à la porte du camerlingue un matin pluvieux, le tirant d'un sommeil agité. Le pape, avaient-ils dit, n'ouvrait pas sa porte et ne répondait pas aux appels téléphoniques. Son entourage était très inquiet. Le camerlingue était la seule personne qui pouvait entrer dans les appartements du pape sans être annoncé.

En entrant, le camerlingue avait trouvé le pape dans la même position que la veille, mort, enroulé dans ses couvertures. Le visage de Sa Sainteté était celui de Satan. Sa langue était noire. Le diable en personne dormait dans le lit du pape.

Le camerlingue n'éprouvait aucun remords. Dieu avait parlé.

Personne ne s'apercevrait de la supercherie… pas encore. Plus tard.

Il annonça la terrible nouvelle — Sa Sainteté était morte d'une attaque. Puis le camerlingue s'attela à la préparation du conclave.

La voix de sa mère murmurait à son oreille :

— Ne trahis jamais ta promesse envers Dieu.

— Je t'entends, mère, répondit-il. Ce monde est sans foi. Je dois les ramener sur le chemin de la vertu. Horreur et Espoir. C'est le seul moyen.

— Oui, dit-elle. Si ce n'est pas toi… alors qui ? Qui sortira l'Église des ténèbres ?

Certainement pas un des cardinaux pressentis. Ils étaient vieux… déjà presque morts… c'étaient des libéraux qui suivraient la voie frayée par le défunt pape et feraient acte de soumission à la science en mémoire de lui. Ils essaieraient dérisoirement d'attirer de nouveaux fidèles en jetant aux orties les cérémonials de toujours. Des vieillards complètement dépassés prétendant pathétiquement qu'ils ne l'étaient pas. Le monde n'était qu'une étape, un mirage transitoire. L'Église n'avait que faire de changer, elle devait seulement rappeler au monde son utilité ! Le Mal existe ! Dieu vaincra !

L'Église avait besoin d'un chef. Les Vieillards n'inspiraient pas les fidèles ! Jésus si ! Jeune, vibrant, puissant… MIRACULEUX.

— Voilà votre thé, dit le camerlingue aux quatre cardinaux, en les laissant dans la bibliothèque privée du pape avant le conclave. Votre guide va bientôt arriver.

Les cardinaux le remercièrent, ravis de la chance qu'on leur offrait d'entrer dans le fameux *passetto*. C'était plutôt extraordinaire ! Le camerlingue en les quittant avait fermé la porte menant au *passetto*, puis il l'avait ouverte à l'heure dite et un prêtre, dont le visage ne leur était pas connu, muni d'une torche, les avait guidés à l'intérieur.

Les cardinaux n'étaient jamais ressortis.

Ils représenteront l'Horreur. Je serai l'Espoir.

Non… Je suis l'Horreur.

Le camerlingue avançait en titubant dans la basilique Saint-Pierre plongée dans la pénombre. D'une certaine façon, à travers la culpabilité et l'absurdité, les images de son père, la souffrance et la révélation, les effets de la morphine, aussi… il avait fini par trouver la clarté. Le sens de sa destinée. Je connais mon but, pensa-t-il, effrayé par sa propre clairvoyance.

Depuis le début, rien ne s'était exactement passé comme il l'avait prévu. Des obstacles imprévus avaient surgi, mais il s'était adapté, avec audace. Pourtant il n'aurait jamais imaginé que l'épreuve se terminerait ainsi… mais maintenant il percevait la majesté du plan divin, tout était écrit d'avance.

Et ne pouvait finir autrement.

Oh, quelle terreur il avait éprouvée dans la chapelle Sixtine, quand il se demandait si Dieu l'avait abandonné ! Quels actes étranges avait-Il ordonnés ! Le camerlingue était tombé à genoux, submergé par le doute, tendant l'oreille pour entendre la voix de Dieu mais ne percevant que le silence. Il avait espéré un signe. Une lumière. Une direction. Était-ce la volonté de Dieu ? L'Église anéantie par le scandale et l'abomination ? Non ! Dieu avait souhaité les actes du camerlingue ! N'est-ce pas ?

Puis il l'avait vu. Sur l'autel. Un signe. Une communication divine — une chose ordinaire éclairée d'une aura extraordinaire. Le crucifix. Humble, en bois. Jésus sur la croix… le camerlingue n'était pas seul… Il ne serait jamais seul.

C'était Sa volonté… Son interprétation.

Dieu avait toujours demandé beaucoup de sacrifices à ceux qu'il aimait le plus. Pourquoi le camerlingue avait-il été si lent à réagir ? Était-il trop peureux ? Trop humble ? Cela ne faisait aucune différence. Dieu avait trouvé une voie et le camerlingue comprenait même pourquoi Robert Langdon avait été sauvé. Il devait apporter la vérité. L'obliger à cette fin.

C'était la seule voie pour le salut de l'Église !

Le camerlingue se sentait flotter en descendant vers la Niche des Palliums. La montée de la morphine était irrésistible, mais il savait que Dieu le guidait.

Il entendait la clameur confuse des cardinaux sortant de la Chapelle, donnant des ordres aux gardes suisses.

Mais ils ne le retrouveraient jamais. En tout cas, pas à temps.

Le camerlingue se sentait attiré vers le fond… il accéléra en descendant l'escalier menant à la salle où brillaient les quatre-vingt-dix-neuf lampes à huile. Dieu le renvoyait à la Terre sainte. Le camerlingue se dirigea vers la grille recouvrant le trou qui menait à la nécropole. C'est là que la nuit finirait. Dans l'obscurité sacrée, tout en bas. Il prit une lampe, et se prépara à descendre.

Mais il s'arrêta net. Un malaise diffus l'empêchait de continuer. Ses plans servaient-ils vraiment Dieu ? Cette fin solitaire et silencieuse ? Jésus avait souffert aux yeux du monde entier. Cette mort obscure ne traduisait sûrement pas la volonté de Dieu ! Il tenta d'entendre

Sa voix mais il ne perçut qu'un bourdonnement dû aux antalgiques.

— Carlo ! (C'était sa mère.) Dieu a des projets pour toi.

Étonné, le camerlingue continua son chemin.

Et soudain, sans prévenir, Dieu lui apparut.

Le camerlingue s'arrêta net, les yeux écarquillés. La lumière des lampes à huile projetait son ombre sur le marbre du mur. Gigantesque, redoutable. Une forme indécise cernée d'un halo d'or. Entouré de bougies scintillantes, le camerlingue ressemblait à un ange montant au ciel. Il se figea, leva ses bras en croix et observa son reflet. Puis, il se tourna et continua à monter.

Le message de Dieu était clair.

Depuis trois minutes, la plus grande confusion régnait dans le vestibule de la chapelle Sixtine et personne n'avait réussi à retrouver le camerlingue. Comme s'il s'était évaporé dans la nuit. Mortati était sur le point d'exiger une fouille minutieuse de la Cité du Vatican quand un rugissement de joie retentit sur la place Saint-Pierre. Une célébration spontanée et tumultueuse de la foule. Les cardinaux se regardèrent, interloqués.

Mortati ferma les yeux.

— Dieu nous aide.

Pour la deuxième fois de la soirée, le Sacré Collège au complet traversa la place, entraînant Langdon et Vittoria dans leur sillage. Les lumières et les caméras des journalistes étaient braquées sur la basilique. Et soudain, surgissant sur le balcon papal situé au centre des tours, le camerlingue apparut, les bras tendus vers le ciel. Même de loin, il était la pureté incarnée. Une statue. Tout de blanc vêtu. Nimbé de lumière.

L'énergie qui couvait sur la place grossit rapidement et soudain les barrières de la Garde suisse s'écartèrent, incapables de retenir la vague. La masse déferla vers la basilique en un torrent d'humanité euphorique. La vague monta, un tohu-bohu extraordinaire de gens qui pleuraient, chantaient, d'appareils photo surmontés de flashes crépitant à qui mieux mieux. On aurait cru que rien ne pouvait arrêter ce raz de marée humain.

Pourtant quelque chose le stoppa.

Tout là-haut, le camerlingue fit un geste, un geste insignifiant. Il joignit ses mains et baissa la tête pour prier en silence. Un par un, puis par dizaines, puis par centaines, les gens baissèrent la tête.

Sur la place régnait le silence… comme si la foule venait d'être envoûtée.

Dans les prières du camerlingue, défilaient tous les espoirs et les chagrins d'une vie.

Pardonnez-moi mon Père… Mère… pleine de grâce… vous êtes l'Église… puissiez-vous comprendre le sacrifice de votre fils unique.

Ô Jésus… sauve-nous des flammes de l'enfer… conduis toutes ces âmes au Paradis, surtout celles qui ont particulièrement besoin de Ta pitié…

Le camerlingue n'ouvrit pas les yeux sur la multitude à ses pieds, les caméras de télévision, et le monde entier qui le regardait. Il le sentait au fond de son âme. Même dans son angoisse, la communion de ce moment était contagieuse. Comme si un réseau de connexions invisibles avait en un instant enveloppé la planète tout entière. Le monde priait à l'unisson, devant la télévision, à la maison, dans la voiture. Comme les synapses d'un cœur géant parcourues d'une seule onde électrique, les gens tendaient leurs mains vers Dieu, dans des dizaines de langues différentes, sur les cinq continents. Les mots qu'ils prononçaient étaient tout neufs et pourtant aussi familiers que leur propre voix… des vérités anciennes, gravées dans leur esprit depuis toujours, ressuscitaient.

L'écho de cette prière semblait devoir résonner éternellement.

Et alors que les têtes se relevaient et que les chants s'élevaient à nouveau, Carlo Ventresca comprit que l'heure était venue.

Très Sainte Trinité, je vous offre le Corps, le Sang et l'Âme les plus précieux... en réparation des outrages, des sacrilèges et des indifférences...

La douleur avait déjà commencé son œuvre. Elle courait sur sa peau comme une épidémie, lui donnant envie de s'écorcher vif, comme lors de la première apparition de Dieu, quelques semaines plus tôt. N'oublie pas que Jésus a souffert sur la croix. Il sentit les premières fumées lui brûler la gorge. Même la morphine ne pouvait plus rien contre la morsure qui le déchirait.

J'ai accompli ma mission.

Il faisait sienne l'Horreur. Et leur laissait l'Espoir.

Dans la Niche des Palliums, le camerlingue avait suivi la volonté de Dieu et avait oint son corps. Ses cheveux. Son visage. Sa robe de lin. Sa chair. Il était maintenant imbibé des huiles sacrées contenues dans les lampes. Elles sentaient bon, comme sa mère, mais elles brûlaient. Son ascension à lui serait une délivrance. Miraculeuse et rapide. Et il ne laisserait aucun scandale derrière lui... mais une nouvelle force et un nouvel espoir.

Il glissa sa main dans la poche de sa soutane et sentit le petit briquet doré qu'il avait pris dans l'*incendiario* du Pallium.

Il murmura un verset du Jugement dernier. Et quand la flamme s'éleva vers le ciel, l'ange de Dieu monta dans la lumière.

Il plaqua son pouce sur la molette.

Ils chantaient sur la place Saint-Pierre...

Personne ne devait jamais oublier la vision qui suivit.

Là-haut sur le balcon, comme une âme se libérant de son enveloppe corporelle, une colonne de feu jaillit du corps du camerlingue. Les flammes montèrent l'enveloppant instantanément. Il ne cria pas. Il leva les bras au-dessus de sa tête et regarda vers le ciel. L'incendie le dévora dans un rugissement sourd, transformant son corps en une colonne de lumière. Le feu sembla durer une éternité, avec le monde entier pour témoin. La lumière s'intensifia. Puis les flammes diminuèrent progressivement. Le camerlingue n'était plus. On n'aurait pu dire s'il était tombé ou s'il s'était évaporé. Il n'en resta bientôt plus qu'un panache de fumée qui monta en spirale vers le ciel de Rome.

135.

L'aube se fit attendre sur Rome. Une averse matinale s'était abattue sur la foule massée sur la place Saint-Pierre. Les journalistes étaient restés, s'abritant sous des parapluies ou dans des camionnettes, commentant les événements de la soirée. Les églises du monde entier étaient pleines à craquer. C'était l'heure de la réflexion et de la discussion… pour toutes les religions. Les questions abondaient mais les réponses soulevaient d'autres questions. Jusque-là, le Vatican ne s'était pas manifesté et s'était abstenu de toute déclaration.

Au fond des Grottes du Vatican, le cardinal Mortati s'agenouilla devant le sarcophage ouvert. Il entra et ferma la bouche noircie du vieil homme. Sa Sainteté reposait en paix maintenant. Pour l'éternité.

Aux pieds de Mortati, était posée une lourde urne

dorée remplie de cendres. Mortati les avait recueillies lui-même et rapportées ici.

— Une chance de pardon, dit-il à Sa Sainteté en déposant l'urne dans le sarcophage, à côté du pape. Il n'y a pas d'amour plus grand que celui d'un père pour Son fils.

Mortati camoufla l'urne sous la soutane papale. Il savait que cette grotte sacrée était réservée aux reliques des papes, mais son geste était juste, il en était sûr.

— Éminence ? dit quelqu'un en entrant dans la grotte. (C'était le lieutenant Chartrand accompagné de trois gardes suisses.) Ils vous attendent pour le conclave.

Mortati acquiesca.

— Un moment. (Il jeta un dernier regard sur le sarcophage devant lui et se leva. Il se tourna vers les gardes.) Il est temps pour Sa Sainteté de prendre un repos bien mérité.

Les gardes s'avancèrent et remirent péniblement le couvercle du sarcophage en place. Il se referma dans un bruit de tonnerre assourdi.

Mortati traversa seul la cour Borgia en direction de la chapelle Sixtine. Une brise humide souleva sa soutane. Un cardinal émergea du Palais apostolique et le rejoignit à grandes enjambées.

— Puis-je avoir l'honneur de vous accompagner au conclave, Éminence ?

— Tout l'honneur est pour moi.

— Éminence, dit le cardinal un peu ému. Le Sacré Collège vous doit des excuses pour la nuit dernière. Nous étions aveuglés par…

— Je vous en prie, répondit Mortati. Il arrive que ce que voit l'âme exprime surtout ce que désire le cœur.

Le cardinal garda le silence. Puis il reprit la parole :

— Vous êtes au courant ? Vous n'êtes plus notre Grand Électeur, désormais.

Mortati sourit.

— Oui. Je remercie Dieu pour ses petites faveurs.

— Le Sacré Collège a insisté pour que vous soyez éligible.

— Il semblerait que l'amour du prochain existe encore au sein de l'Église.

— Vous êtes un homme avisé. Vous ferez un bon guide.

— Je suis un vieil homme. Je ne vous guiderai pas bien longtemps.

Ils partirent d'un rire complice.

Le cardinal hésita en atteignant le fond de la cour Borgia. Il se tourna vers Mortati, troublé par un mystère, comme si la crainte révérencieuse de la veille reprenait possession de son cœur.

— Saviez-vous, murmura-t-il, que nous n'avons trouvé aucun reste sur le balcon ?

Mortati sourit.

— La pluie les a peut-être fait disparaître.

L'homme regarda le ciel nuageux.

— Oui, peut-être…

136.

Le ciel était couvert de nuages quand, en milieu de matinée, la cheminée de la chapelle Sixtine cracha le panache de fumée blanche. Les volutes s'enroulaient vers le firmament et se dissipaient lentement.

Plus loin, sur la place Saint-Pierre, le journaliste Gunther Glick contemplait la scène en réfléchissant. Le chapitre final…

Chinita Macri s'approcha par-derrière et hissa la caméra sur son épaule.

— C'est à nous, dit-elle.

Glick acquiesça d'un air morne. Il se tourna vers elle, lissa ses cheveux, et prit une profonde inspiration. Mon dernier direct, pensa-t-il. Un petit groupe de badauds s'était assemblé autour d'eux.

— Direct dans soixante secondes, annonça Macri.

Glick regarda le toit de la chapelle Sixtine par-dessus son épaule.

— As-tu filmé la fumée ?

Macri opina patiemment.

— Je sais cadrer, Gunther.

Glick comprit la bêtise de sa question. Bien sûr qu'elle savait. Les performances de Macri derrière sa caméra la veille auraient pu lui valoir un prix Pulitzer. Sa performance à lui, en revanche… il préférait l'oublier. Il était certain que la BBC accepterait sa démission avec soulagement. Il ne faisait aucun doute qu'ils avaient eu quelques problèmes avec quelques-uns des puissants de ce monde.

À commencer par le CERN, et George Bush.

— Tu passes bien à l'image…, lui dit Chinita d'un ton qui se voulait rassurant, l'œil collé à la caméra. Je me demande si je peux te donner…

Elle hésita, retenant ses paroles.

— Un conseil ?

Macri soupira.

— J'allais seulement te dire qu'il n'était pas nécessaire de partir en claquant la porte.

— Je sais, dit-il. Tu veux un commentaire tout simple.

— Le plus simple de l'histoire. Je te fais confiance.

Glick sourit. Un commentaire tout simple ? Pour qui me prend-elle ? Une histoire comme celle de la nuit dernière méritait vraiment mieux. Un angle inattendu. Une bombe finale. Une révélation imprévue qui allait secouer les masses.

Heureusement, Glick leur gardait un chien de sa chienne…

— À l'antenne dans… cinq… quatre… trois…

Chinita perçut une lueur sournoise dans l'œil de Glick. J'ai été folle de le laisser faire, pensa-t-elle. Où avais-je la tête ?

Mais il n'était plus temps de se raviser. Ils étaient en direct.

— En direct de la Cité du Vatican, annonça Glick en donnant le signal. Ici Gunther Glick. (Il adressa un regard solennel à la caméra alors que, derrière lui, la fumée s'échappait de la chapelle Sixtine.) Mesdames et Messieurs, c'est maintenant officiel. Le cardinal Saverio Mortati, âgé de soixante-dix-neuf ans, vient d'être élu pape. Cet improbable candidat a pourtant été élu à l'unanimité du Sacré Collège, un fait sans précédent dans l'histoire de l'Église.

Macri commençait à se décontracter en le regardant. Glick semblait étonnamment professionnel aujourd'hui. Presque austère. Pour la première fois de sa vie, Glick ressemblait à un vrai journaliste.

— Et comme nous vous l'avons appris un peu plus tôt, ajouta Glick, sur un ton plus incisif, le Vatican n'a jusqu'à maintenant aucune déclaration à faire concernant les événements miraculeux de la nuit dernière.

Bien. La nervosité de Chinita se dissipa. *Jusque-là, tout va bien.*

Glick adopta ensuite un ton affligé :

— Et bien que la nuit dernière ait été une nuit de miracles, elle a aussi été tragique. Quatre cardinaux ont trouvé la mort dans les événements d'hier, ainsi que le commandant Olivetti et le capitaine Rocher, deux officiers de la Garde suisse, morts dans l'exercice de leurs fonctions. On déplore également la mort de Leonardo Vetra, physicien renommé du CERN et pionnier de la technologie de l'antimatière, ainsi que celle de Maximilian Kohler, directeur du CERN, lequel était apparemment venu prêter main-forte au Vatican. La mort de M. Kohler n'a pour l'instant fait l'objet d'aucun commentaire officiel, mais on suppose que son décès serait la suite de complications survenues après une longue maladie.

Macri acquiesca. Un commentaire sans le moindre dérapage. Tel qu'ils l'avaient préparé.

— Et à la suite de l'explosion survenue au-dessus du Vatican la nuit dernière, la technologie de l'antimatière du CERN est devenue un brûlant sujet de controverse dans le monde scientifique. Une déclaration de Sylvie Baudeloque, l'assistante de M. Kohler à Genève, nous a appris ce matin que le Conseil scientifique du CERN, bien qu'enthousiaste au sujet de l'antimatière, avait décidé de suspendre toutes les recherches jusqu'à ce que des enquêtes plus approfondies confirment la possiblité d'un développement complètement sécurisé de cette technologie.

Excellent, pensa Macri. Et maintenant, la dernière ligne droite.

— Le professeur Langdon, de Harvard, est malheureusement absent de nos écrans ce soir, poursuivit Glick. Cet éminent spécialiste en symbolique religieuse était venu apporter au Vatican son expertise sur les *Illuminati*. Porté disparu après l'explosion de l'antimatière, nous avons appris qu'il était revenu sain et sauf sur la place Saint-Pierre après l'explosion. Nous ne connaissons pas encore les détails exacts de l'histoire mais le représentant de l'hôpital des Frères de Saint-Jean-de-Dieu, où le savant américain a été soigné, nous a certifié avoir vu M. Langdon tomber du ciel dans le Tibre un peu après minuit. (Glick leva les sourcils vers la caméra.) Et si cette information est confirmée, alors on pourra affirmer que c'était effectivement la nuit de tous les miracles.

Une fin parfaite ! Macri affichait un large sourire. Un commentaire nickel ! *Maintenant, termine !*

Mais Glick n'entendait pas en rester là. Il demeura silencieux un moment et se tourna vers la caméra, un mystérieux sourire aux lèvres.

— Mais avant de conclure…

Non !

— … Je tiens à vous présenter un invité.

Les mains de Chinita serrèrent convulsivement la caméra. Un invité ? se demanda-t-elle. Bon sang mais qu'est-ce qu'il fait ? Quel invité ? Termine ! Mais elle savait qu'il était trop tard. Glick remettait ça !

— L'homme que je vais vous présenter, reprit le journaliste, est américain. Il s'agit d'un célèbre professeur.

Chinita hésita. Quand Glick se tourna vers le petit groupe et fit un signe à son invité d'avancer, elle retint sa respiration. Elle pria en silence. S'il te plaît, dis-moi qu'il a réussi à retrouver Robert Langdon… et pas je ne sais quel cinglé qui va remettre ça avec le complot des *Illuminati*.

Mais quand l'invité de Glick se présenta, Macri sentit son sang se glacer. Ce n'était absolument pas Robert Langdon mais un homme chauve vêtu d'un jean et d'une chemise de flanelle. Il tenait une canne et portait des lunettes épaisses. Macri crut devenir folle. *Un cinglé !*

— Je vous présente, annonça Glick, le célèbre professeur Joseph Vaneck de l'université De Paul de Chicago, éminent spécialiste du Vatican.

Macri eut un instant d'hésitation en voyant l'homme arriver. Ce n'était pas un mordu du complot, Macri avait déjà entendu parler de lui.

— Dr Vaneck, poursuivit Glick, vous avez, je crois, quelques informations à nous communiquer au sujet du dernier conclave.

— Oui, en effet, fit Vaneck. Après une nuit si riche

de surprises, il est difficile de croire que d'autres étonnements nous attendent… et pourtant…

Il s'arrêta.

Glick sourit.

— Et pourtant ce conclave n'est pas au bout de ses rebondissements ?

Vaneck acquiesça.

— Oui. Si bizarre que cela puisse paraître, je crois que le Sacré Collège a élu sans le savoir deux papes ce week-end.

Macri faillit lâcher sa caméra.

Glick eut un sourire malicieux.

— Deux papes, dites-vous ?

Le professeur acquiesça.

— Oui. Je dois d'abord vous dire que j'ai consacré l'essentiel de ma carrière à étudier les lois qui régissent l'élection pontificale. Le droit des conclaves est extrêmement complexe, et on tend à l'oublier ou à ne plus en tenir compte. Même le Grand Électeur ne sait sans doute pas ce que je vais vous révéler. Cependant… selon les lois, aujourd'hui oubliées, que détaille le *Romano Pontifici Eligendo, Numero 63*… le vote n'est pas la seule méthode pour élire un pape. Il en existe une plus divine. On l'appelle « Acclamation par Adoration ». (Il marqua une pause.) Et c'est ce qui s'est produit la nuit dernière.

Glick jeta un regard interrogateur vers son invité.

— Continuez s'il vous plaît.

— Comme vous le savez, poursuivit le professeur, la nuit dernière quand le camerlingue Carlo Ventresca se tenait sur la terrasse de la basilique, tous les cardinaux ont hurlé son nom à l'unisson.

— Oui, je m'en souviens.

— En gardant cette image en tête, permettez-moi de vous lire un passage des anciennes lois électorales.

L'homme retira quelques feuilles de sa poche, se racla la gorge, et commença à lire :

— « L'Élection par Adoration a lieu quand… tous les cardinaux, inspirés par le Saint-Esprit, librement et spontanément, unanimement et fort, proclament un nom. »

Glick sourit.

— Vous êtes donc en train de dire que la nuit dernière, quand les cardinaux chantaient les louanges de Carlo Ventresca, ils étaient en fait en train d'élire un pape ?

— C'est exactement cela. De plus, le texte stipule que l'Élection par Adoration concerne non seulement les cardinaux mais permet à tout homme d'Église — prêtre, évêque ou cardinal — d'être élu. Ainsi le camerlingue était parfaitement qualifié pour l'élection papale selon cette procédure.

Le Dr Vaneck fixait maintenant la caméra.

— Les faits peuvent donc se résumer ainsi : Carlo Ventresca a été élu pape la nuit dernière. Il a régné moins de dix-sept minutes. Et s'il n'avait pas miraculeusement disparu dans un nuage de fumée, il serait, à l'heure qu'il est, enterré dans les grottes du Vatican auprès des autres papes.

— Merci, docteur. (Glick se tourna vers Macri avec un regard espiègle.) Extrêmement éclairant !

137.

En haut des marches du Colisée, Vittoria riait et l'appelait.

— Robert, dépêche-toi ! Décidément, j'aurais dû épouser un homme plus jeune !

Son sourire était enchanteur.

Il essayait désespérément d'avancer, mais ses jambes étaient aussi lourdes que des blocs de pierre.

— Attends-moi, supplia-t-il. S'il te plaît…

Il sentait des coups de marteau dans sa tête.

Robert Langdon s'éveilla en sursaut.

Il faisait noir.

Il resta allongé un long moment dans la douceur du lit étranger, incapable de se souvenir de l'endroit où il se trouvait. Les oreillers en plume d'oie étaient gigantesques et moelleux à souhait. Une odeur de pot-pourri flottait dans l'air. De l'autre côté de la chambre, deux baies vitrées donnaient sur un large balcon où une brise légère faisait onduler les arbres sous un ciel peuplé de nuages derrière lesquels brillait un intense clair de lune. Langdon essaya de rassembler ses souvenirs. Comment était-il arrivé ici… et où était-il ?

Des bribes de souvenirs lui revenaient peu à peu…

Un bûcher mystique… un ange qui se matérialisait au milieu de la foule… sa douce main prenant la sienne et le guidant dans la nuit… menant son corps las, fourbu, à travers les rues… l'emmenant jusqu'ici… cette suite… lui faisant prendre, à moitié endormi, une douche tiède… le conduisant dans ce lit… et le regardant sombrer dans le sommeil.

Dans la pénombre, il distingua un second lit, vide, aux draps froissés. Il entendait le bruit d'une douche venant d'une pièce voisine.

En regardant le lit de Vittoria, il vit un nom brodé sur la taie d'oreiller. HÔTEL BERNINI. Langdon sourit. Vittoria avait bien choisi. Le luxe de l'Ancien Monde surplombant la Fontaine du Triton, du Bernin… le plus pertinent des choix.

Langdon entendit un autre bruit et comprit que c'était ce qui l'avait éveillé. Quelqu'un frappait à la porte. Un peu plus fort.

Étonné, Langdon se leva. Personne ne sait que nous sommes là, pensa-t-il, soudain mal à l'aise. Enfilant le somptueux peignoir de l'hôtel, il sortit de la chambre et se dirigea vers l'entrée. Il ouvrit la lourde porte de chêne.

Un homme solidement bâti dans une magnifique tenue pourpre et jaune le toisait.

— Je suis le lieutenant Chartrand, de la Garde suisse.

Langdon l'avait parfaitement reconnu.

— Comment… Comment nous avez-vous trouvés ?

— Je vous ai vus quitter la place la nuit dernière. Je vous ai suivis. Je suis soulagé que vous soyez toujours là.

Langdon sentit une subite bouffée d'inquiétude en se demandant si les cardinaux avaient envoyé Chartrand pour les escorter, lui et Vittoria, au Vatican. Après tout, ils étaient les seuls, en dehors des cardinaux, à connaître la vérité. Ils représentaient un risque potentiel.

— Sa Sainteté m'a demandé de vous donner ceci, dit Chartrand, en tendant une enveloppe portant le sceau du Vatican.

Langdon l'ouvrit et lut la lettre manuscrite.

Monsieur Langdon et mademoiselle Vetra,

Bien que je désire que vous gardiez le plus grand secret au sujet de ce qui s'est passé ces dernières vingt-quatre heures, je ne puis vous en demander plus que vous n'avez déjà donné. Je vous prierai donc humblement de laisser votre cœur vous guider dans cette affaire. Le monde semble meilleur aujourd'hui ; peut-être les questions sont-elles plus puissantes que les réponses…

Ma porte vous sera toujours ouverte,

Sa Sainteté, Saverio Mortati.

Langdon lut deux fois le message. Le Sacré Collège avait assurément choisi un guide noble et généreux.

Avant que Langdon n'eût pu dire quoi que ce fût, Chartrand lui tendit un petit paquet.

— De la part de Sa Sainteté, en témoignage de gratitude.

Langdon prit le paquet. Il était lourd, enveloppé dans un papier marron.

— Par décret de Sa Sainteté, annonça Chartrand, cet objet, qui provient du Caveau sacré de la papauté, vous est remis à titre de prêt pour une durée indéfinie. Le seul souhait de Sa Sainteté est que vous veilliez, lors de la rédaction de votre testament, à ce qu'il retrouve sa place au Vatican.

Langdon déballa le paquet et resta muet de surprise. C'était la marque. Le Diamant des *Illuminati*.

Un sourire se dessina sur le visage de Chartrand.

— Que la paix soit avec vous.

Il se tourna pour partir.

— Je vous… remercie, articula Langdon en bredouillant, ses mains tremblantes enserrant le précieux cadeau.

Le garde eut un instant d'hésitation.

— Monsieur Langdon, puis-je vous poser une question ?

— Bien entendu.

— Mon équipe et moi-même nous nous interrogeons. Pendant les toutes dernières minutes… que s'est-il exactement passé dans l'hélicoptère ?

L'anxiété revint avec cette question. C'était le moment fatidique — celui de la vérité. Il en avait discuté avec Vittoria la nuit précédente lorsque l'hélicoptère du Vatican les avait emmenés. Ils avaient pris leur décision. Avant même de recevoir la lettre du pape.

Le père de Vittoria avait secrètement espéré que la découverte de l'antimatière entraînerait un réveil spirituel. Il n'aurait jamais pu imaginer les événements qui s'étaient produits la nuit dernière, mais une chose était sûre… Aujourd'hui, le monde entier jetait un regard différent sur Dieu. Combien de temps cela durerait-il, ils n'en avaient aucune idée, mais ils ne voulaient pas abîmer cet enthousiasme en suscitant le scandale et le doute. Les voies de Dieu sont impénétrables, se dit Langdon, se demandant avec ironie si peut-être… cette fameuse journée de la veille n'avait pas été la volonté de Dieu… après tout.

— Monsieur Langdon ? insista Chartrand. Je vous demandais pour l'hélicoptère.

Langdon sourit tristement.

— Oui, je sais… (Les paroles venaient de son cœur et non plus de son esprit.) C'est peut-être le choc de la chute… mais ma mémoire… semble-t-il… est un peu brouillée…

Chartrand sursauta.

— Vous ne vous souvenez de rien ?

Langdon soupira :

— J'ai bien peur que tout ceci ne reste un mystère à jamais.

Quand Robert Langdon revint dans la chambre, une vision de rêve le figea sur place. Vittoria était adossée à la balustrade du balcon, les yeux rivés dans les siens. C'était une vision surnaturelle… une silhouette auréolée par la lumière de la lune. Elle ressemblait à une déesse romaine, enveloppée dans un peignoir blanc. La ceinture serrée autour de sa taille mettait en valeur ses courbes gracieuses. Derrière elle, une brume pâle dessinait un halo au-dessus de la Fontaine du Triton du Bernin.

Langdon ressentit un désir violent pour cette femme. Avec précaution, il posa le Diamant des *Illuminati* et la lettre du pape sur la table. Il serait bien temps de lui expliquer, plus tard. Il s'approcha d'elle.

Vittoria était heureuse de le voir.

— Tu es réveillé…, dit-elle avec une timidité feinte. Enfin.

Langdon sourit.

— La journée a été longue.

Elle passa une main dans son opulente chevelure, entrouvrant légèrement le décolleté de son peignoir.

— Et maintenant… je suppose que tu attends ta récompense.

Langdon resta interloqué.

— Pardon ?

— Nous sommes adultes, Robert. Tu en as envie. Tu le sais bien. Je le vois dans tes yeux. Une faim charnelle inassouvie. (Elle sourit.) Moi aussi. Et je crois que nous allons bientôt assouvir cet appétit !

— C'est vrai ?

Il s'enhardit et tenta un pas vers elle.

— Absolument. (Elle brandit un menu.) J'ai commandé tout ce qu'il y a sur la carte.

Le festin fut somptueux. Ils dînèrent au clair de lune… assis sur le balcon… dégustant roquette, truffes et risotto. Ils discutèrent longtemps en sirotant un divin montepulciano.

Langdon n'avait pas besoin d'exercer ses talents de symbologue pour décrypter les signes que Vittoria lui envoyait. Au cours du dessert, composé d'un savoyard à la crème de framboise et arrosé d'un cappuccino, Vittoria frotta sa jambe nue contre la sienne, lui jetant des regards enflammés. Elle avait envie qu'il lâche sa fourchette et qu'il la porte jusqu'au lit.

Mais Langdon ne bougea pas. Il restait impassible, en parfait homme du monde. Il lui jeta un regard narquois : moi aussi je peux jouer à ce petit jeu !

À la fin du repas, Langdon s'assit au bord du lit, s'extasiant sur la symétrie parfaite du Diamant des

Illuminati qu'il retournait entre ses mains. Vittoria le dévisageait et la frustration se lisait sur son visage.

— Tu sembles trouver cet ambigramme passionnant.

Langdon acquiesça :

— Fascinant.

— Serait-ce la chose la plus intéressante dans cette pièce ?

Langdon se gratta la tête en faisant semblant de réfléchir à la question.

— Eh bien, il y a bien une chose qui m'intéresserait davantage.

Elle sourit et se rapprocha de lui.

— Et cette chose ?

— Comment as-tu réfuté la théorie d'Einstein en utilisant un thon ?

Vittoria, agacée, leva les bras au ciel.

— *Dio mio !* Arrête avec ce thon ! Je te préviens, ne te moque pas trop de moi !

Langdon grimaça.

— Peut-être pourrais-tu étudier les carrelets et prouver que la Terre est plate lors de ta prochaine expérience… ?

Vittoria enrageait, mais sa déception fit place à un sourire excédé.

— Pour votre information, cher professeur, ma prochaine expérience fera date dans l'histoire de la Science. J'ai l'intention de prouver que les neutrons ont une masse.

— Les neutrons, à la messe ? interrogea Langdon en lui lançant un regard ahuri. Je ne savais même pas qu'ils étaient catholiques !

Elle fut sur lui d'un saut de chat et le renversa sur le lit.

— J'espère que vous croyez dans l'au-delà, Robert Langdon.

Elle l'enfourcha en riant et l'immobilisa, le regard brillant d'une flamme mystérieuse.

— À vrai dire, répliqua-t-il en s'étranglant de rire, j'ai toujours eu beaucoup de mal à imaginer quoi que ce soit dans l'au-delà…

— Vraiment ? Tu n'as donc jamais eu d'expérience religieuse ? Un moment d'extase parfaite ?

Langdon secoua la tête.

— Non, et je doute fort être le genre de type à avoir un jour une expérience religieuse.

Vittoria fit glisser son peignoir.

— Tu n'as jamais couché avec un maître de yoga, n'est-ce pas ?

Remerciements

J'ai une dette toute particulière envers Jason Kaufman, un de mes amis les plus chers, pour avoir reconnu très tôt le potentiel du professeur Robert Langdon… et imaginé jusqu'où pouvait aller cette aventure ;

envers l'incomparable Heide Lange — vers laquelle les Anges et Démons m'ont guidé — pour avoir donné une nouvelle vie à ce livre et l'avoir révélé au monde entier ;

envers Emily Bestler, chez Atria, ainsi que Ben Kaplan et toute l'équipe de Pocket Books pour leur soutien et leur enthousiasme sans faille ;

envers le légendaire George Wieser pour m'avoir convaincu d'écrire, et envers mon premier agent Jake Elwell pour son aide de la première heure et pour avoir vendu ce roman à Pocket Books ;

envers mon cher ami Irv Sittler, pour avoir facilité mon admission à l'audience pontificale, m'avoir fait découvrir des secteurs du Vatican peu connus du grand public et avoir rendu mon séjour à Rome inoubliable ;

envers l'un des artistes vivants les plus ingénieux et les plus doués qui soient, John Langdon, qui a brillamment relevé le défi impossible que je lui avais soumis en concevant l'ambigramme de ce roman ;

envers Stan Planton, bibliothécaire en chef de l'université Chillicothe de l'Ohio, ma source d'information numéro un sur d'innombrables sujets ;

envers Sylvia Cavazzini, pour sa gracieuse visite guidée du *Passetto* ;

et envers les meilleurs parents qu'un enfant pouvait espérer avoir, Dick et Connie Brown… pour tout.

Merci égalemement au CERN, à Henry Beckett, Brett Trotter, à l'Académie des sciences pontificales, au Brookhaven Institute, à la Bibliothèque FermiLab, à Olga Wieser, à Don Ulsch du National Security Institute, à Caroline H. Thompson de l'université du pays de Galles, Kathryn Gerhard et Omar Al Kindi, John Pike et la Federation of American Scientists, à Heimlich Viserholder, Corinna et Davis Hammond, Aizaz Ali, au Galileo Project de l'université Rice, à Julie Lynn et Charlie Ryan de Mockingbird Pictures, à Gary Goldstein, à Dave (Vilas) Arnold et Andra Crawford, au Global Fraternal Network, à la bibliothèque de la Phillips Exeter Academy, à Jim Barrington, John Maier, au regard exceptionnellement acéré de Margie Wachtel, à alt.masonic.members, à Alan Wooley, au commissaire de l'exposition des Codex du Vatican à la Bibliothèque du Congrès, à Lisa Callamaro et à l'agence Callamaro, à Jon A. Stowell, aux Musées du Vatican, à Aldo Baggia, à Noah Alireza, à Harriet Walker, Charles Terry, Micron Electronics, Mindy Renselaer, Nancy et Dick Curtin, Thomas D. Nadeau, NuvoMedia et Rocket e-books, Frank et Sylvia Kennedy, à l'Office du Tourisme de Rome, à Maître Gregory Brown, Val Brown, Werner Brandes, Paul Krupin de Direct Contact, Paul Stark, Tom King à Computalk Network, Sandy et Jerry Nolan, à la « gourou » du Web Linda George, à l'Académie nationale des arts de Rome, à Steve Howe, physicien et confrère en écriture, à Robert Weston, à la Librairie Water Street d'Exeter, New Hampshire, et à l'Observatoire du Vatican.

Faites de nouvelles découvertes sur **www.pocket.fr**

- Des 1ers chapitres à télécharger
- Les dernières parutions
- Toute l'actualité des auteurs
- Des jeux-concours

Il y a toujours un **Pocket** à découvrir

Cet ouvrage a été imprimé en France par

CPI
Bussière

à Saint-Amand-Montrond (Cher)
en mai 2009

POCKET - 12, avenue d'Italie - 75627 Paris Cedex 13

— N° d'imp. : 90923. —
Dépôt légal : janvier 2007.
Dépôt légal de la nouvelle édition : mai 2009.